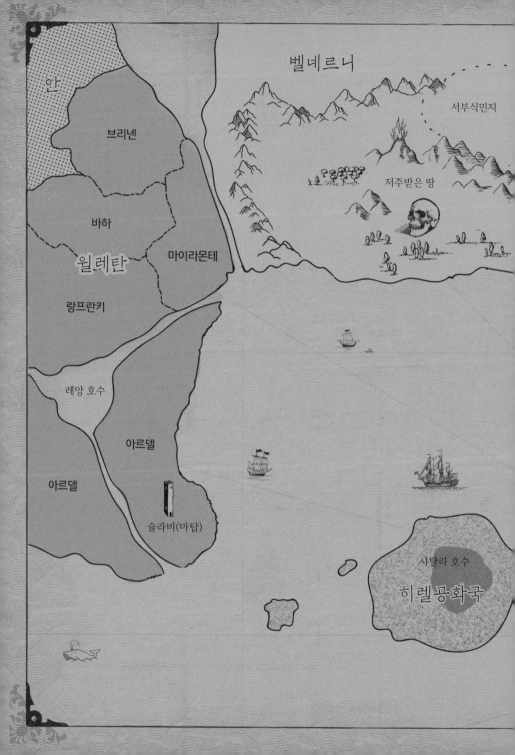

폐하,
또 죽이진
말아주세요

1

폐하,
또 죽이진
말아주세요

에클레어 장편소설

I

폐하, 또 죽이진 말아주세요 1

지은이   에클레어
펴낸이   이형기
펴낸곳   도서출판 가하

초판인쇄   2020년 1월 9일
1판2쇄   2021년 9월 3일
출판등록   2008년 10월 15일 제 318-2008-00100호

주소 서울 영등포구 양평로 67, 1209 (당산동5가, 한강포스빌)
전화 02-2631-2846   **팩스** 02-2631-1846

www.ixbook.co.kr

ISBN 979-11-300-4089-9 04810
      979-11-300-4088-2 04810 (set)

값 13,800원

차 례

0. 열여덟, 죽음

햇볕 강한 여름날의 죽음이었다.

"라리에트 이사벨 드 벨루아, 벨루아 백작가의 장녀는 귀족으로서 모범을 보이지 못하고 사치한 죄, 벨루아 백작령을 성심성의껏 돌보지 않은 죄, 감히 세금을 횡령한 죄, 아버지인 벨루아 백작의 역모를 알았음에도 이를 숨기며 심지어는 함께 도모한 죄, 이하 입에 담을 수도 없는 부끄러운 죄목이 무수하므로 사형을 선고한다."

탕! 탕!

법정을 울리는 차가운 소리에 나는 넋을 잃었다. 빌어먹을 판관의 입에서 쏟아지는 수많은 죄목 중 억울하지 않은 게 없지만, 가장 억울한 것은 제일 먼저 언급된 사치죄였다.

무슨 죄? 사치죄? 당신은 너무 멍청해서 사치가 무슨 뜻인지 모르나? 사치는 말이야, 네 딸이 입고 다니는 우스꽝스러운 드레스를 칭하는 표현이라고!

아무리 대법관이 공석인 데다 재판 과정은 주먹구구인 나라라고 할지언정 사치죄는 나와 가장 동떨어진 명목 아닌가. 나는 분을 참을 수가 없어 판관의 멱살을 잡을 뻔했다. 뻗어나가지 못해 부들부들 떨리는 내 팔을 봤는지, 혹은 저도 찔리는 것이 있는 모양인지 판관은 내 눈을 마주하지 못하고 허공만 바라보았다. 줄줄 식은땀을 흘리는 게 보인다.

그럼 그렇지. 그가 모를 리 없다. 벨루아 백작가가 검소하게 살아왔다는 것은 귀족이라면 누구나 다 알 만큼 공공연한 사실이다.

「절약, 절약, 절약! 벨루아의 백성이 피땀 흘려 바친 세금을 허투루 쓰지 말거라!」

아직도 귓가에 웅웅거릴 정도로 아버지의 매서운 호통을 매일 듣고 자란 나는 보석이 수놓인 드레스나 동방에서 들어온다는 비단 장식에는 관심도 줘본 적이 없다. 무도회에 참석할 때면, 저 영애는 멋을 몰라도 너무 모른다고 수군대는 소리를 듣는 게 얼마나 치욕적이었는지 모른다. 그럼에도 나는 영지의 백성을 우선으로 했다.

그런 내게 사치라니. 내 길고 긴 사형선고문의 첫 줄조차 그리 엉망이니 그다음은 들을 필요도 없이 전부 거짓이리라. 나는 내 속만 새까맣게 태울 판관의 목소리에 귀를 기울이지 않았다.

"라리에트 이사벨 드 벨루아, 마지막 변론을 할 기회를 주겠다."

내 서슬 퍼런 안광에, 내가 원한이라도 품고 귀신이 되어 저를 찾아올까 걱정이 되었는지 판관은 선례 없는 변론까지 하게 해주었다. 반역도는 변명 한마디 제대로 못 하고 죽임 당하는 것이 당연한데도 말이다.

"……변론?"

하지만 나는 할 말이 없었다. 변론은 무슨 놈의 변론? 저 수많은 죄목 중 정말로 내가 저지른 것이 있어야 변론을 하든 말든 할 것 아닌가.

아주 기막히게 변론을 잘해 살아남는다 해도 문제다. 아버지, 어머니, 남동생, 생전 본 적 없는 방계까지 단두대에서 목이 서걱서걱 잘려

나간 마당에 나 홀로 살아봤자 무슨 의미가 있을까.

아버지가 반역을 꾀했다는 무시무시한 죄목에 묶여 가문이 몰락한 후, 내 하루일과는 울고 울고 또 우는 게 전부였다. 만약 목숨을 부지한다 해도 마찬가지일 터. 하루 종일 울며, 살아도 사는 것 같지 않게 숨만 붙어 있겠지. 그런 생각이 들자 그나마 남아 있던 삶에 대한 미련조차 죄 식어버렸다.

그래서 나는 변론 대신 법정의 저 끝에서 무감동한 얼굴로 나에 대한 사형선고를 지켜보고 있는 황제를 향해 돌아섰다. 내 잘못이라고는 한 톨도 없이 오롯이 그의 근본 없는 분노에 의해 나는 죽음을 맞이하게 되었건만, 그는 별로 기뻐 보이지 않았다. 그러나 나는 내 죽음이 마치 당연한 일상이라는 양 차분한 그의 얼굴에 기막혔다.

나와 마주한 그의 입가가 조금 일그러진다. 나는 그 미세한 변화를 놓치지 않고 활짝 웃어주었다. 그의 잔인한 성정과는 전혀 어울리지 않는 부드러운 색감의 초록 눈을 노려보면서, 나는 한 글자 한 글자 악을 꾹 꾹 눌러 씹어뱉었다.

"망, 할, 새, 끼."

물론 내가 그를 다시 만날 일이 있을 줄은 모르고 말이다.

1. 열둘, 돌아온 생일파티

나는, 눈을 떴다.

시야는 선명했다. 가장 먼저 눈에 들어온 것은 추위가 새하얗게 말라붙은 창문이다. 보는 것만으로도 으슬으슬 추워지는, 성에가 잔뜩 낀 유리는 제 존재의 이유도 잊은 양 불투명하기만 했다. 그 흐릿한 창문 너머에선 눈 그림자가 어른댄다.

작은 틈새로 얼어붙은 공기를 뚫고 가느다란 빛이 새어들었다. 가느다랗지만 결코 약하지 않은, 눈부신 빛줄기였다. 벨네르니의 겨울은 새파랗게 춥고 고되었으나 볕만큼은 여름에 견주어도 될 만큼 강했다.

빛. 나는 그 선명하고 산란한 빛을 노려보았다. 고개를 조금 돌리면 보이는 눈. 빛과 함께 밀려드는 겨울의 바람이 한 자락. 눈. 겨울.

겨울.

나는 창문 너머로 허옇게 투영되는 겨울의 풍경을 잠시 바라보았다. 그러나 눈에 들어오는 풍경과 이를 인지하는 사고가 연결되는 데에는 꽤 시간이 걸렸다. 나는 내가 '눈을 떴다'는 사실조차 알아차리지 못했다. 그 전제부터 말이 되지 않았기 때문이다.

나는 죽었으니까.

황제를 저주하며 나는 눈을 감았다. 내 본데없는 쌍욕을 듣고 인상을 찌푸리는 그를 보며 내 마지막 순간까지 그를 비웃었다. 게다가 내가 죽은 날은 뜨거운 태양빛이 작열하던 한여름이었다. 하나 지금 창밖의 풍경은 분명한 겨울날이다.

나는 문득 이 낡은 창가를 본 적이 있는 듯한 기분이 들어 미간을 모았다. 조금 까칠한 감람빛이 도는 이 방은 분명 낯익다.

"아가씨!"

흐릿한 기억을 더듬는데 문이 벌컥 열리더니 여자 하나가 수선스럽게 들어왔다. 나는 익숙한 목소리에 놀라 벌떡 일어났다.

"유모?"

"일어나셨어요?"

내 어릴 적 유모, 코엔 자작부인은 재작년 가을 마차사고로 남편과 함께 생을 마감했다. 뭐지? 그럼 여기는 천국인가? 나는 사형을 당할 만큼 죄를 짓지는 않았으나, 그녀처럼 착하게 살지도 않았는데. 나는 함박웃음을 지으며 그녀에게 달려갔다.

"유모!"

"네, 네. 오늘은 웬일이세요? 이리 일찍 일어나시고. 생일이라 들뜨셨나 봐요."

"응? 생일?"

천국에서도 생일을 챙겨주나? 근데 내 생일은 겨울이고, 나는 여름에 죽었는데……. 내가 천국에서 두 계절을 뛰어넘었나 보다. 내가 눈을 동그랗게 뜨며 되물었지만, 유모는 한숨만 내쉬었다.

"빨리 준비하셔야죠. 밤새 춥지는 않으셨나요?"

"응. 안 추웠어."

"보이트에게 장작을 많이 때라고 말해두었어요. 아가씨는 추위를 잘

타시니까."

"보이트? 보이트도 여기 있어?"

보이트도 죽었나? 이 망할 황제가 정말 아무 잘못도 없는 백작가의 집사까지 잡아 죽인 걸까? 나는 보이트에게 미안해 어쩔 줄을 몰랐다.

유모는 이상한 소릴 다 듣는다는 듯 한쪽 눈을 잠시 찡그렸다.

"당연하죠. 아, 휴가 말씀하시는 거예요? 하이고, 아가씨도 참. 다녀온 지가 언제인데요."

"휴가라니?"

"부인이랑 여행 다녀왔잖아요. 걔가 또 신혼이니까요. 아가씨가 이해해주세요."

보이트는 결혼한 지 7년 다 돼가는데 신혼은 무슨 신혼? 설마 천국에서 새장가를 간 건가? 에밀리와 그렇게 잉꼬부부처럼 사랑을 노래하더니, 역시 사람은 겉만 보고는 모른다. 나는 코웃음을 쳤다. 역시 남자는 믿을 게 못 된다니까.

"으응, 뭐. 신혼이면 할 수 없지."

유모는 내 작은 목소릴 들었는지 못 들었는지, 침구를 정리하며 투덜거렸다.

"아휴, 백작님도 참! 아가씨가 공부를 좀 미뤘기로서니 생일 전날 이런 낡은 침실에서 재우실 건 또 뭐래요?"

그녀 특유의 불만 가득한, 하지만 나를 위하는 말에 나는 픕 웃어버렸다. 저 다정하고 사려 깊은 여인을 얼마나 그리워했는지 모른다. 나는 이불을 접기 위해 허리를 숙인 그녀를 뒤에서 꼬옥 껴안았다. 따뜻하다. 천국에 유모라도 있어 다행이다.

"유모, 진짜진짜 보고 싶었어."

"아휴, 아가씨는 어쩜 갈수록 어리광이 느신대요?"

"나이를 거꾸로 먹나 보지."

나는 방글방글 웃으며 유모의 장난스러운 핀잔에 대답했다.

그녀는 무겁지도 않은지 나를 등에 매달고 침구의 정리를 끝마쳤다. 나는 그녀가 없어질까 무서워서 그녀를 감싸안은 팔에서 힘을 풀지 않았다. 유모는 내 팔을 뿌리치는 대신, 빙글 몸을 돌려 나와 마주했다.

"밤새 악몽이라도 꾸셨어요?"

"아니. 으음. 악몽 비슷했나?"

"어휴, 왜 그러실까? 요즘 도련님도 악몽을 종종 꾸시던데."

"도련님? 누구?"

"누구긴 누구예요? 아가씨 동생 르한 도련님이요."

르한은 천국에 못 왔을 텐데. 나는 나보다 먼저 죽은 르한이 천국에 있다는 사실에-나는 여기가 천국이라는 것을 믿어 의심치 않았다-놀라 눈을 크게 떴다.

"르한이 여기 있어?"

"왜 자꾸 이상한 소리를 하시는 거예요? 도련님이 백작저에 없으면 어디에 있어요?"

"걔가 천국에 올 리가……."

나는 유모의 말에 반박하다 입을 꾹 다물었다. 지금 그녀가 뭐라고 했지?

"여기가 어디라고?"

목소리가 까칠해진다. 나는 미간을 잔뜩 찌푸렸다. 유모는 내 구겨진 미간을 손가락으로 부드럽게 문질러서 펴주며 대답했다.

"벨네르니 제국, 벨루아 백작령의 백작저요. 여긴 별채의 다락방이고요. 아가씨, 아직 잠이 덜 깨셨나요?"

"여기가 백작저라고?"

백작저는 한 달 전, 아버지와 르한이 잡혀가던 날 누군가 지른 불에 전소했다. 새까맣게 그을린 골조만 남은 것을 분명 내 두 눈으로 확인했는데……. 도저히 말이 되질 않는다.

나는 쿵쿵 뛰는 가슴을 손으로 누르며 방을 훑어보았다. 그래. 나는 이 방을 안다. 아버지가 어렸던 나와 르한에게 벌주실 때에 종종 쓰던 '참회의 방'으로 백작저의 별채에 딸린 낡은 다락방이다. 혼자 있는 것과 어둠을 질색하던 내가 무척 싫어했던, 그러나 열두 살 이후로는 들어와본 적이 없는 곳이다.

"아가씨?"

"오늘이…… 아니, 그러니까 나 지금 몇 살이야?"

"오늘이 생일이시니 이제 열두 살이시죠."

"……열두 살?"

내가 새하얗게 질려 미동도 하지 않자 유모는 걱정스러운 눈빛으로 나를 살폈다. 말도 안 돼. 여기가 백작저일 리 없다. 열두 살? 나는 열여덟에 죽었다.

나는 그녀의 걱정 어린 시선을 뒤로하고 방문으로 달려갔다. 만약 이곳이 백작저이고, 이 방이 참회의 방이라면 이 방 옆 작은 침실에는 르한이 자고 있어야 했다. 어린 시절에는 착한 동생이었던 그 아이는, 내가 이곳에서 밤을 보내야 할 때면 꼭 옆방에 있어주었다. 내가 혼자 있는 것을 극도로 무서워함을 알기 때문이다.

나는 잘 나오지 않는 목소리를 쥐어짜 르한을 불렀다.

"르한, 르한!"

방문이 열리지 않는다. 나는 두려움에 가득 차 오동나무로 만들어진 딱딱한 문을 손으로 두드려댔다. 있어라, 있어줘. 제발. 제발.

"르한! 나 라리에트야. 문 좀 열어줘! 안에 있니?"

내 절박한 목소리에는 어느새 울음이 섞여 있었다. 나는 다시 르한을 만나고 싶었다. 여기가 천국이 아니라면, 지옥이라도 괜찮으니까 마지막 인사도 제대로 못 하고 단두대에서 사위어든 내 동생을…….

"르한!"

"뭡니까?"

벌컥. 육중한 문이 다급하게 열리더니 옷도 제대로 입지 않은 남자아이가 튀어나왔다. 내가 기억하고 있는 건장한 청년은 아니었지만, 어린 얼굴이 르한과 닮았다. 아니, 르한이다.

나처럼 연하고 흐리멍덩한 갈색이 아닌, 벨루아의 깊고 진한 암갈색 머리칼이 잔뜩 헝클어져 르한의 얼굴을 반쯤 가리고 있었다.

나는 조금 당황한 표정의 어린 르한을 와락 껴안았다. 전조도 없이 제게 뛰어든 나를 르한이 올려다본다. 아이답지 않게 진중한 눈빛이다.

"악몽이라도 꾸셨습니까?"

르한은 열 살부터 내게 정중한 존대를 사용했다. 그러지 말아달라 울기도 하고 떼도 써보고 화도 내보았지만 죽는 날까지 고칠 생각을 하지 않았던 그 재수 없는 존댓말이 이렇게 반가울 수가 없다. 나는 울며 웃는 얼굴로 르한의 볼에 입을 맞췄다.

"좋은 아침이야, 르한."

"생일 축하드립니다, 누님."

내 눈에 고인 눈물을 고사리 같은 손으로 닦아내며 르한은 딱딱하게 말했다.

하녀가 준비해두었는지 침대에 곱게 펼쳐져 있는 드레스를 안아 들었다. 가느다란 갈색 머리를 높게 올려 묶은 연둣빛 벨벳 리본과 어울리는, 초록색 비로드로 만들어진 두터운 겨울용 드레스였다.

너무 흥분해 추위를 느끼지도 못했는데, 금실로 아름답게 수놓인 두꺼운 옷을 안고 있자니 내가 지금 얼마나 얇은 차림을 하고 있었는지 순식간에 깨달을 수 있었다. 여태 잠잘 때나 입는 얇은 네글리제만 입고 사방을 뛰어다녔던 것이다.

유모가 열두 살이나 된 나를 품에 안고 걸었던 기행도 이해가 되었다. 나는 평소 추위를 무척이나 탔다.

나는 오들오들 떨며 발을 동동 구르다 서둘러 드레스 안에 얼굴을 집어넣었다. 보통의 귀족영애라면 하녀가 옷을 입혀줄 때까지 도도한 얼굴을 한 채 기다리겠지만, 아버지의 검소한 성정 때문에 나는 전속하녀조차 가져본 적이 없다.

내 세숫물을 가지고 돌아온 유모가 내게 도움을 주려는 듯 손을 뻗었지만, 나는 그녀의 손이 닿기도 전에 옷을 갈아입었다.

"어머, 아가씨. 언제 혼자 드레스를 입는 법을 배우셨어요?"

"벌써 열두 살인걸!"

내가 유모의 도움 없이 혼자 옷을 갈아입게 된 나이는 지금보다 2년이나 뒤인 열네 살 때였다. 물론 그 전에도 할 줄은 알았지만, 그녀의 도움이 명백하게 필요하지 않게 된 나이가 그러했다. 그러나 나는 원래 이렇게 독립적이었다는 양 콧대를 세웠다. 놀란 유모를 돌아보며 어깨를 으쓱한다.

"나는 다 컸다고."

"그러네요. 정말 우리 아가씨가 다 크셨어."

혼자 옷을 입을 수 있게 되면 나를 자랑스러워하며 뿌듯해할 줄 알았는데, 유모는 그때 무척이나 섭섭한 얼굴을 했다. 그녀는 지금도 마찬가지로, 아니, 그때보다 더 섭섭한 얼굴로 억지미소를 짓고 있었다. 나는 어설픈 유모의 가짜웃음에 아차 싶어 그녀에게 달려가 두 팔을 벌렸다.

"안아줘."

"예?"

"추워. 안아줘."

고압적인 말투였지만, 유모는 내 버릇없고 오만한 명에 감동이라도 받은 듯 보였다. 그녀가 스스럼없이 나를 안아 들자마자 나는 혼자 묶은 머리를 풀어버렸다.

"자, 옷은 내가 입었으니까 빨리 머리도 다시 빗겨주고 신발도 신겨주고 해."

"아이고, 아가씨. 아까는 다 크셨다면서."

"얼굴도 닦아줘."

"오늘만이에요. 생일이시니까."

유모는 어쩔 수 없다는 표정으로 나를 화장대 앞에 앉혀주며 핀잔했지만, 나는 그녀의 얼굴에 도는 생기를 발견했다.

나와 르한이 하루가 다르게 커갈수록 유모는 씁쓸한 기색을 감추지 못했었다. 그러나 우리는 어린아이가 흔히 그러하듯 하루빨리 어른이 되고 싶어 했다. 아버지가 우리에게 귀족의 모범과 의무를 강조하면 강조할수록, 나는 얼른 시간이 흘러 내 삶을 온전히 홀로 영위할 수 있는 귀부인이 되기를 바랐다. 내 어린 시절이 지나버리면 유모는 나와 함께할 수 없다는 사실을 깜빡하고서 말이다.

"땋아드릴까요?"

"응. 유모가 해주는 게 도로타가 해주는 것보다 예뻐."

그녀를 기분 좋게 할 목적이었지만, 거짓말은 아니었다. 도로타는 내가는 머리칼을 다루지 못해 가끔 엉망으로 만들어놓기도 했었으니까. 나는 도로타가 들었다면 섭섭해할 소리에 뿌듯해하는 유모를 거울로 훔쳐보며 웃었다.

"유모, 내가 다 자라서 유모가 자작가에 돌아가게 되더라도 매일매일 우리 집에 놀러 와야 해."

덧붙인 말에 그녀도 작게 웃는다. 방 안에 부드럽게 퍼지는 유모의 웃음소리를 들으며 나는 살짝 눈을 감았다. 내 머리를 곱게 빗어내리는 그녀의 손길에 기분이 좋아졌다.

그녀가 내 머리를 만져주는 것도 참 오랜만이다. 유모는 내가 열다섯이 되던 해에 고향인 코엔으로 완전히 돌아갔으니까. 그리고 다음 해에 죽었고. 나는 유모가 마차 근처에 얼씬도 못 하게 하리라 마음먹으며 코를 찡긋했다.

"그때가 되면 아가씨는 백작저에 안 계실 거예요."

유모가 뒤늦게 대답한다. 나는 내가 열여덟이 될 때까지 결혼하지 못했다는 것을 알기에 작게 코웃음을 쳤다. 벨루아 백작가는 존경받는 집안이지만, 그 명성이 무색하게도 내게는 혼담이 들어오지 않았다. 모두가 이상하게 생각할 정도로, 나를 통해 벨루아와 연을 맺고자 하는 가문이 단 하나도 없었다.

지금 생각해봐도 이해가 가지 않는, 조금 치욕적이기까지 한 일이다. 나보다 한 살이나 어리고, 심지어 여성보다 결혼시기가 조금 늦은 사내아이인 르한은 열다섯 무렵부터 다양한 가문에서 각양각색의 여식들을 온갖 이유를 붙여 들이밀었는데 나는 이름도 들어보지 못한 변방의 시골 남작이 추근대던 것이 다였다.

나는 지극히 평범했다. 영지민들과 귀족들의 존경을 한 몸에 받는 명예로운 벨루아 백작가의 고명딸. 방계에서도 아들만 가득한 이 백작가의 유일한 여자아이였다. 신체상 특별한 문제가 있는 것도 아니고, 성격 역시 조금 성마르다는 점을 빼면 정말 특색 없었다.

내 메마르고 딱딱한, 아버지를 닮아 살가움이라고는 찾아볼 수 없는 성정은 분명 남자들에게 인기가 있을 법하진 않지만, 애초에 가문과 가문끼리 맺어지는 귀족들의 혼약에서 그런 자잘한 점은 문제가 될 수 없다. 벨루아라는 백작가의 위명으로 충분히 덮을 수 있다. 제멋대로 자란 귀족영애들은 태반 성격이 좋지 못했으니까.

평범했던 내가 왜 그만큼이나 결혼시장에서 인기가 없었는지 나는 그때도 전혀 몰랐고 지금도 모르지만, 옛날만큼 신경이 쓰이지는 않았다. 지금부터 내 인생의 초점은 '생존'이다.

결혼이야 안 해도 괜찮다. 나는 아무도 나를 원하지 않는다며 눈물 콧물 빼는 대신, 벨루아를 지키기 위해 온 힘을 다할 것이다.

나는 유모가 곱게 땋아준 머리에다 손에 쥐고 있던 리본을 달며 어린 얼굴과 어울리지 않는 무표정을 했다. 다정한 남편? 필요 없다. 화려한 드레스? 원래도 없었지만 이젠 더더욱 원하지 않는다.

나는 정치에 관심을 둔 적이 없어 아버지가 귀족 사이에서 어떤 위치인지, 지금은 황태자일 우리 가문을 몰살시킨 황제와는 어떤 관계를 맺고 있는지 조금도 알지 못했다. 그러나 이제 알아야 했다. 황궁 무도회에서 스치듯 본 것이 다인 그 미친 황제에게 어떻게든 잘 보여야 했으니까.

망할 새끼. 우리 아버지가 어떻게 사셨는데 반역 같은 치욕스러운 죄를 뒤집어씌워?

유모가 들으면 기함할 테니, 죽기 전 내가 씹어뱉은 말을 속으로 곱씹으며 황제를 떠올렸다. 이가 절로 갈린다. 너무너무 밉고 싫지만, 나는 그가 아버지에게서 그렇게나 듣고 싶어 했을 사탕발림을 계획했다. 꿀과 설탕을 듬뿍 바른 아첨으로 청렴결백한 아버지를 대신해 벨루아를 지킬 것이다.

그가 지금 몇 살이더라?

나는 가만히 되짚어보았다. 나보다 한 살이나 두 살 많았던 것 같은데. 그가 황태자로 책봉되며 제국민 앞에 나선 것은 그가 열다섯이 되던 가을날이었다. 미친 듯이 날뛰기 시작한 것은 황제가 된 이후이며, 황태자가 되기 전엔 숨죽이고 있었다.

그가 황제가 된 이후처럼 잔인한 손속으로 유명했더라면, 아무리 그런 데 관심이 없는 나라고 한들 소문 정도는 들었을 테니까. 현재 나는 아직 열두 살이다. 그렇다면 그는 아직 황태자조차 아닐 터.

"유모, 루페르트 황자님은 몇 살이야?"

나는 황도, 상파뉴에 살던 황태자의 존재에 의미를 둔 적 없다. 귀족 영애라면 동화 속의 공주가 되기를 소망하며 황자님들 이야기에 눈을 반짝반짝 빛내는 소녀 시절을 보내기 마련이지만, 나는 가정교사가 읊어주는 황가의 계보를 대강 공부한 것이 전부였다.

당연히 황가를 향한 충성심도 없다. 불온분자라 욕을 얻어먹어도 할 말은 없다. 그러나 좀 무관심했기로서니 사형을 당할 만큼 크나큰 미움을 받다니, 억울하고 부당한 처사다.

나는 차오르는 억울함에 이를 부득 갈며 유모의 대답을 기다렸다. 그녀는 내 질문에 조금 당황한 듯했다. 그녀를 채근하기 위해 다시 입을 떼는데, 그녀의 반문이 조금 더 빨랐다.

"루페르트 황자님이라뇨?"

"루페르트 에드가 라스페 벨네르움. 황후 폐하의 외동아들 말이야."

황명(皇名) 역시 아직일 테지만, 라스페리히 1세. 벨네르니의 역사에 지독하고 흉포한 황제로 남을 이름이다. 그러나 유모는 그 이름을 마치 처음 들어보는 것처럼 고개를 갸웃거렸다.

"황후 폐하의 외동딸인 라페르트 황녀님을 말씀하시는 건가요?"

이건 또 무슨 소리람.

"……딸?"

나는 인상을 찌푸렸다. 딸이라니?

"예, 라페르트 황녀 전하는 올해 열세 살이세요. 한 번도 뵌 적 없지만, 무척 아름다운 분이시라 소문이 자자하답니다."

"그러니까, 황후 폐하의 소생으로는 그 황녀 전하 한 분밖에 없는 거야?"

"네. 제가 알기로는 그래요."

그제야 내가 왜 황태자가 되기 전의 황제를 알지 못했는지 기억해냈다. 루페르트 황자, 후에 라스페리히 1세가 될 남자는 황태자로 책봉되기 전에는 황녀로 살았다. 외척이 전무하다시피 한 아르델 황후가 지지 기반이 약한 아들을 지키기 위해 낸 꾀였다.

온 백성이 뒤통수를 제대로 맞은, 특히 제가 태자로 책봉되리라 믿어 의심치 않은 아르눌프 황자가 뒷목 잡고 쓰러졌던 희대의 사건을 어찌 잊고 있었는지 내 자신의 멍청함이 한탄스러웠다.

내가 모자란 기억력을 탓하며 작은 머리에 콩, 딱밤을 먹이자 유모가 화들짝 놀라 내 손목을 붙들었다.

"어머! 왜 그러세요, 갑자기?"

"제국에 둘뿐인 황녀 전하도 기억해내지 못한 내 머리가 원망스러워서."

"백작님이 중앙정치를 마다하시는 데다, 아가씨는 크리시 부인에게 수업을 받기 시작하신 지 얼마 되지 않으셨잖아요. 당연하죠."

아, 크리시 부인.

반갑지 않은 이름에 이마가 절로 찌푸려진다. 크리시 어스틴. 다정한 유모와 함께 내 교육을 맡았던 깐깐한 가정교사. 벨네르니 여성 귀족의 표본이라고 할 수 있는 그녀는 연약함, 굴종에 가까운 남편을 향한 순종, 황실을 위한 존경심 등이 세상을 구원할 덕목이라도 되는 양 굴었다.

내 주름진 이마를 손으로 톡톡 두드린 유모는 치장이 끝났다며 빙그레 웃었다. 나는 반사적으로 웃으며 자리에서 일어나 빙글 돌아보았다.

"아휴, 우리 아가씨는 깜찍하기도 하셔라."

"나 예뻐?"

"그럼요. 우리 아가씨는 제국에서 가장 아름답다는 라페르트 황녀님에 견주어도 꿀리지 않을 거예요."

유모의 목소리에는 으스댐마저 배어 있었다. 그녀는 한 살도 되지 않은 어린 딸을 전염병으로 잃은 후 내 유모가 됐다. 그래서 나를 정말 딸처럼 아껴주었다. 고슴도치도 제 새끼는 함함하다 주장하는 것처럼 유모의 눈에는 내가 세상에서 가장 귀엽고 깜찍한 소녀로 비칠 것이다.

아이일 적에야 그녀의 말을 곧이곧대로 믿었지만, 나는 내 자신이 특출하게 아름답지 못하다는 사실을 잘 알았다. 내게 혼담이 전혀 들어오지 않은 이유 중 하나일 테니까.

"에이, 거짓말."

"진짜라니까요. 아가씨가 얼마나 고우신데요. 거울 좀 보세요."

내가 예쁘지 않다는 것은 알지만, 예쁘다는 말 싫어하는 사람이 어디 있겠는가. 나는 그녀의 감탄에 가까운 칭찬에 배시시 웃으며 거울에 비친 내 모습을 빠르게 훑어보았다.

다 자란 후와 비교하면 지금이 훨씬 낫기는 했다. 적당히 통통한 볼은 복숭앗빛으로 발그레 달아올라 소녀다운 귀여움을 더해주었고, 옅은 갈색 눈에는 어린아이 특유의 반짝이는 생기가 가득했다.

화려한 미소녀와는 거리가 멀었으나 나름대로 귀여운 여자아이는 리본이 주렁주렁 매달린 깜찍한 드레스가 매우 잘 어울렸다. 내 입으로 말하기엔 살짝 부끄럽지만, 조금 인형 같았다. 나는 헤헤 실없이 웃으며 곱게 땋아 내린 머리를 매만졌다.

"그렇죠? 아가씨가 봐도 예쁘죠?"

"으응, 뭐. 괜찮네."

성인이 된 나는 성마른 성정이 얼굴에 다 드러나며 깡마른 몸에 깐깐한 인상을 가진, 아름다움과는 거리가 아주 멀었던 여자다. 검소한 아버지 덕분에 나는 분칠 한번 해본 적 없이 살았다.

어릴 적에는 리본이니 꽃 장식이니 소녀다운 장신구를 고집스레 달고 다녔지만, 머리가 제법 굵어진 다음에는 귀족으로서 모범이 되어야 한다는 생각에 장식 하나 없는 검소한 갈색 원피스만 입었다. 원래도 눈에 띄지 않는 흔한 갈색 머리에 갈색 눈, 화려한 구석 하나 없이 평범하고 흐릿한 이목구비의 내가 꾸미지도 않았으니 영식들이 내게 관심이 없었던 것은 당연지사이리라.

그럼에도 내 수많은 죄목에는 나와 전혀 상관이 없는 사치죄가 제일 위에 올라 있었다. 여성에 귀족이라는 내 단편적인 부분을 고려해 대강 지어낸 거겠지. 너도 여자이니 반짝이는 보석을 좋아했겠고, 귀족이니 사치했으리라는 짐작만으로. 내가 살아온 인생에는 아주 조금의 관심도 기울일 필요 없다는 기만적인 태도로.

보지 않아도 뻔했다. 그는 성의 없는 잔인함으로 내가 인간이면 가질 만한 당연한 욕심을 억누르며 지켜왔던 자존심과 벨루아의 이름을 단번에 박살냈다.

나쁜 새끼.

그의 재수 없는 얼굴을 떠올리면 당연하게 떠오르는 욕설을 삼키며 나는 흥, 콧김을 뿜었다.

사치? 정말로 사치가 뭔지 보여주겠어.

나는 그와 아주 많이 친해져 황실의 돈을 무지막지하게 뜯어내겠다는 야망을 품으며 눈을 반짝였다. 라페르트 황녀가 사실 루페르트 황자고, 곧 황태자가 되리라는 사실을 아는 사람은 황제와 황후, 당사자인 그를 제외하면 나뿐일 터.

아르눌프 황자 쪽에 정보를 흘려 그를 미리 제거하는 방법도 떠올려보았지만, 벨네르니 전역에 이름을 떨치는 권력자인 아른바흐 공작의 딸인 황비가 어린아이에 불과한 내 말을 믿어줄 리 만무했다. 게다가 그쪽 나름대로 라페르트 황녀가 남자일 가능성을 한 번쯤은 생각해봤을 터다. 야망 가득한 황비가 그리 조심성이 없지는 않았을 테니까.

그녀와 아르눌프 황자는 암투가 난무하는 황실의 조용한 전쟁에서 패한 것이다. 패배의 대가는 죽음이다. 표면적인 사인은 흔하디흔한 화재사고이지만, 황제의 잔인함을 직접 몸으로 겪은 나는 황비의 죽음이 그리 단순한 사고가 아님을 안다. 아르눌프 황자는 어미의 죽음을 뒤따르라는 듯, 황제가 그의 외척세력을 잔인하게 모두 제거한 뒤 친히 단두대에 올려주었다.

루페르트는 황위가 걸려 있어 매서운 의심의 눈초리에도 꼬투리 하나 잡히지 않고 조용히 엎드려 있다 기어코 살아남아 황제가 되었던, 아니, 될 사람이다. 여장이라는 굴욕적인 방패에 몸을 숨기고 있다 종국에는 제국의 매서운 겨울처럼 서늘한 칼을 들고 나타날 것이다.

나는 그만큼이나 잔인하고 철저한 야수가 미친 황제가 되기 전에 제거할 방법이 도무지 떠오르지 않았다. 그가 결국 살아남는다면, 나는 그 반대급부가 될 피의 숙청을 피해내야 했다.

어떻게?

아버지가 황제의 눈 밖에 난 단 하나뿐일 이유, 그에게는 전혀 없었던 양심이란 것을 믿고 입바른 소리를 하는 대신 설탕 가득 뿌린 알랑방귀를 뽕뽕 뀌는 것으로.

고작 열두 살 어린아이의 생일인데 백작저를 방문한 이들의 면면은 어마어마했다. 아마도 아직까지, 그리고 돌아가실 때까지 계속 중립을 지키고 계신 아버지의 환심을 사기 위해 황비나 황후의 사람들이 몰려든 것일 테지. 어렸던 나는 그런 것도 모르고 내 생일을 축하해주려고 이만큼이나 사람들이 모였구나 손뼉 치며 행복해했다.

바보 같은 계집애.

나는 순진무구했던 열두 살의 나를 원망했다. 열두 살은 어리지만, 돌이켜 생각해보면 그보다는 조금 더 맹랑해도 됐을 법한 나이다. 생전 얼굴 한번 본 적 없는 나이 지긋한 대귀족들이 어린아이 선물을 바리바리 싸들고 벨루아를 찾았을 때에는 그만한 이유가 있으리라 의심 정도는 해야 마땅했거늘.

내가 정치에 조금이라도 관심을 가졌더라면 황제가 미친 인간이라는 것을 진즉 알아차렸을 텐데. 아버지의 강직함을 자랑스러워하지만 말고, 그의 부러질지언정 구부러지진 않을 곧음에 따라올 반작용을 염려했어야 했다.

나는 그러지 않았다. 귀족의 의무가 단지 영지를 돌보고 도덕적 모범이 되는 것뿐이라 생각하며, 아버지가 짊어지신 지위와 책임을 고려하지 않았다. 벨루아는 정치판에 뛰어들 의지가 전혀 없었어도 다른 귀족이나 황제는 그리 생각하지 않으리라는 점을 깨닫지 못했다.

아버지는 훌륭한 분이셨지만, 결함 없이 완벽한 인간은 세상에 없다는 것도 몰랐다. 나는 아버지를 너무 맹신했다. 그가 우리 가족을 위험에서 지켜주리라고. 그도 사람일 뿐이라는 것을 잊고 아버지의 어깨를 내리누르는 무거움은 생각도 못 했다.

나는 홀을 가득 메운 사람들 속에서 아버지를 찾아냈다. 그는 제게 몰려드는 귀족들이 성가신 듯 얼굴이 굳어 있다. 죽기 전보다 훨씬 젊은 그리운 그 얼굴에, 나는 흘러내리려는 눈물을 억지로 삼켰다. 벨루아의 암갈색 머리는 르한과 똑같다. 따뜻하고 깊은, 내가 제일 사랑하는 빛깔이다.

아버지가 이때 완벽한 황후의 편으로 섰더라면 벨루아는 괜찮았을까?

나는 그 바보 같은 질문에 고개를 저었다. 벨루아 백작가는 중앙귀족의 오랜 중축이지만, 백작인 아버지는 중립을 목숨처럼 지켜오셨다. 태생부터 깨끗하고 곧아, 쉬이 마음을 바꾸지 않았을 것이다.

내가 과거로 돌아와 바꿀 수 있는 사람은 나 자신뿐이다. 황제는 태어나길 잔인한 야수라 그대로 미치광이가 될 것이고, 아버지 또한 날 때부터 그리 났으니 그대로 영영 강직하시리라. 제 안위를 위한답시고 황제의 정신 나간 명령을 따르시진 않을 것이다. 그러니 내가 달라져야 했다. 내가 벨루아를 지키리라.

나는 드레스 자락을 잡고 달려갔다.

"아버지!"

방정맞게 등장하는 날 먼저 발견한 이는 아버지의 호위기사 헤르만 경이다. 그는 이름 모를 남자와 이야길 나누고 계신 아버지의 등을 쿡 찔러 내 쪽을 돌아보게끔 만들었다.

나는 새침하게 헤르만 경에게 고개를 까딱인 뒤, 어른이 대화 중일 땐 끼어드는 게 아니라 꾸중하실 것만 같은 아버지의 표정을 무시하고 안겨들었다.

"라리에트, 어른을 뵀을 때는 먼저 인사를 하는 게 예의란다."

"안녕하세요."

나는 아버지의 딱딱한 목소리에 멀뚱히 서 있는 귀족에게 서둘러 인사한 뒤 아버지의 얼굴에 뽀뽀를 퍼부었다.

"아버지, 아빠. 정말 보고 싶었어요. 아픈 데는 없으신가요? 건강하신가요? 이때도 눈 밑이 거뭇하시네요. 아무래도 훼아(향이 강한 허브의 일종. 말린 후 종이에 말아 불을 붙여 연기를 들이마신다.)를 끊으시는 게……."

쪽.

"좋겠어요."

나는 말하는 중간중간에도 아버지의 까슬까슬한 수염에 입을 맞췄다. 내 왈가닥 같은 애정표현에 그는 조금 당황한 듯했다. 당연했다. 나는 원래 살가운 성격이 아니니까.

"생일이라 네가 많이 들떴나 보구나."

아버지는 조금, 아니, 사실 아주 많이 풀어진 표정으로 내 머리를 쓰다듬었다. 나는 그의 품에 얼굴을 파묻으며 찔끔 나온 눈물을 닦았다. 그렇게 싫어했던 아버지의 시큼한 훼아 냄새까지 향기롭게 느껴졌다.

"아버지, 오래오래 사세요."

"……영애가 백작님을 무척 따르는 것 같군요."

자신을 병풍처럼 세워두고 애정행각을 서슴지 않는 우리 부녀를 떨떠름하게 지켜보던 사내가 웃으며 입을 열었다. 나는 그에게 시선을 주며 미간을 모았다. 자세히 보니 낯익다. 누구지?

"생일 축하드립니다, 라리에트 백작영애. 루이제 바덴입니다."

나는 그의 이름을 듣고 나서야 내가 알던 그를 떠올릴 수 있었다. 루이제 바덴. 물려받은 작위 하나 없이 황실 기사단장의 우두머리에 오른, 아버지와 르한을 이유 한마디 말해주지 않고 감옥으로 끌고 간 황제의 충견이다.

나는 불끈 쥐어지는 주먹을 숨기며 해맑게 웃었다. 개새끼. 속으로 욕해주는 건 잊지 않았지만.

"아, 감사해요. 바덴 경."

내 말에 그의 얼굴이 의문으로 살짝 흐려진다. 그는 천천히 제 턱을 쓰다듬었다.

"제가 기사라는 것은 어찌 아셨습니까?"

예리한 질문이다. 나와 그는 지금 처음 만났고, 그는 현재 무기를 소지하고 있지 않았으니 나는 그가 기사라는 사실을 알 수 없다. 방에 돌아가서 다시 내 머리에 딱밤을 먹여야겠다. 나는 속으로 내 실수를 꾸짖으며 순진함을 가장했다.

"멋지셔서요. 멋지면 기사님이잖아요."

내가 원래도 둥글둥글한 눈을 크게 뜨며 대답하자, 루이제는 피식 웃었다. 어린아이의 순진한 칭찬에 기분이 상하지는 않은 모양이다.

"영애도 아주 귀엽고 예쁘십니다."

"알아요."

나는 그에게 공손하고 싶지는 않아 일부러 새침하게 턱을 올렸다. 앗, 지금은 좀 버릇없다. 나는 아버지가 혼낼까 걱정하며 그를 돌아보 았으나, 내 뽀뽀의 여파가 생각보다 대단한지 아버지는 아직도 웃고 계 셨다.

"아빠, 배고파요."

"그래, 그래. 식사부터 시작하자꾸나."

아버지는 내 등을 가볍게 토닥이며 루이제의 양해를 구했다. 그러나 자리를 잠시 비우겠다는 아버지의 말에 눈치 없는 황제의 개새끼는 웃 으며 나를 보았다.

"그러고 보니 저도 출출하네요. 영애, 제가 같이 가도 되겠습니까?"

거절을 예상하고 묻는 게 아닐 터. 그는 아직 기사단을 거느린 대단한 권력자는 아니지만, 후일 라스페리히 1세의 검이 된다. 사람 좋아 보이 는 인상에 서글서글한 성격 덕에 사람을 많이 가리시는 아버지조차 호 감을 가지고 있으니 나 같은 어린아이 하나 구슬리는 것은 식은 죽 먹기 라 생각하겠지.

하지만 나는 그가 들을 수 있게 흥, 콧방귀를 뀌었다. 아버지의 호의 를 저버리고 황제의 말도 안 되는 명령을 지켜가며 아버지와 르한을 죽 음으로 밀어넣은 그의 과거, 혹은 미래를 상기하자 고개가 절로 세게 저어진다.

"싫은데요."

내 거절에 루이제의 낯이 조금 어두워진다. 나는 내가 그의 기분을 상 하게 했다는 사실에 만족하며 사족을 덧붙였다.

"아버지랑 둘이 먹고 싶어서요. 부디 경이 너그럽게 이해해주세요."

나는 아버지의 목깃을 잡아 재촉하며 나를 물끄러미 쳐다보는 루이제의 시선을 피했다. 아버지는 아무 말도 하지 않았지만, 내가 그를 꺼리는 것을 눈치채신 듯했다. 아버지는 엄격한 성격 치고는 정중하지 못한 간단한 인사를 건넨 후 자리를 떴다.

"아버지."

"그가 싫으냐?"

"네, 저 사람 조심하세요. 느낌이 아주아주 안 좋아요!"

아버지는 어린아이의 말이라고 무시하실 분은 아니다. 그렇다고 근거도 없는 모함을 귀담아들으시지도 않겠지만. 내가 아버지를 잘 보살펴드려야겠다 마음먹으며 내가 좋아하는 요리들이 가득 올라 있는 테이블 근처로 폴짝 뛰어내렸다.

"우와아. 마르셀이 오늘 아주 실력을 제대로 발휘했나 봐요."

"마르셀?"

아버지의 눈썹이 스윽 올라간다. 아, 이때는 아직 마르셀이 주방보조를 할 무렵이었나. 아차 싶어 서둘러 고개를 저었다.

"아, 아니요. 베르노 주방장이요. 마르셀은 감자나 다듬었겠죠?"

나는 말실수를 했다는 것처럼 혀를 살짝 깨물며 테이블 중앙에 자리를 잡았다. 나는 오랜만에 아버지와 함께 식사를 하고 싶었으나, 그는 친구들과 있으라며 떠나버렸다. 아버지에겐 오랜만이 아니겠지.

또래의 귀족영애들이 옹기종기 모여 대화를 나누다가 내 등장에 반색하며 손을 흔든다. 나는 그중 가장 익숙한 소녀에게 활짝 웃어주었다.

"오랜만이야, 리체."

"오랜만은. 만난 지 얼마나 됐다고 호들갑이야."

작은 핀잔을 준 그녀는 앉아 있던 자리를 떠나 내 옆으로 다가섰다. 소녀의 곱슬곱슬한 푸른 머리카락이 흐르는 물처럼 허공에 퍼지다 이 내 가라앉는다. 나는 리체의 부드러운 푸르름을 보면서 그녀의 아버지를 떠올렸다.

리체의 아버지는 너구리 같은 고르텐 후작이다. 그는 아버지처럼 존경받는 귀족은 아니었지만, 빠른 눈치로 아슬아슬하게 황제의 광기를 피해간 권력자 중 하나다. 내가 숙부처럼 따랐던 그는 아버지의 오랜 친우였다. 그리고 그 세월이 무색할 만큼 냉정하고 깔끔하게 아버지를 버렸던 사람이다.

내가 제발 아버지를 도와달라 무릎까지 꿇어가며 내민 손을 내치던 그의 매정한 얼굴이 아직도 기억에 선명하다.

「멍청한 년.」

그가 눈물만 쏟던 나를 내려다보며 뱉은 한마디는 일말의 동정도 없는, 욕설이었다. 이가 바득 갈렸지만, 나와 마찬가지로 평범하기 짝이 없었던 리체가 그 배반을 알았을 리 없다. 그래도 예전만큼 그녀를 마음껏 사랑하진 못할 것 같다.

나는 내 불완전한 우정이 미안해서 그녀의 손을 괜스레 움켜잡았다.

"왜?"

리체의 손은 내 통통한 내 것과 달리 부러질 듯 가녀렸다. 그러고 보니 리체는 어렸을 때부터 바람 불면 날아갈 듯 가냘팠다. 나는 나뭇가지처럼 빼빼 마른 그녀의 손목을 살피며 걱정스레 입을 열었다.

"아니, 그냥. 너 밥은 먹었어?"

"네가 주인공인데 우리가 어찌 먼저 식사를 하니?"

리체가 괜한 소릴 한다며 풋 웃는다. 나는 그녀를 옆에 앉히고 서둘러 커트러리를 들었다. 내가 눈으로 인사하자, 몇몇 영애들이 반갑다는 양 마주 웃어주었다.

나는 이 테이블에 앉아 있는 영애들의 면면에서 지금 아버지와 친분을 쌓고 있는 귀족들을 대강 추려낼 수 있었다. 가족까지 챙겨서 내 생일파티에 올 정도라면 아버지와 연을 맺기 위해 단단히 애쓰고 있거나, 벨루아 백작가와 남다른 친분이 있을 테니까.

내가 아는 아버지의 친우는 고르텐 후작, 뱅상 백작, 그리고 하멜 자작 정도다. 그들은 나도 알 만큼 아버지와 대외적으로 친한 사람들이고, 남모르게 아버지가 믿는 이들은 따로 있었을 것이다. 나는 그들을 설득해야 했다. 미래의 황제에게 아버지에 대한 좋은 말을 흘릴 수 있도록.

바로 내 옆에 앉은 리체는 고르텐 후작의 장녀였고, 그 옆에는 뱅상 백작의 차녀인 마리안, 바로 맞은편에는 하멜 가의 방계인 싸샤가 앉아 있다. 알게 모르게 나와 리체를 중심으로 돌아가던 이 구도는 내 기억과 정확히 일치했다.

나는 내가 기억하지 못하는 인맥을 찾아내기 위해 주변을 둘러보았다. 대부분 익숙한 얼굴이다. 그리고 그들의 가문은 벨루아의 몰락에 모조리 눈을 감았다. 입안이 씁쓸해 차게 웃었다.

고작 열두 살 난 여자아이의 생일파티에 귀한 걸음을 할 정도로 아버지를 필요로 했으면서, 왜 황제의 광기가 그를 향할 때에는 아무도 벨루아를 위해주지 않았을까?

나는 테이블의 끝으로 시선을 옮기고 나서야 내가 기억하지 못하는 얼굴을 발견했다. 과거의 나 혹은 미래의 나와도 전혀 친분이 없는, 생경한 소녀가 잔뜩 움츠린 채 구석에 몸을 숨기고 있었다.

나는 소심한 소녀와 시선을 마주하기 위해 아이를 뚫어져라 쳐다보았다. 제 정수리로 쏟아지는 내 시선을 견디지 못하겠는지, 소녀는 결국 고개를 들었다. 주근깨가 잔뜩 박힌 동그란 얼굴은 확실히 낯설다. 누구지?

"실례지만, 영애는 처음 보는 얼굴이라서……. 이름이 어떻게 되시나요?"

"아, 소, 소, 소녀…… 영애처럼 귀한 몸이 아니옵니다. 말을 편히 해, 해주시옵소서."

소녀는 내가 벌이라도 내릴까 두려운 듯 잘게 떨었다. 귀족이 아니라는 소녀의 말에 테이블이 술렁이기 시작했다. 마리안 뱅상이 매몰차게 눈살을 찌푸리며 검지로 제 코를 가렸다.

"어쩐지 좀 구리구리한 냄새가 나더라니. 왜 평민이 감히 백작영애의 생일 테이블에 앉아 있는 거야?"

오만하고 날카로운 시선이 소녀에게 쏟아진다. 나는 이 테이블에 앉아 있는 고귀한 소녀들의 타고난 오만함과 귀족적 자부심을 잘 안다. 하지만 나는 정의와 도덕을 목 놓아 외치던 귀족들의 뼈저린 배반을 죽음으로써 경험했다.

아버지의 죽음에 제일 크게 항거했던 무리는 힘없는 벨루아의 영지민들이었다. 그들은 쟁기와 곡괭이를 들고 샹파뉴까지 올라와 황제의 처사가 지나치다며 목소리를 높여주었다. 그리고 모두 반항 한번 못 하고 수도방위 사령관을 역임하던 루이제, 혹은 그 수하들의 검에 목숨을 잃었다.

황제는 제 백성을 우습게 아는 금수였다. 높은 분들의 일이라고는 아무것도 모르는 사람들까지 몰려와 아버지의 죽음이 부당하다 항의하면 정말로 그 죽음이 부당할 수도 있겠구나 돌이켜 생각해줄 수는 없었나.

나는 소녀에게 쏟아지는 차가운 시선과 모멸이 아버지의 죽음을 나와 같이 슬퍼해주던 영지민에게 쏟아지던 그것처럼 느껴져, 떨리는 주먹을 테이블 아래로 숨겼다.

나는 내 눈치를 살피며 이리저리 초점 없이 흔들리는 소녀의 눈을 마주하며 부드럽게 웃어주었다. 속이 부글부글 끓어 조금 뒤틀린 미소가 되어버렸지만.

"뱅상."

나는 떨고 있는 소녀를 보며 아직도 고운 손으로 코를 막고 있는 마리안을 불렀다. 그녀는 내가 제게 동의라도 할 줄 알았는지, 새침하게 웃으며 내 쪽으로 고개를 돌렸다.

"네, 벨루아 백작영애. 말씀하세요."

잘 교육받은 티가 나는 부드러운 말투였다. 그녀는 내 부름에 대답하며 소녀에게 내 신분의 고귀함을 각인시켰다. 하나 그녀와 내가 받은 교육 태반이 쓸모없는 거짓과 허영뿐이라는 사실을 아는 나는 코웃음을 칠 수밖에 없었다.

"오늘 씻지도 않고 향수만 뿌리셨나요?"

내 질문에 마리안의 표정이 멍해진다. 그녀는 조금 멍청하게 반문했다.

"……네?"

"영애가 원래 땀 냄새가 심해 향수를 많이 뿌리시잖아요. 땀 냄새에 지독한 향수 냄새가 섞이니 정말 참을 수 없는 악취가 되어서……."

"……예?"

"제가 비위가 좀 약하잖아요. 저는 지금 뱅상의 악취를 참을 수가 없습니다."

"이건 제 냄새가 아니라……."

"아니요, 분명 뱅상 쪽에서 나고 있어요. 어우, 이게 무슨 냄새야 정말. 우욱, 우우욱."

나는 작게 헛구역질까지 하며 고개를 옆으로 돌렸다. 기대하지 않은 모욕에 마리안의 얼굴이 붉으락푸르락해졌다. 다른 영애들은 내 눈치를 보느라 어찌할 바를 모르고 눈만 굴리며 마리안을 위로해주지 않았다.

내가 오늘 이 자리의 주인공이고, 다들 제 아버지에게서 벨루아인 내게 잘 보이라며 단단히 주의를 받았을 테니까. 원래 이런 작자들이었다, 내가 친구라고 믿었던 사람들은.

"라리에트! 무례하군요!"

"무례했다면 죄송, 우우욱."

내가 말을 끝맺지도 못하고 헛구역질을 하자, 리체가 키득키득 웃으며 내 등을 두드려주었다. 마리안 뱅상은 나와 리체를 노려보다 벌떡 일어났다. 그녀의 세찬 눈짓을 받은 소녀 두 명이 그녀를 따라나선다. 물론 나는 인사도 없이 무례하게 자리를 뜨는 그들을 붙잡지 않았다.

"어머, 이제 좀 살 것 같네."

내가 방긋 웃자, 도대체 지금 무슨 일이 일어났는지 감도 잡지 못하던 소녀들이 어설프게 웃었다.

"식사해요, 우리. 저는 정말 배고프네요."

나는 재빠르게 앞에 놓인 고기 한 점을 썰어 입에 넣었다. 마리안 뱅상이 자신 때문에 쫓겨났다고 생각하는지, 소녀는 거의 울 것 같은 얼굴로 요리에는 손도 대지 못했다. 나는 부드러운 소고기를 우물우물 씹어 삼키며 소녀에게 손짓했다.

"아, 이름! 이름이 뭐라고 했죠?"

"토리 파스벤더이옵니다, 영애."

나는 소녀의 극존칭에 눈살을 살짝 찌푸렸다.

"말을 좀 편하게 해도 괜찮아요."

소녀의 눈이 동그래진다. 나는 당황한 소녀를 두고서 귀에 익은 그녀의 성을 어디서 들어보았는지 고민했다. 성까지 있는 평민은 흔하지 않으니까. 파스벤더, 파스벤더라……

"아!"

나는 작은 탄성과 함께 떠올려냈다. 토리 파스벤더.

내가 아는 이름은 토리 파스벤더 벨네르움이었다. 지금의 소녀와는 괴리가 느껴지는 제국에서 가장 고귀한 벨네르움의 칭호를 갖고 있던. 황제가 귀족들의 반대를 무릅쓰고 황후로 만들고서 하루 만에 제 손으로 죽인 여자.

정말 그녀가 맞나?

나는 눈을 의심했다. 소녀는 평범을 떠나 초라하기까지 했으니까. 저급한 원단의 조야한 드레스는 잘 먹고 다니지 못하는 것처럼 깡마른 소녀의 몸에 대강 걸쳐져 있었다. 심지어 잘 맞지도 않아 흘러내릴 것이 걱정되었는지, 옷과 확연히 다른 싸구려 공단으로 만들어진 끈까지 조여매고 있다.

잔뜩 기죽은 얼굴에 '나 소심하고 겁 많아요.'라고 쓰여 있는 저 소녀가 황후가 된다고?

믿기지 않았지만, 나는 하루살이 황후였던 그녀의 생김새조차 몰라 달리 할 수 있는 게 없다. 황제의 성혼식이 열리던 축제날 그와 마차에 앉아 상파뉴를 행진하던 그녀를 멀리서 본 것이 다였으니까. 그녀의 이름, 형체로만 기억하는 흐릿한 이목구비가 내가 아는 황후의 전부였다.

이렇게 생겼었구나.

나는 사슴같이 마른 몸을 바짝 움츠리며 고기를 씹지도 않고 삼키는 토리를 관찰했다. 황제의 찬란한 금발과 비슷했지만, 그보다는 훨씬 결이 좋지 못한 뻣뻣한 백금발을 엉성하게 묶은 그녀는 열두 살의 나보다도 어려 보였다.

여덟아홉 살은 되었으려나. 황제가 본인이 열여덟 살 때 그녀와 결혼했으니, 그녀는 아마 더 어린 나이에 생을 마감했을 것이다.

동화 속 이야기처럼 평민에서 한순간에 황후가 된 그녀는, 황후라는 무겁고 고귀한 칭호를 단 하루도 써보지 못하고 죽었다. 그녀가 황제 손에 하루 만에 죽었다는 말이 돌자, 아직 황제의 광기를 모르던 세간은 그녀가 간통이라도 저질렀을 것이라 수군거렸다.

그녀를 혐오하던 중앙귀족에 의해, 근거 없던 소문은 사실로 둔갑해 버렸다. 그녀가 사실은 월레탄의 첩자였노라고, 또 아르눌프 황자의 옛 연인으로 감히 황제 폐하의 암살을 계획한 미친 여자였다고. 하루살이 황후는 그런 식으로 죄인이 되어 역사에서 잊혀졌다.

나 역시 앞뒤가 전혀 맞지 않는 그녀에 대한 소문을 반쯤 믿었다. 황제의 처사는 분명 과하다고 생각했지만, 그가 이유 없이 아내를 죽이리라 생각하지 않았으니까. 하지만 정말로 토리에게 죄가 있었을까?

황제는 하늘에서 떨어진 듯 출신도 불분명한 그녀를 어느 날 갑작스레 데려와 황후로 삼겠다 고집부렸다. 귀족들은 대부분이 평민을 짐승처럼 취급하나, 그중에서도 가장 보수적인 중앙귀족들이 이를 반길 리 없을 테니 황제와 귀족원 사이에는 대단한 기 싸움이 벌어졌을 것이다.

아버지 또한 반대했었다. 그는 그녀의 신분보다는 그녀의 확인되지 않은 자질을 문제삼으셨다. 파스벤더는 당시 규모가 제법 큰 상회를 운영하던 가문이었지만, 상회의 주인인 파스벤더나 딸인 토리에 대해서는 알려진 바가 없다. 아버지는 토리가 국모가 되어 나라를 보듬을 수 있을지 의심하셨다. 그리고 그녀는 국모로서 무언가를 해보기도 전에 남편인 황제의 손에 죽어버렸다.

나는 그녀와 황제의 관계에 대해 아는 것이 전무했다. 내가 본디 그들에게 관심이 없기도 했었고, 미치광이 황제와 하루살이 황후에 대해선 소문만 무성해 진실을 알기 힘들었기 때문이다.

소문 속 황후는 상단을 운영하는 비천한 신분의 여자인 동시에 월레탄의 첩자였으며, 또 황제의 손에 죽은 아르눌프 황자의 옛 연인이었다. 황제는 가지각색의 이야기마다 등장해 여자를 이용했다가, 사랑했다가, 무관심했다.

나는 그가 그녀를 이용했다는 쪽으로 마음이 기울었다. 내가 아는 황제는 누군가를 사랑할 수 있는 인물이 아니니까. 그녀가 황제를 어찌 만났는지는 모르지만, 황제와 아버지의 관계가 그 시점부터 악화되었으리라 짐작할 수는 있었다.

아버지는 애초에 황제에게 큰 관심이 없었다. 권력을 원하지 않았으니 불리지 않는 이상 황궁도 찾아가지 않고 조용히 사셨다. 황제가 배다른 동기인 아르눌프 황자를 그가 아직 저지르지도 않은 역모죄를 덮어씌워 죽여버린 것을, 아버지는 탐탁지 않아 하셨다. 그리고 아버지가 본격적으로 그에게 반발하기 시작한 계기가 바로 하루살이 황후였다.

반대를 무릅쓰고 황후위에 올렸으면 행복하게 잘 살 것이지, 황제는 황후를 재판이나 유폐도 거치지 않고 침실에서 직접 죽였다. 기사의 검도 아닌, 그가 취미로 만지작거렸던 엽총으로. 사냥에 나가 짐승이나 쏴 죽이던 돼먹지 못한 물건으로 국모의 목숨을 거둔 것이다. 아버지는 이 비극에 기함하셨다.

황실에는 데면데면했던 아버지가 처음으로 황제에게 입바른 소리를 했다. 제국민의 존경을 받는 아버지를 등에 업고 귀족원은 황제의 광기를 나무랐고, 황제의 미움은 벨루아를 향했다. 벨루아 소유의 수도저택과 재산을 압류당하고 굴욕적으로 좌천당했지만 아버지는 입바른 소리를 그마두지 않으셨다. 그러다 결국 돌아가셨고.

물론 그녀의 잘못은 조금도 없지만, 나는 벨루아의 몰락의 원인이 될 소녀를 앞에 두고 어찌할 바를 몰랐다. 일단 이 소녀가 황제를 만나지 못하게 하면 되려나? 황제가 억지를 써가며 그녀를 황후로 만들지만 않았더라도 아버지와 그의 관계는 극악으로 치닫지 않았을 것이다. 나는 그녀가 황제를 모르기를 간절히 빌었다.

토리가 황제를 아직 만나지 않았을 확률이 아예 없는 것은 아니다. 그녀의 초라한 행색으로 미루어 보건대 파스벤더 상회는 지금은 아예 존재하지 않거나 덩치가 아주 작을 테니까. 아직 부(富)조차 거머쥐지 않은 그녀가 그때의 황제, 지금은 황녀일 루페르트를 이미 만났다면 그건 기적에 가까운 우연일 것이다.

잠깐. 그렇다면 내 생일파티는 어떻게 온 거지?

나는 열심히 고기를 먹고 있는 소녀를 방해하는 것이 아주 조금 미안했지만, 망설임 없이 입을 뗐다.

"파스벤더 양."

"네, 네에?"

토리가 화들짝 놀라며 고개를 든다. 맑고 순한, 초록 눈이 내게 향한다.

"제 생일파티에는 어떻게 오신 건가요?"

"송, 송구하옵니다."

"아니요. 사과를 받자는 게 아닙니다. 정말 궁금해서요."

"소녀는 라페르트 전하를 모시는 시녀인데, 황녀 전하께서 저를 보내셔서……."

토리가 우물쭈물 말끝을 흐린다. 나는 허탈하게 웃었다. 벌써 만났구나. 황후가 황제의 어릴 적 시녀일 줄이야. 아무도 상상 못 했겠지.

"라페르트 황녀 전하께서 파스벤더 양을 제 생일파티에 보내셨다고요?"

"네에."

내가 말이 없자, 토리는 내가 제게 화가 난 줄 알았는지 안절부절못하며 벌떡 일어났다. 내 눈치를 살피며 얌전히 음식을 먹고 있던 소녀들의 시선이 그녀에게 집중된다. 토리는 새하얗게 질려선 깡마른 손끝을 물어뜯기 시작했다.

"송구하옵니다, 송구하옵니다. 황녀님께서 아무런 주의도 주시지 않아 소녀가 있을 자리가 아님에도 앉아 있었사옵니다."

나는 서둘러 손을 들어 자리를 떠나려는 토리를 저지했다.

"파스벤더 양, 부디 여기서 식사를 해주세요. 당신을 쫓아내려는 게 아니랍니다. 나이젤 황녀 전하가 아닌, 라페르트 황녀 전하께서 보내서 오셨다니 그저 조금 놀랐을 뿐이에요."

내 생에 유일하고 성대했던 파티였으니 물론 황실에도 초대장이 갔을 테지만, 파티를 준비하신 어머니와 내가 아주 얕은 친분이라도 있던 것은 황비 쪽이다. 벨루아의 몰락 이전에는 황제와 실낱같은 연도 없었다. 물론 죽기 바로 직전에 아주 지독한 악연을 맺게 되었지만.

나는 라페르트 황녀, 아니, 황제 라스페리히 1세가 내 열두 번째 생일 파티에 자신의 시녀를 보냈었다는 사실을 전혀 몰랐다. 열두 살의 나는 친분이 있는 귀족영애들과 어울리며 테이블 구석에 움츠리고 있던 그녀에겐 눈길도 주지 않았을 테니까.

게다가 황녀로 가장 중이던 그를 만난 적도 없다. 내가 황제와 데면데면하게 얼굴이라도 마주하며 서로의 존재를 인식한 것은 그가 황태자가 된 후였다.

나는 그와의 첫 만남을 떠올려보았다. 열여섯에 처음 초대받은 황실 무도회. 샛노란 조명 아래, 그 밝은 조명보다도 더 찬란하게 빛나던 벨네르니의 유일무이한 황태자.

리체는 수선을 떨며 그의 휘황한 외모를 찬양했고, 나 또한 그의 잔인한 이면을 모른 채 넋을 놓고 그를 훔쳐보았다. 그는 내 데뷔탕트(Debutante)를 축하하며 나의 존재를 이제야 알았다는 것처럼 천연덕스럽게 자신을 소개했다.

그랬던 황제가 내 열두 번째 생일을 축하하기 위해 자신의 시녀를 보낸 전적이 있단다. 이는 그가 벨루아의 몰락 이전에도 나를 알고 있었다는 뜻이다.

황제가.

그가 나를 알고 있었다.

나는 오소소 소름이 돋아 팔을 쓸어내렸다. 그가 승계를 위해 벨루아의 힘을 탐냈었다면 그 고명딸인 나를 알고 있었다는 것쯤은 이상하지 않다. 문제는 그가 나를 모른 척했다는 것이다. 열두 살의 나를 알았던 황제가, 왜 열여섯의 나는 전혀 모르는 사람인 양 굴었나.

"저, 영애. 제가 여기 있어도 정말 괜찮으시겠어요?"

황제의 속을 짐작하느라 무의식적으로 눈살을 찌푸렸던 나는, 토리의 걱정스러운 물음에 빠르게 표정을 정리하며 고개를 끄덕였다. 소녀들은 모두 손을 멈춘 채 내게 집중하고 있었다. 나는 최대한 부드러운 목소리를 내기 위해 노력하며 앉지도, 서지도 못한 채 엉거주춤 등을 구부리고 있는 토리를 향해 입을 열었다.

"네, 정말 괜찮습니다. 황녀 전하께서 제 생일을 챙겨주시니 몸 둘 바를 모르겠네요. 제가 무척 황송해했다고 꼭 전해주시겠어요?"

"예에, 꼭 전해드리겠사옵니다."

서툰 궁중 언어와 공손한 평민의 공대를 오가는 그녀의 말투에 나는 싱긋 웃었다. 궁에 들어간 지 얼마 되지 않은 게 분명했다. 나는 토리의 낡은 옷과 엉성한 예의로 그녀가 아직 정식 시녀는 아니리라 짐작했다. 아무리 힘이 없는 황녀라지만, 황족이 저렇게 어설픈 아이를 시녀로 쓸 리 없다.

"토리는 황녀 전하를 언제부터 모셨나요?"

"막 일주일이 되었어요."

"정말 얼마 되지 않으셨군요."

나는 그녀에게 황제의 시녀가 된 경유를 꼬치꼬치 캐묻기 위해 입을 벌렸다가, 곧 보는 눈이 너무 많다는 것을 깨닫고 다물었다. 토리에게 지나친 관심을 보이는 나를 리체가 이상하게 바라보고 있었다.

나는 그녀의 시선을 피하며 아무렇지 않은 척 식사를 이어갔다. 주인공이 명백한 생일상이었으니, 요리들은 모두 열두 살의 내 위주로 차려져 있었다.

섬세한 레이스로 장식된 널찍한 테이블 위에 산딸기와 버찌로 만든 바레니에(일종의 잼), 양고기 만두, 크림수프, 꿀이 듬뿍 들어간 메도빅 케이크, 진한 초콜릿으로 만든 카트로시카 등이 먹음직스럽게 놓여 있었다. 언뜻 보면 디저트인지 메인요리인지 헷갈릴 만큼 달콤한 음식이 많았다. 어렸을 때 나는 단것을 무척 좋아했으니까.

백작저의 수석 주방장이었던 베르노는 내 건강을 염려해서 이런 음식을 좀처럼 만들어주지 않았었는데, 오늘은 또 생일이라고 잔뜩 내놓았나 보다. 그래서 지금의 나는 외려 먹을 만한 게 없었다. 사춘기를 지나면서 입맛이 담백해진 나는 이 달달한 생일상이 조금 부담스러웠다.

열두 살의 나였다면 환장하고 먹어치웠을 케이크를 포크로 휘적거리기만 하자, 계속 나를 지켜보던 리체가 천천히 손을 뻗었다. 곧 그녀의 작은 손이 내 이마에 살짝 얹힌다. 해끄무레한 작은 얼굴이 걱정으로 물들었다.

"너 괜찮아? 어디 아파?"

"응?"

나는 어리둥절해 되물었다. 그 바보 같은 모습에 리체가 한숨을 쉰다.

"너 지금 카트로시카는 아예 손도 대지 않았잖아. 제일 좋아하는 거면서."

"아, 입맛이 조금 없어서 그래. 괜찮아."

걱정 말라는 듯 고개를 휘휘 저었지만, 리체는 염려로 일그러진 인상을 풀지 않았다.

"거짓말. 너 정말 어디 아픈 거 아니야? 몸살 걸려서 수프도 못 넘길 때 푸딩은 한 대접씩 먹던 애가."

리체의 나직한 중얼거림에 나는 어설프게 웃었다. 내가 그만큼이나 단걸 좋아했었나? 베르노가 이러다 소아비만이 되실 거라며 울먹이던 적도 있으니 그랬던 것 같기도 하고.

"네가 그렇게 말하니까 조금 열이 나는 것 같기도 하네."

나는 리체의 의심을 피하기 위해 콜록거리며 아픈 척했다. 토리와 황제에 대해 혼자 생각할 시간도 필요했으니 이쯤에서 일어나는 것도 나쁘지 않다.

리체는 그러면 그렇지, 하는 얼굴로 집사인 보이트를 불러주었다. 손님들을 열심히 접대하던 그는 리체의 부름에 한달음에 달려와 내 안색을 살폈다.

"아가씨, 많이 아프세요?"

"아니, 그냥 머리만 조금 아파."

"세상에…… 정말로 케이크를 안 드셨잖아요?"

내가 깨작대던 케이크를 확인한 그는 곧 굳은 얼굴로 나를 안아 들었다. 아니, 걷지도 못할 만큼 심각하게 아픈 척하려던 건 아니었는데.

"무지막지하게 편찮으신 것 같네요. 요즘 유행하는 전염병일지도 몰라요. 지금 당장 닥터 아일리를 불러오겠습니다."

"어? 아니야. 그럴 필요 없어, 보이트."

"아, 그렇죠. 아가씨가 케이크를 안 드실 정도로 아프신 거니 이번에는 닥터 아일리만으로는 안 되겠네요."

"으응?"

"백작님께 말씀드려 상파뉴에서 솜씨 좋은 의사를 모셔와야겠습니다. 아가씨는 잔병치레가 잦으셔서 걱정이에요."

아니, 안 아프다니까.

나는 아프지 않다는 것을 피력하기 위해 팔을 휘저었다. 그러나 보이트는 내가 고통에 몸부림친다고 생각했는지 파리하게 질려 걸음을 빨리했다.

"아이고, 우리 아가씨. 속상하게 왜 생일날 아프시대요!"

"나 그렇게까지 아픈 건 아닌⋯⋯."

"도련님, 도련님! 백작님 지금 어디 계십니까?"

나는 내가 케이크를 다 먹지 않은 게 보이트에게 이만큼이나 큰 걱정을 안겨주리라 예상 못 했다.

그는 내 말은 들은 척도 안 하며 마침 복도 끝에 서 있던 르한을 붙잡았다. 르한은 바로 대답하는 대신, 집사에게 안겨 있는 나를 빠르게 살폈다.

"왜?"

"아가씨가 많이 아프신 모양이에요."

"아니야, 르한. 나 안⋯⋯."

"카트로시카는 입도 대지 않으시고, 꿀 케이크를 글쎄 포크로 깨작거리시더라니까요? 어제는 손으로 막 집어 먹다 크리시 부인한테 혼까지 나셨으면서!"

"누님, 괜찮으십니까? 많이 아프십니까?"

집사가 불안한 얼굴로 주절대자 르한이 덩달아 심각해졌다. 남동생의 얼굴에 서린 걱정에 나는 살짝 기분이 나빠졌다.

이 사람들이 내가 무슨 돼지인 줄 아나? 케이크 안 먹으면 아픈 거야?

아버지마저 내가 케이크를 보고 구역질을 했다는 집사의 과장 섞인 말에 흙빛이 되셨다.

나는 계속해서 크게 아픈 것이 아니니 주치의를 부를 필요까지는 없다 주장했지만, 르한과 아버지는 똑 닮은 얼굴에 비슷하게 굳은 표정으로 단호하게 고개를 저었다.

그들은 닥터 아일리가 세 시간을 공들여 내 몸을 살핀 뒤 내 건강에 이상이 없다는 것을 확인하고 나서야 안심했다. 아니, 안심하는 척했다. 닥터 아일리가 공손하게 허리를 숙이고서 내 방을 나서자, 아버지는 다급하게 헤르만 경을 찾았다.

"닥터 아일리도 라리에트가 무슨 병을 앓고 있는지 모르는 것 같더구나. 경이 얼른 황도로 달려가 제일 유명한 의사를 모셔오게."

"아버지!"

나는 아버지의 말도 안 되는 주책에 소리를 빽 질렀다. 닥터 아일리는 어머니가 많은 돈을 주고 고용한 실력 있는 의사였다. 그가 월레탄 출신이라며 평소에도 탐탁지 않아 하시더니만, 이젠 그의 진단조차 믿지 않으시나.

닥터 아일리가 이런 취급을 받는 것을 알면 어머니가 아주아주 실망하실 텐데도 아버지는 본인의 생각이 틀릴 수도 있단 의심 한 점 없이 단호한 표정으로 내 손을 꼭 붙잡으셨다.

"라리에트, 조금만 참거라. 내가 저런 돌팔이 말고 꼭 실력 있는 의사를 데려오마."

"어머니께 말씀드려 새로운 주치의를 구해볼까요?"

르한이 아이답지 않은 진중한 얼굴로 아버지께 묻는다. 나는 전쟁터 나가는 군인처럼 딱딱하게 굳은 동생의 얼굴에 어이가 없었다. 아주 둘 다 나를 환자로 만들려 안달이 났다.

"르한, 닥터 아일리는 좋은 의사이셔."

르한은 내 말을 듣지 않았다. 내 목소리가 그들에겐 아예 닿지도 않는 듯싶어 나는 볼을 잔뜩 부풀렸다. 뚱한 나를 본체만체하던 아버지는 건성으로 고개를 끄덕이며 르한에게 동의하시더니, 대번에 어머니가 신중하지 못하다며 불만을 토로하신다.

"하여간 너네 엄마는 사람을 너무 좋게만 봐서 탈이다. 마법에 의존하는 월레탄 인은 고용하지 말라고 내 그렇게 일렀건만!"

어머니한테 아버지의 못된 편견을 발고하고 말리라 다짐하며 나는 마지막으로 설득을 시도했다.

"아빠, 저 진짜 안 아프다니까요?"

"돌팔이 자식 같으니라고! 우리 라리에트가 무려 케이크를 안 먹는데 어떻게 안 아파!"

그러나 여전히 벽에 대고 말하는 것 같다. 순식간에 돌팔이가 되어버린 닥터 아일리에게 나는 무척이나 송구해졌다.

미안해요, 닥터 아일리.

내가 감기나 몸살을 앓을 때면 부리나케 만사 제치고 달려와 살펴주었던 주치의에게 속으로만 사과한 후, 아버지와 르한이 억지로 나를 눕혀놓은 침대에서 일어나려고 등허리에 힘을 주었다.

'아앗!'

하지만 내 옆에 바짝 붙어 있던 르한이 내 어깨를 꾹 잡아 누른 덕분에 그대로 다시 자빠졌다.

이 자식이?

나는 르한을 노려보며 한쪽 눈썹을 매섭게 올렸다. 오냐오냐했더니 누나를 너무 우습게 본다.

"누워 계십시오."

"나 진짜 안 아파!"

무시.

르한은 들은 척도 않고 내 입에 체온계를 쑤셔넣었다. 몇 번이고 반복해서 재어보아도 내 체온은 정상이지만, 아이는 체온계가 고장 났다고 생각하는지 사용인에게 다른 체온계를 가져오라 명령했다.

나는 매우 억울했다. 케이크 그냥 먹을걸. 단것 좀 먹지 않았다고 이 난리를 칠 줄 알았다면 전부 다 먹어치우는 건데.

"르한, 나 정말 안 아파. 멀쩡해! 두통이 조금 있을 뿐이야."

나는 내 어깨를 붙잡고 있는 르한의 손을 치우며 울상을 지었다. 상파뉴에서 의사선생님을 모셔오려면 돈이 얼마인데. 검소한 아버지 밑에서 평생을 자린고비처럼 살아온지라, 아픈 곳도 없는 날 치료하러 달려올 의사에게 지불할 돈이 벌써부터 아까웠다.

"상파뉴에서라니, 왕진료가 얼마나 비싼데 아무것도 아닌 일로 불러?"

"지금 돈이 문제입니까?"

르한이 정색한다. 나는 포기했다. 그래, 불러라 불러. 의사든 신관이든 마음껏 부르세요.

"엄마한테는 말하지 말아주세요. 네?"

아버지와 르한은 몰라도, 심약하신 어머니한테까지 괜한 걱정을 끼치고 싶지는 않았다. 나는 몸이 약했던 편이라 어렸을 때에는 꽤 자주 자리보전했는데, 생사를 오락가락했던 흑사병까지 앓고 난 뒤에 어머니는 거의 병적으로 날 염려하셨다.

원래도 잔걱정이 많은 분인데 내가 아프다는 얘길 들으시면 쓰러지실지도 모른다. 내가 안달복달하는 이유를 눈치채셨는지, 아버지가 한숨을 내쉬며 내 머리를 쓰다듬었다.

"알겠다. 일단 아만다에게는 말 않으마."

나는 그제야 안심했다. 그래, 의사가 올 때까지 혼자 침대에 누워 생각을 정리하는 것도 나쁘지 않다.

열두 살로 돌아온 지 반나절도 지나지 않았다. 머릿속이 너무 뒤죽박죽이라 기실 이만큼이나 제정신을 챙기고 있는 것이 기적일 정도다. 아버지와 르한이 걱정하는 것처럼 몸이 아프지는 않았지만, 공황의 끄트머리에 서 있는 것이나 마찬가지였으니까.

나는 내가 어떻게 죽었는지 또렷이 기억했다. 어제 겪었으니 당연했다. 내가 어떤 연유로, 어떤 방식으로 죽었는지 너무나 잘 아니 지금 이렇게 살아 있다는 사실 자체에 얼떨떨할 수밖에 없다.

나는 분명 열여덟의 여름날, 단두대 위에서 절명했다. 가축을 도륙하듯 저급한 방식이었다. 그 피의 고귀함과는 상관없이 벨네르니의 대역 죄인들은 모두 비참한 죽음을 맞았다.

나는 차가운 날에 목이 썰리는 순간의 느낌을 기억했다. 서걱. 섬뜩할 정도로 서늘한 소리와 함께 목이 툭 굴러떨어졌다. 상상하던 것처럼 거대한 고통도 내 핏기 가신 얼굴이 포물선을 그리며 날아가는 일도 없이, 나의 죽음은 고요했다.

그래.
나는 그렇게 죽었다.

이만큼이나 선명하게 내 죽음을 기억하는데 지금 숨을 쉬고 있는 내가 이해가지 않는 게 당연했다. 하지만 눈을 뜬 나는 열두 살이다. 아버지도, 어머니도, 르한도 모두 내 옆에 당연하다는 듯 있다.

나는 지금 내 현실이 죽기 전에 보는 환상 같은 것일까 두려웠다. 다시 살아났다 생각 없이 기뻐하다, 정신을 차려보면 그 뜨거운 뙤약볕 아래일까 무서웠다. 환상을 보는 것일지도 모른다. 저 멀리 이런 나를 비웃는 황제가 있을지도…….

"누님."

내가 소리 없이 겁에 질리자 르한이 내 손을 꼭 붙잡았다. 나는 손안에 퍼지는 온기에 천천히 진정했다. 내 죽음은 선명했지만, 이 온기는 더욱 선연했다.

르한의 걱정 어린 눈빛을 마주하며 나는 한숨처럼 웃었다. 내가 기억하는 어린 르한은 그대로였다. 겁 많고 아프기도 잘 아프던 미덥지 못한 누이를 둔 덕인지, 이맘때의 동생은 웬만한 성인보다도 훨씬 어른스러웠다. 그 반작용으로 사춘기에 접어들며 미친 망나니처럼 날뛰기 시작했지만.

"걱정하지 마십시오. 큰 병은 아닐 겁니다."

내가 아프지 않다고 외칠 때에는 큰 병일 수도 있다 잔뜩 겁을 주더니, 이제는 별것 아니리라며 달랜다. 나는 동생의 모순에 배시시 웃어버렸다.

"아까는 큰 병이라며?"

"닥터 아일리도 별문제 없을 거라고 했고, 황도에서 의사를 데려올 테니 금방 나으실 겁니다."

그러니까 나을 병이 없대도.

나는 작게 툴툴거리며 어느새 르한처럼 내 옆에 자리를 잡은 아버지를 올려다보았다. 왼손은 르한, 오른손은 아버지. 아주 많이 닮은 암갈색 눈들이 걱정으로 흔들리고 있었다. 웃기는 모양새였지만, 둘에게 꼭 잡혀 있는 손이 마냥 갑갑하지만은 않다.

사실 아주 좋았다. 가족의 온기는 내가 정말로 돌아왔다는 것을 실감나게 해줘서 눈물이 나왔다. 아침에 르한과 유모를 보며 한바탕 쏟아냈는데도 아직도 흘릴 눈물이 남아 있나 보다.

내가 코를 훌쩍이자, 아버지와 르한은 원래도 그리 좋지 않은 인상을 더 험악하게 구기며 떠날 채비 중인 헤르만 경을 재촉했다.

"경, 아직도 안 떠났나? 라리에트가 아파하질 않나!"

"아직 계셨습니까? 왜 꾸물대십니까? 부인께는 제가 말씀드릴 테니 지금 당장 떠나십시오."

호통치는 아버지보다 더한 사람은 경을 멀디먼 상파뉴로 보내면서 그의 부인과 인사도 못 나누게 하려는 르한이다. 나는 동생을 말리려 손을 들었지만, 르한은 그저 헤르만 경만 노려보았다.

침실을 빠르게 왔다 갔다 하며 돈과 지도, 벨루아의 증서 따위를 열심히 챙기던 헤르만 경은 자신의 노력은 조금도 알아주지 않는 그들의 꾸짖음에 조금 서글픈 얼굴로 방을 나섰다.

미안해요, 경.

나는 추후 닥터 아일리와 헤르만 경의 노고를 따로 치하하리라 다짐했다. 우는 아이 달래는 데 재능이 없는 아버지는 한참이나 우는 내 주변을 어쩔 줄 몰라 하며 맴도시다가 내가 눈을 감고 자는 척을 하고 나서야 자리를 떴다.

르한도 금방 그를 따라갈 줄 알았는데, 아이는 내가 저를 내보내기 위해 잠든 체하는 것을 알았는지 침대에 풀썩 앉았다. 나는 옆이 폭 가라앉는 느낌에 천천히 눈을 떴다.

르한은 눈 한번 깜박이지 않고 나를 물끄러미 내려다보고 있었다. 초저녁의 어슴푸레한 빛 아래 르한의 갈색 눈이 어둠처럼 깜깜해 보인다. 같은 갈색이지만, 그와 내 빛깔은 선명함의 차원이 달랐다. 깊고 진한 밤색. 따뜻한 느낌이 감도는 르한의 눈 색은 내 흐리멍덩한 색보다 훨씬 아름다웠다.

나는 손을 뻗어 르한의 머리칼을 부드럽게 쓰다듬었다. 익숙한 듯 르한이 내 손길을 피하지 않고 눈을 감는다. 그가 이렇게 얌전히 나를 따르는 건 정말 오랜만이라 나는 빙그레 웃었다.

"네가 앞으로도 내 손길을 피하지 않으면 좋을 텐데."

"피하지 않을 겁니다."

아니, 피할걸.

나는 르한이 모르는 그의 미래를 예견하며 아쉽게 손을 거두었다.

"아까 아침에 누님은 제가 어떤 사람이 되어도 저를 사랑하시겠다 말씀하셨습니다."

"응, 그랬어."

내 담담한 인정에 르한이 눈을 뜬다. 르한은 평소처럼 표정이 없었지만, 나는 순간 그의 눈이 웃는다는 느낌을 받았다.

"저도 그렇습니다, 누님."

"어?"

"아프지 마십시오."

내가 르한을 붙잡고 그 말뜻을 확인하기도 전에 르한은 빠르게 방을 나섰다. 나는 그의 뒤통수를 멍하니 지켜보다 작게 웃었다. 막을 새도 없이 흐르던 눈물을 한 손으로 슥 훔치자 뿌옇던 시야가 조금 돌아온다.

열두 살의 방은 내가 죽기 전과 비슷한 모습이었다. 아버지가 두꺼운 붉은 벨벳으로 만들어진 커튼을 치고 가신 덕에 방은 조금 어두웠다.

나는 부드러운 윤곽으로 이루어진 내 침실의 익숙한 풍경을 음미하듯 감상했다. 우아한 고택인 백작저를 사랑했다. 특히 할아버지가 직접 설계하셨다는 내 침실을 가장 좋아했다. 르한이 태어난 봄, 수도로 종종 놀러 가던 여름, 어머니가 좋아하시는 가을, 벨루아가 가장 아름다운 겨울. 나는 이 방에서 나의 모든 사계절을 보냈다. 이 방은 내가 자라나는 모습을 주욱 지켜봐왔다.

여덟 살 무렵부터 매년 키를 재어 금을 그어놓던 나무벽 또한 그대로였다. 나는 일어나 아직 벽의 반도 닿지 않는 금을 손으로 만져보았다. 뒤늦게나마 작아진 내 몸을 깨닫는다. 열두 살 치고는 작은 키가 아니지만, 죽기 전 마지막으로 쟀던 것에 비하면 머리 하나는 작다.

바꿔 말하면 다 자란 나는 열두 살 시절보다 겨우 머리 하나 정도만 컸다는 뜻이다. 나는 다른 아이들보다 조금 이른 열네 살에 성장이 멈췄다. 너무 분한 나머지 마지막으로 키를 쟀을 때 억지로 까치발을 세워가며 금을 그었던 기억이 난다. 키가 큰 어머니를 닮아 헌칠하던 르한이 그런 나를 비웃다 아버지한테 얻어맞았다.

지금부터라도 성장에 도움이 되는 음식을 먹고 운동을 하면 더 클 수 있을까? 또래보다 조금, 아주 조금 작은 키에 여러모로 불만이 많았던 터라 나는 야채 같은 것을 더 먹어볼까 고민하며 종종걸음으로 방 안을 돌아다녔다.

나는 변화를 좋아하지 않아 계절마다 침실을 갈아치우는 여느 귀족들과 달리 고집스레 이 방에만 머물렀었다. 어머니가 조금 더 넓은 방으로 옮기면 좋을 거라고 여러 번 권유하셨지만, 정든 침실을 떠나고 싶지 않았다. 할아버지가 할머니를 위해 손수 지으셨다는 방에 얽힌 사연도 낭만적이라 좋았고. 낡아서 외풍이 들이치던 창이나 삐걱대는 바닥을 재작년에 수리한 뒤에는 문고리 한번 바꾸지 않았다.

그럼에도 내가 죽기 바로 전과는 조금씩 다른 구석이 있어 꼼꼼히 살피던 나는 침대 옆 탁상에 놓여 있는 오르골을 발견하고 미소 지었다.

조심조심 먼지를 털고 오르골의 장치를 감자 겨울과 어울리는 다정한 멜로디가 흘러나온다. 내가 좋아하는 동화를 배경으로 한 오케스트라의 서곡이다. 나무로 만들었지만 제법 고급제품이라 윤이 반질반질 나는 오르골은 르한이 몇 년 전, 지금으로 치자면 작년에 준 내 생일선물이다.

무뚝뚝하지만 쑥스러움도 많은 아이가 소녀들이나 들어갈 법한 선물상점에서 쭈뼛대며 이것을 골랐을 장면을 상상하니 절로 웃음이 나왔다. 그러다 바삭 미소가 마른다. 이 오르골을 그의 차가운 주검과 함께 묻었을 때가 떠올랐기 때문이다.

르한과 아버지가 역모죄로 잡혀간 후 누군가에 의한 고의적인 방화로 백작저는 겨우 골조만 남을 정도로 크게 상했다. 르한의 오르골은 내가 그 난리 속에서 겨우 챙겨 나온 몇 안 되는 물건 중 하나다. 그리고 나는 르한을 땅에 묻을 때 이 오르골을 함께 묻었다.

서늘하게 굳어 있던 르한의 죽은 얼굴이 생각나자 발끝이 덜덜 떨렸다. 아버지와 어머니의 죽음도 내게는 아주 끔찍한 절망이었지만, 르한의 죽음은 그보다도 더한 비극이었다. 그가 나보다 먼저 죽으리라고는 상상도 해본 적이 없었으니까. 나는 동생의 죽음을 받아들일 준비가 전혀 되어 있지 않았었다.

그런데도 남자라는 이유 하나만으로 르한은 나보다도 먼저 단두대에 올려졌다. 차라리 나를 먼저 죽여달라 빌었지만, 황제는 나를 고문하듯 가장 마지막에 죽였다. 가족이 한 명 한 명 죽어나가는데 아무것도 할 수 없었던 그 끔찍한 나날을 다시는 겪고 싶지 않다.

나는 부들부들 떨리는 손을 깍지 끼며 짧게 심호흡을 했다. 겪지 않게 할 수 있다. 겪지 않게 할 것이다. 주문처럼 중얼거리며 침대 위에서 사람인 양 이불까지 덮고 있는 인형들을 밀쳐냈다. 베개에 얼굴을 파묻고 팔을 뻗어 더듬더듬하니 침대 헤드의 작은 공간에 숨겨두었던 공책이 손에 걸렸다. 나는 어머니에게 들키기 전까지 일기를 쓰면 꼭 여기다 보관했다.

어린아이가 좋아할 법한, 그러니까 열두 살의 내가 좋아했던 귀여운 공주님과 별 그림이 그려져 있는 분홍색 다이어리를 펼쳐든 나는 빠르게 현재 내 상황을 적어나갔다. 누군가 우연히 본다면 내가 꿈의 내용이나 망상을 적었다고 생각할 만큼 황당하고 믿기지 않는 내용이었지만, 어쨌든 내게는 지독한 사실인.

제국력 291년 8월, 죽음
제국력 285년 1월, 돌아옴. 황제가 나를 알고 있음. 토리 파스벤더는 현재 라페르트 황녀의 시녀.

글자를 빠르게 써내려가던 펜촉이 황제라는 단어에 잠시 흔들렸다. 나는 다시금 토리와의 만남을 상기했다. 초라하다 못해 궁상맞아 보이던 소녀는 수년 내에 황후가 될 것이고, 기어코 아버지가 황제에게 반발하는 시발점이 될 것이다.

일단 그것부터 막아야 했다. 그녀와 황제가 만나지 않은 상태였다면 가장 좋았겠지만, 둘 다 아직 어린아이니 방법이 있을지도 모른다. 나는 혼자 고개를 주억거리며 토리의 이름에 동그라미를 쳤다.

제국력 287년 9월, 황태자 책봉
제국력 289년 5월, 선대 황제의 붕어
제국력 289년 6월, 루페르트 승계
제국력 289년 9월, 황비 화재사고 예상 – 사망
제국력 289년 11월, 아르눌프 황자 사형
제국력 290년 9월, 토리 파스벤더 벨네르움 사망

제국력 290년 10월,
곤차로바 백작 일가 전원 사형
수도방위 사령부관 두 명 황제에 의해 사망
선대 황제의 형제 벤티볼트 대공 일가 추방 및 사형, 황제의 사촌인 마볼로 경 사망
루페르트에게 반했던 귀족원 의원 세 명 국외추방 – 후에 사망

열두 살 여자아이의 오늘은 어떤 달콤한 걸 먹었다 누구랑 놀았다 같은 시시콜콜한 일상으로만 가득했던 다이어리가 이 난폭한 내용에 겁을 먹을까 봐 사망이라는 단어를 선택했지만, 사실 일방적인 살육에 가까웠다.

루페르트가 황제가 되고 무려 서른 명의 귀족들이 숙청되었다. 전형적인 공포정치였다. 그는 황제의 적자로, 그만큼 타당한 후계자가 없었음에도 그가 아닌 다른 곳에 권력이 집중되는 것에 예민했다. 그러니 이 나라의 가장 중요한 뼈대가 황제가 아닌 귀족원이라는 사실이 거슬

렸을 것이다.

그러나 억누르면 억누를수록 반발하고 싶은 것이 사람 심리다. 본디 귀족원의 입김이 대단한 나라였으니 당연했다. 황제는 그 크고 작은 반발을 모두 반역으로 묶어 다스렸다. 내가 기억을 다 못 해서 망정이지, 실제로 벌어졌던 일들을 쓰다 보면 끝이 없을 것이다. 나는 옆에 있지도 않은 그가 두려워져서 자꾸 엇나가는 펜을 바로 잡았다.

제국력 291년 3월, 벨루아의 몰락

죽었던 생명도 피어난다는 찬란한 봄, 나의 벨루아는 몰락했다. 두 음절밖에 되지 않는 단어를 쓰는 것이 어찌나 힘겨운지 나는 마지막 줄에 거의 십 분을 소비했다.

확실히 종이에다 적어놓으니 머릿속은 깨끗해졌다. 몇 장도 채 되지 않는 종이에 적힌 죽음이 어찌나 많은지, 나는 황제에게 스러진 목숨의 무게만큼 다이어리가 무거워진 듯한 기분에 미안했다.

그의 광기를 문자로 정리해보니 황제는 진짜 미친놈이었다. 벨루아는 황실과 연이 끊어진 지 오래된 가문이라 피 같은 건 전혀 섞이지 않았지만, 벤티볼트 대공은 그의 숙부였고 가족이었다. 하긴, 배다른 형인 아르놀프 황자까지 잡아 죽였으니 그가 제 숙부라고 마음을 달리 먹었겠느냐마는.

그나마 친누이도 아닌 나이젤 황녀를 살려둔 것이, 그의 마지막 자비였을 터다. 그에게 만약 그런 덕목이 있었다면 말이다.

나는 황제가 어떤 삶을 거쳐 이런 광인이 됐는지 전혀 몰랐다. 따라서 내가 과거로 왔다고 그를 바꿀 수 있으리라고는 전혀 기대하지 않았다. 타고난 본성은 좀처럼 변하지 않는 법이니까. 어렵게 다시 살아났는데 그를 바꿔놓겠노라 객기 부리다 죽고 싶진 않다.

되도록이면 황제와 얼굴조차 모르는 남으로 살고 싶지만, 그렇게 되면 우리 아버지는 또다시 그에게 반발하실 테고, 황제는 벨루아를 무저갱에 던져넣을 것이다. 그러니까 남은 수는 하나밖에 없었다. 황제와 최대한의 친분을 쌓아 그와 아버지의 관계를 조율하는 것.

나는 펜을 다시 들어 종이 끄트머리에 문장 하나를 추가했다.

제국력 285년 1월, 라페르트 황녀 전하의 시녀가 될 것

라페르트 황녀의 시녀로 황궁에 들어가고 싶다는 내 뜻에 가장 기함한 사람은 내 예상을 뒤엎고 어머니셨다. 아버지와 르한도 불만이 큰 것 같았지만, 어머니가 워낙 불같이 성을 내서서 외려 얌전하게 입을 꾹 닫고 고개만 끄덕였다.

혼내는 시어머니보다 말리는 시누이가 더 얄밉다고, 내게는 뭐라고 말도 못 하시면서 어머니의 호통에만 "그러엄, 그러엄." 밉살맞게 맞장구치는 아버지 때문에 약이 올랐다. 내가 은근슬쩍 노려보자 어머니는 어디 감히 아버지께 도끼눈을 뜨냐며 언성을 더 높이셨다.

"황궁은! 무슨 놈의! 황궁!"

그녀의 목소리가 유리창이라도 깰 것처럼 카랑카랑 올라간다. 아버지와의 결혼 전, 신을 섬기는 아바드의 응창을 담당하는 가수셨던 어머니는 발성법을 잊지 않으셨는지 크고 빠른 목소리로 나를 혼내면서도 숨이 찬 기색이 없으셨다.

혼나는 당사자가 나만 아니었더라면 대단하시다 엄지손가락이라도 올려드릴 텐데, 그 꾸중을 모조리 혼자 들으려니 열두 살 아이처럼, 그리고 실제로도 열두 살이니 주눅이 들었다.

내가 어릴 때 난 큰 마차사고로 다리를 쓰지 못하시게 된 어머니는 휠체어에 앉아 계셔 키가 작은 나보다도 눈높이가 낮으셨는데, 그럼에도 나는 그녀가 마치 나를 내려다보는 것만 같은 기분이 들었다.

"시녀는! 왜! 네가! 왜! 거기는! 왜!"

"어머니, 그러니까 제 생각에는……."

"엄마는 네 생각 안 들을 거야! 잘못했어, 안 했어?"

솔직히 내가 뭘 그렇게 잘못했는지 모르겠다. 나는 어머니가 과민하다 생각하며 입을 삐죽였다.

"아이 정말, 제 말은 들어보지도 않으시고! 소리 좀 그만 지르세요!"

"무슨 말! 네가 무슨 바람이 들어서 궁에 들어갈 생각을 해!"

"리체도 나이젤 황녀님의 시녀잖아요. 마리안 뱅상도, 싸샤도 전부 한 번쯤은 지원했고요!"

"그래? 리체가 그래? 황궁에 같이 가자고? 그 계집애, 내가 처음부터 마음에 안 들었다."

거짓말! 아이가 참 밝고 어여쁘다며 내 친구들 중 리체를 가장 예뻐하시던 어머니의 휙 바뀐 태도에 나는 헛웃음을 쳤다.

"아니, 리체가 같이 가자고 한 건 아니고요."

"그럼 왜! 설마 집이 싫은 거니? 라리에트, 네가 세상을 아직 몰라 이런다. 황궁이 화려하고 멋있어 보이지만 말이야!"

앗, 침 튀어.

황실이란 집단이 얼마나 위험하고 더러운지, 권력을 노리고 궁에 들어간 수많은 귀족영애들이 어떤 봉변을 당했는지 열변을 토하시는 어머니의 입에서 튀어나온 침을 정통으로 맞아 얼굴을 찌푸리자, 그녀는 내가 당신의 말에 반박하려 그런다 생각하신 듯 더 엄한 표정을 지으시며 멀뚱히 서 있던 르한에게 손을 뻗으셨다.

"네 누나가 엄마 말을 전혀 안 듣는구나! 회초리 가져와!"

"회, 회초리요?"

다 자란 성인이었으니, 매 맞아본 지 꽤 오래되었다. 다 컸다고 매질이 괜찮은 것도 아니니 내 얼굴은 순식간에 새파랗게 질렸다.

"여보. 라리에트가 고집을 부리는 건 맞지만 매 맞을 만한 잘못은 아닌 것 같은데."

아버지가 당황해 어머니의 어깨를 붙잡으셨지만, 그녀는 단호한 얼굴로 머뭇거리는 르한에게 눈짓하셨다. 어머니와 나를 번갈아 보던 르한이 천천히 걸음을 옮긴다.

나는 동생의 배신에 울상 지었다. 저 자식은 옛날부터 매를 가져오라는 어머니의 말만큼은 너무 잘 들어서 문제였다.

"글쎄 애 좀 봐요! 전혀 내 말을 듣는 얼굴이 아니라니까요?"

"일단 진정 좀 하세요!"

나는 복도 너머로 사라지는 르한을 노려보다 고개를 홱 돌리며 어머니의 손을 붙잡았다. 어머니가 무엇을 걱정하시는지 모르겠지만, 나는 더 이상 아무것도 모르는 열두 살짜리가 아니다. 이대로 시간이 흘러 황녀가 황태자가 되고, 그 황태자가 황제가 되어버리면 그에겐 접근하기 더욱더 어려워진다.

벨루아는 백성들과 귀족들의 존경을 받았지만, 어쨌든 권력과 정치판과는 거리가 멀었고, 아버지처럼 백작도 아니며 르한처럼 군인이 되지도 않을 나같이 평범한 사람은 황제를 알현하려면 세 달은 기다려야 했다.

지금 라페르트 황녀는 상대적으로 권세가 약한 황족이다. 모두 앞다투어 미래가 보장된 황족의 시녀를 하려고 나서지만, 그녀처럼 애매한 위치의, 즉 황위계승이 유력시되는 황자와 거리가 먼 황족은 행여나 아른바흐 공작을 등에 업은 황비의 눈에 날까 모두 꺼리고 있으리라.

나는 누구도 자처하지 않을 라페르트 황녀의 시녀가 되기를 희망하는, 적당한 나이대의 귀족영애다. 내 뒷배로 보일 벨루아 또한 적당히 중립을 지켜온 가문이었으니 내가 그녀, 혹은 그의 시녀가 되기란 마음만 먹으면 어렵지 않을 것이다.

그녀의 시녀가 되는 것이 가장 빠르게 황제에게 닿는 길이다. 황제와 일거수일투족을 함께할 시녀라면 그가 아버지에게 원하는 바가 무엇인지 쉽게 알아낼 수 있을 테고. 나는 내 계획이 꽤 자랑스러웠다.

그러나 어머니의 반대가 생각보다 어마어마하다. 어머니에게 내가 미래에서 왔다 미주알고주알 털어놓을 수도 없는 일이니 답답해 미칠 노릇이었다.

네가 무슨 이유를 대는지 어디 한번 들어나 보자는 듯한 얼굴로 나를 쳐다보시는 어머니를 내려다보며 또박또박 말했다.

"첫째! 라페르트 님은 권력과 먼 황녀이시니 아르눌프 황자 전하를 모시는 것처럼 위험하지 않아요."

물론 그 황녀가 곧 황태자가 될 것이라는 말은 쏙 빼놓았다.

"둘째, 황녀 전하를 모시면 저는 크리시 부인께 항상 지적받았던 교양과 예의를 가장 엄하게 익힐 수 있어요."

내가 검지와 중지를 척 빼들며 주장하자, 어머니의 입매가 살짝 비틀렸다. 내가 어린아이처럼 떼쓰는 중이 아님을 아신 것이다.

"셋째, 황궁에는 온갖 세도가의 귀족들이 바글거려요. 그중에는 제 또래 영식이나 그런 영식을 자식으로 둔 귀족이 많을 거고요."

"……영식?"

"저도 곧 혼인할 나이잖아요. 신랑감을 찾아봐야죠."

"겨우 열둘인 아이가 무슨 놈의 결혼이냐?"

나는 아버지의 투덜거림을 무시한 채 점점 동공이 흔들리는 어머니만 뚫어져라 쳐다보았다.

"어머니, 아직 열둘이라지만 저는 벨루아의 적녀이자 장녀예요. 그런데도 여태 비공식적으로나마 저에게 들어온 혼담은 하나도 없었죠? 이게 무슨 의미이겠어요?"

"아니, 그건 네가 아직 어려서……."

"아니에요! 저는 나이를 먹어도 인기가 없을 거라고요."

방금 한 말은 슬프게도 사실이라서 나는 더욱 진실된 표정을 지을 수 있었다. 내 진지한 얼굴에 어머니의 꾹 다문 입매가 풀렸다.

"이제는 여자가 남자를 찾아 나설 때예요. 황궁만큼 신랑감을 구하기에 좋은 곳이 없고요."

"그 생각에는 나도 동의한다만……."

옳거니! 어머니가 말끝을 흐리자, 자신감이 붙은 나는 고개를 힘차게 끄덕이며 기세를 몰고 갔다.

"황궁에는 리체도 항상 있을 테니 여차하면 도움을 받을 수도 있고요. 아, 아멜리아 고모도 상파뉴에 계셨죠? 거기에는 저를 도와줄 사람이 이만큼이나 많아요."

리체와 얼굴만 겨우 아는 고모 이렇게 둘뿐이지만, 나는 거드름을 피웠다. 어머니는 좀처럼 고집을 부리는 적이 없는 내가 이만큼이나 강력하게 주장하자 잠시 고민하시다 어물어물 입을 여셨다.

내 논리는 타당했다. 궁에 제 딸을 들여보내지 못해서 안달인 부모가 많은 세상이다. 해서 나는 어느 정도 기대를 품고 눈을 반짝이며 천천히 열리는 그녀의 입을 지켜보았다.

"으응, 그래도 안 돼."

그러나 여전한 반대. 논리적인 설득마저 먹히지 않는다면 내가 쓸 수 있는 수는 몇 남지 않는다.

나는 숨을 흡 들이켜며 눈을 부릅떴다. 면적이 넓은 동공에 찬 공기가 닿자 바로 눈물이 고인다. 내가 벨루아를 위해 하고 싶지도 않은 시녀 짓까지 한다고 하는데 몰라주시니 억울함이 차올라 별 노력도 없이 눈물을 뽑아낼 수 있었다.

뚜욱 뚝. 요즘따라 잘 우는 내가 당황스러우신지 아버지는 순식간에 안달복달하며 르한이 가져온 회초리를 던져버렸다. 너는 눈치도 없느냐? 애꿎은 동생을 혼내신다.

"흐읍, 끅, 저엉말, 끅, 흐으앙, 흐읍, 끅, 안, 흡, 되어요?"

"라리에트, 울지는 말고 어머니 말을 좀 들어보렴."

"싫, 흐윽, 어요!"

내가 주먹까지 꼭 쥐며 아버지를 노려보자 그는 착잡한 표정으로 고개를 저었다.

"아만다, 얘가 이만큼이나 원하는데…….."

옳지, 아버지! 계속하세요!

나는 눈물에 가려진 시야로 어머니를 설득하려는 아버지를 흘깃거리며 속으로만 웃었다. 그러나 어머니의 표정은 만년빙설처럼 냉랭하기만 했다. 눈물로 호소해도 소용이 없다는 양 단호한 얼굴이다. 나와 르한에게 엄했던 분은 아버지셨지, 어머니가 아니었기 때문에 나는 꽤 당황했다.

어머니가 이 정도로 황실을 싫어하실 줄이야.

"안 돼요."

아버지께 대답하시면서도 어머니는 그를 보고 있지 않으셨다. 그녀는 내가 우는 것이 탐탁지 않은지 인상을 찡그리며 손수건을 꺼내 내 얼굴을 닦았다. 킁, 코까지 풀게 했다.

"황궁만큼은 절대로 안 돼. 내 의견은 바뀌지 않을 테니 라리, 네가 포기하렴."

다정한 목소리였으나 내용은 변함이 없다. 어머니는 아버지와 말다툼 한번 안 할 정도로 조용한 성정이지만, 은근한 쇠고집이라 결정을 바꾸는 일은 드물다.

나는 어머니의 도가 지나친 반대에 얼떨떨한 표정으로 고개를 끄덕였다. 이럴 때는 적어도 수긍하는 척해야 했다. 안 그러면 계속 나를 달달 볶으실 테니까.

나는 순종적인 태도로 다시 생각해보니 리체가 황궁생활이 몹시 고되다고 얘기해줬던 것 같기도 하다며 어머니의 말에 동의했다. 어머니와 아버지, 르한까지 눈에 띄게 안심하는 게 보였다. 나는 다행이라는 듯 웃는 그들과 함께 웃었다. 그리고 다음 날 짐을 싸서 가출했다.

어렵지 않았다. 새벽이 되자마자 방에서 몰래 빠져나온 나는 주방에서 훔친 초롱불에 의지해 종종걸음으로 복도를 내달렸다. 아버지 덕에 백작가의 사람들은 규칙적인 생활을 해 이 시각에 깨어 있는 사람은 없었다.

벨루아는 치안이랄 것도 없는 조용한 변방의 시골이라 밤의 경계가 허술했다. 그렇다고 경비를 서는 기사가 없는 것은 아니었지만, 그들의 교대시간 정도야 훤하다. 복도 끝에 숨죽이며 서서 기사들이 자리를 비우는 찰나를 기다린 나는 내가 예상한 시각에 백작저를 빠져나올 수 있었다. 저택만 빠져나오면 그다음은 쉽다. 집을 답답해하던 르한이 만들어놓은 개구멍이 있으니까.

어머니가 좋아하시는 새빨간 베고니아가 만발한 정원을 지나자 수풀로 잘 덮여 있는 고풍스러운 담벼락이 나타났다. 할아버지가 공들여서 수리하셨을 노란 벽 앞 풀더미를 들추니 어린아이는 쉽게 빠져나갈 만큼 큰 구멍이 눈에 들어왔다. 백작저에 큰 애정을 쏟으셨던 할아버지에 대한 존경이나 배려는 손톱만큼도 없는 르한의 짓이다. 이러니 내가 르한은 천국에는 가지 못하리라 생각하는 거다. 나는 혀를 쯧쯧 차며, 르한이 만들어놓은 개구멍을 유용하게 사용했다.

눈이 소복이 쌓인 하얀 언덕을 구르듯 내려오니 멋모르는 하녀 한 명을 통해 대기시켜놓은 마차가 눈에 들어왔다. 나는 아침에 일어나면 놀라 자빠지실 아버지와 어머니께 송구해서 작게 한숨을 내쉬었다.

그들의 어린 딸이 혼자 마차를 구해 벨루아를 빠져나갈 줄은 상상도 못 하셨으리라. 진짜 열두 살의 나는 화폐의 가치조차 모를 정도로 세상물정을 몰랐다. 혼자 물건을 사본 적도, 놀러 가본 적도 없었으니까.

그렇다고 다 자랄 때까지 백치처럼 살았던 것은 아니지만, 나는 기본적으로 모험을 싫어하는 매우 얌전한 성정이다. 당연히 황도에 홀로 향하는 것은 처음이다.

몰래 고용한 마부도 내 앳된 얼굴에 놀란 것 같다. 그는 내가 아무렇지 않게 마차에 오르자 동행인이 없는지를 확인했다. 그러나 나는 최대한 야무지고 고압적인 태도로 대답하며 그의 호기심을 일축했다. 척 봐도 귀족으로 보이는 내 오만한 태도가 그를 수긍하게 했는지 그는 별말 없이 마차를 출발시켰다.

처음엔 상파뉴까지 가는지 몰랐다며 난색을 표하던 마부는, 내가 이 벨루아의 고명딸임을 밝히자마자 순순히 고개를 끄떡였다.

제국의 남부. 귀족이라고는 벨루아 백작가와 아버지 밑에서 일하는 브로닌 남작, 고르텐 후작가 정도뿐인 지방이다. 일개 마부인 그로선 이해가 불가능한 내 행동의 이유로 나의 신분을 연관 짓는 것은 당연했다. 평민은 그들이 자신들과 동떨어진 다른 종족이라고 생각했으니까.

"역시 귀족나리는 똘똘하시네요."

어설프게 웃으며 말하는 것을 보니 마부는 귀족아이는 혼자서 마차도 타고 황도도 혼자 가는구나, 납득한 모양이다. 나는 그의 고민 없는 납득에 감사했다.

벨루아를 빠져나가기도 전에 아버지께 들켜버리면 새벽부터 준비한 가출 계획도 소용이 없다. 벨루아는 아버지의 사람들이 바글바글한 땅이고, 그의 한마디면 나를 잡으러 달려올 기사들이 수두룩했다.

내가 그들을 따돌릴 만큼 빠른 다리를 가지고 있는 것도 아니니 마부가 빨리 움직여주는 게 가장 중요했다. 다행히도 비싼 명마는 아니었지만, 튼튼해 보이는 말 두 마리가 끄는 마차는 조금은 울퉁불퉁한 시골길을 빠르게 달렸다. 휙 스쳐 지나가는 풍경이 낯익다.

정말로 그의 시녀가 될 수 있을지는 모르겠지만, 만약 내 바람대로 된다면 벨루아에 제법 오래 발을 들이지 못할 것이다. 어머니만 그리 반대하지 않으셨어도 준비된 인사를 나눌 수 있었을 텐데. 어찌할 바 없는 아쉬움이 가득했다.

일부러 열어둔 창문으로 고소한 밀 냄새가 밀려들었다. 제국의 남서부에 위치한 벨루아는 메마르고 황량한 벨네르니 제국의 지방 치고는 따뜻한 편이다. 겨울임에도 남아 있는 노란 국화가 쑥부쟁이와 섞여 들판에 널려 있었다. 새벽빛을 받은 들꽃들이 마치 나를 배웅해주는 듯 바람에 흩날린다.

안녕, 벨루아. 나는 너를 지키기 위해 떠나는 거야. 반드시 지켜줄게.

태양이 떠오르고 있었다. 나는 부드럽게 햇볕에 물들어가는 벨루아를 바라보며 두 손을 마주 잡았다.

조금 늦은 오후, 나는 오랜 기억을 더듬어 겨우겨우 도착한 5번가의 대저택 앞을 어슬렁거렸다. 백작저만큼 크지는 않았지만, 저택들이 빼곡히 늘어선 이 5번가에서는 가장 크고 화려한 저택이다. 민트색으로 깔끔하게 칠해진 나무 담벼락을 담쟁이덩굴이 어지럽지 않게 장식하고 있었다.

몇 걸음을 더 걸으니 내가 고개를 치켜들어도 끝이 보이지 않을 만큼 거대한 대문이 나타났다. 고모는 더는 벨루아의 사람이 아니지만, 그녀의 대문에는 벨루아의 상징인 전나무가 뾰족뾰족한 가시를 자랑하며 세공되어 있었다. 아름답지만 전체적으로 과한 감이 있다. 나는 이 젠체하는 집이 아멜리아 고모와 너무도 잘 어울리는 것 같아 피식 웃었다.

그녀는 검소한 아버지와 다르게 허영이 강했다. 항상 두툼하게 올린 머리에 이상한 깃털들을 잔뜩 꽂아 장식하는 스타일을 선호했고, 그 머리만큼 높게 부풀었던 야망으로 벤티볼트 대공의 다섯 번째 첩으로 들어갔다.

살면서 그녀를 만난 건 손에 꼽을 만큼이다. 아주 어렸을 적에 두어 번, 데뷔탕트의 날에 한 번, 황도에서 가장 화려하게 열린 그녀의 결혼식과 마찬가지로 황도에서 집행된 그녀의 사형식에서 본 것이 전부다.

아멜리아 고모는 아버지의 하나뿐인 여동생이지만, 그는 어쩌다 상파뉴에 오게 되어도 그녀를 방문하는 법이 없었다. 젊고 아름다운 벨루아의 아가씨가 나이 많은, 황족이긴 하나 권력에서 한참 먼 대공의 정실도 아닌 다섯 번째 첩이 되었다는 사실이 꽤나 치욕스러우셨나 보다.

그녀는 아버지의 반대와 사람들의 경멸을 무릅쓰고 벤티볼트 대공의 여인이 되었다. 어떤 이유에서인지 그녀는 선대 황제, 그러니까 지금 현 황제가 승하하면 그의 동생인 벤티볼트 대공이 왕이 될 것이라 한 치의 의심도 없이 믿었다. 그리고 그 믿음의 대가로 벤티볼트 대공과 사이좋게 죽음을 맞이했다.

자신이 황후가 될 것이라 생각했던 그녀의 오만도 벨루아가 루페르트의 눈 밖에 나는 데 일조했으리라. 하지만 내 기억에 고모는 나쁜 사람은 아니었다. 그저 귀족여자들이 으레 그러하듯 낭만적인 삶을 믿었을 뿐이다.

나는 그녀가 내 얼굴을 기억하고 있기를 빌며 대문 옆에 달린 종을 울렸다.

댕댕.

쓸데없이 커다란 종만큼 무거운 소리가 5번가를 울렸지만, 저택에 사람이 없는 것인지 나와보는 사람이 단 한 명도 없었다. 여름이니 별장에라도 놀러 가신 걸까. 나는 입을 삐죽이며 무거운 짐을 내려놓았다. 내 몸만 한 보따리에 묶여 있는 작은 돈주머니는 흘깃 봐도 홀쭉했다.

"……큰일 났네."

여정은 고되었다. 회귀 전엔 열여덟까지 먹었다지만, 상파뉴에는 늘 가족과 함께 왔는지라 그때도 지금도 이런 여행이 처음이어서 제법 고생했다.

일주일이 넘는 여행 동안, 지친 몸을 쉬기 위해 마부가 안내해주는 여관에 들어서면 '귀족의 어린아이가 이런 데 있지?' '왜 혼자이지?' 하는 의심의 시선을 받곤 했는데, 그럴 땐 벨루아 백작가의 전나무가 새겨진 목걸이를 보여주며 무마시켰다.

귀족은 알 수 없는 존재이니 그럴 수도 있겠다는 편견이 이렇게나 먹힌다는 게 신기하기도 했지만, 역시나 혼자서는 조금 무서웠던지라 식사도 방에서 후다닥 하고, 목욕은 꿈도 꾸지 않았다. 세숫물로 가능한 한 구석구석 씻으러 애를 썼다.

여비에다 마부의 여관비, 그리고 아버지에게 들키지 않고 빠르게 벨루아를 빠져나와 나를 여기까지 데려다준 것이 고마워 마부에게 수고비를 조금 넉넉히 쥐여주었더니 남은 돈이 별로 없다. 그렇다고 이대로 무작정 황궁으로 쳐들어가 '시녀로 써주세요.' 할 수도 없는 노릇이라, 정말 큰일이다.

리체한테 가는 수밖에 없다. 문제는 리체가 어디에 있는지 모른다는 것이다. 리체는 황궁에 기거하는 입궁 시녀가 아닌, 출퇴근이 있는 나이젤 황녀의 수행원이다. 그녀가 열여덟 때 살았던 수도저택의 위치는 기억하고 있지만, 이맘때에도 같은 곳에 살았는지는 확실하지 않다.

"으아, 어쩌지."

나는 듣는 이도 없는 혼잣말을 중얼거리며 머리를 쥐어뜯었다. 아멜리아 고모는 이곳을 굉장히 좋아하셔서 고향인 벨루아에도 걸음하는 적이 드물었던 터라, 그녀가 부재중일 경우를 간과한 게 실수였다.

꼬르륵.

거리에 사람들은 없었지만, 대귀족과 부호들만 사는 화려하고 우아한 5번가에 울려 퍼지는 부끄러운 소리에 나는 얼굴을 붉히며 바닥에 던져두었던 짐을 끌어안았다. 쉬지도 않고 내리 달려온 덕에 오늘은 하루 종일 아무것도 먹지 않았다.

그래, 일단 밥부터 먹자.

나는 끈이 풀린 분홍색 새틴 구두를 고쳐 신고 5번가를 나섰다. 가끔 행정적인 업무를 위해 상파뉴로 불려오셨던 아버지와 종종 놀러 오기도 했고, 황도에서 사관학교를 다니던 르한을 방문했던 적도 있던 터라 길은 그리 낯설지 않았다. 다만 항상 마차를 타고 다녔던 곳을 두 다리로 걸으려니 무척 힘들었다.

나는 골목 구석에 주저앉아 숨을 돌렸다. 귀족들만 사는 동네라 걸어 다니는 사람이 없는 것이 천만다행이다. 하루 종일 마차를 탄 덕에 잔뜩 구겨진 빨간색 벨벳 드레스와 방한용으로 들고 온 보닛을 뒤집어쓴 나는 누가 봐도 영락없는 미아였기 때문이다.

눈에 띄는 편이 아니긴 했지만, 만약 누군가 보고 신고라도 해서 방위대라도 끌고 오면 곤란해질 것이다. 나는 낑낑거리며 겨우 몸을 일으켰다. 마차를 타고 지났을 때는 그리 멀지 않던 시장에 한참 걷고 나서야 겨우 도착할 수 있었다. 일반적인 상점이라면 문을 닫을 무렵이었다.

어린 몸으로 술집에 들어갈 수는 없으니 나는 서둘러 발을 옮겼다. 남은 돈이 별로 없어 노점상을 찾는데 오늘따라 장사를 일찍 접는 모양인지 대부분의 장사꾼들이 주섬주섬 자리를 정리 중이다. 다행히 거리 끄트머리에서 만두를 파는 노점상인 한 명이 마지막 남은 만두를 가리키며 목청을 높이고 있었다.

"마지막 만두! 사갈 사람 없어? 반값에 줄게!"

횡재했다!

나는 상인의 말에 활짝 웃으며 돈주머니를 쥐었다. 굶어 죽으라는 법은 없나 보다. 나는 이보라는 듯 돈주머니를 팔랑이며 목소리 큰 만두팔이에게 서둘러 달려갔다. 만두팔이 아저씨가 마주 웃어주며 고개를 크게 끄덕이신다. 소리 없이 눈빛으로 아저씨의 암묵적인 동의를 얻은 나는 판대에 돈을 던지듯 올려놓고 만두를 집으려 손을 뻗었다.

하지만 내 손에 잡힌 것은 만두가 아닌 웬 손이다. 곱고 하얀 손이 느닷없이 허공에서 튀어나와 내 만두를 가로챘다. 허기와 피곤으로 짜증이 이미 머리끝까지 올라 있던 나는 험악하게 인상을 구기며 내 만두를 가로챈 손의 주인을 확인하기 위해 뒤돌았다.

손의 주인은 나보다도 작은 여자아이였다. 아이는 한겨울의 날씨와 어울리지 않는 챙이 넓은 모자를 푹 눌러쓰고 있는 데다 나보다 키가 작았기 때문에 얼굴이 전혀 보이지 않았다.

우스꽝스러운 모자 밑으로 길게 늘어진 소녀의 머리칼은 제국에서 가장 흔한 갈색이다. 내 연갈색보다도 눈에 띄지 않는 빛깔에 동정심이 들 정도로 볼품없는. 이맘때의 여자아이가 외모에 얼마나 신경을 쓰는지 모르진 않으니 나는 소녀를 찰나 안타깝게 여겼다.

그러나 고작 나보다 못난 머리카락을 가졌다고 해서 만두를 내어줄 측은지심까지 생기는 건 아니다. 나는 소녀의 손을 세게 움켜잡으며 눈을 사납게 치켜떴다.

"이 만두 제가 샀거든요?"

내 앙칼진 목소리에 소녀가 당장 손을 치웠다면 좋았겠지만, 아이는 미동도 없이 나를 물끄러미 올려다볼 뿐이다. 나는 마주한 소녀의 눈에 조금 당황했다. 나처럼 짜증이 난 것도 아니고, 미안한 기색을 띤 것도 아니다. 아이의 유리알 같은 초록 눈은 그저 아무것도 담지 못하고 담담했다.

잘 만든 인형처럼 표정이 전혀 없는 소녀는 내가 제 손을 꾹 누르고 있는 것이 불쾌하지도 않은 듯했다. 아니, 내가 자신의 손을 잡고 있다는 사실조차 모르는 것 같았다. 나는 순간 섬뜩해 소녀의 손을 놓았다.

"저기요."

초점도 없이 멍한 얼굴이라 정신에 이상이라도 있는 게 아닐까 싶어 내가 소녀의 눈앞에서 손을 흔들자, 아이의 눈썹이 작게 찌푸려진다. 무(無)에 가깝던 얼굴에 서서히 분노가 어렸다.

분노? 나는 소녀의 갑작스러운 변화에 어이가 없었다. 감정의 단계를 건너뛰어도 너무 훅 뛰는 것이 아닌가.

그녀가 남의 만두를 멋대로 집어 먹고 양심의 가책 따위는 조금도 느끼지 않는 후안무치라 한들, 이 상황에 분노를 느끼는 것은 말이 되질 않았다. 당황하든, 짜증을 내든 둘 중 하나여야 하는데 소녀는 성이 난 얼굴로 나를 노려보았다. 혼이 빠진 것처럼 멍했던 눈에 일렁이는 새파란 분노에, 나는 주춤주춤 물러나다 곧 콧방귀를 뀌었다.

내가 왜 물러나야 해?

나는 소녀의 멋모르고 화난 얼굴에 더 짜증이 솟았다. 만두를 뺏긴 것도 나였고, 화를 내야 하는 사람도 나였는데 내가 왜 저리 성난 얼굴을 봐야 하나.

나는 몇 발자국 물러났던 거리를 성큼성큼 좁혀 다시 소녀의 손목을 쥐었다. 그러자 아이는 얼굴을 확 일그러트리며 잡힌 손에 힘을 주었다. 나는 소녀와 실랑이를 하다 혹여나 만두가 터질까 걱정됐지만, 아이는 파리한 안색만큼 힘이 없는지 내게 잡힌 손을 빼내지 못했다.

"뭐."

소녀는 내 얼굴과 내게 잡힌 제 손을 번갈아 보다 명령했다. 나는 아이의 오만하고 억누름이 익숙한 말투에 소녀의 신분을 추측할 수 있었다. 황도, 그중에서도 5번가와 가까운 시장이니 귀족아이 하나쯤 돌아다닌다 해도 놀랄 일은 아니다. 은화 한 닢도 되지 못할 만두 하나를 놓고 귀족아이 둘이 싸우는 진풍경은 드물겠지만.

"내 만두에서 손 떼."

나는 하대를 하는 상대방에게 얌전히 공대해줄 만큼 예의가 바르진 못했다. 게다가 모르는 사람이 하는 하대에 익숙하지도 않아 기분이 상했다. 나보다 몇 배는 나이가 많을 사용인을 포함해서 또래 귀족영애와 영식들까지 모두 내게 말을 놓지 않았으니까.

이는 소녀도 마찬가지였는지 아이는 눈을 크게 뜨며 항의하듯 나를 올려다보았다. 소녀가 두르고 있는 목도리 위로 반쯤 보이는 코가 씰룩인다. 나는 아이의 씰룩이는 코를 따라 하며 소녀가 같잖다는 듯 고개를 획 돌렸다.

"아저씨, 돈 제가 먼저 지불했죠? 얘는 안 냈죠?"

나와 소녀의 싸움을 흥미롭게 지켜보던 아저씨는 내 질문에 얼떨떨한 얼굴로 고개를 끄덕였다. 소녀는 돈이고 뭐고 들고 있는 것이 아무것도 없어 보였다. 수행인도 없으면서 무슨 배짱으로 만두를 먹으려고 했는지. 영락없이 세상물정 하나도 모르는 멍청한 귀족아이, 딱 예전의 나 같은 모습이라 나는 혀를 쯧쯧 차며 나를 이상하게 쳐다보는 소녀의 손을 치워냈다.

"이거 돈 내고 사 먹어야 하는 거야. 여기가 너희 집 다이닝룸인 줄 아니?"

나는 가르치듯 말하며 콧대를 세웠다. 아마 돈을 내야 한단 것을 몰랐나 보다. 하여간 요즘 귀족은 이래서 문제다. 가문이 갑자기 몰락이라도 하면 어찌 살아가려고 이리 아둔한지 모르겠다. 나는 내 과거를 홀로 떠올리며 아파하는 양심을 잊고 젠체했다.

"미친 건가?"

"미치긴 누가?"

"너."

아이는 우아하게 손을 들더니 모순적이게도 내 얼굴을 무례하게 가리켰다.

"얘, 너 혹시 길 잃었니?"

콩만 한 아이가 나를 제 아랫사람 취급하는 데 기분이 좋지는 않았지만, 나는 아이의 삿대질을 무시하며 반문했다. 멀뚱히 나를 노려보는 꼴을 보고 있으려니 조금 걱정되었기 때문이다.

이 성질 더러운 소녀는 나보다 머리 반 개는 작다. 그러니 나이가 많아봤자 르한보다 어릴 것이다. 따르는 수행인도 없는 데다 입고 있는 옷도 그리 고급이 아니다. 이전의 나는 분별하지 못했을 테지만, 지금의 나는 소녀의 가족, 혹은 가문의 위치를 대강 짐작할 수 있었다.

수도귀족까진 아니고 행정귀족의 딸이겠지.

수도귀족은 제 영지는 믿을 만한 가복이나 방계에게 맡기고서 수도에서 놀고먹거나, 또는 행정 업무를 본다. 행정귀족은 영지가 없으며 수도에 살고 행정 업무를 담당한다.

웬만한 귀족의 리스트는 어렴풋이 기억하고 있으니 아이의 집을 찾아주기란 그리 어렵지는 않을 것이다. 나는 코가 석 자인 내 처지를 잊고 길을 잃어 예민해졌을 소녀의 등을 토닥여주었다.

"내가 만두 먹고 집 찾는 건 도와줄게. 너무 걱정하지 마렴."

"죽고 싶나?"

아이는 내 따뜻한 걱정을 무시함과 동시에 무시무시한 소릴 했다. 물론 나는 절대 죽고 싶지 않다. 죽고 싶지 않아 용쓰느라 집까지 떠나왔는데 눈치 없는 한마디가 아닌가.

나는 소녀의 잔인한 말에 기가 막혀서 헛웃음을 흘렸다. 죽음이 어떤 것인지도 모를 나이에 어찌 저런 말을 함부로 입에 담을까. 나는 들으라는 듯 바람 빠지는 소리를 내며 입을 열었다.

"죽여봐라? 흥."

처음엔 서슬 퍼런 안광에 조금 겁을, 아니, 겁까지는 아니었고 살짝 놀랐지만, 어쨌든 르한보다 어린 아이에게 놀릴 수는 없다.

약이 오르는지 원래 구겨져 있던 소녀의 얼굴이 더욱 험악해졌다.

"너 그러다 주름 생긴다?"

나는 밉살맞은 소릴 하며 입을 삐죽였다. 힘들어 죽겠는 와중에도 도와주겠다는데, 버르장머리 없는 계집아이 같으니. 나는 본디 아이를 별로 안 좋아했다.

소녀는 내 말에 대답할 말을 잃은 듯 입만 뻐끔거렸다.

나와 소녀가 본격적으로 싸울 기세를 보이자 만두팔이 아저씨가 손을 휘휘 저으며 우리 사이에 끼어드셨다.

"아이고, 싸우지들 마. 내가 그냥 한 개씩 더 쪄서 줄 테니까."

"어? 정말요?"

나는 반색하며 소녀의 손에 만두를 던지듯 쥐여주었다. 그 만두는 우리가 신경전을 벌이는 와중에 식어버렸으니까. 이왕이면 새로 쪄낸 만두가 더 좋다. 아저씨의 후한 인심에 싱글벙글 웃으며 가판대에 다가서는데, 소녀가 내 손목을 휙 잡아끌었다. 그 반동에 의해 저절로 고개가 끌려간다. 나는 죽은 듯 가라앉은 아이의 녹안을 억지로 다시 마주했다.

"너,"

"뭐?"

내가 성급하게 대꾸하자 아이가 눈살을 찌푸린다.

"젠장, 말 끊지 마."

소녀는 귀족아이 치고는 입이 걸다. 하여간, 요즘 애들은 인성교육이 제대로 안 되어 있다. 나는 제국의 미래를 걱정하며 어깨를 으쓱했다. 사실 루페르트가 황제가 되는 마당에 무슨 미래가 있겠느냐마는.

"이름이 뭐야?"

"내 이름?"

"그래. 빨리 말해."

나는 소녀의 재촉에 빙그레 웃었다. 타이밍 좋게 아저씨가 건네주신 갓 쪄낸 만두를 품에 안으며 아이를 뿌리쳤다. 입도 험해, 버릇도 없어, 심지어 성질까지 더러운 귀족아이를 상대하기에는 내 시간이 너무 귀했다. 해가 지기 전에 리체를 찾아야 한다.

"안 알려줄래."

미아를 도와주지 않는 게 조금 찝찝했지만, 나는 갈 길이 바쁘다.

나는 나를 죽일 것처럼 노려보는 아이를 시장에 버려두고 서둘러 걸음을 옮겼다. 뒤통수에 눈빛으로 구멍이라도 낼 것처럼 시선이 따라붙는다. 나는 소녀를 다시 만날 일이 없기를 기도했다. 저렇게 버릇없는 아이는 사절이지, 그러엄. 나도 아이라는 사실을 잊고선 중얼거리며.

내게는 무척 다행스럽게도 리체는 동일한 저택에서 계속 살았던 모양이다. 마차를 탈 돈도 없어 인력거에 몸을 실은 나는 익숙한 빨간 벽돌집 앞에서 가방을 뒤적거리는 그녀를 발견하고 반색하며 뛰어내렸다.

"리체!"

자신의 가방만 내려다보던 그녀는 화들짝 놀라 작은 비명까지 내질렀다. 놀랄 만도 하지. 나는 그녀가 휘청인 덕에 반쯤 흘러내린 그녀의 클로슈(종 모양의 여성용 모자)를 잡아주며 배시시 웃었다.

"오랜만이야."

생일파티에서 보았으니 그리 오래되지는 않았지만, 과거로 돌아온 나는 내가 알던 모든 사람들이 그립고 반가웠다.

습관이 되어버린 인사에, 리체가 입을 벙긋거린다. 너무 놀라 말도 안 나오는지, 그녀는 아무 소리 없이 내 팔을 끌었다. 나는 순식간에 질 질 끌려 현관 앞 계단에 올라섰다.

"오랜만은 무슨!"

"놀랐어?"

"뭐야? 어떻게 온 거야?"

"이야기하자면 길어."

"그래도 설명은 해야지! 왜 이렇게 춥게 입었어?"

리체는 단추가 채워져 있지 않은 내 코트를 여며주며 목소리를 높였 다. 나는 그녀의 여상한 다정함에 웃었다.

"벨루아는 따뜻해서 두꺼운 옷이 없거든. 결론만 말하자면 황궁의 시녀로 지원하러 왔어."

"백작님이 허락은 하신 거야? 아니, 그럴 리가 없지. 그랬으면 네가 이런 꼴로 나타날 리가……."

"어머, 내 꼴이 뭐가 어때서?"

나는 리체의 냉정한 말에 툴툴대며 닐 훑어보았다. 드레스 밑단이 소 금 뜯어지고 신발이 해진 것을 제외하면 멀쩡하구먼. 몇 날 며칠을 씻 지도 못하고 시궁창 같던 감옥에 갇혀 단두대에 올라섰던 마지막 순간 과 비교하자면 매우 양호했다. 그러나 리체의 눈에는 그리 보이지 않았 나 보다. 그녀는 질색하며 혀를 내둘렀다.

"완전 거지꼴이잖아! 세상에. 처음에 넌 줄도 몰랐어. 웬 거지가 감히 내 이름을 부르며 구걸하나 했지."

"비로드로 만든 드레스를 입는 거지가 어디 있니?"

"닳아빠졌잖아! 버려!"

"멀쩡한 옷을 왜 버려?"

멀쩡한데 왜 버리느냐.

아버지의 입버릇이다. 나는 나도 모르게 그처럼 말하며 고개를 저었다.

"하여간. 고르텐 후작영애는 낭비가 너무 심하세요."

"백작님처럼 말하지 마. 정말, 여기가 어디라고 위험하게 혼자 와?"

"너는 혼자 살잖아."

"내 밑으로 딸린 수행원이 몇인 줄은 아니? 호위기사가 무려 넷이야, 넷! 고르텐 령에서는 우리 아버지도 그렇게 많이 달고 다니지는 않는단 말이야. 그만큼 상파뉴는 위험하다고."

나는 나를 어린아이 혼내듯 호통치는 리체를 보며 피식 웃었다. 내 눈에는 리체가 어린아이였으니까.

리체는 남들보다 빨리 자랐고, 나는 또래보다 조금 느리게 성장했으니 그녀는 항상 언니처럼 굴었다. 그러나 그것도 내가 그녀의 또래였을 때 일이다. 지금 나는 리체의 벽안이 나에 대한 불만으로 일그러지는 모습이 그저 귀엽기만 했다.

"뭐, 아무튼 이렇게 멀쩡하게 널 만났으니 된 거 아니야?"

내가 어깨를 으쓱하며 능청을 부리자 리체는 기가 막힌다는 듯 한숨을 내쉬었다. 이러는 동안 그녀는 한참 찾던 열쇠를 찾았는지 성큼성큼 현관으로 올라갔다. 대리석으로 만든 비싸 보이는 현관을 지나자 수수하지만 고급스러운 집의 내부가 한눈에 들어온다.

그녀는 자신을 마중하러 달려오는 사용인들을 손짓 한 번으로 물렸는데, 이럴 때의 그녀는 정말 아이 같지 않다.

"너 조금 변한 것 같아."

리체의 날카로운 말에 나는 일부러 멍청한 표정을 지으며 입을 헤벌렸다. 과거의 어린 내가 멍청했다고 생각하고 싶지는 않았지만, 어쨌든 리체는 나보다 훨씬 똑똑하고 성숙했었다. 그녀가 내 갑작스러운 정신적 성숙을 기이하게 여길 만도 했다.

"응?"

"생일파티에서 이름도 모르는 평민을 편들면서 뱅상을 쫓아내질 않나, 물론 나도 걔 별로였으니까 통쾌하기는 했지만 항시 수동적인 네가 할 짓은 절대 아니잖아?"

"아, 그건……."

나는 아무렇지 않은 일이라는 듯 운을 떼려 했지만, 딱히 할 말이 없다. 해서 입을 꾹 다물었다.

"또 오늘은 여기까지 혼자 왔어? 이렇게 갑작스럽게?"

"갑작스러운 건 아니야. 나름 준비도 했어."

나는 침을 꿀꺽 삼키며 변명을 늘어놓았다.

"네가 황궁 시녀를 한다고 했을 때부터 생각해온 거야."

"네 의견을 떠나서 벨루아는 황실과 거리를 두는 것으로 유명하잖아. 아버지가 반대하실 일을 네가 막무가내로 하려고 들진 않을 텐데……."

리체가 말꼬리를 흐리며 의심 가득한 눈으로 나를 훑었다.

변명을 해야 한다. 본디 리체는 의심이 많고 영리하다. 그래도 아직 아이이니 속이기가 어렵지는 않을 것이다. 나는 조금 감정적인 몸짓으로 어깨를 감싸고 고개를 푹 숙였다.

"내가 사춘기라 그래."

"어?"

리체의 눈이 동그래졌다.

리체가 또래보다 빨리, 그리고 격렬하게 격동의 사춘기를 보냈다는 것은 그녀의 오랜 친구였던 내가 누구보다 잘 알았다. 나는 그때 그녀가 했던 말을 인용하기로 했다.

"봄이 그립고, 흔들리는 꽃만 봐도 마음이 아픈 시기라고. 요즘 기분도 막 시시때때로 우울해."

무슨 소린가 싶은지 리체는 얼굴을 찡그렸다.

"만지기만 해도 가슴이 쓰리고, 아. 무엇보다 리체, 나는 벨루아가 너무 답답해."

"……."

"우리의 미래는 처음부터 정해진 걸까? 부모님이 정해주신 대로 우리 가문과 어울리는 좋은 가문의 남자와 결혼해서 아기를 낳아 대를 잇는 게 내 의무일까? 그게 우리의 인생이야? 배부른 투정이라고는 하지만, 나는 차라리 자유로운 노동자나 상인이 부러워."

나는 열셋 무렵의 리체가 눈물까지 보여가며 내게 털어놓았던 얘기를 고스란히 그녀에게 들려주었다. 극적인 효과를 위해 눈물을 조금 비치면서 우울을 뿜어내며 털썩 주저앉으니 리체가 흔들리는 눈으로 나를 바라본다. 나는 양심의 가책을 느끼면서도 내게 다가오는 리체의 손을 뿌리치지 않았다.

"너, 너도 그래?"

"무얼?"

"그렇게 느끼느냐고. 우리의 신분이 사실은 족쇄와 마찬가지라고."

리체의 극적인 말에 나는 애매모호하게 고개를 끄덕였다. 기실 나는 감정적인 사춘기를 겪지 못했다. 아버지와 어머니가 하라는 대로 착실하고 얌전하게, 그러나 리체의 말처럼 수동적으로 사는 동안 불만을 품어본 적도 거의 없다. 벨루아로 태어났으니 벨루아답게. 그게 맞다고 생각했으니까.

그러나 리체는 달랐다. 그녀는 고르텐의 장녀로 태어났지만, 고르텐만을 위해서 살고 싶지는 않아 했다. 후작에 의해 억지로 황궁의 시녀가 된 뒤로 그녀는 고르텐을 벗어날 방법을 모색했었다. 결국 실패했지만.

고르텐은 모르간이 필요하다는 정치적인 이유로 모르간 남작과 등 떠밀리듯 약혼하며 눈물을 쏟던 그녀를 나는 기억했다. 누군지 말해주지는 않았지만, 그녀는 사랑하는 이가 따로 있다고 했다.

그런 리체였으니 이 반응은 당연했다. 리체는 무릎을 꿇고 나와 눈높이를 맞추며 나를 다소 안쓰럽게 바라보았다.

"그래서 벨루아를 나온 거야? 백작님께 말씀도 안 드리고?"

"일단 편지는 써두었어."

지금쯤 보셨을걸.

내가 작게 덧붙이자 리체는 전에 본 적 없이 호탕하게 웃어댔다. 사용인들이 놀라 바닥을 데굴데굴 구를 것처럼 웃는 그녀를 살핀다. 나는 당황해 잘게 떨리는 리체의 등에 손을 올렸다.

"왜, 왜?"

"흐, 으하하하하하하."

"왜 웃어?"

"최고다, 너. 네게 이런 면이 있는 줄은 몰랐어."

리체가 엄지손가락까지 세우며 하는 칭찬에 나는 떨떠름히 웃었다. 나도 리체가 이렇게 크게 웃을 수 있는 아이인지 몰랐으니까.

"좋아. 일단 백작님께는 비밀로 해둘게."

그녀는 발랄하게 말하며 일어나더니, 주저앉아 있던 나를 일으켜 세웠다. 꼬질꼬질한 내 꼴이 보기 싫은지 눈썹을 슬쩍 올린다.

"하지만 그 꼴로는 황궁 근처에도 못 가고 쫓겨날걸. 네가 벨루아의 라리에트라고 누가 믿겠니?"

귀족이고 싶지 않아 하는 주제에, 리체는 깔끔을 떨며 코를 막았다. 그녀는 질색하며 반보 물러나더니 나를 쳐다보지도 않고 입을 뗐다.

"신분증명서는 가지고 왔어? 벨루아의 문장은?"

"아버지 집무실에서 대충……. 벨루아의 직계만 소유하는 목걸이도 있는데, 많이 알려진 것이 아닌지라 알아볼지는 모르겠어."

"남부귀족에 대한 황실의 관심이 얼마나 대단한데 몰라보겠니? 그나 저나 너 백작님 집무실도 뒤졌어?"

리체는 눈을 굴리며 헛웃음을 쳤다.

"아주 막가시네. 일단 좀 씻고 내려와. 냄새나."

리체는 멀뚱히 서 있던 나를 잡아끌어 욕실에 밀어넣었다. 하녀 둘이 급히 달려와 내 시중을 들고자 나선다. 평소라면 물렸겠지만, 나는 미 안한 듯 웃으며 목욕시중을 받았다. 피곤한 몸을 손 하나 까딱하지 않 아도 알아서 씻겨주는 것은 편했기 때문이다.

나는 욕실의 작은 창문으로 보이는 지는 해를 바라보며 살짝 눈을 감 았다. 드디어 상파뉴이다. 루페르트가 내 지척에서 숨을 쉬고 있을 이 곳에 왔다.

다음 날 리체는 내 교양이나 예의범절이 황실의 기준에 미치지 못할 까 걱정이 되었는지 그녀가 수도에서 배움을 받던 가정교사를 불러주 었다.

귀족 여자아이를 가르치는 가정교사는 으레 다 그리 생겼는지, 크리 시 부인 만만치 않게 깐깐한 외양의 여자는 외알안경을 한 손으로 우아 하게 올리며 몇 가지 질문을 던졌다. 내가 망설임 없이 모두 매끄럽게 대답하자 내가 걷고, 차를 마시고, 황녀나 황자 등 갖은 황족을 대할 때 의 태도를 확인했다.

"완벽하네요."

무척이나 지적하고 싶은 얼굴로, 제2의 크리시 부인은 조금 안타까 운 탄성을 올렸다. 리체는 그녀가 내게서 아무런 트집을 잡지 못한 것에 놀라워했지만 당연한 일이다. 나는 벨루아, 아니, 남부 전역에서 제일 깐깐한 가정교사인 크리시 부인에게 7년간 교육받은 몸이다.

내 몸에 배어 있는 예의나 교양은 수도에서 가장 문턱이 높다는 마담의 살롱에 간들 별문제 없을 것이다. 열여덟의 나는 이에 참 자랑스러워했다. 크리시 부인이 내 걸음걸이에 어떠한 문제도 찾아내지 못했던 날, 나는 그녀가 해준 칭찬이 무색하게끔 방방 뛰었다.

그러나 지금의 나는 이 모든 것들의 가치가 무(無)에 수렴한다는 것을 알았다. 귀족의 가장 큰 덕목인 교양과 예의는 위기의 순간에 정말 재 한 줌의 가치도 없는 허상이었다. 아버지가 받던 존경도, 내가 목숨처럼 지켜온 귀족의 자존심도 생존에는 필요치 않았다.

절벽 끝까지 밀려나간 벨루아에게 필요했던 것은 권력이었다. 혹은 권력자의 절대적인 호의, 믿음. 아버지처럼 청렴하게 살아서 얻을 수 없는 것이라면 나는 더럽게 살아도 괜찮다. 그리해서라도 목숨을 부지할 수 있다면 그도 나름대로 괜찮은 삶이리라.

나는 내 가족을 몰살한 황제의 발바닥이라도 핥을 준비가 되어 있었다. 자존심은 여유가 있는 사람이나 세우는 것이다. 내가 그리해서 아버지와 어머니, 르한이 계속 삶을 이어나갈 수 있다면 하지 못할 일이 없다. 그런 각오였으니 크리시 부인에게 귀에 못이 박히도록 들어왔던 우아한 황실의 예를 지키는 것쯤은 숨을 쉬는 것처럼 쉬웠다.

나는 왜인지는 모르겠지만 졌다는 얼굴로 시원치 않게 박수를 두어 번 치는 부인을 돌아보았다.

"이 정도면 되었나요?"

"예, 제가 가르칠 부분이 없으시군요. 도대체 언제부터 교육을 받으신 거죠?"

"열한 살이요."

그리고 열여덟까지.

내 대답에 부인의 표정이 이상해진다. 그녀는 마치 못 볼 것을 보았다는 양 우아하게 눈썹을 찌푸렸다.

"그럼 불과 1년밖에 되지 않으신 건가요? 세상에! 실례지만 아가씨의 사사가 누구신지?"

"마담 크리시 어스틴이세요."

"크리시 어스틴! 이름을 들어본 적이 있어요. 아젠그리타 대학이 낳은 인재였죠. 기억하고 있어요."

나는 크리시 부인이 대학을 나온 엘리트라는 사실도 몰랐기 때문에 입을 다물고 고개만 끄덕였다. 부인은 나를 잠시 물끄러미 보더니 곧 고개를 휙 돌리며 멀뚱히 서 있는 리체의 어깨에 손을 올렸다. 그녀의 얇은 입술은 패배감으로 부들부들 떨리고 있었다.

"베아트리체 양! 저는 여지껏 리체 양도 충분히 잘 따라오고 있다 생각했지만, 틀렸네요! 수도 중심에 있는 제가 남부귀족의 가정교사를 따라잡지 못한다니! 저는 이 수모를 참을 수가 없네요!"

"아니, 저기……."

"아아, 우리는 도대체 얼마나 뒤쳐져 있던 걸까요. 앞으로 수업을 일주일에 네 번, 아니, 다섯 번으로 늘리겠어요."

부인이 결심을 넘어 결의 가득한 표정으로 리체의 손을 꼭 붙잡자, 리체는 나를 돌아보며 잔뜩 인상을 구겼다. 너 진짜!

원망을 담아 입술을 벙긋거리는 그녈 향해, 나는 어설프게 웃어주며 어깨를 으쓱했다. 부인이 저리 경쟁심이 가득한지 나도 몰랐으니까.

지금부터라도 레슨을 시작하자는 부인을 리체는 나를 황궁에 데려다 줘야 한다며 겨우겨우 내보냈다. 그녀는 아쉬움에 입맛을 쩝 다시며 이거라도 대신 읽고 있으라는 듯 리체에게 두꺼운 교양서적 한 권을 건네고 나갔다. 나 때문에 평소 없었던 숙제까지 떠맡게 된 리체는 우거지상을 지으며 책을 소파에 던져버렸다.

"아이! 가뜩이나 바빠 죽겠는데!"

"미안."

"네가 미안할 게 뭐가 있어? 네 태도가 완벽한 게 네 잘못은 아니잖니?"

"아니, 완벽까지는 아닌데."

"근데 크리시 부인께 같이 수업을 들었을 때는 이 정도가 아니었잖아. 밤에 잠도 안 자고 연습한 거야?"

그냥 죽었다 깨어나면 이렇게 된다고 말할 수는 없는 터라 나는 고개를 살짝 끄덕였다. 리체는 작은 탄성을 내지르며 두 팔로 제 몸을 감쌌다.

"어휴, 너도 독하다. 그렇게 벨루아를 나오고 싶었니?"

타인이 알아서 해주는 납득이란 정말로 편리한 것이다. 그녀는 내가 '벨루아를 나오고 싶어 하는 사춘기의 소녀'라는 편견으로 내 보편적이지 못한 변화를 수긍해주었다.

부인이 방을 나서자마자 리체는 나를 끌고 드레스룸으로 올라가더니, 황실의 궁내부장이 좋아하는 색깔의 드레스들을 집어 하녀에게 던지며 내게 하나씩 입혀보라 명했다.

나는 그대로 하녀들에게 끌려가 인형처럼 옷이 갈아입혀졌다. 거울도 보지 못한 채 소파에 앉아 있는 리체에게 대령되었고, 그녀가 고개를 내저으면 다시 끌려가 옷을 갈아입었다.

그렇게 나비처럼 껍질을 바꾸기를 아홉 번, 코르셋을 잔뜩 조여 숨도 잘 쉬어지지 않는 불편한 차림을 한 나를 보고 리체는 싱그럽게 웃으며 손뼉을 쳤다.

"그렇지! 아이, 예쁘다."

리체는 가냘프다 못해 깡마른 편이고, 어린 나는 살집이 있는 통통한 체형이다. 그런 그녀가 입는 드레스들이었으니 팔도 허리도 조였고, 그

작은 분홍색 드레스에 몸을 끼워넣기 위해 입은 코르셋은 내 숨통을 죄었다. 나는 숨을 히끅 들이마시며, 밝게 웃는 리체에게 손을 뻗었다.

"아, 아니야. 이건 너무 작아."

"요즘 그런 게 유행이야. 황실은 유행에 민감해."

"숨을 안 쉬는 게 유행이라고? 뭐 그런 유행이 다 있……."

"수자니아! 마차 준비해! 궁에 갈 거야."

리체는 내 불평을 끊으며 빠르게 채비를 마쳤다. 나는 옷이 찢어지는 불상사가 일어날까 조심조심 움직였다. 이런 차림이 유행이라니, 수도 사람들은 미친 게 분명하다.

후다닥 드레스룸으로 달려간 리체는 나와 비슷한 차림을 하곤 그녀의 청은발과 어울리는 파란색 클로슈를 쓰고선, 내겐 같은 색의 보닛을 씌웠다. 자기는 수도식으로 한껏 꾸민 숙녀처럼 세련된 모자를 쓰면서 나는 아이들이나 쓸 법한 보닛이라니. 내가 입을 삐죽이자 리체는 슬며시 웃었다.

"너는 이런 게 잘 어울려. 귀엽단 말이야. 포동포동한 아기 같아서."

나는 실질적으로는 열여덟으로, 포동포동한 아기처럼 보이는 건 열두 살 때도 싫어했다. 나는 보닛을 풀어내고 싶어 손을 움찔댔지만, 차마 옷이 찢어질까 팔을 들지 못했다. 리체는 그런 나를 보며 웃더니 빠르게 저택을 빠져나왔다.

하녀가 준비해놓은 탈것은, 마차(馬車)가 아닌 마차(魔車)였다. 말을 이용하지 않고도 움직이는 이것은 월레탄의 마탑에서 개발한 신식 이동 수단이다. 벨네르니 인들은 마법이나 연금술을 이용한 도구들을 꺼리는 보수적인 면이 있지만, 신식기술에 수도는 조금 더 개방적인가 보다.

나는 죽기 전에도 타본 적이 없는 기이한 형태의 마차를 툭툭 두드려 보았다. 구리로 만들어진 매끈한 마차는 내가 알고 있는 마차(馬車)와 비슷한 생김새였지만 앞에는 말 대신 거대한 주머니가 달려 있었다.

어쩔 수 없는 남부 사람인 내가 꺼림칙한 얼굴을 하자 리체는 내 등을 떠밀며 마차에 올라탔다.

"촌스럽게 굴지 말고 빨리 타."

"이거 어떻게 움직이는 거야?"

"주머니 안에 프라오가 있어."

나는 리체의 말에 의아했다.

"응? 안에서 프라오가 뛰는 거야?"

동물을 쓰지 않기 위해서 개발한 게 아니었나? 연못에서 꺼억꺼억 울어대기만 하는 초록색 프라오가 말과 비슷하게 빠를 줄은 몰랐다.

리체가 키득거렸다.

"말이 되는 소리를 해. 살아 있는 프라오가 아니야. 죽은 프라오들을 조금씩 술법으로 태워서 나오는 동력을 쓰는 거야."

"왜 하필 프라오야?"

"선황께서 애완동물로 외국에서 들여온 프라오를 길렀는데, 그게 유행을 타는 바람에 수도에 프라오가 넘쳐나거든."

그녀는 대수롭지 않게 말하며 마차 바닥에 툭 튀어나온 페달을 밟았다. 리체가 배의 조타대처럼 생긴 막대기를 휘두르자 마차는 자연스레 방향을 바꾸며 움직이기 시작했다. 나는 그게 너무 신기해서 황궁으로 향하고 있다는 생각도 하지 못하고 주위를 두리번거렸다.

"너 그렇게 촌티 내면 시녀로 안 뽑아줄걸."

"나는 벨루아야."

리체가 혀를 쯧 차서 나는 오만하게 대답했다. 루페르트가 즉위하기 전까지 황실은 벨루아에게 무척 호의적이었다. 그들은 우리의 환심을 사고 싶어 했으니까.

리체는 내 말에 수긍하며 황궁이 시야에 들어오는 거리에다 마차를 세웠다. 끼긱거리는 마차를 조심스레 골목 구석으로 밀어붙인다.

"왜 여기서 내려?"

"작위가 없는 귀족은 붉은 궁의 정문으로는 들어가지 못하거든. 시종장에게 말해놨으니까 그가 너를 데리러 올 거야."

"너는?"

"내가 노니? 나이젤 황녀 전하께 가봐야지."

리체는 가방에서 거울을 꺼내 제 얼굴을 확인하고는 내게 다가와 드레스의 실밥 따위를 떼어주었다. 이 나이를 먹고 리체에게 챙김을 받는 게 부끄러워서 나는 고개를 저으며 물러났다.

"됐어, 괜찮아."

그녀는 내 거부를 무시하며 실밥을 모두 제거했다. 아침 햇볕을 받아 반짝반짝 빛나는 리체의 하얀 얼굴에 잔걱정이 서렸다.

"너는 평소에는 느리면서 성질은 급하니까 그런 건 조심해."

"내가 애야?"

"애지, 그럼. 나도 애지만 너는 더."

당연한 말이다. 리체의 눈에 나는 완전한 어린아이일 테니까. 해서 나는 반박하지 못했다. 언니처럼 구는 그녀가 귀엽다고 말하고 싶지만, 그러면 나의 변화에 대해 더더욱 의심할 테지.

나는 잰걸음으로 붉은 궁의 정문 옆에 나 있는 자그마한 문으로 향하는 리체에게 서둘러 따라붙었다.

리체의 말대로 단정한 분위기의 중년 남자가 나를 기다리고 있었다. 그는 나를 위아래로 훑어보더니 리체가 건네는 추천서를 받아 읽었다.

"베아트리체 양은 나이젤 황녀 전하께서 기다리고 계시니 들어가셔도 됩니다."

"그래요, 그럼. 라리에트, 나중에 봐."

"으응, 고마워."

내가 작게 손을 흔들자 리체는 빠르게 새빨간 문을 넘어 사라졌다. 핏물이라도 먹은 것처럼 붉은 궁이 나는 조금 무서웠다. 나는 이 안에서 죽어나간, 아니, 죽어나갈 사람의 수를 알고 있다.

"라리에트 이사벨 드 벨루아. 벨루아 백작의 적녀이자 장녀가 맞으십니까?"

"예, 맞아요."

"베아트리체 양은 고르텐 후작님의 장녀이니 그녀의 추천서는 믿을 수 있긴 합니다만, 이곳은 황궁입니다. 신분증명이 필요합니다."

시종장의 말에 나는 가져온 보따리를 뒤져 내 건강증명서와 벨루아의 문장이 새겨진 목걸이를 꺼내 보였다. 남부는 인구조사가 제대로 되어 있지 않아 딱히 신분을 증명할 만한 것들이 많지 않다. 그러나 벨루아의 상징인 전나무가 이 정도로 정밀하게 세공되어 있는 물건은 보통 사람은 구하지도, 구할 필요도 없을 것이다.

남자는 내 목걸이가 가진 상징과 무게를 알았는지 흠이라도 날까 조심조심 살피더니 곧 내게 돌려주었다.

"벨루아의 문장이 맞군요. 안으로 드시지요, 벨루아 백작영애."

남자의 걸음은 차분했지만 굉장히 빨랐다. 리체의 걸음도 빠르더니 황궁에서 일하는 사람들은 원래 이런가 보다. 나는 그의 보속(步速)에 맞추려 거의 뛰다시피 하면서도 소리가 나지 않게 주의했다. 이곳 문턱을 넘은 순간부터 저 남자는 나를 평가하고 있을 테니.

남자가 나를 이끈 곳은 사용인들이 쓰는 휴식공간인 듯했다. 물론 척 봐도 비싸 보이는 원목가구와 금장식을 보아하니 하녀나 하찮은 일꾼이 아닌 시녀와 시종, 혹은 궁내무관이 쓰는 방일 것이다.

짙은 분홍색의 벨벳 소파에 앉은 그는 다른 시종에게 차를 내오라 이르며 자신의 맞은편을 가리켰다. 나는 냉큼 그 자리에 앉으며 죄어드는 옷자락을 잡아당겨 조금이라도 편해보고자 애썼다. 내가 작게 인상을 쓰자 시종장이 눈치 좋게 물었다.

"어디 불편한 곳이라도 있으십니까?"

"아니요! 제 건강증명서를 보시면 아시겠지만, 저는 건강하답니다."

"어렸을 때 흑사병을 앓은 적이 있군요. 그렇다면 내성이 있으시겠네요."

"그렇죠."

"독극물을 먹어본 적은?"

"없습니다."

"그럼 주방은 안 되겠고."

그는 들고 있던 종이에 펜을 죽 그었다.

"하고 싶은 일이 무엇입니까?"

"시녀입니다. 수행원이 아닌 코트레이디(옷시중을 드는 하녀)도 괜찮아요."

"아뇨, 벨루아의 딸에게 그런 일을 시킬 수는 없지요."

시종장은 찰나 고민하는 얼굴이 되었다. 그는 내 옷만큼이나 불편한 표정을 지으며 천천히 입을 열었다.

"신분도 보장되었겠다, 베아트리체 양의 추천서도 있겠다. 자격은 충분하지만, 현재 나이젤 황녀 전하껜 벨루아 백작영애 같은 어린 시녀는 넘쳐날 정도로 많은 상황입니다."

"나이젤 황녀 전하의 시녀로 지원하는 게 아니에요."

"아르눌프 황자 전하는 백작영애처럼 어린 시녀를 쓰시지 않습니다."

"아니요, 저는 라페르트 황녀 전하의 시녀가 되고 싶습니다."

시종장은 내 말이 꽤나 의외였는지 당황을 숨기지 못하며 입술을 매만졌다. 하긴, 지원하는 귀족영애가 모자라 토리같이 어설픈 평민 아이를 쓰는 판국이니 의외이기는 엄청 의외일 것이다.

"라페르트 황녀 전하의 시녀가 되고 싶다고요?"

시종장이 말꼬리를 올렸다.

아무리 지원자가 없다 한들 그녀는…… 그는 황녀였다. 시녀를 뽑는 절차가 의외로 까다로울 수도 있다. 나는 콩닥거리는 가슴을 진정시키며 침을 꿀꺽 삼켰다.

"예."

"아니, 그러면 뭐, 검증도 필요 없었네요. 안내해드릴 테니 당장 가지요."

시종장은 긴장했던 게 아까울 정도로 쉬이 결정을 내리더니 자리에서 일어났다. 내 대답과 동시에 건성으로 변하는 그의 태도로부터, 지금 황실에서 루페르트의 위치가 어느 정도인지 짐작할 수 있었다.

무려 황족인데 그 시녀가 되는 절차가 이리 어설프다니. 내가 그의 암살을 모의하는 역적이거나 황비 쪽에서 심은 첩자일지도 모르는데 인성을 확인하는 과정조차 없다. 기가 막혔지만, 내게는 다행인 일이라 방글방글 웃으며 루페르트의 궁에 들어섰다. 본성인 붉은 궁과 떨어진 외딴 별궁이다.

꽤 오래 걸었는데도 아직이라, 나는 헉헉거리며 체력을 좀 키워야겠다 다짐했다. 죽어가는 나와 다르게 그 먼 거리를 빠르게 걸어오면서도 시종장은 땀 한 방울 흘리지 않았다. 그는 궁 앞에서 발을 멈춘 뒤 빙글 돌아 내 행색을 점검했다. 내가 흘린 땀과 먼지를 닦아준 시종장은 빙그레 웃으며 보닛을 툭 건드렸다.

"보닛이 아주 잘 어울리는군요. 아기 같아요."

칭찬처럼 부드럽게 말했지만, 전혀 칭찬으로 들리지 않아 나는 웃지 않았다. 시종장은 내 뾰로통한 입에 작게 웃으며 궁으로 들어섰다.

백작저보다는 크지만 화려하지 않았다. 황제의 적녀인 황녀의 궁이라고는 믿기지 않을 정도로 수수한 데다 어딘지 모르게 암울한 분위기까지 풍겼다.

숲이 가까워 그늘이 져서 그런가. 황궁은 사람이 넘쳐날 터인데, 사용인의 수도 적다. 나는 귀신이라도 나올 것처럼 어두컴컴한 궁 안을 두리번거리며 시종장을 따랐다.

"원래 이리 사람이 없나요?"

"예, 지금은 아침이라 많은 편입니다."

아침에는 사람이 적어야 하는 것 아닌가?

내가 이해되지 않는다는 듯 미간을 모으자 시종장이 어설프게 웃으며 사족을 덧붙인다.

"전하가 조금 모시기 어려운 부분이 있으십니다. 해서 아침에 대거 준비해두고, 전하가 기침하시면 수행시녀 몇을 빼고는 모두 물러납니다."

성질이 얼마나 더러우면.

예상하지 못했던 것도 아니라 나는 그저 시종장을 따라 웃었다. 아직 아침이니 루페르트는 침실에 있을 것이다. 나는 그의 침실로 짐작되는 방문을 노려보았다. 문이 점점 더 가까워질수록 땀이 송골송골 맺혔다. 무섭다.

솔직히 정말 무서웠다. 나는 루페르트가, 정말, 너무나도 두렵다. 내 가족을 모두 죽인 자다. 아버지부터 어린 동생까지 모두 그에게 끌려가 죽었다. 그가 직접 무기를 휘둘러 죽이지 않았다고 한들 그에게 죽은 것이나 마찬가지였으니 두렵지 않을 리가 없다.

나는 평범하고 소심한 사람이라 증오보다 공포가 앞섰다. 그러나 나는 문 앞에서 짧게 심호흡을 하며 내 공포를 다스렸다. '아직' 죽지 않았다. '아직'은 내가 할 수 있는 것이 있다.

"전하, 모네입니다. 새로 들어온 시녀가 있어 소개드리려고 왔습니다."

대답이 돌아오지 않았지만, 침묵은 긍정이란 암묵적 합의가 있는지 시종장은 문손잡이에 손을 얹었다.

달칵.

손잡이가 매끄럽게 돌아가는 소리와 함께 천천히 문이 열린다. 그리고 나는 순간적으로 나를 잠식해오던 공포를 잊었다. 공포를 잊을 만큼 눈을 사로잡는 자극이 있었기 때문이다.

가장 먼저 눈에 들어온 것은 태양을 실로 자아낸 것처럼 찬란한 금발이었다. 진한 꿀을 바른 것처럼 빛나는 색감은 그녀의 파리할 정도로 새하얀 피부색과 무척이나 잘 어울렸다. 그림처럼 아름다운 소녀는 천천히 이쪽을 돌아보았다.

장인이 공들여 빚은 작품처럼 수려하다 못해 화려한 이목구비는 소녀의 우아한 분위기와 자연스레 어우러져 한 폭의 명화 같았다. 소녀는 정말 꺼림칙할 정도로 완벽했다. 분명 살아 있는 사람이건만 잘 만들어진 인형처럼 결점 하나 없이 선 하나하나가 섬세하다. 배경을 집어삼킬 것처럼 아름다운 이였다.

실제로 소녀가 시야에 들어온 순간 나는 지금 내가 서 있는 곳이 어디인지도 잊고 홀린 듯 소녀만 바라보았다. 소녀의 날이 선 듯 매서운 눈매가 그 완벽한 외모의 유일한 단점이라고 볼 수 있겠지만, 눈에 담긴 색이 한여름의 녹음처럼 선연한 초록빛이라 그 단점을 완벽하게 상쇄되었다.

소녀는 괴리감이 느껴질 정도로 이질적으로 아름다웠다. 세상과 단절되어 오롯이 소녀만 존재하는 것처럼.

아름답지만, 계속 보고 싶은 아름다움이 아니다. 나는 속이 메스꺼워지는 기분에 배를 움켜잡았다. 이렇게나 아름다운 피조물을 보면서 기분이 좋지 않은 건 분명히 내 문제였다. 부지불식간에 깨달았기 때문이다.

소녀가 아니다. 저 아름다운 '소년'은 훗날 제국에서 가장 잔인한 황제가 된다.

사람이라는 것은 참 간사했다. 이 아름다운 소녀가 황제라는 것을 인지하기 전에는 완벽한 아름다움에 탄성이 나오다가, 이제는 그냥 소름이 끼쳤다. 더는 아름답다는 생각마저 들지 않는다. '인간 같지 않다'는 느낌만 선연해 공포스러웠다. 인간답지 않은 아름다움이 아니라 소녀, 아니, 그는 정말로 인간이 아니었으니까.

"새로 들어온 시녀입니다. 황녀 전하를 모시고 싶어 하는 아이라 데려왔습니다."

"뵙게 되어 영광입니다, 전하."

루페르트는 더 이상 나를 바라보고 있지 않았지만, 나는 공손하게 인사했다. 그는 시종장에게 대뜸 물었다.

"뭐야."

낮은 미성이었다. 소녀처럼 고운 얼굴과는 어울리지 않았으나, 굵지 않고 맑아 아직은 여자아이의 것처럼 들렸다. 나는 시종장 대신 빠르게 대답했다.

"제 이름은 라리에트 이사벨 드 벨루아입니다, 전하. 벨루아 백작가의 적녀이자 장녀입니다."

"너한테 안 물었······."

기분이 나쁜 것처럼 인상을 찌푸리던 그는 갑작스레 말을 멈추고 내 얼굴을 뚫어져라 바라보았다. 눈빛으로 내 얼굴에 구멍이라도 낼 기세다. 나는 뜬금없는 그의 관심에 당황해 주춤대며 고개를 숙였다.

"너."

그의 목소리가 갑자기 낮아졌다. 으르렁대는 짐승과 흡사해 오한이 든다. 시종장은 내가 겁에 질린 걸 눈치챘는지 나와 그 사이에 끼어들며 점잖게 웃었다.

"전하, 전하의 궁에는 시녀가 많이 모자랍니다. 마음에 들지 않으셔도 받아주시지요."

"비켜봐."

"전하, 벨루아는 남부를 대표하는 가문일 뿐 아니라 중앙귀족원의 중심입⋯⋯."

"비키라는 말 안 들리나."

루페르트의 날 선 목소리에 시종장은 뜨끔했는지 비켜섰다. 그는 빠른 걸음으로 내 앞에 당도했다. 루페르트는 나보다 작아 내가 고개를 숙였음에도 그 얼굴이 시야에 들어왔다. 작다. 그는 아주 작았다. 그런데도 나는 그가 무서웠다. 지금의 루페르트는 어린아이였지만, 머지않아 괴물이 될 것이다.

나는 내 안에 스멀스멀 피어오르는 공포를 누르려고 노력하며 당당한 태도를 취했다.

"전하의 아름다움에 대한 소문을 들었습니다. 소문은 과장되기 마련이라 생각하였는데, 오히려 전하의 아름다움을 제대로 담고 있지 못하고 있음을 오늘 알게 되었습니다."

남자든 여자든 아름답다는 말은 좋아하는 법이다.

나는 부드럽게 미소 지었지만, 루페르트의 얼굴은 상반되게 식어갔다. 그는 거칠게 손을 뻗어 내 턱을 움켜잡았다. 그 반동으로 보닛의 끈이 풀려 바닥에 떨어졌다. 잡힌 턱이 아플 새도 없이 그는 내 얼굴을 밀어냈다.

"얜 안 돼."

그는 눈길은 내 얼굴에 둔 채 시종장에게 말했다. 나는 나와 마주친 녹안이 낯익다는 생각을 했다. 물론 황태자가 된 그나 황제가 된 그를 본 적이 있으니 당연했지만, 그보다 더 근시일 내에 본 것만 같단 기분이 들었다. 나는 찝찝함의 원인을 찾기 위해 고민했다. 그리고 바로 이

어지는 루페르트의 말에 내 고민은 빠르게 해소되었다.

"만두를 너무 처먹어서 식비가 많이 들 거거든."

만두?

나는 루페르트의 서슬 퍼런 흉흉한 시선을 한 몸에 받으며 땀을 삐질삐질 흘렸다. 그 볼품없던 갈색 머리의 성질 나쁜 만두 도둑이 루페르트이리라고는 꿈에도 생각 못 했다. 그때 그 아이는 목도리와 모자로 얼굴 절반을 가리고 있었던 데다 머리색도 달랐으니까.

나는 이만큼 어린 루페르트를 마주한 적도 없다. 내가 기억하는 황제와 다르게, 아름다운 소녀로만 보였다. 내가 아는 루페르트는 작고 가냘픈 미소녀가 아니라 헌칠한 키에 권력자 특유의 날카로운 인상을 지닌 맹수다. 얼굴에 그의 마모되지 못한 잔인함이 모두 드러나던.

"예? 그게 무슨 소리십니까?"

시종장이 얼떨떨하게 되묻는다.

나는 가는 금사처럼 빛나는 그의 긴 머리카락이 찰랑이는 모습을 얼이 빠져선 바라보다 표정을 가다듬었다. 젠장, 일이 꼬였다. 입안이 바짝바짝 말라갔다.

"만두 도둑이거든."

그는 건성하게 말하며 고운 미간을 찌푸렸다. 시종장은 나를 처음 볼 게 분명한 루페르트가 내게 적대적인 데 당황스러워했다.

"만두 도둑이라니요? 누가 만두 따위를 훔칩니까?"

"쟤."

나는 나를 가리키는 루페르트의 손가락을 가만히 바라보았다.

"만두라니요, 전하. 저는 만두 알레르기가 있습니다."

"……뭐?"

"어렸을 때 먹고 급체한 이후로 만두는 냄새도 맡지 못합니다. 혹 다른 이와 착각을 하신 것은 아니실지."

나는 눈을 동그랗게 뜨며 아무것도 몰라요 하는 표정을 지었다.

루페르트의 일그러진 얼굴이 서서히 펴진다. 그는 다시 밀랍인형처럼 소름 끼치는 무표정으로 돌아왔다.

"만두 알레르기?"

"예, 전하."

"내가 착각을 하고 있다?"

"예, 전하."

담담하게 대답한 나는 서둘러 덧붙였다.

"제 인상이 흔한 편이라 사람들이 착각을 많이 하고는 합니다. 전하께서 안목이 없으신 것은 절대 아닙니다."

그의 기분이 상할까 저어하는 내 태도가 마음에 들었는지 시종장이 빙그레 웃으며 내 어깨를 두드렸다.

"꽤 괜찮은 아이지 않습니까? 추천서를 보아하니 따로 교육을 오래 시킬 필요도 없을 것 같습니다."

교육은 받아야 한다는 뜻이다. 나는 공부를 좋아하지 않았기 때문에 찰나 얼굴을 흐렸다. 그런 나를 무심한 시선으로 응시하던 루페르트가 귀찮다는 듯 손을 저어 시종장에게 축객령을 내렸다.

"벨루아라고."

나도 나가야 할지 고민하며 우물쭈물하는 사이, 꾸물꾸물 침대로 기어들어간 그가 건조하게 묻는다. 처음 봤을 때처럼 조금 멍한 얼굴이다.

"예, 전하."

"남부의 벨루아, 귀족원의 명예의장인 벨루아 백작의 딸인가?"

"예, 전하."

나는 공손하게 대답하며 고개를 숙였다. 최대한 순종적으로 보이기 위해서 이 방에 들어온 후 제대로 허리를 펴지도 못했다. 그러나 루페르트는 나를 보지 않는 것으로 간단하게 내 노력을 무용지물로 만들었다.

"벨루아 백작 슬하에 딸이 한 명 있는 것은 알아. 하지만 네가 그 딸이라는 걸 내가 어찌 믿나."

"건강증명서와 벨루아의 문장을 시종장님께 보여드렸습니다. 아버지는 남부에 계시지만 하멜 자작님과 뱅상 백작님은 수도저택에 기거하시는 것으로 알고 있습니다. 그분들이 제 얼굴을 아니 위조의 의심이 가시면, 그쪽에서 확인이 가능할 것입니다."

"내가 시녀 따위의 신분을 확인하겠다고 걔네를 부를 수 있을 것 같아?"

루페르트의 목소리에는 짜증이 얽혀 있었다. 나이젤 황녀가 바로 내 신분을 확인해줄 수 있지만, 나는 그에게 너의 배다른 누이가 나를 알고 있다 말하지 않았다. 황비의 딸과 깊지는 않더라도 사사로운 친분이 있다고 한다면, 그가 나를 곱게 볼 리 없으니까.

나는 대신 마리안 뱅상이나 싸샤 하멜을 언급했다. 그 외에도 제법 많은 귀족들의 이름을 나열하자 루페르트는 더 추궁하지 않았다. 하기야 황궁까지 들어와 신분을 위조하려 드는 얼간이는 없을 것이다. 아무리 어린 귀족이라도 백작의 직계 정도 되면 구체적인 초상화와 함께 황실에 보고되니까.

"그런 사람이 왜 만두를 훔쳐 먹는데?"

엄밀히 말하면 훔치려고 했던 것은 루페르트다. 억울한 마음이 울컥 솟았지만, 나는 그가 무슨 말을 하는지 조금도 모르겠다는 듯 눈을 휘둥그레 떴다. 나는 본디 거짓말에 서툴렀는데도 사람은 위기가 닥치면 못 하는 게 없어지나 보다. 스스로 놀랄 정도로 천연덕스럽게 시침을 떼며 반쯤 누운 루페르트를 올려다보았다.

"송구하나 무슨 말씀을 하시는지 모르겠습니다."

루페르트는 내가 모르쇠로 일관하자 헛웃음을 쳤다. 내 말을 정말로 믿는 얼굴은 아니었지만, 그는 화제를 돌렸다.

"네가 황궁에 들어온 건 벨루아 백작의 뜻인가?"

"아니요, 제 의지로 온 것입니다."

"네 의지로 황궁에, 그것도 나한테 왔다?"

작고 마른 루페르트는 거대한 침대에 파묻혀 목소리만 들렸다. 나는 이불에 가로막혀 띄엄띄엄 들리는 그의 음성에 집중하며 숨을 죽였다.

"왜?"

예상한 질문이다. 루페르트는 지금 이 황실의 골칫덩어리일 것이다. 적녀이지만 황위를 계승할 수 없는 황녀. 황후이지만 기반이 모자란 어미를 둔.

나는 목소리를 가다듬고 준비한 대답을 했다.

"아버지로부터 전하에 대한 좋은 이야기를 많이 들었습니다. 그런 이야기를 들으며 자라다 보니 어느새 황녀 전하를 뫼시고 싶은 마음이 커졌고요."

"……벨루아 백작이 내 얘기를 했다고?"

그는 내 말이 매우 의외였는지 베개에 파묻었던 고개를 들었다. 주름 잡힌 하얀 이불 사이로 햇볕이 깃든 그의 밝은 금발이 쑥 솟는다. 그는 조금 얼떨떨한 얼굴이었다.

나는 처음으로 아이다운 표정을 짓는 그에게 놀랐다. 보통 아이가 그렇게 당장 살인이라도 낼 것처럼 서슬 퍼런 분노를 보이지는 않겠지만, 그는 찰나 르한의 또래처럼 보였다. 나는 공포가 조금 가시는 것을 느끼며 빙그레 웃었다.

"예, 전하. 아버지께서 전하가 무척 아름다우시고 총명하신, 황자님이 아닌 것이 안타까울 정도로 자질이 대단하시다 칭찬하셨습니다."

물론 우리 아버지는 그런 칭찬은커녕 라페르트 황녀에 대해 입도 벙

굿하신 적이 없다. 그러나 나는 입에 침도 바르지 않고 그런 거짓을 늘어놓았다. 우리 아버지가 그에게 호의적이라는 인식을 심어두어야 했으니.

루페르트는 잠시 말이 없다가 다시 이불 사이로 사라졌다. 천더미 아래에서 그의 가느다란 목소리가 새어나온다.

"나는 벨루아 백작과 만난 기억이 없는데."

"전하께서 아버지를 모르신다고 아버지께서 전하를 모르시진 않습니다."

"아니, 난 네 아비를 알지. 미친 사람인 줄은 몰랐지만."

무례한 말이지만 나는 반발하지 않았다. 앞으로 그가 내 아버지가 미쳤다 하면 내게 아버지는 미친 것이고, 훌륭하다 하면 훌륭하다 수긍할 것이다.

나는 루페르트의 기분을 거스르지 않기 위해 노력하며 오도카니 숨소리도 내지 않고 서 있었다. 침대에서 삐져나온 아이의 손이 보였다. 성장이 더딘 것인지 나보다도 작은 체구의 그는, 손도 작다. 하얗고 말랑해 보이는 영락없는 아이의 손이다. 벨루아를 몰살한 권력자의 손이 저만큼 작았다는 게 믿기지 않았다.

어찌 생각하면 당연하지만, 내게는 참 기이한 일이다. 잔인한 살인자가 원래는 저런 손을 갖고 있었나. 저렇게 작고 예쁜 손을 너는 그렇게밖에 쓸 수 없었나.

그가 현재는 한낱 아이에 불과하다는 사실을 인지하자 공포가 누르고 있던 분노가 치밀었다. 지금 달려가서 내 작은 손으로도 다 쥘 수 있을 만큼 가는 목을 조르고, 하얀 얼굴을 베개로 덮어 누르면 저 인간을 죽일 수 있다. 순간 정말 그러고 싶었다.

그러나 곧 내 난폭함에 놀라며 고개를 저었다. 내가 지금 루페르트를 죽인다면 벨루아는 다른 이유로 몰락할 것이다. 황족살인은 반역과 매한가지였으니까. 그 황족이 정작 황실에서 외면받는 처지일지라도.

"야."

"예, 전하."

내가 저를 두고 그런 잔인한 상상을 하다 도덕적인 제동이 아닌, 현실적인 한계로 그만두었다는 것을 전혀 모를 루페르트는 나를 불렀다. 그는 아직도 이불에 파묻혀 보이지 않았으므로 나는 널따랗게 펼쳐진 하얀 천을 응시하며 대답했다.

"네가 토리를 도와줬다며."

나는 순간 고개를 갸웃했다. 내가 토리를 언제 도와줬다는 걸까. 그러다 곧 마리안 뱅상이 떠올랐다. 내가 그녀에게 준 모욕이 토리에게 도움이었는지는 모르겠다. 그러나 토리의 이름을 언급하는 루페르트의 목소리가 조금 풀려 있어 나는 뻔뻔하게 주억거렸다.

"도움이라고 생각하지는 않지만, 토리 파스벤더 양은 만난 적이 있습니다."

"그걸로 해."

"무슨 말씀이십니까?"

"만두 값. 봐준다고."

그러니까 네가 봐줄 일이 아니라니까, 이 만두 도둑놈.

나는 불퉁한 마음의 소리를 삼키고 황송하다는 듯 머리를 조아렸다. 이맘때의 황제는 토리를 나름 아꼈던 모양이다. 아주, 아주 의외였다. 그도 사람을 아낄 줄 알았다는 게.

"무슨 말씀이신지는 모르겠습니다만, 감사합니다."

끝까지 모른 척하는 내가 우스운지 루페르트가 짧게 웃었다.

"어차피 너도 임시일 뿐이라는 걸 알아. 그동안만 묵인해주겠다는 얘기다."

그렇게 될지는 두고 보아야겠지요.

나는 속으로 생각하며 그 앞에서 몇 번을 굽혔을 허리를 다시 숙였다.

침실을 나서니 시종장이 나를 기다리고 있었다. 나는 그에게 끌려가 짧은 교육을 받았다. 사실 받을 필요도 없을 만큼 간단한 주의사항을 일러주는 것이 다였다. 어린 귀족 여자아이들이 받는 '교육'이란 황궁의 예법과 맞물리는 부분이 많았으니까.

그럼에도 내 또래에게는 당연히 어려운 궁중 언어를 구사하며 예법에 해박한 내게 감탄한 그는 앞으로 이런 교육은 몇 번 없을 거라며 격려해주었다.

"완벽하군요. 수행원으로도 손색이 없겠어요. 라페르트 황녀 전하를 반년 정도만 모시면 자리가 나는 대로 나이젤 황녀 전하를 모실 수 있게 해주겠습니다."

그는 날 방으로 안내해주며 이렇게 말했다. 짐작했듯, 황궁에 들어오려는 여자들은 나이젤 황녀나 아르눌프 황자 곁의 자리가 날 때까지 루페르트를 임시로 수행하는 경우가 왕왕 있었나 보다. 내 목표는 나이젤 황녀가 아닌 루페르트였지만 구태여 반박해서 의심을 사고 싶지 않아 오해하도록 내버려두었다.

나는 낡은 티가 나지만 고풍스러운 방을 둘러보다 침대에 앉았다. 감람색의 나무벽이 내가 치를 떨던 참회의 방을 생각나게 했지만, 나는 이제 혼날 때 갇히던 그 방이 두렵지 않았다. 정말 무서운 것은 그런 낡고 어둠침침한 다락방이 아니니까.

황궁의 시녀. 결정한 나조차도 조금 얼떨떨할 만큼의 급변이다. 황궁에서 방을 지정받는다는 것은 정식으로 입적한 것과 동일한 의미였으니 아버지도 어찌할 방법이 없으실 것이다. 나는 아버지나 어머니가 황궁을 찾아왔을 때를 위한 대처방법을 고민하며 보따리에 손을 뻗었다.

가져온 몇 안 되는 옷을 정리하는데 보따리 옆에 대충 던져놓은 황실의 패가 눈에 들어왔다. 황가의 상징인 뱀이 새겨진 그것은 제법 급이 높은 시녀나 시종만 받을 수 있는 황궁의 출입패였다.

들어온 지 반나절도 지나지 않은 내가 이리 쉽게 받을 수 있는 허술한 물건이 아니지만, 시녀가 많이 모자라긴 했나 본지 나는 수습기간도 거치지 않고 루페르트의 보좌를 맡을 수 있었다. 나이 어린 황녀의 보좌라는 것은 이름만 거창한 허드렛일이었으나 그 이름값이 황실 밖에서는 퍽 대단함을 생각하면 굉장히 빠른 승진이다.

패를 쓰다듬은 나는 방문을 두드리는 소리에 서둘러 손에 들고 있던 다이어리부터 침대 아래에 숨겨두었다. 혹여나 누가 볼까 흔히 쓰지 않는 고대어로 적어놓기는 했지만 허무맹랑한 열두 살의 망상이라고 보기에는 구체적인 면도 있기 때문이다.

"예, 들어오세요."

문이 소심한 소리를 내며 열린다. 문소리를 형용하기에는 조금 웃긴 말이었지만, 달리 표현할 방법이 없다. 정말로 소심하게 열렸으니까.

끽, 끼긱. 열리는 모양부터 조심스럽다. 곧 삐죽삐죽 솟은 거친 백금 발이 문틈으로 삐져나왔다.

"토리."

나는 그녀를 알아보고 미소 지었다. 토리는 내 생일파티에서 봤을 때보다 훨씬 괜찮은 차림새였다. 여전히 머리칼은 푸석푸석했고 피부도 거칠었지만, 적어도 옷만큼은 제대로 입고 있다. 검은색의 단정한 시녀복을 입은 그녀는 제가 입고 있는 것과 흡사한 옷을 손에 들고 있었다.

"안녕하시옵, 아니, 안녕하세요, 벨루아 백작영애."

그녀는 궁중 언어에 여전히 서툴렀다. 토리는 들어오라는 내 손짓에 주춤주춤 방에 발을 들이밀었다. 움찔하다 콩콩 뛰며 내게 다가오는 모습이 꼭 들토끼 같다.

나는 주눅이 든 그녀와 루페르트의 관계가 궁금했다. 생일파티에서 토리는 제가 그를 모신 지 일주일이 되었다고 했다. 그러나 '모시게 된 것'과 '만난 것'에는 꽤 큰 간극이 있을지도 모른다. 나는 루페르트가 데리고 다닌 지 일주일도 되지 않은 시녀를 위해, 그렇게 칭하기엔 많이 억울했지만 내 '실수'를 묵과할 인간이라 생각하지 않았다.

"라리에트라고 불러도 괜찮아요."

사정이 어찌 됐든, 토리의 호감을 사서 나쁠 것은 없다. 나는 부드럽게 웃으며 서성이는 그녀를 끌어다 앉혔다.

"이 시녀복은 제 것인가요?"

"예에, 지금 전하를 모시는 사람 중 신분이 맞는 이가 없어 전하를 보좌할 만한 시녀님이 없었는데 영애, 아니, 라리에트가 오셔서 다행이어요."

"고마워요, 가져다줘서."

"아, 아니어요."

내가 살짝 고개를 숙이자 그녀는 몸 둘 바 모르고 손을 마구 내저었다. 신분의 차이가 나는 내가 그녀에게 고개를 숙이는 것에 큰 부담을 느끼는 듯했다. 나는 노동자나 상인, 혹은 천민들이 귀족을 어떤 눈으로 바라보는지 안다. 다수인 그들이 소수인 우리를 먹여살리는 데 거대한 불만을 품고 있으면서도, 그들은 우리를 선망했다.

그래서 참으로 불공평하지만, 태생부터 유리한 고지를 선점한 귀족들은 아주 작은 호의나 배려로도 그들의 환심을 살 수 있다. 내게 잘해 줄 필요가 없는 사람이 베푸는 호의는 그 무익함만큼이나 크게 다가올 테니까. 그럴 필요도 느끼지 못하는 귀족들이 태반인 세상이라 더욱더.

나는 그를 모르지 않았다. 토리가 내 환심을 사는 것보다 내가 그녀의 호감을 얻는 편이 쉬울 것이다. 이 구조가 합리적이냐 아니냐 논할 필요조차 없다. 어차피 세상은 누구에게나 불공평했다.

대륙에서 인구가 제일 많은 제국에서도 단 다섯 가문뿐인 백작가의 고명딸로 운 좋게 태어난 나마저도 황제에게 제대로 된 항거도 해보지 못한 채 억울하게 죽었다. 그리 비참하게 죽고 나서도 지금의 나는 그에게 잘 보이는 것밖에는 목숨을 부지할 방법을 생각해내지 못한다.

나는 스스로의 비굴함에 분노하지 않았고, 그래서 토리를 이용하는 데에도 거리낌이 없었다. 나는 그녀의 암담한 미래를 안다. 그리고 그녀가 아무것도 모른 채 그 미래로 나아가는 과정을 지켜보다, 나 좋을 대로 이용하려 들 것이다.

양심에 찔리지 않는다고 할 수는 없지만 어쩔 수 없다. 나는 결과보다 과정이 중요하다고 믿었던 삶을 잊고, 결과를 가장 중히 여기게 되었다. 벨루아의 멸망을 막을 수만 있다면 얼굴도 몰랐던 하루살이 황후의 비극에 눈감는 것쯤은 어렵지 않다.

그런 못된 생각을 하며 토리가 건네준 시녀복을 펼쳤다. 매끄럽게 이음새 하나 없이 떨어지는 천, 소매나 옷깃을 수놓은 하얀 레이스를 제외하고는 온통 새까맣다. 암울한 루페르트의 궁과 어울리는 옷이다. 바로 갈아입으려고 토리에게 눈짓하자 그녀는 고개를 저으며 문을 열었다.

"내일부터 입으셔요. 전하께서 영애를 찾으시니까."

아, 불편한데.

나는 맞지 않는 리체의 옷을 만지작거리며 억지로 자리에서 일어났다. 이런 옷을 입고 일을 하고 싶지는 않지만, 루페르트가 부른다니 할 수 없다.

나이젤 황녀처럼 수행원이 많으면 몰라도 수행시녀들은 대체로 제가 모시는 주인의 궁에 머물렀다. 내 방은 루페르트의 침실과 같은 층, 끝과 끝이라 조금 멀었으나 마음먹고 뛰면 몇 분 걸리지 않을 거리였다. 벨네르니 황실은 몸에 밴 듯한 예의를 강조하니 내가 궁 안에서 뛸 일은 없겠지만.

"전하, 라리에트입니다. 부르셨다고 들었습니다."

침묵.

아까와 마찬가지로 대답은 돌아오지 않는다. 내가 토리를 돌아보자 그녀는 들어가도 된다 일러주었다. 나는 큼, 심호흡을 하고 문을 열었다.

그는 거의 문만 한 창문을 열어놓고 그 앞에 질펀하게 앉아 있었다. 긴 머리가 바람에 나붓거리며 엉켜든다.

황족의 품위라고는 눈을 씻고도 찾을 수 없는 모습이지만 나는 아무렇지 않은 얼굴로 고개를 숙였다. 내게 시선도 주지 않고 널따란 정원의 수풀이 허한 소리를 내며 흔들리는 풍경을 바라보던 그가 천천히 일어났다.

"토리."

그의 부름에 토리가 종종걸음으로 그에게 다가간다. 자연스레 제 왼편에 자리한 토리를 확인하고서야 그는 나를 돌아보았다.

오라는 건가?

말로 하면 편할 것을. 내가 독심술을 하는 마녀도 아니고 제 눈빛을 어찌 알아본다고. 나는 속으로 구시렁대면서도 겉으론 무척 얌전한 표정으로 루페르트에게 다가갔다.

"앞으로 내 식사 확인은 네가 한다."

말이 확인이지 제 음식에 독이 들었나, 들지 않았나 나를 가지고 실험을 하겠다는 소리다. 나는 숙였던 고개를 들어 루페르트를 바라보았다. 그는 나를 보고 있지 않았다. 내가 그를 임시로 모시는 것을 묵인해주겠다는 말이 나를 그냥 내버려두겠다는 뜻은 아니었나 보다.

"전하, 그것은 하녀가 하는 일이온데 귀하신 백작영애께 어찌 그런 일을 시키시옵니까?"

반발한 사람은 내가 아닌 토리였다. 그러나 루페르트는 전혀 다른 이유로 얼굴을 찌푸렸다.

"말 높이지 마. 쟤도 시녀고, 너도 시녀다."

얼씨구.

나는 토리를 챙기는 그가 우스워 배꼽이라도 잡고 싶었지만, 억지로 웃음을 눌러 삼켰다.

"알겠습니다, 전하."

내 순종적인 대답에 의아했는지 루페르트는 그제야 나를 돌아보았다. 작은 일렁임조차 없는 녹안. 여름날 풀빛과 닮았는데도 서늘했다.

"뭐?"

알겠다는데도 불만이다. 나는 그의 반문에 다시 공손히 대답했다.

"그러겠습니다."

"벨루아의 딸은 자존심도 없나?"

"존귀한 전하를 보좌하는 일에 귀천이 어디 있겠습니까."

루페르트의 붉은 입술이 길게 호를 그린다. 그는 어이가 없다는 양 한숨으로 나를 비웃다가 손을 뻗어 내 턱을 들어올렸다. 화가 난 것 같진 않지만, 머저리라도 보는 듯 한심해하는 표정이다.

"존귀해? 너는 정말 네 아비에게 들은 것이 아무것도 없군."

"아버지는 전하께서 몹시 아름다우시며 총명하시다 칭송하셨습니다."

"벨루아 백작이 나를 놓고 그런 소릴 지껄였을 리 없다. 나이젤에게 기어가려고 들어왔으면 눈에 거슬리지 말고 조용히 박혀 있어. 쓸데없는 소리 주절거리지 말고."

나는 루페르트의 단언에 눈썹을 미미하게 찌푸렸다. 루페르트는 아버지를 만난 적이 없다고 했다. 허면 어찌 저리 확신하나. 그러나 그와 아버지의 관계에 의문을 품을 때가 아니다. 루페르트의 철저한 경계를 푸는 것이 먼저다.

"제가 전하를 보좌하는 일에는 아버지도 나이젤 황녀 전하도 상관이 없으십니다. 저는 제 능력껏 전하를 수행하기 위해 최선을 다할 생각입니다."

내가 들어도 진정성이 넘치는 다짐이었다. 내가 그리 가증스러운 말을 하며 나를 스쳐 지나가려는 루페르트에게 허리를 숙이는 순간, 투둑 하는 위험한 소리가 고요한 방을 울렸다. 당황해 얼른 몸을 일으켰지만, 상황은 더 악화됐다. 내 통통한 몸을 견디지 못하고 찢어진 부분이 앞섶이었기 때문이다.

튕겨나간 가운데 단추를 시작으로 통 통 통, 참을 수 없이 경쾌한 소리와 함께 단추들이 하필이면 내 앞에 있던 루페르트에게 날아가기 시작했다. 내가 어떻게든 막아보기 위해 손을 허우적거렸지만, 결국 그는 단추 하나에 얻어맞았다.

제 이마에 떡하니 붙은 단추를 손으로 잡은 루페르트는 인내하듯 눈을 감았다. 나는 새파랗게 질려 몸을 굽히지도 못하고 입만 벌린 채 서 있었다.

"아주 괴상한 방법으로 최선을 다하는군."

"전하, 전하······. 이게 그러려던 것이 아니라······."

황급히 입을 뗐지만, 루페르트는 듣지 않고 방을 나섰다. 루페르트가 나간 후 그의 침실을 둘러보던 나는 침실 한켠을 빼곡히 차지하고 있는 총들을 발견하고 혀를 내둘렀다.

열세 살 난 어린애 방에 총이라니.

사냥에 많이 쓰이는 장총부터 시작해서 이 무렵 막 군에서 개발하기 시작한 권총까지 윤이 날 정도로 잘 닦여 걸려 있는 모습에 소름이 끼쳤다. 저걸 어디다 쓰려고 모은담. 어디서 구했는지부터 의문이다.

내가 인상을 찌푸리며 바닥에 흩어진 단추를 줍기 위해 허리를 숙이자 토리가 얼른 다가와 도와주었다. 하나가 모자라다. 바로 눈에 들어오지 않아 찾기를 포기해버렸다.

"고마워요."

"아, 아니어요. 그리고 영애가 벨루아의 따님이 맞다고 전하께 말씀드렸어요. 증명은 걱정하지 않으셔도 되어요."

그러고 보니 나를 아는 사람 중에는 토리도 있다. 그녀는 내 생일파티에 왔으니까. 걱정하지는 않았지만, 나는 그녀의 배려에 다시 감사를 표했다. 토리의 주근깨가 잘게 박힌 뺨이 붉게 달아오른다.

나는 그녀가 루페르트를 따라가지 않고 방에 남은 게 의아했다. 보아하니 루페르트는 수행원 대신 토리만 달고 다닌 것 같은데.

"전하 혼자 나가셔도 괜찮나요?"

"바덴 경이 모실 거니 괜찮아요."

루이제 바덴.

르한과 아버지를 죄명도 알려주지 않고 잡아갔던 놈이다. 다시금 떠오르는 개새끼의 이름에 이맛살이 구겨졌다. 토리는 내 표정이 좋지 않은 이유가 루페르트라고 짐작했는지, 조금 면구한 얼굴로 말문을 열었다.

"전하가 낯선 분들에게는 조금 까칠하실 때가 있어요. 이해해주시어요."

까칠? 그 성질머리를 까칠함 정도로 표현하는 데 나는 작게 웃었다.

"아니에요. 그런 분인 걸 모르고 모신다는 게 아니거든요."

내 말뜻이 궁금했는지 토리가 초록빛이 감도는 눈을 동그랗게 뜨고 고개를 갸웃거렸다. 다시 보니 루페르트와 그녀는 기이할 정도로 닮았다. 물론 이목구비가 흡사한 것은 절대 아니지만, 그의 찬란한 금발과 선명한 녹안은 토리의 칙칙한 금발, 녹안과 빛깔 자체만 놓고 보면 똑같다. 금발과 녹안은 희귀하지는 않지만 그렇다고 흔한 조합도 아닌데 말이다.

"이제 보니 토리는 눈이랑 머리색이 전하랑 똑같네요."

"아, 이건 어쩌다 보니……."

그녀는 뒷말을 잇지 않았다. 말실수라도 한 것처럼 아차 하는 표정이라 캐물을 수도 없어 나는 속으로만 궁금해했다. 어쩌다 보니 뭐? 어쩌다 보니 눈 색이 같아지기라도 했다는 걸까?

"전하랑 저랑 비교할 수나 있나요. 전하는 저리 아름다우신데."

"토리도 예뻐요."

내 눈에는 못돼먹은 루페르트보다는 토리가 훨씬 귀엽고 예뻤다. 그녀에게서 뿜어져나오는 생동감은 루페르트의 조각 같은 얼굴에서는 절대로 느낄 수 없는 유의 아름다움이니까. 물론 객관적인 평가는 다르겠지만.

그처럼 특출한 외모를 가지고 태어나지 못한 것은 나도 마찬가지였기에 토리의 자조에 고개를 저었다. 토리는 화들짝 놀라더니 곧 새빨갛게 달아오른 얼굴을 푹 숙였다. 얼굴을 최대한 가리기 위해 몸을 잔뜩 움츠렸지만, 귀까지 빨개져서 완전히 감추지는 못한다. 가져본 적 없는 여동생을 가지고 노는 기분이라 나는 배시시 웃었다.

"같이 전하를 모시게 되었으니 잘 부탁해요."

"아, 아니에요. 저 같은 것에게 부탁하실 필요 없어요."

"저 같은 거라니요? 전하께서 그러셨잖아요. 토리랑 저는 같은 시녀라고."

"그래도, 영애는 벨루아의 따님이신데……."

지금 루페르트는 나보다야 토리를 훨씬 신용하고 아끼는 눈치였으니, 황궁에서는 나보다 그녀의 급이 더 높을 것이다. 나는 달아오르다 못해 터질 것만 같은 토리의 새빨간 얼굴을 내려다보다 뒤늦게 입을 열었다. 지금이라면 대답해줄지도 모른다.

"제 생일파티에 전하 대신 왔다고 했죠?"

"예, 예에."

"그런데 저는 특별히 전하를 초대한 기억이 없거든요. 어떻게 왔나요?"

"사실 나이젤 황녀 전하께 갔던 것인데, 제가 몰, 몰래…… 전하께 드렸어요."

초대장을 훔쳤다는 소리다. 나는 조금 기가 막혔지만 이제 막 우물쭈물 말문을 열려는 그녀를 추궁하지는 않았다.

"죄송하여요."

"아니요, 누구라도 와도 되는 자리였어요. 괜찮아요. 그런데 왜 그랬는지 물어봐도 되나요?"

"전하께서 벨루아 백작님께 드릴 말씀이 있는 것처럼 보여서……."

"저희 아버지한테요?"

"저번 귀족회의 때 만나러 가셨었거든요. 백작님이 자리에 계시지 않아 못 만났지만요."

아버지를 왜? 그가 남자라는 것을 만천하에 드러낸 시점도 아니고, 라페르트 황녀로 알려진 그가 사사로이 백작을 찾을 일이 무엇일까.

나는 자꾸만 미궁 속으로 접어드는 듯한 느낌에 아연해졌다. 토리에게 캐묻고 싶었지만 그녀는 아무것도 모르는 듯한 무구한 얼굴을 하고 있는지라 화제를 돌렸다.

"그렇군요. 토리를 백작저에 대신 보내신 연유는 아시나요?"

"그때 전하가 아프셔서요."

"전하가 몸이 약하신가요?"

"아니, 그건 아니온데…… 자주 앓으셔요."

몸이 약하지 않다면서 자주 앓는다니 어불성설이다. 묻는 대로 순순히 대답해주는 토리에 나는 급한 성질을 참지 못하고 다시 입을 열었다.

"구태여 토리가 백작저에 온 이유는요? 그러니까, 정말 제 생일을 축하해주러 오셨나요?"

"어찌 생겼나 궁금한 분이 있다고 하셔서요."

"누구 말이죠?"

"그건 말해줄 수 없어요. 죄송하여요."

그녀는 정말 미안하다는 얼굴로 울상을 지었다. 조금 더 자극하면 말해줄지도 모르겠다는 생각이 들었지만 나는 일단 인내하기로 했다. 그녀는 내게 호감이 있는 것이 분명했지만, 나를 믿지는 않을 테니까.

"괜찮아요. 일단 나가죠."

토리와 함께 복도로 나왔지만 루페르트는 찾을 수가 없었다. 바덴 경과 나갔으니 오늘은 늦게 돌아오실 것이라며 토리는 나를 내 숙소로 안내해주었다. 나는 방에 따라 들어와선 자연스레 내 시중을 들려 하는 토리를 저지한 뒤 그럴 필요 없다며 돌려보냈다.

그녀가 시야에서 완전히 사라진 후에 침대 끝에 삐져나온 다이어리를 빼 대강의 상황을 정리해보았다. 일단 루페르트와 토리는 내 상상보다 사이가 좋은 것 같다. 그녀는 잔뜩 주눅 들어 있었지만, 루페르트의 구박이 이유라고 보기는 어려웠다. 그녀는 루페르트를 무서워하는 기색이 없었으니까.

연인의 달콤하고 야릇한 기류가 흐를 만한 나이는 아니었지만 나름의 애정 정도는 나누고 있을 수도 있다. 그게 유대를 토대로 한 동료애든, 그가 토리를 가족처럼 생각하고 사랑하든. 그러니 그녀가 황후가될 무렵 무언가 대단한 뒤틀림이 있었던 것이 분명했다.

또 황제가 벨루아에 진즉 관심이 있었다는 게 확실해졌다. 그가 백작저에서 찾으려던 사람이 누구였는지, 무엇을 확인하고 싶었는지 아무것도 모르지만 루페르트가 벨루아를 지켜본 기간이 짧지는 않으리라는 짐작은 맞았다. 하나 아버지는 내게 라페르트 황녀에 대한 이야기를 해 주신 적이 단 한 번도 없으셨다.

그가 아버지에게 하려던 이야기는 무엇이었을까. 과거의 그는 과연 아버지를 만날 수나 있었을까. 불발된 지난번 시도가 마지막이었던 것일 수도 있다. 나는 조금 초조해져서 손톱을 물어뜯었다. 그를 만나면 내가 앞으로 어떻게 행동해야 할지 실마리가 조금 잡힐 줄 알았는데, 더 막연해졌다.

붉은 궁에 들어온 첫날, 나는 온갖 불안과 걱정을 이불처럼 뒤집어쓰고 잠들지 못했다. 그리고 그 불안한 상태는 꽤 오래갔다.

2. 삼켜진 이면

시간은 하릴없이 흘렀다. 루페르트의 궁에 들어온 지 벌써 넉 달이 지났다. 그가 특별히 나를 추궁하는 일은 없었고, 단추로 얻어맞은 것도 그대로 넘어갔다. 따라서 하루하루가 무척이나 평화롭고 고요하게 지나갔다.

짧다면 짧은 그 시간 동안 겨울은 가고 봄이 왔다. 제국력 286년, 나는 열세 살이 되었고 그는 벌써 열넷이다.

루페르트는 내 예상과 달리 굉장히 얌전한 아이였다. 그는 대부분의 시간을 멍하니 보냈고, 성질을 부리며 시녀를 괴롭히는 법도 없었다. 난폭한 성질대로 사냥이나 무술을 좋아할 것이라는 내 짐작과 달리 그는 산책하고 서재에 가 책을 읽는 것 외에는 특별한 활동을 하지 않았다.

사냥도 나가지 않을 것이면서 총은 왜 그렇게 사 모으는 것인지, 그 앞으로 분배되는 예산은 생활비를 제외하고 모두 그의 수집활동에 쓰였다.

또 무슨 이유인지 그는 토리를 제외하고는 그 어떤 시녀도 자신을 따라다니는 것을 싫어했다. 그래서 나는 간간이 식사시간에만 불려가 그의 음식만 맛보았다. 구태여 은수저로 확인할 필요가 없을 정도로 안전할.

그의 음식에 독이 있나 없나 감별하는 것은, 루페르트가 나를 조롱하려는 허례허식에 불과했다. 그는 황후의 자식이지만, 아들임은 비밀에 부쳐져 있었으니까.

황비의 입장에서 생각해보면 그는 황제의 자식으로 인정해줄 만큼 마음에 들지는 않았으나 죽일 만큼 거슬리진 않을 것이다. 황제의 딸을 잘못 건드렸다 죽기라도 하면 의심의 화살은 모두 그녀에게 향할 터인데, 그러고도 그런 일을 단행할 만큼 경솔한 사람도 아니고.

그러나 저 못된 성질머리로 누구의 원한을 샀을지는 모를 일이다. 나는 찝찝한 기분으로 야금야금 음식을 씹어 넘기며 내가 죽어 넘어가나 안 넘어가나 지켜보는 루페르트를 흘깃거렸다.

"지금 나 노려봤나?"

"아니요, 전하. 그럴 리가요."

루페르트의 날카로운 물음에 나는 음식이 가득 찬 볼을 가리며 서둘러 고개를 저었다. 눈치만 빨라가지고.

"살이 좀 빠진 건가? 옷이 좀 큰데."

살이 빠진 것이 아니라 원래 컸다, 이 자식아. 나는 속으로 툴툴대며 빙그레 웃었다. 내 옷이 그의 앞에서 사방으로 터져나간 다음 날, 토리는 새 시녀복을 들고 왔다. 전에 받았던 시녀복보다 배는 컸지만 군말 없이 입었다. 다시는 그런 수치스러운 일을 겪고 싶지 않았다.

"아니요."

"하긴, 내 음식을 그렇게 먹어대는데 살이 빠질 리가 없지."

루페르트의 심드렁한 중얼거림에 반박하고 싶었지만 사실 할 말이 없었다. 내가 그의 음식을 정말로 많이 먹기는 했으니까.

황족의 식탁이라는 게 본디 한 사람이 먹을 양만 올라오는 게 아니다. 다 먹지 못할 만큼 풍성한 요리들을 상다리가 부러져라 으리으리하게 내는 것은 부를 과시하는 방법의 일종이다. 해서 그가 먹을 요리들만 콕콕 집어 내게 일러주면 좋을 텐데, 그는 다 먹지도 않을 요량이면서 내게 모든 음식을 먹어보라 시켰다.

그 수많은 음식들을 한 입씩만 먹어보아도 더는 음식이 들어가지 않을 만큼 배가 불렀지만, 사용인들 사이에서 소란하게 나도는 소문만큼 정보를 얻어내기 좋은 방법은 없기에 나는 꼬박꼬박 사용인들의 식사 시간에 참여했다.

이대로 정말 살만 통통하게 오르는 것이 아닌가 걱정도 들었지만, 나는 예전처럼 열다섯 무렵에 살이 쏙 빠질 것이라 믿어 의심치 않았다. 옛날처럼 너무 마른 것은 보기 싫긴 하지만 지금보단 낫다.

"전하, 맛있으십니까?"

"만두 너도 먹어봤잖아. 또 줘?"

이 어린놈의 자식이 자꾸 나를 돼지 취급한다. 그는 가끔 나를 부를 일이 있으면, 나의 고운 이름은 기억도 못 하는지 만두라고 불렀다. 사람 놀리는 것도 아니고 몹시 기분 상했지만, 성질을 참아내며 순종적인 미소를 지을 뿐이다.

"아니요, 전하가 잘 드시는 모습을 보니 저는 배가 부르네요."

"아까 그렇게 처먹어서 배가 부른 걸 왜 내 탓을 하나."

이 싸가지 없는…….

나는 부들부들 떨리는 주먹을 뒤로 숨기며 루페르트의 말에 풋, 웃음을 터뜨리는 토리를 바라보았다.

"두 분이 좀 친해지신 게 보기 좋사옵니다."

토리 눈엔 이게 친해 보이나요?

울컥 차오르는 반발심을 입에 남아 있던 음식과 함께 삼킨 나는 슬슬 물러났다. 수요일 오후, 루페르트가 점심을 마쳤으니 그의 음악선생인 알베르토가 방문할 것이다. 토리가 궁중 언어에 서투른 탓에, 깐깐하고 고압적인 귀족인 그는 내가 마중을 담당했다.

"알베르토 경을 모셔오겠습니다."

그는 기사가 아니지만, 물려받은 작위 또한 없는 탓에 딱히 칭호가 없다. 루페르트는 내가 알베르토를 경으로 부르는 게 조롱이나 마찬가지라 생각했지만, 정작 본인은 그 호칭에 만족하는 눈치였다.

굉장히 거만한 자세로 삐딱하게 앉아 있던 루페르트가 고개를 든다. 새하얀 하오의 햇볕을 받는 그는 움직이는 조각처럼 보였다. 그 따뜻한 빛을 받고도 생기가 없다.

"너는,"

"예?"

"젠장, 말 끊지 말라고 했지."

내가 성마르게 반문하자 그가 한쪽 눈썹을 휙 올린다. 넉 달이 지났지만 그와 항상 붙어 있지 못한 탓에 루페르트에 대해 알아낸 것이 많지 않다. 그나마 알아낸 게 있다면 그가 자신의 말이 끊기는 것을 지독하게 싫어한다는 점이다. 예쁜 얼굴과 어울리지 않는 욕설을 입에 담을 정도로.

"죄송합니다."

몇 번이나 주의를 받았지만 그가 띄엄띄엄 말을 늘어놓으면 나도 모르게 반문해버린다. 나는 머리를 조아리며 이어질 말을 기다렸다.

"악기 다룰 수 있나?"

"피아노는 조금."

"노래는?"

"어머니가 아바드의 응창 가수셨습니다."

가수이셨던 어머니를 닮았는지 나는 아르렐의 오페라도 몇 번 관람

했을 만큼 노래를 좋아했다. 검소하신 아버지 때문에 많이 가보지는 못했지만.

"네 어머니가 노래를 잘했다고 너까지 잘한다는 법은 없지."

루페르트가 기다렸다는 듯 이죽거린다.

"못하지는 않습니다."

나는 겸양을 섞어 오만하게 대답하면서도 속으로 코웃음을 쳤다. 어디 너는 얼마나 노래를 잘하나 보자.

"그럼 너도 남아."

"전하의 수업에요?"

"옆에서 노래라도 부르든지. 심심하니까 재롱 좀 떨어봐."

그의 옆에 있는 시간이 늘어난 것은 분명 반길 만한 일이지만, 열네 살 어린아이로부터 나온 재롱을 떨라는 명령은 그리 달갑지 않다. 내 표정이 조금 굳는 것을 발견했는지 루페르트가 앉은 상태에서 비스듬히 목을 기울였다.

"싫나?"

"아니요, 전하. 그리하겠습니다."

나는 언제나처럼 순한 미소로 답했다. 루페르트는 내 미소를 별로 마음에 들어 하지 않았다. 그렇다고 진심을 가득 담아 인상 팍팍 써가며 그를 대할 수는 없는 노릇이라 마지막에는 항상 애매한 미소를 띤 채 그를 대하게 되었다. 웃는 것도 인상을 찡그리는 것도 아닌, 어설픈 무표정.

궁중 예법을 거의 지키지 않는 토리가 루페르트가 남긴 음식을 우악스럽게 먹어치웠다. 그 모습을 잠시 지켜보던 나는 알베르토 경이 왔다는 하녀의 말에 등을 돌렸다.

토리와 루페르트가 같이 있는 모습을 지켜보다 보면 기분이 이상해졌다. 루페르트는 그녀를 대할 때면 경계가 한 꺼풀 벗겨진 것처럼 부드럽게 웃고는 했다. 천천히 먹으라고 등까지 두드려주는 모습이 우습다. 그러면 마치 그가 꼭, 평범한 사람 같아서······.

"라리에트."

쓸모없는 상념에 잠기려는 나를 음이 높은 남자의 목소리가 깨운다. 나는 드레스 자락을 우아하게 잡으며 고개를 숙였다.

"오셨나요, 경."

"오랜만입니다."

알베르토는 아바드의 피아니스트였다. 나는 그를 몰랐지만, 그는 내 어머니를 알아 나를 꽤 친근하게 대했다.

"얼마 전 아만다를 만났습니다. 라리에트 걱정을 꽤 심각하게 하고 있던데, 편지를 보낼 생각은 없나요?"

그러고 싶은 마음이야 굴뚝같지만, 엄두가 나지 않았다. 어떻게 변명을 해야 할지 감도 잡히지 않는다. 내 얼굴이 조금 어두워지자 알베르토는 내가 귀엽다는 듯 부드럽게 웃었다.

"뭐, 저도 라리에트만 할 때는 방황도 많이 했었지요."

그가 날 이해한다는 양 가늠하는 꼴이 부담스러워 발을 옮겼다.

"전하께서 기다리십니다."

"오늘은 같이 가나요? 라페르트 황녀 전하는 사람을 옆에 두는 법이 좀처럼 없으시던데. 그 토리인지 뭔지 하는 여자아이 말고는."

토리를 언급하는 그의 입이 혐오로 짧게 비틀린다. 고귀한 황족을 지근에서 모시는 시녀가 평민이라는 사실이 꽤 거슬리는 얼굴이었다. 나는 그의 일그러진 입매를 슬쩍 바라보다 눈길을 내렸다.

"예, 오늘은요."

"전하는 외로우신 분입니다. 피아노 소리를 들으면 알 수 있어요. 라리에트가 노래로 위로해주세요."

외롭기는 개뿔.

지켜본 바, 루페르트가 느끼고 표현하는 감정은 다섯 손가락으로 꼽을 수 있었다. 분노, 짜증, 언짢음 등. 그중 외로움이나 고독처럼 아련하고 인간다운 종류는 없었다.

나는 알베르토의 주제넘은 말들에 기분이 나빠져 걸음을 더 빨리했다. 다행히 악실의 문이 열려 있어 나는 빠르게 알베르토에게서 벗어날 수 있었다.

"전하, 알베르토 경을 모셔왔습니다."

루페르트는 벌써 피아노 앞에 앉아 있었다. 알베르토에게 고개를 까딱한 그는 그대로 몸을 돌려 건반에 손을 얹었다. 알베르토가 가져온 바이올린을 조율하며 의자를 턱짓한다. 알베르토를 무서워하는 토리는 방에 없었다.

나는 끼긱대는 바이올린 소리를 들으며 천천히 푹신한 벨벳 카우치에 몸을 맡겼다. 조율을 마친 알베르토가 손을 움직였다.

루페르트의 진한 금발과 새하얀 피아노는 굉장히 잘 어울렸다. 햇볕이 따갑게 들어오는 화창한 날, 부드러운 바이올린 선율이 그림 같은 그의 모습과 함께 나를 홀릴 것처럼 넘실거렸다. 그러나 나는 그 화사한 풍경을 지켜보다 웃음을 터뜨리고 말았다.

"풋."

입을 손으로 간신히 막고 몸이 부들부들 떨릴 정도로 참아낸 덕에 새어나간 소리는 크지 않았다.

외로워? 루페르트의 피아노에 대한 알베르토의 평을 반추하는데 기가 막혔다. 저 소리를 듣고 외로움이나 고독 같은 구슬픈 단어를 떠올린 알베르토가 대단했다. 그는 어이가 없을 만큼 낭만주의자거나, 귀머거리거나 둘 중 하나일 것이다.

루페르트는, 피아노를 정말 더럽게 못 쳤다. 제 못된 성질머리를 그대로 반영하듯 건반을 쾅쾅 내리치는 소리가 음악일 리 없다. 나는 루페르트의 작지만 난폭한 등을 바라보며 스스로를 동정했다. 저런 소음을 듣고도 나는 그가 천하제일의 연주를 한 것처럼 감탄해야 했다. 아첨의 길은 멀고 또 멀었다.

그의 연주라고 부를 수도 없는 연주가 끝나고 내가 기계적으로 박수를 치자, 루페르트는 피아노에 걸터앉은 채 나를 건방지게 내려다보았다. 그 모습이 조금 으스대는 것처럼 보여서 얼이 빠졌다. 저런 식으로 피아노를 두드려 팬 것을 연주라고 생각하고 의기양양해하는 꼴이라니.

"어떤데?"

"……별로."

순간 나도 모르게 속마음이 튀어나왔다. 나는 눈썹을 휙 올리는 루페르트를 발견하고 어색하게 웃었다.

"뭐?"

"별, 별로…… 전하의 연주가 제 마음에 별로! 엄청난 연주였어요! 와, 전하. 정말 아름다운 연주였습니다. 눈물이 날 뻔했답니다."

그럼 그렇지. 루페르트의 마음의 소리가 들리는 듯해 속이 비틀렸지만 나는 방글방글 얼굴 가득 띤 미소를 거두지 않았다.

"네가 노래해봐."

"전하, 용서해주세요. 제 목소리가 전하의 완벽한 연주에 폐를 끼칠까 무섭답니다."

내 가증스러운 거절에 루페르트는 나를 응시했다. 그는 내가 가끔 흘리는 호들갑스러운 아부에 딱히 불호를 보여준 적이 없다. 아예 진지하게 받아들여주지도 않는다. 내 호의가 진심이라 생각하지 않는 것 같다.

애초에 정말 진심이었을 리 없으니 진정성이라고는 쌀 한 톨만큼도 없는 내 말을 무시하는 그에게 섭섭하지는 않았다. 다만 어떻게 저 냉랭한 아이에게 내 '진심'을 피력해야 할까 고민이 된다.

"브라보!"

잡생각만 했던 나와 다르게 알베르토는 진심으로 감동한 것 같다. 그는 인사도 하지 않고 방을 나서는 루페르트를 바라보다 손까지 잘게 떨며 내게 다가왔다.

"라리에트도 역시 느끼는군요! 그녀의 연주에서 흘러나오는 역동적인 반항! 오기! 욕망! 그 안에 휘말린 고독의 예술을!"

미친놈이 뭐라는 거야.

나는 아픈 귀를 감싸며 대강 흘려들었다.

"경, 배웅해드리겠습니다."

"아니요. 저는…… 저는 여기에서 조금 더 전율하다가…….."

"아, 그럼 조심히 가세요."

나는 짜증나는 소리만 해대는 알베르토를 버려둔 채 루페르트를 따라 재게 발을 옮겼다. 조그만 꼬맹이 주제에 걸음 하나는 무지막지하게 빨라 그는 벌써 복도를 지나 계단을 성큼성큼 내려가는 중이다. 지금도 저런데 다 큰 훤칠한 몸으로는 얼마나 빨리 걸었을지 짐작도 되지 않았다. 저 속도를 몸이 감당할 수는 있으려나.

"전하!"

내가 저를 소리 높여 부르는 것을 못 들었을 리 없는데 루페르트는 속도를 낮추지 않았다. 외려 조금 더 빨라지기까지 해서 나는 거의 달리다시피 해 루페르트를 따라잡았다.

"혼자 어딜 그리 급히 가세요? 시녀를 한 명쯤은 데리고 다니셔야지요."

"궁중 예법은 거꾸로 배웠나? 누가 뛰래."

어차피 루페르트의 궁은 한적하고 사람이 없어 루페르트 본인조차 예법에 맞게 행동하는 일이 드물다. 그가 데리고 다니는 토리는 두말할 것도 없고. 그 역시 툭하면 튀어나오는 게 본데없는 막말이었으니. 그러나 나는 너도 예법을 지키는 법이 잘 없지 않느냐 반박하는 대신 배시시 웃었다.

"나 보고 웃지 마."

"정드실까 봐요?"

"못생겨서 짜증나."

내 능청에 루페르트가 악담을 퍼붓더니 몸을 휙 돌렸다. 나는 그가 외모를 평하는 데 퍽 박하다는 생각을 하면서도 기분이 나쁘지는 않았다. 남자인 자신이 저만큼 예쁘게 생겼으니 웬만한 여자는 죄다 호박으로 보일 테지.

"어디 가세요? 같이 가요."

루페르트는 대답하지 않았다. 그의 침묵은 허락 비슷한 긍정이라는 것을 배웠으므로 나는 말없이 그를 뒤따랐다. 그가 향한 곳은 궁의 정원이었다. 숲과 이어진 정원은 그리 잘 꾸며진 편이 아니었는데도 그는 밖에 나오는 것을 좋아했다. 그가 내게 친절히 자신은 산책을 좋아한다 일러준 것은 아니지만, 토리를 데리고 하루가 멀다 하고 정원을 찾는 데서 짐작 가능했다.

계절은 분명 봄이건만, 수도는 워낙 추워 아직도 눈이 조금씩 쌓여 있었다. 반쯤 녹아 실벅한 눈을 밟으니 철벅철벅 소리가 난다. 나는 그 소리가 좋아서 걷는 발에 힘을 주었다.

정원에 풍경이라고 불릴 만한 것은 마른 가지가 전부였다. 새파란 잔디도 최근 내린 함박눈에 모두 얼어 죽어 아직 되살아나지 못했고, 이 시기엔 당연히 꽃도 안 핀다.

그래도 누군가 아름답냐 물으면 그렇다 대답할 만한 풍경이었다. 메마르고 쌀쌀한 나뭇가지에 돋아날까 고민하는 듯한 푸른 이파리들이 볼 만했다. 나는 어느새 내리고 있는 진눈깨비가 콧잔등에 앉는 것을 확인하고 빠르게 외투를 벗었다.

"전하, 이거 입으세요."

벨루아 출신인 나는 추위를 제법 타는 편이라 시녀복 아래에 내의를 몇 겹이나 입고도 두꺼운 양모 코트를 입고 있었다. 코트를 벗으니 휘몰아치는 추위에 몸이 으슬으슬 떨렸지만, 루페르트에게 잘 보이는 것이 먼저였다. 그는 내가 제게 건네는 코트를 멀뚱히 쳐다보고만 있다.

입혀달라는 건가?

저는 손이 없나 발이 없나. 불만이 튀어나왔지만, 곱게 자란 아이들 특유의 게으름을 모르지 않기에 나는 군말 없이 그에게 다가가 내 코트를 둘러주었다. 내가 그보다 키도 크고 덩치도 컸으므로 코트는 그의 왜소한 몸을 덮고도 품이 꽤 남아, 나는 코트 앞섶에 달린 끈을 당겨 조여주었다.

내가 르한을 대하듯 그의 어깨에 내려앉는 눈까지 슥슥 털어내자 루페르트의 입매가 순간 비틀렸다. 충심까지는 아니더라도 지극한 호의로 비쳤을 행동을 그리 달가워하는 표정이 아니다. 나는 어이가 없다는 듯 바람 빠지는 소리를 내며 웃는 루페르트를 내려다보며 입을 열었다.

"왜 웃으세요?"

"애 취급하는 게 웃겨서."

"전하가 애지, 그럼 어른인가요?"

나는 리체가 언젠가 내게 했던 말을 그에게 하며 그새 얼어버린 손을 옆구리에 끼워넣었다. 달달 턱이 떨린다. 벨루아의 추위는 이만큼 매섭지 않기에 나는 수도 날씨에 적응하느라 애먹었다. 내가 온몸을 흔들어대며 추위를 털어내려 노력하는데 그가 우뚝 멈춰 서더니 돌아본다.

"들어가든가. 추우면."

"전하 혼자 가시게 할 수는 없죠."

"그럼 시끄러우니까 떨지 마."

내가 양보한 코트에 조금의 고마움도 느끼지 못하는 루페르트 때문에 울컥했지만, 달달 떨리는 몸을 꾹 누르며 알겠다 고개를 주억거렸다. 어쨌든 이만큼이나마 말을 하게 된 것도 장족의 발전이다. 오늘 하루 그와 내가 나눈 대화가 그동안 했던 것보다 많다. 그는 내가 그에게 은근슬쩍 점점 더 말을 편히 하는 것도 트집 잡지 않았다.

넉 달 사이에 이 정도 성과라면 그리 나쁜 것은 아니지만, 흘러가는 시간에 불안했다. 그가 황태자가 되기까지 2년도 채 남지 않았다.

걸음이 빠른 루페르트를 따라잡으려고 재게 발을 놀리다 보니 어느새 추위를 조금 잊게 되었다. 나는 허연 입김을 뿜으며 숲의 입구에서 어슬렁거리는 루페르트의 뒤에 자리를 잡았다.

"토리."

루페르트의 부름에 숲의 수풀에서 작은 머리가 쑥 솟아난다. 나무가 자라나는 것처럼 몸을 벌떡 일으킨 그녀는 종종걸음으로 우리 앞에 나섰다. 그녀는 제 몸만 한 괴상한 동물을 품에 안고 있었다.

"오셨사옵니까?"

난생처음 보는 해괴한 짐승은 사람 손처럼 생긴 손을 마주 비비며 눈을 굴리고 있었다. 동물 주제에 야비한 생김새가 웃긴 녀석이다. 동물은 커다란 원을 그린 듯 제 눈을 감싸고 있는 털을 손가락으로 매만지더니 토리의 품에서 빠져나와 루페르트에게 다가와 콧등을 비벼냈다.

"저게 뭐예요?"

나는 그가 익숙한 손길로 머리를 쓰다듬는 동물을 가리키며 토리에게 물었다. 동물이 제 품에서 빠져나간 것이 아쉬운 듯 울상을 짓던 그녀가 작게 웃으며 내게 다가온다.

"너구리요. 전하 애완동물이어요."

저 이상하게 생긴 동물의 이름이 너구리구나. 사람들이 애완동물로 기르지도 않고 도축해서 고기로 먹는 것도 아닌, 야생에서 사는 짐승이니 내가 본 적이 없는 것은 당연했다.

강아지, 고양이, 하다못해 말도 있는데 웬 너구리. 나는 무표정한 얼굴로 너구리의 뻣뻣한 털을 쓰다듬는 루페르트를 보며 어이가 없었다.

"너구리를 애완동물로도 기르나요?"

"보통은 아니지만, 못 할 일도 아니에요. 전하의 너구리는 특히 순하고 착하여서……."

"어머, 토리. 그거 물린 거예요?"

토리의 손등에 난 핏자국을 발견하고 내가 놀라자 그녀는 어설프게 웃었다. 나는 그녀의 팔을 잡아 내 소매로 꾹 눌러주었다. 큰 상처는 아니지만 벌겋게 달아오른 것을 보니 흉 정도는 남을 수도 있겠다. 꽤 아파 보여서 나는 눈살을 찌푸렸다.

"순하기는 뭐가 순해요? 사람 손을 이리 물어뜯는데."

"전하에겐 순하여요. 괜찮으니 옷 더럽히지 마셔요."

"안 되겠네. 궁에 일단 들어가요. 전하는 제가 모시고 있을게요."

"아, 아니에요."

"얼른! 흉 질지도 모른다고요."

나는 주춤거리는 토리의 등을 궁 쪽으로 밀었다. 루페르트의 허락을 구하듯 그녀가 뒤를 돌아보자 나와 토리를 번갈아 보던 그가 작게 고개를 끄덕인다. 토리는 미련이 남은 듯 느릿느릿 걸었다.

"전하도 조심하세요. 야생동물이라니 순하고 좋은 애완동물이 얼마나 많은데 그런 걸 가까이하세요?"

"순해."

"토리 손 못 보셨어요?"

"내가 아닌 다른 사람도 따르면 그건 내 것이 아니지."

심드렁하게 대답한 루페르트는 너구리를 안고 일어났다. 언뜻 비굴해 보이기까지 하는 너구리는 그의 어깨를 타고 올라가 빠르게 그의 목을 감싸안는다.

"그럼 저도 전하의 시녀니까 전하만을 따르겠어요."

이때다 싶어 나는 너구리만큼 비굴한 내 충성심을 다시 한 번 피력했다.

언제나처럼 개소리라며 무시할 줄 알았는데, 루페르트는 고개를 비스듬히 틀어 내 얼굴을 바라보았다. 전처럼 노려보는 눈은 아니었지만, 그렇다고 호의가 섞이지도 않은 무심한 시선으로.

"아니, 넌 내 건 아니니까."

"왜요? 전 전하의 시녀잖아요."

"나는 가진 게 많이 없어. 넌 그중 하나가 아니고."

냉랭하다기보다는 좀 더 무덤덤한 거절이었다. 넉 달 사이에 그의 믿음을 얻어내리라 기대도 않았으니 나는 어깨만 으쓱했다. 그런 나를 지켜보던 루페르트가 너구리를 등에 업은 채 내게 다가왔다. 자박자박 눈 밟는 소리가 또렷하다.

천천히, 내 눈을 똑바로 쳐다보는 탓에 그의 시선을 피하지 못했다. 나는 그의 인형 같은 눈이 꺼림칙했다. 가끔 사람의 것이 아닌 양 보여서 무섭다.

"그러니까 귀찮게 설치지 마."

낮은 목소리였다. 그는 아무도 없는 숲속에 엿듣는 다른 귀라도 있는 것처럼 숨을 죽였다. 그의 얕은 숨결이 내 목에 닿는다. 내 굳은 얼굴을 마주한 루페르트의 입술이 그림같이 아름다운 곡선을 그리며 휘었다.

"내가 아무리 힘없는 황녀라도 너 정도는 쥐도 새도 모르게 죽일 수 있다."

목숨을 두고 하는 협박은 참 다정한 어투였다.

나는 겁먹지 않았다. 그가 두렵지 않은 것은 아니지만, 내가 그에게 품은 공포는 대부분 내가 겪은 미래에 기반하고 있다. 나는 그가 될 '괴물'이 무서운 거지, 같잖은 협박을 늘어놓는 꼬맹이가 두려운 게 아니다. 가끔 너무 이질적인 눈을 해서 소름이 끼칠 때도 있었으나 아직 그는 작은 어린아이였다.

내가 우악스레 덤벼들어 바위라도 머리에 내려찍으면,

"전하를 불쾌하게 만들려는 의도는 없었어요. 하지만 기분이 상하셨다면 송구합니다."

너는 죽겠지. 너도, 죽을 수 있는 인간이지.

나는 루페르트의 처참한 죽음을 상상하면서 차분히 사과했다. 그가 나를 경계하는 것에 화가 나진 않았다. 내 궁극적인 목적이 무엇이든, 내 행동이 순수하게 보일 리 없을 테니까. 나는 그에게 복수할 생각도 못 하는 소심하고 겁 많은 피해자였지만, 그렇다고 절대적 가해자인 그가 싫지 않은 것은 아니다.

내 공손하고 딱딱한 어투에 루페르트는 만족한 듯 보였다. 그는 대답하지 않고 고목나무 앞에 주저앉았다. 나를 놀리는 것처럼 혀를 날름거리는 얄미운 너구리가 그의 무릎에 올라앉는다. 나는 약간의 흥분으로 쿵쿵거리는 심장 주변을 누르며 당연하다는 듯 그의 옆에 섰다. 그게 의외였는지 루페르트와 너구리가 동시에 나를 돌아보았다. 그 모양새가 우스웠지만, 나는 웃지 않았다.

"왜 안 가?"

내가 제 말에 겁을 집어먹고 도망이라도 갈 줄 알았나 보다. 나는 도리어 그가 이상하다는 듯 미간을 찌푸렸다.

"제가 가긴 어딜 가요? 전하가 여기 계신데."

"바보인지 머저린지."

루페르트는 황족답지 않은, 돼먹지 못한 소릴 중얼거리다 혀를 쯧쯧 차며 너구리의 턱을 간지럽혔다. 나는 고양이처럼 고릉거리는 너구리가 우스워 웃음을 깨물다가 고개를 저었다.

"둘 다 아니에요."

"너는 내가 우습나?"

"아니요."

그럴 리가. 우스웠다면 내가 이 귀한 시간을 이렇게 버리고 있을 리 없다.

나는 루페르트의 신경질적인 목소리에 차분히 대답하며 주저앉아 하얀 눈을 손끝으로 만지작거렸다.

무작정 궁에 들어오기는 했는데, 생각만큼 일이 잘 풀리지가 않는다. 당연했는데. 루페르트처럼 경계심이 강한 황족이 나같이 어정쩡한 위치의 귀족을 쉬이 믿을 리가 없는데도 다급해진다. 나는 네게 해를 끼치지 않을 것이라는 아주 간단한 진심조차 왜 전해지지 않는 걸까?

"전하, 제가 억울해서 묻는데요."

"뭐."

"제가 뭘 어떻게 설쳤나요?"

나는 대답을 기다리며 손가락으로 그림을 그렸다. 푹푹 눌리는 눈의 촉감이 좋아 자꾸만 손이 간다. 내가 바닥에 그리는 너구리를 흘깃 본 그가 한숨 섞인 목소리를 냈다.

"몰라서 묻나?"

"모르니까 묻지요."

루페르트는 찰나 침묵했다. 말을 고르는 것인지 할 말을 찾는 것인지, 그는 아주 천천히 대답했다.

"토리에게 잘해주지 마. 고귀한 귀족영애가 마음씨까지 곱다고 아주 입이 찢어지더군."

"그럼 안 되나요?"

"너 같은 애들이 걔를 어찌 보는지 안다. 가식 떨지 마."

언제는 그녀를 도와준 것을 만두 값으로 쳐주겠다 했으면서.

내가 단순히 귀족이란 이유로 상인의 딸인 토리를 낮게 본다면, 황족인 그는 그녀를 벌레만도 못하게 보는 게 맞다. 그럼에도 자신은 그녀를 끼고 다니면서, 내가 그녀에게 베푸는 호의는 가식이라니.

내가 그녀를 대하는 태도가 온전하게 순수하다 할 수는 없었으니 가식이란 말이 틀린 건 아니지만, 나는 어딘지 모르게 어설프고 소심한 토리를 싫어하지 않았다.

나는 약간 반항적인 태도로 입을 삐죽였다. 내 튀어나온 입을 가만히 바라보던 루페르트가 말을 잇는다.

"개새끼처럼 졸졸 따라다니지도 말고."

"저는 전하의 시녀인데 전하를 안 따라다니면 누굴 따라다녀요?"

"어차피 너도 곧 나이젤이나 아르눌프한테 가겠지. 나한테 잘 보일 필요가 없다는 말이다."

"안 갈 건데요?"

내가 새침하게 내놓은 대답에 루페르트는 완전히 내 쪽으로 고개를 돌렸다. 그는 도저히 이해가 가지 않는다는 것처럼 얼굴을 일그러뜨리고 있었다. 내가 크리시 부인에게 수업을 들을 때 짓던 표정과 흡사해서 나도 모르게 웃었다.

"왜?"

"뭐가 왜예요?"

"왜 나한테 붙어 있으려고 하느냐고. 네가 정말 보이는 것만큼 멍청한 게 아닌 이상."

나는 루페르트의 험한 말에 미간을 찌푸렸다.

"말씀드렸잖아요. 어렸을 적부터 아버지께 전하에 대한 좋은 얘기를 많이 들어서 전하를 모시고 싶어졌다고."

"백작이 나에 대해 좋은 얘기를 했다는 말을 믿으라고?"

"안 믿으셔도 괜찮아요. 저는 계속 전하를 계속 모실 것이니까."

"그러니까 왜?"

대화는 다시 원점으로 돌아왔다. 나는 벽과 말하는 기분이 들어 한숨을 내쉬며 일어났다.

내가 갑자기 움직인 탓에 놀란 너구리가 털을 삐죽 세우며 하악질을 한다. 루페르트는 익숙한 듯 동물을 다독였다. 사실 나는 그의 그런 다정한 모습이 기절할 만큼 놀라웠다. 너구리 따위에 관심을 주는 황제라니.

내가 몰랐던, 아니, 상상하지도 못했던 루페르트의 모습을 하나씩 발견할 때마다 당혹스러웠다. 제가 피아노를 잘 치는 줄 알고 으스대는 모습도, 너구리 따위를 애완동물로 삼아 귀여워하는 모습도, 토리는 다정히 챙기면서 내게는 잔뜩 가시를 세우며 경계하는 모습도 모두.

아직 어린아이였으니 어린아이같이 구는 것은 당연했지만, 그 사실조차 비현실적으로 다가왔다. 그가 평범한 어린아이라고는 절대 말할 수 없으나, 루페르트는 아주 가끔 평범해 보였다. 토리와 함께 마음 편히 있을 때는 더더욱.

그리고 나는 그런 순간들이 혐오스러웠다. 아주 싫었다. 싫다는 표현이 귀엽게 느껴질 정도로 끔찍하다. 황제는 태어날 적부터 냉혹한 괴물이어야 했다. 괴물의 인간적인 모습을 발견하는 일 따위 하고 싶지 않았다.

내가 그를 마음 깊이 증오한다는 주관적인 사실을 떨쳐놓고 보자면, 그는 그저 성질이 남다르게 더럽고 타인에게 무심한 어린애였다. 황족답게 오만하고, 제 목숨 하나 챙기기 어려운 상황인지라 예민한. 나는 내가 아는 황제와 지금 루페르트의 간극에 치가 떨렸다.

그는 지금 겨우 열넷이고, 그가 비인간적인 숙청이란 이름의 학살을 벌인 것이 그가 불과 열여덟이었을 무렵이다. 도대체 어떤 대단한 사건이 일어났기에 그런 미친 살인귀가 되었던 걸까? 왜 지금은 끼고도는 토리를 그만큼 참혹하게 버렸을까?

　그런 고민을 하면서도 그의 잔인함에 이유를 달아야 한다는 사실 자체가 싫기도 했다. 타고난 괴물을 미워하고 이용하는 것이, 비극적인 이유로 괴물이 된 어린아이를 혐오하는 것보다 훨씬 덜 껄끄럽다. 그가 본디 괴물이었든, 비극을 만나 그런 미치광이가 되었든 내가 그에게 가진 본질적인 공포와 증오가 흐려지진 않을 터다. 그러니 어차피 미워할 것이라면 마음 편히 미워하고 싶다는 게 피해자인 나의 이기심이다.

　나는 그의 비딱한 시선을 피하며 대답했다.

　"저는 전하가 저를 쓸모 있게 생각해주셨으면 해요. 좋아하진 않더라도, 죽이기 아까울 만큼."

　"내가 널 죽이려고 계획이라도 한 것처럼 말하는군."

　아직은 아니겠지만, 곧 그럴 계획을 세울지도 모른다. 나는 발등에 쌓인 눈을 털어내며 목을 가다듬었다. 어떤 말을 해야 그가 나를 제 사람으로 받아들일지 모르겠다.

　"아깐 죽이시겠다면서요?"

　"그거야……."

　내 반문에 루페르트는 입을 꾹 다물었다. 나는 그의 협박이 당장은 부질없는 빈 수레라는 것을 안다. 라페르트 황녀인 그는 벨루아를 건드리지 못한다. 하지만 황제는 아니다.

　"제가 전하를 모시는 것엔 벨루아는 상관이 없어요. 그냥 모시고 싶어요. 그거로는 대답이 안 되나요? 어찌 세상만사에 전부 합리적인 사유를 달 수 있겠어요? 답이 나오지 않는 일도 있기 마련인데."

　나는 애매모호한 대답만큼 어설픈 미소를 지었다. 어디 가서 거짓말 잘하는 법 강의라도 받아야 하나. 말주변이 이리 없어서야 루페르트는 커녕 토리도 못 속이겠다.

　"그게 네 이유라고?"

"예."

나는 네가 무섭고 싫으니까. 그런데도 내가 네 편이라 생각하게 만들어야 하니까.

루페르트는 내 머릿속을 들여다보려는 것처럼 눈을 가늘였지만, 내가 가장 깊은 곳에 숨겨둔 마음을 읽지는 못했다.

궁으로 돌아가는 길에 그는 말이 없었다. 나도 딱히 루페르트에게 건넬 말이 없었기에 침묵을 지켰다. 우리의 불편한 고요를 박살낸 사람은 토리도, 시종장도, 그의 궁에서 일하는 사용인도 아니었다.

나는 정원에서 궁으로 들어서는 길을 막은 사람을 알아보고 놀라 고개를 들었다. 오래간만의 조우였다. 실질적으로는 3년이 조금 넘은. 지금의 기준으로 생각해보면 황궁에 들어온 지 넉 달이 되었으니 반년 만이다.

아르눌프 황자는 내가 기억하는 그 모습 그대로 잘생겼다. 격조했습니다, 라는 말이 튀어나올 뻔했지만 입을 다물고 예에 맞게 인사를 올렸다. 내 정수리로 느긋한 시선이 내려앉는다.

"오랜만이네요, 라리에트."

나는 그의 친근한 인사에 인상을 찌푸릴 뻔했다. 나와 그는 이런 사사로운 인사를 나눌 만큼 가까운 사이가 아니다. 물론 신분차가 있으니 그가 내게 친한 척을 하는 데 불만을 품을 수는 없지만, 아르눌프는 구태여 르한도 아닌 내게 친한 척을 해야 할 만큼 궁한 처지가 아니다. 그러니 지금 그는 내 호감을 사기 위해 웃는 것이 아니리라.

나는 그의 목적을 읽을 수 있었다. 그의 부드러운 눈매가 경멸의 빛을 띤 채 루페르트를 향해 있었다. 그럼에도 인사조차 건네지 않는다. 루페르트는 그를 쳐다보지도 않고 있었기 때문에 나는 별수 없이 대답했다.

"예, 황자 전하. 그간 잘 지내셨습니까?"

"라리에트가 황궁의 시녀로 들어올 줄은 몰랐습니다. 나나 나이젤에게 말했으면 바로 우리 궁으로 올 수 있게끔 조치했을 텐데."

어이가 없었다. 아르눌프는 루페르트에게 나와의 친분을 과시하려는 것처럼 내 어깨를 부드럽게 잡았다. 네 옆의 시녀도 결국 나에게 오기 위해 네 곁에 있는 것뿐이다, 그런 하찮은 과시.

아르눌프는 황제의 장자로 나보다 열 살이 많다. 그러니 지금 그의 나이는 스물셋. 열네 살밖에 안 되는 이복누이를 조롱하기에는 성숙한 나이였다. 나는 기분이 조금 언짢았지만, 입을 함부로 놀릴 수 있는 상황이 아닌지라 고개만 공손하게 내저었다.

"아니요, 괜찮습니다."

"나이젤이 알면 꽤 섭섭해할걸요. 나의 누이는 벨루아를 꽤 좋아하니까."

아르눌프가 그의 어깨 근처에서 살랑이는 적금발을 쓸어넘기며 매혹적으로 웃었다. 열셋의 어린아이에게 저런 교태 섞인 미소를 짓는 것인가 싶어 소름이 끼쳤다. 내가 알던 아르눌프와는 퍽 다른 모습이다. 알지 못했던 이면을 봐버려 기분이 착잡해진다. 내 기억 속의 아르눌프 황자는 항시 오만하긴 했지만, 적어도 이리 뱀 같은 치는 아니었다.

나는 루페르트에게 내 입장을 공고히 할 필요도 있고, 그가 꺼림칙하기도 해서 조금 충동적으로 입을 열었다.

"나이젤 황녀 전하께는 송구하지만, 저는 라페르트 황녀 전하를 계속 모실 생각입니다."

내 말에 허공만 바라보던 루페르트가 고개를 홱 돌린다. 나는 놀라서 커진 그의 녹안에 한숨처럼 웃었다. 여태 입이 닳도록 말했는데도 믿지 않았나 보다.

"뭐?"

반문한 사람은 아르눌프였다. 나는 그의 일그러진 얼굴에 초점을 맞추며 말을 이었다.

"저는 라페르트 황녀 전하를 계속 모시고 싶습니다."

"……그게 벨루아의 뜻인가요? 백작이 그리 아둔했나?"

"전하, 제 나이가 불과 열셋입니다. 저 따위의 행보가 어찌 벨루아의 뜻이겠습니까."

위치가 위치이니 상대는 모든 것을 정치적으로 해석할 수밖에 없다. 나는 아르눌프의 형형한 눈을 피하며 고개를 숙였다. 이때까지 내게, 정확히는 벨루아에게 호의적이던 황비 쪽을 괜히 긁은 것일 수도 있다. 그러나 아버지도 아닌 내 행동에 크게 주목하지는 않을 터다. 나는 르한처럼 작위를 물려받을 수 있는 남자가 아니니까.

그렇게 마음을 다잡으면서도 조금 무섭기는 했다. 나의 미래는 불완전했는데, 내 미래가 곧 벨루아의 미래이기 때문이다. 이제껏 아버지께 모조리 떠넘겼던 가문의 운명을 책임지려니 여간 무서운 것이 아니다. 나는 떨리는 손을 숨겼다. 그 순간 덜덜 떠는 내 손목을 루페르트가 잡아챘다.

나는 화들짝 놀라 고개를 들었다. 루페르트는 어느새 앞으로 나서 아르눌프로부터 나를 가리듯 서 있었다. 나는 내 바로 앞의 그의 동그란 정수리에서 허무하게 보냈다 생각했던 넉 달이란 시간을 실감했다.

나보다 반 뼘은 작았던 아이는 그새 무시무시한 속도로 자라 내 키와 엇비슷해졌다. 목소리 역시 조금씩 거칠어지고 있으니 남자아이임을 더는 쉬이 숨길 수 없을 것이다. 그게 루페르트가 은둔하다시피 제 궁에서 두문불출하는 이유 중 하나이리라.

"뭡니까?"

루페르트의 질문에 아르눌프가 형식적으로 띠고 있던 미소를 거두어들였다. 형제는 전혀 닮지 않은 얼굴로 비슷한 무표정을 지었다. 먼저 얼굴을 험악하게 일그러뜨린 쪽은 아르눌프다.

"네가 내가 보내는 전갈을 모두 무시하기에 내가 직접 걸음할 수밖에 없었지."

"서한은 모두 읽었습니다. 폐하를 사사로이 뵙지 마라. 기억하고 있습니다."

"기억하고 있다면 왜 듣지 않는 것이지?"

"폐하의 명이 먼저니까."

루페르트의 말이 순간적으로 짧아졌다. 그는 아르눌프가 짜증난다는 듯 목을 긁더니 내 손목을 쥔 손아귀에 힘을 주었다. 아르눌프는 루페르트의 하대에 기가 막힌지 헛웃음을 짓다 커다란 손을 올리더니 막을 틈도 없이 내려친다.

짧은 마찰음과 함께 루페르트의 작은 얼굴이 부어올랐다. 스물셋 장정이 어린애 뺨을 때렸으니 당연했다. 제 손보다도 작은 해끄무레한 얼굴을, 검을 다루는 기사의 손으로 내려치는 무자비한 폭력을 저지르고도 그는 조금의 거리낌도 없다는 듯 여상하기만 하다. 당하는 루페르트도 무표정이다. 처음이 아니라는 뜻이다.

"네가 아주 방만해졌구나. 요즘 좀 얌전해졌다 싶더니."

"애초에 뵙고 싶어 뵙는 것도 아닙니다."

"폐하를 도대체 뭘로 홀렸지? 네년 반반한 얼굴로?"

홀리다니. 아버지와 딸의 관계를 불순하게 평하는 듯한 혐오 가득한 표현이다. 나는 아르눌프의 막돼먹은 말에 놀라 입을 벌렸다. 루페르트가 홀대받는단 건 알았지만, 이토록 대놓고 멸시당하는 줄은 몰랐다.

루페르트가 말이 없자 아르눌프는 만족한 미소를 띠었다.

"폐하의 핏줄인 것이 확실하지도 않은 너를 품어주는 황실에 감사한 줄이나 알아라. 창녀와 다를 바 없는 황후를 국모로 둔 것이 위대한 벨네르니의 유일무이한 과오이니까."

나는 황후까지 모욕하는 아르눌프의 무례에 새하얗게 질렸다. 황후가 이 정도로 권위가 없다니. 거의 버려진 듯 황궁 한구석에 박혀 있던 별궁의 위치도 이해가 가기 시작했다.

아르눌프는 아른바흐 공작의 권력을 업고 오만한 것이 아니라, 루페르트에 대해 본질적인 혐오를 품고 있었다. 황위를 놓고 싸울 수도 없는 이복누이를 향한 냉대로는 설명이 되지 않을 정도로 그 혐오는 극심했다.

"벨네르니의 황후가 아르델 사창가 출신인 것은 아십니까? 아르델 백작의 수양딸이 아니라 성노예나 다름없었다는 것을요."

아르눌프는 금방이라도 기절할 것처럼 굳어 있는 루페르트에게서 눈을 떼며 내게 한마디 건넸다.

당연히 몰랐다. 성노예라니. 평민인 토리를 황후로 만들 때에도 극심한 반발이 일었는데 하물며 치욕스러운 역사를 가진 천민이 황후가 될 수 있었을 리 없다. 사실이 아닐지도 모르지만, 황자인 그가 그런 터무니없는 거짓말을, 그것도 황실의 수치가 될 수 있는 이야기를 늘어놓을 리 없다.

나는 아르눌프의 무시무시한 말에 놀라 주춤 물러났다. 그 약한 반동만으로도 루페르트가 잡고 있던 손목이 풀려났다. 본디 그러려고 했던 것처럼.

"저런, 몰랐나 보군요. 당연하죠. 벨루아 백작은 입이 무거운 사람이니까."

"……예?"

아버지는 알고 계셨다는 건가. 숨이 막혔다.

"이제 알았으니 되었지요. 그럼 라리에트를 나이젤의 궁으로 이적하라 일러두겠습니다."

내 대답은 들을 필요도 없다는 듯 아르눌프는 걸음을 옮겼다. 내가 그를 따라잡으려고 발을 놀렸지만, 곧 내 손목을 확 붙잡는 루페르트 때문에 저절로 몸이 돌아갔다. 내 손목은 아까 그에게 꾹 잡혀 있던 탓에 붉게 달아올라 있었다. 내일이면 피멍이 번질 새빨간 루페르트의 뺨만큼은 아니었지만.

"안 간다며."

루페르트가 짐승이 으르렁거리듯 씹어 뱉었다. 나를 믿은 적도 없는 주제에 배신감을 느끼는 얼굴이었다. 내가 그의 손을 뿌리치자 그는 의외로 순순히 나를 놓아주었다. 나는 무슨 생각을 하는지 알 수 없는 그의 선명한 녹안을 마주한 채 아주 천천히 입을 열었다.

"안 가요."

"……뭐?"

"그러지 마시라 말하려고 했어요. 뭐, 시종장님께 따로 말씀드려도 되겠지만."

왜.

루페르트는 아까처럼 따지고 들지 않았다. 그저 믿기지 않는다는 듯 내 손목을 바라볼 뿐이다. 긴 시간은 아니었지만, 찰나라고 말할 수도 없을 시간이 지난 뒤에야 루페르트는 내 손목에서 눈길을 떼어냈다. 따가운 시선이 못내 부담스러웠기 때문에 나는 그 몰래 한숨을 내쉬었다.

내 손목은 빨갛고 얘 뺨은 새빨갛고. 사정을 모르는 누군가가 봤다면, 아이 둘이 물감놀이라도 한 줄 알겠다.

"얼굴 안 아프세요?"

"네놔."

"예?"

"손목."

사실 그렇게까지 걱정되지는 않았지만, 루페르트는 내 염려 어린 물음을 단초에 무시한 후 다시 팔을 뻗었다. 그는 붉어진 부분을 피해 조심히, 섬세하지는 않았지만 나름의 신중을 기해 내 손목을 가볍게 잡았다.

애가 지금 뭘 하는가 싶어 멀뚱히 바라보는데 그가 조금 언짢은 얼굴로 주머니를 뒤적이다 동그랗고 자그마한 통 하나를 불쑥 꺼내 내밀었다. 나는 얼떨떨해 그가 잡고 있지 않은 다른 손으로 그 통을 받았다.

"이게 뭐예요?"

"보면 몰라?"

루페르트가 신경질적으로 반문한다. 주려면 곱게 줄 것이지. 하는 말이 워낙 밉상이라 기분이 썩 좋지는 않았다.

호랑이가 제법 정밀하게 새겨져 있는 통이 눈에 익다. 사관학교에 들어간 르한이 거의 물처럼 얼굴이나 몸에 치덕치덕 발라대던 것이다.

연고. 통칭 호랑이 연고라고 불리는 상파뉴 제약의 특허품이다. 상트 볼고르와드의 성수가 손톱만큼 함유되어 있다는 호랑이 연고는 그 효능을 떠나 이름값만으로도 무시하지 못할 만큼 비싸다.

용돈을 넉넉히 받아본 적 없는 르한이 들고 다니던 것에는 초록색 호랑이가 그려져 있었는데, 이 통엔 붉은 호랑이가 그려져 있는 것을 보아하니 진품인가 보다. 그리고 만약 정말 진품이라면, 아니, 황족이 모조품을 쓸 확률은 없으니까 진품이 맞겠지만 고작 손목이 좀 까진 정도로 쓸 만한 물건이 아니다.

나는 나도 모르게 내 몸에 배어 있는 수전노 마음으로 고개를 내젓다가, 황궁에 들어가면 사치가 무엇인지 보여주리라 했던 다짐이 생각나 냉큼 연고를 챙겼다. 준다는데 받아야지. 안 그러면 또 제 성의를 무시한다 기분 나빠할 수도 있다.

"바르라고요? 감사해요."

내가 냉큼 그 귀한 연고를 채갈 줄은 몰랐는지 루페르트가 허, 바람 빠지는 소리를 내며 웃는다. 그는 내가 낭비하고자 마음을 먹고 노랗고 고약한 냄새가 나는 연고를 손목에 치덕치덕 바르고 나서야 느릿느릿 입을 열었다.

"비싼 거야."

생색은. 나는 그의 비뚜름한 입매에 불만을 품고 대답했다.

"알아요. 이거 한 통에 백 골드 정도 아닌가요?"

"알면서 막 바르나?"

"제 몸이 더 귀하니까 그렇죠. 전하, 빼빼 마르셔서는 힘 되게 세시네요. 살이 이렇게 막 달아오르고. 어머, 여기 좀 보세요. 까졌나 봐요."

내가 애초에 연고가 필요하게 된 사유가 루페르트에게 있다는 것을 강조하니 그의 입이 조개처럼 딱 다물어진다. 조금 무안해하는 듯한 얼굴이라 나는 그가 미안함이라도 느끼는지 궁금해졌다. 그 얼굴에 대고 미안해하는 것은 늦었다, 너는 이미 날 죽였거든 따위의 무례한 말을 쏘아내고 싶은 충동도 든다.

정말 그런 감정을 느낄 수 있는 사람이었던 걸까? 자신이 힘 조절을 하지 않고 잡은 탓에 상대의 손목이 조금 까진 것 정도로 미안함을 느낄 수 있는, 그런 평범한.

"미안하세요?"

"네 피부가 빌어먹게 약한 게 문제인데 내가 왜."

그는 발등에 불이라도 떨어진 듯 황급히 부정했다. 이러니저러니 해도 정말 어린애이긴 한 모양이다. 제 감정을 이리 못 숨겨서야. 나 또한 거짓말에 서툴다는 것은 간과하고선 나는 다소 허둥대는 듯한 루페르트를 보며 혀를 찼다.

"전하 얼굴에도 바르세요."

"됐어."

"어머, 그러다 멍들면 어떡하시려고요? 몸을 소중히 하셔야죠."

"됐다고. 꺼져, 좀."

내가 제 얼굴 가까이에 대고 연고를 흔드는 게 거슬렸는지 루페르트는 차갑게 일갈하며 걸음을 옮겼다.

나는 기가 막힐 정도로 빠르게 멀어지는 그의 뒤통수를 바라보며 따라가다 우뚝 멈춰 섰다. 루페르트는 내가 멈추어 선 것도 자각하지 못하는 듯, 혹은 신경 쓰지 않는 듯 점점 멀어져간다. 나는 그가 내 시야에서 완전히 사라지고 난 후에야 깊은 숨을 내쉬며 복잡한 머릿속을 정리하기 위해 눈을 감았다.

사실 아직까지 혼란스러웠다. 황후의 배경이 아른바흐 공작가와 비교해 든든하지 않은 정도가 아니라, 치부에 가까웠다니 믿을 수 없었다.

벨네르니는 어미의 신분보다 어느 가문의 남자가 아버지냐가 중요한 나라이긴 했지만, 그렇다고 어머니의 출신성분이 아예 상관없는 건 아니다. 대개 제국의 황후는 공작가나 후작가에서 배출되었다. 못해도 타국의 왕족이거나.

황비가 아른바흐 공작의 딸인 시국에 후궁도 아닌 국모, 황후가 노예라니. 평민이라고 해도 기겁할 텐데, 황실의 추문 정도가 아니라 귀족들이 봉기를 일으킬 수도 있을 만큼 중한 사안이다.

「벨네르니의 황후가 아르델 사창가 출신인 것은 아십니까? 아르델 백작의 딸이 아니라 성노예나 다름없었다는 것을요.」

나는 아르눌프의 말을 떠올리며 입술을 짓씹었다. 그래서 내가 저를 존귀하다 했을 때 루페르트가 코웃음을 쳤던 것이구나. 아버지가 내게 그와 황후에 대해 일러주셨으리라 생각했을 테니까.

가장 의문인 사람은 아버지였다. 하루살이 황후인 토리조차 반대하셨던 그 고리타분한 원칙주의자가 왜 루페르트의 어머니인 황후는 묵인하고 계신 걸까?

애초에 아르눌프가 함부로 입을 놀리고 다닐 정도라면 황비는 왜 가만히 있는지도 의문이다. 나설 필요를 느끼지 못하는 것일 수도 있지만, 황비를 누를 수 있는 유일한 사람인 황제가 그녀를 제지하고 있는지도 모른다.

하지만 왜?

나는 루페르트의 아버지, 즉 현 황제에 대해 아는 바가 전무했다. 궁중 무도회에조차 얼굴을 비치는 적이 드물었으며, 황후와 만난 건 내가 태어나기도 전일 터다.

황제의 황후에 대한 사랑이 그리 대단했던 걸까? 정말 여자에 미쳐 한낱 노비에게 귀족의 탈을 씌워 국모의 자리를 쥐여주었나? 애초에 여자 때문에 무너진 적도 있는 황실이니 아예 가능성이 없는 것은 아니리라. 경국지색(傾國之色)이란 말이 괜히 있는 것은 아닐 테니.

황제가 마음만 먹으면 여자가 평민이든 노예든 적당히 타국의 귀족으로 둔갑시켜 황후로 만드는 게 아예 불가능하진 않다. 진짜 출신이 들통나면 수습이 어렵겠지만, 일단 황후는 황제의 여자였고, 마지막 결정권은 황제 본인에게 있다.

현 황제는 보기 드물게 탄탄한 기반을 거머쥐고 있다. 귀족원의 입김이 거센 나라였으니 역대 황제 중엔 한 가문이라도 더 제 편으로 만들기 위해 세도가의 여식과 성혼하는 비율이 압도적으로 높았지만, 지금 황제는 그런 사람이 아니다. 궁내부 장관까지 따로 두어 황후라는 지위가 내무를 돌보지도 못하는 권력과 동떨어진 자리가 된 마당에 마음에 드는 여인 정도는 신분을 조작해 들였을 수도 있겠지.

그러나 그런 낭만적인 이유만으론 설득력이 떨어진다. 루페르트가 거의 버려진 상태였기 때문이다. 그런 위험을 감수하고 데려온 여자의 자식인 그를 왜 이토록 방치하는가.

아르눌프가 틀렸을 가능성도 배제할 수 없기에, 나는 황궁에 들어와 처음으로 아버지를 반드시 만나야겠다는 생각을 했다. 그 깊은 혐오가 오해에서 비롯되었다고 보기에는 무리가 있으니, 확실히 알고 행동하는 편이 안전하다.

그러고 보니 르한이 사관학교에 입학했던 것도 이 무렵이다. 나는 머릿속으로 날짜를 가늠했다. 두어 달쯤 남았나. 나는 그의 입학식에 가 주지 못한 것이 늘 미안했었다. 아직 어린 동생을 수도에 보내는 날이었는데도, 몸 좀 아픈 것이 무어 대수라고 하나뿐인 동생의 입학식도 참석하지 않았는지 후회가 되었다.

사관학교는 귀족의 자제라고 해서 아무나 들어갈 수 있는 곳이 아니다. 충분히 축하받을 만한 자리였는데, 어릴 적 자주 앓았던 누이를 둔 탓에 르한은 부모님께도 배웅받지 못한 채 쓸쓸히 벨루아를 떠났다. 전과 같다면 아버지는 일에 바빠 오시지 못할 것이다. 이번에는 기필코 내가 가서 축하해주어야겠다.

나는 자꾸 깊게 파고들어가는 루페르트에 대한 생각을 접으며 애써 동생의 얼굴을 떠올렸다. 그러자 기분이 좋아졌다. 르한은 내내 수도에 있을 터였다. 내가 시녀로서 조금 급이 높아지면 궁 밖에 기거하며 출퇴근하게 될 수 있을지도 모르고, 그렇게 되면 르한과 같이 살 수도 있을 것이다.

나는 나와 르한의 관계가 틀어진 이유, 혹은 그 아이가 나를 피하던 이유가 어색함 때문이리라 짐작했다. 우리는 남부럽지 않도록 우애 좋게 유년기를 함께했지만, 그가 사관학교에 다니기 시작한 뒤부터는 한 해에 한 번 얼굴 보기조차 힘들어졌다. 만약 같이 살 수 있게 된다면 우리의 어색한 관계를 반복하지 않을 수도 있지 않을까.

내겐 가족만큼 소중한 것이 없다. 귀족의 명예도, 나라를 위한 충성심도 중요하지 않다. 르한과 부모님이 안전하게 삶을 영위할 수 있다면 그것으로 만족했다.

내 다정한 동생은 내가 벨루아를 지키고자 하는 일들을 이해해줄 것이다. 어머니나 아버지는 무서우니 일단 르한부터 만나 천천히 설득해야지. 나는 바닥에서 녹아내리고 있는 진눈깨비를 살피며 작게 고개를 끄덕였다.

조급해하지 말자. 아직 봄이다. 아직은 시간이 있다. 황궁에 들어와 모든 것이 해결되지는 않았지만, 적어도 아버지와 루페르트가 모종의 인연이 있었다는 것쯤은 알아내지 않았나. 나는 스스로를 다독이며 어지러운 머리를 흔들었다.

아르눌프가 찾아와 무시무시한 폭언을 던지고 간 후부터 나를 향한 루페르트의 경계가 확실히 옅어졌다. 그가 나를 제 사람으로 받아들인 것은 절대 아니지만, 루페르트의 말을 인용하자면 자신을 졸졸 개처럼 따라다니는 나를 밀어내지는 않았다. 루페르트의 제지가 없으니 나는 당연하다는 듯 토리와 루페르트를 따라다니게 되었고, 그들과 붙어 있는 것은 이내 일상이 되었다.

루페르트의 궁은 그가 잠들 무렵인 밤과 깨어나기 전인 이른 오전을 제외하고는 무척 한산했다. 주변에 사람이 있는 것을 싫어하는 그의 눈에 띄지 않기 위해 사용인은 최소한의 인원만 남고 모두 물러가기 때문이다. 그 수많은 사용인들 중 그를 지근에서 모실 수 있는 사람은 나와 토리 정도였다. 나는 그 사실에 조금 우쭐한 기분이 들었다. 지나가는 아무나 붙잡고 '이봐, 저 꼬맹이 옆에 붙어 있는 게 얼마나 힘든 일인 줄 알아?' 하며 으스대고 싶을 정도다.

물론 루페르트가 나를 완전히 믿는 것은 아니지만 말이다. 그의 경계가 아르눌프와의 대면 이후로 조금 허물어진 것은 사실 예상 가능했던 부분이다. 아르눌프의 제안을 루페르트의 눈앞에서 거절한 것은 내가 황비의 편이 아님을 증명한 것이나 다름없으니까.

내 거절에 기분이 크게 상했는지 아르눌프는 시녀들을 시켜 종종 나를 괴롭혔다. 루페르트는 이를 관조했고, 나 역시 충분히 피할 수 있을 그녀들의 어수룩한 괴롭힘을 그냥 받아냈다. 그러니 그는 나를 아주 조금이라도 믿을 수밖에 없으리라. 내가 그에게 붙어 있을 만한 이유가 불분명하다는 것은 차치하고서라도 말이다.

내가 루페르트를 택한 것은 매우 당연했다. 황후의 출신성분이 뭐든, 황실에서 루페르트의 현 위치가 어떠하든 그는 1년 남짓한 시간이 지나면 황태자가 될 것이고 기어코 황제가 될 것이다.

그 험악한 미래를 알고 있으니 아르눌프와 루페르트 사이에서 갈등하며 줄을 탈 필요조차 없다. 아르눌프는 겉만 번지르르한 썩은 동아줄이나 마찬가지였다. 그걸 모르고서 루페르트를 핍박한 귀족들은 후에 숙청당할 테고.

나는 루페르트에게 제거당할 귀족의 수를 머릿속으로 헤아리며 적당히 불어오는 봄바람에 눈을 감았다. 뺨을 부드럽게 스치는 공기의 흐름과 몸을 따뜻하게 달구는 봄볕이 기분 좋았다. 소란한 내 정신과는 상관없이 평화롭기만 한 오후다.

"라리에트."

토리의 부름에 나는 그녀를 올려다보았다. 그녀는 너구리를 내게 넘겨주려고 팔을 뻗고 있었다. 나는 동물이 그만큼 생생한 표정을 짓는 것을 처음 보았는데, 너구리는 내게 다가오기 싫은지 얼굴을 잔뜩 찌푸리고 있었다.

나 역시 애초에 동물을 그리 좋아하는 편도 아닌지라, 사람 손처럼 생긴 앞발을 마구잡이로 휘저으며 나를 명백히 거부하고 있는 짐승을 떨떠름한 눈으로 바라보았다.

"예?"

"너구리 좀 잠시 맡아주세요."

"왜 저한테……."

"전하는 지금 주무시고 계셔서요."

나는 루페르트 쪽으로 고개를 틀었다. 커다란 느티나무의 그늘 아래에 팔다리를 대자로 뻗고 있는 그는 깊은 잠에 빠진 듯 미동도 없다. 나는 태평한 루페르트의 모습에 허탈한 웃음을 흘렸다. 아르눌프가 자신을 그토록 싫어하는데도 위기감을 못 느끼나? 어쩌면 정말로 믿는 구석이 있으니 저러겠구나 싶어진다.

"아니, 또 주무신대요?"

"날이 더워져서 그런지 전하께선 요새 도통 주무시질 못해요."

"그래요?"

화장실에 가고 싶다는 토리의 말에 나는 발버둥 치는 너구리를 억지로 안았다. 너구리는 궁에서 관리하는 짐승도 아니고 루페르트가 숲에 풀어놓고 키우는—방치를 사육으로 정의할 수 있다면—놈이라 쾌쾌한 냄새가 장난이 아니었다. 나는 콧잔등을 마구 찌푸리며 내 어깨라도 긁을 것처럼 손톱을 바짝 세우고 힉 소리를 내는 동물을 다독였다.

"얘, 구리야. 가만히 있으렴."

힉! 힉!

반항이 심하다. 내가 자신을 부르는 이름이 너무 단순해서 마음에 안 드나. 나는 혼잣말 비슷한 사족을 덧붙였다.

"구리구리한 냄새가 나니까 구리야. 너구리의 구리가 아니라."

히익!

"어휴, 시끄러워."

내 말을 알아듣지도 못하는 주제에 너구리는 나를 노려보았다. 얘는 왜 이렇게 나를 싫어한담?

나는 혹시나 너구리가 내게 해코지라도 할까 봐 루페르트에게로 성큼성큼 다가갔다. 그가 벌떡 일어나 너구리를 데려가기까진 기대하지 않았지만, 적어도 그의 너구리 때문에 다쳤을 때 내 상처를 봤으면 했으니까.

루페르트는 자신 때문에 발생한 피해에 일말의 책임감 정도는 느낄 수 있는 아이였다. 그가 언제까지 그런 사람다운 감정을 느낄 수 있을지는 모르지만, 나는 그가 벨루아를 몰락시키는 데 제동이 될 수 있을 만한 모든 감정을 나에게 품었으면 좋겠다고 생각했다. 그것이 죄책감이든 미안함이든, 정말 무엇이든지.

"구리야. 네 주인 지금 주무신단다. 조용히 해줄래?"

힉! 히익!

내 말을 알아먹을 리가 없는 멍청한 너구리는 계속해서 하악질을 하며 발버둥 쳤다. 나름 조심해서 안아 들었는데도 이 난리다.

"아얏!"

너구리의 새까만 앞발에 달린 발톱 때문에 얼굴에 생채기가 나고 말았다. 사랑하는 남자와 함께하는 알콩달콩한 삶 따위는 포기한 지 오래지민, 그래도 다 보이는 얼굴인데.

나는 울상을 지으며 너구리를 신경질적으로 놓아버렸다. 허공에서 도움닫기라도 하듯 몸을 활짝 펴며 땅에 착지한 너구리는 후다닥 달려가 죽은 듯 자고 있는 루페르트의 배에 올라앉았다.

"……뭐야."

제 배에 내려앉은 묵직한 무게가 거슬렸는지 루페르트는 천천히 몸을 일켰다. 아무렇게나 널브러져 자느라 부스스해진 금발이 앞으로 쏠린다. 소녀를 가장하는 주제에 그는 치장에는 관심이 전혀 없다. 그럼에도 결이 좋아 윤이 나는 금발은 자른 지 오래되어 치렁치렁 커튼처럼 그의 조막만 한 얼굴을 죄 가렸다.

　그는 귀찮은 듯 머리칼을 쓸어올리며 내 쪽으로 휙 고개를 돌렸다.

　"죽을래?"

　"예?"

　"누가 깨우래."

　그를 깨운 것은 분명 너구리였는데 왜 나한테 화를 내는 걸까. 나는 억울해서 입술을 내밀었다.

　"전하 너구리 때문에 저 시집도 못 가게 생겼거든요?"

　시집은 원래 못 갈 예정이었지만, 상처 난 김에 큰소리 좀 내보자 싶어 뻥을 쳤다. 내 뺨을 슥 훑어본 루페르트가 비뚜름히 웃는다.

　"그런 상처 없어도 못 가, 너는."

　"……왜, 왜, 왜요?"

　"만두처럼 생겨서."

　이 싹수없는 놈!

　루페르트는 방금 막 일어났음에도 재수 없을 정도로 예뻤기에 나는 감히 반박하지 못하고 속으로만 욕했다. 그는 새초롬한 표정이 매력적인 누가 봐도 아름다운 미소녀였고, 나는 그의 말대로 볼이 빵빵한 만두처럼 생겼으니까.

　곧 살은 빠지겠지만 타고난 얼굴이 바뀌는 것은 아닐 터다. 르한은 어릴 때부터 제법 미남 소리를 들었는데 나는 누굴 닮아 이럴까.

　"이리 와."

　반박도 못 하고 한탄하는데 루페르트가 손가락을 까딱였다. 따지고 보면 나는 열아홉이니 한참 어린 웬수 같은 놈이 짐승 부르듯 나를 불러대는 게 몹시 불쾌했지만, 비굴하다 싶을 정도로 헤실헤실하며 그의 앞에 섰다.

　"내가 웃지 말랬지."

그가 고운 미간을 찌푸리며 타박한다. 루페르트의 짜증에 얼른 미소를 거두어들였다. 그런 내가 한심한지 그는 혀를 쯧쯧 차더니 품을 뒤져 예의 호랑이 연고를 꺼냈다. 다치는 일이 그리 많지 않아 보이는데 제 몸은 참 어지간히 챙긴다. 만일의 사태에 대비라도 하는 양 그는 항상 연고를 소지했다. 그는 말없이 연고를 내게 건네주었고, 나도 대답 없이 연고를 받아 열었다.

"이제는 고맙다는 말도 안 하나?"

루페르트는 내 몰염치한 태도가 어이없다는 듯 헛웃음을 지었다.

아니, 네 너구리 때문에 다쳤는데 내가 뭐가 고맙겠니? 그렇게 쏘아붙일 수는 없는 처지라 나는 다시 비굴하고 순종적인 미소를 지었다.

"아이고, 망극하옵니다, 전하."

"지금 비꼬는 건가?"

"비꼬는 것 아니에요. 정말! 매우! 감사해요, 전하."

"만두 터져서 속 나올까 봐 주는 거다."

나는 그의 미운 소리에 귀를 기울이지 않도록 노력하며 뺨에 연고를 치덕치덕 발랐다. 언제 사용해도 효과가 좋은 제품이라 사르륵 생채기가 옅어지는 느낌이 들었다. 나는 연고의 효능에 흡족하며 반쯤 남은 연고를 루페르트에게 돌려주었다.

"네가 이미 쓴 걸 더럽게 다시 어떻게 써?"

"저 깨끗한데요?"

나는 벨네르니의 귀족답게 하루에 두 번씩 몸을 정갈히 했다. 사실 흙바닥도 마다하지 않고 아무렇게나 굴러다니는 루페르트 쪽이 나보다는 더러울 것이다. 내 철저한 위생관념을 무시하는 루페르트의 언행에 살짝 기분이 나빠져 퉁명스레 반문하자, 그는 내 말이 믿기지 않는다는 양 고개를 저었다.

"깨끗하긴 개뿔이. 너나 써."

비싼 건데 주면 더 좋고. 나는 고개를 주억거리며 연고를 챙겼다. 팔아서 저금을 하고 싶은 절약정신이 스멀스멀 기어나왔지만, 르한에게 주거나 내 몸에 다 써야겠다 애써 다짐했다. 절약하지 말자, 라리에트! 사치해! 사치!

듬뿍 쓴다고 썼는데도 한참 남은 연고를 만지작거리며 나는 루페르트를 바라보았다. 반쯤 몸을 일으킨 그는 제 배에 올라앉은 너구리를 다리에 옮겨놓고 있었다. 그에게서 조금도 떨어지기 싫다는 듯 짐승이 가르릉거리며 앞다리를 쭈욱 내민다.

루페르트가 딱히 너구리에게 잘해주는 것도 아니었는데도 그는 짐승의 엄청난 애정을 독차지했다. 밥을 챙겨주는 것도, 씻기는 것도, 숲에서 가장 볕이 잘 드는 양지에 보금자리를 만드는 것도 토리와 내 몫이건만, 너구리가 혀까지 앙증맞게 내밀며 미소를 보여주는 사람은 오직 루페르트뿐이다.

너구리의 양쪽 입꼬리가 쏙 올라가는 모양은 사람이 미소 짓는 모습과 흡사했는데, 나는 짐승이 웃을 수 있다는 사실 자체가 무척 신기했다. 까만 코를 찡긋거리며 마찬가지로 까만 앞발을 비비며 루페르트에게 아양을 떠는 게 전형적인 간신의 아부이다.

간신 너구리. 줄여서 간신구리. 냄새도 구리구리하더니 속내마저 구리구리할 것 같은 실로 음흉한 짐승이다. 루페르트는 그 비굴한 짐승의 아양이 마음에 들었는지 무심한 손길로 너구리의 머리를 쓰다듬었다. 짐승이 만족한 듯 작게 운다.

"너구리가 전하한테는 참 얌전하네요."

"내 거니까."

루페르트는 확신에 찬 대답을 했다. 너구리가 그에게만 얌전하다는 사실이 퍽 마음에 드는 눈치였다. 그는 이 붉은 궁의 수많은 사람들 중에서 토리를 가장 좋아했고, 그다음 순위는 비교할 것조차 없이 짐승인 너구리였다.

내가 저렇게 굴면 좀 예뻐해주려나. 앞발을…… 아니, 그러니까 손을 좀 비비면서 웃으면? 나는 짐승 따위를 본보기로 삼아야 하나 심각하게 고민하며 안경처럼 둥근 테두리가 있는 너구리의 눈을 마주했다.

너는 어찌 이 까칠한 사람의 애완동물이 되었니? 속으로 물어보았지만, 짐승은 내 마음의 소리가 들리지 않는 것인지 야비해 보이는 눈을 끔뻑거릴 뿐이다.

"토리는?"

"아, 배가 좀 아픈가 봐요."

루페르트는 토리를 제게서 떼어놓는 법이 좀처럼 없다. 그녀가 자리를 비운 지 얼마 되지도 않았는데 금세 찾는 모습에 나는 허탈해졌다. 나도 그의 시녀인 것은 마찬가지였는데 이건 편애가 조금 심하질 않나.

"전하는 토리를 엄청 좋아하시나 봐요."

내 말에 루페르트의 눈썹이 비스듬히 올라간다. 그는 작게 인상을 찌푸리더니 헛소리 말라는 표정으로 나를 돌아보았다.

"별로."

좋아하지도 않는데 종일 옆에 둔다는 건 어불성설이었다. 혹시 부끄러워하는 것일까? 최근 무서운 속도로 자라고 있긴 하지만 성장이 조금 더딘 탓에 많이 어려 보이는 그는, 그러나 벌써 열네 살이다. 브한이 막 무가내로 삐뚤어졌을 때가 딱 그 무렵이다.

봄이 그리운 나이, 사춘기.

연상의 여인이나 또래 여자아이에게 연심 한 번쯤은 품을 법한 나이다. 토리와 루페르트 사이에서 설렘 같은 풋풋한 감정은 찾을 수 없었지만, 그들은 내가 이해할 수 없는 유대감을 공유했다.

나는 이런 쪽으로 눈치가 빠른 편이 아니었으니 남모를 그의 연모를 못 알아챈 것일 수도 있다. 그가 사람에게 애정을 품을 줄 아는 사람이라는 게 좀처럼 와닿지 않아 상상이 가지 않기도 했고.

"좋아하시면서."

나는 루페르트의 옆에 털썩 주저앉으며 소심하게 그의 대답의 진정성을 의심했다.

"뭘 보고 그렇게 생각하는데?"

너구리를 목도리처럼 두른 루페르트가 몸을 완전히 일으킨다. 그는 거대한 고목에 등을 기대고선 한쪽 팔을 자신의 무릎에 얹어 턱을 괴었다. 여자아이를 연기하기에는 무척 소년 같은 자세라 나는 눈을 굴렸다.

"그리 앉으시면 치마 속이 보일지도 몰라요."

"보고 싶으면 보든가."

열네 살 먹은 여자아이, 아니, 여자아이를 가장하는 소년의 치마 속 따위는 돈을 준다 해도 보고 싶지 않다. 나는 고개를 절레절레 저으며 한숨을 내쉬었다. 크리시 부인의 혹독한 수업의 영향인지 나는 몸가짐이나 자세에 꽤나 예민했다.

"귀한 분이 그렇게 앉으시면 안 됩니다."

"내가 이 흙바닥에 앉는 것부터 예법에 어긋난다."

맞는 말이다. 나는 더 지적 못 하고 원래의 이야기로 돌아왔다.

"어쨌든 토리를 아끼시는 건 맞잖아요."

"넌 아끼는 모든 것을 좋아하나?"

"반대 아닐까요? 좋아하니 아끼는 것이죠."

내 반문에 루페르트는 뜸을 들였다. 고민하는 것처럼 입매가 굳었지만, 너구리를 어깨에 매달고 심각한 얼굴을 해봤자 우습기만 하다.

"좋아한다고 다 아끼는 것은 아니잖아."

"좋아하면 아껴야죠."

"너는 그러나?"

"거의 대부분의 사람이 그럴 텐데요."

나는 루페르트의 질문을 이해하지 못했다. 좋아하면 아낀다는 말의 어느 부분이 납득이 가지 않는 것일까. 좋아하면 아끼고, 아끼는 것은 좋아할 테니까.

"난 대부분에 못 드나 보군."

"전하는 아니란 말씀이세요?"

애매한 대답이었다. 그를 대하는 내 태도를 정하는 데 도움이 될지도 모르는 주제라 나는 귀를 바짝 세우며 집중했다.

"난 내 것만 아껴."

내 것.

루페르트는 종종 혼잣말처럼 그런 구분을 짓고는 했다. 그가 가진 것과 가지지 못한 것. 손에 쥔 것과 쥐지 않은 것. 마치 그 둘이 다른 세상에 존재하는 것처럼.

"호불호는 상관없다."

좋아하든 아니든, 자신의 것이면 아낀다는 뜻이다. 나는 어느새 자리에서 일어나 궁으로 돌아가려는 듯 너구리를 내려놓는 루페르트에게 바짝 다가섰다.

"토리는 전하의 것이죠?"

대답은 알고 있다. 토리와 너구리는 루페르트의 소유였다. 그래서 아낀다는 말이다. 그러나 그의 주장은 비뚤어진 소유욕이나 집착과는 또 다른 느낌이라 나는 물어보면 물어볼수록 헷갈리기만 했다. '좋아하고 아끼니까' 소유하는 것이 아니라, 어쩌다 가지게 된 것이 그 둘이라 아낀다는 것처럼 들렸으니.

"어."

"저는요?"

일전에 답을 들었던 질문이다. 시간은 하릴없이 흘러 봄이 왔는데,

이 따뜻한 봄볕도 꽁꽁 얼어 있는 그의 날 선 경계를 녹일 수는 없었다. 그럼에도 그의 대답을 기대하며 기다리는 스스로가 우스워서 자조하듯 헛웃음이 터졌다.

내가 세상에서 저 아이만큼 싫어하는 인간이 또 없는데, 그런 사람의 경계선 안에 들어가고 싶어 안달인 게 짜증날 정도로 웃겼다. 나는 신경질적인 웃음을 애써 삼키며 루페르트의 대답을 기다렸다.

"너는."

루페르트의 작은 입이 느릿느릿 벌어진다. 눈을 초롱초롱 빛내며 답을 기다리는 나를 비웃듯 입꼬리가 천천히 올라갔다.

"아니지."

"전하의 시녀잖아요."

"붉은 궁전의 시녀인 거지. 내게 배속된."

"온전히 전하의 시녀가 되겠다면요?"

"믿을 수가 없어."

당연한데도 실망스럽다. 내 표정이 굳는 것을 확인한 루페르트는 따라오라는 말도 없이 냉정하게 등을 돌려 멀어지기 시작했다. 그 거리가 백만 리 같았다. 걸어도, 걸어도 도무지 줄지 않는 까마득함.

그래도 반드시 좁혀야 했기에 나는 벌떡 일어났다. 음흉한 짐승처럼 앞발을 비비며 굴욕적인 미소를 지어야 한대도 나는, 너를 따라갈 테니까.

"……에트, 라리에트!"

"으……."

나는 성마르고 예민한 성격 탓에 잠을 깊게 자는 편이 아니지만, 이틀

밤을 설치다가 겨우 잠든 탓에 꿈속은 무척 따뜻하고 폭신해서 빠져나오기 싫을 정도로 달콤했다. 나는 나를 부르는 것 같은 누군가의 목소리를 애써 무시하며 다시 꿈의 나락으로 빠져들었다.

꿈속의 나는 열여덟이었다. 황제는 여전히 루페르트 라스페리히 1세였지만, 그는 벨루아를 미워하지 않았다. 그리 특별하게 여겨본 적도 없는 열여덟의 보통날이 무엇이 그리도 반가웠는지 나는 눈물겨운 행복에 젖어 얼굴 없는 사내의 손을 잡고 아름다운 벨루아의 들판을 산책했다.

……손?

그러고 보니 누가 정말 내 손을 잡고 흔드는 느낌이다. 내가 사내의 손을 잡아보기는커녕 단둘이 산책을 나가본 적도 없다는 쓸쓸한 현실을 천천히 깨닫는 동안 내 손은 지속적으로, 그리고 빠르게 흔들렸다. 꿈과 현실의 모호한 경계에서 나는 아주 느릿느릿 눈을 떴다.

아, 겨우 잠들었는데.

정신머리가 현실로 돌아오는 감각에 짜증이 울컥 솟았다.

"라리에트! 라리에트!"

토리의 다급한 목소리에 억지로 잠을 떨친 나는 간신히 짜증을 삼키고 고개를 돌렸다. 감람색 낡은 벽과 내 침대 사이의 좁은 틈에 서 있는 그녀는 입술을 꼭 깨물고 나를 주시하고 있었다. 그 공간에 사람이 서 있을 것이라고 예상하지 못해 순간 귀신이라도 본 것처럼 섬뜩했지만, 나는 금세 그녀를 알아보았다.

"……토리?"

새하얀 달빛이 그녀의 푸석푸석한 머리칼을 비추고 있다. 볕에 그을린 얼굴, 그녀가 밖을 오래 떠돌아다녔다는 방증인 주근깨가 잘게 박힌 뺨. 그 위를 방울방울 맺혀 떨어지는 눈물이 적시고 있었다. 나는 순간 얼이 빠져서 내 몸을 잡고 마구잡이로 흔들어대는 그녀를 쳐내지도 못했다.

"왜, 왜요? 무슨 일이에요!"

"라, 라리에트…… 끅."

나는 잠긴 목소리로 그녀를 진정시키려 노력했다. 울며불며 혼이 반쯤 나간 것처럼 굴던 토리는 내가 완전히 잠기운을 떨치며 일어나자 내 손목을 잡고 나를 침대에서 끌어내렸다.

"전하가, 이상하셔요……. 악몽을 꾸시는 것, 흐읍, 같은데 숨을, 끅, 안 쉬어요."

"토리, 진정해요. 울지 말고요."

루페르트가 숨을 안 쉰다는데 토리도 호흡을 않는 것처럼 보였다. 그녀는 자신마저 악몽에 삼켜진 양 눈물을 쏟아내느라 숨을 쉬지 못했다.

나는 잘게 떨리는 토리의 등을 두드리며 미간을 찌푸렸다. 루페르트가 도통 잠에 들지 못한다는 토리의 걱정을 들은 적 있긴 했지만, 그저 잠을 설치는 정도인 줄 알았다. 악몽이 이유였나.

"태의는 불렀나요?"

"못, 끅, 불러요! 전하가…… 못 깨어나시는데, 읍, 부르지, 말, 흐, 라고! 열이! 열이, 끅, 막! 나요."

"일단 나한테 해열제랑 수면제가 있어요."

나는 다시 울기 시작하는 토리를 지나쳐 빠르게 서랍장으로 달려가 비상약을 찾아냈다. 나는 어릴 적 잔병치레가 심했던 만큼 약과 친숙했고, 시간을 거슬러 돌아왔다고 내 허약한 체질이 변하지는 않았을 테니 상경할 때 혹시 몰라 약을 상당히 챙겨왔다.

나는 저러다 넘어지겠다 싶을 정도로 황급히 걸음을 옮기는 토리를 따라나서면서, 약이 아깝다는 궁상맞은 생각을 했다. 닥터 아일리는 상파뉴 제약에서 생산된 약들만 처방해주었고, 상파뉴 제약의 약들은 하나같이 비쌌기 때문에 나도 정말 필요할 때만 한 알씩 먹곤 했다.

미운 놈은 빵 하나 더 준다는 옛말이 있긴 했지만, 약은 빵 따위보다 훨씬 비쌌기 때문에 마음 한구석이 쓰라렸다. 루페르트는 내게 미운 놈 정도도 아니었고.

나중에 그에게 따로 비용을 청구해야겠다. 아픈 사람과 그런 사람을 걱정하느라 정신이 나간 것 같은 토리를 앞에 두고 궁상맞은 계산을 끝마친 나는 숨을 헐떡이는 루페르트에게 다가갔다.

"전하?"

원래도 하얀 피부가 창백하게 질려 푸른빛이 돌 정도다. 그는 식은땀을 뻘뻘 흘리며 팔다리를 미약하게 흔들고 있었다. 가위에 눌린 것처럼 움직이지 못하면서 간헐적으로 힘겹게 숨을 내쉰다.

나는 그를 동정하지 못했다. 프리지아처럼 아름답고 가녀린 소녀가 이리 고통스러워하는 모습을 보면 내 몸이 아픈 양 걱정하며 안절부절못하는 것이 일반적인 반응이겠으나 우습게도 나는 조금 통쾌하기까지 했다.

아, 나는 막을 새도 없이 밀려드는 그 부끄러운 감정에 웃지 못했다. 타인의 고통에 즐거움을 느끼는 사람만큼은 되고 싶지 않았는데. 나를 그런 사람으로 만든 이가 눈앞의 작은 소녀이다. 나는 루페르트가 싫었고, 싫기 전에 무서웠다. 이 아이 속에서 자라날 괴물이 무섭고 이 가느다랗고 연약한 몸 안에 숨기고 있을 잔인한 본질이 두렵다.

나는 루페르트가 '아직' 벨루아를 망가뜨리지 않았다는 사실을 인지하고 있었다. 그 미래를 막기 위해 그의 옆에 있는 것이니 당연했다. 루페르트의 본질을 변화시킬 각오도, 자신도 없는 겁쟁이라 그 피바람이 벨루아만은 그저 스쳐 지나가기를 간절히 바라면서.

그는 벨루아를 건드릴 생각을 아예 못 하고 있을 수도 있다. 그는 어렸고, 약했으니까. 그러나 그 가정은 내가 루페르트를 미워하는 마음에 희미한 발자국조차 남기지 못했다.

어쩔 수 없는 일이다. 그는 내게 절대적인 가해자였으니 억울하다 해도 할 수 없다. 그가 나의 억울함을 들어주지 않았듯, 나도 그의 억울함을 모른 체할 것이다. 루페르트가 나 따위의 증오에 억울함을 느끼진 않을 테지만.

루페르트는 가해자인 동시에 벨루아의 몰락을 막아줄 수 있는 유일한 사람이다. 악몽 따위로 죽어버린다면 편해지겠지만, 내가 도와주지 않는다고 해도 그는 살아남을 것이다. 나는 그의 악착같은 생명력에 건조한 불쾌함을 느꼈다.

아무 재앙이나 맞아 내게 피해를 주지 않고 죽어버린다면 좋을 텐데.

나는 숨을 제대로 내쉬지도 못하는 어린 소년을 보며 그런 잔인한 생각만 했다. 토리가 그의 멀건 얼굴을 무감동한 표정으로 바라보는 내 손을 잡는다. 내가 놀라 굳었다고 생각한 걸까.

"라, 라리에트."

"조금 놀라서요. 언제부터 이러셨나요?"

"악몽은 예전부터 꾸셨지만, 이리 열이 나고 숨을 못 쉬는 것은 처음이어요."

나는 토리의 말에 땀에 젖은 루페르트의 이마에 손을 올렸다. 뜨겁다. 나는 가지고 온 약초를 부스러뜨린 후 손바닥에 묻혀 그의 이마에 천천히 발랐다. 내 손길에 초점이 흐릿한 루페르트의 눈동자가 빛을 찾기 시작한다. 눈꺼풀을 억지로 들어올린 그는 곧 내 얼굴을 확인했다.

눈이 커지는 것을 보니 내가 토리가 아니라는 것을 인지했나 보다. 제이마에 내 손이 얹혀 있는 걸 불쾌해하는 듯했지만, 몸도 마음대로 가누지 못하는 상태였으니 입술만 짓씹었다. 나는 루페르트가 자신의 약한 모습을 내게 보여 꺼림칙해하는 것을 눈치챘다. 그래서 아무것도 모른다는 양 염려가 가득 어린 눈으로 그를 더 꼼꼼히 살펴보았다.

"전하, 라리에트예요. 괜찮으신가요? 태의를 부를까요?"

"꺼……져."

꿈을 헤매는 것인지 눈앞의 나를 보고 하는 말인지 모르겠다. 초점이 또렷한 것이 나를 보고 하는 말 같긴 하지만 내 알 바 아니다. 나는 그저 황녀님의 갑작스러운 병세에 몸 둘 바를 모르는 충성스러운 시녀만 연기하면 되었다.

열이 펄펄 끓기는 했지만 죽을 정도도 아니었고 애초에 이 정도로 죽을 괴물이 아니었으니 나는 모르는 척 루페르트의 이마에 약초만 발라 댔다. 사실 먹는 거였지만.

"해열제예요. 어머니가 주신 것이긴 한데 이렇게 하는 게 맞는지는 잘 모르겠어요. 죄송해요."

루페르트는 울먹이며 잘못을 비는 나를 타박하지 못했다. 그가 간신히 목을 움직여 내 손을 뿌리친 후에야 나는 약이 담겨 있는 주머니를 풀었다. 약초와 함께 들어 있는 종이에 적혀 있는 사용방법을 아주 천천히 낭독한 나는 손뼉을 치며 막 알았다는 양 여태 루페르트의 이마에 문지르던 약초를 그의 입에 쑤셔넣었다.

"전하, 해열제는 먹는 거래요. 씹어서 삼키세요."

내 말에 루페르트는 귀한 약초를 퉤 뱉어버렸다. 아니, 이게 얼마나 비싼 건줄 알아! 그렇게 소리치고 싶었지만, 나는 대신 베개에 흐른 약초를 다시 집어 그의 입에 욱여넣었다. 루페르트의 얼굴이 아픔이 아닌 나에 대한 짜증으로 굳어갔지만, 아까운 건 아까운 거다.

"너, 젠장……."

"도대체 얼마나 대단한 악몽이기에 이리 땀을 흘리고 열이 나는지 모르겠네요."

"꺼지, 라고…… 했지……? 토리!"

루페르트가 잔뜩 쉰 목소리로 토리를 찾는다. 나는 그에게 달려오려는 토리를 막으며 물을 부탁했다. 토리는 망설이며 나와 루페르트를 번

갈아 보더니 빠르게 방을 나섰다.

"제가 독약이라도 드렸을까 봐요?"

나는 내가 입에 억지로 넣은 약초를 삼키지 않고 물고 있는 그를 보며 한숨을 내쉬었다. 그러고는 보란 듯이 내 손에 남아 있던 약초를 입안에 털어넣고 꿀꺽 삼켰다.

"자, 보세요. 저도 먹었어요."

내가 약초를 삼키는 것까지 확인한 루페르트가 그제야 약초를 천천히 씹어 넘긴다. 불신덩어리 같으니라고. 정말 나를 손톱만큼도 믿지 않는구나 싶어 마음이 조급해진다. 나는 제 이마에 다시 얹힌 내 손을 뿌리치지도 못하는 약해빠진 그를 바라보다 빙그레 웃었다.

"제게 약한 모습을 보이시는 것을 부끄러워하지 않으셔도 돼요."

"……."

"한심하지 않습니다. 저도 종종 악몽을 꾸는걸요."

정신은 이미 다 자란 열아홉 성인이었는데도 말이다. 네가 르한과 아버지를 끌고 가는 꿈을, 그 생생한 밤의 악몽을. 그렇기에 나는 루페르트가 나를 자신이 악몽에서 빠져나오는 것을 도왔던 사람으로 기억하기를 간절히 바랐다. 그래야 그 악몽이 현실이 되지 않을 테니까.

비싼 만큼 약효가 뛰어난지 루페르트는 빠르게 안정을 찾았다. 토리가 가져온 물과 함께 내가 내미는 알약 형태의 수면유도제를 거부하지 않고 삼킨 그는 내가 그의 이마를 물수건으로 닦아내는 동안 가만히 누워 있었다. 길고 촘촘한 속눈썹이 내리깔린 모양이 정말 여자아이라고 해도 믿을 만큼 곱다. 그러니 열다섯이 되도록 성별을 속일 수 있었겠지.

"좀 편하시죠?"

"……."

"비싼 거예요. 무려 상파뉴 제약표 해열제거든요."

나는 대답이 없는 그에게 생색을 냈다. 내 말에 루페르트가 단정한 미간을 찌푸리며 한쪽 눈을 세모로 뜬다.

"그냥 비싼 거라고요."

그의 이목구비는 하나하나 장인이 혼을 쏟아 빚은 양 예뻤는데, 저 눈빛만큼은 뒷골목 깡패와 진배없다. 나는 그의 사나운 시선에 눈을 내리깔며 소심하게 웅얼거렸다.

그는 곧 새근새근 얌전한 숨소리를 내며 잠에 빠져들었다. 오래도록 갈구하던 단잠이리라. 송장처럼 죽은 듯 자는 루페르트를, 나는 자리에서 일어나지 않고 지켜보았다.

"토리는 가서 자요. 오늘 밤은 제가 지킬게요."

"아니어요, 라리에트에게 그런 일까지 맡길 수는 없사와요."

"그런 일이라니요. 전하를 보필하는 일입니다. 저도 전하의 시녀고요."

"하지만 전하는 원래 밤에 곁을 안 내주시온데……."

"오늘은 할 수 없죠."

내 단호한 태도에도 토리는 머뭇거렸다. 피곤한 기색을 숨기지 못하는 얼굴이라 나는 빙그레 웃으며 그녀의 손을 잡았다.

"졸리죠? 가도 괜찮아요."

"그럼, 제가 새벽에 교대해드릴 것이어요."

입을 쩍 벌리며 하품한 토리는 정말 졸리긴 했었는지 천천히 일어나 깊게 잠든 루페르트를 향해 고개를 숙였다. 그가 인사하는 그녀를 볼 수 있을 리도 없는데. 토리는 궁중 예법은 지키는 적이 도통 없으면서 인사만큼은 참 잘했다.

그녀마저 방을 나가자 남은 것은 적막뿐이다. 쥐 죽은 듯 고요한 방에 고르게 퍼지는 루페르트의 가냘픈 숨소리. 나는 그의 해끄무레한 얼굴을 무표정하게 직시했다. 그를 바라보는 눈빛에 아이에게는 어울리지 않을 차가운 모멸이 다닥다닥 달라붙어 있으리란 사실을 자각했지만 고칠 마음은 들지 않았다. 보는 이가 없으니까.

그는 나를 불신한다. 루페르트와 나를 같은 선상에 놓자면, 믿을 수 없는 이는 차라리 그 쪽이다. 그럼에도 그는 나를 조금도 믿지 않는다. 루페르트는 정신이 혼미한 와중에도 내가 준 약을 먹지 않으려 했다. 황비의 사람이라고 생각하지도 않겠지만, 그의 뼈 시린 불신은 여전했다.

왜?

이유는 생각할 필요도 없이 바로 나왔다. 내 뒷배나 마찬가지인 벨루아를, 나의 아버지를 믿지 않을 테니까. 불안한 루페르트의 입장에선 당연할지도 모른다.

그의 있는 듯 없는 듯 연약한 입지마저 망가뜨릴 수 있는 비밀을 아버지가 쥐고 계셨다. 수도엔 잘 걸음 않으시던 아버지가 어찌 황실의 가장 은밀한 비밀을 알고 계시는지 짐작도 가지 않는다. 알아도 별로 도움이 되는 비밀도 아니었는데.

애초에 아버지는 권모술수에 능한 분이 아니라 그런 무거운 비밀은 짐밖에 되지 않았을 것이다. 애초에 이용할 수 있는 비밀이었다면 아르눌프가 함부로 입을 놀리고 다니지 않았으리라.

아멜리아 고모는 이 사실을 알고 계실까? 그래서 벤티볼트 대공이 왕이 될 것이라 생각하고 그의 첩이 되셨나? 나는 좀처럼 돌아가지 않는 머리로 끙끙대다 루페르트의 침대에 머리를 푹 박았다. 아버지를 만나야겠다. 아니, 아버지는 이를 알고 계셨음에도 침묵한 분이다. 고모부터 만나야 한다.

대도시도 아닌 지방에서 자란 성질 급한 열아홉 계집애의 머리로는 상황을 파악하기가 벅차다. 나는 정치판에서 굴러본 적도 없고 하다못해 벨루아 영지관리조차 도와본 역사가 없다. 나는 결국 루페르트에게 걸어보는 수밖에 생각해내지 못했다. 그런데도 돌아오는 게 그의 불신뿐이라 답답해 미칠 것 같았다.

시간이 얼마 남지 않았는데 왜 나를 믿지 않나. 제발 믿어주렴. 제발.

내 이런 조급함이 루페르트가 나를 더 의심하게 만드는 것일 수도 있지만, 빠르게 흘러가는 시간에 정신이 바짝 말라가는 기분이다. 그가 나를 불신하는 반면, 나는 그를 완전히 믿었다. 이대로 내버려둔다면 그가 나와 벨루아를 해치리라고, 한 치의 의심도 없이 온전히.

"저를 믿으세요, 전하."

대답은 돌아오지 않았다. 당연하다. 그는 깊게 잠들었으니.

"저는 전하를 배신하지 않아요."

적어도 네가 권력자일 동안은.

나는 루페르트가 듣지도 못할 말을 중얼거리며 눈을 감았다. 잠을 설친 데다 긴장이 풀린 탓인지 눈꺼풀이 무거웠다. 그의 열을 식히려고 열어둔 창문에서 가느다란 바람이 쏟아졌다. 창을 닫을까 말까 고민하다, 나는 나도 모르게 잠이 들었다.

아까 토리가 나를 깨우는 바람에 끝나지 못한 꿈이 이어졌다. 나보다 머리 하나는 큰 훤칠한 사내는 얼굴이 보이지 않았지만 제법 내 취향이었다. 봄이 아름다운 벨루아의 들판에는 옅은 제비꽃 향기가 가득했다.

비록 이렇게 남자와 함께하지는 못했지만, 나는 혼자서 저택 뒤에 자리 잡은 언덕에 올라가기를 좋아했다. 마을이 한눈에 내려다보이는 언덕에 올라 부드러운 노을에 물드는 모습을 보고 있노라면 누구라도 작고 아름다운 벨루아를 사랑하게 될 것이다.

저녁의 벨루아는 달콤한 꽃향기와 고소한 저녁식사를 준비하는 냄새가 어우러지곤 했다. 눈을 감고 집중하면 마을의 아이들이 뛰어노는 소리가 들렸다. 나는 그런 벨루아를 정말로 사랑했다.

"*저는 벨루아를 사랑해요.*"

내가 웃으며 건넨 말에 남자가 나를 내려다본다. 그가 조금 웃는 것 같아서 나는 그의 손을 꼭 붙잡았다. 그런데 그의 손이 믿기 힘들 정도로 자그마했다. 성인남자의 손이라고는 믿기지 않을 정도로 작아 나는 눈을 부릅뜨고 그의 손을 더욱 꼭 잡았다. 보드라운 게 감촉이 좋기는 했다.

나는 사내의 손을 조몰락거리며 고민하기 시작했다. 아, 어어. 이거 꿈이었나. 꿈인데 왜 손이 만져지는 것일까? 그것도 이렇게 뚜렷한 감촉으로.

"……야."

으응?

나는 나를 부르는 사내의 목소리에 눈살을 찌푸렸다. 몸은 다 큰 어른인데 목소리는 왜 저리 어려. 그러다 화들짝 놀라 눈을 뜬다. 꿈에서가 아닌, 현실에서.

눈을 찌르는 따가운 햇볕이 루페르트의 침실을 비추고 있었다. 나는 흐릿한 시야를 바로 하기 위해 눈을 두어 번 느릿느릿 끔뻑였다. 멍했던 정신이 천천히 돌아온다. 꿈을 그리 길게 꾼 것도 아니었는데 벌써 아침이다.

붉은 벽, 잘 정리되어 걸려 있는 총이 하나하나 눈에 들어오기 시작했다. 방을 훑던 내 시선은 곧 내 바로 앞에 놓여 있는 물체에 닿았다. 부드럽게 구불거리는 금발이 새하얀 이마를 가지런히 덮고 있었다. 나는 일순, 그 찬란함이 누구의 것이었는지 고민했다.

"떨어져."

"……예?"

"떨어지라고."

반들반들하니 예쁜 이마가, 아니, 이마의 주인이 차갑게 명령했다. 나는 삐걱삐걱 고개를 내려 내가 잡고 있던 손의 정체를 확인했다. 하얗고 고운, 그러나 뼈마디가 날카로운 손이었다. 그 손은 루페르트의 팔에 달려 있었고.

나는 숨 쉬는 것을 잊을 정도로 놀라 그의 손을 뿌리치듯 놓고 후다닥 물러났다. 너무 급격히 물러나다 침대에서 쿵 떨어졌지만 아픔을 느끼지도 못했다.

미쳤니! 라리에트, 너 미쳤어!

"으앗!"

"……."

"죄송해요!"

잠드는 와중에 창문으로 바람이 들어와 춥다고 생각하기는 했지만, 내가 잠결에 그의 침대까지 기어올라가리라고는 상상도 못 했다. 나는 잠버릇이 꽤 얌전한 편이었으니까.

땅바닥에 손을 짚고 잔뜩 굳어 입만 벙긋대는 나를 루페르트는 한심하단 눈으로 내려다보았다. 다행히 감히 그의 침대에 올라가 손을 조몰락거린 만행에 불쾌해하는 것 같지는 않다. 어쨌든 여자 행세를 하고 있어 그런가?

"머저리."

그의 욕설은 언제나처럼 건조하다. 아, 다행이다. 화를 내지는 않을 듯싶어 나는 고개를 넙죽 숙였다.

"정말 죄송해요! 제가 잠결에 그만……."

"됐어. 나가서 토리나 불러와."

내 약초를 꿀꺽한 효과였는지 그는 생각보다 너그러웠다. 당장 벽에 걸려 있는 총이라도 뽑아들고 쏘아버린다 협박이라도 할 줄 알았는데.

"예, 예에!"

나는 침까지 말라붙은 입매를 손으로 훔치며 벌떡 일어났다. 그제야 바닥에 처박힌 엉덩이가 아팠다. 그가 지금 황녀가 아니라 황자였다면 당장 사달이 났을 문제였다. 원래도 못 갈 시집이지만, 정말 시집 다 갈 뻔했다.

흐으휴. 나는 새어나오는 한숨을 삼키며 그의 여장에 깊이 감사했다.

내가 토리를 불러오자 루페르트는 너는 왜 거기 멀뚱히 서 있냐는 듯 성가시단 눈으로 나를 노려보았다. 아침에 가벼운 몸으로 일어날 수 있었던 게 모두 내 덕, 정확히는 내 약 덕분인데 몰염치하기 짝이 없는 놈이다. 나는 그의 고마운 줄 모르는 태도에 성질이 바짝 올랐지만, 애써 헤실헤실 웃었다.

"전하, 괜찮으신가요?"

"다음부터는 무슨 일이 있어도 밤에 재 들이지 마. 절대."

내 물음은 들은 척도 하지 않는 루페르트가 쪼르르 제게 달려온 토리의 머리를 짐승 대하듯 쓰다듬는다. 싹수없는 놈. 나는 공손한 척 고개를 숙여 일그러진 얼굴을 숨기고는 콧등을 마구 찡그렸다. 그의 무미건조한 다독임에 만족한 토리가 작게 한숨을 내쉰다.

"전하, 이럴 때는 고맙다는 인사가 먼저여요."

"뭐가?"

토리의 말에 루페르트가 눈썹을 비스듬히 치켜세웠다. 건방진 어린 놈의 자식. 웬수 새끼. 나는 속으로 할 말, 못 할 말 다 하며 그를 씹어댔다. 아프게 내버려둘걸. 가슴이 미어지게 후회스러웠다.

"라리에트가 전하를 위해 가지고 온 약 덕분에 열이 내린 거여요, 전하."

"……뭐?"

그의 얼빠진 표정을 보아하니 간밤 내가 자신의 입에 약을 털어넣었던 것은 기억조차 못 하나 보다. 나는 기회다 싶어 얼른 입을 열었다.

"제가 몸이 허약한 편이라 비상약을 구비해두는 편이에요. 앞으로도 편찮으신데 어의는 부르기 싫으시면 말씀하세요."

"내가 뭘 믿고 네가 준 약을 입에 처넣어?"

"멀쩡하시잖아요, 제가 드린 약 먹고."

나는 루페르트의 신경질적인 목소리에 샐쭉 웃으며 반문했다. 어휴, 저 인간은 도와줘도 이 난리다. 그래도 제가 멀쩡한 건 사실이니 나를 타박할 건수를 잃고서 그는 입을 다물었다. 나는 예쁘게 웃으며 토리처럼 그에게 가까이 붙었다.

"전하."

"뭐."

내 미소가 진해질수록 루페르트의 얼굴이 굳는다. 내가 아무렇지 않은 얼굴로 헤헤거리니 그는 참지 못하고 윽박질렀다.

"왜 웃는데? 도대체 뭘 원하는데?"

"전하가 다 나으시니 기뻐서요."

"약값 줄 테니까 생색낼 생각 마라."

"약값도 받고 생색도 내면 안 되나요?"

"까분다."

이런, 선을 넘었나 보다. 루페르트가 당장이라도 몸을 일으켜 총이라도 쥘 것처럼 험악하게 얼굴을 구긴다. 실제로 그가 누워 있는 침대에서 총이 걸려 있는 벽은 멀지 않기에 나는 어깨를 으쓱했다.

"농담이에요, 전하. 설마 제가 전하께 보답을 바라고 그랬겠어요? 저는 전하의 시녀잖아요."

"시답잖은 소리 말고. 바라는 게 뭔데?"

"시답지 않은 소리라니요? 저는 전하의 시녀……."

"빌어먹을, 너는 네 주인이 제 시녀도 모르는 머저린 줄 아나? 바라는 게 뭐냐고."

나는 그가 내 입을 막듯 빠르게 뱉은 말에 은근한 감동을 느꼈다.

아아, 인정했다. 내가 떠드는 게 싫어서 아무렇게나 씨불인 것이기는 했지만 루페르트가 처음으로 나를 제 시녀로 인정해주었다. 나는 몇 달 전부터 그의 시녀였지만, 그의 입에서 듣는 '내 시녀'라는 단어에 감회가 부쩍 새로웠다. 나는 그의 눈치를 조심조심 살피며 운을 뗐다.

"구태여 그리 말씀하신다면, 저어…… 다가오는 15일에 궁 밖으로 외출해도 될까요?"

"왜?"

"어제 전하가 드신 약 어엄청 비싼 건데."

내 딴청에 루페르트가 베개를 퍽 내려쳤다. 으휴. 성질머리하고는.

"내가 지금 약값 물었나?"

"동생이 사관학교에 입학하거든요. 같은 수도에 있는데 가주고 싶어서요."

"그놈의 동생은 어지간히 챙기는군."

루페르트가 비꼬듯 심술궂게 타박했지만 나는 반박하지 않고 얌전히 기다렸다. 그가 안 된다고 하면 갈 수 없다. 의심받는 처지에 꼬투리를 잡히면 안 되니까. 그래도 꼭 가고 싶기는 했다. 아직 반년밖에 지나지 않았지만, 나는 벌써부터 벨루아와 가족이 그리웠다.

"가."

공손히 조아린 머리로 그의 무심한 허락이 떨어진다. 나는 좋아서 방긋 웃으며 고개를 들었다.

"만두 구기지 마."

웃는 얼굴에 침 못 뱉는다는데, 구박은 마구마구 뱉을 수 있는 모양이다. 그래도 오랜만에 르한을 볼 생각에 기분이 상하지는 않는다.

어린 황족의 가장 가까운 측근이라고 할 수 있는 수행시녀와 시종은 시종장에게 따로 외출증을 끊지 않아도 궁 출입이 자유로웠다.

입궁한 후로 단 한 번도 외출하거나 돈을 써본 적이 없는 나는 재무부에 들러 제법 두둑이 쌓여 있는 급료를 확인하고 입이 죽 찢어졌다. 스스로 돈을 벌어본 것은 처음이라 이런 기분 또한 처음이다. 스스로가 몹시 대견해서 뿌듯한 마음이 하늘에라도 닿을 것처럼 치솟는다.

장하다, 라리에트!

아버지도 이 급료를 보면 좋아하실 텐데. 아직은 턱없이 모자랐지만, 나도 곧 백작가의 살림에 보탬이 될지도 모른다. 나는 그런 알량한 생각을 하며 걸음을 옮겼다.

같은 수도 안이기는 하지만 사관학교는 궁과 제법 거리가 있어 마차를 타야 제시간에 도착할 수 있다. 어느 마부가 가장 싼값에 말을 몰아줄까 고민하며 두리번거리던 나는 꽃집이 보여 걸음을 멈추었다.

입학식에도 꽃을 선물하나? 졸업식에는 사갔던 것으로 기억하는데, 입학식은 모르겠다. 나는 잠시 고민하다, 그래도 없어서 당황하는 것보다 있어서 민망한 게 낫다는 결론을 내리고 꽃집에 들어섰다. 다른 애들은 한 아름 꽃을 안고 있는데 르한만 빈손이면 속상할 테니까.

노란 벽돌로 쌓아올린 꽃집은 수도라 그런지 제법 고급스러운 분위기가 났다. 달달하고 향긋한 향기에 기분이 좋아져서 절로 콧노래가 나왔다. 나는 흥흥거리며 르한이 좋아하는 수선화를 찾았다.

"아가씨, 어디 좋은 데 가나 봐?"

"동생 입학식이요! 사관학교!"

"어머, 동생이 참 대단하네. 들어가기 여간 힘든 곳이 아닌데."

"어렸을 때부터 검술로 동네에서 알아줬거든요. 머리도 좋고."

나는 우리 애가 이만큼 잘났어요, 하는 팔불출 엄마의 마음이 되어 우리 르한이 얼마나 잘나고 대단한 신동인지 조잘조잘 떠들었다. 남다른 것이라고는 예민하고 급한 성질머리밖에 없는 나와는 달리 르한은 퍽 잘난 아이였다.

사춘기를 맞아 비뚤어질 테지만, 그의 출중한 재능이 없어지는 것은 아니다. 나는 넉살좋은 꽃집 아주머니의 맞장구에 기분이 더 좋아져서 수선화 말고도 르한이 기숙사에서 쉽게 기를 수 있을 만한 작은 화분까지 값을 치르고 말았다.

충동구매는 처음이었지만, 뭐, 사치하기로 마음먹었으니 괜찮다. 사치스러운 라리에트, 돈 낭비의 귀재 라리에트. 귀족적인 내 이름과 제법 잘 어울리는 수식어 아닌가.

"아이고, 동생이 잘생긴 데다 검도 잘 쓰고 똑똑하기까지 해? 좋겠네."

"어어, 잘생겼다는 말은 안 했는데 어떻게 아셨어요? 제 동생 엄청 잘생겼어요. 동네 제일 미남이에요."

르한은 아직 열두 살로 미남이라는 말을 듣기에는 조금 어렸지만, 벨루아에서 제일 잘생긴 남자로 자라는 건 확실했다. 아니, 수도에서도!

루페르트의 휘황찬란한 외모를 애써 머릿속에서 지워낸 나는 의기양양하게 웃으며 아주머니의 말에 고개를 크게 끄덕였다.

"아가씨가 귀엽게 생겼으니까 동생도 잘생겼으려니 했지. 어휴, 오밀조밀 예쁘게도 생겼네. 내 딸이 아가씨 반만 닮았어도 시집 못 갈 걱정은 안 할 텐데."

꽃집 아주머니는 대단한 장사치였다. 나는 하녀나 가족으로부터 말고는 들어본 적도 없는 외모 칭찬에 얼굴을 붉혔다. 열세 살의 어린 나이었으니 누구나 귀엽게 볼 시절이었으나 예쁘다는 칭찬을 들어보지 못했던 나는 무척 기분이 좋았다. 시집 못 갈 걱정은 나도 하고 있는 데다 루페르트는 허구한 날 내 터질 것 같은 볼을 누르며 나를 만두라고 불렀으니까.

"아이, 감사합니다."

"아가씨가 귀여워서 수선화 세 송이 더 넣을게. 리본은 무슨 색으로 해줄까?"

나는 아주머니가 테이블에 펼쳐놓은 리본 중 암갈색을 골랐다. 벨루아의 갈색. 딱 르한의 색이다.

"으음, 입학식이라며 좀 더 밝은 게 좋지 않아?"

"동생 눈이랑 머리카락이 이 색이라서요."

"세심한 누나네."

그녀는 빙그레 웃으며 내가 고른 리본으로 꽃다발을 포장했다. 한 손에는 꽃다발, 다른 손에는 화분을 들려니 제법 번거로워졌다. 나는 값이 싼 마부를 찾을 생각에 그녀에게 조언을 구했다. 꽃집은 배달을 하는 곳이 많았는데 여기도 마침 배달을 하는지 술술 대답이 나왔다.

"싼 마부? 뭐어, 가장 싼 건 아무래도 프라오 마차를 아가씨가 혼자 운전하는 거겠지."

"아무나 운전할 수 있나요?"

"타본 적이 없니?"

"타본 적은 있지만, 저는 한 번도 운전해본 적이 없어요."

"나도 타본 적은 없단다. 내 아들은 그래도 곧잘 타던데, 사람들이 말하길 자전거와 비슷하다더구나."

나는 아주머니의 말에 감사하다 고개를 꾸벅 숙이고 꽃집을 빠져나왔다. 리체가 운전하는 모습을 떠올려보면 아예 못 할 짓은 아닌 것 같아 고민하는데, 때마침 프라오 마차 대여소가 가게 바로 앞에 있었다. 그걸 타고 가라는 신의 계시 같아서 나는 겁도 없이 성큼 마차에 올라탔다. 화분과 꽃다발을 의자 옆에 내려놓으니 대여소를 지키던 남자가 허겁지겁 달려나온다.

"이거 대여할게요!"

"삼십 실버만 주소."

"어머? 쿠피를 잘못 말씀하신 건가요?"

나는 외출복이 몇 벌 없어서 리체에게 빌린 보닛과 노란 레이스가 치렁치렁 달린 여름 드레스를 입고 있었다. 내 옷차림을 보고 제멋대로 나를 멋모르는 귀족아가씨라 판단했는지 남자는 터무니없이 높은 가격을 불렀다.

실제로도 멋모르는 귀족아가씨가 맞고 나는 이런 마차를 대여해본 적도 없었지만, 아주머니에게 시세를 들어뒀다. 나는 사기를 당할 정도로 물정을 모르는 귀족도 아니고 돈을 펑펑 써본 적도 없다. 사치는 할 수 있지만, 손해를 보는 것은 싫다. 나는 나를 속여먹으려는 남자에게 눈을 부라리며 콧김을 뿜었다. 남자의 웃는 얼굴이 살짝 굳는다.

"아이고, 아가씨! 요즘 마차를 빌리려는 사람들이 워낙 많아서 말입니다잉."

"여기 남아도는 게 프라오 마차 같은데요? 마부도 없고?"

"다 예약이 되어 있습니다."

"그래요? 그럼 됐어요. 걸어갈래요."

나는 호기롭게 말하며 내려놓았던 꽃다발을 품에 안았다. 그러자 남자가 표정이 확 변하더니 마차를 가동시키는 열쇠를 내게 억지로 쥐여준다.

"사십 쿠피! 더는 안 됩니다! 장사 망해요!"

나는 더 깎아볼까 고민하다 그 정도면 적당한 가격인 것 같아 그에게 동화(銅貨) 다섯 개를 건네주었다.

"거스름돈은 됐어요."

아, 이런 말 꼭 해보고 싶었다.

나는 남자의 대답은 듣지도 않고 실실거리며 열쇠를 프라오가 인각된 구멍에 꽂아넣었다. 크게 벌려진 프라오의 입에 열쇠가 쏙 들어가자 마차는 쿵쿵 소리를 내며 가동되기 시작했다.

"오른쪽이 출발, 왼쪽이 멈추는 건가요?"

"아니, 한 번도 안 타봤어요?"

"예."

"그럼 어려울 텐데? 조금 위험할 수도 있는……."

마차가 움직이기 시작해 그의 목소리는 기계음에 묻혀버렸다. 조작방법은 생각보다 쉬웠다. 리체가 했던 동작을 흉내 내며 조판대를 돌리니 마차는 내 의지대로 움직여주었다.

사관학교는 몇 번 가본 적 있어 길 찾기는 어렵지 않았다. 여름의 더운 햇볕은 마차의 차양이 막아주고 있었고, 마차가 달리면서 만들어내는 산들바람이 기분 좋게 뺨을 간질인다. 마차가 흔들릴 때마다 수선화 향기가 흩날린다. 나는 꽃을 받아 들고 조금 쑥스러운 듯 웃을 르한 생각에 신이 나서 페달을 밟았다.

이렇게 쉬운데 뭐가 어렵단 거람.

나는 나를 걱정했던 남자를 속으로 비웃었다. 그러다 곧 반대방향에서 날려오는 마차와 부닥칠 뻔하고는 반성했지만.

프라오 마차로 꽃집에서 사관학교에 도달하는 동안 니는 마차 운전법을 거의 완벽하게 통달했다. 스스로는 그렇게 생각했다. 서너 번 정도 다른 마차와 부딪칠 뻔하기는 했지만, 처음 운전하는 것 치고는 스스로 생각해보아도 제법이었다. 과정이 어찌 되었건 무사히 도착만 하면 된 거 아닌가. 나는 뿌듯한 미소를 지으며 교문 앞에 길게 줄 서 있는 마차 행렬 끝으로 프라오 마차를 몰았다.

벨네르니의 유일무이한 사관학교는 신분의 고저를 가리지 않고 능력만으로 생도를 뽑는 것으로 유명했다. 고위장교가 될 수 있는 가장 빠른 길이며 쟁쟁한 수재들이 모인 명문학교다.

물론 고위귀족의 입김이 아예 닿지 않는 것은 아니지만, 벨루아는 무가가 아니었고 아버지는 군인이 아니셨으니 사관학교에 연줄이라고는 실낱같은 끈도 없다. 즉, 르한은 가문의 배경과 상관없이 당당히 사관학교에 합격한 인재 중의 인재라는 말씀.

아휴, 장한 내 동생.

나는 르한의 제복 입은 모습이 궁금해 발을 동동 굴렀다. 몸집이 제법 커진 후에야 교복 입은 모습을 몇 번 보긴 했지만, 이만큼 어릴 적은 한 번도 본 적 없다. 얼마나 귀여울까. 저학년은 외출이 금지되어 있어 르한은 이 무렵 벨루아에 돌아오지 못했었다.

마차의 줄은 생각보다 빠르게 줄어들었다. 거대한 철제문 가까이 마차를 느릿느릿 모는데 제복을 빼입은 남자 한 명이 나를 막아선다. 평범한 외모의 생도였는데 제복 덕분인지 분위기 자체가 멋있다. 전체적으로 딱딱한 느낌을 주면서도 매끈하게 떨어지는 검푸른 제복은 별 볼일 없는 남자조차 멋지게 보이게 만드는 효과가 있는 것 같다.

겉은 열셋의 어린아이였지만 속은 과년한 처자인 나는 제복에 감싸여 있는 남자의 탄탄할 몸을 훑다 화들짝 놀라 눈을 돌렸다. 원래 남자에 관심이 많은 편은 아니었는데 요즈음 얼굴 없는 사내 꿈을 많이 꾸는 탓이다.

"실례합니다. 신분증을 확인해도 되겠습니까?"

나는 남자의 정중한 물음에 품을 뒤져 벨루아의 목걸이와 황궁 출입패를 건네주었다. 그는 내 목걸이가 위조는 아닌지 꼼꼼히 살피며 내 얼굴을 흘깃거렸다. 벨루아의 전나무는 인각이 까다로워 쉬이 모조품을 만들 수 없다. 그럼에도 그는 내 목걸이가 가짜인 양 의심스러운 눈을 했다. 속이는 거 하나 없이 당당했는데 괜히 눈치가 보인다.

나는 신분을 의심당하는 상황에 익숙하지 않다. 아버지는 검소하셨지만, 귀족적이지 않다고는 말할 수는 없는 분이셨다. 귀족의 명예나 자존심을 중요하게 생각하셨기 때문에 그네들이 기본적으로 지키는 암묵적인 관습은 그대로 지키셨다.

따라서 어머니와 나는 외출할 때마다 벨루아의 문양이 크게 세공된 마차를 탔다. 내 뒤에 따라붙는 사용인의 옷만으로도 내가 벨루아의 라리에트라는 사실은 저절로 증명되었다. 벨루아의 땅에서 감히 벨루아를 사칭하는 사람도 없었고.

남자는 목걸이와 패를 내게 돌려주며 의아한 듯 물었다.

"혹시 르한 디트리히 벨루아 생도의 가족이십니까?"

"우리 르한을 아시나요?"

"예, 제가 디트리히 생도의 첫 훈련을 맡았습니다. 하지만 벨루아 가로부턴 입학식에 불참한다는 연락을 받았습니다만."

"저는 그의 누이랍니다. 어머니와 아버지 대신 왔어요."

나는 그리 대답하며 내 연갈색 머리를 보여주듯 손으로 쓸었다. 벨루아의 갈색은 검은색에 가까운 흔치 않은 진갈색이었지만, 벨루아 출신이 아닌 이상 그런 자세한 구분을 하지는 못할 터였다.

"그러시군요. 마차는 제가 주차해놓겠습니다."

의심을 거둔 남자가 내민 손을 잡고 마차에서 내린 나는 까마득한 진디밭을 가득 메운 인파를 확인하고 살짝 질렸다. 사관학교 입학이 워낙 대단한 일인 탓에 생도의 가족이란 가족은 모두 몰려왔나 싶다. 이 난리통 속에서 르한을 어찌 찾나. 나는 조금 걱정하며 남자가 안내해준 입학생 가족이 앉는 층에 들어섰다.

르한을 따라 몇 번 와본 적이 있어 사관학교 자체는 많이 낯설지 않다. 황실에서 신경을 많이 쓴 덕에 학교의 건물은 궁전 못지않게 고급스러웠다. 고풍스러운 상아벽을 장식한 푸른 독수리가 눈에 띈다. 학장이나 대표 생도가 연설할 강단에도 마찬가지로 독수리가 인각되어 있었다.

푸른 독수리는 제국에 흡수된 것이나 마찬가지인 왕국 월레탄을 대표하는 동물이다. 왕국 자체의 상징은 아니었지만, 자유로운 맹수는 그들을 수호하는 신으로 모셔졌다.

벨네르니의 침공은 강인한 날개를 펴고 창공을 나는 새를 잡아 땅바닥에 처박히게 만들었다. 이를 과시하듯 황제는 푸른 독수리를 사관학교의 상징으로 삼았다. 제국이 삼킨 맹수는 이제 벨네르니를 지킬 애완동물이라는 의미로.

학살이라 칭할 수 있을 정도로 잔인하게 눌러놓기는 했으나 그래도 아직은 월레탄의 반발을 가벼이 여길 수 없는 상황인데, 현 황제는 무척 오만했다. 루페르트나 아르눌프를 생각하면 황족이란 종족 자체가 오만한 듯싶기도 하다. 나는 보이지 않는 사슬에 묶인 독수리에 유감을 표하듯 살짝 고개를 숙였다.

뜨거운 햇살을 피하기 위해 양산을 펼치는데 순간 뿔고둥의 거대한 소리가 울려 퍼졌다.

"벨네르니 황립 사관학교의 입학식에 와주신 내외귀빈 여러분 감사합니다! 오늘은 우리 모두에게 자랑스러운 날입니다. 길고 고된 훈련을 이겨내고 당당하게 사관학교의 생도가 된 신입생 여러분! 마음 깊이 축하합니다. 그대들은 지금 자랑스러운 사관학교의 학생이며, 나아가 이 벨네르니를 이끌 장교가 될 인재들입니다. 전원! 입장!"

얼굴에 큼직한 칼자국이 있는 남자가 주절주절 늘어놓았다. 나는 그의 연설에는 손톱만큼의 관심도 없었기 때문에 하품을 간신히 참으며 하나둘씩 단상 앞에 서는 생도들을 훑어보았다.

그들은 한 치의 흐트러짐 없이 군인다운 대열을 이뤘다. 입학에는 나이제한이 없었기 때문에 키는 제각각이었지만, 긴장으로 굳은 얼굴은 비슷비슷했다. 나는 르한을 찾기 위해 두리번거렸지만 동생의 얼굴은 눈에 띄지 않았다. 설마 입학식에 오지 않은 것인가? 가족들이 모두 오지 않으리라 생각해서?

축하받아 마땅할 이 날에 아버지나 어머니가 오시지 않는 데 섭섭할 수도 있다. 하지만 르한은 섭섭하다고 입학식에 나오지 않을 만큼 무책임한 아이가 아니다. 나는 그의 신상에 무슨 일이라도 생긴 것일까 걱정하며 미간을 모았다. 자리에서 일어날까 고민하는데 아까 연설했던 남자가 다시 단상에 올라와 목청을 높인다.

"신입생 대표, 르한 디트리히 벨루아 생도의 연설이 있겠습니다!"

확성마법을 건 아티팩트라도 쓰는 것인지 남자의 목소리가 쩌렁쩌렁 온 사방으로 뻗어나갔다. 나는 화들짝 놀라 단상을 바라봤다. 제복을 차려입은 르한이 차분한 얼굴로 계단을 오르고 있었다. 그는 다른 생도들과 마찬가지로 무표정했지만, 긴장한 기색은 없다. 나의 동생은 어떤 상황에서도 차분했다는 것을 상기하며 나는 희미하게 웃었다.

"르한 디트리히 벨루아입니다. 생도 여러분, 우리 모두는 각기 다른 삶을 거쳐 이 자리에 모였습니다. 그러나 우리는 사관학교의 생도라는 무겁고도 자랑스러운 이름을 짊어지고……."

르한이 신입생 대표였다니, 꿈에도 몰랐다. 이런 자랑스러운 사실을 왜 숨겼던 것일까? 아니, 내가 너무 무관심해 몰라줬던 것일 수도 있다. 나는 그의 연설을 조금이라도 가까운 곳에서 듣기 위해 몸을 움직였다.

인산인해를 헤치고 나아가니 단상과 가장 근접한 층의 난간에 다다를 수 있었다. 내 허리까지 오는 칸막이 때문에 더 나갈 수 없는 게 아쉬웠지만, 이 정도면 르한의 얼굴이 잘 보인다. 나는 들고 온 꽃다발과 화분을 흔들며 활짝 웃었다.

"내 동생 최고!"

사람 수만큼 웅성거림도 컸으니 내 목소리가 그에게 닿을 리는 없다.

그래도 자랑스러움을 숨길 수가 없어 나는 차분한 얼굴로 또박또박 연설문을 읊는 르한을 향해 소리쳤다. 그런데 그 순간 르한이 말을 멈춘다. 그의 고개가 무언가를 찾는 것처럼 빠르게 움직였다. 설마 나를 찾는 것일까?

믿기 힘들었지만, 르한은 기적처럼 이 수많은 사람들 중에서 나를 발견해냈다. 아이의 눈이 커진다.

"짊어지고…… 가야 합니다. 생도생활 잘하십시오. 이상입니다."

사람들은 신입생 대표의 연설이 이리 짧은 것이 의아한 듯 눈살을 찌푸렸다. 사관학교에 대해 아는 바가 별로 없는 내가 생각해도 이상할 만치 짧긴 했다. 뒷내용이 더 있을 법한 찝찝한 마무리에, 르한을 호명했던 남자가 당황한 얼굴로 단상에 올라 르한에게 다가간다.

그러나 르한은 상관하지 않고 빠르게 남자를 스쳐 지나 단상에서 내려왔다. 곧 망설임도 없이 내게 걸어온다. 눈도 깜빡이지 않고 내 얼굴을 보고 있어서 나는 그가 나를 발견했음을 의심할 수도 없었다.

떨어져 지낸 사이 르한은 훌쩍 자라 있었다. 루페르트보다 두 살은 어렸는데 그보다도 키가 더 큰 것 같다. 나는 점점 더 껑충해질, 그리고 내게 쌀쌀맞아질 르한이 무섭도록 빠르게 내게로 다가오는 모습에 이유 모를 씁쓸함을 느꼈다.

잠시 르한을 지켜보던 단상의 남자는 서둘러 뒷수습을 했다. 얼떨떨한 박수갈채가 쏟아진다. 그러나 르한은 그 소리가 들리지도 않는 듯하다.

그는 계단도 이용하지 않고 내가 있는 층에 오르려는 듯 손을 뻗었다. 이 높은 층이 그저 담벼락이라도 되는 것처럼 두 번 벽을 찍으며 도움닫기를 한 르한은 내가 손으로 짚고 있는 칸막이에 걸터앉았다. 나는 위험하기 짝이 없는 행동에 기함했다. 떨어지면 얼마나 크게 다치는데 이러나?

"르한! 네가 원숭이야? 위험하게 뭐 하는 짓이야!"

르한은 자신을 질책하는 나를 믿기지 않는다는 듯 멍한 눈으로 바라보았다. 곧 초점이 잡힌다. 내가 정말 제 누이가 맞는지 확인하듯 눈살을 찌푸린다. 나는 르한의 깊은 암갈색 눈을 마주하며 팔을 벌렸다.

"오랜만이야, 르한."

나는 자리에서 굳어 움직일 생각을 않는 르한에게 팔을 벌린 채 다가갔다. 사관학교의 생도들이 으레 그러하듯 머리를 밤톨처럼 짧게 자른 게 귀여웠다. 땡볕에서 훈련을 했는지 그을린 피부 덕에 제법 소년티가 난다. 나는 함박웃음을 지으며 르한을 안았다. 멀리서 볼 때도 키가 자란 것 같았는데 눈앞의 르한은 정말로 나보다 커져 있었다.

"입학 축하해."

"……누님이십니까?"

송장처럼 굳어 있던 르한은 그제야 느릿느릿 입을 열었다. 그 목소리는 조금 가라앉아 있었다.

"놀랐어?"

"정말 누님이십니까?"

"그럼 내가 네 누이지, 형님이겠어?"

나는 르한의 반복되는 물음에 살짝 웃었다.

"지금 웃음이 나오십니까?"

르한의 격한 목소리에 나는 눈을 동그랗게 떴다. 그는 격동의 사춘기를 겪으면서도 내게 무례했던 적이 없는 착한 아이였다.

"화났어?"

"제가, 아니, 어머니가……."

르한은 답지 않게 더듬었다. 나는 그를 진정시키기 위해 그의 등을 토닥여주었다. 그러자 르한이 고개를 푹 숙이며 내 어깨에 얼굴을 묻는다.

"저희가 얼마나 걱정했는지 아십니까?"

"편지 못 봤어?"

"그깟 편지가 뭐라고……!"

르한이 조금 울컥한 듯 나를 밀쳐내며 얼굴을 들었다. 항상 차분했던 얼굴이 일그러진 게 신기해서 나는 머뭇거렸다.

"집을 나가놓고 편지 한 장 달랑 써놓으면 다입니까? 수도가 얼마나 위험한지 자각이 없으신 겁니까?"

"화났구나."

"황궁이 얼마나 음흉한 곳인데 겁도 없이!"

"르, 르한."

"벨루아에 무슨 불만이 있으셔서 가출까지 감행하신 겁니까? 왜 연락도 없으셨습니까? 아버지나 어머니는 무서울 수 있으니 그렇다 치더라도 저한테는!"

르한은 숨도 쉬지 않고 우다다 쏟아냈다. 그가 내게 언성을 높이는 것은 처음이다. 내가 어리벙벙한 얼굴로 입을 헤벌리자 그는 애써 흥분을 가라앉히려는 듯 입술을 깨물었다.

"……말해주셨어야죠."

나는 그제야 내가 그에게 못할 짓을 했음을 자각했다. 놀랐겠구나. 아버지와 어머니는 어른이니 내 철없는 가출과 방종을 사춘기의 반항으로 이해한다고 쳐도 어린 르한은 그러지 못했을 것이다. 나는 미안함에 몸 둘 바를 모르며 르한의 손을 잡았다.

"미안."

"……."

내 빠른 사과에 그는 대답이 없었다. 나는 숨을 씨근거리는 르한을 꼭 안아주었다.

"미안, 정말 미안해. 내가 생각이 짧았어. 너한테는 꼬박꼬박 연락할

게, 미안해."

"아닙니다. 큰소리 내서 죄송합니다."

나는 르한의 정중한 사과에 말을 잃었다. 이만큼 착한 동생은 정말 찾기 힘들 것이다.

르한은 다행히 금세 진정했다. 언제 흥분했었냐는 양 차분히 가라앉는 눈빛에 나는 웃음이 나왔다. 시간을 거슬러 왔음에도 동생은 벨루아의 가장 오래된 고목처럼 변함없었다. 참 한결같은 차분함이질 않나.

나는 르한을 마주하고 나서야 내가 돌아온 시간을 실감했다. 오지 못했던 입학식, 내가 몰랐던 르한의 표정이 내가 지키고자 마음먹은 모든 것들을 상기시켜준다.

열두 살의 겨울날로 처음 돌아와 르한을 찾았을 때 느꼈던 안도가 무거운 돌처럼 묵직하게 가슴속에 내려앉았다. 그는 한 치 앞을 알 수 없는 불안에 안절부절못하는 나를 지탱해주는 유일한 깃대였다. 알게 모르게 내 정신을 갉아먹고 있던 긴장이 조금 풀리는 기분이다.

루페르트는 여전히 나를 믿지 않았고, 나는 그의 신뢰를 얻기 위해 무엇을 해야 할지 조금도 알지 못했지만 내 궁극적인 목표를 다시 확인하는 것만으로도 작은 자신감이 솟아올랐다. 지켜야 할 사람이 있다는 책임감이 버겁고 겨웠다. 무겁지만 아프지 않은 짐이다. 나는 내 소중한 사람들이 남아 있는 것만으로도 삶이 얼마나 풍족해질 수 있는지 알았다.

주변의 시선이 우리에게 모여들자 르한은 입학식이 진행 중인데도 나를 끌고 학교에서 벗어나려 했다. 나는 그런 르한을 억지로 잡았다. 내가 오늘은 정식으로 외출을 허가받아 시간이 많다는데도 그는 입학식에 돌아가지 않겠다 고집부렸다.

"르한!"

내가 아주 오랜만에 손윗누이 노릇을 하며 눈썹을 치켜세우니 그제야 느릿느릿 발을 옮긴다. 신입생도가 입학식 빼먹는 걸 우습게 생각하고 말이야.

내 기억에 그가 사관학교의 엄격한 규율이나 법도에 본격적으로 반발하기 시작한 것은 열넷 무렵이었는데, 벌써부터 그 싹이 보인다. 나는 막무가내로 어긋날 사춘기의 르한을 예상, 혹은 회상하며 혀를 쯧쯧 찼다. 반항의 계기를 알아야 선도를 하든가 방지를 하든가 할 텐데. 그 이유를 모르는 내가 누이의 몫을 다하지 못한 것 같아 부끄러웠다.

르한이 나를 붙잡고 황궁생활은 어떠하냐, 몸은 괜찮냐, 어디 아픈 덴 없느냐 제가 오빠라도 되는 양 질문을 쏟아내는 동안 입학식은 어느새 꽤 진행되어 있었다. 고학년 생도들이 신입생을 줄 맞춰 세워놓고 교복의 일부인 모자를 씌워주는 의식이 마지막이었다.

나는 마지못해 나를 두고 돌아간 르한이 덩치가 큰 생도에게 붙잡힌 것을 발견하고 미간을 모았다. 그 생도는 우직한 인상에 넓은 어깨를 가진 남자였다. 누가 입어도 멋진 제복 차림이라 그런지 제법 내 취향이다.

그는 르한을 혼내는 것처럼 손가락을 동생에게 뻗고 있었다. 이에 그를 멀뚱히 바라보던 르한이 지지 않고 그의 손가락을 꺾어버렸다. 선후배 간의 규율이 제법 엄격하다고 아는데 저래도 되나 싶어 나는 입을 쩍 벌렸다. 꺾인 손가락이 꽤 아팠는지 인상을 험악하게 구기며 물러난 생도도 무척 놀란 얼굴이다. 평소 그와 르한의 관계를 알 길이 없는 나는 불안해졌다.

아까 뛰쳐나온 일로 문제가 생긴 것일까?

내가 걱정하며 발을 동동 구르는 와중에 붉으락푸르락해진 생도가 손을 번쩍 올렸다. 나는 소리가 들리지 않을 정도로 그들과 떨어져 있었지만, 환청처럼 쿵 하는 소리를 들었다. 때렸다.

저 돼지 같은 새끼가 내 동생을 때렸어!

조금 과장을 더하자면, 그는 내 얼굴만 한 주먹으로 르한에게 꿀밤을 먹였다. 나는 순식간에 내 취향의 남자에서 돼지 같은 새끼로 추락한 남자를 콧김까지 뿜으며 노려보았다. 내 눈빛이 얼마나 무시무시했는지 르한을 때린 생도가 나를 올려다보았다. 그는 내 굳은 얼굴을 발견하고 어설프게 웃었다.

웃어? 저 돼지 같은 놈이 감히 내 동생을 때려놓고 웃어?

나는 어이가 없어 그를 더 세차게 노려보았다. 그는 제가 감히 꿀밤을 먹인 르한의 밤톨 같은 머리통을 쓰다듬더니 모자를 대충 씌워준다. 흘러내리는 모자를 바로 한 르한이 의아한 눈으로 나를 돌아본다. 르한은 슬며시 웃으며 내게 손을 흔들었다.

괜찮아 보였지만 나는 안심하지 못했다. 아무리 사관학교라지만 생도 사이의 폭력은 큰 문제가 아니질 않나. 고학년이라고 신입생의 머리를 마구 때릴 수 있는 환경은 탐탁지 않다.

르한은 내게 받은 수선화 다발을 안고 있었다. 주변을 둘러보니 꽃다발을 들고 있는 신입생도는 그뿐이지만, 르한은 다행히 민망해하지 않았다. 상급생도 대표의 축사가 끝나자 르한은 허겁지겁 다시 내게 달려왔다. 나는 르한이 내 앞에 서자마자 따져 물었다.

"걔 뭐야? 왜 널 때려?"

"직속선배인 불리 생도입니다. 그 정도쯤은 여상한 곳이니 걱정 마십시오."

"그런 폭력이 으레 있는 곳이면 내가 어찌 걱정을 안 해?"

"아닙니다. 제가 먼저 그에게 대들어 그런 겁니다."

"그러게 왜 대들어!"

내 목소리가 높아졌지만 르한은 그저 웃어넘겼다. 바람 빠지는 소리를 내며 손으로 제 눈가를 가린다. 그는 웃을 때 항상 입 대신 눈을 가렸다. 그 사소한 습관은 르한이 보다 어렸을 적, 내 심술궂은 한마디에서 비롯된 것이다.

숙녀가 큰 소리로 웃는다고 어머니께 잔소리를 들은 날, 나는 사내는 입을 가리지 않고 호탕하게 웃는 것이라며 르한을 공연히 구박했다. 르한은 그 말도 안 되는 트집에 입가를 가리던 손을 내렸다. 그는 철없는 내 투정을 마치 어른처럼 받아주었다.

르한은 그날 이후로 입을 가리고 웃지 않았다. 나는 그 사실을 아주 뒤늦게 깨달았다. 아버지와 함께 끌려가던 날 울며불며 그를 붙잡던 나를 안심시키기 위한 르한의 거짓 웃음에서. 르한은 습관처럼 파스스 떨리는 입가를 가리지 못했었다.

르한은 열일곱에 죽었다. 나조차 아직 다 헤아리지 못하는 벨루아와 황실의 이해관계에 얽혀, 장남이라는 이유만으로 나보다도 먼저. 나처럼 성인이 되어보지도 못했다. 나는 기필코 그가 어른이 될 수 있게끔 하리라 재차 다짐했다.

"주십시오."

그는 내가 품에 안은 묘목을 가져가며 내 가방에 손을 뻗었다.

"하나도 안 무거워."

"보기 안 좋습니다."

확실히 여성이 남성을 옆에 세워두고 짐을 혼자 들고 있는 것은 귀족 사회에 용인되는 그림은 아니다. 여성을 위한다기보다는 고리타분한 기사도와 낭만에 취한 남자들의 자존심을 지키기 위한 예법이었다. 애초에 남성 귀족에게까지 가기 이전에 사용인이 모든 짐을 들겠지만 말이다.

그러나 르한은 그런 예의를 따지기엔 너무 어렸다. 나는 그의 정중하고 진지한 얼굴이 우스워 까르르 웃어버렸다.

"뭐야. 기사님이야?"

"종기사도 기사는 기사입니다."

"서임도 안 받은 주제에 말만 잘해."

나는 르한이 언제부터 그런 자잘한 매너까지 지켜왔나 싶었지만, 본디 예의 바르던 아이니 그러려니 하며 짐을 넘겨주었다.

"네 얘기 좀 해봐. 잘 지냈어?"

"예."

르한의 정중하지만 건조한 대답에 나는 어물거렸다.

또 무엇을 묻지?

르한은 말수가 없는 편이고 나 또한 말주변이 있는 편은 아니다. 나는 오랜만에 만난 동생이 조금 어색했다. 기실 나는 이맘때의 르한을 잘 모른다. 사관학교에 들어간 르한은 꼬박 2년 동안 얼굴을 비치지 않았으니까. 게다가 그 후에는 극도로 나를 피해 다녔고.

"식사는 잘 나와?"

"예."

르한은 내 질문이 우스운지 입꼬리를 올렸다.

"훈련은 안 힘들었어?"

"할 만했습니다."

"친구는 많이 사귀었어?"

"많이 사귀지는 못했습니다."

나는 르한의 솔직한 대답에 배시시 웃었다. 내 웃는 얼굴을 물끄러미 바라보던 르한이 가까운 벤치로 걸어가 제 외투를 깔았다.

"앉으십시오."

"그거 입어. 춥잖아."

"한여름입니다."

생각해보니 이 햇볕 쨍쨍한 날에 두꺼운 제복 외투는 더울 것 같기도 했다. 나는 땀이 송골송골 맺혀 있는 르한의 이마를 확인하고 냉큼 외투 위에 앉았다. 나는 벨네르니의 귀족답게 깔끔 떠는 것을 좋아한다.

"어머니나 아버지가 내 걱정 많이 하셔?"

"예."

르한은 망설임도 없이 대답하곤 깊은 한숨을 푹 내쉬었다. 손윗누이가 아닌 어린 누이동생 대하듯 나를 책망하는 눈초리에 나는 입을 삐죽였다.

"나도 다 생각이 있어서……."

"생각이 있으신 분이 막무가내로 집을 나가십니까?"

르한은 대놓고 나를 혼냈다. 솔직히 변명할 말이 없다. 나는 르한의 눈을 피하며 고개를 숙였다.

"지금은 말 못 하지만, 사정이 있어."

"압니다."

"……어?"

"누님은 아무 생각 없이 그러실 분이 아닙니다."

르한의 담담한 인정에 나는 활짝 웃으며 그의 팔에 매달렸다. 아, 역시 어린 르한은 좋다. 그는 아직 나를 따랐으니까. 루페르트의 한결같이 까칠한 불신으로만 가득한 나날에 동생의 곧은 믿음은 내게 대단한 위로가 되어주었다.

"으음. 그래서 묻는데 너 아버지한테 황실에 대해 들은 것 없니?"

"그건 왜 물으십니까?"

"사정이 있다니까."

나는 르한의 믿음을 이용하고자 대강 얼버무렸다. 초롱초롱 눈까지 빛내며 바라보니 동생은 부담스러운 듯 몸을 뺐다.

"별로 없습니다."

"있기는 있어?"

"아버지께 직접 물으시면 되지 않습니까?"

"지금 벨루아에 가면 다시 못 나올걸."

르한은 고민하듯 입술을 달싹이다, 내가 그의 소매를 붙들고 채근하니 마지못해 입을 연다.

"……황제가 될 만한 재목이 없다고 하시는 것을 들은 적은 있습니다. 제게는 아니고, 어머니께."

"언제?"

"2년 전쯤."

황제가 될 만한 재목이 없다.

이는 아버지가 루페르트도, 아르눌프도 탐탁지 않아 하셨다는 뜻이다. 백작이 무어라고 감히 황제가 될 만한 인물을 가늠하셨을까? 그건 겸손한 아버지와 무척 어울리지 않는 일이라 고개를 갸우뚱했다.

"그거 말고는 들은 것 없어?"

"황실에 관한 것은 그것뿐입니다."

황실에 관하지 않은 다른 이야기는 더 들었다는 듯한 뉘앙스였지만, 르한은 더는 말 않겠다는 듯 입을 꾹 다물었다. 어쨌든 오늘은 그의 얼굴을 보는 게 목적이었기에 나는 더 캐묻지 않았다.

"그렇구나. 알려줘서 고마워."

"……무슨 일이라도 있습니까?"

"시간이 조금 더 지나면 알려줄게. 어쨌든 르한, 입학 정말 축하해. 신입생도 대표라니 아버지도 어머니도 분명 네가 매우 자랑스러우실 거야. 편지로 꼭 알려드리렴."

"별것 아닙니다."

르한은 손사래까지 치며 부정했다. 나는 그가 칭찬에 약하다는 것을 알아 더 놀려주고 싶었지만, 붉게 물들고 있는 하늘을 발견하고 자리에서 일어났다. 벌써 해가 저물 시간이 가까워지고 있었다. 르한도 저녁 훈련에 가야 했고, 나도 슬슬 황궁으로 돌아가야 했다.

"외출할 수 있는 날에 다시 올게. 너도 무슨 일이 있으면 꼭 나한테 연락하고."

"벌써 가십니까?"

"너 훈련도 가야 하잖아."

"안 가도 괜찮은데."

나는 르한의 뻔뻔한 말에 눈썹을 휙 올렸다.

"이게 아까부터 입학하는 날부터 땡땡이를 치려고 해! 혼날래?"

"아닙니다."

내가 눈을 무섭게 부라리니 르한은 피식 웃었다. 내게 혼나는 것을 전혀 무서워하는 얼굴이 아니라 조금 언짢았지만, 나도 결국 웃어버렸다.

르한의 진한 갈색 머리 위로 노을이 가라앉고 있었다. 타오르는 장작처럼 물드는 그의 머리칼을 쓰다듬으며 나는 속으로만 다짐하던 말을 입 밖에 내었다.

"꼭 지켜줄게."

뜬금없는 소리에도 르한은 반문하지 않았다. 그는 그저 고개를 끄덕이다 제 머리에 얹힌 내 손을 잡았다.

"가십니까?"

"가봐야지."

"가셔야겠죠."

"응, 그러니 손 좀 놓아줘."

"네."

고분고분 잘 대답하면서 행동은 정반대였다. 나는 르한에게 꼭 붙잡힌 손목을 물끄러미 바라보다 고개를 들었다. 내 눈길에 르한은 움찔하는 기색도 없이 항시 빳빳하던 눈매를 조금 느슨하게 풀었다. 당연하다는 듯 붙잡은 손목을 놓을 생각도 하지 않은 얼굴이다. 얘가 지금 나랑 뭐 하자는 거지?

"가십시오."

놓아야 갈 것 아니야?

나는 기가 막혀 헛웃음을 쳤다. 누이를 놀리면 못쓴다고 혼이라도 내줄까 했는데, 가라앉은 표정에 마음이 약해진다. 생각해보면 르한은 벨루아를 갓 떠나왔다. 가족과 떨어져 있으려니 외롭기는 외로울 것이다.

노을에 발그레 달아오른 얼굴이 어려서 마음이 아팠다. 까까머리를 해놓으니 원래도 어린 얼굴이 더 어려 보인다. 나는 그에게 잡히지 않은 손으로 르한의 밤톨 같은 머리통을 두어 번 쓰다듬었다.

"놓아야 가지."

"놓았습니다."

"거짓말하면 혼나."

르한은 내 말에 대답하지 않았지만 곧 천천히 손에서 힘을 풀었다. 다 놓았다 싶었는데 몸을 움직이니 금세 붙잡는다. 나는 한숨을 폭 내쉬었다.

"으휴. 네가 이러면 내가 어찌 갈 수 있겠니?"

"죄송합니다."

말투만 의젓한 꼴이 아주 웃겼다. 나는 배시시 웃으며 내 손목을 붙잡은 그의 손을 잡았다.

"다시 올 거야."

한 달에 두 번 정도는 꼭 그를 방문하겠다는 약속을 빛 빈이나 해주고 나서야 르한은 나를 놓아주었다. 느릿느릿한, 벌써 군인의 딱딱한 걸음걸이가 몸에 밴 르한은 땅거미 진 거리를 걷다가도 자꾸 멈춰 뒤를 돌아보았다. 결국 나는 동생을 뒤로한 채 먼저 발을 뗐다. 르한은 내가 제 시야에서 사라져야만 돌아갈 것 같았으니까.

이미 사람들이 빠져나가 주차장은 한산했다. 저녁노을이 지는 우아한 수도의 거리가 생각보다 아름다워서 나는 천천히 마차를 몰았다. 벨루아의 농가처럼 밥 짓는 고소한 냄새가 나지는 않았지만, 수도의 저녁은 그 나름의 향기를 풍겼다.

　전체적으로 붉은 지붕이 많은 거리로 샛노란 해가 뚝 떨어진다. 벨네르니의 밤하늘은 별이 드물었으니 금세 어두워질 것이다. 별을 대신하듯 인공적인 불빛이 산란하게 도시를 밝히기는 했지만, 길이 밝다고 위험하지 않은 것은 아니었다.

　나는 서둘러 루페르트를 처음 만났던 5번가 근처의 시장에 들어섰다. 그와 만두 하나를 놓고 다투었던 노점거리를 찾기란 어렵지 않았으나 싸우지 말라며 넣어두었던 만두까지 꺼내주던 마음씨 좋은 아저씨는 보이지 않았다.

　같은 상인이 아니니 완전히 똑같은 맛은 아니겠지만, 김이 나는 뜨거운 만두를 파는 노점대는 흔했다. 나는 그중 가장 위생적으로 보이는 가판대로 걸어가 만두 세 개를 구입했다. 황족이 왜 길거리 만두 따위를 그리 탐냈는지 모르겠다. 나 역시 돈이 많았다면 절대 먹지 않았을 음식이다.

　어쨌든 루페르트에게 잘 보이기 위해서라면 십 쿠피(가장 낮은 화폐단위)는 그리 아깝지 않다. 가늘게 기른 수염이 독특한 상인이 종이에 곱게 싸준 만두를 품에 안은 나는 깔끔하게 잘 정리된 시장을 둘러보았다.

　늦은 저녁이라 장사를 접는 사람들이 많다. 이들 중 끝까지 장사를 할 수 있는 사람은 몇이나 될까? 라스페리히 1세, 황제 루페르트는 노동자들까지 마구잡이로 숙청하지는 않았으나 그에게 멸문한 가문의 비호를 받던 상회들의 수가 꽤 되었고, 그들도 망했었다. 이 붉은 수도가 더 붉게 물들 공포스러운 미래를 나는 알고 있다.

　지금의 루페르트는 우습게도 얌전한 축에 속했기에 나는 뒤바뀔 앞날이 더욱 무서웠다. 벽돌을 발라 만든 길가가 무섭게 느껴진다. 남부와는 달리 시끌벅적한 구석이 조금도 없는 호젓한 시장의 풍경은 그리 마음에 들지 않아, 나는 세워둔 마차에 서둘러 올라탔다.

골목을 빠져나간 후 능숙하게 프라오 마차의 조판대를 왼쪽으로 꺾자 5번가처럼 호화로운 주택가가 나타난다. 나는 일전에 와본 적이 있는 예쁜 벽돌집에 마차를 멈춰 세웠다.

"리체."

튀어나온 문고리를 두어 번 두드려보았지만 대답은 바로 돌아오지 않았다. 황궁으로 돌아가기 전에 그녀의 얼굴을 보고 싶었는데 허탕을 쳤나 보다. 실망스러워 어깨를 축 늘어뜨리고 계단을 내려가는데 전에 본 적이 있는 하녀가 튀어나와 문을 열어주었다.

"벨루아 영애."

"어? 계셨네요. 리체는 없나요?"

"아니요. 아가씨는 계시지 않지만…… 곧 돌아오실 거예요. 들어오시겠어요?"

나는 하녀의 조심스럽고 공손한 물음에 고개를 끄덕이며 안으로 들어섰다. 워낙 더워 저녁임에도 공기가 미지근했는데 집 안에 들어서자 선선한 바람이 느껴졌다. 수도는 남부와 달리 마법으로 만든 물건들을 애용한다더니 정말이었다.

리체는 벨루아처럼 남부지방인 고르텐의 딸이지만, 이미 수도에 적응했나 보다. 나는 화려한 샹들리에 위에 매달려 팽팽 돌아가는 바람개비 같은 것을 흘깃 보았다. 시원한 바람은 저 위에서 나오고 있었다.

"저건 뭘로 움직여요?"

"프라오 시체를 태워서 얻는 동력으로 움직입니다, 영애."

하녀의 대답에 나는 이 수도에서 죽어나가는 프라오들이 슬슬 불쌍해지기 시작했다. 마차도 프라오를 태워서 움직이더니 술법으로 움직이는 물건이란 물건에는 죄다 프라오가 쓰였다. 십수 년 전 선대 황제가 막무가내로 들여온 외국산 프라오가 무지막지하게 번식해서 큰 말썽을 부렸다더니, 사람들이 프라오에 진 원한이 대단한가 보다.

나는 어깨에 걸친 반소매 볼레로와 보닛을 벗어 소파에 올려놓고 리체를 기다렸다. 하녀가 가져다준 에그타르트를 세 개 정도 먹어치웠을 때 리체가 돌아왔다. 그녀는 소파에 앉아 얌전히 자신을 기다리고 있는 나를 발견하고 놀란 듯 눈을 깜빡였다.

"라리?"

"오랜만이야."

반년 만에 보는 그녀는 여전히 세련되고 아름다웠다. 리체는 화려한 깃털로 장식된 챙이 넓은 멋들어진 모자를 벗어 하녀에게 넘겨주더니 내게 빠르게 다가왔다. 빠르지만 우아한 걸음으로. 코르셋으로 조인 리체의 허리는 개미처럼 가늘다. 그녀는 나와 동갑인 열셋에 불과했지만 벌써 숙녀 같다.

리체의 물빛 눈이 나를 가늠하듯 가늘어졌다. 영문을 알 수 없어 나를 훑는 그녀를 멀뚱히 올려다보자 그녀는 작게 한숨을 내쉬며 내 앞에 앉았다.

"외출한 거야?"

"오늘 사관학교 입학식이거든. 사실 르한이 사관학교에……."

"알아."

리체가 내 말을 끊었다. 내가 말해주지도 않았는데 리체가 르한의 소식을 어떻게 알았지? 내가 궁금해 입술을 달싹이자 리체는 천천히 제 하얀 이마를 쓸었다. 피곤한 기색이 역력해서 나는 그녀를 괜히 찾아왔나 후회했다.

"나 아까 너 봤어."

"응?"

"사관학교 입학식, 나도 갔었거든."

"네가? 왜?"

내 물음에 리체는 작게 입술을 깨물더니 들릴 듯 말 듯 웅얼거렸다.

"······아무도 오지 않을 거라고 해서 나라도······."

뼈대가 드러날 정도로 마른 리체의 손가락이 테이블을 규칙적으로 두드린다. 그녀는 말을 끝맺지 않고 입을 다물어버렸다.

"그런데 어쩐 일이야?"

"오랜만에 르한 핑계로 외출허가를 받았거든. 네 얼굴이나 보려고."

나는 말끝을 조금 흐렸다. 아무리 좋게 생각해도 그녀가 내 방문을 반기는 것 같지 않았기 때문이다. 시녀로서 입궁하는 날까지도 리체는 나를 무척 살갑게 대해줬기 때문에, 나는 현재 그녀의 냉한 눈빛이 당황스러웠다.

그러고 보니 그녀는 같은 황궁에서 일하면서도 나를 찾아오지 않았지. 나는 새로운 생활에 적응하느라 정신이 없었다지만, 이미 수도에 올라온 지 꽤 된 그녀는 아니었을 텐데.

"그렇구나. 그런데 미안, 내가 좀 피곤해서."

리체는 내 눈을 피하며 자리에서 일어났다. 명백한 축객령에 나는 더듬더듬 당황스러운 손을 뻗어 벗어둔 볼레로를 집어 들었다.

"아, 보닛 돌려줄게."

"네가 가져도 돼."

리체의 말투는 부드러웠지만 어딘지 모르게 차가웠다. 나는 그녀의 냉랭함에 기시감을 느꼈다. 예전에도 그녀가 내게 이유 없이 적대적이던 시기가 있었다. 그때는 그녀가 금세 평소처럼 다정하고 발랄한 친구로 돌아왔기에 이유를 물을 생각도 못 했었다.

하지만 열셋 무렵은 아니다. 열넷, 아니, 열다섯이었나. 적어도 지금보다는 나이가 많았었는데. 나는 이즈음 리체에게 무슨 일이 있었는지 기억해내기 위해 인상을 썼다.

"무슨 문제라도 있어?"

"아니."

"내가 나이젤 황녀 전하가 아닌 라페르트 황녀 전하를 모셔서 그런 거야? 너도 그녀가 천하다고 생각해?"

내 언짢은 기색에 리체는 슬며시 고개를 들었다. 가녀린 턱이 움찔한다. 황후의 출신성분은 황실의 공공연한 비밀이었으며, 리체는 나이젤 황녀의 최측근인 수행시녀였다. 그 더러운 추문의 진실성까진 모르더라도, 들어본 적은 있으리라.

"라리."

리체는 다정하게 나를 부르며 자리에서 일어난 내 어깨를 잡았다. 옅은 한숨이 코끝에 닿았다.

"네가 누구를 모시든 나는 상관하지 않아."

"그럼 왜 화가 난 것처럼 구는 거야?"

"화나지 않았어. 그냥 조금 당황스러워서……."

"뭐가?"

"르한이 정말로…… 아니야, 미안. 너랑은 상관없어."

르한의 이름이 나왔는데 어떻게 내가 상관이 없을 수 있나. 나는 의아해 리체를 붙잡았지만, 그녀는 더는 말하고 싶지 않다는 듯 세차게 몸을 돌렸다.

인사도 없이 나를 거실에 버려두고 올라가는 그녀의 등을 하염없이 바라보던 나는 울적한 기분으로 벽돌집을 나섰다. 그녀가 이전처럼 아무렇지 않게 돌아오기를 바랐다. 이번에는 그때처럼 두루뭉술하게 넘어가지 않으리라.

3. 수면 아래

붉은 궁에 들어온 지 1년이 지났고 겨울이 왔다.

르한의 입학식 이후로 나는 리체를 몇 번이나 찾아가보았지만, 그녀는 전과 다르게 냉랭한 태도를 고수했다. 내가 옛날과 다른 길을 걷고 있었으니 내 과거가 뒤틀리는 것은 당연하긴 하나, 가장 친한 친구였던 리체의 차가운 얼굴은 조금 섭섭했다. 겨울바람에 차갑게 식은 복도를 지나며 나는 다시 한 번 리체를 만나리라 계획했다.

새로운 해가 왔다. 올해 나는 열넷, 루페르트는 열다섯이다. 그가 황태자로 책봉되는 해이기도 하다. 나는 루페르트에게 익숙해졌고, 그도 내게 익숙해진 것처럼 보였다. 그는 전처럼 내 비굴한 아부를 쳐내지 않았다. 그저 무시했다. 나는 나를 무시하는 그에게 더 살갑게 굴었다.

오늘도 어제 그를 위해 시장에서 사온 만두를 아침 일찍 주방에서 따끈따끈하게 데워 돌아오는 길이다. 르한의 입학식에 갔다 오는 길에 사다 준 만두를 마음에 들어 하는 것 같아 나는 르한을 만나러 외출할 때마다 만두를 사가지고 돌아왔다. 그의 저렴한 입맛까지 고려하는 내 사려 깊은 마음씨는 칭찬받아 마땅하다.

그래서 나는 열심히 비굴하게 잘 지내온 내가 왜 이런 곤란한 상황에 놓였는지 이해할 길이 없어 아연해졌다.

하늘, 그래 하늘이 참 무심했다. 맹세코 의도하지 않은 발각이었다. 고의성이라고는 손톱만큼도 없었음을 무심한 하늘에 대고 맹세할 수 있었다. 그러나 루페르트가 내 실수를 실수로 생각해줄지는 미지수였다. 나는 들고 있는 만두를 내려다보며 덜덜 떨었다.

뭐라고 말 좀 해라.

차게 식은 정적이 무섭다 못해 소름이 끼쳤다. 루페르트의 시선이 내 정수리에 닿는 게 느껴졌다. 나는 높아진 그의 시야를 감각으로 깨달았다. 루페르트가 자랄수록 나는 그가 점점 더 무서워졌다.

"고개 들어."

아니, 역시 말하지 마.

가라앉은 고요보다 루페르트의 차가운 목소리가 더 무서웠다. 그의 목소리는 이제 소년에 더 가까웠다. 그래서 되도록 밖에서는 말하는 것을 삼가는 중이다. 저처럼 낮고 짙은 목소리는 소녀의 것이라고 하기에는 무리가 있으니까. 말로 사람이라도 죽일 수 있을 것처럼 위협적인 목소리를 가진 미소녀라니, 지나가는 개조차 비웃을 모순이다.

"고개 들라는 말 안 들리나."

겁을 주려는 의도는 느껴지지 않았지만, 나는 이미 있는 대로 겁을 집어먹은 상태였다. 잔뜩 움츠러든 어깨가 혼자 움찔하고 고개는 삐거덕 삐거덕 문의 녹슨 경첩처럼 움직였다. 내 시선은 루페르트의 납작한, 도저히 성장기 소녀의 것이라 우겨볼 수도 없이 판판한 가슴에 닿았다가 위로 향했다. 그러다 나를 노려보는 서슬 퍼런 초록 눈을 마주하고 다시 떨어진다.

"젠장, 고개 들라고 세 번 말했다."

루페르트의 목소리에 드디어 짜증이 배어났다. 나는 그의 구박에 공연히 억울해졌다. 상황이 상황인지라 무섭기도 했지만, 나도 변명할 말이 아예 없는 것은 아니다. 제가 조심하지 않은 주제에 내 탓을 하는 게 웃겼다. 기실 들킨 루페르트보다 더 당황한 것이 나다. 어쩌자고 내게 들키나?

왜?

나는 나를 이런 상황으로 밀어넣은 그의 허술함이 원망스러웠다. 루페르트가 나를 찾는다는 하녀의 말에 말 잘 듣는 개처럼 달려가 그의 침실 문을 열었을 뿐이다. 그가 먹고 싶어 하던 만두까지 얌전히 들고서.

문을 세 번이나 두드렸음에도 들어오라는 허락이 돌아오지 않기는 했지만, 루페르트는 항시 그랬었다. 누가 문을 두드려도 대답하는 법이 없어 사용인은 모두 그의 침묵을 긍정으로 해석했다. 궁에 들어온 지 1년이 된 내가 모를 리 없는 습관이다. 그래서 아무 의심 없이 문을 열고 들어서는데, 루페르트가 옷을 갈아입고 있었다.

옷을.

찰나 상황을 인지하지 못하고 얼굴을 찌푸렸다. 남자라고 믿을 수 없을 만큼 고운 얼굴 아래에 소년의 몸이 붙어 있었다. 그를 처음 만났을 때처럼 마냥 작고 마르지만은 않은.

루페르트가 근래 무서울 정도로 무럭무럭 자라는 사춘기 소년임을 알고 있는 터라 나는 그가 남자 몸을 가지고 있음에 놀라지는 않았다. 그러나 내가 이를 목도한 상황 자체에 기겁했다.

나는 그의 시녀였지만 당연하게도 루페르트의 탈의를 도와본 적이 없다. 황족은 으레 손가락 까딱하지 않고 시녀나 시종의 옷시중을 받기 마련이나, 루페르트는 달랐다.

그는 웬만한 성장이 아니라면 토리의 손도 빌리지 않고 혼자 씻고 혼자 옷을 입었다. 다른 시녀들은 그 괴벽을 그가 오직 토리만을 편애하는 탓으로 돌렸지만 나는 진짜 이유를 알았다. 그는 황자인 주제에 황녀 행세를 하고 있었으니까.

루페르트는 뱀처럼 교활한 황실에서 제 성별을 장장 15년 동안 속였다. 내게 이리 쉽게 들킬 수 있는 위장이었다면 15년이라는 긴 세월 동안 누구에게 들켰어도 들켰을 허술함이라. 나는 억울해 어쩔 줄을 몰랐다. 과거의 당신은 운이 참 어지간히 좋았나 보구나, 이죽이고 싶을 정도다.

내가 고개를 들지 않자 루페르트는 저벅저벅 빠른 걸음으로 총들이 잔뜩 걸려 있는 벽 앞에 섰다. 철컥. 그가 매일 손수 손질하는 장총을 잡아, 나는 새하얗게 질려 얼굴을 번쩍 들었다.

"전하, 이, 일단 진정하세요!"

말은 그렇게 했지만 사실 진정해야 될 사람은 루페르트가 아니라 나였다. 사시나무처럼 덜덜 떠는 나와 달리 루페르트는 아주 차분했으니까. 그는 내가 문을 박차고 들어선 순간부터 내게 사나운 총구를 겨누는 지금까지 표정변화가 없었다. 지독히 가라앉은 무감한 눈매가 찰나 짜증으로 일그러지는 것을 제외하고는 아무 일도 일어나지 않았다는 양 여상했다.

그 짧은 불쾌함도 조금 귀찮다는 기색일 뿐이다. 그는 어떤 각도로 보아도 절대 나처럼 당황한 것 같지는 않다. 내게 들키지 않아야 할 것을 들켜버린 사람은 루페르트였는데, 왜 도리어 내가 당황해야 하는지 모르겠다.

토리.

나는 두리번거리며 보이지 않는 그녀를 찾았다.

토리는 어디 갔지?

1년 동안 제법 정이 들었는데 나를 이리 허무하게 죽도록 내버려두진 않을 것이다. 일단 시간을 끌자. 나는 부들부들 떨리는 팔을 들어 내 얼굴을 숨기고 숨 가쁘게 말을 늘어놓았다.

"전하! 잠시만요! 우리 대화해요! 대화로 풀어요!"

"대화로 풀 문제가 아닌데."

"이런 사소한 마찰로 죽이기에는 제가 너무 아까운 인재 아닌가요!"

"인재 다 죽었다."

루페르트는 코웃음을 쳤다. 그가 실제로 총을 쓰는 모습은 본 적이 없지만, 나는 그가 총을 고쳐 잡은 자세가 무척 자연스럽다는 것쯤은 알았다.

여자 행세를 하는 주제에 황제와 사냥에 나갈 적마다 가장 잡기 힘들다는 매도 종종 잡아오던 실력이다. 본모습을 숨기고 있음에도 그 정도였다. 그런 루페르트가 이 거리에서 총을 쏘면 나는 반드시 죽는다. 단두대도 끔찍했지만 짐승처럼 사냥당하는 것은 더욱 싫다. 나는 그대로 자리에 주저앉았다.

"왜! 왜요! 도대체 왜 문을 안 잠그셨어요!"

내 원망에 루페르트는 아주 약간 머뭇했다.

"……토리 불렀는데 왜 네가 와?"

"하녀가 전하가 저를 찾으신다고 해서 왔단 말이에요!"

"아."

그는 알았다는 듯 고개를 작게 끄덕였다.

"새로 온 애라 토리를 모르기에, 내 옆에 붙어 다니는 애라 했더니 널 불러왔나 보군."

명백히 그 하녀의 잘못이지만, 죽게 생긴 건 나다. 나는 찔끔찔끔 소심하게 나오는 눈물을 닦으며 엉거주춤 물러났다. 루페르트가 한심하다는 양 바람 빠지는 소리를 내며 비웃는다.

"그런다고 총알이 안 닿는 줄 아나?"

"쏘, 쏘시게요?"

"그럼 어떡해. 널 살려둬?"

어쩔 수 없다는 표정으로 뱉는 말이 참 잔인했다. 루페르트는 귀찮은 일을 처리한다는 양 눈매를 굳히며 재빨리 총을 장전했다. 1년이나 제 옆에 붙어 있던 시녀를 죽이는 데 조금의 유감도 없이 냉랭한 얼굴이다.

나는 더듬더듬 말문을 열었다.

"……전하, 저 벨, 벨루아예요."

"안다. 귀찮게 됐어."

"아버지가 가만있지 않으실 거예요."

"사고였다 우기면 돼."

나는 루페르트의 심드렁한 대답에 기겁했다. 미친놈.

"그게 말이 돼요?"

"어차피 반년만 버티면 되거든."

나는 그의 말뜻을 이해하지 못해 울상 지었다.

"왜, 왜, 왜 죽이시게요? 저는 전하 편이라니까요! 말 안 해요!"

"그 소리도 지긋지긋하군. 못 믿는다 몇 번 말하나."

그는 혀를 작게 찼다. 그래도 내가 말하는 중간에 죽이지는 않을 것 같아서 나는 두려운 와중에도 계속 입을 놀렸다. 죽이지 마시라, 1년 동안 정도 안 드셨느냐, 벨루아의 적녀인데 탈이 아예 없진 않을 것이다. 겁 없는 그에게 협박 비슷한 회유를 주절주절 늘어놓으면서.

"게다가 전하 탓이잖아요! 제가 일부러 안 것도 아닌데!"

"너 원래 알았잖아."

"무, 무, 무슨 말씀이세요."

"너는 내 정체를 아는 것 같았거든. 봐. 넌 내가 남자라는 것을 알고도 안 놀라질 않나."

"너무 놀라서 놀라지 못했던 것뿐이에요."

나는 침음을 삼키며 얼굴을 손에 파묻었다. 정말 쏠까? 사냥꾼의 함정에 빠져 덫에 걸린 토끼가 된 기분이다. 잡일을 하는 하녀가 그가 나를 찾는다 하여 그의 침실에 왔다. 오늘 아침에 내가 한 실수라고는 그것뿐이다.

너 먹으라고 만두까지 가져왔는데 내게 이럴 수 있어!

1년간의 시간이 모두 헛것이 되는 기분에 나는 바닥에 떨어진 만두를 집어 던졌다.

"만두는 왜 던져?"

둥글둥글한 만두가 데구르르 굴러 그의 발치에 닿자 루페르트가 눈썹을 치켜세운다. 나는 이 순간에 만두를 챙기는 그가 우스워 죽여버리고 싶었다. 1년 동안 저를 알뜰살뜰 살핀 나보다도 만두가 중한가.

"죽기 전인데 뭘 못 해요?"

"누가 죽인대?"

"그, 그럼 그 총은 왜 드셨어요!"

"고민 중이야. 입 좀 다물어."

루페르트는 사납게 나를 겨누던 총구를 내려놓았다. 그의 발밑에서 만두가 짜부라졌다. 나는 그게 내 미래 같아 움찔거렸다.

"알았나?"

"무얼요?"

"내가 남자라는 거."

그는 장총을 바닥에 질질 끌며 내게 다가왔다. 드르륵 끌리는 소리가 내 귀를 압박하듯 크게 울린다. 나는 이 상황을 어찌 타파해야 할까 머리를 굴리며 간신히 목소리를 냈다.

"의심…… 의심 정도 했어요."

"왜?"

"제가 감이 좋거든요."

"감은 개뿔."

믿지 않을 거면 왜 물었는지 모르겠다. 내가 얼굴을 잔뜩 일그러뜨리자 루페르트가 허리를 숙여 나와 눈높이를 맞췄다.

"나조차도 내가 황위를 이어받을 수 있으리라 확신 못 하는데, 넌 확신하는 거 같거든. 그게 아니면 내 옆에 붙어 있을 이유가 없지."

그는 낮은 목소리로 마치 나를 달래는 것처럼 조곤조곤 말했다. 입가는 웃고 있는데 눈은 전혀 웃고 있지 않아 괴리감이 대단했다.

내가 주춤거리며 몸을 빼자 루페르트는 내 목덜미를 붙잡아 제 앞으로 끌고 왔다. 코가 닿을 것처럼 가까운 거리에서 그는 내 흔들리는 눈을 노려보았다.

"너는 유용할 수는 있겠지만, 도저히 믿을 수가 없다. 알아?"

선명한 초록빛이 한순간 짙어졌다. 구름이 해를 가리는 동안 루페르트의 얼굴은 깊은 음영에 잠겨 있었다. 윤곽만 남은 그의 골몰하는 얼굴은 날이 선 듯 날카로웠다. 나는 늑대 앞에 던져진 겁먹은 양처럼 얌전하고 순종적인 태도를 취했다.

"저 황비 전하 수하는 아니라고 생각하시잖아요. 정말 전하 편이라니까요. 그리고 저 되게 사랑받는 딸이에요. 저 죽으면 아버지가 분명……."

"역시……."

루페르트는 내 말을 끊으며 고개를 삐딱하게 기울였다. 천천히 자리에서 일어난 그는 장총을 쥐었다. 나는 기겁해서 혀를 깨물었다. 말을 잘못했나.

"죽이는 게 간단할 것 같다."

루페르트가 왼쪽 눈을 감고 나를 조준했다. 이렇게 허망하게 죽는 건가. 내가 루페르트에 의해 죽으면 아버지가 그에게 옛날보다 더 크게 반발하실 게 뻔한데, 어쩌지? 나는 이대로 루페르트 손에 얌전히 죽어야 하나, 아니면 달려들어 그를 죽여야 하나 고민했다. 도망을 갈까?

품에 숨겨둔 호신용 아티팩트를 더듬는데 문이 벌컥 열리더니 토리가 쏜살같이 달려와 나와 루페르트 사이를 가로막았다. 나를 옆구리에 꼭 껴안은 그녀는 고개를 홱 돌려 루페르트를 세차게 노려보았다.

누구에게나 순했지만 루페르트에게는 특히 더 온순했던 사람인지라 나는 그녀가 루페르트를 '노려보는' 데 놀라 입을 작게 벌렸다. 그녀는 아직도 드러나 있는 루페르트의 상체와 주저앉은 나, 그런 나를 겨누는 총구 따위로 삽시간에 상황을 판단했는지 단호하게 고개를 저었다.

"안 되어요!"

"비켜."

"안, 안 되어요, 전하! 전하, 제발 부탁드려요. 라리에트는 제 친구여요."

나를 부서져라 꼭 껴안은 토리는 숨을 힘겹게 몰아쉬더니 이윽고 눈물까지 펑펑 쏟았다. 1년 동안 같이 루페르트 옆에 붙어 있으면서 정을 쌓기는 했지만, '친구'라고 당당히 부를 만한 관계는 아니라고 생각했기에 나는 조금 당황했다. 오가며 인사 건네고 토리는 잘 모르는 옛날 이야기들을 종종 들려준 효과가 지금에서야 빛을 발하는가 보다. 나는 눈물 나게 감동했다.

"비키라니까."

루페르트가 곤란한 표정으로 입술을 짓씹는다. 토리는 울며불며 도리질을 쳤다.

"아, 안 되어, 읍, 요."

"으, 으어엉, 토리이, 끄읍."

"라, 으으앙, 라리에트, 를, 끕, 죽, 으앙, 이시려면, 으읍, 저, 저부터, 끅."

토리의 말은 알아듣기 힘들 만큼 울음이 섞여 있었지만, 나는 바로 알아들었다. 루페르트도 마찬가지였는지 기가 차다는 듯 짧게 웃었다. 나를 죽이려면 자기도 죽이라니! 이 얼마나 눈물 나는 우정인가. 나는 여태 토리를 친구라고 생각하지 않은 몹쓸 내가 원망스러웠다. 이리 착한 아이를 신혼 첫날에 죽이다니, 루페르트는 역시 세상에서 제일 나쁜 놈이다.

"토, 토리이, 끕, 흐어엉."

"우, 울, 읍, 지 마, 끕, 시어요."

토리와 내가 서로를 꼭 붙잡고 엉엉 우는데 어디서 너구리가 기어들어와 우리 사이를 파고들었다. 이 바보 같은 짐승은 위기상황인 것도 모르고 그저 다 같이 붙어 있으니 저도 붙어 있고 싶었나 보다.

바보 같은 너구리. 비굴한 너구리. 간신구리.

너구리는 아직도 내가 안아주는 것을 질색했지만, 1년 동안 밥을 챙겨주니 나를 보아도 히익히익 소리는 내지 않았다. 내가 무엇 때문에 이 못생긴 짐승 밥까지 챙겼는데. 내 목숨을 파리 목숨 취급하는 루페르트의 작태에 억울함과 눈물이 퐁퐁 솟았다.

"흐, 흐아앙."

한번 터진 눈물은 도저히 멈출 수가 없었다. 새빨개진 얼굴로 추잡하게 울어대는 나와 토리, 그 옆에 바짝 붙어 눈을 굴리는 너구리를 잠시 내려다보던 루페르트는 짜증스러운 침음을 뱉으며 총을 내려놓았다.

"젠장, 가지가지 해라."

그는 몸을 돌려 장총을 다시 벽에 잘 걸어두었다. 그는 서슴없는 걸음으로 내게 돌아왔다.

안 죽이려나? 정말 토리가 죽이지 말라니까 안 죽일 건가? 루페르트는 토리에게 유난히 너그러웠지만, 나는 아직 안심할 수 없다. 이리 챙기던 토리마저 죽일 수도 있는 사람이니까.

"읍, 끅, 흐앙."

"안 죽이면 되잖아. 울지 마."

"저, 저응, 흡, 말요?"

나는 모자란 숨을 허덕이며 콧물을 마셨다.

"끅, 죽, 기, 흐읍, 싫어요, 전하."

"시끄러워. 뚝 해."

"끄흡."

"안 죽여. 하도 멍청해서 죽일 마음도 안 생긴다."

"저, 끕, 안, 멍청, 욱, 해요."

내 반발에 루페르트는 대답 대신 깊은 한숨을 내쉬었다. 나는 잘 우는 편은 아니지만, 한번 울면 지칠 때까지 눈물을 짜내는 부류다. 머릿속은 이미 말짱해져서 루페르트 앞에서 우는 모습을 보인 게 무척이나 창피했으나 도무지 눈물이 멈춰지질 않았다.

차를 따르면서도 계속 훌쩍거리는 나를 흘깃거린 루페르트가 짜증 어린 손길로 들고 있던 책을 던진다. 내게 집어 던진 것도 아니었건만 벽을 맞고 떨어지는 책에 나는 놀라 뒷걸음질 쳤다.

"젠장, 뚝 안 해?"

"죄, 큽, 송해, 요, 흡, 끅!"

쿵.

눈물과 자동으로 동반해 나오는 콧물을 토리가 건네준 손수건에 팽 푼 나는 루페르트의 눈치를 슬금슬금 보며 토리 뒤에 숨었다. 그녀는 나와 키가 엇비슷한 데다 깡말라 덩치는 훨씬 작았지만, 나는 그녀를 제법 믿음직스럽게 여기고 있었다. 내 믿음에 답하듯 토리는 단호한 표정으로 두 팔을 활짝 벌려 나와 루페르트 사이를 가로막았다.

루페르트는 그녀의 반항이 조금 충격이었던 모양이다. 그는 제게 직접적으로 반하는 토리 대신 나를 거슬린다는 눈길로 노려보았다. 왜 나를 노려보나 억울한 마음과 함께 그가 나를 지금 당장 해치지 않으리라는 근본 없는 안심이 들었다. '노려보는 것'만으로 끝나니 얼마나 다행인가.

"전하!"

"뭐!"

토리가 호기롭게 목소리를 높이자 루페르트는 개의치 않고 인상을 찌푸렸다. 그는 소녀처럼 예쁜 얼굴로도 종종 아주 험상궂은 분위기를 자아낼 수 있기에 토리는 우물쭈물 말을 흐렸다. 루페르트가 정말로 화가 나면 무슨 짓을 할지 모르니 나는 그녀를 응원하지도 못했다. 토리는 조금 기가 죽은 얼굴로 나를 대변했다.

"……구, 구박하지 마시어요."

"내가 언제 널 구박했는데."

"라리에트 말이어요."

토리의 대답에 루페르트는 어이가 없다는 표정으로 한 손에 턱을 괴었다. 이를 부득 간 그는 신경질적으로 마른세수를 했다.

"쟤가 시끄럽게 하잖아."

"전하가 울리셨잖아요."

"……한마디도 안 지지."

나는 그가 바닥에 떨어진 책에 쓱 눈길을 주는 것을 보고 재빨리 달려가 책을 주웠다. 얌전하고 비굴한 걸음걸이로 루페르트에게 다가가 책을 건네니 그가 나를 비웃듯 입꼬리를 올렸다. 토리는 자신이 나를 위해 그에게 반하는 와중에도 그에게 굽실거리는 내가 충격이라는 듯 입을 헤벌렸다.

"아, 아니…… 책이 떨어졌길래."

나는 비굴한 나를 변명하며 우물거렸다. 그 순간 내가 집어준 책을 펼쳐든 루페르트가 심술궂게 내 머리칼을 움켜쥐고 끌어당겼다. 제게 인도하듯 천천히 끌어 아프지는 않았지만, 나는 나를 동물 다루는 듯한 손길에 기분이 상해서 이맛살을 구겼다.

"웃어."

나는 루페르트의 명령에 비스스 입술로 호선을 그렸다. 그는 망설임 없이 내 목을 잡아 토리에게 내 웃는 얼굴을 보여주었다.

"봐. 웃잖아. 얘 지금 기분 안 나빠."

기분 상당히 나빴다.

나는 루페르트의 손아귀에서 벗어나기 위해 목에 힘을 주었으나, 악력이 생각보다 대단해서 움찔하는 것이 내가 할 수 있는 전부였다. 조금 숨까지 막혀서 나는 겨우 멈췄던 눈물을 뚝뚝 흘렸다. 사실 나는 벨루아에서 상당히 귀한 대접을 받으며 살아온 아가씨였다. 죽기 직전 험한 꼴을 조금 보았다지만, 누가 나를 이렇게 하찮게 취급하는 데에는 익숙하지 않다.

루페르트야 여상히 처음부터 그런 태도였고 애초에 그가 사람을 사람답게 대하리라 기대하지 않았기 때문에 적응하기는 했지만, 토리가 내 억울함을 알아주니 여태 쌓인 원한이 투정이라도 부리듯 자꾸 눈물이 되어 흘러나왔다.

솔직히 나는 최선을 다했다. 그의 심기를 건드릴 그 어떤 짓도 저지르지 않았는데 왜 나에게 못되게 구는 것일까? 1년이나 붙어 있었으면 아주 조금은 살가워지는 게 인정(人情)일 텐데, 얘는 정말 사람도 아닌가 보다. 이런 상태로 그가 황태자가 되어버리면 내가 저를 옆에서 모셨든 어쨌든 간에 그는 벨루아부터 노릴 것이다. 억울해 미치겠다.

"라, 라리에트!"

내 눈물과 콧물이 바닥을 적시자 토리가 당황해 손을 올렸다. 루페르트는 그녀의 외침에 고개를 옆으로 돌려 내 못난 얼굴을 확인했다.

"왜 또 울어, 이건."

"흐, 끄윽, 끅!"

"……아파?"

그는 떨떠름한 표정으로 내 목을 놓아주었다.

"아휴, 전하! 목을 그렇게 잡으시면 어찌해요!"

"세게 안 잡았어!"

"끅, 끕."

내가 계속 울자 테이블 밑에 숨어 있던 너구리가 슬금슬금 기어나와 내 발등을 건드렸다. 걱정해주는 게 아니라 놀리듯 손가락으로 꾹꾹 누른다. 주인 닮아 재수 없는 짐승 같으니. 나는 루페르트 몰래 너구리를 발로 툭 찼다.

"야, 그만 울어. 시끄러워 죽겠다."

"라리에트 좀 그만 괴롭히시어요!"

"죽이지 마라, 구박도 하지 마라. 대가도 없이 바라는 게 너무 많다는 생각은 안 하나?"

그럼 구박도 하고 죽여도 달라고 해야 되나? 기가 막혀 입술이 절로 삐죽여진다. 나는 코를 풀며 그의 물음을 모른 체했다.

"내가 뭘 했는데? 살려준다고 하잖아."

"……."

"대답해. 토리 말고, 네가."

"……구박은 하셔도 괜찮아요. 때, 때리시는 것도요."

안 하면 좋겠지만, 사실 나는 나와 벨루아에 해를 끼치지만 않는다면 루페르트의 무시나 조롱, 폭력쯤은 감내할 준비가 되어 있다. 말로 하는 협박이나 내게만 가하는 폭력은 무섭지 않다. 그가 무서운 이유는 미래와 벨루아의 존명에 있었으니까.

"내가 널 때려서 얻는 게 뭔데?"

그 말이 기가 막힌 듯 루페르트의 낮은 목소리가 조금 어긋난다. 그가 폭력적이기에 타인에게 고통을 주는 데 쾌감을 느낄 것이라 판단했을 뿐이다. 나는 대답할 말이 없어 입을 다물었다.

"안 때릴 거니까 울지 마. 만두 터져."

반가운 소리였지만 흡족하진 않다. 뒤에 붙은 말이 거슬리기도 해서 나는 코를 푸는 척 콧방귀를 크게 뀌며 종종걸음으로 토리에게 다가가 그녀의 소매를 붙잡았다.

"라리에트, 울지 말아요. 어휴. 그러다 쓰러지어요."

루페르트는 멀뚱히 서 있는 나와 토리를 번갈아 바라보더니 바람 빠지는 소리를 내며 웃었다.

"너는 네가 내 편이라 했지?"

"……끅, 예."

"언제까지?"

나는 그의 물음에 쉬이 대답하지 못했다. 루페르트는 내 예상보다도 더 단단히 나를 불신했다. 내가 나라서 믿지 않는다기보다는, 그저 그가 본디 그런 사람이라서.

"내게 원하는 게 있다면 확실하게 말해. 그 편이 다루기 쉬우니까."

앞에 종이가 있었다면 당장 계약서라도 쓰게 할 듯 합리적인 태도였다. 그 완벽한 불신에 나는 숙였던 고개를 들었다. 나는 그와 내가 서로에게 취하는 태도가 아주 비슷하다는 생각이 들었다. 우리는 서로가 필요했고, 필요한 만큼 믿지 않았다. 나는 루페르트에게 그저 유용할 뿐이었으니 더 절박한 쪽은 당연히 나였지만.

나는 그에게 하찮은 이유조차 말해주지 않으며 나를 믿어달라 아득바득 우기는 것이 더는 소용없음을 깨달았다. 결국 나는 아주 잠깐 머뭇거리다 입을 열었다.

"전하가."

"……."

"전하께서 권력을 쥐고 계시는 한."

마주친 짙은 녹안이 의구심으로 가늘어진다. 나는 그의 의심스러운 눈초리를 피하지 않았다.

"나는 권력과 아주 동떨어진 황족인데."

담담한 부정이었다. 그는 자신의 무력함을 부끄러워하는 기색도 없이 무감한 얼굴이다.

"내가 아르눌프에게 맞는 걸 보지 않았나? 이곳에서 내 위치는 그 정도다. 언제 죽어나가도 이상하지 않지. 내가 살아 있는 건 그저, 황비가 나를 죽일 가치도 없다 판단했기 때문이다."

나는 대답하지 않고 테이블에 올려둔 주전자를 들어 차를 따랐다. 루페르트는 내 예상보다 인내심이 깊었다. 그는 나를 채근하지 않고 읽던 책을 팔랑이며 넘겼다.

"황비님의 오판이에요."

"뭐?"

"저는 전하가 황제가 되실 것이라 믿어요."

의미 없이 책을 넘기던 손가락이 어느 순간 뚝 멈추었다. 토리가 히끅, 숨을 참는 소리가 들렸다. 루페르트는 아주 천천히 시선을 움직였다. 그의 눈이 순간 기이하게 반짝였다. 녹음이 짙어지면 저런 기묘한 요기를 뿜게 되나 보다. 아주 오래되어 누구도 찾지 않는 늙은 숲의 도깨비를 마주한 것처럼 소름이 끼친다.

"재밌는 소릴 하는군. 지금 그 말을 폐하께 전하면 너라도 무사하지 못할 거다."

"말 못 하시잖아요, 당장은."

"네 가정이 맞다 쳐. 그래서 원하는 게 뭐냐고 물었다."

루페르트는 내가 따라놓은 차를 한 모금 마셨다. 나는 그가 찻잔을 내려놓을 때까지 얌전히 기다리다 대답했다.

"벨루아를 보호해주세요."

"뭐로부터?"

너로부터.

그러나 그리 말할 수 없던 나는 불안을 감추기 위해 배시시 웃었다.

"무엇이든지요."

"권력을 쥐게 되면 벨루아를 보호해달라?"

"예."

"내가 얻는 건 뭔데?"

그의 긴 손가락이 테이블을 규칙적으로 두드렸다. 나는 긴장으로 입을 달싹이다 눈을 질끈 감고 입을 열었다.

"저요."

"뭐?"

"절 드릴게요."

내 말이 의외였는지 루페르트의 얼굴이 우습게 일그러졌다. 어느새 내 뒤에 와 있던 토리가 서둘러 내 어깨를 잡았지만, 나는 돌아보지 않았다.

"벨루아의 라리에트예요. 전하가 원하시는 대로 평생을 살게요. 정치적인 목적으로 제 이름을 쓰셔도 좋아요. 온전한 전하의 것이 될게요."

"곤차로비 백작 같은 늙은이에게 팔 수도 있는데?"

곤차로바 백작은 나이가 제법 있는 중년의 귀족으로, 변태라고 소문이 파다한 능구렁이였다. 그러나 나는 망설이지 않고 고개를 크게 끄덕였다.

루페르트는 다소 징그럽다는 듯 미간을 찡그렸지만, 나는 억지로 괜찮다고 하는 게 아니다. 정말로 괜찮았다. 결혼이 정치적 수단밖에 되지 못한다면, 벨루아를 지키는 방패로 삼는 것이 가장 흡족했으니까.

"미쳤군."

"멀쩡해요."

"내가 널 어떻게 믿어?"

"당장 믿으시라는 게 아니잖아요."

내가 이런 주제를 꺼낼 때 우리의 대화는 항상 비슷하게만 흘렀다. 모든 것이 불신으로 귀결되어 문이 닫혀버린다. 내가 그에게서 원하는 것까지 까발린 마당에 그렇게 내버려둘 수는 없는 노릇이다.

나는 입술을 꾹 깨물고 내 어깨에 얹힌 토리의 손을 잡았다. 그가 이리 믿고 아끼던 토리마저 버림받았었다. 그의 신뢰는 생존에는 중요하지 않을 수도 있다.

"사실 영원히 믿지 않으셔도 저를 가지실 수는 있어요. 세상에는 그런 관계도 있어요."

그래서 나는 루페르트에게 어떤 의미로든 필요하고 싶었다. 무척이나 필요해서 버릴 수도 없이.

"나는……."

내 뒤에 오도카니 서 있는 토리를 바라보던 루페르트는 천천히 입을 열었다.

"뭘 더 가지고 싶지가 않은데."

거짓말.

나는 그가 권력을 잃지 않기 위해 어떤 무서운 짓도 서슴지 않았다는 사실을 기억했다. 지금같이 비참한 상황에 만족할 인간이 아니다.

"저는 아주 유용할 거예요."

내 다짐 비슷한 말에 루페르트의 단정한 미간에 아이답지 않은 주름이 잡힌다.

"난 이미 가진 것만으로도 벅차."

"저는 아끼지 않으셔도 괜찮아요."

"아니, 난 내 건 아껴."

그의 목소리에는 왠지 모를 단호함이 있었다. 나를 철저히 거부하는 것만 같아 반박하려 입을 여는데, 그가 조금 더 빨리 내 말을 끊어냈다.

"널 아껴줄 수도 있어."

루페르트는 상황에 맞지 않게 비스듬히 웃었다. 창문 한켠으로 새어 드는 낮달처럼 희미한 빛이 그의 단정한 이마를 비춘다. 나는 문득 그가 더는 여자아이처럼 말하고 있지 않다는 것을 깨달았다. 애써 감추는 짓도 그만둔 채, 제 본연의 목소리를 선연히 드러내고 있었다.

"그러니 증명해봐. 네게 그만한 가치가 있는지."

낡은 숲의 도깨비가 내주는 시험이다. 답은 없지만, 그 숲 한가운데에서 길을 잃은 나로서는 부득불 붙잡을 수밖에 없는.

"……님."

"…….."

"누님."

상념에 잠겨 있던 귓가로 르한의 목소리가 갑작스레 파고든다. 나는 내 코앞에 얼굴을 붙이고 걱정스러운 표정을 짓고 있는 그를 발견하고 배시시 웃었다. 계속 나를 불렀던 모양이다. 나는 손을 뻗어 르한의 머리를 천천히 쓰다듬었다.

"응?"

"무슨 일이라도 있으십니까?"

"아니, 없어."

"라페르트 황녀가 까다로운 분이라는 이야기는 들었습니다. 혹시 일이 힘드십니까?"

나는 착잡함을 숨기려 고개를 저었다. 그는 내 부정을 믿지 않는지 미간을 찌푸리며 내 옆에 털썩 앉았다.

"힘드시면 벨루아로 돌아가십시오. 어머니도 반기실 겁니다."

"안 돌아가. 절대."

"왜입니까? 저는 아직도, 누님이 왜 궁에 들어가셨는지 이해하지 못하겠습니다."

"그건……."

나는 곤란해 입을 다물어버렸다.

「증명해봐.」

루페르트의 차가운 목소리가 떠오른다. 그리 단호하게 명령해봤자, 무엇으로 그에게 내 필요성을 증명할 수 있을지 확신이 서지 않았다. 가치란 상대적인 것이다. 내 이름이나 핏줄은 하잘것없지는 않으나, 당장에 써먹을 수 있는 종류는 아니다.

나를 이용함이 벨루아를 이용하는 것이라 주장할 수도 있겠지만, 아버지는 나를 위해 벨루아까지 움직여주실 분이 아니다. 그는 그 스스로를 위해서도 벨루아를 움직이지 않았다. 그리 사사롭게 행동하셨던 분이었다면 진즉 달려가 루페르트의 정체를 떠벌리고 그를 설득했을 것이다. 그 바위 같은 강건함, 미련스러울 정도의 소신과 신념. 내가 패악을 부린다 해도 바뀔 것이 아니다.

아버지가 황후의 비천한 출신을 아신다 했다. 그 핏줄의 천함을 아셨음에도, 오롯이 혈연으로 유지되는 황실의 고귀함이 더럽혀지는 것을 방관하셨다. 그렇다고 아르눌프의 편에 서신 것도 아니다. 그는 황비의 손도 황후의 손도 잡지 않다 양쪽으로부터 의심을 샀다.

왜 황실이 이만큼이나 혼란스러운 시기에 중립 따위를 지키셨던 걸까. 가슴이 답답해서 한숨이 절로 나온다. 손에 얼굴을 묻었다.

"정말 괜찮으십니까?"

르한의 목소리가 내 저조한 기분처럼 가라앉았다. 일이 생각대로 잘 풀리지 않자 나는 버릇처럼 르한을 찾아왔다. 그는 나보다 어렸지만 언제나 어른스러웠으니까. 그에게 고민을 토로할 수 없는 상황임에도 그저 위안이 되었다.

자꾸 좋지 못한 얼굴을 하는 날 걱정하며 살피는 동생을 향해 팔을 벌렸다. 어릴 때 종종 했던 행동임에도 그는 한참이나 머뭇거리다 마지못해 내게 안겨왔다. 어이구. 조금 컸다고 이리 떨떠름한 반응이니 다 커버리면 나를 안아주지도 않을 것 같다. 괜히 속상해서 그를 조금 세게 껴안아버렸다. 밤톨 같은 머리통이 움찔하며 굳는다.

"르한."

"……예."

"내가 만약에, 아버지께 큰일이 생길 수도 있으니 두난바르드에라도 망명하시라 권유하면 들어주실까?"

"아니요."

대답은 고민도 없이 바로 나왔다. 아버지를 너무나도 잘 파악하고 있는 대답이라 나는 한숨처럼 웃음 지었다.

"그리하시지 않으면 우리가 다 죽는다 해도?"

"……황녀에게 그만큼이나 큰 실수를 하셨습니까?"

르한이 걱정스레 반문한다. 이 아이는 왜 바로 내가 실수를 했으리라 짐작하는 걸까? 나는 나를 전혀 미덥지 못해 하는 동생의 볼을 꼬집으며 툴툴댔다.

"아니. 실수 같은 건 안 했어!"

"다행입니다."

"그래도 만약, 하게 된다면 말이야. 그러면 도망가주실까?"

내 조심스러운 목소리에 르한은 잠시 말이 없었다. 고민하는 그의 얼굴이 햇볕을 받아 뿌옇게 빛나는 먼지 사이로 가라앉았다.

열세 살의 르한은 내 기대보다 더 군인 같은 모습이었다. 어리지만 절도 있는 몸가짐과 걸음걸이, 말투, 딱딱한 표정 같은 것들이 함께 뛰놀던 벨루아의 들판보다는 메마른 전쟁터를 연상시킨다. 예전과 같다면 적어도 내가 열여덟이 되기 전까지는 그가 전쟁에 차출되는 일 같은 건 일어나진 않겠지만, 어린 동생을 보며 전쟁 따위를 떠올려야 하는 게 유쾌하진 않아 입이 썼다.

"아니요."

길었던 고민 끝에 답을 내렸는지 르한은 단호하게 고개를 저었다. 그래, 아니겠지. 나는 르한의 주장에 동의했다.

"만약 누님께서 죄를 지으셨다면, 그 벌까지 같이 받으실 겁니다. 아버지는 도망칠 줄 모르는 분입니다."

그 목소리에 얼핏 자랑스러움이 섞여 있어 나는 르한이 우스웠다. 그 아버지에 그 아들이라고, 르한과 아버지는 제법 닮은 구석이 있다. 둘 다 부러질지언정 구부러지진 않을 외골수로, 제 책임을 다른 누군가에게 전가하는 법이 없다.

르한은 한창 어긋나며 반항할 적에도 혼이 날 짓을 하면 꼬박꼬박 혼이 나던 아이였다. 도망을 친 적도, 잘못을 회피하는 법도 없었다. 잘못을 추궁하면 뺀질뺀질 구는 법도 없이 인정해버리는, 묘하게 유순한 반항아. 동급생을 패고 수업은 빠져도 거짓말을 하거나 제 친구에게 잘못을 덮어씌우는 짓은 절대 하지 않는 모순된 말썽꾸러기였다.

르한은 벨루아의 기질을 진하게 타고났으니, 그 곧은 성정이 핏줄에서 나온 것이라면 아버지도 필히 그러시리라. 요령도 없이 혼자 전부 끌어안고 가시겠지. 그 빌어먹을 책임감으로. 벨루아가 어떤 이유로 루페르트의 분노를 샀든 간에 그는 피할 생각조차 하지 않으시고 모두 감내하실 것이다.

기가 막혔다. 아버지 하나에 걸린 목숨이 몇인데 그리 나오실 수가 있

나. 그 정도 신념은 외려 무책임이 아닌가, 평생 그에게 고분고분하게 살아온 나조차 반항심이 들 정도였다. 나는 괜히 울컥해 르한을 쏘아보았다.

"너도 그럴 거야?"

"예?"

"르한, 너는 만약 네 잘못으로 벨루아가 멸망한다면…… 도망가지 않을 거야? 네가 저지른 일에 책임을 지려고?"

르한은 내 질문을 이해하기 위해서인지, 아니면 내 성난 눈초리가 당황스럽기 때문인지 반듯한 이마를 일그러뜨렸다. 나는 그의 대답을 기다리다 벌러덩 누워버렸다.

사관학교의 생도는 학년별로, 또 맡은 직급에 따라 계급이 나뉘어져 쓸 수 있는 편의시설이 정해져 있다. 르한은 아직 저학년이었으니 독방도 쓰지 못한다. 또한 기숙사는 가족을 포함해 외부인들에게 금지된 곳이다. 그러나 그런 곳에 지금 나는 들어와 르한의 침대에 누워 있다.

이곳에선 건조한 나무 냄새가 났다. 르한과 아주 잘 어울리는 내음이지만, 나는 역시 그가 검보다는 서류와 잘 어울린다고 생각했다. 르한은 검을 잘 다룬다고 칭찬받으며 살아온 영재였으나, 본성은 다정한 아이였다. 죽인 사람의 수를 공으로 치하받는 군인이 되리라고는 생각도 해본 적 없다.

그러나 르한은 부모님한테도 비밀로 하고 사관학교 입학시험을 보더니 별다른 언급도 없이 수도로 떠나버렸다. 그가 내가 황궁으로 간 이유를 모르듯, 나도 그가 사관학교에 입학한 이유를 모른다. 어쩌면 우리의 우애 좋은 유년기는 빛 좋은 개살구였는지도. 결국 나는 그가 아버지께 반기까지 들어가며 엇나가던 이유조차 알아내지 못했으니까.

돌이킬 수 있는 기회가 주어졌으니 무심함을 반복하고 싶지는 않지만, 루페르트의 매서운 힐난에 난 잔뜩 의기소침해져 있다. 필요성을 증명하라니, 가치가 없으면 죽이겠다는 소리나 매한가지 아닌가.

내가 어깨를 축 늘어뜨리자 그걸 제 대답이 늦어서라 해석했는지 르한이 허둥지둥 입을 뗐다.

"예. 그럴 것 같습니다."

"네가 도망가지 않으면 다 죽는데? 막 네 부인도 죽고 네 자식도 죽고 아무튼 그냥 다 죽어."

"……왜 질문을 더 어렵게 만드십니까?"

동생은 원망스럽다는 듯 작게 앓는 소리를 냈다. 나는 까르르 웃으며 베개에 얼굴을 묻었다. 분명 베개는 하얀색인데, 꾹 파고드니 까맣게 점멸한다. 컴컴한 파도에 휩쓸려 눈까지 감으니 아무것도 보이지 않았다.

나는 르한이 하고 있을 곤란한 표정을 상상했다. 찌푸린 눈가, 습관처럼 한 손으로 가리고 있을지도 모른다. 감은 눈으로 르한의 얼굴을 상상하는 것은 내게는 아주 익숙한 일이다. 르한과 아버지가 끌려가고 나는 동생이 어릴 적 쓰던 방에 들어가 그의 얼굴을 떠올리곤 했으니까. 자꾸 가물가물해져가는 기억력을 원망하면서.

아, 암울한 기억이다.

나는 서둘러 눈을 뜨고 내 앞에 실제로 존재하는 르한을 확인했다. 반듯하게 떨어지는 콧날, 입학식 때보다 조금 더 자란 얼굴. 누구 동생인지 참 잘생겼다. 흐뭇해서 입이 절로 호선을 그린다.

"누님도 포함됩니까?"

"응."

"그럼 도망가겠습니다."

르한의 대답은 항상 기묘할 정도로 망설임이 없다. 이런 상황을 미리 상상해본 것도 아닐 텐데. 고민은 하면서도 애매모호한 답을 하는 적은 없다. 나는 나 때문에라도 도망가겠다는 르한을 돌아보며 작게 웃었다.

"너는 아버지보다 낫구나."

우리 아버지는 그러시지 않았는데. 벨루아의 책임을 마땅히 지라 말하셨다. 하지만 난 그 책임이란 게 정확히 무엇인지 이해하지 못했고, 지금도 못하겠다.

나는 내 나름대로 최선을 다해 귀족으로 태어난 의무를 지키며 살아왔다. 영지민을 못살게 굴지도 않았고, 외려 알뜰히 살피려 노력했었다. 특출한 능력이 없어 벨루아에 큰 영예를 가져다주지는 못했지만, 그건 그저 타고난 능력이 부족한 탓이니 내 잘못은 아니다.

애초에 권력이란 권력, 감투란 감투는 모조리 아버지에서 아들에게 양위되는 제국에서 여자로 태어난 내가 할 수 있는 일이란 많지 않다. 벨네르니에서 여성이 권력을 쥘 수 있는 방법은 단 하나뿐. 권력자를 등에 업는 것.

하나 아버지가 내가 베갯머리송사 따위를 하는 권력자의 애첩이 되기를 바라시진 않았으리라. 그러니 나는 적어도 아버지 앞에서만은 떳떳했다. 나는 그가 바라는 대로 살아왔다. 과거의 나를 후회하지 않는다.

나는 벨루아와 황실의 관계를 몰랐고, 내 무지는 당시의 내가 어찌할 수 있던 것이 아니었다. 아버지를 무조건 믿었던 것이 유일한 실수이자 흠이자 후회의 씨앗이지만, 아버지가 나를 지켜주시리라 믿지 않는다면 누굴 믿는단 말인가.

부인도, 자식도, 아버지만 믿고 살던 식솔과 방계의 친척들까지 모조리 버리시며 지키셨을 만큼 신념이 중했나? 그래서 결국 지키셨나? 아버지의 의중을 모르니 그가 바라던 것을 이루었는지는 아닌지는 알 수 없다.

벨루아는 아주 옛날부터 중립을 지키며 황실의 존속 자체를 보호하던 가문이다. 황좌의 주인이 누가 되었든 벨네르니 황가의 핏줄만 이어갈 수 있다면 상관하지 않는.

그러니 루페르트가 내게 바라는 증명이 그런 종류는 아닐 터다. 그랬다면 벨루아의 중립된 이념을 목숨처럼 지키셨을 아버지를 그가 해쳤을 리 없다.

루페르트는 내가 아버지의 이름과 벨루아를 그에게 유리한 쪽으로 써주기를 바라겠지. 그러나 벨루아는 내가 지금 당장 쥐고 흔들 수 있는 힘이 아니다. 내 앞에 닥친 과제가 버거워 숨이 막혔다.

나는 베개 앞에 놓인 르한의 손에 이마를 꾹 박았다. 훈련으로 까칠해진 손등이 움찔했지만, 르한은 내 얼굴을 매정하게 치워내지 않았다. 그는 몸을 수그려 내 옆얼굴을 살폈다.

"고민이 있으시면 말씀해주십시오."

"네게 말한다고 해결되는 게 아닌걸."

"제가 어려 도움이 되지 않는 겁니까?"

"어리긴 나도 어리잖아. 그런 게 아니야."

나는 고개를 비틀어 르한을 올려다보았다. 딱딱하게 굳은 어린 얼굴이 귀엽다. 문득 내 동생이 얼마나 귀여운 아이였는지 추억을 되짚다가 씨익 웃었다.

"우리가 같이 가서 아버지한테 애교라도 부릴까?"

"……예?"

"그러면 내 부탁을 들어주실지도 몰라. 따라 해봐. 아버지이."

"……."

무뚝뚝하기로는 옛날부터 전쟁터 삭막한 군인 저리 가라였던 르한이 내 비음 섞인 아양을 따라 해줄 리 만무했다. 그는 더 딱딱해진 얼굴로 내가 얼굴을 비비던 손을 빼버리더니 휙 물러났다. 아예 일어나 책상으로 가버린다.

나는 더 크게 콧소리를 냈다.

"해보라니까? 아버지이잉. 르으하안."

"싫습니다."

르한의 짧은 이름을 쓸데없이 늘이며 졸랐지만, 르한은 하늘이 두 쪽이 나도 못 한다며 매몰차게 거절했다. 나는 르한의 옹고집에 콧잔등을 찌푸리며 자리에서 일어났다.

"아버지가 좋아하실 거야."

"누님이 하니까 좋아하시는 겁니다. 제가 하면 맞습니다."

아버지가 르한을 때리며 키우신 적은 없는 것 같은데. 나는 아버지가 르한을 혼내시던 모습을 떠올리기 위해 기억을 더듬다가 배를 쓰다듬었다.

수업 끝나고 바로 붙잡은 덕에 르한은 아직까지 제복 차림이다. 누가 봐도 생도였다. 그러고 보니 사관학교 근처 음식점들은 생도 할인을 해준다고 하던데.

"르한, 배 안 고파?"

"아까 저녁 드시지 않았습니까."

사관학교 학식을 맛본다고 배가 고프지 않다는 르한을 억지로 끌고 가 두툼한 스테이크를 저녁으로 먹은 것은 사실이다. 나는 민망해져 입술을 삐죽였다.

"아니, 누가 배고프대?"

"밖에 나갈까요?"

"배 안 고파, 나는. 하나도 안 고파."

"학교 앞에 늦게까지 여는 밀국수집이 있습니다."

밀국수. 쌀쌀한 겨울날씨에 매우 잘 어울리는 음식이다. 짭조름한 해물국물을 생각하니 벌써부터 입안에 군침이 돌았다. 디저트나 단 음식들을 꺼리게 된 대신 고기나 구수한 음식들은 훨씬 더 좋아져버렸다. 둘 다 살찌는 종류라 망설여졌다. 이러다 열다섯이 되어도 살이 빠지지 않으면 어떡하지?

"배고파?"

내가 르한에게 되물으며 침이 흐르는 입가를 재빠르게 닦자 그가 웃음기 어린 눈으로 나를 내려다보았다. 내가 기분 상할까 저어되어 참는 것 같았지만, 나는 르한의 입가가 파르르 떨리는 것을 보았다. 그는 참지 못하고 비식대더니 제 이마를 손으로 짚었다.

"예."

"그럼 밥을 먹으러 가야지! 내가 누나인데 널 굶길 수는 없잖아."

르한은 아직 성장기의 소년이니 시도 때도 없이 배가 고플 것이다. 나는 순전히 내 동생을 위해 다리를 움직였다.

붉은 수도, 상파뉴의 겨울은 메마른 석암 냄새가 가득했다. 벨네르니는 풀 한 포기 나지 않는 황무지를 개척자의 술법으로 개간해 세운 나라였다. 해서 물을 제대로 먹지 못한 나무들은 대체로 가늘었고, 빛만 담뿍 받은 잎사귀는 누랬다.

보기에는 튼튼해 보이는 바위들도 두드려보면 속이 텅 비어 있다. 그런 바위를 쪼개 만들었는지 툭 건드리면 바스라질 것처럼 건조한 구멍이 숭숭 뚫린 붉은 돌담길을 따라 몇 블록을 걷자 르한이 말했던 밀국수집이 나타났다.

불이 꺼진 거리에서 홀로 온화한 조명빛을 흘리는 가게는 5번가의 식당과는 비교할 수 없을 정도로 낡고 초라했다. 신분의 고저 없이 학년에 따라 서열이 매겨지고 어울리는 사관학교 생도들이 자주 찾는 맛집이란 수식어와는 어울렸지만, 보수적인 벨루아에서 나고 자란 르한과는 어울리지 않아 나는 의아해져 그를 돌아보았다.

아버지는 검소하시지만 격식 없는 분이 아니다. 그런 그를 닮아 르한은 나보다도 예의를 차리고 귀족적이었다. 내 눈초리에 그가 머쓱한 표정으로 자신의 코를 긁적였다.

"역시 별로십니까?"

"어? 아니야, 식당이 싫지는 않아. 나는 좋아. 그냥 네가 이런 곳을 찾는 게 의외라서."

"자주 찾지는 않지만, 겨울과 어울리는 가게입니다."

르한은 낮은 목소리로 대답하며 익숙한 듯 가게 문을 열어주었다. 저녁때가 지난 시간대인데도 손님이 아예 없지는 않은 걸 보니 정말로 인기 좋은 가게인가 보다. 문을 열자마자 훈훈한 공기가 몸을 감싸며 꽁꽁 얼어 있던 손을 사르르 녹였다.

안내인이 없는지라 르한과 나는 알아서 빈자리를 찾아 앉았다. 우리가 자리에 앉자마자 카운터에서 계산을 하던 남자아이 한 명이 달리듯 나와 르한을 반겼다.

"디트리히 생도! 오랜만이야."

그러나 함박웃음을 짓는 소년과 대조될 정도로 르한의 반응은 딱딱했다. 그는 그의 인사를 받아주지도 않은 채 메뉴판을 손으로 짚어 주문했다.

"해물, 고기. 따뜻하게."

"인사 받아주면 죽는 병에라도 걸리셨나? 우리 디트리히 생도님, 아니, 르한은?"

"이름으로 불러도 좋다 허락한 적 없다."

"예에, 어련하시겠어."

르한의 매몰찬 말에 급사 아이는 입을 삐죽이며 어깨를 으쓱했다. 이런 구박을 면전에서 받으면 기가 죽을 만도 한데, 그는 아무렇지 않은 표정으로 주문을 받아 적었다. 곧 소년은 오도카니 앉아 저와 르한을 지켜보는 나를 발견하고 동그랗게 입을 벌렸다.

"어어, 여자 바꿨네?"

"헛소리."

"저번에는 여리여리하고 좀 걸레 잘못 빤 것처럼 흐리멍덩한 파란색 머리 아가씨랑 같이 왔잖아."

나는 르한이 가게에 같이 온 여자가 누구인지 단번에 알아차렸다. 물빛은 흔한 머리색이 아니고, 르한이 수도에서 만날 만한 여자라면 리체밖에 없다.

"주문이나 넣어."

르한이 바람둥이라며 내 앞에서 촐싹거리는 소년의 정강이를 걷어차곤 인상을 찌푸리며 그를 물렸다. 급사의 삐죽삐죽한 뒷머리가 멀어지자 나는 조심스레 말문을 열었다.

"리체랑 만나?"

의도한 바는 아니었는데, 꼭 질투 많은 시누이의 추궁처럼 들렸다. 나는 최대한 다정한 목소리를 내기 위해 목을 큼큼 가다듬었다. 리체와 내가 소원해졌다고 르한이 덩달아 리체와 연을 끊을 필요는 없다. 아니, 르한은 내가 아직까지 그녀와 친한 줄로 알고 있을지도 모른다.

"리체가 말하지 않았습니까?"

"리체랑 안 만난 지 꽤 되었거든."

"시녀 일이 그 정도로 바쁜 줄은 몰랐습니다."

그는 리체가 나를 더 만나주지 않는 것도 모르는 듯했다. 나는 조금 얼떨떨한 기분이 되어 식탁에 놓인 젓가락을 만지작거렸다.

"자주 만나? 리체랑?"

"각하께서 사관학교에 관심이 많으시답니다. 조사차 자주 오는 것 같습니다."

"그으래?"

일부러 말꼬리를 늘리는 나를 르한이 영문을 모르겠다는 눈으로 본다. 하지만 정말로 영문을 모르겠는 건 나다. 나는 리체가 사관학교에 다니는 르한을 이토록 밥 먹듯 찾았을 줄은 꿈에도 몰랐다. 그녀는 내 친구였지, 르한의 친구였던 적은 없다. 적어도 내가 알기로는 그랬다. 면식이 있는 사이 정도로만 알고 있었는데 몰래 친분을 쌓고 있었을 줄이야.

내가 리체와 르한이 친해지는 것을 꺼릴 이유가 없는데 왜 숨겼을까. 나는 그녀의 얼음처럼 차가웠던 표정과 그 냉랭함을 감추려 어설프게 지어내던 미소를 떠올렸다. 그녀는 내게 무엇인가 묻고 싶어 했다. 르한과 관련된 무언가를. 리체는 그 질문이 나와 관련이 없다고 했지만, 나는 그의 하나뿐인 누이이기에 그의 일에서 나를 완전히 배제할 수는 없을 것이다.

내가 그녀가 하다 만 질문의 뒤를 고민하는 동안 르한에게 친근하게 굴던 급사 소년이 김이 모락모락 나는 밀국수 두 그릇을 가져다주었다. 우묵하게 파인 그릇에 동그랗게 말린 국수가 허연 고깃국에 폭 잠겨 있는 모습이 제법 먹음직스러웠다. 국수에 올려진 고기의 양이 제법 되어 고소한 냄새가 풍긴다. 급사 소년은 조금 으스대는 얼굴로 내게 한쪽 눈을 찡긋했다.

"아가씨가 귀여워서 고기 좀 더 넣었어."

"아, 고마워요."

그는 내 인사를 듣지도 못하고 르한에게 목덜미를 잡혀 끌려났다. 소년은 이에 굴하지 않고 다시 다른 쪽 눈을 깜박였다.

"디트리히는 바람둥이야, 아가씨! 남자는 자고로 나같이……."

"한 대 맞아야 갈 건가?"

르한이 낮게 윽박지르자 소년은 그제야 무너졌던 몸을 일으켜 줄행랑을 놓았다. 나는 그의 허둥대는 뒷모습이 귀여워서 헤실 웃었다. 절대 칭찬에 넘어간 것이 아니다.

"귀엽다. 쟤 이름이 뭐야?"

"……저게 귀여우십니까?"

"응. 순박해 보여."

"사관학교에 한 학기도 다니지 못한 채 퇴학당한 인간입니다. 관심 두지 마십시오."

"친구를 그렇게 말하면 못써."

"안 친합니다, 절대."

르한은 질색이라는 듯 미간을 찌푸리더니 젓가락을 들어 면발을 국물에 풀어냈다. 나도 그를 따라 나무젓가락을 들었지만, 도통 사용법을 모르겠다. 젓가락은 대륙의 서쪽 끝에 붙어 있다는 안의 발명품으로 벨네르니에서는 서민들만 쓰는 물건이다. 당연히 크리시 부인은 내게 젓가락 사용법 따위는 가르치지 않았다.

내가 머뭇거리며 르한이 젓가락 쥐는 모습을 힐끗거리자 그가 비식 웃으며 잘 섞인 제 국수를 내게 내밀었다.

"드십시오."

"내, 내가 섞으려고 했어. 지금!"

"압니다."

안다니 다행이다. 나는 국물과 섞이는 대신 덩어리가 되어버린 내 국수와 르한의 국수를 양심 없이 맞바꿨다.

"리체랑 만나면 무슨 얘기 해?"

"딱히, 특별한 대화를 나눠본 적은 없습니다."

"내 얘기는 안 해?"

"안부를 묻기는 했습니다."

"아니, 그런 거 말고. 혹시 리체가 나는 모르는 너의 비밀이라도 알고 있는 거야?"

"무슨 말씀이십니까?"

이런. 정말 아무것도 모르나 보다. 리체를 만나야겠다. 더는 불가피하다. 르한은 자꾸 저와 리체에 대해 캐묻는 게 의아하단 듯 고개를 들다가, 그가 잘 섞어준 국수도 떠먹지 못하는 모자란 누이를 조금 안타깝게 바라보았다.

"……포크를 달라고 할까요?"

"아니! 먹을 수 있어!"

생긴 건 가느다란 막대기로 참 간단하게 생겼는데, 사용하기가 왜 이리 어려운지 모르겠다. 나는 자꾸만 손에서 빠져나가는 젓가락을 노려보다 그릇 안에 넣어 돌돌 돌렸다. 그제야 국수가 흡족하게 젓가락에 말린다. 올바른 사용법은 아닌 것 같지만, 모로 가도 상파뉴로만 가면 된다는 옛말도 있지 않은가.

"봐, 이러면 되지?"

그런데 먹을 때마다 젓가락에 감아 먹으려니 쉽게 쑥쑥 떠먹는 르한과 비교해 현저히 느린 속도로 식사를 할 수밖에 없었다. 벌써 국수를 다 떠먹고 국물만 남은 르한은 멀뚱히 앉아 내가 힘겹게 밀국수를 말아 먹는 모습을 지켜보았다.

오늘은 몇 시까지 들어가야 한다는 말이 없어 나는 서두르진 않았다. 그를 신경 쓰지 않고 국수를 먹는 데 집중하는데 앞에서 바람 빠지듯 웃는 소리가 들려왔다. 고개를 비스듬히 수그린 르한의 콧등이 움찔한다. 나는 조금 기분이 상해서 젓가락을 내려놓았다.

"왜 웃어!"

"아니, 너무 열심히 드셔서."

"그럼 열심히 먹지 대충 먹니?"

"입맛에 맞으셔서 다행입니다."

르한은 아직 웃음기가 남은 입매를 숨기지 않고 젓가락을 들어 내 그릇 쪽으로 뻗었다. 이게 자기 것은 다 먹어놓고 내 국수를 탐내나 싶어 인상을 찌푸리는데, 그는 내 못된 예상과 달리 남은 국수를 몇 가닥 집어 내 입에 넣어주었다.

편하기는 한데, 왠지 모르게 익숙한 풍경이었다. 르한의 표정이 너구리에게 먹이를 주던 토리의 것과 매우 흡사했다. 나는 나를 동물 취급하는 동생이 괘씸해서 남은 국수를 단번에 젓가락에 감았다.

"너무 많지 않습니까?"

"나 입 되게 커."

같잖은 특징을 자랑인 양 말하며 나는 젓가락에 말린 국수덩어리를 한입에 넣었다. 르한이 그릇까지 들고 국물을 들이켜는 나를 떨떠름하게 내려다본다.

"그런 식으로 식사를 하시면 크리시 부인께 혼나실 겁니다."

"그녀 앞에서는 이렇게 안 먹으면 되지?"

나는 호기롭게 말하며 탕! 빈 그릇을 탁자에 내려놓았다. 시키지도 않았는데 르한이 계산했다. 동생의 코 묻은 돈을 쓰게 만들고 싶지는 않았지만, 값이 저렴해 나는 군소리 없이 넘어갔다.

따뜻한 국수를 먹어 배도 부르겠다, 기분 좋게 황궁에 돌아가려는데 캄캄한 어둠이 내려앉은 거리 속에 유난히 화사한 금발이 시야에 걸렸다.

금발은 특이한 게 아니지만, 그처럼 찬란한 빛깔은 확실히 드물다. 나는 나도 모르게 르한을 놓고 골목을 내달렸다. 내 눈이 잘못된 것은 아니었는지, 금발의 주인은 내가 익히 잘 알고 있는 소년이었다.

소년, 이었다. 루페르트가 소년의 모습으로 험악한 인상의 남자를 마주하고 있었다. 나는 루페르트를 발견했지만, 루페르트는 나를 발견하지 못했다. 나는 아주 잠깐 그가 나를 보았다 착각했는데, 덩치가 산만해 마치 커다란 바위처럼 보이는 남자의 너머에서 그가 언짢은 얼굴을 했기 때문이다.

루페르트는 그 짧았던 표정의 변화가 무색할 정도로 금세 무감한 얼굴로 돌아왔다. 과거에 마주했던 황태자 시절의 그를 차치하자면, 나는 처음으로 보는 그의 소년다운 모습에 잠시 숨을 참았다. 나를 인지하지 못한 상태의 그를 보다 그의 새로운 일면을 깨달았다.

새로운 것인지, 그 본연의 모습인지는 확실하지 않았지만 내가 익히 알고 있던 라페르트 황녀와는 아주 달랐다. 루페르트는 더는 화려하지 않았고, 대신 몹시 피로해 보였다.

그는 여전히 아름답다고 할 수 있을 정도로 뚜렷하고 잘생긴 이목구비를 가지고 있었지만, 그 모든 화려함이 그가 걸치고 있는 낡은 갈색 로브에 가려질 정도로 지쳐 보였다. 사람이 과로로 죽을 수 있다면 꼭 저런 얼굴일 것 같다. 피로에 눌리고 짓밟혀 닳은 조각처럼 낡은.

나는 아직 어린아이에 불과한 루페르트가 저런 얼굴을 하고 있다는 사실에 놀랐다. 그린 것처럼 아름답고 우아한 라페르트 황녀와 동떨어진 모습이라 그 누구도 지금의 그를 알아보지 못할 것이다. 나였기에 발견할 수 있었던 거지.

나는 거의 무의식적으로 그를 인지했다. 지금 나만큼 어린 루페르트를 의식하고 있는 사람은 드물 터. 나는 잠들 때와 일어날 때, 사고하고 행동하는 모든 때에 그를 의식했다. 그가 어떻게 생각할지, 어떤 계획을 세우고 있으며 다음에 어떤 행동을 취할지가 모두 벨루아의 앞날에 있어 아주 중요했으니까.

하지만 나는 루페르트가 저런 모습으로 뒷골목을 헤맨다는 사실조차 몰랐다. 그걸 깨닫자 깊은 자책감이 밀려들었다. 나는 내가 기껏 쥔 기회를 이 정도로 활용 못 해왔다. 매일 과거만 되돌아 회상하고, 루페르트가 무서워 대항하지도 못하면서 그가 너무나 미워서 제대로 매달리지도 못하고 있었다.

나는 홀린 듯 그쪽으로 한 걸음 내디뎠다.

"누님."

조종이라도 당한 것처럼 절로 움직이는 날 잡은 것은 르한이다. 그는 내 얼굴에 떠오른 당황을 읽었다.

"뭘 보신 겁니까?"

르한의 고개가 자연스레 꺾이며 내 시선을 따라 움직인다. 나는 재빨리 몸을 움직여 르한과 루페르트 사이를 가로막았다.

"아무것도 아니야. 아는 사람인 줄 알았는데 아니네."

나는 르한의 어깨를 붙잡아 빙그르 그를 돌렸다. 해가 저물자 입에서 나오는 공기가 허옇게 얼어붙었다. 하얀 입김 사이로 르한의 굳은 얼굴이 눈에 들어왔다. 나는 계속 동생을 밀며 발을 움직였지만, 르한은 제자리에서 꼼짝도 않았다.

그가 사관학교에 공연히 들어간 것은 아닌가 보다. 열세 살 난 소년의 힘도 이기지 못하다니 내 힘도 참 볼품없다. 아무것도 아닌, 조금만 생각해보면 아주 당연한 사실이었건만 나는 르한의 작은 반항에도 무기력해졌다. 힘이 빠지며 손이 흘러내리자 르한은 내 손을 붙잡아 다시 쥐었다.

"누구입니까?"

"응?"

르한의 물음에 나는 그의 주의를 돌리느라 신경 쓰지 않았던 루페르트 쪽으로 다시 고개를 돌렸다. 그는 옆에 험상궂은 남자를 단 채 아주 천천히 발을 옮기고 있었다.

"저 사람. 누구입니까?"

나는 다시 고개를 돌려 르한을 마주했다. 동생이 호기심으로 눈을 반짝였지만, 나는 무시했다. 루페르트를 따라가야 한다. 나는 기이한 강박 같은 것에 사로잡혀 르한이 붙잡은 손을 뿌리쳤다.

"나 일이 생겼어. 먼저 가볼게."

르한은 다행히 나를 따라오지 않았다. 나는 거의 달리다시피 해 루페르트를 따라잡았다. 내가 그를 붙잡기 전에 덩치가 큰 남자가 나를 붙잡았기 때문에 붙잡힌 것이나 마찬가지였지만.

"전, 전하."

골목의 다른 끝을 바라보던 루페르트는 서서히 시선을 내게로 향했다. 그는 나를 알아보고 눈에 띌 정도로 미간을 찌푸렸다.

"여기서 뭐 하고 있는 거지?"

그건 외려 내가 묻고 싶은 말이었다. 하지만 나는 순순히 대답했다.

"동생을 만나러 나왔어요."

"허구한 날 동생, 동생. 아주 가족에 목을 매는군."

"소중하니까요."

"소중해? 가족이?"

루페르트는 내 말이 세상에서 가장 이해하기 어려운 난제라도 된다는 듯 이상한 목소리를 냈다.

"전하는 전하 것이니 소중하고 아끼신다고 하셨잖아요. 저는 제 가족을 사랑하기 때문에 그들이 소중해요."

"일단, 걔 내려놔."

루페르트는 내 말에 대꾸하는 대신 남자에게 명령했다. 평소처럼 높게 꾸미지 않는 날것의 목소리는 거친 마찰음 같았다. 사내는 나를 던지듯 내려놓았다. 나는 루페르트에게 다가가 이제 나보다 시야가 높은 그를 마주했다.

그가 남자인 것을 아는 것과 실제로 남자의 모습을 하고 있는 것을 보는 것은 아주 달랐다. 사실 루페르트는 붉은 궁에서의 모습과 아주 많이 다르진 않았다. 그러나 또래 노동자 아이들이 입는 조야한 옷을 입고, 비단처럼 흘러내리는 결 좋은 금발을 높게 묶은 것만으로도 그는 충분히 소년으로 보였다. 원래 그랬던 것처럼. 원래, 그래야 했던 것처럼.

"어디 가세요?"

"왜? 말해주면 따라오게?"

"전하가 원하신다면 못 따라갈 곳이 없어요."

"난 네게 아무것도 원하지 않을 거다, 멍청아."

그는 나를 구박하는 도중에도 연신 골목의 양쪽 끝을 살폈다. 그 몸짓이 초조해 보여 나는 덩달아 몸을 움츠렸다.

"막스, 파스벤더는 언제 오나?"

"곧 옵니다."

"상단은 다 정리했나? 반대세력이 있다고 들었는데."

"고르텐을 위시한 무리이지만, 이름을 빌려서 쓰고 있을 뿐입니다. 걸림돌이 될 만한 힘은 없습니다."

막스라고 불린 사내는 험상궂은 용병 같은 외양과는 달리 점잖은 말투를 구사했다. 하나 어설픈 티가 났다. 나는 파스벤더라는 익숙한 이름에 눈을 홉떴다가 재빨리 내리깔았다. 파스벤더. 토리의 성이다.

"걸림돌이 되지 못해도 치워. 파스벤더는 명실공히 벨네르니에서 가장 힘 있고 덩치 큰 상단이 되어야 한다. 알아들어?"

루페르트는 잘생긴 미간을 신경질적으로 구기며 입술을 짓씹었다. 사내는 순종적으로 고개를 끄덕일 뿐이다.

"아, 고르텐. 네게도 익숙한 이름이겠군."

그는 걸음을 옮기며 나를 돌아보았다. 구태여 거짓말을 할 일도 아니었고 그는 이미 벨루아와 고르텐의 친분을 알고 있었기에 나는 순순히 인정했다.

"예. 각하와 아버지는 오랜 친분을 가지고 계세요."

"내가 원한다면 모든 것을 하겠다고 했나?"

그는 방금 전, 내게 무언가를 원하는 일이 없을 것이라는 말을 무색하게 만들며 비웃듯이 입꼬리를 올렸다.

"내게 너를 준다고 했었지? 온전한 내 것이 되겠다고, 스스로."

228

"그랬어요. 앞으로도 그럴 거예요."

"고르텐이 뒤를 봐주고 있는 상회에 대해 알아 와. 그 자식이 상회까지 만들며 준비하고 있는 것이 뭔지."

"어, 어떻게요?"

내 당황 어린 목소리에 루페르트는 얄궂은 미소를 거두지 않았다. 어느새 골목 끝에 다다른 그는 손가락 끝으로 붉은 담벼락을 두어 번 두드렸다. 무성의한 손짓으로 툭툭거렸을 뿐인데 순식간에 담벼락이 울룩불룩해지며 작은 문을 토해냈다.

막스라는 남자는 들어가지도 못할 만큼 작은 문 앞에 그려진 진을 발견하고서, 나는 기함에 가까운 탄성을 지르며 뒷걸음질 쳤다.

"술진! 전하, 연금술은 금지된 행위예요! 저주를 받으실지도 몰라요!"

각종 요술과 도술, 마법과 술법에 밀려 잊혀진 연금술은 쓰이지 않은 지가 몇백 년은 되었을 오랜 금기였다. 최근 발달하기 시작한 화학의 시초였지만, 순수한 과학이나 술법과 달리 악마의 힘을 빌린다고 알려져 연금술사들은 마탑 슐라비의 마법사나 술자는 물론 사람들의 지탄을 받았다.

오만한 연금술사들은 죽음을 이기려고 들었으며, 사람을 짐승처럼 다루려고 들었다.

'크루나루카'라는, 속되겐 검은 손이라고 불린 집단. 스스로 사고하지도 못하고 오롯이 황가를 향한 외경만 지닌, 황실의 노예였다. 연금술의 힘으로 그러한 거짓 종속을 만들어낸 황제 그리모알트 3세는 죽음 뒤에도 천국이나 지옥에 가지 못하고 구천을 떠돈다고 했다.

나는 괴담 따위를 믿지는 않지만, 더는 필요하지도 않은 금기를 굳이 행할 이유가 없다고 생각했다.

루페르트는 놀란 나를 비웃었다.

"넌 저주를 믿나?"

"아니요."

"난 믿어. 그리고 이미 받았지. 그렇다면 조심할 필요가 없지 않겠어?"

끼익.

그는 거침없이 문을 열었다. 문을 비껴간 그림자가 넘실거리며 그를 삼킬 것 같았다. 나는 그가 깊게 저주받기를 바라며 그가 열어준 문에 다가갔다.

"각하께 저를 보내실 건가요?"

"아니."

"그렇다면 제가 스스로 가면 되나요?"

"아니."

루페르트는 맞지 않는 옷을 입는 것처럼 문에 꽉 끼는 막스를 구겨넣은 후 내 손목을 살짝 잡고서 약하게 잡아챘다.

"따라와."

문은 잘 다듬어진 길로 우리를 안내했다. 지나가는 이가 길을 잃지 않도록 흐릿하게 빛나는 기름 램프까지 달려 있다. 깜빡깜빡. 내게 손짓하듯 빛나는 불빛과 루페르트를 따라 난 어두운 길목에 발을 들였다.

옆으로 비켜선 막스가 문을 닫자 그는 순식간에 돌변해 나를 벽으로 밀쳤다. 온유하게 노란 빛이 흐르고 있긴 했지만, 전체적으로 어둑한 통로에서 그의 팔 사이에 갇힌 나는 공포로 입술을 깨물었다. 루페르트는 어렸지만, 나도 어려진 것은 마찬가지다.

그가 질끈 동여맨 머리카락이 쏠린 어깨를 타고 넘어와 내 팔뚝에 닿았다. 나는 내 두려움을 숨기기 위해 미소 지었다.

"왜요, 전하?"

"넌 왜 나를 보고 놀라질 않지?"

"놀라야 하나요?"

내 무딘 반응에 루페르트가 눈을 가늘게 뜨며 고개를 서서히 내렸다. 가까워진 거리는 내가 그의 속눈썹의 개수를 셀 수 있을 정도였다. 깨끗한 피부, 잘 다듬어진 잘생긴 눈썹은 분명 그가 잘 관리되었다는 것을 의미했는데, 루페르트는 기이할 정도로 지쳐 보였다. 굳이 구별해내자면 정신이.

"내가 남자라는 것을, 너 말고 또 누가 아나? 네 동생?"

"아무도 몰라요, 전하."

"또 네 감이라 핑계 댈 건가?"

"핑계가 아니에요. 마법, 저주, 과학, 연금술, 총과 지팡이가 공존하는 시대에 인간의 감은 믿지 않으실 건가요?"

이내 루페르트와 나는 서로의 콧등이 닿을 정도로 가까워졌다. 그는 내 마음이라도 읽으려는 것처럼 눈을 찌푸렸다가, 곧 못 볼 것을 보았다는 듯 멀어졌다.

"난 인간의 그 무엇도 믿지 않아."

"믿지 마세요. 제가 대신 믿을 테니까."

"입 다물고 따라와. 방해가 되면 버릴 거야."

그가 나를 버리겠다는 건, 그가 나를 소유했다는 뜻과 마찬가지였다. 나는 빙그레 웃으며 앞서는 그를 따랐다.

사람들이 제법 드나드는지 길이 잘 든 동굴 같은 길은 꽤 길게 이어졌다. 누가, 언제, 무슨 의도로 이런 비밀스러운 통로를 만들었는지 궁금해 두리번거리자 루페르트가 나를 한심해하는 듯 돌아보았다.

"코민테르닌."

"예?"

"코민테르닌 안이라고, 우리."

코민테르닌은 먼 옛날에는 붉은 궁과 왕도를 가르는 성벽이었지만,

이제는 확장되어 상파뉴를 네 개의 큰 구획으로 나누는 높게 솟은 돌담을 가리킨다. 우리가 걷고 있는 통로가 코민테르닌 안이라면 이해가 된다. 경비병이 순찰을 할 때 이용해야 할 테니까.

하나 루페르트가 어떻게 이 미로를 알고 있는 것일까. 구조를 보아하니 계급이 낮은 군인은 알지도 못할 것이다.

"이 길을 잘 아시나요?"

"당연하지."

"어째서 당연해요?"

"내가 만들었거든."

어마어마한 소리를 아무렇지 않게 내뱉은 루페르트는 걸음을 멈추고 벽에 등을 댔다.

"이리 와."

"전하가 이 통로를 만드셨다고요? 연금술로?"

"젠장, 두 번 말하게 하지 마."

그런 신경질적인 대답보다는 짧은 긍정이 더 편할 것 같지만, 루페르트는 구태여 긴말로 나를 구박했다.

내가 축축한 모래 냄새가 나는 물기 젖은 벽에 조심스레 손을 얹자 그는 순식간에 다른 길에 들어섰다. 그는 불이 꺼져 있는 램프를 발견하면 신경질적인 손짓으로 불을 밝혔는데, 손에 불을 붙일 수 있는 불쏘시개 따위를 들고 있지 않았으니 연금술이 분명했다.

나는 연금술사를 실제로 본 것이 내 모든 인생을 통틀어, 과거로 돌아오기 전까지도 합해서도 처음이었기에 계속 그를 훔쳐보았다.

머리카락을 질끈 묶은 덕에 평소보다 뚜렷해 보이는 짙은 선은 내가 기억하는 황제의 모습과 점점 더 흡사해지고 있었다. 곧 가까운 미래에 황제가 될, 과거에 분명 황제로 존재했던 루페르트가 연금술사라는 사실을 내게 드러낸 이유를 곰곰이 생각해보다 나는 그가 나라는 귀찮음을 어느 정도 수용했구나 깨달았다.

연금술사는 마법에 제법 개방적인 수도에서조차 환영받지 못했다. 그들은 제 수명을 깎아 쓰는 술자의 고귀함도 가지지 못했고, 마법의 힘을 빌리지 않고 오롯이 지식의 힘으로 마법보다 더 마법 같은 기술을 개발해 대중에게 전파하는 과학자나 발명가의 영특함도 없었다.

술자의 재능을 타고나지도 못한 자들이 어찌 그들의 능력을 훔쳐낼 수 있었는가에 대해서는 아직까지도 밝혀지지 않고 있었다. 해서 딱히 그들에게 반감을 가질 이유가 없는 나조차도 연금술은 조금 비겁하다 생각했다. 그들은 금을 얻기 위해 노력하지 않았고, 대신 금을 만들기 위해 애썼다. 결과는 비슷하겠지만 만들어낸 금이 진정한 금으로서의 가치가 있을 것인가. 금은 본디 금이었기에 귀한 것이 아닌가.

루페르트는 순간 내 생각을 읽기라도 한 것처럼 돌아섰다. 차갑고 축축하고 어두운 기로에 서서 그림자처럼 흐릿한 불빛을 받은 그는 창백한 유령처럼 무뚝뚝한 얼굴로, 그 얼굴만큼이나 무뚝뚝하게 입을 열었다.

"나를 비웃고 있나?"

대답할 겨를도 없이 그는 금세 앞을 향했다. 한 뼘만큼을 남겨두고 그를 뒤따르던 나는 서둘러 입을 열었다.

"이니요. 제가 전하를 왜요?"

"가짜를 숭배하고 거짓을 추종해서. 보통 그러잖아, 너희 귀족들은. 술자나 과학자의 쓸모만 인정하지."

루페르트가 마치 그 자신은 고결한 핏줄이 아닌 것처럼 말해, 나는 조금 웃었다. 루페르트는 내 웃음소리에 고개를 비스듬히 꺾어 나를 보았다. 출구에 다다랐는지 좁고 낮아진 통로의 천장에 그의 머리가 닿는다.

"황제를, 아니, 내 아비를 본 적이 있나?"

"어릴 때 본 적이 있을지도 모르지만, 기억이 잘 나지 않아요."

"나랑 전혀 안 닮았어."

루페르트의 목소리에 은근한 오만이 녹아 있어 나는 의아해졌다. 아버지를 닮지 않았다는 사실이 좋은 건가? 황실의 불미스러운 추문을 그는 도리어 반가워하는 듯하다.

내가 그가 뱉은 말의 의미를 고민하는 중에 막다른 벽에 닿은 루페르트는 발끝으로 바닥을 몇 번 두드리더니 품에서 단도를 꺼냈다. 그는 고통도 모르는 표정으로 제 손가락을 베어 피를 쥐어짰다. 그가 두드린 바닥에 핏방울이 떨어지자 아무것도 없는 벽이 문을 토해냈던 것처럼 이번엔 바닥이 문을 토해냈다.

루페르트는 바닥에 문이 달려 있는 게 상식인 양 아무렇지 않은 태도로 허리를 숙여 문을 열었고, 곧 구멍에 뛰어드는 들토끼처럼 사라졌다. 뻥 뚫린 문밖을 머뭇거리며 내려다보던 나는 치맛자락을 붙잡고 그를 따라 뛰어내렸다.

"꺄악!"

비명이 부끄럽게도 구멍은 깊지 않았다. 나는 어느새 탄탄한 바닥에 손을 짚고 있었다. 우리가 문으로 떨어진 방은 넓지는 않았지만, 제법 고풍스러운 가구로 꾸며진 집무실처럼 보였다. 루페르트는 산더미처럼 쌓인 서류를 보더니 살짝 한숨을 쉬고 커다란 책상으로 걸어갔다.

나는 그의 눈치를 살피며 머뭇거리다 곧 안주머니에서 손수건을 꺼내 그에게 다가갔다. 아직도 조금씩 피가 흐르는 루페르트의 손가락을 손수건으로 감싸니, 그가 한쪽 입꼬리를 올렸다.

"뭐 하나?"

"지혈이요."

"연고라도 가지고 오든지."

"전 가난뱅이라 그런 건 없어요."

"내가 줬잖아."

루페르트의 질책에 나는 동생에게 줬다고 어물어물 변명했다. 그러나 내 변명이 그의 기분을 더 상하게 했나 보다. 그는 올라간 입꼬리보다 더 높은 각도로 눈썹을 찡그리며 내 손을 쳐냈다.

"누가 네 마음대로 주래?"

"죄송해요."

이미 내게 준 것을 갖고 구박을 하니 참 치사했지만, 나는 불만을 입밖에 낼 만큼 멍청하진 않았다. 루페르트는 내 건성인 사과를 무시하며 고개를 돌려 막스와 같이 집무실의 '정상적인' 문으로 들어온 남자를 향해 시선을 주었다.

금발이 하얗게 센 늙은 남자는 키가 작고 임부처럼 배가 볼록 튀어나온 우스꽝스러운 체형이다. 비굴해 보이는 눈초리에서 나는 그가 상인이리라 짐작했는데, 내 예상이 맞았는지 루페르트는 그를 파스벤더라고 불렀다. 그렇다면 그는 필시 토리의 아버지겠지만, 토리와 닮은 구석이라고는 작은 키밖에 없다.

"보고해."

"5번가는 말씀하신 대로 대부분 전하의 상회 아래로 들어왔습니다. 상파뉴 주변 상회들도 반 이상은 흡수했고, 아르델은 애초에 저희하고밖에 거래를 히지 않아 별다른 조치가 필요하지는……."

들고 있던 종이를 빠르게 훑으며 보고하던 남자는 멀뚱히 서 있는 나를 그제야 발견한 듯, 말을 멈추었다. 그러자 루페르트는 고개를 까딱하며 나를 쓰레기 치우듯 밀어냈다.

"신경 쓰지 마. 계속해."

"크흠, 예. 고르텐이 관리하는 상회 몇이 도저히 저희와 거래를 하려고 들지 않습니다. 남부의 영향력이 대단한지라 육로를 통해 외국과 무역을 하는 것은 거의 불가능에 가깝습니다."

"고르텐부터 박살내. 고르텐이 모으고 있는 건 뭔가?"

"아직 알아내지 못했습니다. 송구합니다."

루페르트는 남자의 비굴할 정도로 송구한 얼굴에 대고 면박을 주지는 않았다.

나는 그들의 대화에서 제법 많은 것을 추측해낼 수 있었다. 토리, 과거 황후였던 그녀의 뒷배인 파스벤더는 루페르트가 황녀일 때부터 키워왔던 상회일 것이다. 그의 즉위 이후 파스벤더 상회가 단기간에 그만큼 성장할 수 있었던 것도 이해가 된다.

이 상회는 분명 루페르트가 가진 중요한 패고, 그와 고르텐은 꽤 오래 알력다툼을 해왔던 모양이다. 하나 정작 그의 칼을 받은 것은 고르텐이 아닌 벨루아였다. 반역자로 낙인찍힌 사람은 수도에 자리를 잡고 장사치 같은 짓을 종종 하던 후작이 아닌, 상인과는 영 거리가 멀었던 아버지셨다.

나는 소매에 숨긴 손으로 주먹을 꼭 쥐며 그들의 대화에 관심이 없는 척 고개를 돌렸다. 루페르트는 내게 고르텐에 대해 알아 오라 일렀다. 나는 새삼 그 명령이 반가워졌다. 고르텐은, 아버지가 단두대에 개처럼 끌려가는 것을 방관하고 모른 척하던 그 남자는 내 생각보다 루페르트와 관련이 깊었다.

나는 과거에 내가 놓친 고르텐과 벨루아의 관계를 생각하며 근질근질한 입을 놀리지 않기 위해 노력했다. 루페르트에게 묻고 싶은 질문이 산더미처럼, 빠른 속도로 쌓여가고 있었다. 그러나 묻는다고 대답해줄 리 만무했다.

보고를 마치고 서류를 처리하기 시작하는 파스벤더를 버려둔 채 방을 나선 루페르트는 저를 쏜살같이 따라오는 나를 귀찮다는 듯 다시 쳐냈다. 복도에 처박힌 나는 아픈 티도 내지 않았다. 내 곧은 시선에 그는 천천히 돌아섰다.

"뭐."

"예?"

"물어봐. 사람 짜증나게 쳐다보지 말고."

"몇, 몇 개나 물어봐도 되는데요?"

루페르트는 기가 차다는 듯 헛웃음을 흘렸다. 그가 웃는 동시에 건물 밖으로 나서는 문이 열렸는데, 나는 순간 펼쳐지는 풍경에 정신을 빼앗겼다. 놀랍게도 우리는 노점거리 한가운데에 서 있었다. 사관학교와 5번가 근처 시장은 거리가 꽤 있었는데도 불구하고 말이다.

"한 개."

"어떻게 여기로 온 거예요?"

"연금술. 그게 네 질문인가?"

"어! 아니요! 취소! 그건 질문 아니에요!"

그의 대답과 내 질문은 거의 동시였다. 당황해 고개를 저었지만, 루페르트는 코웃음을 치며 내 팔뚝을 잡아 제 옆으로 끌었다.

"그런 건 못 해. 기회는 놓치면 끝이야, 멍청아."

그는 내 콧등을 꼬집듯 튕기더니 주변의 가판에서 만두 하나를 집어 입에 넣었다. 그는 값을 치르지 않았고, 심지어 양해조차 구하지 않았지만 만두를 잃은 주인은 그 행동이 당연하다는 양 굽실거리며 음료까지 권했다.

마치 루페르트가 이 거리를 소유하기라도 한 것 같은 태도에 나는 그제야 여기가 내가 루페르트와 처음 만난 장소라는 것을 깨달았다. 그때의 나는 그가 아무것도 모르는 귀족영애라며 괄시했지만, 아무것도 몰랐던 쪽은 나였다. 내가 그의 만두를 훔쳤다는 주장은 사실상 타당했던 것이다. 그는 정말로, 이 모든 것의 주인이었다.

놀라 입이 떡 벌어진 나를 시큰둥한 얼굴로 지나친 루페르트는 본격적으로 시장을 어슬렁거렸다. 상파뉴에서 가장 거대한 시장을 마치 제

집처럼 익숙하게 돌아다니던 그는 때때로 어느 가게에 불쑥 들어가 장부를 뒤적거리기도 했다.

놀랍게도 상인들은 그를 보이지 않는 유령 취급하거나, 귀여운 옆집 어린아이라는 듯 껄껄 웃으며 머리를 쓰다듬거나, 혹은 조금 두려운 얼굴로 시선을 피하며 굽실댔다.

가지각색의 반응을 보였지만 그 누구도 루페르트를 쫓아내거나 장부를 감추려 들지 않았다. 아니, 못 한 것에 가까웠다. 붉은 궁에 거의 처박혀 있던 주제에 언제 이런 일을 해왔는지 그는 제법 익숙하게 상인들의 치부를 털어냈다.

루페르트는 걷는 와중에도 숫자를 중얼중얼 외우다 가게 하나를 꼭 집어 우리를 뒤따라온 막스에게 턱짓한다. 대부분, 그를 보고 두려움을 표하는 상인이 있던 곳이다. 그러면 막스는 거대한 덩치를 뽐내듯 의기양양하고 거만한 태도로 루페르트가 집어낸 가게에 들어가 풍비박산으로 만들었다.

그의 거친 발짓에 상인이 고심해 쌓아올렸을 그릇들이 절벽에서 흩날리는 꽃잎처럼 바닥에 흩어지며 산산조각 났다. 막스의 난장은 당황한 상인이 루페르트에게 매달릴 즈음 끝이 났다. 늙은 얼굴에 추한 눈물콧물이 범벅이 된 꼴을 별로 보고 싶지 않았던 나는 얼른 눈을 내리깔았다.

우는 상인과 그 상인을 차가운 시선으로 내려다보는 루페르트의 그림은 내가 품은 증오를 가중시켰다. 만두 하나를 가지고 나를 괴롭혔던 어린아이는 어쩌면 이리도 빠르게 내가 아는 황제와 가까운 모습이 되어가는지. 내가 아는 잔인한 미래는 어쩌면 이토록 불변이라 막을 용기조차 나지 않는 파도처럼 몰아치는지, 한숨이 절로 났다.

순간 항시 봐왔던 루페르트의 무심한 얼굴이 급속도로 자라났다. 붉고 차갑고 아름다운 황제가 된 그는 나를 노려보고 있다. 나는 떨리는 몸으로 뒷걸음질을 치다 눈을 질끈 감았다. 버둥거리며 넘어가는 내 팔을 누군가가 탁 잡아낸다.

"뭐 해."

눈을 뜨자 루페르트가 여상한 표정으로, 즉 나를 무시하는 얼굴로 나를 지탱하고 있었다. 다시 소년의 얼굴이다. 나는 새까맣게 죽어가는 환각을 억지로 몰아내고 그의 앞에 바로 섰다. 루페르트는 제 옆에 벌벌 떨며 울고 있는 상인은 보이지도 않는 것처럼 굴며 오롯이 나만 보았다. 나는 서둘러 대답했다.

"발, 발을 헛디뎌서요."

"재주 있네."

"예?"

"돌도 없는 매끈한 평지에서 넘어지는 재주."

루페르트는 피식 웃으며 나를 바로 세우더니 그제야 상인 쪽으로 몸을 돌렸다. 남의 눈물이나 고통을 감지하고 이해하는, 인간이라면 당연히 가지고 있어야 할 어떤 감각 같은 게 망가진 듯한 그는 제게 매달리는 상인을 느릿한 손으로 떨쳐냈다.

"가져와."

"아이고, 왜 그러십니까! 왜 이러십니까! 장부에 무슨 문제라도 있습니까?"

상인의 우는소리에 루페르트는 한숨을 내쉬었다. 그는 이 모든 것이 귀찮은 것처럼 짜증 섞인 신음을 앓더니, 갑자기 태도를 바꿔 상인의 목을 잡아 가게 밖에 내놓은 판매대에 그를 처박았다.

"가져와."

"무, 무엇을요?"

"네가 파스벤더에게 받은 보호패, 면제받은 권리금, 그리고 고르텐에게 받은 무언가."

아직 다 자라지 못한 소년이니 그 힘이 대단하지는 않을 텐데, 상인은 그에게 눌려 오도 가도 못하고 끙끙댔다. 루페르트는 그제야 슬그머니 그를 놓아주었다.

"아무것도 받지 않았습니다! 누구에게 뭘 들으셨는지는 모르지만, 저는……."

그는 눈썹을 올렸지만, 더는 늙은 남자에게 손대지 않았다. 대신 막스에게 손짓해 그의 난장을 부추겼다. 그러자 상인은 금세 새파랗게 질려 안으로 달려갔다.

"받아서 갖다 놔. 난 좀 쉬고 올 거야."

루페르트는 정말로 피곤해 보였다. 그는 노곤한 손에 얼굴을 묻고 마른세수를 하더니 빙그르 등을 돌려 걷기 시작했다.

나는 망가져 내려앉는 가게, 허락받은 폭력이 즐거운 듯 웃는 막스, 까마귀 같은 비명을 내지르는 상인을 번갈아 보다 루페르트를 뒤쫓았다. 이것이 내 운명이다. 루페르트의 뒤를 쫓는 것만이 내 앞에 유일하게 펼쳐진 길이다.

그는 저를 따라오는 나를 말리지도 않았다. 나는 조용히 그를 뒤따르다 참지 못하고 입을 열었다.

"어찌 아셨어요?"

"뭐가?"

"저 상인이, 결백한지 아닌지 전하가 어찌 아세요? 만약 정말로 결백하다면……."

"질문은 한 개가 끝이라고 했을 텐데."

"전하, 하지만 그 사람이 아무 잘못이 없으면 어찌해요?"

우리 아버지처럼.

그 늙고 초라한 상인이 아무 죄도 없으면 어찌하는가. 당신은 어째서 이토록 약자에게 자비가 없는가. 상인의 우는 얼굴이 자꾸 시야 끝에 걸려 숨이 막혔다.

"전하, 만약에 그가 무고하다면……."

"너는 숨길 게 없는데도 장부를 조작하는 상인이 있을 것 같나?"

"……장부요? 장부가 조작됐어요?"

"그래. 그러니까 입 다물고 따라오든가, 계속 떠들 거면 꺼져."

루페르트는 낮게 으르렁대고 다시 등을 돌렸다.

루페르트는 내게 경고하기를 좋아했다. 경고. 항상 경고뿐이다. 나는 일종의 괴리감을 느껴 다시 한 번 그를 자극했다.

"어떻게 아시는데요?"

"젠장, 짜증나게 굴지 마."

"어찌 아시냐고요? 조작이라는 걸 어떻게 확신하세요?"

나는 겁도 없이 입을 놀렸다.

걸음을 멈춘 루페르트는 아까 내가 지혈한 손가락 끝을 물어뜯더니 벽에 발랐다. 고른 벽돌로 이어진 붉은 담벼락이 금붙이처럼 녹으며 구멍이 생기는 모습을 바라보던 그는 그 진귀한 광경에 넋을 빼앗긴 나를 휙 붙잡아 던지며 천천히 대답했다.

"확신 못 해. 그런 건 멍청이들이나 하는 거야."

"그렇다면 전하! 그 상인이 결백할 가능성이 조금이라도 있다면, 벌 주시면 안 되는 것 아닌가요?"

"그러다 내가 당하면?"

루페르트는 어린아이에게 글을 가르치는 양 또박또박, 마치 제 말을 내 귓가에 새기듯 속삭였다. 그가 나를 붙잡지 않는 팔로 계속 연금진을 그리고 있었기에 나는 그가 내게 주문이라도 거는 것만 같아 꺼림칙한 기분에 몸서리쳤다.

"대답해봐. 그러다 내가 당하면? 그 가치 없는 신중함이 내 목을 조르는 무언가가 된다면?"

연속으로 연금진을 그렸기 때문인지 나를 재촉하는 루페르트의 하얀 얼굴은 평소보다 창백했다. 태양처럼 환한 금발이 반듯한 이마로 흐르듯 내려온다. 유리 같은 초록 눈이 달빛 아래 선연했다.

그러다 그가 당하면?

그건 당연히 내가 두 팔을 들고 환영할 일 아니던가. 하지만 정말로 그렇게 대답할 수는 없는 노릇이라 고민에 빠졌다. 권력자가, 약자를 배려한 신중으로 배신자를 처벌하지 않다 해를 입는 경우?

흔하지 않은 이야기였다. 내가 아는 권력자들은 모두 악착같이 약자를 경계했다. 황제는 아버지를, 고르텐은 그 밑 사람을. 내 아버지를 제외하고.

나는 그제야 루페르트의 말을 아주 조금, 손끝으로나마 이해했다. 그게 내 아버지의 패인이었으므로 모를 수가 없었으니까.

"그래도 권력자는 신중해야 해요, 전하."

나는 아버지를 부정하고 싶지 않았다. 내 말에 그는 작게 웃었다. 비웃는 양은 아니었고, 정말 내가 농이라도 한 것처럼 낮게.

"근데 권력자가 아니거든, 나는."

"……."

"네가 정말 미래라도 보고 있지 않는 이상."

루페르트의 차분한 목소리에 나는 몸을 떨지 않기 위해 살짝 물러났다. 그가 허문 담벼락 너머는 5번가 근처의 주택가였다. 나는 리체라도 뛰어나올까 걱정되어 주변을 살폈다.

"네가 보는 미래에 내가 권력자던가? 내가 보는 미래에서 나는 보통 시체인데."

5번가를 벗어나니 이미 깊은 밤이라, 새벽에 가까워진 시각의 기온은 낮보다 현저히 낮다. 그래서 나는 루페르트의 입에서 뿜어져 나오는 하얀 안개가 입김이라고 생각했는데, 내 쪽으로 완전히 몸을 돌린 그를 자세히 살펴본 후에야 루페르트가 훼아를 피우고 있음을 발견할 수 있었다.

훼아라니!

전용도구가 필요 없는 말린 훼아는 루페르트가 황제가 된 후에야 벨네르니에 수입되었다. 그 수입원이 파스벤더였으니 이제는 놀랄 필요도 없는 일이겠지만.

우아한 고택이 늘어선 주택가의 벽에 등을 댄 루페르트는 더는 나를 보고 있지 않았지만, 나는 순종적으로 대답했다.

"예, 전하. 제가 보는 미래에 전하는 벨네르니 제국의 황제세요."

연기에 파묻힌 그가 내 대답에 만족한 듯한 얼굴이라 나는 마음을 놓았다. 차가운 바람이 내 쪽으로 불어 벌리고 있던 입으로 훼아 연기가 한 움큼 들어온다. 콜록거리는 나를 멀거니 응시하던 루페르트는 물고 있던 훼아를 바닥에 던졌다.

"베아트리체 고르텐."

"에, 에취!"

"그 여자 알지? 네 친구잖아."

"예, 맞아요."

"만나서 정보 좀……."

"에, 에, 에췻!"

연기는 사라졌지만, 연신 기침이 났다. 나는 그제야 내가 추운 날씨와 맞지 않는 차림임을 자각했다. 그건 루페르트도 마찬가지였는지, 그는 잘생긴 미간을 찌푸리며 입고 있던 프록코트를 짜증스럽게 벗었다.

나는 황급히 손을 저었다.

"아니요, 아니요! 저는 전하의 시녀인걸요. 당치 않아요!"

쿠울럭, 쿨럭!

내 거절의 말과는 다르게 내 입에서는 힘겨운 기침이 연신 쏟아졌다.

루페르트가 귀찮다는 양 얼굴을 일그러트린다.

"이건 시녀라고 데리고 다니는 게 상전이지, 아주."

그는 혀를 쯧쯧 차며 벗은 외투를 내 어깨에 둘러주었다. 나는 기겁하며 그의 코트를 벗었다.

"입, 쿠울럭! 으세요!"

"입 다물어. 한 번만 더 내 앞에서 기침하면 목을 뽑아버릴 테니까."

나는 루페르트의 무시무시한 말에 손으로 꾹 다문 입을 가렸다. 협박이 먼저, 코트가 내 몸에 걸쳐진 건 그다음이다. 나는 내 어깨를 꾹 누르는 그의 코트가 무겁고, 꺼림칙할 정도로 기이하고 이해가지 않았다.

루페르트는 분명 약자에게 무자비하다. 내가 아랫것이라 배려할 생각은 전혀 하지 못하는, 그가 내게 잘해주지 않아도 나는 그에게 복종할 수밖에 없다는 사실을 아주 잘 아는, 영리하며 잔인하고, 그만큼 권위에 익숙한 소년.

루페르트는 얇은 셔츠 한 장 차림으로 나를 바라보고 있었다. 매서운 겨울바람이 그의 옷깃을 파고들었지만, 그는 제 코트를 돌려받을 생각은 않는 듯하다.

나는 아까부터 느끼던 괴리감의 정체를 깨닫고 말았다. 루페르트는 내 예상보다도 복잡한 인물이었다. 내가 루페르트에게 느끼는 괴리감은 내가 그가 토리를 대하는 것을 처음 봤을 때 느꼈던 그것보다 강력했다. 그러나 그 괴리감이 내게서 얻어내는 반응은 마찬가지였다.

나는 이 감정이 싫었다.

루페르트가 내 기억 속의 황제처럼 무자비하고 차가운 절대자가 되는 것은 정말로 무서웠지만, 그가 내 기억과 다르게 인간적인 면모를 보이는 것이 더 역겨웠다. 속이 메슥거리고 가슴이 답답해지며 참을 수 없이 울렁거린다. 그가 나와 같은 인간이라는 사실을 확인하는 것만큼 끔찍한 일이 없다.

황제는 황실이 만들어낸 푸른 피가 흐르는 잔인한 괴물이다. 그 이기적인 괴물은 오롯이 자신만 알아 인과조차 가리지 않고 아버지와 벨루아를 잡아먹었다. 그리고 실제로 과거로 돌아온 나는 루페르트의 곁에 머물며 그의 잔혹성을 확인할 수 있었다.

'아아, 맙소사.'

그러나 나도 모르는 사이 안도했었나 보다. 속에 칼을 품은 채 어린아이 옆에 머물면서, 달콤한 말을 흘리며 그가 나를 믿게 하려고 했으니까. 내 이런 행동은 루페르트가 평범한 아이가 아니기에 합리화되었다.

그러나 루페르트는 아주 가끔, 그토록 무심한 얼굴로 사람처럼 굴었다. 그 다정함이 관성인 양 무감동한 얼굴로. 객관적으로 그는 토리에게만큼은 다정했다.

'하지만……'

내게도 그럴 심산인가.

어차피 그는 마지막의 마지막에는 그리 아꼈던 토리마저 제 손으로 죽여버리는 진정한 괴물이 될 테지만, 나는 사람으로 '남아 있던' 루페르트조차도 확인하고 싶지 않았다. 연금술이 꺼림칙한 이유와 동일했다. 만들어진 괴물과 본질적인 괴물의 차이가 너무도 뚜렷했던 탓이다.

나는 루페르트의 폭력성이 구제될 여지조차 없는 타고난 난폭함이기를 가슴 깊이 바랐다. 만약 내게 그럴 만한 힘과 기회가 있었다면, 나는 지금의 루페르트가 내가 아는 미래의 루페르트가 아직은 아니며, 여태 내게 아무런 해를 끼치지 않았다는 사실을 알고 있음에도 그를 죽였을 것이다. 조금의 망설임도 죄책감도 없이 무슨 수를 써서라도 반드시.

나는 소년에 불과한 루페르트가 끔찍하게 원망스러웠다. 사람을 이렇게나 미워할 수 있는 내 자신이 혐오스러울 정도다. 아직은 내게 지은 죄가 없는 아이를 미워하는 일은 생산성이 없음에도 그만둘 수 없다. 그러나 나는 이 부조리한 증오에 스스로 당위성을 부여할 수 있었다.

'이유가 있으니까.'

어떤 이가 나를 해한 후에 그를 이토록 증오하는 것과, 그 사람이 내게 아무런 죄를 짓지 않았음에도 미워하는 것에는 하늘과 땅만큼의 차이가 있다. 그러니 증오의 원론적인 이유는 중요했다.

루페르트가 이유 있는 괴물이라면 황제와 증오에 사로잡힌 나의 차이가 없어져버린다.

'그렇다면, 이 증오는 어디로 가는 거지?'

루페르트는 영원히 차가운 심장을 가진 괴물로 있어야 했다. 나는 그 사실이 꺼림칙했지만, 어찌할 도리가 없는지라 참았던 숨을 내쉬며 잊어버렸다. 고민은 조금 더 미뤄두어도 괜찮다. 아직은 살아남는 게 먼저다. 루페르트가 억지로 떠넘긴 코트에 남아 있는 그의 온기는 우습게도 무척이나 따뜻해 몸의 떨림이 가라앉았다.

나는 코웃음을 치지 않기 위해 노력하며 입을 열었다.

"감사해요, 전하."

그가 발을 멈추지도, 뒤를 돌아보지도 않았기 때문에 나는 그가 내 말을 들었는지 확인하지 못했다. 어둠을 빨아들이지 못하고 혼자 허옇게 빛나는 그의 마른 등이 이유도 없이 내 눈을 사로잡았다. 내가 바람에 흩날리는 루페르트의 셔츠를 붙잡자 그는 걸음을 뚝 멈추고 나를 떨쳐냈다.

"뭐."

"코트요. 따뜻해요."

"그럼 차가워서 줬겠나? 당연한 소리 하지 마, 멍청아."

"감사하다는 말이에요."

그는 내 말을 이해할 수 없다는 듯 언짢은 눈을 하더니 나를 붙잡아 제 앞으로 끌었다. 곧 손을 휙 들어 터질 것같이 통통한 내 볼을 한 손으로 꾹 잡는다. 나는 루페르트의 손아귀에서 벗어나려 노력하며 뭉개진 발음으로 항의했다.

"노, 노아우예요!"

"……만두 같은 게."

그는 그에 의해 망가진 내 얼굴을 관찰이라도 하려는 듯 샅샅이 뜯어보더니 곧 더러운 것을 잡았다는 양 밀어버렸다. 내가 중심을 잡지 못하고 휘청거리는 꼴을 한심하게 지켜보던 루페르트는 나를 기다려주지 않고 걸음을 옮겼다.

그가 멈춘 곳은 리체의 집 앞이다. 나는 집주인처럼 아름다운 붉은 벽돌집이 시야에 잡히는 순간부터 그의 목적지가 이곳임을 짐작하고 있었다.

베아트리체 고르텐.

루페르트는 내게 항상 상냥하고 다정했던, 적어도 최근까지는 그러했던 내 친구를 이용하고 싶어 하니까. 나는 그녀의 우아한 물빛 머리를 떠올리며 고개를 저었다.

"전하, 고르텐을 경계하시는 이유는 알겠지만 리체는 아무것도 모를 거예요. 그녀는 어리니까요."

루페르트의 환심을 사기 위해서라면 못 할 일이 없었으니 내 설득은 리체를 위해서가 아니었다. 나는 이 시기의 내가 벤루아에 대해 몰랐듯, 리체도 고르텐에 대해 모르리라 확신했다. 그녀는 외려 고르텐에서 벗어나고 싶어 했다.

루페르트는 어이가 없다는 듯 웃음도 되지 못한 한숨을 내쉬더니 빙글 돌아 제 외투를 가져갔다. 어깨를 덮어주던 따뜻한 코트가 없어지니 몸이 다시 부들부들 떨린다.

"넌 정말 아무것도 모르는군. 어떻게 그 지경까지 무지한가?"

"무슨……."

"너는 고르텐처럼 교활한 인간이 제 딸을 아무 이유도 없이 황궁에다 밀어넣었다고 생각하나?"

"그런 게 아니에요. 각하가 리체를 황궁에 넣은 것이 아니라, 그녀 스스로 결정한 일인걸요. 저처럼요."

"아, 그래서 아무 목적도 없이 황궁에 들어와 어떻게든 내 약점을 틀어쥐려고 상점가를 들락날락거리는군. 대단한 여자야."

루페르트의 비꼼에 나는 입을 꾹 다물었다. 할 말이 없다. 리체는 고르텐을 벗어나고 싶어 했지만, 내가 죽는 순간까지 고르텐의 비호 아래 있었다. 그녀가 루페르트에게 어떤 마음을 품고 있는지 나는 조금도 몰랐다. 루페르트의 말을 다시 한 번 되짚었다.

나는 어떻게, 이 지경으로 무지할 수 있는 걸까?

"제가 뭘 어떡하길 바라세요?"

그는 대답 대신 주머니를 뒤적거리더니 손톱만 한 흑요석을 꺼내 쥐고 내 입술을 잡았다. 잡는다는 표현이 미화처럼 느껴질 만큼 거친 손길에 나는 인상까지 쓰며 그를 노려보았다.

"삼켜."

"이, 이게 뭔데요?"

"안 죽으니까 삼켜."

루페르트가 주는 그 어떤 것도 감히 먹고 싶지 않았지만, 그의 기세가 하도 흉흉해서 항의도 하지 못하고 삼킬 수밖에 없었다. 내가 꿀꺽하는 걸 확인한 루페르트가 천천히 이상한 말을 중얼거리며 내 이마에 손을 댔다.

그의 손이 내 이마에 닿는 순간 목구멍이 화끈거리며 머리가 핑 돌았다.

"뭐……예요? 전하, 이거 독 아닌 거 맞아요?"

"널 죽여서 뭐 해?"

핀잔도 잠시, 루페르트는 쉬지 않고 중얼댔다. 짐승의 울음처럼 언어도 채 되지 못하는 기묘한 단어들이 공중에서 흩어지며 이번에는 눈가가 참을 수 없이 뜨거워졌다. 내가 얼굴을 찌푸리자 루페르트는 길쭉한 손가락으로 내 눈을 느릿하게 쓸었다. 기이한 열은 귓가를 달구는 것을 마지막으로 사라졌다.

나는 무심한 얼굴로 바지 주머니에 다른 손을 찔러넣고 있는 루페르트를 원망하며 뒷걸음질 쳤다.

"아프잖아요!"

"미안."

그는 건성으로 사과하며 어깨를 으쓱했다. 차라리 사과를 않는 편이 덜 얄밉겠다. 나는 그가 만지작거리던 눈가를 손으로 꾹 누르며 씩씩거렸다.

"이게 뭐예요?"

"당분간 넌 나와 시각과 청각을 공유할 거다."

"예? 뭘 공유해요?"

"네가 듣고 보는 모든 것, 그리고 내가 듣고 보는 모든 것."

나는 엄청난 소리에 기함해 입을 쩍 벌렸다. 이 미친놈! 공유할 것이 따로 있지!

"시, 싫어요! 이거 빼주세요!"

"못 빼."

"싫어요!"

"고르텐에 대한 정보가 필요해서 어쩔 수가 없어."

"다 말해드린다니까요! 거짓말 같은 건 안 해요!"

"내가 아직 널 그만큼 믿는 건 아니거든."

"그, 그, 그래도 싫어요!"

내가 질색하자 루페르트는 짙은 눈썹을 슥 밀어올리더니 내게 다가와 의심스레 쳐다본다.

"왜. 나한테 숨기는 거라도 있나?"

"그게 아니라……."

"그게 아니면 뭐?"

나는 참을 수 없이 억울해져 소리를 빽 질렀다.

"화장실은 어떻게 가요!"

루페르트는 아주 잠깐 멈칫했다. 새삼 민망해지는 침묵이 어두운 담벼락 아래를 타고 흐른다. 대뜸 소리를 지른 나는 뒤늦게 민망해져 그가 입을 열기를 기다렸다. 그의 한심해하는 시선을 견딜 수가 없어 고개가 모로 꺾이다 이내 수그러든다. 애꿎은 바닥만 뚫어져라 쳐다보는 내 턱을 잡아 올린 루페르트가 곧 짜증스레 으르렁거렸다.

"안 봐."

"예?"

"네가 삼킨 물건이 내 신경을 얼마나 갉아먹는 줄 아나?"

"가, 갉아먹어요?"

"집중 안 하면 아무것도 안 보여. 안 본다고, 그딴 건."

내 부끄러움은 전혀 배려하지 않는 무심한 말이었지만, 나는 안심했다. 적어도 서로 민망한 상황─루페르트도 민망해할지는 미지수였지만─은 피할 수 있겠다.

"들어가."

"지금요? 저 아직 마음의 준비가……."

"두 번 말하게 하지 마."

아직 리체에게 어떻게 다가갈지 생각해놓지도 않았는데 그는 멀뚱히 서 있는 나를 보며 눈꼬리를 매섭게 올렸다. 그렇게 루페르트는 내게 손도 대지 않고 나를 리체의 집 앞으로 떠미는 데 성공했다.

나는 계단 앞에서 머뭇거리며 그를 돌아보았지만, 그는 내게 눈길도 주지 않고 멀어져갔다. 매정한 인간 같으니. 나는 속으로 옹알거리며 붉은 벽돌집을 향했다.

발걸음 하나하나가 어찌나 무겁고 무서운지. 과거로 돌아온 후 많은 것을 각오했지만, 리체를 잃으리라 예상하지는 못했다. 그녀는 짧았지만 그래도 내 전부였던 인생의 절반 이상을 내 친구로 있었다. 물빛같이 우아한 그녀. 부드러운 나뭇가지처럼 낭창하고 가녀린 몸에 항상 세련된 차림의 그녀를 기억했다.

리체는 내가 벨루아의 가풍에 깊이 수긍하는 것을 못마땅하게 여겼다. 제 삶은 스스로 개척해가는 것이라 굳은 얼굴로 말했던 사람이니 루페르트의 일과는 무관하리라. 아니, 반드시 그래야 했다.

제발.

무더운 벨루아의 여름날, 투닥거리며 장미정원을 같이 내달리던 추억마저 더럽히고 싶지 않다. 고르텐이 정말로 루페르트를 견제하고 있었다면, 어째서 그는 우리 아버지께 경고해주지 않았던 걸까? 왜 그녀는 내게 아무 말 않았던 걸까?

"리체."

나는 굳은 입매를 억지로 풀며 종을 울렸다. 저번 방문과는 달리 금세 문이 열린다. 날 알아본 하녀가 황급히 허리를 숙이며 문을 열어주었다.

"리체는 안에 있나요? 늦은 시간에 미안해요. 오랜만에 외출을 했다가 길을 잃어서."

"예, 예. 계십니다. 내려오시라 말씀 전하겠습니다."

"고마워요."

따뜻한 실내에 들어서자 몸이 오들오들 떨렸다. 내 상태를 눈치챈 집사는 우아한 손짓으로 다른 하녀에게 차를 내어오라 일렀다. 나는 눈짓으로 그에게 감사를 표하며 하녀가 갖다준 찻잔을 두 손으로 잡았다.

서서히 퍼지는 온기처럼 생각은 차분히 정리되었다. 나는 고르텐과 루페르트의 관계를 모른다. 리체가 얼마만큼이나 이 일에 개입되어 있는지도 알지 못했다. 그렇다면…….

"라리?"

본인에게 물어볼 수밖에.

"리체, 늦게 방문해 미안해."

"어머! 얘 떠는 것 좀 봐. 안나, 난로 좀 가져올래?"

우리 곁을 지키고 서 있던 안나라는 하녀까지 자리를 뜨자 리체는 천천히 내 맞은편에 앉았다. 다행히 그녀는 저번처럼 나를 냉대하지 않았다. 그녀는 내가 익히 알고 있는 상냥한 표정으로 내 안부를 물었고, 우리 사이에 어긋나던 것은 아무것도 없다는 양 무구한 태도를 고수했다.

나는 가면처럼 매끄러운 그녀의 다정한 얼굴에 씁쓸한 미소를 감추지 못했다. 그녀는 언제부터 내게 이런 한 겹 감추어진 얼굴을 했던 걸까? 만약 내가 그 처참한 미래에서 돌아오지 못했다면, 나는 언제까지 이를 몰라봤을까?

"리체."

"잠시만. 안나!"

"베아트리체 고르텐."

내가 그녀의 이름을 부르고 나서야 리체의 눈이 내게 향했다. 그녀는 내 굳은 얼굴을 확인하더니 천천히 한숨을 내쉬며 고개를 숙였다. 나는 그녀의 동그란 정수리를 한참이나 바라보다가, 난로를 가져온 안나가 그것을 내 발치에 내려놓고 떠난 후에야 입을 열었다.

"무슨 일이야?"

"응?"

"도대체 왜 그러는 거야?"

밑도 끝도 없는 내 말을 리체는 용케 알아들은 듯 머뭇거렸다. 나는 어느새 그녀를 추궁하는 자세가 되었다. 바로 입을 열지 않는 그녀 때문에 목이 바짝 말랐다. 들고 있던 차를 예법도 잊고 훅 마시는데, 리체가 눈을 휘둥그레 뜬다.

"궁에 들어가더니 예법을 외려 잊었니?"

"지금 그런 게 중요해?"

"라리, 나는 네가 내게 무슨 대답을 바라는지 모르겠어."

그녀는 새침하게 고개를 기울였다. 나는 그녀의 수척한 얼굴에 흔들리지 않기 위해 마음을 다잡으며 입을 열었다.

"내 동생은 언제부터 만난 거야?"

"디트리히 생도는……."

"내 동생."

내가 르한의 호칭을 바로잡자 리체는 미세하게 미간을 찌푸렸다.

"아버지가 사관학교에 관심이 크셔. 마침 네 동생이 그곳 생도라 이것저것 물어보느라 만난 것뿐이야."

"내가 묻는 건 그게 아니야. 왜 숨겼어? 너는 내게 르한에 대해 말하려다 갑작스레 태도를 바꿨잖아."

"널 혼란스럽게 한 건 미안해. 그때는 나도 혼란스러워서, 정신이 없었어."

"왜?"

"이유는 말 못 해."

나는 리체의 단호한 거절에 입을 꾹 다물었다. 억울함이 치밀어 도저히 참을 수가 없다. 내 판단이 잘못된 것이 아니라면 가장 소중한 친구를 하루아침에 영문도 모른 채 잃었다. 그런데 그 이유조차 말해줄 수 없단다.

나는 아직까지 나를 염려하는 척하는 리체가 끔찍했다. 아니, 어쩌면 그녀는 정말로 날 걱정하고 있는지도 모른다. 루페르트 덕에 너무 예민해져서, 다정한 그녀를 오해하는 것일 수도 있다. 제발 그런 것이면 좋겠다.

"리체, 내가 뭘 잘못했니?"

"아니."

"네가 갑자기 내게 차갑게 굴던 것은 기억해?"

"말했잖아. 당시에 내가 무척 혼란스러운 상태였어."

"그런데 그 이유를 말할 수 없다고?"

"그래. 하지만 너 때문은 아니야. 네 잘못도 아니야."

리체의 목소리가 노래하듯 부드러워졌다.

"이번 한 번만 나를 믿고 넘어갈 순 없겠어? 라리, 라리에트. 넌 나의 가장 친한 친구잖아."

하지만 리체, 아버지는 내가 너를 믿듯 네 아버지를 믿다 돌아가셨어.

나는 나를 설득하는 리체의 고운 목소리에 앙칼진 말로 대꾸하고 싶었지만, 숙여진 그녀의 얼굴에서 떨어지는 눈물에 놀라 입을 다물 수밖에 없었다.

온통 거짓말투성이였다. 각하가 사관학교에 관심을 가지신다지만, 제국의 후작인 그가 한낱 생도에 불과한 르한이 접근 가능한 정보를 필요로 할 리가 없다. 나와 관련된 일이 아닌데 그녀가 내게 차가워질 리도 없다. 그런데도 나는 리체를 믿고 싶었다. 나는 내 나약함에 웃음이 나왔다.

아, 그러나 내가 너를 믿을 수 있을 리가 없다. 이 상황에, 리체의 가문에게 그런 뼈아픈 배신을 당한 내가 그녀를 믿는다는 것은 어불성설이다. 믿고 싶은 것과, 믿어지는 것은 다른 종류의 문제다. 리체가 무고해 억울함을 토로한다 해도 어쩔 수 없다. 나는 그녀가 짓는 상냥한 미소를 따라 지으며 빙그레 웃었다.

"그래, 믿을게."

나는 표정을 꾸며내며 리체를 끌어안았다. 나에 대해 무엇을 알았는지 말해주지 않는다면, 스스로 알아내리라. 루페르트에게 내 필요성을 호소하기 위해서도 나는 그녀가 필요했다.

"고마워, 라리."

그녀가 다행이라는 듯 웃으며 내 등을 껴안았다. 언 몸이 녹으며 순간 관자놀이 부근이 찌릿 아팠다. 나는 그제야 지금 내가 듣고 보는 모든 것을 루페르트도 보고 있음을 깨달았다. 리체의 마른 등을 껴안으며 나는 벽에 걸린 거울을 노려보았다.

거울에 멀리 비친 우리는 퍽 다정하게만 보였다. 추위에 말랐는지, 긴장으로 굳은 것인지 리체에게 지어주던 미소를 거두어낸 내 얼굴은 옛날의 나처럼 강퍅했다. 나는 무감동한 얼굴로 리체의 이마에 입 맞추고 거울에 다가섰다.

"예쁜 거울이네."

"고마워. 오늘은 날이 늦었으니 자고 갈 거지?"

"으응, 그런데 나 사실 휴가를 받았거든. 벨루아에 지금 내려가기는 조금 그래서……."

나는 내 멋대로 휴가를 언급하며 멋쩍게 웃었다. 굽슬굽슬한 물빛 머리를 단정하게 위로 묶은 그녀는 곧 상냥한 목소리로 내답했다. 나는 순간 어느 극장의 무대에라도 올라간 것 같은 기분이 들었다.

"여기서 지내."

"고마워."

리체에게서 등을 돌린 나는 똑바로 거울을 바라보고 있었다. 열넷. 아직 젖살이 빠지지 않아 통통한 얼굴이 나를, 아니, 거울 너머를 노려보았다.

'만족하세요?'

입만 벙긋거려 루페르트에게 물었다. 나는 정말 살기 위해서 못 할 짓이 없었다. 그게 그의 꼭두각시가 되는 것이라도, 내 하나뿐인 친구를 이용하는 것이라도. 정말 무엇이든지. 그러니 그는 만족해야 했다.

루페르트는 분명 나와 그가 시야와 소리를 '공유'하게 될 것이라 했지만, 그가 나를 훔쳐보는 것이 느껴질 때에도 나는 그를 볼 수 없다. 신경을 갉아먹네 어쩌네 했던 것을 생각하면 필시 방법이 있긴 할 텐데, 일부러 알려주지 않은 것 같다.

잠자리에서 뒤척이며 몇 번이고 시도해보았지만, 루페르트의 눈이 담는 것들을 볼 수 없었다. 나는 이 불공평한 공유에 반발심을 느끼며 새 모양 비스킷 하나를 입에 물었다.

리체는 미소를 지으며 우아하게 찻주전자를 기울였다. 그녀와 이런 식으로 나들이를 하는 것이 오랜만이라 자꾸 들뜨려는 마음을 애써 가라앉혔다.

리체의 신용도를 떠나서 나는 그녀에게 너무 익숙했기 때문에 거의 타성적으로 편안함이나 남부로 돌아온 양 안도감을 느꼈기 때문이다. 그리고 그것은 루페르트의 지시와 내 목적에 별반 도움이 되지 않는지라 애써 뿌리쳐야만 한다.

"비스킷 맛있지?"

"으응."

나는 예전만큼 단것을 즐기지 않았지만, 아버지와 르한이 그랬던 것처럼, 리체에게도 공연한 오해를 살까 열심히 과자를 입에 욱여넣었다.

"여기 디트리히 생도, 아니, 르한이 추천해준 찻집이야."

멀거니 찻주전자만 노려보고 있던 나는 눈을 동그랗게 떴다. 사관학교 근처이긴 했지만, 르한이 찻집을 추천해줄 수 있을 만큼 차를 좋아했었던가?

"그래?"

"응. 여기 말고도 추천해준 음식점들이 많아. 같이 많이 갔었거든."

리체의 말투가 조금 으스대는 것 같아서 나는 인상을 미미하게 찌푸렸다. 르한의 누이인 나에게 그와의 친분을 과시하는 그녀의 속셈을 모르겠다.

"르한을 정말 자주 봤나 봐."

"가끔. 아버지 때문이지, 뭐. 우리 아버지 고집 알잖아?"

각하에 대해 잘 모르기에 대꾸하지 않았다. 내가 대답이 없자 그녀는 조금 무안한 얼굴로 고개를 숙이더니 딸랑, 문에 달린 종소리에 뒤를 돌아보았다. 내 고개도 자연히 그녀를 따라 움직인다. 나는 문을 열고 들어서는 익숙한 소년에 놀라 입을 벌렸다.

"르한!"

그러나 리체가 조금 더 빨랐다. 그녀의 가느다란 목소리에 가게의 다른 구석을 바라보던 르한이 천천히 고개를 돌리다 우리를 발견했다. 나는 나와 눈이 마주친 동생을 향해 웃어주었다.

"……누님?"

르한을 부른 것은 리체였지만, 그가 부른 것은 나였다. 나는 살짝 굳은 리체의 일굴을 흘깃거리고 르한을 바라봤다.

"네가 이런 찻집에 드나들다니 의외야."

르한은 멋쩍은 미소를 지으며 내게 걸어왔다. 그가 테이블 바로 앞에 다가서자 리체가 자리에서 일어나 그를 향해 팔을 뻗는다. 그는 리체를 가볍게 안아주며 나와 그녀를 번갈아 보았다.

"일이 잘 풀렸나 보군요."

"응?"

"리체가 누님과 사이가 서먹해졌다며 걱정했었습니다."

나는 르한에게 안긴 채 제법 사랑스러운 얼굴의 리체를 멍하니 바라보다 고개를 끄덕였다. 언제 이렇게 친했지?

"아, 으응. 화해했어. 싸운 적은 딱히 없지만."

"다행입니다."

그는 특유의 무뚝뚝한 미소를 짓더니 리체의 옆, 즉 나를 마주 보는 자리에 앉았다. 나는 리체와 르한 사이에 흐르는 묘한 분홍빛 기류에 얼굴을 찌푸렸다. 리체는 르한을 꼭 연인 대하듯 바라보았다. 열넷과 열셋. 풋사랑을 넘어서 남부에서는 결혼도 준비할 법한 나이지만, 그 대상이 내 동생이라면 기분이 조금 이상해진다.

"⋯⋯둘이 꽤 친해 보이네."

나는 나도 모르게 툭 튀어나온 날카로운 말에 지레 놀라 입을 꾹 다물었다. 동생의 아내를 핍박하는 밉살맞은 시누이 역은 하고 싶지 않았는데.

"친하긴, 아니야."

리체는 발그레한 볼을 숨기며 내 말을 부정했다. 르한은 내 반응을 이해할 수 없다는 듯 나를 관찰했다. 나는 정말 내가 나서서 리체와 그를 갈라놓아야 할지 고민에 들어섰다. 르한이 누굴 선택하든지 그건 온전한 그의 권리이지만, 적어도 작금의 고르텐은 안 된다.

"사가야 할 것이 있어서. 다시 오겠습니다."

리체의 눈치를 보느라 내가 도통 그에게 말을 건네지 못하는 사이 르한이 자리에서 일어났다. 내 혼란 가득한 얼굴에 리체가 웃는다. 결코 좋은 의미는 아닐 것 같아 긴장되었다.

"내가 네 동생과 친한 게 싫어?"

"그런 게 아니야."

"라리, 나는 네 생각보다 많은 것을 알고 있어. 네 동생과 네가 무슨 관계인지도."

나는 그녀의 미묘한 미소에 테이블 아래에 주먹을 꼭 쥐었다. 당연하게도 나는 리체가 지금 무슨 말을 하는지 조금도 알지 못했지만, 순간적인 판단이 반박하려 벌어지려는 입을 막았다. 지금은 그녀가 떠들게 내버려둬야 했다.

"대답을 못 하는 것을 보니 정말이구나."

나를 바라보는 리체의 눈빛이 마치 완전한 타인을 향한 것처럼 차갑게 식어 있었다. 나는 그녀의 눈빛에서 일종의 기시감을 느꼈다. 아, 그래. 고르텐. 제발 아버지를 도와달라 울며불며 매달리던 나를 매몰차게 쫓아내던 그녀의 아버지와 같다.

"고결한 척하더니."

리체가 들릴 듯 말 듯 중얼거린다. 속삭이는 소리에 나는 트집을 잡지 않았다. 리체는 신중하다. 내가 정말 그녀가 하는 말의 의미를 모른다고 한들, 친절하게 설명해주지는 않으리라.

나는 조금이라도 캐물으려 입을 벌렸다가 테이블과 멀지 않은 계산대에서 르한이 우리를 바라보고 있는 것을 발견하고 꾹 다물었다. 리체가 어떤 연유로 우리를 힐난하는지는 모르겠지만, 르한이 알아서 좋은 것은 못 될 테니까.

"르한, 언제 들어가야 해?"

"오늘은 시간이 조금 있습니다. 담당 교관이 황궁에 불려간 상황이라."

"교관이 누군데?"

"루이제 바덴입니다. 꽤 유명한 기사이니 누님도 들어보셨으리라 생각합니다."

알고말고. 황제의 명실상부한 개를 내가 기억 못 할 리 없다. 나는 그가 지금쯤 루페르트를 만나고 있으려니 계산했다. 그의 정체를 아는 몇 되지 않는 사람들 중 한 명일 수도 있겠지. 자연스레 코웃음이 나왔지만, 나는 손으로 얼굴을 대충 가리며 자리에 앉으려는 르한에게 손짓했다.

"그럼 나랑 놀러 가자."

나는 미묘한 표정으로 나를 뚫어져라 바라보는 리체를 애써 외면하며 자리에서 일어났다. 나를 따라 일어서려는 그녀를 저지하곤, 크리시 부인이 칭찬했던 우아한 몸짓으로 그녀에게 빌렸던 보닛을 풀어 건네주었다.

"리체, 오랜만에 동생과 함께 시간을 보내고 싶어. 이해해줄 거지?"

"……내가 방해가 되니?"

"섭섭한 소리 마. 남매 사이가 워낙 돈독해 그런걸."

나는 여전히 리체가 우리의 관계에 대해 무엇을 알고 있는지 몰랐지만, 지금 내가 선택한 단어가 그녀의 기분을 상하게 할 것이라는 것쯤은 눈치챌 수 있었다. 예상대로 그녀는 입술을 꾹 깨물고 억울하다는 양 나를 노려보았다. 그게 의외로 통쾌해서 나는 조금 심술궂게 웃어버렸다.

"그럼 조만간 또 놀러 갈게."

"응, 그래. 언제든 와."

르한은 베레모를 잡으며 리체에게 짧게 인사한 후 나를 따라 찻집을 나왔다. 반 발짝도 되지 않는 거리를 사이에 두고 같이 걸었지만, 우리는 말이 없었다. 결국 침묵을 참지 못한 나는 나를 앞선 르한의 손목을 잡아 그를 멈춰 세웠다. 놀란 듯 커진 암갈색 눈이 나를 내려다본다.

"리체랑 만나?"

"……예?"

"그러니까, 리체를 결혼상대로 보고 있어?"

"……예?"

나는 그답지 않게 되묻는 르한이 답답해 나도 모르게 언성을 높였다. 그는 망설이듯 천천히 팔을 올려 내 어깨를 잡더니 좀처럼 대답 못 하고

서 입술을 달싹였다.

"제게는 아직 너무 이른 질문이라 생각하지 않으십니까?"

"곧 열넷이야. 이르다고 생각하지 않아."

"아닙니다. 그런 마음으로 대하고 있지 않습니다."

르한은 제법 단호한 태도로 대답하곤 한숨처럼 웃으며 눈가를 가렸다. 그 바람에 짧게 깎은 머리를 단정하게 덮은 베레모가 흘러내린다. 나는 바닥으로 떨어지는 모자를 멀거니 바라보다 고개를 숙였다.

"리체는? 리체는 너를 어떻게 생각해?"

"모르겠습니다."

"리체가…… 우리가 아는 리체가 사실 리체의 전부가 아닐 수도 있어, 르한. 실제로는 아주 다른 사람일 수도 있어."

르한은 고민하는 얼굴을 하더니 말을 고르는 듯했다. 단정한 미간이 신중하게 찌푸려진다. 그가 나를 오해하면 안 되는데. 나는 괜한 걱정을 하며 르한의 손을 잡았다.

"응? 르한."

"누님은요?"

그러나 곧 뿌리쳐진다. 나는 동생이 천천히, 그러나 확실하게 뿌리쳐 허공에 머무는 손끝을 바라보다 고개를 돌렸다.

"인간은 어차피 타인을 완벽하게 알 수 없습니다."

"그런 말이 아니라……."

"제가 누님이 생각하시는 사람이 아니면 어쩌시렵니까?"

나는 르한이 일부러 짓궂은 물음으로 나를 놀린다고 생각했지만, 동생의 얼굴은 몹시 진지했다. 목소리엔 긴장까지 서려 있어 나는 덩달아 심각해졌다.

르한이 내가 아는 아이가 아니라면? 하지만 나는 원래 르한을 잘 몰랐다. 동생이 왜 방황하는지도, 왜 아버지께 반발했는지도 전혀. 그러

니 상관없는 이야기 아닌가. 르한의 소중함은 내가 그를 얼마만큼이나
잘 아느냐와 관계없었다.

"그래도 너는 내 동생인걸."

르한은 내 대답에 만족한 것 같지 않았다. 아이는 씁쓸한 미소를 띠더
니 제가 뿌리친 내 손을 다시 잡았다.

"저는 누님처럼 확신에 찬 대답은 하지 못할 것 같습니다."

4. 침잠하는

루페르트는 조금 불편한 자세로 책상 앞에 앉아 가지각색의 총기들을 정리했다. 그가 집중함에 따라 더더욱 그 눈매는 더 빳빳하고 사나워졌다. 그 모습을 지켜보던 루이제는 루페르트 몰래 한숨을 내쉬었다.

치마가 올라가는 것도 신경 쓰지 않고 무시무시한 권총 따위를 만지작거리는 숙녀라니. 출신이 어찌 되었든 뼛속부터 기사인 그로서는 그리 보고 싶은 장면이 아니다. 물론 장총을 마치 보석처럼 진중한 얼굴로 다루는 루페르트는 소녀가 아니지만.

눈도 깜빡이지 않고 조용히 눈앞에 총기류를 살피던 루페르트는 조심스레 중간 크기의 장총을 끌어다 손수건으로 닦기 시작했다. 정숙한 소녀들이 오페라를 감상하다 눈물이나 찍을 법한, 민들레가 곱게 수놓인 손수건은 그의 손아귀에서 거침없이 구겨졌으며 본래 의도된 목적을 잃어버리고 말았다.

벅벅 닦는 것 같지만, 사실 굉장히 섬세한 손길이었다. 그는 길이 든 물건은 제법 아끼는 경향이 있었으니까.

"그리 열심히 닦으면 총알이 더 빨리 날아가기라도 한답니까?"

"닥쳐."

루이제는, 루페르트 본인만큼은 아니겠지만, 그가 떠맡긴 일들을 처리하느라 매우 바쁘다. 그런 자신을 병풍처럼 세워두는 루페르트에게 투덜거리자 황녀, 아니, 황자 루페르트는 날카롭게 일갈하며 책상에 올라섰다.

손에 닿지 않을 만큼의 높이에 장총을 걸려는 순간 관자놀이가 가시에 찔린 것처럼 찌르르 아팠다. 그는 휘청이며 떨어졌지만, 루이제는 바닥에 처박히는 그를 도와주려 손을 뻗거나 하지는 않았다. 루페르트가 반기지 않을 것을 알기 때문이다.

그는 제국에서 가장 루이제의 도움을 게걸스럽게 탐낼 사람이었으나 결코 그리 행동하지 않았다. 루이제가 그를 따르는 이유가 바로 그것이다. 자신의 어린 주인은 비참했으나 비굴하지 않았다.

"빌어먹을."

바닥에 손을 짚은 루페르트는 어기적어기적 일어나며 낮게 욕설을 중얼거렸다. 몸은 하나인데 보이는 시야가 두 개인 것은 제법 피곤한 일이다. 라리에트의 감시를 제외하고도 신경 쓸 일이 한두 가지가 아닌 만큼 평소에도 그리 무난하지 않은 정신은, 전장의 군인만큼 난장맞았다.

루이제는 지금의 그를 누구도 소녀로 보지 않을 것이라며 혀를 쯧쯧 찼다. 루페르트는 땅에 떨어진 장총을 들며 루이제를 노려보았다.

"계속 종알댈 거면 꺼져. 바빠 죽겠으니까."

"섭섭한 소리만 하시는군요."

루이제는 상처받았다는 양 연극조로 말하며 제 가슴께를 손으로 짚었지만, 그 표정은 무척 단조로워 조금도 진심으로 보이지 않았다. 루페르트는 신경질적으로 총부리를 그에게 겨눴다. 찰칵. 망설임 없이 방아쇠를 당겼지만, 탄창은 비어 있어 당연히 아무 일도 일어나지 않았다.

"죽이시게요? 무서워라."

"젠장, 닥치라고 했다."

루페르트는 무안하지도 않은 듯 서랍을 뒤져 숨겨둔 훼아와 총알이 가득 담긴 상자를 꺼내 책상에 던졌다. 머리가 지끈거려서 도통 제대로 된 사고를 할 수가 없다. 루이제가 저를 비웃으며 능글맞게 구는 날이 하루 이틀도 아니었건만, 오늘따라 더 특별히 거슬린다.

그는 답답한 드레스의 단추 몇 개를 끌러내며 머리를 묶고 있던 리본도 풀어버렸다. 긴 머리가 좋은 머릿결을 자랑하며 금빛 물결처럼 흘러내린다. 태양을 빻은 것처럼 화려한 루페르트의 금발은 그의 여장에서 가장 중요한 역할을 맡고 있었다. 매 순간 사나워지기만 하는 신경질적인 눈매를 가려주는 요소였으니.

"이제 정말 소녀로 안 보여요. 하나도 안 귀여우시다고요."

"귀여우면 따먹기라도 할 셈이었나?"

"저급한 소리 좀 하지 마세요."

루이제는 질색하며 혀를 내둘렀다. 허구한 날 뒷골목에 나가 계시더니 말이 점점 더 험해지신다며 울상을 짓는다. 루페르트는 그를 반쯤, 아니, 반 이상 무시하며 총탄 하나를 집었다. 탄환은 얼핏 보면 군에 흔히 보급되는 그것처럼 평범하고 보잘것없었지만 끝이 은색의 실로 둘둘 말려 있다는 점이 특이했다.

이를 무심하게 쳐다보던 루페르트는 이로 실을 끊어냈다. 보통 사람이었다면 실 끝에 신체가 닿는 순간 폭발했겠지만, 그는 음험한 저주로 물든 이 실뭉치를 만들어낸 본인이다. 그러나 위험한 것들이 대부분 그러하듯 연금술은 반드시 대가를 치러야 했기 때문에, 실을 물어뜯은 입가에 피가 맺혔다.

루페르트는 상처를 신경 쓰지 않고 같은 행동을 몇 번이나 반복했다.

그 기행은 실이 끊어진 총알이 책상 옆에 수북이 쌓이고 루이제가 그의 팔을 잡으며 말리고 나서야 끝이 났다.

"아프시어요?"

토리가 걱정을 가득 담은 눈으로 깨끗한 수건을 들고 종종 달려와 루페르트의 입가를 닦아주었다. 그는 눈을 감은 채로 여상히 그녀의 시중을 받다 총알 옆에 놓여 있던 훼아를 입에 물었다. 순식간에 달아오르는 갈라진 입술이 쓰렸지만, 이제 와 상관할 만큼 큰 고통은 되지 못했다. 그는 토리가 기겁할 정도로 육체적인 고통에 무심했다.

곧 자욱한 훼아 연기가 방을 꾸역꾸역 메우기 시작한다. 훼아 잎을 말려서 빻아 가늘게 만 훼아는 그가 파스벤더를 통해 얻어낸 물건 중에서 가장 쓸모 있는 것이다. 향을 맡는 정도로 잠이 오는 강력한 수면제를 같이 갈아넣으면 훼아는 더욱 훌륭해졌다.

물론 루페르트는 수면제 따위로 잠들 만큼 마음이 편안한 인간은 아니었지만, 날이 바짝 선 신경 정도는 천천히 가라앉았다. 그는 숨을 처음 쉬는 것처럼 급박하게 연기를 빨아들였다가 한숨처럼 내뱉었다.

"아니. 괜찮아."

루페르트는 루이제를 대할 때와는 상반되는 자상한 눈빛을 하고서 제 앞에 까치발을 들고 서 있는 토리의 머리를 두어 번 쓰다듬었다.

"저……."

루이제가 불만스레 입을 여는데, 노크 소리가 루페르트가 아주 오랜만에 즐기고 있던 휴식시간을 깨부쉈다.

똑똑.

그는 아주 당연하단 듯 제가 물고 있던 훼아를 루이제의 입에 꽂고 의자에 인형처럼 얌전히 앉았다. 토리가 문을 열자, 우아한 걸음으로 나이젤 황녀가 방에 들어선다. 루페르트는 일그러지려는 눈가를 애써 고정하며 자리에서 일어나 허리를 숙였다.

"이런, 너무 딱딱하게 굴지 마세요."

나이젤은 꾀꼬리같이 고운 목소리로 다정하게 웃으며 루페르트를 안았다. 훅 풍기는 훼아 냄새에 당황했지만, 그녀는 루이제가 손에 들고 있는 훼아를 발견하고 웃어넘겼다.

"이런, 바덴 경. 아무리 요즘 훼아가 유행이라지만 라페르트는 아직 몸이 약하답니다. 조심해주세요."

"죄송합니다."

"라페르트, 잘 지냈나요?"

"예, 덕분에요."

루페르트의 대답은 어느 정도 사실이다. 아르눌프가 요즘 그를 덜 찾는 이유는 모두 나이젤 때문이었으니까. 그녀는 본성이 고상한 황족으로, 불쌍한 의붓자매를 괴롭히는 제 오빠의 난폭함을 끔찍하게 여겼다. 나이젤은 루페르트 때문에 아르눌프와 입씨름을 한 적도 여러 번이다.

하지만 루페르트는 그건 어쨌든 자신과는 상관없는 이야기라고 생각했다. 오히려 그는 아르눌프보다 나이젤이 더 꺼림칙했다. 그는 싸구려 동정을 혐오했다.

"아르눌프가 혹 다시 괴롭히면……."

"감사합니다, 자비로운 분."

루페르트는 나이젤의 말을 끊으며 그녀의 기분이 상하지 않게 부드럽게 웃었다. 나이젤은 아르눌프만큼 멍청하진 않았다. 그녀는 루페르트가 자신보다 아름답고 무서우리만치 똑똑하다는 사실을 알고 있다. 그래서 그를 동정하는 것이다. 그것이 가장 쉽게 그를 제 아래로 굴종시키는 방법이었기에.

"흐음, 무얼 하고 있었어요?"

"작은 취미생활 정도."

루페르트는 속삭이듯 말하며 책상으로 향하는 나이젤의 시선을 몸으로 가렸다. 짜증나는 계집애.

"어머! 입술이! 다친 건가요?"

시야에 들어온 그의 상처가 몹시 걱정이 된다는 듯, 나이젤이 작게 탄성을 내질렀다. 루페르트는 말없이 피가 번진 입술을 문지르다, 나이젤이 자신의 흐트러진 옷차림과 붉은 입술, 멀뚱히 서 있는 루이제를 번갈아 보자 묘한 표정을 지었다.

"라페르트! 설마, 설마 바덴 경과 이상한 짓이라도 하는 것은 아니겠죠?"

"어떤 것을 말씀하시는 건가요?"

루페르트는 무구하게 물으며, 고개를 갸웃거리는 대신 부끄럽다는 듯 아까 스스로 풀어낸 옷깃을 잡아 가렸다. 그 가식적인 모습에 가만히 이를 지켜보던 루이제는 입을 쩍 벌렸다. 제 주군의 행동이 기가 막혔기 때문이다.

"비밀을 지켜주세요. 경은 아직 제 기사님이 아니니까요."

루페르트는 속삭이며 검지를 입에 가져다 댔다. 쉿. 연극배우가 울고 갈 정도의 연기라 제 나이 반 토막이 될까 말까 한 소녀, 아니, 소년과 불미스럽게 연루되는 일은 꿈도 꾸지 않았던 루이제는 울고 싶어졌다.

"어, 어머머. 어머. 라페르트! 이건 옳지 않아요! 하지만 아무에게도 말하지 않겠어요."

나이젤은 루페르트의 설익은 교태에 본인이 더 부끄러워했다. 그녀가 새빨개진 얼굴로 고개를 열심히 끄덕이자 루페르트는 살짝 웃으며 그녀를 끌어안았다.

"고마워요. 하지만 나중에 다시 방문해주시겠어요? 하던 일이 있어서."

"으응, 그럴게요."

나이젤은 김이라도 오를 것처럼 시뻘겋게 익어서 불에 덴 듯 서둘러 방을 나섰다.

일주일도 지나지 않아 루페르트가 제 어미를 닮아 몸을 함부로 놀린다느니 비천한 핏줄은 감출 수 없다느니 하는 악의 섞인 소문이 파다하게 돌 것이다. 그리고 키가 껑충해진 그를 의심스럽게 바라보는 눈들도 줄겠지.

그는 만족스러운 미소를 지으며 다시 책상에 다가섰다. 루이제가 소리를 빽 지른다.

"미치셨습니까!"

루페르트는 대답하지 않았다. 그는 불이 꺼진 훼아를 다시 입에 물었다. 빽빽한 한숨과 함께 루이제가 곧 울음이라도 터트릴 듯한 얼굴로 주저앉았다. 토리가 그를 동정하며 그의 옆에 쭈그리고 앉았다. 힘내세요, 루이. 그녀가 작은 새의 날갯짓 같은 손길로 그를 부드럽게 토닥였지만 위로가 되진 못했나 보다. 루이제는 결국 굵은 눈물을 펑펑 뽑았다.

루페르트는 장성한 남자의 눈물에 조금 기가 찼다. 어린아이를 눕혀도 될 만큼 넓은 어깨를 가진 사내가 엉엉 우는 모습은 괴상한 정도를 넘어 기괴했다.

"욱, 저 장가 다 갔어요. 끄윽! 세상에! 저를 얼마나 미친놈으로 모시려고!"

"시끄러워."

"세간에서 저를 아동성애자로 볼 것 아닙니까! 세상에! 세상에!"

"닥쳐."

"이 제국에 여자가 단 한 명도 남지 않아도! 제가! 우욱! 전하랑은 안 합니다!"

루이제의 지겨운 외침에 루페르트는 특유의 짜증 가득한 눈길을 서류 쪽으로 돌려버렸다. 아예 신경을 끄기로 마음먹은 것이다.

"저 지금 만나는 아가씨도 있는데…… 소문이라도 잘못 나면 정말……."

"나보다 예쁜가?"

질투처럼 들리는 질문에 루이제는 벙했다. 그러나 그는 곧 서둘러 표정을 수습했다.

"다, 다, 당연하죠! 전하는 남!"

"입조심해."

이번엔 말로만 경고하지 않았다. 루페르트는 정말로 루이제의 입을 틀어막으려는 목적으로 잘 닦아놓은 권총을 집어 들었다. 총알은 아까 장전했다.

탕!

"총소리가 더 큽니다!"

시퍼런 불빛이 감싼 총알이 바로 제 귀끝을 찢으며 지나갔지만, 루이제는 피가 줄줄 나는 귀를 감싸면서도 겁먹은 얼굴이 아니었다. 바로 그 점이 루페르트는 거슬렸다.

"아파요!"

"아프라고 쐈다."

"젠장, 마가렛이 전하보다 훨씬 예쁩니다! 엄청 예뻐요!"

"나도 엄청 예쁘다고 그러던데."

"눈으로 사람도 죽일 것 같은 인상이 예쁘기는!"

예뻤다. 그러나 루이제는 그리 말하지 않았다. 마지막 자존심이다. 하지만 애초에 루페르트는 예쁘다는 말을 칭찬으로 받은 적도, 해본 적도 없는 사람이었다. 의미 없는 말장난이다. 그는 당장에 누가 제 얼굴을 지져 지독한 화상을 남긴다고 해도 신경을 쓰지 않을 것이다. 제게 해를 끼치긴 했으니 죽이긴 하겠지만.

"……벨루아 영애는 계속 곁에 두실 생각이십니까?"

루이제의 뜬금없는 질문에 상단 관련 서류에 코를 박고 있던 루페르트가 천천히 고개를 들었다.

벨루아. 요즘 들어 계속 귀에 거슬리는 이름이다. 잘 익은 복숭아처럼 불그스레한 뺨을 가진 계집애가 자연스레 떠올랐다. 그는 본인도 모르게 인상을 찌푸렸다.

"어."

"위험합니다."

"근데?"

"그녀가 도움이 되기는 합니까? 별로 똑똑하지도 않아 보이던데. 아니, 똑똑하면 오히려 더 위험하지만……. 게다가 그 영애 이유 없이 저에게 적대적이에요. 전하를 경계하는 것 같았습니다."

"어쩌라고."

루페르트는 말 안 듣는 사춘기 소년처럼 툭 내뱉으며 다시 서류에 집중했다. 루이제가 억울함을 토로하듯 말을 늘어뜨린다. 이렇게 제 충성심을 몰라주다니.

"아니, 조심하시라는 겁니다."

"뭘?"

"벨루아 영애요. 무슨 꿍꿍인지도 모르시잖아요."

"네 말대로 멍청한 계집애일 뿐인데 조심힐 필요가 뭐가 있나."

라리에트 벨루아는 확실히 그 이름만큼 위험하지도, 쓸모가 대단하지도 못하다. 루페르트는 저를 똑바로 쳐다보며, 자신을 그렇게나 두려워하고 무서워하고 끔찍해하는 와중에도 제 것이 되겠다 주절거리던 그녀를 떠올렸다.

기분이 나쁘지는 않았다. 그는 타인의 혐오에 익숙했으니까. 단지, 엉터리로 공포를 숨겨 안은 채 그의 것이 되겠다고 입을 놀리는 꼴이 흥미로웠을 뿐이다. 그녀는 몰랐겠지만, 그것은 아주 제대로 루페르트를 설득하는 방법이었다. 짜증날 정도로.

그는 무언가를, 누군가를 온전히 소유하는 것을…….

"하지만 그 아버지는 보통 인간이 아닙니다. 전하도 그가 선대 황제의 사람이었다는 것은 아시잖아요. 지금은 겨울 곰처럼 웅크리고 있지만, 무엇을 계획하고 있는지 모릅니다. 그래서 경계도 해왔던 거고."

"그 계집앤 아무것도 몰라."

"그걸 어찌 확신하십니까?"

실제로 그녀의 아버지는 루페르트를 동정할지언정 미워할 이유가 없다. 제 하나뿐인 딸을 황궁에 넣었을 리도 없다. 그는 라리에트가 입궁한 날부터 지속적으로 그녀의 주위를 감시했지만, 그녀는 단 한 번도 벨루아와 직접적인 접촉을 하지 않았다. 가끔 제 동생을 만나는 것 같았지만, 그녀 몰래 붙여놓은 도청기에 위험한 내용은 감지되지 않았다.

"난 확신 같은 거 안 해."

"그렇다면 왜 옆에 두세요? 이상한……."

"젠장, 시끄러워."

루이제의 말대답에 루페르트는 서류를 누르는 데 사용하던 무거운 장총을 던지며 일어났다. 루이제의 이마를 제대로 가격하고 바닥에 떨어지는 장총을 집어 든 그는 다시 루이제에게 총구를 겨눴다. 이번엔 제대로 머리를 노렸다.

"내 말에 조잘조잘 토 달지 마."

"연인을 이리 막 함부로 죽이셔도 됩니까?"

"미친놈."

루페르트의 옆에서 놀아달라 보채며 욕만 연신 먹던 루이제는 조금도 상처받지 않은 표정으로 상처받았다 주장하더니, 루페르트의 시선을 끄는 것을 포기한 듯 방 한켠에 마련된 소파에 벌렁 누웠다. 루페르트는 그런 그를 한심하게 바라보다 손바닥만 한 석궁처럼 생긴 무기를 들어 바늘 두 개를 넣었다.

소리 없이 시위를 당겼지만, 신기하게도 바늘은 발사되지 않았다. 대신 빛무리 같은 것을 한 다발 얻어맞은 루이제는 따끔따끔한 느낌에 놀라 벌떡 일어났다.

"끄악! 악! 끄악!"

"아픈가?"

"아, 아프죠! 당연히! 아프다고요!"

"엄살 피우지 마."

루페르트는 가볍게 핀잔하다 루이제가 정말로 아파하니 입을 꾹 다물고 책상으로 눈길을 돌렸다. 눈빛이 가볍게 가라앉는다.

"아, 미안. 잘못 쐈다."

"거, 거, 거짓말이죠? 으아아악!"

루이제의 피부가 곧 벌겋게 일어났다. 방 안을 쿵쿵거리며 뛰어다니는 그를 토리가 다람쥐같이 가벼운 몸놀림으로 따라다닌다.

"꺄아, 루이! 피부가 빛나요!"

그의 고통을 즐기는 듯 함박웃음을 짓는다. 토리의 신난 외침과 루이제의 비명에 루페르트는 혀를 쯧 짧게 차고 다시 석궁을 장전했다.

"가만히 있어. 토리 맞으면 큰일 난다."

"토리만 걱정하십니까!"

"가만히 있으라고."

"젠장, 전하는! 지인짜 못된 인간입니다!"

말은 그렇게 하면서도 루이제는 멈춰 섰다. 붙박인 듯 서 있는 루이제의 가슴을 겨냥한 루페르트는 빛무리에 의해 너덜너덜해진 그의 피부를 관찰하며 다른 손으로 펜을 놀렸다.

"질산 비율을 좀 줄여야겠군."

"제가 무슨 실험쥐입니까?"

그가 발악했지만, 루페르트는 손톱만큼도 신경 쓰지 않았다. 작년에 시작한 무기개발은 이제 거의 마무리 단계에 접어들었다. 그가 개발한 신무기 두 종은 벌써 안전성이 확인되어 군용물자로 생산되기 시작했다. 라페르트 황녀가 군 소속 연금술사 바르바로사라는 사실을 아는 사람은 본인인 루페르트와 토리, 루이제, 그리고 황제 정도다.

군의 극비인 신무기를 다루는데 얼굴조차 비치지 않는 바르바로사를 믿지 않는 사람도 많지만, 그의 신원보증인이 다름 아닌 국가원수, 즉 황제라 아무도 토를 달지 못했다. 게다가 그의 무기는 외국에서 투자자를 끌어모을 정도로 혁신적이었다.

랑스부르크 전투와 휘트겐 공방전을 제국군의 승리로 이끈 것은 정말 오롯이 그가 개발한 폭격기 때문이다. 제국군은 만 명도 되지 않는 인력으로 수십 개의 소수민족을 박살냈고, 윌레탄을 식민지로 밟고 섰다. 그 극악한 잔인함이 모두 루페르트의 공은 아니었으나, 그의 덕이 아예 없다고는 할 수 없으리라.

황제가 수호하는 유일신 볼고르와드의 성전에 따르면 그의 영혼은 갈가리 찢겨 조각조차 남지 않을 만큼의 엄청난 공로이며 죄악이었다.

그래서 뭐?

그는 불손했다. 자신의 죄는 이미 차고 넘쳐 그런 간접적인 죄악까지 책임져줄 정도의 여유는 남아 있지 않았다. 앞으로 남은 생을 어찌 살든 냉정한 볼고르와드는 그를 자신의 아름다운 성에 초대해주지 않을 것이다.

그가 갈 지옥은 바닥도 없을 무저갱. 바르바로사의 잔악한 무기에 사람들은 그가 천벌을 받을 것이라 저주하지만, 애초에 제게 벌을 받고 용서를 구할 구석이 조금이라도 남아 있던가. 루페르트는 펜을 놓고 자조했다.

그가 모든 데이터를 수집했다고 판단한 루이제가 까끌까끌 부스럼이 일어난 피부를 털어내며 목소리를 높였다.

"젠장, 어차피 무슨 효과가 날지 다 계산하시지 않습니까? 왜 저한테 이러시느냐고요."

"눈으로 직접 확인하는 거랑 다르거든."

"그러니까 왜 저한테요! 만만한 게 접니까! 토리는 엄살 부리니까 맨날 봐주시잖아요!"

"쟨 어차피 오염돼서 정확하게 안 나와."

루페르트는 차갑게 대답하며 책상 밑에 기어들어간 토리의 발목을 붙잡아 올렸다. 가만히 좀 있어. 으름장을 놓아야 얌전해진다.

"그럼 그 영애는요? 벨루아!"

"걘 안 돼."

"왜요!"

"다치잖아."

"와, 저는 다쳐도 됩니까?"

루이제는 배신감과 충격으로 말도 잘 안 나오는지 컥컥대며 목을 잡았다.

"걘 내 거니까."

너무 기막힌 소리라 반박도 못 하겠다. 루페르트를 따른 지 수년이 돼가는 루이제는 숨이 막히고 억울해서 물집이 올라온 손목을 쏙 내밀었다.

"저는요! 저는요!"

"넌 지나가는 군견이지."

"너무하신 거 아닙니까? 그 여자 안 지 얼마나 되었다고."

투기하는 정부라도 되는 양 붉으락푸르락 부들부들 떨어대는 루이제를 쳐다보지도 않고, 루페르트는 책상 앞에 다시 앉아 서류뭉치 가장 아래에 깔린 종이를 꺼내 죽 선을 그었다. 빼곡히 들어찬 이름은 그 나이 또래의 귀족들의 것이었다. 그가 반드시 제거해야 할 사람의 이름이 그 속에 숨어 있었다.

베아트리체 고르텐, 라리에트 이사벨 드 벨루아, 르한 디트리히 벨루아.

지금 그가 보고 있는 얼굴의 주인들도 당연하다는 듯 적혀 있다. 그러나 라리에트의 이름 위에 놓인 펜촉은 제자리에서 움직여지지 않는다. 그는 그대로 그녀의 이름을 무시하고 지나쳤다. 물론 언제든 다시 뒤적일 수 있는 명단이다.

라리에트가 제 소유라는 말이 그가 그녀를 믿는다는 뜻은 아니다. 그녀 본인도 자신을 믿지 않아도 된다고 했다. 그리고 루페르트는 그녀를 조금도 믿지 않았다.

애초에 소유와 신뢰는 공존할 수 없는 개념이다. 믿지 않기에 가지는 것이다. 어떤 상황에서라도 제 곁에 남으리란 믿음이 있다면 구태여 '소유'하지 않아도 괜찮으니까. 그러니 그만큼 비참한 욕심이 없다.

그는 실제로, 소유욕에 미쳐 영혼까지 망가진 인간을 알고 있다. 그래도 본디 가진 것이 없어 자꾸 욕심이 났다. 아무것도 없으니 하나쯤은 괜찮지 않겠나, 그런 미련이 가느다란 틈으로 스며든다.

컴컴한 시야 끝에서부터 차분히 빛이 퍼지며 라리에트가 보고 있는 풍경을 투영시켰다. 곧 라리에트의 말소리가 귓가에 소곤대는 것처럼 들려왔다. 그의 목소리가 점점 더 낮아지는 것처럼 그녀의 목소리는 시간이 지날수록 점점 더 부드러워졌다.

루페르트는 제 동생과 대화하는 라리에트의 밝은 목소리에 이유 없이 기분이 상했다. 뚝. 부러진 펜촉 끝으로 잉크가 번진다.

루페르트는 라리에트가 보고 있는 것들을 관찰하다 문득, 자신은 몇 번을 지나친 거리임에도 보지 못한 것들을 그녀가 보고 있음을 깨닫게 되었다. 골목 사이사이에 피어난 들꽃, 그런 들꽃을 꺾어다 파는 길거리 소녀들의 꼬질꼬질한 맨발, 가지런히 정리된 노점거리의 천막이 길게 이어지는 풍경들.

그런 게 도대체 왜 그녀의 눈길을 끄는지는 모르겠지만, 라리에트는 몇 번이고 쓸모없는 것들에 집중했다. 그녀는 제게 말하는 르한의 얼굴을 바라보다가도 제 코트 끝을 붙잡는 아이의 손가락에 고개를 돌렸다. 루페르트는 그토록 쉽게 바뀌는 라리에트의 시야에 상당한 짜증을 느꼈다.

산만한 계집애. 속으로 중얼거리지만, 연금술을 모르는 그녀는 루페르트의 정신이 크게 흐려지지 않는 이상 그의 소리를 훔쳐들을 수 없으니 듣지 못할 터다. 루페르트는 그 사실을 알았음에도 라리에트를 질책하듯 말했다.

"쓸모없는 데 시간 쓰지 마."

그녀는 마치 그의 말을 듣고 반항이라도 하듯 바로 아이의 손을 마주 잡았다. 르한이 막 제 아버지와 고르텐 상단의 일에 대해 말하고 있었기 때문에 루페르트는 손으로 한쪽 눈썹을 꾹 누르며 인상을 찌푸렸다. 말 참 더럽게 안 듣는다.

– 무슨 일이니?

– 꽃…… 꽃을 사세요. 아름다운 아가씨랑 어울리는 꽃이요.

"아름답긴 개뿔."

루페르트는 헛웃음을 지었다. 제대로 된 가구라고는 책상과 소파밖에 없는 호젓한 집무실 한가운데서 아무것도 없는 허공을 바라보며 떠들고 성질부리며 웃기까지 하는 그를 멀뚱히 바라보던 루이제와 토리는 구석에 앉아 서로를 마주 보며 고개를 갸웃거렸다.

"우리 전하 미치셨나 봐."

"정말이어요?"

제 딴에는 소곤거린 루이제와 토리의 낮은 목소리가 방을 크게 울렸다. 헛. 토리와 루이제가 동시에 제 입을 손으로 가리며 움츠린다. 루페르트의 사나운 시선이 구석으로 틀어졌다.

"뭐?"

"토, 토, 토리가 한 말입니다, 전하."

"제가 어언제, 그랬어요?"

토리가 눈을 세모꼴로 뜨며 루이제를 노려보자 그는 땀을 삐질 흘리며 시선을 돌렸다. 전하가 너한테는 관대하잖아. 그러나 그 말이 무색하게도 루페르트는 토리에게만 손가락을 까딱거렸다.

해마다 굵어지는 뼈마디의 손가락이 공중에서 느리게 흔들린다. 토리는 주춤주춤 일어나 먹기 싫은 반찬이 올라간 식탁에 앉는 아이처럼 천천히 움직였다.

"이리 와."

루페르트의 한마디에 그녀는 실에 매단 인형처럼 단숨에 끌려왔다. 그의 앞에 바로 서니 한때는 비슷했던 덩치가 이제는 제법 차이가 많이 난다.

라리에트가 시녀로 들어온 이후, 루페르트는 키가 한 뼘보다도 더 자랐지만 토리는 그대로였다. 아무리 밥을 먹여도 그녀는 초라한 생쥐처럼 작고 말랐다. 토리는 조금도 자라지 않은 제 손을 그가 뻗은 손에 겹쳐보다 한숨을 내쉬었다.

"그만 자라시면 안 되어요?"

그 말도 안 되는 질문에 루페르트가 짧게 웃는다. 멀리서 그를 지켜보던 루이제는 결국 그가 토리를 혼내지 않으리란 것을 깨닫고 입술을 삐죽 내밀었다. 봐, 토리 쟤는 절대 혼 안 내시지.

"왜?"

"전하가 저보다 커지는 게 싫어요."

"이미 너보다는 큰데."

"더 커지시는 게 싫어요. 멍청한 사내들처럼요."

말은 그렇게 하면서도 토리는 루페르트가 팔을 뻗어 자신을 무릎에 앉히는 것을 거부하지 않았다. 새파랗게 느껴질 정도로 진한 초록빛의 눈이 흐리멍덩한 그녀의 연두색 눈을 마주한다. 그의 내리깐 시선이 천천히 토리의 작은 손을 훑었다. 토리는 처음 만났을 때부터 이 크기였다. 앞으로도 그럴 것이다. 영원히.

"들어주지 못하는 부탁은 하지 마. 웬만한 건 다 해줄 거니까."

자라지 못한다는 것은 어떤 기분일까?

자라나는 자신을 들킬까 매일매일 걱정하고 숨죽이며 살아온 그조차도 영원히 자라지 못한다는 개념은 꺼림칙했다.

"차라리 너를 자라게 해줄까?"

"그럴 수 있으시어요?"

"네 주인을 너무 무시하는데."

루페르트는 자존심이 상한 것처럼 살짝 인상을 찌푸렸다. 토리는 장난꾸러기처럼 키득거리며 그의 이마에 손을 올렸다. 무리라는 것을 알기 때문이다.

"저는 다 괜찮아요. 전하께서 저를 버리시지만 않으면요."

"난 내 건 절대 안 버려."

루페르트의 날카로운 턱에 힘이 들어간다. 진심이다. 그가 믿는 단하나의 진실이자 진리. 손에 들어온 것을 버리는 것은 그로서는 상상도 하지 못할 만큼 끔찍한 일이었다. 가진 것 없는 어린아이에게 소유물은 곧 그의 세상이 된다. 그러니 그의 세상을 버린다는 의미나 다름없다.

"절대."

"알아요, 전하. 가엾은 바예."

토리의 말뜻을 이해한 그는 웃었다. 애초에 버릴 것조차 많지 않았다. 왕으로부터 받은 초라한 금은보화―아르눌프와 나이젤이 소유한 것에 비하면 그런 수식어는 어울리지 않지만—는 그에게 떨어진 것이 아닌 황녀라는 이름 때문에 들어온 것이니, 그의 것이 아니다. 유폐된 듯 처박힌 궁도, 입고 있는 옷, 지위, 라페르트라는 이름까지도 모두.

파스벤더를 통해 긁어모은 자금과 병력 또한 그가 완벽하게 소유했다 할 수 없는 일시적인 힘일 뿐이다. 그 모든 기반을 가져온 루이제조차 그의 어머니인 황후가 제게 던져놓은 인간이다. 루이제는 본디 황후의 호위기사였다.

그는 순식간에 자신의 어머니를 그린 듯 떠올릴 수 있었다. 그녀의 우울한 얼굴은 항상 그를 숨 막히게 했다. 제가 가진 것이 토리뿐이라면, 그녀가 가진 것은 루페르트뿐일 것이리라. 보편적이지 못한 모자관계였다. 그럼에도 어머니라 그는 그녀를 따랐다. 그녀가 자신의 어머니로 영원히 남을 것이라 따른다.

루페르트에게 가족은 그런 의미였다. 누르고 눌러지는, 가차 없이 버릴 수는 없지만 그의 삶을 모두 옭아맨 어머니를 소중하다고 말할 수는 없었다.

문득 그 생각의 빈틈을 비집고 들어오는 인영이 있었다. 라리에트는 이 세상에서 가족이 가장 소중하다 했다. 그녀가 지키고자 마음먹은 이들도 가족일 것이다. 루페르트가 정말로 누구인지, 앞으로 무엇을 할 것인지, 어떻게 제국을 거머쥘 그 배경을 조금도 모르면서 그의 것이 되겠다고 주장하던 여자.

자신이 무서워 죽겠다는 얼굴을 한 주제에 그 말만큼은 진심이던. 그녀는 자신이 권력자로 남아 있는 순간까지 그의 것이 되겠다고 했었다. 루페르트는, 여태 한 번도 틀린 적이 없는 제 계산에 따르면 죽는 순간까지 권력자일 테니 그 거래가 나쁜 것은 아니리라 생각했다. 온전한 소유. 완벽한 것은 그 무엇도 없는 이 불완전한 세상에 얼마나 달콤한 유혹인가.

- 꽃 예쁘다.

들꽃 다발에 코를 박았는지 라리에트의 시야는 온통 얼룩덜룩한 꽃잎으로 가득했다. 루페르트는 눈을 감고 라리에트가 길거리 소녀에게서 산 꽃다발을 노려보다 서류를 정리했다. 토리는 아직까지 그에게 안긴 채라 몸을 움직이지도 못하고 가만히 앉아 있었다.

그의 귓속에는 꽃이 마음에 드는 것인지, 노을로 물드는 거리의 풍경이 좋은 것인지 라리에트의 가느다란 웃음소리가 파고드는 벌레의 날갯짓처럼 윙윙 울렸다. 내일이면 시들 꽃다발 따위가 무어 그리 좋은지 모르겠다.

아마 그는 평생 이해하지 못할 것이다. 그녀가 왜 하늘을 새빨갛게 물들이는 노을 따위를 가던 길을 멈추면서까지 바라보는지, 별도 없는 상파뉴의 하늘을 왜 아름답다 말하는지 평생.

그래, 그녀는 너무 평범했다. 자신의 것이 되기에는 너무도 평범하다. 탐나는 구석이 그 배경 말고는 조금도 없었는데, 오히려 그 때문에…….

"너도 좋나?"

"무슨 말이시어요?"

"꽃 좋아하느냐고."

"저와 꽃은 상극이어요. 아시잖아요."

영혼을 좀먹는 금속에 잠식된 그녀와 한껏 피어나는 대지의 생명은 어울리지 않는다. 토리의 그 말이 조금 슬프게 들려서 그는 서류를 내려놓고 그녀의 어깨에 고개를 묻었다.

"나를 원망하나?"

"저는 그 누구도 원망하지 않아요, 전하."

"평범하게 살아갈 수도 있었잖아."

토리는 대답하지 않고 빙그레 웃기만 했다. 보지 않아도 그녀가 웃는 것을 알 수 있어서 루페르트는 더 무표정해졌다.

"그 계집이 부러울 테지."

"라리에트요? 부럽죠. 너무 부러워요, 전하. 죽음을 두려워하고, 전하를 두려워하고, 그럼에도 불구하고 그녀의 소중한 것을 지키기 위해 힘내는 그녀는 무척이나 사랑스러우니까."

토리가 몸을 돌린다. 선이 뚜렷한 루페르트의 윤곽을 따라 그녀의 마른 손이 움직였다.

"버릴까?"

"그럴 생각도 없으시면서 함부로 말하지 마시어요."

"네가 싫으면."

거짓말은 아닐 것이다. 루페르트는, 그만의 죄책감으로 토리에게 굉장히 약했으니까. 그러나 토리는 여름날 숲처럼 생생한 그녀가 그에게 필요할 것이라 판단했다.

루페르트는 이미 반쯤 인간이 아닌 그녀보다도 더 처참하게 무감했다. 어머니를 따라 울던 소년은 성장하는 동안 철저히 무뎌졌다. 그는 토리에게 미안해하지만, 그녀는 그에게 미안했다.

"저는 그녀가 좋아요."

"왜?"

"지금 라리에트가 뭐라고 말하고 있나요?"

"밤하늘을 보고 있어. 예쁘다고."

루페르트는 그 말에 전혀 공감이 되지 않아 단정한 미간을 모았다. 라리에트가 이해 가지 않는 것은 토리도 마찬가지다. 그녀는 짧게 웃었다.

"그 새까만 장막을 바라보고 아름다움을 느낄 수 있는 사람이라서."

"멍청해서 좋다는 건가?"

"전하, 전하도 부러우시잖아요. 솔직해보시어요."

그는 토리의 말을 무시하며 이제는 자신의 보고 있는 것처럼 새까맣게 펼쳐진 밤하늘을 바라보았다. 상파뉴. 그가 거머쥔, 아니, 거머쥘 나라의 심장. 제국의 수도는 건국부터 별이 없는 밤하늘로 유명한 도시다.

건국왕 벨리마 1세는 하늘의 미움을 받았던 술자로, 신들이 싫어하는 왕이 세운 나라라 그들의 성좌로 보호받지 못한다고 한다. 그래서 제국인들은 하늘의 별을 붙잡아 도시에 박아넣었다. 산란하게 퍼지는 인공적인 불빛이 수놓는 밤의 수도를 아름답다 칭송하는 사람들은 수없이 많다.

– 예쁘죠?

라리에트가 가만가만 속삭였다. 그녀와 함께 있던 동생과 고르텐 계집애는 곁에 보이지 않았으므로 그 질문을 받은 사람은 루페르트였다. 대답을 듣지도 못할 것이면서 그녀는 가끔 이런 식으로 루페르트에게 말을 걸었다.

이미 루페르트가 모두 해봤던 쓸모없는 추론을 펼치며 제 아비의 무고함을 주장하고, 고르텐에 대해 아는 것을 늘어놓다가 으스대며 동생의 잘난 점을 자랑했다. 루페르트는 그럴 때마다 그와 그녀를 잇는 흑요석을 박살내고 싶어졌다.

"별로."

– 예쁘죠, 전하.

"모르겠다고, 멍청아."

– 전하의 수도이니 예뻐해주세요.

'아직 아닌데.'

루페르트는 닿지 않을 대답을 하면서 그녀가 집중하지 않는 골목 끝을 바라보았다. 시커먼 복면을 쓴 남자들이 기웃거린다. 그는 입꼬리를 올리며 펜을 놓았다.

"안 구해준다."

물론 라리에트는 듣지 못할 심술이었다.

인간의 본질에 대해 논하며 르한이 지었던 씁쓸한 표정 때문에 나는 잔소리다운 말은 조금도 하지 못하고선 그의 눈치를 살펴야 했다. 어쨌든 시기상으로는 그가 엇나갈 나이에 가까워졌으니까 조심해야 한다.

나는 겨우 손톱만큼 가까워진 그와 내 사이를 벌리고 싶지 않았고, 일이 잘못되면 나보다도 먼저 단두대에 오르게 될 아이에게 결코 까칠한 누이가 되고 싶지도 않았다.

"르한, 며칠 동안은 계속 리체의 집에 있을 거니까 시간 나면 연락해."

"그러겠습니다."

르한은 낮은 목소리로, 군인 특유의 단정하지만 딱딱한 말투로 대답하며 고개를 숙였다. 나는 작게 웃으며 그의 어깨에 손을 올렸다.

"나는 네 누나지, 선배나 상관이 아니야."

"압니다."

"그러니 내게 고개 숙이지 마. 나는 네 얼굴을 보고 인사하고 싶어."

르한은 그제야 미소 지었다. 짧게 자른 머리 덕에 그의 동그란 이마가 그대로 드러난다. 나는 버석거리는 그의 갈색 머리칼을 쓰다듬었다. 더 어렸을 때는 손을 내려야 그 머리통에 손이 닿았는데, 이제는 들어야 한다. 르한은 볼 때마다 자라는 것 같았다. 사관학교에서 잘 먹고 잘 자는 것 같아 다행이다.

"저도 누님의 동생이지, 애완동물은 아닙니다."

"너처럼 덩치 큰 동물은 징그러워서 안 키울 거야."

"……제가 징그럽습니까?"

"원래 누나들은 자기보다 커진 남동생이 징그러운 법이거든."

"진심이십니까?"

진지한 표정의 르한이 귀여워서 나는 굳은 얼굴로 고개를 끄덕였다.

"응."

"누님이 너무 안 자라시는 겁니다."

내 긍정에 작은 충격을 먹은 것처럼 입을 움찔하던 르한은 곧 냉정하게 반론했다. 그의 엉뚱한 반격에 나는 입술을 삐죽 내밀었다.

"이 정도면 평균이야. 너, 너무 멀대처럼 커도 인기 없어."

"없어도 괜찮습니다."

사실 르한은 나와 달리 혼담을 넣을 필요가 없을 정도로 인기가 많았으니 그의 괜찮다는 말은 배부른 자의 여유였다. 나는 고운 아가씨와 손을 잡고 행복한 결혼식을 올릴 그를 상상하며 배시시 웃었다.

"이만 가보렴."

"들어가십시오. 보고 가겠습니다."

나는 이상한 고집을 부리는 르한을 바라보다 어깨를 으쓱하며 벽돌집으로 들어갔다. 리체는 찻집에서의 일은 마치 없었던 것처럼 다정한 친구로 돌아와 나를 맞았다. 어설픈 연기를 하는 그녀를 보고 있노라면 루페르트가 생각난다.

그도 나를 이렇게 보고 있을까?

문득, 그의 앞에서 비굴한 충신인 척 연기하는 나를 그가 모조리 알아봤을 것이란 생각이 들었다. 그는 뒷골목보다도 험난한 황궁에서 자랐다. 10년 넘게 남을 속여온 사람이 쉽게 속을 리 없나. 그럼에도 나를 옆에 두는 이유는 무엇일까?

르한과 무엇을 했느냐고 묻는 리체에게 건성으로 대답하던 나는 고르텐 상단으로 화제를 틀었다. 루페르트의 속뜻이 어찌 됐든, 나는 내 필요를 그에게 입증해야 한다.

"상단? 상단에 손대신 지는 얼마 되지 않으셨어. 5년 정도. 난 잘 몰라."

"너도 하는 일이 있다고 들었어."

"나야 뭐, 황궁에서 일하며 알게 된 분들 소개해드리는 것 정도이지."

리체는 예상외로 술술 상단에 대해 말해주었다. 이 정보들이 루페르트에게 실질적인 도움이 될지는 모르겠지만.

"각하 혼자 하시는 것은 아니지?"

"이름만 고르텐이지 뭐, 사실 운영은 상인들이나 하는 거지. 하멜 자작 같은."

"자작님도 같이 하시는 거야?"

"남부귀족들이 뭉치는 것을 좋아하잖니. 그 사람은 사실 귀족이 아니지만 말이야."

리체는 상인 출신인 하멜 자작가를 싫어했다. 현 자작은 3대로 날 때부터 귀족이었지만, 하멜의 근본이 평민임은 남부귀족이라면 누구나 알고 있다. 돈으로 신분을 산 그들은 보수적인 남부귀족의 수치나 다름없었지만, 나는 그게 그들이 박해받을 이유는 아니라고 생각했다.

"리체, 그는 귀족이야."

"돈으로 신분을 산 걸 문제삼는 것이 아니야. 그는 귀족이면서 상인처럼 군다고."

"너도 귀족이 어쩔 수 없이 가져야 하는 압박감을 싫어했잖아."

"그래서 싫은 거야. 그는 귀족이 특권과 함께 짊어져야 할 의무는 조금도 행하지 않으면서, 달콤한 권리만 누리려고 든다고. 나는 가짜가 싫어. 그의 본질은 상인이야."

가짜가 싫다는 그녀의 말에 뾰족한 가시가 박혀 있어 나는 입을 꾹 다물었다. 루페르트도, 나도, 심지어 그녀조차 있는 그대로의 모습으로 살아가고 있지 않은데. 그러는 너의 아버지도 상단을 운영하시려고 하지 않니? 반박하고 싶었지만, 더는 그녀의 신경을 건드리고 싶지 않았다.

"라리, 우리는 아마 사랑하는 사람과 결혼하지 못할 거야. 우리의 의무는 결혼으로 가문의 입지를 더욱더 공고히 하는 것이고, 그 후에는 가문의 안주인으로 내실을 다져야겠지. 도덕적인 모범이 되어 아랫사람을 이끄는 것, 문화와 예술 양성에 힘쓰는 것, 그밖에 모든 의무를 포함해서 말이야. 나는 그 의무들이 끔찍해. 하지만 그럼에도 귀족이라 지킬 거야. 그게 우리를 귀족으로 만드는 거니까."

정말로 그 많은 의무들을 지키는 귀족들이 이 나라에 가득했다면, 루페르트의 숙청이 그만큼이나 쉬웠을 리 없다. 제국민의 태반인 평민들에게 보호받았을 테니까. 그 수많은 유서 깊은 가문들이 무너질 때 사람들은 공포에 떨면서도 반대하지 않았다.

"그런 의무들은 누구나 지킬 수 있어."

나는 리체의 말에 동의하지 못했다.

"여유가 있으면 누구나. 귀족이라고 도덕적이고 평민이라고 비도덕적인 게 아니야, 리체. 그저 우리는 그런 생존에 도움 되지 못하는 수많은 덕목들을 지킬 만큼의 여유가 있어 지키는 거지. 그럼에도 안 그러는 귀족들도 많다는 걸 너도 알샇아. 인간은, 그래, 본질적으로 비슷하구나."

나는 스스로의 말에 설득당해 르한이 했던 말에 동의해버렸다. 상황이 사람을 만들 수도 있겠구나. 그 생각은 곧 루페르트에 대한 복잡한 심정으로 귀결되었다.

받아들여야 했다. 황제는 만들어진 괴물이다. 날 때부터 그렇게 잔인했을 리 없다.

"피곤해. 이만 들어가볼게."

그것을 인정하자 서글픈 마음이 들었다.

루페르트가 나와 본질부터 다른 괴물이 아니라고 그가 덜 미워지는 것은 아니니까. 지금의 루페르트는 아직 내게 그 어떤 죄도 짓지 않았지만, 그럼에도 불구하고 그에 대한 원망을 멈출 수가 없었다. 미안한 마음도 들지 않아 웃음만 나온다. 마음 없는 괴물이었던 그를 미워하느라, 나조차 마음이 없어지는 것 같다.

예쁜 것들을 보러 가고 싶어졌다. 사람이 빚은 별이 가득한 밤과 흐린 물감으로 자아낸 저녁노을, 연약해서 아름다운 풀꽃들을 보러 가야겠다.

― 안 도와준다.

아주 작은 속삭임이었지만, 인적 드문 밤의 골목길에서는 숨소리까지 들리는 법이다. 나는 화들짝 놀라 주위를 살펴보았지만, 루페르트는 보이지 않았다. 분명 그의 목소리였는데.

"……저기요?"

"쳇, 들켰군!"

혹시 몰라 확인하듯 중얼거린 내 말에 엉뚱한 남자가 안타까운 탄식을 내뱉으며 담벼락의 비스듬한 그림자 밖으로 모습을 드러냈다. 저 사람은 또 누구람?

"누구세요?"

"언제부터 눈치챘던 거지?"

눈치 전혀 못 챘다. 나는 남자가 몸을 숨기고 있었던 어두컴컴한 구석으로는 눈길조차 주지 않았으니까. 밤이라 무섭기도 했고, 그가 공연한 오해를 한 것 같아서 나는 움찔 물러나며 고개를 저었다.

남자는 머리부터 발끝까지 새까만 로브를 두르고 있었고, 복면으로 얼굴을 가리고 있어 자세히 보지 않으면 나무의 흔들리는 그림자처럼 보였다. 어떻게 봐도 무척 수상하고 위험해 보인다.

"오해가 있나 보네요. 당신한테 한 말은 아니랍니다."

"아니긴 뭐가 아니야! 지금 나를 불렀잖아!"

"어머! 시간이 늦었네요. 야경을 보러 오셨나 본데, 저는 먼저 내려갈 게요."

내가 떨리는 목소리를 애써 가다듬고 한 말에 남자는 코웃음을 치며 허리 쪽으로 손을 뻗었다.

"어딜!"

"저기, 제가 정말 가진 현금이 없어요."

나는 남자가 혹 뺀 칼에 놀라 서둘러 주머니를 뒤졌다. 부촌인 5번가와 가까운 언덕이라 강도나 범죄자는 없다고 들었는데! 이럴 줄 알았으면 리체가 아무리 내 신경을 긁는 말을 자주 해도 데리고 나올 걸 그랬다. 그녀는 호위기사를 두세 명씩 데리고 다녀서 이런 위험을 겪지는 않을 텐데.

"일단 이것 받으세요."

분홍색 리본으로 묶은 지갑을 건네주자 그의 얼굴에서 유일하게 드러난 부분인 눈이 작게 일그러진다. 가벼웠지만, 들어 있는 동전은 모두 금화였다. 그저 그런 양아치라면 충분히 만족할 만한 금액이다.

"그게 정말 다예요."

"……돈?"

나는 최대한 불쌍한 표정을 지으며 고개를 크게 끄덕였다. 다행히 현재 난 적당히 단정한 차림이었다. 애초에 화려한 옷이 없어, 하인을 주렁주렁 달고 다니거나 마차를 끌고 다니지 않으면 절대로 대귀족처럼 보이지 않았다.

"참나, 돈을 왜 주는데? 아주 어이가 없구먼."

"적은 액수라는 것은 알아요. 하지만 저는 가난한 귀족……."

"라리에트 이사벨 드 벨루아."

나는 그의 입에서 토씨 하나 틀리지 않고 나온 내 이름에 말을 멈추었다. 놀라면 안 돼, 라리에트. 나는 애써 콩닥거리는 가슴을 가라앉혔다.

"예? 그게 누구죠?"

"미치겠네, 이 아가씨. 아가씨지 누구야."

"제 이름은 마……."

"마?"

"마안두이인데요?"

왜 그딴 괴기한 이름이 입에서 튀어나왔는지는 모르겠지만, 이미 엎질러진 물이라 나는 아무렇지 않은 표정으로 어깨를 으쓱했다.

"이름이 만두라고?"

남자의 기가 찬 목소리가 골목을 울린다. 나는 울컥 솟는 짜증에 상황도 잊고 아니라고 소리를 지를 뻔했다. 이게 모두 루페르트 때문이다. 허구한 날 만두, 만두 하니까 입에 붙어서!

"어머! 제 예쁜 이름을 그런 천박한 음식에 비교하시나요."

"그래, 벨루아 영애와 무척 닮은 만두 아가씨. 일단 나랑 어디 좀 가 줘야겠어."

"제가 지금 바빠서요."

"말로 하면 안 들을 모양이군."

남자가 낮게 으르렁거리며 고개를 까딱이자 그의 뒤에서 비슷한 차림의 남자 둘이 더 튀어나왔다. 골목에서 사람들 돈이나 뜯는 깡패들이 이렇게 조직적으로 움직인다는 얘긴 들어본 적도 없고, 양아치라 치기엔 남자의 말투나 행동이 너무 점잖다. 내 이름을 아는 것부터가 이상하다. 불안이 등줄기를 타고 흘렀다.

"저, 저기요! 여기 누구 없어요?"

나를 붙잡으려 뻗는 남자의 손을 허리 굽혀 피하면서 소리를 꽥 질렀다. 이런 괴한들이 쫓아올 만큼 나쁜 짓을 벌인 적은 없는데. 수도가 위험하다는 리체의 말을 믿었어야 했나.

"전하! 저 지금 위험해요!"

관자놀이가 약하게 아픈 것을 보아하니 루페르트는 분명 이 상황을 보고 있을 것이다. 나를 찾아 구해주리라는 기대는 하지 않지만, 그래도 신고 정도는 해주지 않을까 하는 바람이 생겼다. 어찌 됐든 잡히지 않는 게 최선이기에 나는 나를 놓친 남자를 넘어 넓은 도로로 이어진 골목 끝으로 내달렸다.

"왁!"

그러나 나를 놀리듯 골목 끝에서 다른 남자가 튀어나왔다. 여자 한 명잡으려고 사람을 넷이나 쓰다니 배후가 누구인지는 모르겠지만 참 신중, 아니, 찌질하다. 나는 나를 덥석 안아 둘러메는 남자의 등을 퍽퍽 때렸다. 마구잡이로 발버둥 치니 나를 만두라고 불렀던 남자가 손을 뻗는다.

"꺄악! 여기 사람 납치당해요! 살려주세요!"

"기절시켜."

냉정하고, 어쩐지 나를 귀찮아하는 듯한 한마디를 마지막으로 나는 까무룩 정신을 놓았다.

야오옹.

나는 고양이 울음소리에 눈을 떴다. 주변이 어두워서 처음에는 아무것도 보이지 않다가, 구름이 가리고 있던 새벽의 어스름한 달이 슬그머니 모습을 드러내자 그제야 사물의 윤곽이 보이기 시작했다. 작은 사무실처럼 생긴 방이었다.

한구석에 아직 다 마르지 않은 빨래더미가 수북이 쌓여 있어 꿉꿉한 냄새가 났다. 그 옷더미 위에서 천조각을 입에 물고 폴짝 뛰어내린 고양이가 가르릉, 이상한 소리를 낸다.

야오오옹.

날렵한 몸놀림이 어울리지 않을 정도로 살이 뒤룩뒤룩 찐 고양이는 내 근처로 다가와 킁킁대다가 곧 책상 밑으로 사라졌다. 루페르트의 너구리도 그랬지만, 동물들은 날 별로 좋아하지 않는다. 나는 사라진 고양이의 주홍색 꼬리를 멍하니 눈으로 쫓다 퍼뜩 주위를 둘러보았다.

여기가 어딜까?

밝지 않은 새벽달이 비추는 방은 당연하게도 낯설다. 치안이 좋지 못한 도시에서는 멋모르는 어린 여자아이들을 잡아 팔기도 한다지만, 그런 목적의 방으로는 결코 보이지 않았다.

게다가 남자는 내 이름을 알고 있었다. 지나가다 눈에 띈 나를 잡은 것이 아니라, 애초에 나를 노리고 사람까지 몰고 왔다는 뜻이다. 주변에서 인기척이 느껴지지 않아 천천히 몸을 일으키던 나는 손발이 꽁꽁 묶여 있던 탓에 엎어지고 말았다.

"으앗!"

바닥에 이마를 쿵 찧었다. 알싸한 고통을 이겨내며 낑낑대는데 낡은 나무문이 끼익 소리를 내며 열린다. 나는 눈을 꼭 감고 깨어나지 않은 척했다. 그러나 곧 머리채가 잡히며 강제로 일으켜졌다.

마주친 눈빛에 순간 숨이 멎었다. 정리되지 않아 지저분한 눈썹 밑에 퀭한 눈은 반쯤 죽은 사람의 것만 같았다. 그는 단어도 되지 않는 짧은 욕설을 중얼거리다 날 바닥에 던졌다. 손발이 묶인 탓에 저항도 하지 못해 나는 머리를 박는 순간에도 앓는 소리밖에 내지 못했다.

"음. 너무 멀쩡해."

남자에게 말이라도 걸어보려 입을 여는 순간 배로 남자의 세찬 발길질이 날아들었다. 나는, 내 또래 여자아이들이 보통 그렇듯이 이런 식으로 맞아본 적이 단 한 번도 없다. 반역죄로 묶여 감옥에 들어갔을 때도 나를 이 지경으로 대하는 사람은 없었다. 육체적 고통에 대한 내성이 전무했다는 말이다.

얼이 빠지게 아파서 비명도 나오지 않았다. 무의식의 발로였는지 남자를 피해 엉금엉금 다른 쪽으로 기어갔지만 그는 도망가는 내 등을 찍어내렸다. 딱딱한 장화가 이번에는 다리를 걷어찬다. 눌린 발목이 뚜둑 소리를 내며 기괴하게 비틀어졌다.

"으윽!"

"왜 기절을 안 할까?"

남자는 정말로 의문이라는 듯 고개까지 갸웃거렸다. 그의 손에 의해 다시 바닥에 처박힌 머리에서 후드득 피가 튀었다. 생전 처음 겪어보는 고통에 제대로 된 사고가 되지 않는다. 자존심 따위 생각할 겨를도 없이 눈물이 세상을 덮었을 때, 그의 무자비한 발이 머리를 걷어찼다.

물에 젖은 수채화처럼 흐려지는 시야로 남자의 웃는 얼굴이 보인다. 개자식. 나는 어린 여자아이를 걷어차는 데 아무런 죄책감도 느끼지 못하는 남자를 노려보다 눈을 감았다.

다시 눈을 뜬 순간에 남자는 다른 사람과 대화를 나누고 있었다. 정신을 꽤 오랜 시간 잃고 있었는지, 눈을 감기 전만 해도 새벽달이 보였는데 창문으로 스며드는 빛은 노을색이다. 둘은 서로 책과 종이를 붙들고 무언가를 적어내리고 있었다.

나는 들키지 않게 고개를 돌려 그들의 정체를 파악하기 위해 머리를 굴렸다. 외국인, 그리고 나를 때린 남자는 기사처럼 보인다.

"젠장, 왜 이번 건 이렇게 안 풀려!"

"백작이 암호에 쓰는 책을 또 바꿔서 그래. 아니, 그 페이지가 아니고. 30쪽."

외국인이 불평하자 남자가 차분하게 설명하며 책을 바꿔 들었다. 무슨 암호라도 해독하는 듯 군다. 외국인이 고개를 들려는 듯 목을 움직여서 나는 재빨리 눈을 감았다.

"저 여자앤 도대체 뭐야?"

"벨루아 백작 딸이란다."

"백작 딸? 그런 애를 막 잡아와도 되나?"

"골목길에서 잡았는데, 우리가 누구인지 알 게 뭐야."

내 안위에는 큰 관심이 없는 듯한 사내는 외국인 억양이 강한 말투를 썼다. 눈을 꼭 감은 채 그들이 나를 무시하기를 바라고 있는데 보송보송한 털뭉치가 내 눈가를 꾹꾹 누르는 느낌이 난다. 아까 책상 밑으로 기어들어간 고양이가 도로 나와 내 얼굴을 만지작거리고 있었다.

저리 가, 이 망할 고양이!

나는 인상을 찌푸리지 않기 위해 노력했지만, 전생에 나와 웬수 사이라도 됐는지 이 빌어먹을 고양이가 내 곁을 떠나지 않고 두 발로 나를 깔아뭉개는 바람에 가느다란 털이 날 간지럽혔다. 참지 못하고 콧등을 움찔거리자 남자가 저벅저벅 소리를 내며 내게 다가왔다.

"아가씨, 좀 일어나지. 깬 거 다 아는데."

"으, 흐아아암."

"얼씨구."

내가 갓 일어난 척 눈을 천천히 뜨자 검은 머리 남자는 어이없다는 얼굴로 나를 내려다보았다. 덩치가 커다란 게 루페르트가 달고 다니던 막스라는 남자와 비슷한 분위기의 사람이다. 그러나 찢어진 눈매와 갈색 피부는 그가 외국인임을 알려주었다. 아버지를 따라 두난바르드에 갔을 때 저런 사람들을 많이 봤다. 남자는 제국에서는 아직 야만인 취급을 받는 투바르크 인이었다.

"일어났으니 얘기 좀 해볼까?"

나는 남자의 말에 대답하지 않고 그를 노려보았다. 내 눈빛을 받은 그가 빙그레 웃는다.

"눈 풀어. 상황파악 못 하네, 이 아가씨."

"누구시죠?"

"내 이름 말하면 아나?"

"이름을 묻는 게 아니잖아요!"

"그래도 아가씨를 죽일 사람의 이름 정도는 알고 싶지 않아?"

나는 남자의 무심하면서도 험악한 대답에 입을 딱 다물었다. 진심 같진 않아 무섭지는 않았다. 그러나 그의 귀찮은 표정과 태도는 딱히 호의적이지도 않았다. 아니, 애초에 내게 호의적인 사람이 나를 멋대로 이런 곳에 처박아두고 꽁꽁 묶어놓을 리 없다.

"농담이야. 내가 아가씨 죽여서 뭐 해."

"……."

"그렇다고 멀쩡히 보내주겠단 약속은 못 하지만."

"쉬발릭, 헛소리 그만해."

나를 놀리듯 빙글거리는 남자의 뒤에 가만히 서 있던 다른 남자가 그의 등을 툭 치며 나섰다. 내가 눈을 뜨자마자 너무 멀쩡하다느니 어쩌니 하며 나를 걷어찬 사내다. 순간적인 두려움에 어깨가 떨렸지만, 나는 그에게 내 겁먹은 얼굴을 보여주고 싶지 않다. 자세히 보니 중키의 통통한 사내의 얼굴은 어딘지 모르게 낯이 익다.

어디서 봤지?

미간을 모으고 그의 생김새를 뜯어보던 나는 곧 그가 누구였는지 떠올릴 수 있었다. 한 번 봤다면 모르고 지나쳤겠지만, 나는 열두 살의 생일을 두 번이나 겪은 사람이었다. 지금도 믿을 수 없는 그 특별한 날에 보았던 모든 이들을 기억했다.

"당신 알아요."

"뭐?"

"뱅상, 마리안 뱅상의 호위기사죠? 기억하고 있어요."

내가 자신을 기억하는 것이 무척 의외였는지 그는 놀란 듯 눈을 동그랗게 떴다. 백작가의 기사가 왜 외국인 용병 따위와 같이 있는지 모르겠다. 그것도 잠시, 그가 실실 웃었다.

"곤란하네. 기억하면 안 되는데."

"지금 이게 무슨 짓이죠? 뱅상 백작이 시킨 일인가요?"

"그럴 수도 있고."

"똑바로 말해요. 그가 아니면 도대체 누가!"

"그게 중요한가? 이 상황에?"

남자는 기가 막히다는 듯 내 말을 잘랐다. 나는 그제야 겁을 먹고 움츠러들었다. 내 반응에 만족했는지 그의 입꼬리가 흡족한 호선을 그린다.

"겁도 없는 아가씨네. 우리가 당신을 잡아가는 건 그 누구도 보지 못했어요. 증인도, 증거도 없습니다. 지금 당장 당신을 노예상에 팔아넘겨도 꼬리가 밟히지 않을 만큼."

"노예를 사는 건 어쨌든 대부분 귀족이에요. 중앙귀족의 딸인 나를 몰라볼 리가 없어요!"

"그래, 매매로 나와서 당신을 알아본 그 귀족이 당신을 구해낸다 칩시다. 노예상이 아무나 잡아다 파는 줄 아십니까? 그 과정에서 당신이 온전하리라 생각하고?"

남자는 차근차근 보통 사람이 어떻게 노예가 되는지 설명하며 겁을 주었다. 피부를 지져 낙인을 찍고, 스스로가 인간이라는 사실을 망각할 만큼 혹독한 교육을 시키는 과정에 대해. 그는 내 낯빛이 점점 더 하얗게 질리는 것을 확인하고 나서야 말을 멈췄다.

나는 움직여지지 않는 입을 겨우 뗐다.

"내가 망가지는 게 목적인가요? 도대체 무엇을 위해서 그런 짓을 한다는 거예요?"

"물론 그건 시간이 너무 오래 걸리죠. 내 손에서 벗어날 테니 위험부담도 크고. 걱정 마세요. 흠집만 내면 됩니다."

"……흠집?"

"백작영애가 수도에서 죽어나가면 소문도 크게 날 거고, 백작이 남들에겐 쉬쉬하며 이만 부득 갈 수 있을 만한 흠집이면 충분하단 말입니다."

"그게, 무슨…….."

남자의 말뜻을 알아챈 나는 소름이 돋아 움찔거렸다. 내가 정말로 열네 살 어린애면 알아듣지 못할 수도 있었겠지만, 그의 소름 끼치는 시선은 징그러울 정도로 직접적이다. 그러나 여전히 이해는 가지 않았다. 뱅상 백작은 아버지와 친분이 적지 않은 자였다.

"백작이 시킨 일이 고작 그런 천박한 일이던가요?"

"고작?"

"당신이 나를 겁탈해서 얻어낼 수 있는 게 뭔지 궁금하네요."

"아가씨가 뱅상과 벨루아를 갈라놓는 시발점이라면 이해가 가시려나."

남자가 천천히 내게 다가와 몸을 수그린다. 이마에 닿는 더운 숨에 소름이 돋다 못해 구역질이 났다.

"당신, 백작의 사람이 아니군요."

"이제야 머리를 쓰시네."

"그렇다면 당신이 원하는 결과는 결코 나오지 않을 거예요."

이를 부득 간 나는 벽에 등을 기대 상체를 일으켰다. 무섭지 않다. 무섭지 않아. 자신을 세뇌해보지만 턱이 떨리는 걸 멈출 수는 없었다. 그래도 발음이 흔들리진 않아 다행이다. 나는 애써 차분한 얼굴로 그를 노려보며 말을 이었다.

"내가 말하지 않을 테니까."

"뭐?"

"당신이 나한테 무슨 짓을 하든, 당신이 원하는 게 나를 통해 아버지를 건드리는 것이라면 나는 절대 말 안 해."

"재밌는 말을 하시네요. 하지만 아가씨가 직접 말하게 되시진 않을 겁니다. 아, 지금쯤 울며불며 남부로 달려가고 있겠네요."

누가?

묻지만, 남자가 대답해줄 리 만무했다. 나는 아주 조금씩 내게 다시 가까워지는 그의 얼굴에 인상을 찌푸렸다.

"내 의지와 상관없이 아버지께 알릴 것이라면, 굳이 나를 건드릴 필요가 없지 않나요?"

납치당한 것은 사실이니 누구도 내 말을 들어주지 않을 것이다. 남자의 목표가 내 명예를 더럽히는 것이고, 그 수치를 이용해 아버지와 뱅상 백작과의 사이를 갈라놓는 것이라면 나를 납치한 순간에 목적은 이미 달성한 셈이다. 스스로 범죄자임을 시인하는데 그걸 구태여 의심할 사람은 없을 테니까.

"맞는 말입니다."

통통하지만 어딘지 모르게 뱀 같은 인상의 남자는 순순히 시인하며 얕게 웃었다. 그러나 내게 뻗는 손을 멈추지 않았다. 짙은 그림자를 남기며 허공에 뚝 멈춘 손이 순식간에 내 목을 움켜쥔다.

"그런데 굳이 건드리지 않을 필요도 없죠."

나는 남자의 말에 기가 막혔다. 지금 나는 누가 봐도 다 자라지 못한 소녀였으니까.

"제 취향이 좀 어린 편이라."

내 목을 잡은 손에 힘이 들어가 절로 신음이 삼켜졌다. 내게 별 관심이 없어 보이던 외국인을 서둘러 찾았지만, 그는 나를 쳐다보지도 않고 빨래더미를 개고 있었다.

어린 여자를 좋아하는 독특한 취향의 남자가 있다는 것은 알았다. 그러나 내가 직접, 그것도 이런 식으로 만나게 될 줄은 상상도 해본 적이 없다.

남자의 손이 내 목을 꾹 누르는 것을 지나쳐 점점 내려가자 나는 다급하게 몸을 움직였다.

"전하!"

"어린게 좋다고 했지, 그런 놀이를 좋아한다고는 안 했는데."

누가 네 취향 물어본 줄 알아!

나는 변태 같은 남자의 손을 꽉 물고 문 쪽으로 다다닥 기어갔다.

"전하! 아껴주신다면서요!"

억울한 마음에 소리를 높이는데 여태 계속 지끈거리던 머리가 순식간에 맑아졌다. 나는 허무해져 말을 잃었다. 루페르트가 연결을 끊은 것이다.

그래. 그가 나를 도와줄 리 없다. 엄청난 기대를 한 적도 없건만, 어깨가 축 늘어지고 힘이 빠졌다. 곧 푹 꺼진 고개가 강제로 들린다. 손이 물린 것이 아팠는지 내 머리채를 움켜잡은 남자는 아까처럼 웃고 있지 않았다.

남자와 말 몇 마디 나누는 그 짧은 시간에 그가 나를 얼마나 무섭게 했는지, 나는 내게 달려드는 사내의 험악한 얼굴에 옴짝달싹 못했다. 입이 굳어서 비명조차 나오지 않는다.

내가 입궁했을 때 각오했던 고통은 이런 종류가 아니었다. 이런 치욕을 이 순간에, 그것도 어린아이의 모습으로 겪고 싶지는 않았다. 남자의 손이 내 가슴 언저리에 닿자 소름이 오스스 등을 타고 올라왔다.

모든 것이 후회되기 시작한다. 황궁 따위 얼씬도 하지 말 것을 그랬다. 벨루아에 콕 박혀 있었으면 이런 위험을 겪진 않았을 텐데.

멍청하게도 곤경에 빠졌지만, 나는 루페르트의 신용도 얻지 못했지 않나. 내가 도대체 여기서 뭘 하고 있는 건지 모르겠다. 루페르트는 도움을 청하는 나와의 연결을 끊어버릴 정도로 여전히 내게 냉담한데.

이상하게 눈물은 나지 않았다. 달라붙는 남자의 머리를 묶인 손으로 몇 번이고 내려쳤지만 그는 아무 감각도 느끼지 못하는 것 같았다. 먹는 음식에 파리가 앉았다는 듯 험상궂게 노려볼 뿐이다.

낡아서 바닥이 들썩일 때마다 끼득거리는 나무문이 열린 것은 남자의 손이 내 옷깃을 거세게 붙잡아 뜯어내려는 순간이었다. 굳게 닫혀 절대 열리지 못할 철문이 열린 양 남자의 고개가 다급하게 올라갔다. 방 한구석에서 얌전히 빨래를 개고 있던 외국인 또한 딱딱한 표정으로 일어난다. 허리춤에 매고 있던 검에 오른손을 얹은 상태다.

"누구요?"

나는 예상치 못한 방해로 힘을 푼 남자를 밀어내고 후다닥 벽에 달라붙었다. 숨을 씨근거리며 열린 문을 바라보는데 갈색 로브를 입은 사람이 눈에 들어왔다. 발목 위로 슬쩍 올라온 하얀 레이스를 보아하니 여자였다. 얼굴을 반쯤 가린 후드 밑으로 보이는 얄쌍한 턱이 눈에 익다.

루페르트.

숨이 삼켜졌다. 그는 나를 바라보는 대신 저벅저벅 제게 다가오는 외국인을 바라봤다. 그가 천천히, 그러나 무척 아름답게 미소 짓는다.

"왜 상단 사무실에서 빨래 따위를 하죠?"

엉뚱한 질문이다. 여자처럼 맑고 청아한 목소리가 방 안을 울리자 투바르크 인은 대놓고 안심하는 표정을 지었다.

"의뢰인인가? 영업시간 끝났소."

"왜 빨래를 상단 건물에서 하냐 물었는데."

다시 물으며 그는 후드를 벗었다. 찬란한 금발이 어두운 방을 밝히듯 흘러내린다. 그런 미모의 소녀를 기대하지는 않았나 본지 외국인은 숨을 헉 삼키며 한 발 물러났다. 그가 물러난 만큼 루페르트가 걸어온다. 바로 코앞까지 다가온 루페르트는 장미꽃잎처럼 붉은 입술을 느릿하게 벌렸다.

"주거지인 줄 알고 엉뚱한 곳만 뒤졌잖아, 망할 놈아."

명화같이 화사한 미소와 어울리지 않는 말투였다. 심지어 여자목소리를 흉내 내는 것도 잊어 낮고 날카로운 본연의 음성을 그대로 드러냈다. 그 어긋남에 얼이 빠진 남자가 인상을 구기며 앞으로 달려갔다.

"뭐, 뭐야!"

"집이 없나? 왜 빨래를 상단에서 하느냐고."

"뭐야, 이 새끼!"

루페르트는 총을 썼다. 쏘지는 않고, 총부리로 제게 달려드는 투바르크 인을 후려쳤다는 말이다. 그가 가장 아끼는 장총은 아니지만, 나는 그의 모든 총기류가 롬벨 광산에서 나온 단단하기로 유명한 철광으로 만들었다며 자랑하듯 말했던 것을 기억했다.

쇠망치로 얻어맞은 격이라 덩치 큰 투바르크 인도 고통은 어쩔 수가 없었는지 피가 흐르는 이마를 손으로 누르며 몸을 수그렸다. 루페르트는 외국인이 쓰러지는 것을 확인하고 넝하니 시 있는 남자를 향해 망설이지 않고 총구를 겨누었다.

"자, 잠깐!"

"비켜."

"누구냐!"

남자가 우악스럽게 소리치는 순간 루페르트는 방아쇠를 당겼다.

"비키라고. 두 번 말하게 하지 마."

짜증이 다분히 섞인 루페르트의 말과 동시에, 귀가 없어진 남자는 새된 비명을 지르며 고꾸라졌다. 사람이 피를 흘리고 쓰러지는데도 눈썹 하나 까딱하지 않는 루페르트의 무신경한 시선이 곧 내게로 옮겨왔다.

머리부터 발끝까지 나를 천천히 훑는 눈길에 나는 아까보다 더 처참한 기분이 되었다. 이 상황이 비참해서 풀린 옷깃을 여미는데 그가 헛웃음을 쳤다. 입은 웃고 있는데 미간은 찡그린 기묘한 표정이다. 그가 천천히 내게 다가온다.

"취향 참 독특하군."

"저, 전하."

"막스, 그 외국인 잡아놔."

루페르트는 뒤도 돌아보지 않고 명령하며 내 앞에 누워 있는 남자의 머리를 걷어찼다. 여자들이 흔히 신는 굽 높은 구두에 찍힌 남자는 앓는 소리를 내며 뒤로 굴렀다.

"넌 이리 와."

얼굴은 몹시 차분하면서 목소리는 있는 대로 성이 가득 차 있다. 그 바람에 루페르트가 나를 도와주는 것이 분명한데도 그가 조금 무서워졌다. 손발이 묶여 있어 이동이 어렵다는 뜻으로 팔을 드는데 그가 신경질적으로 머리를 쓸더니 내 쪽으로 고개를 숙였다.

"넌 머리가 없나?"

"……예?"

"도와달라며? 그럼 적어도 눈 똑바로 뜨고 네가 어디로 굴러가는지 정도는 봐야 할 것 아니야!"

가까이 다가온 얼굴이 사납게 으르렁댄다.

"기, 기절해 있었잖아요!"

"납치당한 주제에 또 왜 따박따박 대들고 앉아 있어? 너 진짜 머저리야? 대들면 쟤네가 너를 때리면 때렸지, 냅두겠냐고!"

그는 한순간 목소리를 높였다가 그마저도 피곤한 듯 한숨을 내쉬었

302

다. 나는 나대로 억울해서 웅얼거렸다.

"화, 화, 화가 나서……."

"비위 맞추면서 여기가 어딘지 알아낼 생각은 도대체 왜 못 하는데? 내가 지금, 젠장, 너 때문에 코민테르닌만 몇 구역을 뒤졌는지 알아!"

"전하가 오실 줄 몰랐죠!"

"왜!"

루페르트는 신경질적으로 외치며 일어나려고 꿈틀거리는 남자의 머리를 다시 걷어찼다. 쿵 소리를 내며 굴러간 남자가 벌떡 일어나자 그는 귀찮다는 듯 총구를 기울였다.

"넌 자빠져 있어."

내 생각에도 그의 명령을 따르는 게 나을 듯 보였다. 막스에게 곤죽이 되도록 얻어맞은 외국인은 이미 구석에 뻗어 있었고, 루페르트의 갑작스러운 공격을 그대로 당해 귀가 날아간 남자는 힘이 빠진 듯 보였으니까. 그러나 남자는 그렇게 생각하지 않았는지 우악스레 일어나 루페르트가 쥐고 있던 총을 잡아챘다.

"전하!"

또래보다 아무리 성질이 더럽다고 해도 그는 소년이고, 남자는 성인이다. 총이 없어진 루페르트를 보며 짐승처럼 웃은 남자가 그의 멱살을 쥐고 잡아 올렸다. 막스가 달려들었지만, 정신을 놓은 깃 같았던 외국인 용병이 일어나는 바람에 남자를 막지는 못했다.

"이, 여장 변태 새끼가 여기가 어디라고!"

"……."

남자의 말이 꽤 거슬렸는지 루페르트의 잘 뻗은 눈썹이 하늘을 찌를 것처럼 치솟는다. 그는 허공에 대롱대롱 매달린 채였지만 숨 막힌 기색도 없이 남자를 비웃었다.

"아동성애자 새끼가 할 말은 아닌 것 같은데."

루페르트의 발이 허공을 크게 구른다.

퍽!

남자의 단단한 배에 발을 꽂은 루페르트는 그가 비틀거리는 찰나에 품을 뒤적여 다른 총을 꺼냈다. 구석으로 날아간 총보다 작기는 했지만, 그래도 위협적인 총구가 다시 남자를 겨눴다. 루페르트가 총을 여러 개 가지고 있으리라 예상하지 못했는지 그는 흠칫 떨다 곧 내 쪽으로 달려와 손을 뻗었다.

"쏘기만 해봐! 이 계집애로 막을 테니까!"

전형적인 악당의 대사였다. 그 행동 자체가 너무 진부해서 나는 크게 겁먹지는 않았다. 게다가 설마 루페르트가 나와 가까이 붙어 있는 남자를 향해 총을 쏘리라고는······.

탕!

쐈다. 내 기대가 무색하게도 루페르트는 조금의 망설임도 없이 방아쇠를 당겼다. 시퍼런 불꽃이 튀어나와 남자의 어깨에 명중한다. 남자와 내 어깨의 간격이 한 마디도 되지 않기에 나는 하얗게 질려 움찔거렸다. 남자의 몸이 총을 맞은 부위부터 새하얗게 얼기 시작했다. 그 기이한 찬 기운이 내게 닿을까 나는 옆으로 몸을 기울였다.

"저 맞으면 어쩌려요!"

"안 맞아."

그는 제 솜씨를 의심하는 내게 기분이 상했다는 듯 얼굴을 찌푸리다 쓰러진 남자를 향해 총을 두 번 더 쏘았다. 발목과 배가 꽁꽁 얼어가는 남자를 바라보던 루페르트는 내 앞에 주저앉아 손목에 묶인 밧줄을 풀어주었다. 살갗이 긁혀 빨갛게 일어난 자국을 무심히 보더니 바닥에 내려놓은 총을 다시 들고 겨눈다.

"손목을 까먹었네."

"으악!"

정확히 남자의 손목을 파고든 총알이 시퍼렇게 얼어붙는다. 저게 도 대체 뭔가 싶었다. 그냥 총알처럼 사람 몸을 관통하는 것도 아니고, 시동어조차 없었으니 마법도 아닐 것이다. 그러나 그 원리가 무엇이든 무기라는 사실에는 변함이 없다. 정신을 놓지도 못한 상태에서 몸이 어는 고통을 겪은 남자는 어린아이처럼 울었다.

루페르트가 나를 물끄러미 바라보았다. 언제나처럼 서늘하게 차가운 시선이다. 그제야 아까 남자가 몸을 더듬을 때도 나오지 않던 눈물이 흘러나왔다.

"넌 또 왜 울어?"

"끄으, 이잉."

우는 얼굴을 보이는 게 창피해서 입술을 깨물고 꾹 참으려는데 더 괴기한 소리가 흘러나온다.

"왜 우느냐고."

"끄, 아, 안, 우, 끄으, 러요! 흐잉."

"……뭐라는 거야."

루페르트가 와주어서 다행이긴 했는데, 그의 등장에 안심하는 내가 때리고 싶을 정도로 한심했다. 그의 권력이 필요해서 싫으면서도 비굴하게 매달리고 있는 처지라는 것은 처음부터 알았지만 이런 도움을 받고 싶지는 않았으니까. 이런 위험은 벨부아를 위해 각오한 것도 아니었고, 순전히 내 부주의에 일어난 사고 아닌가.

내 자신이 비참하고 창피해 그를 보고 싶지 않았다. 내가 쓸모없는 인간인지 예전에는 몰랐다. 나는 저 남자들이 왜 뱅상과 벨루아의 사이를 갈라놓으려는지 목적조차 알아내지 못했고, 무방비하게 돌아다니다 납치나 당하는 주제에 혼자 탈출하지도 못했다.

하늘은 시간을 돌릴 것이면 아버지나 르한의 것이나 돌려주시지, 왜 날 건드렸는지 모르겠다. 나는 이렇게 무능하고 바보 같은데. 루페르트는 한심하단 듯 날 보고 있겠지. 안 봐도 알 것 같다.

"뚝 안 해?"

"끄윽, 끅."

내 자신이 미울 정도로 한심해서 그런지 울음소리도 듣기 싫었다. 예상외로 루페르트는 콧등이 벌게지도록 우는 나를 비웃지도 않고, 그저 평소와 같은 무감한 눈으로 참아주었다.

"어디 아파?"

"끅, 히잉, 으엉!"

"뭘 잘했다고 울어. 돌겠네."

내게 핀잔을 주면서도 그는 치마 주머니를 뒤져 손수건을 꺼냈다. 섬세한 자수가 수놓인 물건을 숙녀처럼 들고 다니는 주제에 앉은 자세가 뒷골목 깡패와 다름없는 모습이 우습다. 그게 웃겨서 배시시 웃자 루페르트의 미간이 어이가 없다는 듯 일그러졌다.

"내가 울지 말라고 했지 웃으라고 했어?"

"끅, 저, 전하 자세가 우, 킁, 웃겨서."

"풀어."

"끄윽, 예?"

"흥 하라고, 멍청아."

새하얀 손수건이 내 시야를 덮으며 다가온다. 얇은 면 하나를 사이에 두고 내 코를 움켜잡은 루페르트의 명령에 따라 나는 코를 풀었다. 열네 살이면 애기도 아니고, 나는 진짜 열네 살도 아니라 더 부끄러웠지만 풀지 않으면 내 코를 잡아 뜯을 것만 같은 표정이다. 구박이라도 할 줄 알았는데 루페르트는 손수건을 바닥에 버릴 뿐 별다른 말을 하지는 않았다.

"내가 왜 안 올 줄 알았는데?"

대답하지 않았던 물음이 다시 던져졌다. 너는 몰인정한 인간이니까,

라고 할 수 없었던 나는 입을 꾹 다물었다. 그러자 루페르트가 팔을 뻗어 내 발목을 쥐었다. 고루고루 터졌네. 신경질적으로 중얼거린다.

"아껴준다고 했잖아."

예상하지 못한 말이었다. 나는 드디어 더듬거리며 입을 열었다.

"아, 아껴줄 수도 있다고 하셨죠……. 필요 없으면 안 받아주신다고 하셨잖아요."

"없지. 말도 더럽게 안 듣고, 굴러가긴 또 별 거지 같은 데로 굴러가서 사람 짜증나게 하고."

"……."

"이 빌어먹을 구두는 신는 것부터 아픈데 너 때문에 뛰느라 힘들어 죽겠군."

"그냥 신고만 해주시지……."

내 비겁한 변명에 루페르트가 비식 웃는다.

"그래도 네가 알아낸 게 아예 없는 건 아니거든."

발목에 묶인 밧줄까지 끌러낸 그는 목을 풀며 일어났다. 책상에 다가 간 그는 남자들이 붙잡고 골몰하던 책과 종이를 챙겼다.

"그, 그게 뭔데요?"

"고르텐이 상인들과 거래할 때 쓰는 암호책. 이번에 바뀐 건 그 너구리 같은 새끼가 눈치를 챘는지 도무지 알아낼 수가 없어서."

"아! 그럼 저 쓸모 무지 있었네요?"

내가 밝게 웃자 루페르트의 얼굴은 반비례해 구겨졌다.

"그래서 또 잡혀가려고?"

"아, 아니요……."

내 의지와는 상관없이 한번 터져버린 눈물은 멈출 줄을 몰랐다. 울고 싶지 않아 숨을 참느라 꺽꺽 소리가 몹시 듣기 싫을 텐데도, 루페르트 는 어쩐 일인지 뒤돌아 나를 구박하지도 않고 말없이 걸음을 옮겼다.

그가 사무실에 들이닥쳤던 건 저녁노을이 질 무렵, 상단에서 흔적을 정리하고 필요한 서류는 제본까지 떠서 나오니 이미 해는 훨씬 전에 져 버린 시각이다.

"히윽."

우느라 눈은 벌게지고, 연신 손으로 닦은 탓에 얼굴은 퉁퉁 부어올랐다. 숨이 모자란 탓에 머리까지 아프다. 나는 그 와중에도 내가 왜 이리 우는 것일까 곰곰이 고민하다, 문득 서럽다는 생각을 했다. 그래, 나는 지금 무척 서러웠다.

위험을 혼자 극복하지 못하는 무능력에 성이 나고, 그래서 기어코 루페르트에게 기대고 만, 이 상황이 짜증났다. 우습게도 언젠가는 반드시 일어날 일이었다. 아무 힘도 없는 나를 인지하고 그에게 매달리기 위해 스스로 찾아왔으니까.

내가 목표한 바였다. 나는 루페르트의 그늘 아래 숨어들고 싶었다. 그리고 그가 나를 제 편으로 생각해 지켜준다면 그건 분명 반갑고 기쁜 일이다. 그런데도 기쁘지가 않았다. 대신 이렇게 서러워지곤 하는 것이다. 원수에게 기댈 수밖에 없는 내 처지에, 그 방법밖에는 없다며 굳게 마음먹고 왔음에도 불구하고.

"시끄러워."

하다하다 딸꾹질까지 하는 나를 더는 참지 못하겠는지 루페르트가 신경질적으로 돌아보았다. 달이 제법 밝은 밤이라 그의 귀찮다는 얼굴이 또렷이 눈에 들어왔다. 선선한 바람이 그의 굽슬굽슬한 머리카락 사이를 헤치고 나에게 닿는다.

나는 루페르트가 짜증 어린 손길로 제 긴 머리칼을 쓸어올리는 것을 물끄러미 바라보다 고개를 숙였다.

"죄, 송해요. 끅."

"징글맞게도 우는군."

루페르트의 말투가 지금 당장이라도 나를 버리고 가고 싶다는 투여서 나는 손으로 입을 꼭 틀어막았다. 눈치를 보며 슬그머니 눈을 굴렸지만, 그는 이미 나를 보고 있지 않다. 루페르트가 응시하는 곳은 우리가 걷고 있는 길 옆으로 난 운하였다.

작은 다리를 몇 개씩 가지고 있는 긴 운하가 달빛에 반짝반짝 빛나고 있었다. 밝은 가로등 불빛을 반사하는 운하는 꼭 거대한 물고기 같다.

물고기의 머리 위로 보이는 언덕이 우리가 향하는 곳이다. 이 제국의 중심인 붉은 궁이 그리 높지 않은 언덕 위에 자리를 잡고 수도를 내려다보고 있다.

부서지는 빛처럼 흐물흐물 헤엄치는 물고기를 바라보는 루페르트가 기묘할 정도로 아름다워서 순간 동화 속에라도 들어온 것만 같은 기분이 들었다. 왕자님을 발견해 설레는 느낌은 아니었다.

신분도 외모도 분명 동화에 나오는 왕자 같은 루페르트지만, 나는 그가 사람을 홀리는 도깨비에 더 어울린다고 생각했다. 그가 미워서 그런 생각이 드는 것은 아니다. 아름답지만 서늘한 눈의 그는 도저히 공주님을 구해줄 것 같지 않았으니까. 그런 도깨비를 마주한 내가 살아남기 위해서는 무엇을 해야 하는 걸까?

루페르트의 차가운 녹안을 마주하며 나는 그런 생각만 하고 있었다.

"너."

내게 무슨 말을 하려는 듯 그가 입술을 작게 달싹인다. 망설이다니, 루페르트답지 않아 의아해졌다. 눈을 굴리며 이어질 말을 기다리는데 그는 좀처럼 말을 잇지 않고 발등으로 조약돌 몇 개를 운하로 밀어넣었다. 퐁당. 작은 돌들이 제 몸집 몇 배나 되는 원을 그리며 수면 아래로 사라진다. 이내 그 잔상이 모조리 없어지고 나서야 루페르트는 말문을 열었다.

"당했나?"

"……예?"

무척 함축적인 물음이라 나는 얼떨떨하고 멍청한 반문밖에 할 수 없었다. 내가 답답했는지 루페르트가 거칠게 제 목깃을 푼다. 불거진 남자의 상징을 가리려 그는 항상 답답할 정도로 칼라가 높은 옷을 입었기 때문에, 옷이 조금 흐트러진 정도로도 그는 다시 소년처럼 보였다. 그 사실이 우습게 느껴져서 내가 비스듬히 입꼬리를 올리자, 루페르트는 금세 짜증을 내며 이를 부득 갈았다.

"그 새끼한테 험한 짓이라도 당했느냐고 묻잖아."

아.

나는 그제야 나를 만지작거렸던 남자를 떠올렸다. 루페르트의 등장이 너무도 강렬해서 새까맣게 잊고 있었다. 익숙하지 않은 경험이었고, 다시 겪고 싶지도 않았지만 우습게도 그가 내게 준 영향은 굉장히 미미했다. 불쾌하지만 더는 두렵지 않았다. 이미 지나간 일이라 그런 것이리라.

죽음을 겪고 온 나는 지난 일을 곱씹는 미련한 짓을 더는 하지 않았다. 벨루아의 몰락을 막지 못한 것을 후회하며, 내 목이 떨어져나간 순간을 매 순간 되뇌는 짓은 내 정신에 몹시 해로웠으니까. 해서 나를 당황하게 한 원인은 그 남자가 아닌, 나를 헤아리는 루페르트였다.

그는 내가 멍청하게 입을 헤벌리는 꼴을 우뚝 서서 바라보았다. 그의 목깃을 단정하게 묶고 있던 리본이 나풀나풀 흔들리며 바람에 날아갔지만, 그는 초점 한번 흩뜨리지 않고 나를 응시했다. 나는 그가 쫓지 않는 리본으로 팔을 뻗었다.

"전하."

"뭐."

"이런 리본은 비싸요."

바람에 실려 날아가는 가느다란 실 같은 리본을 간신히 붙잡아 그에게 돌려주니 그의 차분했던 눈빛이 결국 흐트러진다. 나는 나를 쏘아보는 그의 눈에 안심했다. 차라리 그가 나에게 무심하고 차가울 때 더 마음이 편했다. 그의 인정을 얻기 위해 노력하고 있었으니 모순이겠지만.

"벨루아가 가난한가?"

"아니요."

"근데 넌 왜 거지 같아?"

나는 그의 힐난에 조금 울컥했지만, 티 내지 않고 차분히 대답했다.

"안 당했어요. 전하가 물으시는 게 강······제적인 육체의 교합이라면."

"그럼 도대체 왜 울었는데?"

"제가 한심해서요."

"넌 항상 한심했어."

"그거 참 위로가 되네요. 감사해요."

루페르트는 내 비꼬는 말을 상대해주기가 싫었는지 대꾸 없이 걸음을 옮겼다. 같이 걷는 사람을 신경 쓰지 않는 그의 걸음은 무척 빠른 편이라 사이는 순식간에 벌어져버렸다. 마차 하나가 끼어도 될 만큼의 거리를 남겨두고 그의 마른 등을 뒤따르던 나는 들릴 듯 말 듯 작은 목소리로 인사를 건넸다.

"······와주셔서 감사해요. 솔직히 조금 놀랐어요."

용케 내 목소릴 들었는지 루페르트는 혀를 찼다.

"헛소리하는 걸 보니 생각보다 멀쩡하군."

"멀쩡하지 않을 이유가 없으니까요."

"왜? 불행하지 않나?"

비약이 꽤 심한 언사였다. 그는 이따금 보편적인 사고와 어긋나는 소리를 했다. 나는 그의 말을 부정하기 위해 고개를 열심히 내저었다. 그는 내 쪽을 쳐다보지도 않지만 말이다.

"전하, 확실히 저는 이런 일 처음 겪어요. 많이 놀랐어요."

"……."

"그래도 불행하지는 않아요. 몸도 멀쩡하고, 또 전하도 와주셨고……."

"안 멀쩡하잖아."

휙 소리가 날 정도로 갑자기 몸을 돌린 그가 손끝으로 내 발목을 가리킨다. 내 부상을 알면서도 이리 빨리 걸었나. 정말 못된 놈이다. 나는 그를 쏘아보지 않기 위해 노력하며 목소리를 가다듬었다.

"그래도 불행하지 않아요."

"왜?"

"확실히 불쾌한 상황이었죠. 하지만 전하, 불행한 사건이 불행한 사람을 만드는 건 아니에요."

내 대답에 루페르트는 여전히 불만족스러운 표정이었다. 내가 불행하지 않다는 것을 이런 식으로 설명할 날이 오리라고는 생각하지 않았기에 나는 조금 당황했다.

"그럼 불행한 사람은 도대체 무엇이 만드는데?"

"불행한 사람이 불행한 사람을 만들죠."

"궤변이군."

나는 나를 따로 변명할 말을 찾지 못했다. 내 부모님과 남동생을 사형대로 떠민 장본인 옆에 붙어 그를 돌보는 나날이 즐겁냐 물으면 당연히 좋지는 않다. 나는 그가 불편하고, 꺼림칙했고, 이렇게 도움이라도 받는 날엔 비겁한 내 자신이 한심해져서 발밑이 꺼지는 것 같았다. 단두대에서 목이 떨어져나가는 경험도 다시 겪고 싶지 않을 만큼 끔찍했다.

그래도 내가 불행하다 생각하지는 않는다. 목이 잘리던 순간조차 그런 생각은 하지 않았다. 누군가에게는 따분하게 느껴질 만큼 굴곡이 없는 내 인생은, 나름대로 괜찮은 삶이었으니까.

"적어도 저는 그렇게 생각해요. 자신이 불행하다고 인정해버리면 정말 불행해질 것 같거든요."

"너는."

기어들어가는 목소리로 주절주절 내뱉는 내 조야한 변명에 루페르트는 따지듯 언성을 높이다 흥분한 자신을 깨달았는지 말을 끊었다. 곧 그의 시선이 바닥으로 떨어진다. 졸졸 운하의 흐르는 물소리만 그와 나 사이에 생긴 정적을 방해했다.

"불행한 인간이 불행하지 않다 박박 우겨대면 불행해지지 않는다 말하는 건가?"

"불행하세요?"

내 직설적인 물음에 루페르트는 싸늘하게 웃었다. 불행하다고 생각하고 있는지도 모른다. 그를 좋아한다고 말할 수 없는 내 눈에도, 그의 삶은 확실히 힘겨워 보였다.

"몰라."

"⋯⋯예?"

"난 행복과 불행의 차이가 뭔지 모르겠거든."

그는 무언가 더 말하려는 듯했지만 곧 입을 꾹 다물어버렸다. 내가 그의 말에 반문하려는 순간, 루페르트는 다시 뒤돌아 멀어졌다. 그는 가까워지는 것 같다가도 다시 이렇게 쉬이 거리가 벌어져버린다. 나는 그의 매몰찬 뒷모습을 절뚝거리며 뒤쫓았다.

달빛 받은 은하가 새까맣게 반짝이고, 나는 평생을 미워할 원수에게 구해진 날이다. 나는 그를 이해하지 못했고, 그는 나를 이해하려는 노력조차 하지 않을 것이다. 그래도 우리는 서늘한 바람이 부는 그 길을 같이 걸었다.

내가 잡혀갔던 일당에게서 얻은 정보가 예상외로 꽤 도움이 되었는지, 루페르트는 그 이후로도 종종 의심쩍게 생각하는 상인들 근처에 나를 밀어넣었다. 기이하게도 벨루아의 이름을 대며 순전히 손님으로 그들을 찾는 나를 그 누구도 첩자라 의심하지 못했다. 루페르트의 이죽임에 따르면, 멍청해 보여서란다.

　- 똑바로 봐.

　나는 머릿속에서 울리는 루페르트의 명령에 미간을 찡그리며 앞을 응시했다. 깔끔하게 정리되어 있는 책상 뒤로 빼곡히 차 있는 책장이 눈에 들어온다. 그가 내게 시킨 일은 아주 간단했다.

「넌 눈만 뜨면 된다.」

　아주 쉬운 일이긴 했으나 책 한 권, 한 권을 놓치지 않고 몰래 살피기란 제법 긴장되는 작업이었다. 그러나 상인들이 가지고 있는 책들 중 암호책으로 쓰일 확률이 높은 책을 골라내는 일은 순전히 루페르트의 몫이었다. 상인과 대화를 나누는 그 짧은 찰나에 저 많은 책들을 어찌다 간파하는지 묘기가 따로 없다.

　"아가씨?"

　"아, 예에. 뭐라고 하셨죠?"

　"벨루아 백작님께서 저희 가게의 향수에 관심이 있으시다니 가문의 영광이라 말했습니다."

　"아니요, 정확히 말하자면 어머니께서 관심이 있으시답니다. 특히 이번 달에 출시된 인어의 눈물이란 향수요."

　"레이디 아만다께서!"

책상에 향수병을 잔뜩 늘어놓던 상인이 순간적으로 목소리를 높인다. 나는 그의 입에서 나온 어머니의 이름에 눈살을 찌푸리며 반문했다.

"어머니와 아는 사이신가요?"

"아, 아뇨. 부인은 저를 모르실 겁니다. 다만 제가 수도에서 향수를 만들기 시작한 지 벌써 30년이 흘렀습니다. 그녀가 가수였던 때를 기억하는 사람 중 한 명이랍니다."

거짓말 같지는 않아서 나는 살짝 웃어 보였다. 루페르트가 멍청해 보인다며 질색하는 내 웃는 얼굴은 실제로 상인들의 경계를 푸는 데 꽤 큰 도움이 되었다. 상인의 주름진 얼굴이 눈에 띄게 부드러워진다.

"저는 그녀의 목소리를 아주 좋아했답니다. 많은 사람들이 그랬었죠. 선대 황후 폐하조차 백작부인의 공연은 빠지지 않고 보셨죠."

"선대 황후 폐하요?"

"예. 선대 황후 폐하께서도 처녀 시절 아바드의 가수셨으니."

처음 듣는 얘기였다. 그녀가 가수였다는 것도, 어머니와 아는 사이라는 것도 처음 알았다. 지금의 황제는 반역 비슷한 쿠데타로 제 동기의 것이었던 황위를 찬탈했으니 그녀의 말년은 말도 못 하게 비참했으리라.

그러고 보니 현 황제도, 선대 황제도 제위기간이 무척 짧았다. 이 나라는 저주라도 받았나. 벨네르니에 망조가 깃들었다는 생각에 입가가 비틀렸다. 루페르트가 황위에 오르는 것이 망조 그 자체였다.

"몰랐어요. 어머니는 그런 말을 해주신 적이 없거든요."

"뭐, 선대 황제 폐하와 관련된 인물들은 무조건 조심해야 하는 시국이니까요. 부인께서 옛 친분을 숨기시는 게 당연하다면 당연하지요."

그는 어머니를 변명해줬다.

"하하. 이거 늙은이가 말이 많았네요."

황제의 눈치를 보느라 선대에 대한 이야기라면 쉬쉬거리는 상황인데도, 왜 내 앞에서는 입단속을 안 하는지 모르겠다. 내 의아함을 알아차렸는지 상인이 사람 좋게 웃는다.

"아가씨는 말을 옮기고 다니실 분이 아니니까요. 그렇지요?"

"무슨 근거로 저를 믿으세요?"

"벨루아를 믿지 않으면 이 나라에서 믿을 사람이 없다는 말도 있으니까요."

"……다 옛말이에요."

그의 신뢰 가득한 눈빛에 가슴이 따끔따끔 아팠다. 루페르트가 고작 옛 추억을 늘어놓는 정도로 이 상인을 응징하지 않으면 좋겠는데.

"그럼 지금 고르신 인어의 눈물 몇 종류만 벨루아에 보내면 되겠습니까?"

"네, 그래주세요. 고마워요."

"별말씀을."

상인은 자리에서 일어나는 나를 배웅하며 허리를 숙였다. 그의 공손한 태도에 정말로 미안해져서 나는 가게에서 나오자마자 루페르트를 불렀다.

"전하!"

그와 이런 식으로 연결되는 시간이 늘어나다 보니 사람들의 시선을 피해 그에게 말을 거는 데에 제법 익숙해졌다. 물론 루페르트는 내가 부른다고 친절히 대답해주는 인간이 절대 아니지만, 귀찮을 때까지 계속 부르다 보면 욕뿐일지라도 반응은 왔다.

"전하, 전하, 전하. 전하 전하 전하!"

— …….

"오늘은 또 다른 상인한테 가봐야 해서 연결 못 끊으시잖아요. 무시하시면 계속 부를 거예요!"

– 죽는다. 입 다물어.

사람은 적응의 동물이라더니, 루페르트의 험한 말이 꼭 인사처럼 들렸다. 예전 같았으면 겁을 집어먹었겠지만, 나는 아랑곳하지 않고 입을 놀렸다.

"저 상인도 의심스러우세요? 뭐 알아내신 것 있어요?"

– 아직.

"그럼 다 알아내실 때까지는 막스 보내시면 안 돼요!"

– 지금 나한테 명령하나?

루페르트의 목소리가 금세 험악해진다. 나는 그가 나를 보지 못할 것을 알면서도 고개를 휘휘 저었다.

"제가 어떻게 전하한테 명령을 해요? 부탁하는 거죠."

– 들어주기 싫은데.

"그럼 오늘은 만두 안 사갈래요."

– 루이제 시켜서 사오라고 하면 돼.

"제가 오늘 나온 거 몽땅 사서 다 먹을 거예요."

– ……돼지 같은 게, 젠장. 이제 말 걸지 마.

말은 걸지 말라고 하면서도 연결은 끊지 않는 것을 보아하니 내 부탁을 들어줄 용의가 있는가 보다. 나는 실실 새어나오는 웃음을 감추지 않은 채 세워둔 마차에 올랐다.

루페르트는 아마도 이 부탁을 들어줄 것이다. 그는 확실히 내게 너그러워졌다. 물론 '아껴준다'는 느낌은 전혀 들지 않았지만, 토리와 나를 대함에 별 차이가 없다는 것은 내가 생각해도 장족의 발전이었다.

프라오 마차를 몰아 세 번째 코민테르닌에 다다른 나는 어느새 온후해진 바람을 느끼며 콧잔등을 찡그렸다. 시간은 정말로 덧없이 흐른다. 벌써 봄이 다가오고 있다. 루페르트가 태자가 되는 게 올가을이니 정말로 얼마 남지 않은 것이다. 담벼락 근처에 옹기종기 피어 있는 봄꽃을 바라보고 있노라니 벨루아의 봄이 떠올랐다.

상파뉴도 충분히 아름다운 도시지만, 벨루아의 봄을 따라올 수 있을 리 없다. 벨루아가 떠오르자 그제 도착한 아버지의 서찰이 생각났다. 그답지 않게 잉크 자국이 얼룩덜룩 묻어 있는 편지에는 나에 대한 걱정이 한가득 묻어 있었다.

남부로 달려가 내 위험을 아버지께 고했던 사람은 예상대로 리체였다. 루페르트가 그녀에 대해 언급한 바는 없었으나 그녀의 행동은 고르텐이 경계하고 있는 상대가 누구인지를 여실히 보여주는 것이었다. 물론 사적인 감정이 섞이지 않았다고는 못 하겠다. 인정하고 싶지 않지만 그녀는 나를 싫어하는 것이 분명했다.

내가 무사히 돌아와 다행이라며 돌아온 나를 붙잡고 리체는 아주 서럽게 울었다. 안타깝게도 나는 그녀의 눈물 젖은 얼굴에 속아 넘어갈 수 없었다. 아무리 좋은 쪽으로 생각하려 해도 그녀를 신뢰하기가 불가능했다.

아무도 없던 골목길에서 당한 납치를 그녀가 어찌 알았겠는가. 외국인 용병의 말을 생각해봐도 그녀가 배후와 관련되어 있다고 판단하는 게 맞다. 그 뒤에 고르텐 후작이 없지는 않았겠지만, 그녀 역시 모종의 이유로 나를 해하고 싶어 했으리라.

내 친구 리체는, 더는 내가 아는 그녀가 아니었다. 내가 사랑했던 물빛 머리 아가씨는 귀족적이지만 오만하지 않고, 엄격한 아버지 밑에서 자란 나보다도 도덕적인 여자였다. 어떤 이유로도 오래 알고 지낸 친구를 그런 식으로 함정에 빠뜨리는 짓은 하지 않을.

내가 그녀를 몰랐던 것일 수도 있고, 그녀가 변한 것일 수도 있다. 아마 둘 다일 것이다. 리체는 내 소식에 놀란 르한을 진정시키려는 나를 밀어내고 그의 손을 붙잡았고, 그런 리체를 보며 나는 놀라지도 못했다.

그저 우스웠다. 스스로가 우스워서 웃음을 참을 수가 없을 정도로. 눈뜬장님이질 않나. 나를 이렇게나 싫어하는데 이를 어찌 몰랐을까? 내 멍청한 얼굴을 보며 얼마나 비웃었을까?

"저 정말 헛살았나 봐요."

혼잣말 비슷한 중얼거림이었으니 대답을 기대한 건 아니었다. 그러나 다음 가게가 눈에 들어올 즈음 루페르트의 차분한 목소리가 귓가에 울려 퍼진다.

ㅡ 왜?

"주변에 믿을 사람이 하나도 없거든요."

ㅡ 그런 건 원래 없어.

몹시 그다운 대답이다. 내 우울한 말에는 조금도 신경 쓰지 않고 총기나 만지작거리고 있겠지. 내가 배시시 웃자 짜증 어린 한숨이 돌아온다. 또 사납게 미간을 찡그리고 있을 것이다.

"인상 찡그리지 마세요."

ㅡ 건방지게 명령하지 마.

"그러다 주름 생겨요."

ㅡ 상관없어.

"아, 부탁 또 있어요. 전하는 저한테 거짓말은 하지 말아주세요. 저는 잘 속거든요. 그래도 속는 긴 싫어요."

내가 그를 속이고 있는 것이나 마찬가지인 상황에 참 뻔뻔한 부탁이다. 당연히 들어주지 않을 것이다. 나는 나를 발견하고 다가오는 상인을 향해 웃어주며 루페르트의 코웃음을 기다렸다.

ㅡ 그딴 거 안 해.

그의 부정에 마중하는 상인에게 인사하는 것도 잊은 채 멈춰 섰다. 장난스레 올라가 있던 입꼬리가 파스슥 내려간다. 빈말을 하는 성격이 아니니, 거짓말을 하지 않겠다는 대답 또한 진담일 터다.

- 움직여, 멍청아.

우스울 만큼 이상한 일이었다. 죽음을 겪고도 믿었던 친구는 내게 거짓밖에 말하지 않는데, 나를 죽인 사람은 내게 진실을 약속한다는 것은.

"어이, 라리에트! 오늘은 꽃 안 사?

내게 외치는 목소리가 언제나처럼 활기차다. 5번가에서 가장 큰 꽃집을 운영하는 마사 아줌마네보다 가격이 좀 나가긴 했지만, 그만큼 질 좋은 꽃을 파는 것에 자부심이 대단한 보리스였다. 루페르트의 명령으로 상가를 들락날락하다 보니 나는 이 주변 상인들과 꽤 친해졌는데 보리스는 그중 한 명이다.

나는 보리스의 얼굴만큼이나 큼지막한 웃음에 기분이 좋아져 그를 향해 마주 웃어주었다.

"가는 길에 들를게요!"

"저번에 그래놓고 안 들렀잖나."

"아이, 어떻게 꽃을 나올 때마다 사요? 하녀 월급이 얼마나 한다고."

사실 황궁 시녀의 봉급은 꽃 정도는 실컷 사도 괜찮을 만큼의 액수이지만, 그는 내가 귀족의 저택에서 일하는 하녀인 줄로만 알았다. 내가 어깨를 으쓱하며 능청을 떨자 보리스가 고개를 끄덕인다.

"그래? 네 주인은 부려먹기는 그렇게 부려먹으면서 월급은 또 짠가 보지?"

"……예?"

"하이고, 몹쓸 놈 같으니라고. 하여간 있는 것들이 더해."

"아, 아닌데요?"

"으잉? 저번에 월급도 적은데 엄청 부려먹는다고 그랬잖아?"

"……."

"성격 엄청 더럽다고. 내참, 네 얘기 들어보니 정말 더럽더구나. 듣는 내가 다 화가 나서 말이야. 하여간 어느 집 놈인지 네가 말을 안 해주니 알 수가 있나."

보리스의 두꺼운 입술이 툭툭 뱉는 단어에 나는 어색한 웃음을 흘렸다. 언제 왔지? 연금술로 이동한 건가? 왜 여기 온 거야? 내 옆에는 어느새 루페르트가 다가와 있다. 로브를 뒤집어쓰고 있어서 전혀 보이지 않는 루페르트의 눈에서 서늘한 안광이 뿜어져 나오는 듯한 착각 아닌 착각이 든다.

하하하. 보리스, 맞는 말이에요. 루페르트한테 내가 처맞는 말.

"그러고 보니 살이 좀 빠졌네. 그렇게 고생이 심한가? 주인이 많이 괴롭혀?"

그는 쓸데없이 주절거리며 내 주인, 즉 루페르트의 흉을 그의 코앞에서 보기 시작했다. 문제는 그저 흉으로만 끝나는 게 아니라, 네가 저번에 그랬잖냐는 둥 나까지 끌어들이는 소릴 덧붙이는 것이다. 거짓말이 아니니 반박할 수는 없어 나는 식은땀을 삐질삐질 흘렸다.

"하하, 제가 그랬어요? 기, 기, 기억이 안 나는데요?"

"또 뭐라고 했나?"

보리스와 나의 대화를 팔짱을 낀 채 잠자코 듣고 있던 루페르트가 나직힌 목소리로 묻는다. 로브 밑으로 보이는 입술이 짧게 호선을 그렸다. 분명 눈은 웃지 않을 것이다. 그건 그의 기분이 상했다는 꽤 위험한 신호였기에 나는 보리스와 루페르트 사이를 잽싸게 가로막았다. 이놈은 평소처럼 궁에 박혀 있을 것이지 왜 나와서 나를 곤란하게 한담.

"어, 우리 갈 데 있지 않아요?"

"넌 꺼져."

제 시야를 가리고 있는 나를 한 팔로 슥 밀어낸 루페르트는 보리스가 몸을 내밀고 있는 매대까지 다가가 그를 올려다보았다. 눈치라고는 정말 쥐똥만큼도 없는 보리스는 그의 흉흉한 기세를 읽지 못하고 웃기만

한다.

"응?"

"그 주인에 대해 또 뭐라고 떠들었냐고."

"뭐, 별건 없어. 아! 맞다! 얼굴값 한다고 그랬지, 차암!"

"보리스!"

내가 소리까지 꽥 지르자, 그는 그제야 상황이 이상하게 돌아가는 것을 눈치챘는지 허허 웃었다.

"응? 아, 그러고 보니 이쪽은 누구지? 덥지도 않나. 이 더위에 로브를 뒤집어쓰고."

"……."

"어! 혹시 남자친구인가?"

보리스의 황당한 물음에 나는 단호하게 고개를 저었다. 유일하게 눈으로 확인이 가능한 루페르트의 붉은 입술이 기가 막히다는 듯 벌어진다. 그의 목소리에 금세 짜증이 배어났다.

"헛소리."

"아님 말지, 뭘 그렇게 정색을 하나."

루페르트의 정색에 보리스는 무안해하며 멋쩍게 뒷머리를 긁었지만, 그는 내게 언질조차 주지 않고 걸음을 옮겼다. 또 루페르트에게 어떤 식으로 트집을 잡힐지 몰라 나는 그를 서둘러 따라가면서 간간이 뒤돌아 보리스를 잔뜩 노려보았다. 내가 저 인간한테 다시 꽃을 사나 봐라.

"전, 아, 아니, 도련님!"

성큼성큼 빠르게도 멀어지는 루페르트를 간신히 따라잡은 나는 헉헉거렸다. 제 옷깃을 붙잡은 내 손을 보지도 않고 치워버린 그는 마치 나라는 일행이 없는 것처럼 홀로 5번가를 벗어났다.

"도련님!"

"왜?"

목 놓아 부르니 그제야 건성으로나마 대답이 돌아온다. 설마 삐치기라도 했나? 나는 조금 주눅이 들어 목소리를 죽였다.

"아, 아니, 화나셨나 해서요."

"화 안 났는데."

"그럼 왜 그렇게 먼저 가세요?"

"얼굴값 하는 중이라."

그렇게 대답하며 루페르트가 비뚜름히 웃는다. 나는 대답할 말이 없어 입을 꾹 다물고 고개를 숙였다. 이놈의 입이 웬수다, 웬수.

루페르트는 5번가를 벗어나자마자 기다렸다는 듯 로브를 벗어 던졌다. 그의 옷이 땅에 떨어지기 전에 재빨리 받아 든 나는 그제야 나를 돌아보는 루페르트를 향해 배시시 웃어 보였다.

"칭찬이었어요. 전, 아니, 도련님이 그만큼 잘생기셨다는."

"네 말대로 얼굴이 성격을 대변한다면 넌 무척 착하겠군."

내가 못생겼다는 뜻이다. 사람 속 뒤집는 소리를 아무렇지 않게 하는 것은 루페르트의 수많은 특기 중 하나다. 그러나 보리스와 달리 그에게 소리를 꽥 지를 수는 없는 노릇이다. 나는 대신 앞서는 그의 정강이를 꽉 치버리는 상상으로 분을 풀었다.

못된 놈. 가다가 넘어져라.

그러나 루페르트는 넘어지기는커녕 금세 골목 끝에 먼저 다다라 내게 손가락을 까딱일 뿐이다. 저 짐승 부르는 듯한 손짓은 빨리 오라는 의미. 그는 예전부터 급한 성질 때문인지 걸음이 무척 빨랐는데, 이제는 키까지 나보다 커져버려서 점점 더 따라잡기 힘들었다. 나는 거의 달리다시피 해 루페르트의 앞에 바로 섰다.

"느려."

"도련님이 빠르신 거예요."

"상인들을 많이 아나?"

"5번가 상인들은 조금요. 아무래도 요즘 많이 다니니까요."

"헤실헤실 잘도 웃고 다닌 모양이지."

루페르트는 대화의 어느 부분이 마음에 안 들었는지 갑자기 인상을 찌푸렸다. 영문을 몰라 그를 멀뚱히 올려다보는데 길쭉한 손가락이 내 이마를 툭 민다. 뒤로 넘어가는 고개에 빈정이 상해서 나는 그와 마찬가지로 미간을 찌푸렸다.

"웃어."

그러나 바로 웃고 말았다. 이 비굴함에 몸서리가 쳐졌지만 어쩔 수 없다.

"웃지 마."

웃으래서 웃으니, 정말 사람 바보 취급한다. 나는 콧잔등까지 찡그리며 그를 쏘아보았다. 만두가 짜부라지는 것 같다고 루페르트가 싫어하는 표정이라 더 그랬다.

"웃으라면서요!"

"만두 같아 보여. 웃고 다니지 마."

루페르트는 짧게 명령한 후 내 반응은 확인조차 하지 않고 골목 밖으로 고개를 내밀었다. 누군가를 기다리는 모습이다. 도대체 무얼 하려는 건지 물어보려는데 그는 쉿, 하고 저지하며 벽에 몸을 기댔다. 나도 눈치껏 숨어야 할 것 같아서 종종걸음으로 루페르트의 옆에 다가가 몸을 웅크리자 그가 기가 막히다는 듯 헛웃음을 친다.

"누가 붙으래?"

"숨는 거 아니었어요?"

"넌 됐으니까 돌아가든……."

루페르트가 말을 끊으며 숨을 죽인다. 골목 안으로 들어서는 사내를 발견한 그는 사내가 우리를 발견하기도 전에 달려들어 멱살을 움켜잡

앉다. 왜소한 루페르트 따위보다 배는 큰 사내였지만 순간적인 공격에 휘청한다.

그는 사내가 중심을 잡기 전에 얼굴을 걷어찬 뒤 언제 꺼냈는지도 모를 총을 그를 향해 겨냥했다. 남자가 주춤하며 일어나려 했지만, 루페르트는 사납게 발로 그의 목을 꾹 밟았다. 목울대가 눌린 남자가 컥컥댄다.

순식간에 벌어진 상황에 나는 루페르트의 말대로 돌아가지도, 그의 곁에 다가가지도 못한 채 제자리에서 발을 동동 굴렸다. 저 자식은 이런 일을 벌일 것이면 막스를 데려오지!

"내놔."

"누구냐!"

"그건 알 것 없고, 내놔."

무엇을 내놓으라는 것인지 루페르트는 방아쇠를 당겨 남자의 얼굴 바로 옆에 총알을 박아넣었다. 사내가 겁에 질려 창백해진다.

"네가 고르텐이 심어둔 마르반 볼 테르강의 첩자라는 건 이미 알고 있다."

"……."

"제장, 창고 열쇠든 뭐든 가지고 있을 것 아니야. 내놓으라고."

"어, 없소. 무슨 소리인지 나는 도통……."

남자의 말이 끝나기도 전에 루페르트는 다시 손에 힘을 주었다. 총부리가 새까맣게 타오르더니 이번에 발사된 것은 총알이 아니라 빛무리였다. 나는 그가 남자를 죽이려는 줄 알고 비명이 나올까 봐 손으로 입을 콱 틀어막았다. 사람들이 몰려들면 곤란하니까.

그러나 내 예상과 달리 빛무리를 얻어맞은 남자는 죽은 것처럼 보이진 않았다. 고통스러운 듯 손발을 비틀며 어기적대는 남자에게서 떨어진 루페르트는 다시 내 쪽으로 돌아와 벽에 손을 얹었다.

언제나처럼 망설임 없이 칼로 죽 그은 손바닥이 금세 피로 덮인다. 조금 과하다 싶을 정도로 바닥에 뚝뚝 떨어지는 핏방울을 멍하니 바라보던 나는 고통으로 웅크린 남자와 무표정한 얼굴로 벽에 연금진을 그리는 루페르트를 번갈아 보았다.

"누, 누구예요?"

"마르반 볼 테르강의 부하."

그러니까 그게 누군지 모르겠다. 마르반? 테르강이라니, 들어본 적이 있는 것만 같은 이름이다. 나는 루페르트가 연금진을 완성하고 힘없이 늘어진 남자를 내 앞까지 질질 끌고 왔을 때가 되어서야 그의 이름을 기억해냈다.

"테르강 용병단주 말이에요?"

루페르트는 대답하지 않았다. 그의 침묵은 긍정을 의미할 때가 많으니 내 추측이 맞을 것이다. 고르텐이 용병단과 연결되어 있다니 조금 놀라웠다. 후작은 오만한 귀족의 표본 같은 자라 신분과 핏줄을 따진다. 그런데 용병이라니. 어지간히 급하지 않고서야 고르텐 후작이 사병도 아닌 용병을 쓸 리 없을 텐데.

작금의 남부는 무료할 정도로 평화로웠고, 영지전은커녕 내분도 일어나지 않아 하품이 나올 정도로 조용했으니 그가 용병을 쓸 일이란 결코 없다. 반역이라도 벌일 계획이 아니고서야.

루페르트는 고민하는 나를 힐끗거린 뒤 벽에 연성된 문 안으로 남자를 던지듯 집어넣었다. 덩치가 꽤 큰 남자인지라 옮기기가 힘든 듯하다. 그의 이마에 땀이 송골송골 맺혀 있다. 벽에 먹혀들듯 문이 녹아 사라지는 것을 확인한 나는 바닥에 번진 핏자국을 발로 대충 지운 뒤 그에게 다가갔다.

"살살 좀 그으시지. 피 안 멈추잖아요."

내 핀잔에 루페르트는 그제야 징그러울 정도로 벌어진 제 손바닥을 내려다보았다.

"안 아프세요? 그러다 몸 상해요. 밥도 잘 안 드시면서."

"아프면."

"예?"

"아프면 뭐 해줄 건데?"

지가 아픈데 내가 뭘 해주고 싶겠는가. 콧방귀만 나오는 소리다. 차라리 더 아프라고 톡 쏘아붙이고 싶지만, 나는 작게 한숨을 내쉬며 루페르트가 입고 있는 얇은 셔츠의 끝자락을 붙잡았다. 그가 말릴 새도 없이 빠르게 찢어내니 표정 없던 얼굴이 경악으로 일그러진다. 그에 알게 모르게 통쾌해져 나는 상큼하게 웃었다. 리넨이라 그런지 죽죽 쉽게도 찢어진다.

"미쳤나?"

셔츠의 반을 잃은 루페르트는 드러난 몸을 손으로 가리며 으르렁거렸다.

"볼 것도 없는데."

작게 중얼거리자 그의 기세가 금세 나를 씹어 먹을 것처럼 사나워진다.

"지혈해야 하는데 붕대가 없잖아요. 저 손수건도 안 가지고 왔단 말이에요."

"찢고 싶으면 네 옷을 찢든가."

"어머, 저보고 벗고 다니라는 말씀이세요?"

변태를 추궁하는 듯한 내 어조에 그는 이를 부득 갈았지만, 뭐라 하지는 못했다. 나는 얌전해진 루페르트의 손목을 잡고 방금 전까지만 해도 그의 셔츠 일부분이었던 천을 그의 손에 둘둘 말아 꽉 묶어주었다.

하얀 천에 새빨갛게 올라오는 자국이 징그러울 정도로 선명해 저절로 한숨이 나온다. 성장을 조금이라도 늦추기 위해서 루페르트는 하루에 한 끼도 먹지 않는다. 툭 치면 부러질 것처럼 마른 애가 하루가 멀다 하고 피를 뽑아내니 이러다 정말 죽겠다 싶었다. 그가 지금 죽으면 곤란해지는 것은 나다.

"죽지 마세요."

"안 죽어."

"이렇게 살면 금방 죽어요."

"저주 같군."

어떻게 알았지?

루페르트는 내 기대와 달리 너덜너덜하게 천이 찢겨나간 우스운 차림을 부끄러워하지 않았다. 사람들이 흘깃흘깃 이상하게 보는데도 감흥 없는 얼굴이다.

괜히 내가 더 민망해져서 나는 그에게 로브를 다시 입으라고 재촉했지만, 그는 라페르트 황녀를 아는 고위귀족이 다닐 만한 거리를 지날 때를 제외하곤 드러난 몸은커녕 얼굴조차 제대로 가리지 않았다.

"전하, 안 창피하세요?"

"별로."

"아무리 더워도 로브 정도는 입으시지……."

내가 불만스럽게 중얼거린 말에도 루페르트는 비식 웃을 뿐이다. 결국 궁에 돌아왔을 때 얼굴이 시뻘겋게 달아올라 있는 사람은 그가 아닌 나였다.

"……전하!"

별궁의 뒷문과 이어진 정원을 통해 돌아온 우리를 발견하고 토리가 기함한다. 발버둥 치는 너구리를 안고 있던 그녀는 입을 쩍 벌린 채 가엾게도 그대로 굳어버렸다. 반면 소파에 누워 있던 루이제는 무례한 웃음을 숨기지 못하고 키득댔다.

"우리 전하 전직하셨네요, 거렁뱅이로."

"닥쳐."

"흐, 흐하하하. 옷이 그게 뭡니까. 완전 거지꼴……."

탕!

루페르트의 성질만큼이나 난폭한 총알이 집무실 소파를 꿰뚫고 바닥에 박힌다. 루이제는 제 옆구리를 아슬아슬하게 스쳐가는 흉포한 살수에도 웃음을 멈추지 않았다. 나는 그의 미치광이 같은 웃음소리에 기가 막혔다. 확실히 보통 인간은 아니다.

루페르트는 유독 루이제에 대해서 잔인하고 인내심이 없었는데, 그게 저런 이유 때문이지 않을까 싶다. 그는 은근히, 아니, 대놓고 사람 속을 긁는 재주가 있었다.

"손 다치신 거여요?"

바닥에 너구리를 내려놓은 토리는 쪼르르 달려와 루페르트의 드러난 상체부터 천으로 감겨 있는 손까지 꼼꼼히 살폈다. 웬만한 어의 저리가라 할 정도로 진중한 눈빛의 그녀를 보며 그가 옅은 미소를 짓는다. 핏기 없이 멀건 얼굴의 루페르트는 그 순간 신기할 정도로 유순해 보였다. 항시 힘을 바짝 주고 있는 날 선 눈매가 풀린 탓이다.

루이제에게는 자신을 보고 웃었다고 바로 총알세례를 날리는 주제에, 토리에게는 괜찮냐 물어만 봤을 뿐인데 저런 다감한 시선을 내준다. 본질 자체가 다른 애정이다. 아니, 루이제와 나는 애초에 탐낼 수 있는 애정의 부스러기조차 없을지도 모른다. 루페르트는 토리 외에는 그 누구도 사랑하지 않는 것 같으니. 없는 것을 내놓으라 할 수 없는 노릇이잖은가.

루이제도 그 뚜렷한 편애를 느꼈는지 아이처럼 입술을 내밀며 구멍난 소파에서 일어났다.

"뭐 하다 다치셨대? 저 부르시지."

"넌 노출을 꺼릴 필요가 있다. 황비가 바르바로사를 의심하기 시작했으니까."

"그 멍청한 여자가 전하께서 연금술사 바르바로사인 것을 어찌 안답니까? 그저 제가 평민 출신이니 흠잡고 싶어 뒤를 캐고 다니는 것이지. 게다가 나이젤 황녀까지 전하와 제 사이를 요상하게 생각해버렸잖아요. 젠장! 그거나 좀 해명해주세요! 진짜 아동성애자로 소문나겠어요."

"소문나면 뭐 어때서."

"여자들한테 인기 없어진다고요!"

"없어질 인기라도 있었나."

루페르트의 냉정한 말에 루이제는 입을 꾹 다물었다. 곧 울기라도 할 것처럼 상처받은 그의 얼굴이 우스워 내가 작게 키득거리자, 그가 고개를 휙 돌리더니 내게 다가온다.

"오랜만입니다, 레이디 벨루아."

"안녕하세요."

순식간에 내 바로 앞까지 걸어온 루이제가 꺼림칙해서 나는 작게 뒷걸음질 쳤다. 그가 루페르트의 측근인 것은 아주 옛날부터 알았고, 따라서 그를 자주 보는 것도 어느 정도 각오하고 있었지만 나는 여전히 그가 조금 무서웠다.

르한과 아버지를 끌고 가던 그의 냉랭한 뒷모습을 기억하고 있기 때문이다. 그의 뒤에 누가 있었는지 모르는 것도 아니었으나 내가 루페르트에게 품은 공포가 무형의 것이라면 그는 내게 실질적인 위협이 되었다.

"여전하시네요. 아직도 낯을 가리시나?"

아까도 느꼈지만 그는 굉장히 특이한 사람이었다. 내 불편한 표정에도 빙글거리며 웃기만 할 뿐 기분 나쁜 기색이 전혀 없다.

"그래도 몇 번 봤는데 꺼리실 것 없습니다."

"무슨 말씀을 하시는지 잘 모르겠네요."

내 까칠한 대답에 루이제는 재밌다는 듯 눈을 빛내다 손을 뻗었다. 내가 흠칫 굳어 그를 노려보는데 우리 사이를 루페르트가 막아선다.

"애한테 손대지 마, 아동성애자."

방글방글 웃고 있던 루이제의 얼굴이 그 한마디에 와장창 무너져내린다. 그는 크게 인상을 쓰며 손을 거두었다.

"사람 몰아가지 마십시오! 지금 누가……! 젠장, 레이디 벨루아가 저를 보면 굳는 이유가 그겁니까? 제가 정말 아동성애자인 줄 알아서?"

"시끄러워."

"라리에트, 저 어린애들 안 좋아합니다. 정말이에요! 저는 다 큰 성인 여자, 그것도 가슴 큰 여자를 좋아합니다!"

루이제의 다급한 변명은 내가 그를 더 저급한 인간으로 판단하게 만들 뿐이었다. 눈에 서늘한 반감이 어린다. 말실수를 했다고 생각했는지 루이제가 버벅거리며 다시 입을 열었지만, 루페르트가 그의 목덜미를 잡아끌고 정원 밖으로 내모는 바람에 그는 내게 더 말을 건넬 수가 없었다.

"열네 살짜리 여자애를 뒷골목 창녀 대하듯 보지 마라."

"제가 언제 레이디 벨루아를 그런 음흉한 눈으로 봤습니까?"

"지금."

"아니라니까요!"

"상단으로 꺼져. 테르강 수하 잡아놨으니까 신문이나 해. 자금 모조리 회수해서 현찰로 바꿔놓고."

"부려먹기는 또 엄청 부려먹으시지, 우리 전하."

"안 꺼지나?"

"갑니다, 가요."

루이제가 억울한 눈으로 그를 쏘아보며 발을 쿵쿵 구른다. 그가 뒤에서 발악을 하든 발광을 하든 콧방귀도 뀌지 않을 루페르트는 무표정으로 돌아왔다.

설마 나 때문에 루이제를 쫓아낸 걸까, 아니면 그저 나를 핑계로 일하러 보낸 걸까. 우선 나는 작게 고개를 숙였다.

"감사해요, 전하."

"뭐가?"

나를 핑계로 쓴 것이 맞나 보다. 무엇이 고맙다고 설명을 주절주절 늘어놓으면 그가 되레 성질을 낼 것 같아 나는 어깨만 으쓱했다.

터덜터덜 힘없는 발걸음을 옮기는 루이제를 배웅한 토리는 다시 루페르트에게 달려와 그의 손을 꽁꽁 말고 있는 천을 풀어냈다.

"으우, 이건 너무 심하게 그으셨어요. 흉 남을 것 같아요."

"쓸 만한 매개가 없었다."

"하지만 연금술은 이제 자제하시기로 했잖아요."

"필요했으니까."

루페르트는 피곤한 듯 마른세수를 하며 책상에 걸터앉았다. 드러난 상체가 갈비뼈가 드러날 정도로 비쩍 말라 있다. 확실히 요즈음 그는 토리가 전전긍긍하는 것이 이해가 갈 정도로 아슬아슬했다. 아주 조금만 발을 잘못 내디뎌도 그대로 끝장날 것 같은 낭떠러지를 걷는 사람처럼.

그러나 나는 결말을 알고 있다. 그는 이 위험천만한 외길을 무사히 통과해 황제의 관을 거머쥘 것이다.

"라리에트, 라리에트는 괜찮아요?"

"네에. 걱정 말아요, 토리."

루페르트의 안위를 확인하고 나까지 챙겨주는 토리를 향해 나는 방긋 웃어주었다. 나를 안아주려 달려오는 토리를 따라 너구리까지 내게 달려온다. 방금까지 수풀 속에서 나뒹굴었는지 온몸이 초록빛으로 얼룩덜룩했다. 이 짐승은 이제 내가 머리를 쓰다듬으면 기분이 좋아 목으로는 가르릉거리면서, 중간중간 히익 소리를 내는 웃긴 반응을 보였다.

좋으면 좋은 것이고 싫으면 싫은 것이지. 짐승 주제에 내게 꽤나 복잡한 감정을 품고 있는 듯하다. 짐승도 그럴 수 있다는 게 신기했다. 내가 루페르트를 보는 것처럼 나를 보는 것일까?

"전하."

내 부름에 옷을 갈아입던 루페르트가 고개를 들었다. 비스듬히 꺾인 그의 머리 위로 저녁노을이 한 움큼 얹힌다. 전체적으로 색소가 부족한 그는 이따금 짙은 색감의 배경에 섞여들곤 했다. 수풀이 우거진 녹음에 데려다 놓으면 새파란 도깨비 같았고, 지금같이 따뜻한 여름 노을 아래에서는 들판이라도 뛰놀다 돌아온 소년 같다.

"뭐."

루페르트의 목소리는 퉁명스러웠지만, 나는 그의 윤곽이 빚는 나긋한 선에 용기를 얻어 준비했던 말을 꺼냈다.

"내일 저 혼자 외출하고 싶어요."

내 갑작스러운 말에 루페르트의 눈썹이 사선을 그린다. 나는 그가 안 된다고 할까 두려워 서둘러 사족을 덧붙였다.

"아멜리아 고모를 뵙고 싶거든요."

"……아멜리아 벨루아 말인가? 벤티볼트의 첩?"

그 조카를 앞에 두고 무척 조심성 없는 언사였다. 그러나 그녀를 딱히 사랑하는 것도 아니라 반감은 들지 않는다.

"그렇게 부르실 수도 있겠죠."

"다녀오든지."

예상보다 쉬이 떨어지는 허락에 나는 눈을 동그랗게 뜨고 그의 표정을 살폈다. 벤티볼트 대공은 그가 경계해야 하는 인물 중 한 명이었으니 이 반응은 조금 이상했다. 나는 그를 떠보듯 다시 물었다.

"흑요석 같은 거 먹고 가야 하나요?"

"됐어. 그 정도는 네가 알아서 기억해."

"정말요?"

내가 정보를 숨기기 위해 거짓말을 하면 어쩌려고?

이 반응은 뭔가 싶어 멍하니 그를 바라보는데 또 무엇이 마음에 들지 않는지 루페르트는 사납게 으르렁댔다.

"뭘 봐?"

"아니요, 그냥, 놀라서. 이제 전하가 정말 저를 믿으시는구나 싶어서요."

"미쳤나? 내가 믿긴 누굴 믿어?"

"아뇨, 그렇잖아요. 시야도 공유하지 않아도 된다 하시고."

"내가 어지러워서 쓰고 싶지 않은 것뿐이야."

그는 바로 부정했지만, 나는 방긋 웃으며 한쪽 눈을 찡긋했다.

"아니요, 전하는 저를 믿으시는 거예요."

"개소리."

그의 상스러운 말에도 느슨하게 풀린 내 입가는 봄바람에 흔들리는 들꽃처럼 씰룩거렸다. 내가 샐쭉거리는 꼴이 어지간히 보기 싫었는지 루페르트는 옷도 다 갈아입지 않은 채 내 쪽으로 저벅저벅 다가와 내 볼을 꼬집었다. 뺨을 날리지 않은 것이 다행이지만, 아프기는 무지 아프다.

"아아요!"

"웃지 말랬지."

"시, 헤, 러요."

"요즘 기어오른다."

루페르트의 마른 몸에서 어찌 이만한 힘이 나오는지 놀랍다. 그러나 볼이 떨어져나갈 것만 같은 고통 정도는 아멜리아 고모를 그의 감시 없이 만날 수 있다는 사실로 감내할 수 있었다.

고모의 우아한 민트색 저택은 예전과 달리 정문을 활짝 열어둔 채였다. 여름을 맞아 피어난 수국이 그녀의 정원을 한가득 메우고 있었다. 화려한 것을 좋아하고 쉬이 싫증을 내는 그녀의 성정에 맞게−순전히 아버지가 하던 험담을 엿들어서 아는 것이지만−저택은 내가 기억하고 있는 모습과 꽤 많이 달랐다. 벨루아를 상징하는 전나무의 인각만이 그대로다.

조심스레 현관의 종을 울리자, 내 방문을 미리 고지하지도 않았는데 그녀의 사용인은 마치 내가 걸음할 것을 알고 있었던 양 공손한 태도로 나를 반겼다.

"레이디 라리에트, 반갑습니다. 주인마님이 기다리고 계십니다."

집사의 매끄러운 태도에서 느껴지는 기시감에 나는 경계하지 않을 수가 없었다. 가족을 의심하고 싶지는 않지만, 아버지와 연락을 끊은 지 오래된 사람이다. 그녀가 내게 친절할 이유가 없는데 어째서 그녀의 사용인이 '나를 기다리고 있었다'는 투의 말을 하는 것일까?

"주인…… 아멜리아 고모님이 저를요?"

"예, 라리에트. 레이디 벨루아라 불러드리지 못하는 점 송구하게 생각합니다. 이 집에서는 아무래도 저희 주인님이 그 칭호를 쓰고 계시니까요."

"그런 건 괜찮아요. 아무렇게나 불러주세요."

엄밀히 따지자면 아멜리아 고모는 더는 벨루아의 사람이 아니지만, 나는 집사를 설득할 생각이 없었기에 어깨만 으쓱거렸다. 그가 나를 안내해준 곳은 저택에서 가장 클 법한 응접실이었다.

화가가 실수로 분홍색 물감을 쏟아버린 것처럼 온 방이 분홍색 범벅이다. 꽃무늬 천장부터 바닥마저 붉은 떡갈나무인 것은 물론이고 문고리도 로즈골드였다. 방의 화려함에 나는 나도 모르게 질린 얼굴을 해버렸다.

"어머, 방이 마음에 들지 않니?"

내게 얼굴조차 보이지 않은 채로 고모가 말을 걸어온다. 짙은 분홍색의 벨벳 소파 위로 매끈한 종아리가 튀어나온다. 나는 그녀의 위치를 짐작하며 그리로 향했다.

"조금 과하다 싶어서요."

"이상하네. 내 기억에 너는 분홍색을 좋아했는데. 아만다가 네 첫 방 꾸미는 것을 도와준 것이 나야. 민트색 실이랑 분홍색 실을 흔들면 넌 항상 분홍색 실을 잡았지."

"어린 소녀가 보편적으로 좋아하는 색이지요."

내 대답에 아멜리아 고모는 깔깔 웃으며 몸을 일으켰다. 그제야 넓은 응접실의 중앙까지 들어선 나는 그녀의 얼굴을 정면에서 마주할 수 있었다. 흐릿한 기억 속에 자리 잡고 있던 그녀의 얼굴이 퍼즐조각이 맞춰지는 것처럼 일시에 뚜렷해진다.

눈꼬리가 내려가 기본적으로 유순한 인상이었지만, 짙은 화장과 옷차림이 고급창부 같은 느낌을 준다. 확실히 벨루아와 어울리는 여자는 아니다. 보수적인 아버지가 그녀를 탐탁지 않게 보시는 이유를 알 것 같다는 생각이 가장 먼저 들었다.

"재밌는 소릴 하는구나. 너는 지금도 충분히 어린 소녀야."

"맞는 말씀이에요. 앉아도 될까요?"

"그럼, 너를 위한 응접실인걸."

그녀는 의미심장한 말을 하며 피어나는 장미처럼 웃었다. 아버지를 많이 닮은 수수한 이목구비임에도 그토록 화려해 보일 수 있다는 게 신기해 나는 예의도 잊고 그녀의 얼굴을 뚫어져라 쳐다보고 말았다. 그녀는 내 시선을 무시하듯 눈을 내리깔며 미소 지었다.

"오랜만이구나."

"네, 오랜만이에요."

"내가 기억은 나니? 신기하네."

내가 기억하는 것은 갓난아기일 적 만났던 그녀가 아닌, 훗날 데뷔탕 트에서 볼 그녀와 사형대에 올라가 벤티볼트 대공과 함께 처형된 대공의 후첩 아멜리아였다. 그러나 그리 말할 수는 없는 노릇이라 나는 그저 작게 고개를 끄덕였다.

"그래서 어쩐 일이니? 수도에 올라오자마자 나를 찾았다는 말은 들었는데."

"한번 뵙고 싶었어요."

"그런 용무로 찾아오기엔 너는 나와 친분이 없지. 예전처럼 수도에 아무런 연고가 없어 나를 찾았다면 모를까."

"……솔직하게 물으면 대답해주시나요?"

내 물음에 그녀는 손에 들고 있던 부채를 접어 내 턱에 댔다. 고개가 슥 들어올려지더니 이내 넘어간다. 나는 뒤집힌 시야에 눈을 꾹 감았다.

"그건 네 질문에 따라 달라지지. 하지만 거짓말은 하지 않을게. 오라버니와 달리 나는 거짓말쟁이는 아니거든."

"아버지가 거짓말쟁이라고요?"

"나는 내 오라버니처럼 거짓말을 입에 달고 사는 이를 본 적이 없단다."

"아버지는 정직한 분이세요."

"뭐, 확실한 건 우리 둘 중 하나는 거짓말을 하고 있다는 거야. 우리는 서로를 거짓말쟁이라고 주장하니까."

고모는 그리 말하며 부채를 거둬갔다. 그녀의 머리를 무겁게 장식하고 있는 깃털 몇 개가 그녀의 움직임에 따라 공중에 흩어진다. 방과 어울리는 분홍색 깃털이었다. 그녀는 하녀가 놓고 간 비스킷을 집어 입에 넣으며 다시 소파에 편히 몸을 기댔다.

"하지만 그건 지금 중요한 게 아닐 거야. 뭐가 궁금한 거니? 오, 설마 내게 어찌 황족을 꼬여내는지 묻고 싶은 거니? 너도 황후가 되고 싶어? 미안하지만 라리, 내가 알기로 아르눌프는 남자를 좋아한단다."

나는 얼굴을 일그러뜨리지 않기 위해 노력했다. 그녀는 하얗게 질린 내 낯빛을 재밌어하는 것 같았다.

"몰랐니? 황궁 시녀라면 이 정도는 알고 있어야지. 아르눌프는 동성애자란다. 나는 그와 몸을 섞고 있는 시동들을 꽤 알고 있지. 그는 멍청한 편이라 증거를 무척 많이 남겼거든."

"몰, 랐어요……."

"그럼 잘 알아두렴. 벨네르니는 크게 변할 거야. 빠른 시일 내에. 줄을 잘 서지 않으면 곤란하단다. 나이젤은 똑똑하지만 겁쟁이라 황좌를 노릴 만한 그릇이 아니고. 라페르트는……."

고모의 목소리가 비밀이라도 속삭이듯 잦아들었다. 그녀의 얼굴이 순간 뱀처럼 음험해 보여서 나는 나도 모르게 몸을 움츠렸다.

"라페르트는…… 그래. 걔는 사실 벨네르니 인도 아니니까 그 아이가 황좌를 노리는 것은 정말 어불성설이지 않겠니?"

"무슨 말씀이세요? 벨네르니 인이 아니라니요?"

"너도 소문 정도는 들었을 것 아니야. 멍청하게 굴지 말고 생각을 하렴."

고모는 내가 한심하다는 듯 크게 미간을 찌푸리더니 다시 부채를 들어 내 볼을 쿡 찔렀다. 내가 지금 루페르트와 연결되지 않은 게 천만다행이다. 그녀의 목숨이 위험할 수도 있는 발언이었으니까.

"그녀가 황제 폐하의 자식이 아니라는 소문이요? 아니면 황후 폐하의 출신에 대한 소문을 말씀하시나요?"

"소문이 아니라 사실이야."

"어떻게 확신하세요?"

"내 잘난 오라버니한테 물어보렴."

고모는 코웃음을 치며 일어났다. 잔뜩 조여 매 언뜻 비현실적으로 가늘어 보이는 그녀의 허리를 어스름한 조명이 비춘다. 나는 그녀의 치렁치렁한 레이스 장식을 바라보다 벌떡 그녀의 손목을 잡아챘다.

"고모."

"어머, 고모라고 부르지 말아줄래? 늙어버린 기분이 들잖아. 짜증나게 말이야."

그녀는 내 손을 부드럽게 떼어내며 웃었다. 명백한 조소에 몸이 굳었다.

"내가 무섭니?"

"아니요."

"무서워하렴. 나는 사실 네가 왜 나를 찾았는지도 모르겠어. 나는 너를 도와줄 생각이 조금도 없는데. 라리, 불쌍한 아이야. 아만다의 사랑이 너를 이토록 무지하게 만들었구나."

"무지해요? 제가?"

"너는 황궁에 가면 안 되었어. 나와 오라버니는 다른 방식으로 벨루아를 지키려고 하지만, 그 계획에 너는 없거든. 가엾은 아이야, 사실 너따위는 오라버니의 안중에도 없단다. 그에게 소중한 것은 벨루아야."

"제게도 벨루아는 소중해요."

"……"

"아버지의 보호를 바라는 게 아니에요."

고모는 내 말에 비스듬히 고개를 꺾으며 내 얼굴에 손을 올렸다. 그녀의 얇은 입술이 작게 벌어진다.

"제가 벨루아를 지키고 싶어요. 아버지의 보호는 바라지도 않아요. 제가 아버지를 지킬 테니까."

"정말 불쌍한 뻐꾸기구나. 좋아, 벤티볼트가 황제가 되면 너는 살려주마. 내 부탁은 들어주는 사람이니까. 그 앞에서 창녀처럼 몸을 흔드는 것은 어려운 일도 아니란다. 아니, 외려 재미있지."

벤티볼트 대공이 황제가 되는 일은 없을 것이다. 오히려 그녀의 목숨을 구할 수 있는 것은 나의 부탁이다. 루페르트가 들어줄지는 모르겠지만 말이다. 그러나 고모는 대단한 자신감으로 현 황제에 대한 험담을 늘어놓기 시작했다. 내가 그녀의 불손한 태도를 고발해도 아무런 지장이 없을 것처럼.

나를 믿어서 이러나 의아했지만, 고모는 그저 내가 위협이 되지 못하리라 판단한 것 같다. 나는 그런 그녀의 위험한 경시를 토 달지 않고 가만히 들어주었다.

"내 얘기는 이만하면 되었고, 네가 궁금한 게 도대체 뭐니?"

"무례하지만 물을게요. 왜 대공의 첩이 되신 건가요? 어떻게 그가 황제가 될 것이라 확신하세요?"

"정말 무례한 질문이구나."

그녀는 여전히 웃는 낯이었지만, 미미하게 미간을 좁혔다.

"어찌 확신하냐구? 말했잖아. 그런 건 오라버니한테 물으라니까."

"아버지가 이 모든 것을 아신다고요?"

"그래. 비겁한 나의 오라버니는 뱀처럼 비밀을 삼키고서 웅크려 있지. 단순히 아는 것뿐만이 아니란다."

"하지만."

"라리, 나는 네가 모르는 것을 말해줄 수 없어. 그가 네게 말하지 않는 것이라면 나 역시 너에게 말해주지 못해."

"제가 아무것도 모른다는 것 정도는 알아요. 하지만 그래서 고모를 찾아온 거예요.”

“아, 그런 얼굴 하지 마렴. 미안해지잖아.”

내 일그러진 이마에 부드러운 손을 얹으며 고모는 작게 중얼거렸다. 너무 낮은 목소리라 온전히 알아듣지는 못했다. ……주제에, 닮았잖아. 그 비슷한 울림으로 짐작할 뿐이다. 내가 누구를 닮았단다.

“네가 이토록 무지한 이유는 역시 내 오라버니가 너를 사랑하기 때문이겠지.”

“……네?”

“네가 벨루아를 지키고 싶어 하는 이유 역시, 네가 너의 가족을 사랑하기 때문이니?”

“네. 저는 벨루아를 사랑해요. 아버지, 어머니, 르한이 사랑스러워요. 지키고 싶어요.”

“비극이구나.”

“수수께끼 같은 말만 하지 말아주세요.”

“미안. 벨루아를 버린 나는 네게 진실을 말해줄 자격이 없어. 하지만 충고는 해줄게. 라페르트 황녀에게 너무 정 주지 마렴.”

“왜죠?”

“곧 죽을 테니까.”

내게 얼굴을 드러낸 순간부터 내내 입만은 웃고 있던 고모는 처음으로 미소를 거두었다. 유리인형처럼 차가운 얼굴이 내게 경고한다. 그건 경고 같은 것이 아니라 악의에 가득 찬 각오였다. 죽여버릴 테니까. 그런 쪽에 더 가까운.

아멜리아 고모의 저택에서 궁에까지 어찌 돌아왔는지 모르겠다. 반쯤 얼이 빠진 상태로 마차를 몰아 건너편에서 오던 다른 마차와 거의 부딪칠 뻔했다. 마부가 내게 삿대질을 하며 소리를 빽빽 지르고 나서야 겨우 정신을 차릴 수 있었다.

이크.

화들짝 놀란 나는 핸들에 얹고 있던 손에 힘을 주고 손잡이를 당겼다. 푸시식, 프라오 타는 냄새와 함께 마차가 천천히 움직인다.

「죽을 테니까.」

고모의 차가운 목소리가 아직도 진득하게 귓가에 달라붙어 있다. 그건 마치 저주처럼 들렸다. 고모는 얼어붙은 내게 권력이 좋냐 물었고, 나는 고개를 저었다.

아멜리아 고모는 권력을 사랑한다고 했다. 대공의 발을 핥을 때마다 떨어지는 달콤한 부스러기에 중독되었음을 스스로 시인했다. 그게 아버지와 그녀의 사이를 벌린 가장 결정적인 원인이었다.

아버지는 권력을 두려워했고, 그녀는 권력을 거머쥐고 싶어 했다. 고모는 내가 기억하던 대로 황후의 자리를 바라고 있으며, 대공이 자신을 그리 만들어주리라 믿어 의심치 않는다.

작금의 상황에 도저히 어울리지 않는 믿음이었다. 루페르트가 황태자가 되지 않는다 해도 마찬가지다. 현 황제는 자식이 무려 셋이었고, 황후와 황비는 아직 충분히 황자를 낳을 수 있는 몸이다. 황제 본인조차 젊은 나이다. 그가 몇 년 안에 죽는다는 것은 나만이 알고 있다.

설사 그를 없애버릴 계획을 하고 있다 해도 나이젤과 결혼해 부마가 될 만한 고위귀족도 몇 있는 데다 장성한 황자인 아르눌프까지 있다. 대공에게 황위가 돌아갈 이유가 없다.

가장 그럴듯한 추론은 반역이다. 대공이 정말로 역모를 저질렀을 경우……. 루페르트에 의해 누명을 쓴 것이 아니라 그가 정말 황위를 그릇된 방식으로 노렸다면? 그가 고르텐과 손을 잡고 군대를 모으고 있다면, 고르텐이 용병 따위에 손을 뻗은 것도 말이 된다.

"끄으."

머리까지 지끈거렸다. 혼자 끙끙 앓아봤자 소용없단 결론에 다다른 나는 한숨을 푸욱 내쉬고 별궁에 들어섰다. 고모가 대답해주지 않으니 아버지를 찾아가야 했다. 내 회귀를 털어놓는 한이 있더라도 아버지의 심중을 알아야겠다. 그가 모든 문제의 열쇠를 쥐고 있을 테니까.

아, 나는 도대체 무엇을 보고 있었나. 이렇게 많은 비밀을 안고 계신 아버지를 도대체 무슨 근거로 믿었을까? 그가 결백했으리란 확신조차 흔들린다. 그러나 나는 곧 마음을 다잡으려 노력했다. 그의 도덕성에 의문을 품어선 안 된다. 나는, 아버지를 안다.

겨우 안면 정도 익힌 고모와 아버지 중 하나만을 믿어야 한다면 나는 망설이지 않고 아버지를 택할 것이다. 나까지 그를 의심하면 안 된다. 그러나 의심이란 게 본시 하고 싶어 하는 것이 아니다. 잔잔한 수면에 아주 작은 돌멩이가 떨어진 것처럼 얕지만 넓은 파동이 마음속에 퍼져 나갔다. 아버지는 결백하시지만, 내게 숨긴 비밀이 아주 많다는 것 또한 사실이다.

리체가 나와 르한을 바라보던 시선과 고모의 연민하는 눈빛이 겹쳐 떠오르자 갑자기 숨이 막혔다. 그들이 내게 암시하고자 하는 바가 무엇인지 어렴풋하게나마 그 윤곽이 보일 것만 같았다. 그래서 나는 나를 삼킬 것만 같은 시꺼먼 그림자에 눈을 감아버렸다.

비겁해.

힐난하는 마음의 소리가 들렸지만 동시에 듣지 않았다. 소름이 등을 오소소 타고 올라온다. 나는 무의식적으로 내 몸을 감싸안았다. 그래도 너무 춥다. 나를 덮쳐온 지독한 추위에 나는 결국 주저앉아버렸다.

어쩌지?

눈물은 나오지 않았지만, 얼굴이 추하게 일그러지는 것 정도는 느낄 수 있었다. 바닥에 주저앉아 호흡을 가다듬는데 내 목덜미를 누군가 휙 잡아챈다. 이 붉은 궁에서 나를 이 정도로 막 다루는 사람은 단 한 명뿐이다.

"바닥에 돈이라도 떨어졌나."

루페르트의 무심한 얼굴을 마주하며 나는 애써 웃었다. 얼굴이 조금 질려 있긴 하겠지만, 나는 원래 피부가 하얀 편이니 눈치채지 못할⋯⋯.

"왜?"

나를 놓아준 루페르트는 대신 성큼 다가와 내 코앞에 얼굴을 들이밀었다. 내 안색을 샅샅이 훑는 눈에 놀라 고개를 숙였지만, 그는 내 턱을 붙잡아 다시 들었다. 거친 손길에 시야가 흔들린다.

"말해."

"뭐, 뭘요?"

당황해 그를 밀어냈지만, 그는 꼼짝도 않는다. 비쩍 말라서 손목은 나보다도 가는 주제에 어디서 이런 힘이 나오는지 신기할 정도도. 그가 내 손목에 붙잡혀 꼼짝도 못 하던 날이 수십 년은 지난 과거처럼 느껴졌다.

루페르트는 답답했는지 짜증스레 뱉어냈다.

"얼굴이 왜 그래?"

"저 원래 못생겼잖아요."

"그딴 거 묻는 게 아니다. 두 번 말하게 만들지 마라."

루페르트의 사나운 명령에 나는 우물쭈물했다. 뭐라고 대답해야 할지 모르겠다. 아멜리아 고모의 무례한 언사를 털어놓기엔 그녀의 안위가 걱정되었고, 아버지에 대해 말하기엔 내 생각이 정리되지 못했다.

"그냥 조금 고민할 게 있어서요."

"뭐?"

"제가 세상에서 가장 믿는 사람을 믿지 못하게 될까 봐 무섭나 봐요."

"네 아버지?"

"말 안 할래요. 전하랑 관련된 건 아니니까요."

내 생각을 정확하게 짚어내는 루페르트를 향해 나는 배시시 웃었다. 그제야 그는 나를 놓아주었다.

"아멜리아 벨루아가 무슨 소릴 했나?"

루페르트의 차분한 녹안에 나는 입술을 작게 달싹였다. 내가 무슨 거짓말을 하는지 그가 전부 꿰뚫고 있을 것만 같아 목이 탄다.

"그냥…… 요즘 귀족들의 움직임이 수상하니 전하께서도 조심하는 편이 좋으실 거라 했어요."

"내 목숨이 위험하다든가?"

"아니요, 그런 무서운 말은…….'

나는 순간 입을 꾹 다물었다. 그러다 곧 고개를 끄덕였다.

"하셨……어요. 전하가 죽을지도 모른대요."

내 무시무시한 말에도 그는 눈썹 한번 찌푸리지 않고 무감한 얼굴을 유지했다. 그러다 곧 픽, 바람 새는 웃음소리와 함께 그의 입꼬리가 올라간다.

"정답."

"……네?"

당황한 나를 보며 그는 여전히 무표정한 얼굴로 내 머리를 붙들었다. 곧 그의 입이 내 이마에 닿는다. 아주 담백하고 무심한 접촉이었지만, 갑작스런 행동에 놀라 입이 떡 벌어지고 턱이 내려간다.

내가 정신을 차리고 그를 밀어내기도 전에 루페르트가 먼저 떨어져 나갔다. 그는 나를 바라보며 입술을 문질렀고, 순간적으로 드러나는 그의 잇새에 흑요석이 새까맣게 번들거리고 있었다.

"그, 그거! 그거 뭐예요! 흑요석이잖아요!"

"이게 마지막이야."

"거짓말쟁이! 전하는 거짓말쟁이예요!"

내 고함에 루페르트는 흑요석을 느릿느릿 내게 건네주었다. 그가 낮게 중얼거리자 내 손바닥의 흑요석은 재가 되어 사라졌다. 나는 손바닥에 남은 까만 가루를 허무하게 바라보다 고개를 들었다.

"안 하신다고 하셨으면서. 감시…… 안 한다고 하셨잖아요."

"그게 정말 마지막이다."

"안 믿어요."

"그래, 사실 하나 더 있어."

루페르트의 순순한 긍정에 나는 약이 바짝 올라 그를 노려보았다. 가증스럽게도 그는 미안하단 얼굴조차 아니었다. 아, 저 예쁜 인형 같은 얼굴을 실컷 때려보고 싶다. 그럴 수 있다면 이 한이 조금은 풀릴 텐데.

"내가 네게 하는 마지막 거짓말이다. 못 믿겠다면 연금술사의 맹약이라도 해줄 수 있어."

"그게 뭔데요?"

"간단해. 내가 네게 거짓말을 하면 죽는 거지."

"에이씨, 그런 무시무시한 맹약 같은 거 필요 없어요!"

그가 아무렇지 않은 얼굴로 하는 헛소리에 질겁한 나는 고개를 세게 저으며 그의 팔을 찰싹 때렸다. 그건 정말 충동에서 비롯된 행동이라 순간적으로 나도 숨을 멈출 정도로 놀라버렸다. 루페르트는 내게 맞은 것이 믿기지 않는다는 듯 눈을 크게 떴다.

"……때려?"

"아, 아, 아니요?"

"정신 나갔나?"

"저, 저, 전하가 먼저 나쁘게 구셨잖아요!"

나는 말을 더듬으며 뒷걸음질 치다 쏜살같이 방으로 들어가버렸다.

"토리!"

토리를 찾아야 한다. 미안한 말이지만 루페르트의 화를 막는 데 그녀만큼 효율적인 방패는 없으니까. 그러나 불행하게도 토리는 방에 없었다. 정원에 있나 싶어 나는 서둘러 정원으로 달려가기 위해 몸을 틀었지만, 금세 나를 따라 방으로 들어온 루페르트는 문틈을 팔로 막고 비스듬히 웃고 있다. 나는 겁에 질려 벽에 달라붙었다.

"이리 와."

"전하, 제가 전하를 때린 것이 아니라요. 그게 사실 요즘 유행하는…… 그러니까, 유행하는 인사법이에요."

"지랄하지 말고 이리 와."

"전하, 저 때리시게요? 저 터져요. 만두 터져요."

"안 때려."

루페르트가 무표정한 얼굴로 하는 말에 나는 슬금슬금 걸음을 옮겼다. 그는 은근히 너그러운 구석이 있으니 내 미친 무례를 용서해줄지도 모른다.

그러나 그에게 가까이 다가간 나는 결국 딱밤을 얻어맞았다. 내가 그를 때린 것과는 비교도 하지 못할 강도였다. 순식간에 이마가 달아올라 화끈거렸다. 내가 울상을 지으며 루페르트를 올려다보자 그는 웃으며 내 이마를 툭 밀었다.

"안 터셨네."

"씨……."

"씨?"

"앗. 씨앗…… 토리가 씨앗을 심으러 가자고 했는데 정원에 있겠죠?"

내 변명을 비웃는 루페르트가 어찌나 얄미운지, 나는 아버지에 대한 고민도 잊었다.

5. 사실과 실상의 관계

"벨루아 백작이 수도저택에 와 있다고 합니다."

고저 없는 목소리에 루페르트는 고개를 들었다. 저처럼 무감한 얼굴이 마치 무생물 같은 사내였다. 메마른 눈에 남은 감정이라곤 그를 향한 충성심뿐.

옛날이야기를 좋아하는 사람이라면 이런 이들을 크루나루카라고 칭했을 것이다. 물론 그의 앞에 멍청하게 서 있는 이 남자는 입에서 입으로 전해지는 비밀스러운 그 존재가 아니다. 루페르트가 제조한 약으로 일시적인 최면에 빠졌을 뿐이다.

크루나루카.

선조의 왕들은 살아 있는 사람의 심장을 깎고선 술법으로 생존욕구보다도 외경이 앞서는 부하를 여럿 부렸다고 한다. 그런 비인간적인 왕들에 의해 지켜진 나라가 벨네르니다. 루페르트는 이에 만족했다. 이황실에서 자신보다 비인간적인 이는 없을 테니까. 준비된 것처럼 어울리는 자리가 아닌가.

들고 있던 종이는 바로 화로에 던져져 순식간에 불타올랐다. 루페르트는 타닥타닥 타오르는 종이를 매섭게 노려보다 아직도 조용히 자신의 답을 기다리는 남자를 돌아보았다.

"알았다. 나가봐."

남자는 공손하게 인사하고 사라졌다. 그가 방문을 나서자마자 기다렸다는 듯 라리에트가 문틈으로 슥 얼굴을 들이민다. 나뭇가지에 매달린 복숭아처럼 허옇게 빛나는 얼굴을 루페르트는 못 본 척했다. 다시 책상으로 시선을 돌린 그의 이마가 곧 따끔거렸다. 방에 들어설까 말까 고민하던 라리에트는 드디어 결심했는지 발 하나를 살짝 안으로 들이밀었다.

"저언하."

그는 고개조차 들지 않았다. 그는 사실 벨루아 백작이 수도로 올라왔다는 사실을 진즉 알고 있었다. 그녀가 똥 마려운 강아지처럼 제 주위를 맴돌며 끙끙 앓았으니까. 부탁이 있는데 요즘 제 기분이 저조한 듯하니 말도 못 꺼내는 것이다.

큰 눈을 데굴데굴 굴리며 잘 들리지도 않는 목소리로 웅얼거리다가 자신이 눈썹만 살짝 찌푸리면 히끅 놀라 물러나는 게 재밌어, 루페르트는 그녀의 목적을 알면서도 가만히 내버려두었다.

아버지가 보고 싶으면 요즘 그는 밖을 자주 돌고 있으니 몰래 나갔다 오면 될 텐데, 간이 콩만 해 그것도 못 하나 보다. 여러모로 특이한 인간이다. 대담한 것 같다가도 이럴 때는 소심하기가 쥐벼룩만도 못했다.

제가 평가절하당하는지도 모르고 라리에트는 문에 붙어 헤헤 웃었다. 그녀의 웃는 얼굴을 흘깃거린 루페르트는 책상에 턱을 괴고 손가락을 까딱했다. 그의 허락이 떨어지자 라리에트가 종종걸음으로 그의 앞에 선다. 루페르트는 할 일이 무척 많은 것처럼, 실제로도 없지는 않았지만 아까 본 서류를 든 채 그녀에게 귀찮다는 시선을 던졌다.

"왜?"

"그게요, 전하."

"시간 없다. 한 번에 말해."

"아버지가 수도에 오셨는데 나갔다 오면 안 될까요? 꼬옥 만나고 싶은데요. 저 아버지 본 지 2년도 넘었고요, 또 물어볼 것도 있어서요. 전하가 안 된다구 하면 안 되겠지만, 이번에는 정말정말정말 저엉말 만나야 하거든요. 하루도 필요 없고 반나절이면 되는데요. 어제 오늘 너구리 밥도 제가 다 줬고요. 아까 토리랑 정원도 청소했어요. 전하 좋아하시는 민들레 씨도 뿌렸고요."

단번에 말하라는 명령에 라리에트는 종알종알 숨도 쉬지 않고 늘어놓았다. 다 쏟아내고 헉헉대다가 그가 고개를 완전히 들어 그녀를 응시하자 서둘러 호흡을 가다듬는다.

루페르트는 아까 자신이 화로에 내던진 종이를 떠올렸다. 그건 일종의 명단이었다. 그 명단에 제 아비 이름이 올라가 있는지 아닌지 그녀는 알지 못한다. 그러니 그 멍청한 대공의 첩도 그녀를 무시하는 것이다.

그에 기분이라도 상했나. 루페르트는 라리에트가 아멜리아를 만나고 돌아온 후로 무언가를 알아보기 위해 노력 중임을 알았다. 그리고 그녀가 바라는 답을 자신이 쥐고 있단 것까지 모두 알고 있었다.

"뭘 물어볼 건데?"

"……정확히는 아직 몰라요. 그저 아버지가 아시는 것들을 들어볼 생각이에요."

"백작이 아는 것이라면 나도 다 알아."

루페르트의 자신만만한 말에 라리에트가 눈을 크게 뜬다. 허풍 따위가 아니다. 그는 허튼말을 않는다. 그러나 그녀는 살짝 고개를 저었다.

"전하가, 모르시는 일들도 있을 거예요. 그러니까…… 전하보다는 저와 관련한."

"그것도 안다면?"

"그럴 일은 없겠지만, 그렇다 해도 아버지의 생각을 들어보고 싶어요."

라리에트에게 필요한 것은 확신이다. 제 아버지가 옳다는 근본 없는 믿음에 대한 증거. 황실의 비밀을 모두 알고 있는 백작이 왜 변방에 웅크리고 있는지 알고 싶겠지. 그 이유는 루페르트도 몰랐다. 우습게도, 이제는 알 것 같지만.

"허락해주기 싫은데."

"전하, 부탁드려요. 시키신 일은 다 하고 다녀올게요."

라리에트는 보기보다 고집이 세다. 그간의 관찰로 모르는 바는 아니지만, 루페르트는 그녀의 반항에 기분이 상해 눈썹을 꿈틀거렸다. 그 미약한 반응에도 그녀는 화들짝 놀라 몸을 움츠렸다. 그는 기가 차 헛웃음을 지었다. 누가 보면 자신이 그녀를 허구한 날 패는 줄 알겠다.

가끔 수틀리면 꿀밤 정도는 먹였지만, 그건 그의 기준으로 폭력의 앞글자도 되지 못하는 수준이다. 설마 아팠나. 루페르트는 저도 모르게 이제 제법 커져버린 제 손바닥을 내려다보았다. 자신이 고통에 둔감하니 잘 모르겠다.

"백작이 아는 것을 네가 모르는 게 나을 수도 있단 생각은 안 해봤나?"

심술처럼 들릴 것이다. 네가 알아봤자 도움 될 것이 없다는. 네까짓 게 도대체 무얼 할 수 있겠느냐는 빈정거림.

루페르트는 제 가시 돋친 말에 라리에트가 울먹이리라 생각했다. 이미 그의 머릿속에서 라리에트는 울보로 자리 잡았다. 살면서 몇 번 울어본 적 없는 그녀로서는 억울하겠지만, 루페르트의 입장에서 그녀는 울보가 맞다.

그는 울어본 기억이 없다. 갓난아기의 울부짖음을 제외하곤 감정적인 이유로 눈물을 흘려본 적이 없다는 뜻이다. 토리도 정말로는 울지 못했으니, 라리에트처럼 엉엉 울어대는 사람은 처음 본다. 왜 우는지 궁금했다. 인간은 슬플 때 우니 슬픈 건가 짐작은 하지만, 그는 사실 슬픔이란 감정조차…….

"아니요."

그의 상념을 끊은 라리에트의 대답은 예상외로 차분했다. 그녀의 하얀 얼굴에 풀꽃같이 연약한 미소가 피어올랐다. 여름 햇살이 창가로 비스듬히 새어들어 그녀에게 쏟아진다. 라리에트는 아주 가끔 저런 얼굴을 했다. 그럴 때의 그녀는 이 세상 사람이 아닌 것처럼 보여서 루페르트는 원인 모를 짜증에 눈을 찌푸렸다. 그는 자신이 이해할 수 없는 것을 싫어했다.

"아무것도 모르는 건 한 번으로 충분해요, 전하."

라리에트는 그가 이해할 수 없는 모든 것들로 이루어진 듯한 사람이다. 보고 있으면 가끔 답답해져서 짜증이 울컥 솟았다. 그런데도 왜 제 옆에 두고 있는지 모르겠다.

그저 과학자의 호기심일 수도 있다. 자신 안에 그런 호승심이 잠들어 있었는지는 몰랐지만, 루페르트는 그녀가 어떤 원리로 행동하는지 이해하고 싶었다. 왜 구석에 핀 들꽃 따위를 보며 웃고, 초라한 토리를 다정하게 안아주는지 궁금하다. 아직 반도 알아내지 못했는데 망가져버리면 곤란했다. 그래서 제게 어울리지도 않는 충고도 해준 것이다.

아멜리아 벨루아나 백작이 자신과 황실에 대해 얼마나 아는지는 중요하지 않다. 알아봤자 결국 제 얘기다. 루페르트 본인이 모를 수가 없는. 그 사실들은 결국 라리에트에게 도움이 되지 못할 것이다.

자신에 대해 알게 되는 만큼 그는 그녀를 옭아매야 했다. 사람을 가진다는 것이, 인간을 소유하고 결국엔 오도 가도 못하게 잡아두는 일이 사람을 어떤 식으로 망가뜨리는지 그는 알고 있다. 그렇게 되고 싶나.

아, 그러고 싶다고 말했던 것 같기도 하다.

"너."

"예?"

"내 것이 되겠다고 했지?"

눈앞에서 멍청하게 웃는 얼굴은 그게 무슨 의미인지 조금도 몰랐던 게 분명했다. 그러나 라리에트의 각오는 루페르트의 가장 깊은 본능을 자극했다. 아직 다 채워지지 못한 유아기적 욕심이었다. 텅 빈 곳을 채워넣으려는 아귀처럼. 사람 하나를 온전히 다 씹어 삼키면 자신도 사람이 될 수 있을 것 같았다.

어찌 알았을까. 도대체 무슨 생각으로 제게 '온전한' 자신을 주겠다고 입을 놀렸나. 그녀의 마음을 읽고 싶었다. 감정은 제법 뚜렷이 읽혔다. 자신이 싫고, 두렵다는.

그러나 그 기저에 깔린 생각을 모르겠다. 왜 다가왔나? 루페르트는 분명 보잘것없는 황녀다. 황자인 것을 알고 있었다 해도 변하는 것은 없다. 그는 여전히 작고 초라했으며 언제 죽을지 모르는 불안한 위치였다. 그런데 왜?

루페르트의 입술이 작게 벌어지다 다물어졌다. 그러나 이제 와선 딱히 상관없었다.

"네 그 마음은 불변인가?"

"세상에 불변인 건 없어요, 전하."

냉큼 나오는 부정에 그는 입을 다물었다. 그러자 라리에트가 샐쭉 웃으며 말을 잇는다.

"그래도 쉽게 변하지는 않을 거예요."

루페르트는 그녀의 웃는 얼굴을 빤히 바라보다 느릿느릿 입을 뗐다.

"만나고 와. 그가 알고 있는 게 모자라다면 내가 직접 말해줄 수도 있다."

가지려면 모든 것을 드러낼 필요가 있다. 무엇을 원하는지 모르겠지만, 그녀가 원하는 것을 그가 가지고 있을 확률은 0에 수렴했다. 루페르트는 가진 게 없으니까. 제 공허를 보고 라리에트는 분명 후회할 것이다. 그런 생각을 하면서도 그는 말을 멈추지 않았다.

"하지만."

"……."

"그게 끝이다."

그의 무표정에도 라리에트는 방싯 웃었다.

그녀는 이것이 마지막 관문임을 알아차렸다. 동시에 마지막 기회였다. 아버지께 모든 진실을 듣고 나면, 그녀는 정말로 루페르트에게서 벗어날 수 없을 것이다. 평범한 귀족영애의 삶으로는 돌아갈 수 없다. 황제의 최측근으로 그가 시키는 모든 명령을 수행하며 살아야 한다.

"전하의 것은 아끼신다 하셨죠?"

"그래."

"그럼 제 모든 것을 가져주세요, 전하. 그래서 아껴주세요."

자신이 가진 모든 것. 벨루아, 아버지, 어머니, 르한, 그녀가 사소히 예뻐하는 들꽃마저도.

이리 오래 시선을 마주하고 있다 보면 라리에트는 가끔 루페르트의 생각을 알 것도 같은 기분이 들었다. 그녀가 아버지를 만나 벨루아로 도망가 숨어버리면 아마 그는 자신을 억지로 찾아내지 않을 것이다. 하지만, 돌아오면……

"너는 이제 돌이킬 수 없어."

"전하, 돌이킬 수 있는 선택 따위는 원래 없어요."

그러니 후회 않는다. 몰랐던 과거를 후회하지 않으니, 알게 되어서 바뀌는 미래에도 후회하지 않을 것이다. 그럼에도 불면(不免)할 멸망이라면, 숙명으로 받아들여야 하지 않겠나.

"돌아올게요. 기다려주세요."

그녀는 대답하지 않는 루페르트에게 고개를 숙인 후 그대로 몸을 돌렸다. 갈색 머리를 묶은 연두색 리본이 내려앉은 나비처럼 팔랑거린다. 숲을 잘못 찾은 나비는 몹시 연약해 보여 루페르트는 습관처럼 벽에 걸린 장총을 쳐다보았다. 사실 이대로 돌아오지 않았으면 좋겠다.

라리에트가 나가고 한참이 지난 후에야 루페르트는 자리에서 일어났다. 그녀에게 먹인 흑요석은 이제 하나밖에 남지 않았다. 타인의 감각을 공유하는 건 정신적인 에너지 소모가 너무 커서 아무리 그라도 계속 쓸 수 있는 방법이 아니다.

그녀의 시야를 훔쳐보는 것은 이번이 마지막이다. 그건 자신을 '눈으로' 직접 보여줄 기회도 마지막이라는 의미였다. 자신이 누구인지, 제 것이 된다는 게 어떤 의미인지 보여줄 수 있는 유일한 기회.

루페르트는 라리에트에게 경고해주어야 할 의무가 있다. 아니, 있다고 생각했다. 그는 토리를 볼 때마다 심장이 욱신거렸으니까. 섣부른 판단이 빚은 후회덩어리다. 그녀에겐 조심해주지 못해서. 자신마저 그런 죄를 지으면 안 되었는데도.

"전하, 폐하가 전하를 찾으신대요."

짜 맞춘 것처럼 때마침 토리가 들어와 알맞은 명을 전달했다. 루페르트는 기다렸다는 듯 비식 웃으며 걸음을 옮겼다. 나비는 자신이 길을 잃고 헤매는 곳이 낡은 숲인 줄 알았을 것이다. 나무가 썩어 나자빠지고 들꽃이 누렇게 말라붙어 죽은 이유가 세월에 닳았기 때문이리라고.

아니었다. 그녀가 흘러들어온 곳은, 자신이 살아내는 풍경은…… 죽은 숲 따위가 아니다.

지옥에서도 가장 처참한 지옥, 무저갱에 처박힐 나락의 끝, 영영 끝나지 않을 저주받은 연극의 무대 위. 그런 곳에 오고 싶단다. 제 주변은 모두 새까맣게 죽어버려 남은 게 없는데. 그러니 경고 정도는 해줘야지 않겠나.

본궁에 가까워질수록 호흡이 가빠졌다. 여름임에도 불구하고 햇볕마저 얼릴 것처럼 싸늘한 날씨였다. 분명 화창했던 하늘은 먹구름이 잔뜩 껴 흐릿해져 있다. 루페르트는 눈을 살짝 찡그렸다. 이런 날에는 꼭 왼쪽 눈이 얻어맞은 것처럼 아프다.

실제로 폭력이 닿은 흔적이 있는 부분이나, 어제 맞은 것이 아니었으니 고통은 실재하지 않는다. 많은 기사들이 다친 팔이 잘려나간 후에도 그 팔이 아직도 제게 달려 있는 것처럼 통증을 느낀다고 한다. 루페르트에게도 그런 고통이 고질적으로 존재했다. 잊을 만할 즈음 항상. 제 본질을 잊지 말라는 양 경고하듯 아픈 것이다.

「망가뜨려.」

붓꽃처럼 아름답던 여자의 입술이 나지막하게 속삭였다.

「그를, 망가뜨려.」

닥쳐.

여자의 생전에는 해보지도 못한 반항을 그는 뒤늦게 하고 싶었다. 차라리 그때 고분고분하게 굴지 말 것을 그랬다. 그러나 아이에게 여자는 절대적인 존재였다. 신이었다.

잔상처럼 떠오르는 얼굴에 감은 눈이 시큰거려 루페르트는 왼손을 들어 눈가를 꾹 눌렀다. 그의 불편함을 알아차린 토리가 다가와 그의 손을 붙잡았다.

"아프시어요? 오늘은 가지 못한다, 제가 전할까요?"

"괜찮다."

루페르트의 담담한 목소리에 토리의 이마가 어그러졌다. 그는 인내에 익숙했고, 토리는 그럴 필요 없다고 말해왔다. 루페르트는 그녀에게 어느 정도 동의했다. 하나 곧 인내하지 않아도 될 날이 온다. 이리 숨죽이고 비겁한 벌레처럼 엎드려 있지 않아도 될 날이.

여장은 제법 훌륭한 위장이자 보호막이었다. 사람들의 의심을 피하는 데 제 화려한 외모가 한몫했음은 그리 달가운 사실이 아니지만, 그는 여자아이의 외양에 부합하는 생김새를 가졌다. 그러나 시간은 막을 수 없이 흐르는 법.

목소리가 점점 더 낮고 거칠어졌다. 목젖은 이미 가릴 수 없을 정도로 튀어나왔고, 죽지 않을 정도로만 섭취하는 영양분에도 키는 껑충해졌다. 곧 도저히 여자라고 우겨볼 수도 없이 자랄 터다.

타고난 신체적 조건은 어찌할 수가 없다. 어미 되는 황후는 작은 편이었으니 이는 필시 아비의 피라. 하나 황제는 키가 그리 큰 편이 아니다.

웃음조차 나오지 않는 합리적 의심이었다. 누구나 황제와 루페르트를 놓고 닮은 곳을 찾으라 한다면 그의 태생부터 의심할 것이다. 황후의 샛노란 금발과 녹안을 빼닮았으니, 안 그래도 뒤에서 속닥이는 자가 수없이 많았다.

아주아주 어릴 적에 처음 그 소문의 뜻을 알았을 때는 억울했다. 그러나 곧 억울하지 않게 되었다. 소문이 사실임을 알았으니까. 황후의 입을 직접 통해 나온 거짓말 같은 진실들로 그는 아주 오래전부터 진상을 알고 있었다.

그러니 사람들이 의심하는 것도 당연했다. 루페르트와 황제는 닮은 구석이 단 한 곳도 없으니까. 구태여 닮은 곳을 찾자면 잔인함, 자신이 원하는 것을 위해 수단과 방법을 가리지 않는 비양심적인 난폭함.

하지만 인간은 학습의 동물이다. 루페르트는 황제의 그런 습성을 학습했다. 따지고 보면 제 어미도 얌전한 편이 아니었으니 그게 제 본성일지도 모르겠다.

본궁, 황제가 두문불출하는 침실에 가까워지니 귀를 찢는 여자의 비명이 들리기 시작했다. 그 비명에는 사람의 신경을 자극하는 무언가가 있었다. 죽기 직전의 맹수가 발악하듯 거대하고 적나라한 공포가 담겨 있었다.

입을 틀어막아서라도 멈추고 싶을 만큼 끔찍했지만, 붉은 궁의 주인이 저 비명을 즐겨 듣는지라 누구도 토를 달지 않았다. 아무도 막지 않았고, 그건 앞으로도 마찬가지였다. 저 비명은 들리지 않는 것처럼 모조리 묵살당했다.

귀머거리 시녀들은 겁먹은 얼굴로 복도 구석구석을 닦고 있었다. 저 피를 이번에는 누구의 것이라 둘러댔을까? 궁전으로 도망친 사냥감? 그래. 사냥감이긴 했다. 황제의 사냥감. 그가 숨을 쉬는 한 절대 놓치지 않을 가엾은 짐승.

복도에 들어선 루페르트를 발견한 본궁의 궁내무관이 잰걸음으로 다가와 그를 이끌었다. 그의 팔뚝을 잡고 끄는 태도에서 도저히 황족을 대하는 공손함은 찾아볼 수 없었다. 익숙한 무례였지만, 루페르트는 더는 참지 않고 그를 떨쳐버렸다.

"내 몸에 손대지 마."

"아, 죄송합니다. 폐하께서 워낙 급히 찾으셔서…….

그는 별로 미안한 기색 없이 사과하며 황제의 침실 문을 열었다. 낮이었음에도 방은 한밤처럼 어두웠다. 어둠이 시커멓게 내려앉은 컴컴한 방구석에서 하얀 짐승이 흐느적거렸다. 궁내무관은 못 볼 것을 봤다는 양 눈을 질끈 감더니 뒷걸음질 쳤다.

"폐하, 라페르트 황녀 전하가 드셨습니다. 저는 이만 물러가겠습니다."

"……그래라. 킥킥킥."

손톱으로 바닥을 긁는 것처럼 거슬리는 웃음소리와 함께 구석에서 남자가 걸어나왔다. 비명을 올리는 쪽이 아니었다. 궁내무관이 자리를 뜬 후에도 짐승은 가는 목소리로 내지르는 새된 비명을 멈추지 않았다.

"저게 망가졌다."

"……."

"고쳐, 얼른, 급하니까. 큭큭큭. 이제 못 참아."

황제의 퀭한 눈이 광기로 번들거렸다. 루페르트는 그를 제대로 쳐다보지 못하고 시선을 비스듬히 내렸다. 그것이 마음에 들지 않는지 황제가 손을 든다. 그 뒤로 시작된 건 그에게는 아주 여상한, 그러나 무자비한 구타였다.

찢어진 이마에서 피가 흘러나와 순식간에 시야가 벌게졌다. 그래도 아프지는 않다. 인상조차 찡그리지 않는 루페르트의 무반응에 잔뜩 성이 난 황제가 숨을 씩씩거렸지만, 루페르트는 이미 그를 보고 있지도 않았다. 그 순간 루페르트가 보고 있는 것은 백작이었다.

아, 벌써 만났나.

바닥에 처박힌 루페르트는 라리에트가 보고 있을 그녀의 아버지를 보았다. 언뜻 보면 라리에트를 닮은 것 같기도 한 남자. 이목구비는 모르겠지만, 분위기는 확실히 닮았다. 언젠가 궁중 무도회에서 인사 정도 받은 적이 있는 그는 자글자글한 주름에 온화한 인상을 지녔다.

그는 팔을 뻗어 라리에트를 안아 올렸다. 열네 살이나 먹은 그녀를 아이처럼 안아주고 볼에 입맞춤을 한 백작이 몹시 다행이라는 듯 웃는다.

─ 무사했구나.

─ 아버지, 그간 별일 없으셨나요?

─ 지금 내가 중요한 게 아니다. 벨루아로 가자.

그래, 놓아주지 마.

루페르트는 기묘하게 두근거리는 가슴을 누르며 중얼거렸다.

"벨루아······."

"뭐?"

"백작이 나에 대해 얼마나 압니까?"

"벨루아 백작?"

벨루아란 이름에 황제의 이유 없는 분노는 잠시 소강상태에 접어들었다. 약에 취한 듯 멍했던 눈이 찰나 번뜩인다.

"백작에 대해 왜 묻는 거지? 그 뱀 같은 놈이 또 선대를 들먹······ 아니, 아니야."

바닥에 엎드려 있던 루페르트는 당황한 황제를 지켜보며 천천히 일어났다. 우그덕. 그사이 나간 뼈를 맞추고 피를 닦아 시야를 확보한다.

"걔가 그럴 리 없어······. 허면 왜 묻지? 백작을 만났나?"

"나는 백작을 만난 적이 없습니다. 그러니 선대에 대해 묻는 게 아닙니다. 그가 나에 대해 압니까?"

"몰라. 몰라······. 아니, 알지도 모르지만."

황제는 발작적으로 고개를 흔들며 물러났다. 구석에 웅크리고 있는 여자는 아직까지 죽어가는 짐승처럼 숨죽여 울고 있었다.

황제가 갑작스레 침대로 올라갔다. 그런 황제가 무서웠는지 그 짐승조차 되지 못할 여자가 뭉개진 입을 벌리며 기어왔다. 루, 루우.

루우.

비명은 잦아들었지만, 루페르트는 비명보다 그 부름이 더 끔찍했다. 정말로 자신을 부를 리가 없다. 뇌에 남은 습관으로 그를 기억하고 찾는 것이다. 기괴하게 비틀린 팔다리로 엉금엉금 그의 앞까지 기어온 여자를 모른 체하며 눈을 감는다. 목이, 뻐근해졌다. 이유는 알 수 없었다.

- 말해주세요.

- 라리에트.

- 말해주세요, 아버지. 이대로는 안 돼요. 벨루아로 간다고 변하는 것은 없어요. 숨기시는 게 있다는 걸 알아요. 말해주셔야 해요.

- ……라리, 나를 믿거라. 믿어야 한다. 너만은, 너만은 나를 믿어야 해.

답답한 남자다. 믿으라고만 하면 도대체 누가 믿어준단 말인가. 그러나 그들을 잠자코 지켜보던 루페르트는 곧 하, 기막힌 웃음을 내뱉을 수밖에 없었다. 라리에트가 그를 믿는다고 대답했다. 그는 그녀가 제 아비의 속내를 캐내기 위해 거짓말을 한다고 생각했다. 잘하지는 못했지만, 라리에트는 종종 제 앞에서도 거짓말을 했으니까.

루페르트는 그녀의 눈을 통해 백작의 방 구석구석을 훑어보다 창에 비치는 라리에트의 얼굴을 발견했다. 그러자 그녀와 백작을 비웃듯 올라가 있던 입꼬리가 바스슥 굳는다. 그녀는, 거짓말 따위를 하고 있는 게 아니다. 진짜 제 아버지를 믿는 것이다. 멍청이. 그는 나오려는 욕지거리를 억지로 눌러 삼켰다.

여섯 살배기 아이도 믿지 않을 억지를 믿어주나. 애초에 그리 모자란 인간이라 자신한테 왔는지도 모르겠다.

- 아버지, 진정하세요. 믿어요. 믿을게요. 아버지가 옳지 않은 일을 하실 분이 아니라는 걸 알아요.

- 라리에트…….

- 제가 아버지를 믿지 않는다면 누가 믿겠어요? 하지만 이건 믿고 안 믿고의 문제가 아니에요, 아버지. 아버지가 무엇을 계획하시는지 제가 알아야 해요. 아버지 저는 사실…….

쾅!

그는 침대에서 나는 커다란 소리에 고개를 비스듬히 틀었다. 제 곁에서 울던 여자가 어느새 침대에 끌려올라가 있다. 형태는 온전한 사람이라 할 수 없지만, 피부의 빛깔과 결만은 예전 그대로다.

자신이 기억하는 그녀는 새하얀, 눈처럼 새하얀 사람이다. 진한 금발은 햇빛을 그러모은 것처럼 아름다웠으나 눈에 띄게 푸석푸석했다. 가느다란 얼굴선만이 한때 그녀가 무척이나 아름다웠음을 드러내줄 뿐이다.

"루, 루우우."

"흐억, 억."

황제가 눌러 망가진 여자의 팔이 움직였다. 불확실하지만, 흔들리는 손끝이 제 쪽을 향했다. 루페르트는 순간 덜컹거리는 심장에 얼굴을 굳혔다. 부르지 마. 당신이 바라던 게 아니었나.

"억, 제엔장, 고치라잖아! 제대로 안 된단 말이다…… 얼른!"

수치도 모르는 황제는 불만족스러운 신음을 흘리며 죽은 듯 까무러친 여자를 집어 던졌다. 제가 던져놓고 또 서둘러 달려가 들어올리는 꼴이 매우 바보 같다. 이 웃기지도 않는 희극을 지켜보는 자신이 제일 바보지만.

"기다려주십시오. 아직은 아닙니다……. 아직, 덜, 망가졌습니다. 너무 이릅니다."

그는 여전히 차분했다. 그런데 입술이 떨려서 말은 자꾸 끊겨 나온다. 루페르트는 감정 없는 눈으로 여자를 한참이나 바라보다 결국 고개를 돌렸다. 그런 냉랭한 반응에는 황제도 어쩔 수 없이 물러서야 했다. 어쨌든 망가진 저 '사람'을 고칠 수 있는 건 그뿐이니까.

요즘 들어 망가지는 주기가 무섭도록 짧아졌다. 정말로 영영 못 고치게 되면 큰일이라는 생각에 황제의 낯빛이 창백해진다.

"고칠…… 수 있는 건가? 그렇지?"

황제의 불안한 물음에 루페르트는 웃었다. 황제의 얼굴이 너무도 우스꽝스러웠기 때문에. 영영 망가지는 게 무서우면 애초에 망가뜨리지 않으면 되는 것 아닌가. 제가 너무 막 다루어 다리도 팔도 모조리 기괴하게 어긋난 것인데.

애초에, 누구 때문에 죽었는데.

"예."

그의 확답에 황제는 안심한 듯 웃었다. 그는 축 늘어진 여자를 안고 웅얼거렸다. 사랑해. 그 비슷한 말들이다. 지겹도록 들었다. 제 어미가 정말로 살아 있을 때부터 지금까지, 아주 지겹도록, 마치 끔찍한 저주처럼.

백작은 서성였다. 중앙귀족이라면 누구나 가지고 있는 수도저택은 벨루아의 이름에 맞게 고풍스러웠지만, 주인인 그가 좀처럼 찾지 않아 하녀가 드나들지 못하는 그의 서재엔 먼지가 수북이 쌓여 있었다.

그가 불안한 걸음을 내디딜 때마다 빛바랜 먼지들이 두둥실 떠오르다 가라앉는다. 그러나 백작은 평소의 깔끔한 성정이 무색하게도 그런 것도 몰랐다. 단단해 보이는 떡갈나무 책상에는 라리에트가 보낸 회신이 있었다. 그는 무심코 종이를 구겼다가 화들짝 놀라 다시 펼쳤다.

배자이 그녀에게 그가 수도에 왔다는 소식을 전한 게 벌써 수일 전이다. 그러나 그녀의 편지에는 곧 그를 방문하도록 노력해보겠다는 짧막하고 불확실한 문장뿐, 언제 오겠다는 말은 적혀 있지 않았다.

그는 당장에라도 라리에트를 만나기 위해 붉은 궁에 찾아가고 싶었다. 하나 황제의 의중을 모르는 상황에 함부로 나설 수는 없는 노릇이다. 불안해 잘근잘근 애꿎은 입술만 깨물었다.

라리에트의 고집을 꺾지 못한 것이 실수였다. 눈앞이 캄캄해졌다. 열두 살 여자아이의 가출을 막는 것은 그리 어려운 일도 아니었다. 차라리 그녀의 원망을 듣더라도 귀를 막고 눈을 감겨 아무것도 모르도록 가

두어야 했다.

황궁에 두는 게 더 안전하리라는 생각은 완전한 오판이었다. 아만다의 말에 귀를 기울여야 했나. 그녀의 말대로 백작에게 칼을 들이밀 수 있는 사람은 황제만이 아니었는데.

뼈아픈 후회가 발밑에 고여든다. 고르텐의 딸이 라리에트가 위험에 처했다는 소식을 전했을 때 얼마나 놀랐는지 모른다. 르한이 재빠른 회신을 주지 않았다면 사병까지 동원했을 것이다. 그리고 그 사건의 배후가 고르텐이라는 사실을 알게 되었을 때 백작은 놀라지도 못했다.

이러다 황제도 마음을 바꾸면 어떡하나. 아니…… 아니다. 백작은 고개를 세차게 저었다. 황제가 마음을 그리 쉽게 바꿀 리 없다. 백작은 황제의 인간성은 믿지 않았으나, 그의 광기를 믿었다. 미쳐버린 황제는 자신이 죽는 한이 있더라도 황후를 놓아주지 않을 것이다. 그는 젊은 날 비굴한 침묵, 한 여인의 고통에 눈감는 것으로 스스로의 안위를 약속받았다.

제국의 황후가 월레탄의 첩자이고, 황제는 씨를 뿌릴 수 없는 몸이라는 무거운 비밀을 껴안은 대가로 얻어낸 삶이다. 이는 그 누구도 모르는 비밀이다. 그의 아내 아만다도 모르는, 가장 깊은 수면 아래 잠겨 있는 진실.

여자의 비명을 듣지 못한 양 무시했다. 황제에게 잡혀 끌려가던 그녀가 생각나는 밤이면 그는 숨이 막혀 잠을 설쳤다. 그를 향해 뻗어오던 하얀 팔이 어느 순간 자신의 목을 조를 것 같아서.

백작은 10년도 더 지난 지금까지 자신을 원망스레 노려보던 황후를 또렷이 기억했다. 강직하게 제 신념을 관철하는 삶을 살아오던 그로서는 감당하지 못할 만큼의 원망이었다. 가엾은 여인이 도움을 청하려 겨우겨우 뻗은 연약한 손을 백작은 매정하게 뿌리쳤었다. 그는 그녀가 스스로를 구하고자 털어놓은 진실을 이용해 황제와 거래했다.

지킬 것이 있었다는 제 조야한 변명은 황후에겐 영영 닿지 않으리라. 백작은 그녀가 자신의 영혼을 저주해 천벌을 받게 된다 해도 할 말이 없다. 방관은 죄다. 폭력을 보고도 눈감는 일은 피해자를 두 번 죽이는 짓이다. 심지어…… 그는 황제의 광기를 이용하기까지 했으니 변명의 여지조차 없다.

"……아버지?"

수심에 잠긴 그를 깨운 목소리는 익숙한 소녀의 것이었다. 백작은 서둘러 표정을 갈무리하고 고개를 들었다. 서재의 파란 문턱에 언제 왔는지 모를 라리에트가 서 있다.

"라리."

그의 사랑스러운 딸은 다행스럽게도 아주 건강해 보였다. 라리에트의 복숭앗빛 뺨을 두 손으로 감싼 백작은 딸아이의 휘둥그레진 눈을 마주하며 웃어주었다. 떨어져 있던 시간이 체감보다 길었던 모양이다. 마냥 어린애 같던 그녀는 제법 어른스러워졌다. 백작은 빠르게 지나가는 세월에 한숨지었다.

"드디어 만났구나."

"허락 없이 집을 떠나 죄송해요."

"그런 사과를 하기엔 너무 늦지 않았니?"

백작의 꾸중에 그녀는 배시시 웃었다. 라리에트의 속 깊은 눈에 백작은 그녀 나름의 이유가 있었으리라 짐작했다. 설명을 요구하기도 전에 라리에트는 먼저 품을 뒤져 편지 한 뭉치를 꺼냈다. 두께가 제법 되는 그것을 건네며 그녀는 눈을 감았다.

루페르트가 그녀와 시야를 공유할 때에는 항상 관자놀이가 지끈거리듯 아팠지만, 혹시 또 모른다. 라리에트는 덫에 걸리지 않기 위해 조심하는 작은 짐승처럼 경계했다.

"읽어주세요. 사정이 있어 말로 전해드리진 못해요."

혹여 잘못될까 봐 벨루아로는 차마 부치지 못한 편지들이다. 아버지와 어머니가 보고 싶을 때, 루페르트가 무서울 때, 자신이 여기에서 무엇을 하고 있는 건지 회의감이 들 때마다 하나씩 써내려간 수취인불명의 편지들.

누렇게 바랜 종이에는 그녀가 알고 있는 과거, 현재, 미래가 함축되어 적혀 있었다. 백작이 그녀의 주장을 믿지 않을 가능성도 있었기에 그녀는 루페르트가 황자라는 사실까지도 마지막 편지에 적어두었다. 그가 정말로 황태자로 책봉되면 제 말의 신빙성이 생길 테니까.

어차피 그가 황태자가 될 날이 한 계절도 남지 않았으니 별문제는 없을 것이다. 그녀가 왜 궁에 들어와야 했는지, 차마 설명하지 못한 거짓말 같은 이유까지 모두 적힌 편지를 백작은 빠르게 읽어내렸다.

점점 더 굳어가는 아버지의 얼굴에 라리에트는 한 발자국 물러나며 씁쓸하게 웃었다. 돌아온 첫날 설명하는 게 나았을까? 하지만 그때는 그러지 않아도 괜찮을 줄 알았다. 아버지가 반역에 연루되지 않았으리라 믿어 의심치 않았으니까.

그녀의 머릿속에서 황제인 루페르트는 절대적인 가해자였고, 아버지는 억울한 피해자였다. 폭군인 그가 이유도 없이 귀족들을 숙청한 거라고, 믿어 의심치 않았다. 그러나 그 변할 수 없는 진리에 의구심을 품게 되고 말았다. 그녀는 아버지가 자신에게 숨기고 있는 것들을 알아야 했다.

"……이게 정말이냐?"

백작의 목소리가 크게 떨린다. 처음에는 딸이 농담이라도 하는 것이라 생각했지만, 라리에트는 애초에 장난기 많은 아이가 아니다. 게다가 지금 그녀는 아이답지 않게 진지한 얼굴이었다. 그녀가 진심이라는 자각이 들자 그는 순식간에 창백해졌다.

라리에트는 아버지의 반응에 당황했다. 놀랄 것이라 예상은 했지만,

평생토록 차분했던 그의 얼굴이 이만큼이나 하얗게 질리리라곤 생각 않았다. 그녀가 기억하기로 그는 생전에 단 한 번 이런 얼굴을 했다. 제국군을 이끌고 백작저에 들이닥친 루이제를 마주하던 순간에. 끌려가는 르한과 울며 그를 붙잡는 라리에트를 돌아볼 때, 그 얼굴과 흡사하다.

"괜찮으세요?"

그녀는 무너지듯 휘청하는 백작을 붙잡으며 걱정스레 물었다. 걱정으로 입술을 꾹 깨무는 그녀를 그는 안타까운 눈빛으로 바라보다 이내 고개를 숙였다.

"네가, 납치를 당했었지."

"그건 오해라고 말씀드렸잖아요. 리체가 잘못 본 거예요."

"아니, 후작이 그런 실수를 했을 리 없다. 라리, 수도에는 나의 사람도 있단다. 나를 위해 거짓말은 하지 마라. 후작이 나를 의심하기 시작한 거야."

"그게 도대체…… 무슨 말씀이세요? 그가 아버지를 의심하다니요?"

"……."

라리에트의 큰 눈이 더 커진다. 딸이 다그치듯 물었지만, 백작은 대답하지 않았다. 띄엄띄엄 흩어져가던 옛 기억들이 한순간 폭풍처럼 몰아쳐 그의 눈앞에서 부서져내렸다. 잔인한 기억의 파편들은 산산이 조각나 날카롭게 그를 찔렀다.

아.

백작은 탄식하며 양손으로 얼굴을 가렸다. 그런 죄를 지었음에도 지킬 수 없었단 말인가.

"지금 이것들이…… 사실이냐? 정말로, 정말로 네가……."

"예, 아버지. 사실이에요. 그러니 아버지가 알려주셔야 해요. 아버지, 정말로 반역을 계획하셨나요? 아시는 바가 있으세요?"

"아니, 라리에트, 너만은 나를 믿어야 한다. 나는 반역 따위는 꿈도 꿔본 적 없어."

"믿어요, 아버지. 저는 아버지를 알아요. 그런 허망한 욕심을 품으실 분이 아니세요."

"⋯⋯."

"⋯⋯아버지도 저를 믿으시나요?"

내가 너를 어찌 믿지 않을 수 있겠니?

백작은 라리에트의 작은 얼굴로 손을 댔다. 손바닥에 닿는 볼은 아직도 아이 같기만 하다. 벨루아의 들판을 어린 그녀가 뛰어다니는 모습은 그가 가장 좋아하는 풍경이다.

아이는 상냥했다. 비겁한 자신을 닮지 않아 용감했고, 억누르다시피 강요한 자신의 고집까지 모두 따라주었다. 그에게는 너무 과분한 아이다. 천벌을 받아 마땅한 자신이 훔쳐낸 보석.

"믿는다."

백작은 설명조차 해주지 않고 무조건 자신을 믿으라는 어리석은 아버지를 흔들림 없는 고요한 눈으로 믿는다 대답하는 딸을 차마 의심할 수 없었다. 미래를 보았다는, 벨루아의 멸망을 몸소 겪고 돌아왔다는 그 허무맹랑한 말까지도 믿어야 했다. 그러자 가슴이 찢어질 것처럼 아팠다.

만약 그녀가 온당한 삶을 살지 못하고 죽었다면, 그래서 제 부모와 동생까지 모조리 목이 날아가는 것을 모두 지켜봤다면 그건 모두 자신의 죄였다. 백작은 긍정하는 그를 바라보며 부드럽게 웃는 라리에트를 두 팔로 안았다.

"미안하구나."

"⋯⋯예?"

"내가 부족해 너를 지키지 못했구나."

"아니에요."

"그러나 나는 반역은, 세상에……. 그런 게 아니다. 라리에트, 내가 감히 품은 욕심은 그런 게 아니야."

반역을 준비한 적은 없다. 황제의 관을 탐내본 적 없었으니까. 자신은 비겁하고 겁이 많아 부당한 황위 계승에도 대항하지 못했다. 그의 광기가 두려워 그 불쌍한 여인이 간절히 내민 손도 모른 체했는데 황좌를 탐하다니, 어불성설이다.

"알아요. 아버지가 그런 분이 아니라는 것쯤은."

아니, 라리에트. 나는 네가 생각하는 것보다 훨씬 더 모자란 치란다. 백작은 어린 딸의 눈을 마주하는 것이 부끄러워 입을 달싹였다.

"아버지, 저희는 왜 오해를 받았나요?"

"……."

"말씀해주세요. 아버지가 준비하시는 것이 무엇이든, 연루된 일이 어떤 유이든 저는 알아야 해요."

"이야기를 듣고 나면 너는 나를 다르게 볼 것이다."

"그래도 아버지가 제 아버지라는 것은 변하지 않아요."

"네가."

"……."

"네가 나보다 낫구나. 내가 키웠는데 네가 나보다 나아."

백작은 씁쓸하게 웃으며 자신이 스스로 묻은 과거의 이야기를 꺼냈다. 이야기보다는 고해에 가까운. 세상에서 가장 비겁한 남자가 가장 불쌍한 여인을 모른 체했던.

"에바라는 여자가 있었다."

에바라는 여자가 있었다. 그녀는 젊고, 아름다웠으며, 자신의 모든 하루하루가 반짝반짝 빛나는 것을 당연하게 여길 만큼 행복한 사람이었다. 전쟁고아로 부모의 얼굴도 모른 채 자랐지만, 그녀에게는 비천한 신분을 무색하게 만들 미모와 재능이 있었다. 그 미모와 재능으로 아르델 제일가는 무희로 성장한 에바는 끝없는 선망을 받았다.

"당신은 왜 나를 사랑해?"

아름다운 에바의 연인, 클로드는 무구한 질문을 자주 던졌다. 남자답지도 못한 자신 같은 사람을 그녀가 왜 사랑하는지 이해 못 했으니까. 그런 미련함에도 에바는 웃을 뿐이다. 그녀의 연인이었던 어수룩한 왕자는 에바가 자신을 선택한 것을 믿지 못했다. 왕자의 신분에도 그는 자신이 에바에 비하면 아주 초라하다 믿었다. 에바는 클로드의 그런 점이 사랑스러웠다.

"당신은 왜 저를 사랑하세요?"

되묻는 말에 그는 대답하지 못한다.

아름다워서?

무희의 천국인 아르델에 그녀보다 아름다운 여자는 많았다. 에바는 미인이지만, 그녀의 매력은 외적인 데서 나오는 것이 아니었다. 그럼에도 사람들은 수많은 무희들 중 그녀를 가장 사랑했다. 에바는 아름다워서 사랑받는 게 아닌, 사랑받아 아름다운 사람이었다.

아르델에서 가장 사랑받는 무희인 그녀는 어울리지 않게 수줍음이 많아 작은 일에도 얼굴을 붉히는 상냥함을 지녔다. 보는 사람의 입가에 절로 웃음이 머물게 하는 따뜻한 그녀의 미소는 힘든 나날을 이겨내는 아르델 사람들에게 많은 위로가 되었다.

에바, 찬란한 여자.

이름에 걸맞게 태양을 빻아 만든 것처럼 찬란한 금발과 총명한 녹안은 에바의 상징이자 아르델의 자랑이었다. 윌레탄 제2의 수도인 아르델에서 에바는 가장 사랑받는 유명인으로, 요란한 뒷소문도 많았지만, 그보다 더한 찬양을 받았다.

그녀가 입었던 옷, 신었던 구두, 높게 올린 머리모양은 금세 유행되어 월레탄의 수도 바하까지 전해졌다. 천한 신분은 흠이 되지도 못할 정도의 인기였다. 그녀는 비천한 신분에도 불구하고 공주보다도 더 사랑받는 여자가 되었다.

"에바."

"예, 저하."

그러나 모순되게도, 에바를 사랑하는 수많은 사람들 중 그녀를 가장 사랑한 사람은 고귀한 신분이었지만 사람들에게 잊힌 남자 클로드였다. 그는 방탕한 아비에게 그릇된 아첨을 못 해 잊힌 비운의 왕자였다. 총명한 사람이었지만, 본시 욕심이 없어 클로드는 왕좌를 노려본 적이 없었다.

그는 그저 사시사철 아름다운 작은 마을에서 그가 사랑하는 여자와 소박한 가정을 꾸리고 싶다는 소망이 전부인 사내였다. 이름뿐인 지위에서 나오는 권력은 무서웠고 왕족의 사명은 소심한 그에게는 버겁기만 했다.

고귀한 핏줄을 타고났지만, 작고 사소한 행복에 감사할 줄 아는 클로드는 친구들에게 떠밀려 늘어간 아르델의 술집에서 스무 살의 아름다운 에바를 만나 사랑에 빠졌다.

"이름으로 부르래도."

클로드는 자신을 꼬박꼬박 저하라 칭하는 에바가 탐탁지 않아 눈썹을 찌푸렸다. 핏줄이 대단하면 얼마나 대단하다고 연인에게 이름조차 불리지 못하는지 모르겠다. 수백 년이 지난 지금 초대왕의 피가 제게 얼마나 남아 있겠는가. 한 줌도 안 될 그 영광된 피가 사랑하는 여인을 아내로 맞지 못하게 방해했다.

이빨 빠진 호랑이 같은 왕가여도 클로드는 왕자였다. 에바는 술집에서 허드렛일을 하며 자랐으며 머리가 커진 후에는 춤을 췄다. 사람들의 즐거움을 위해 소비되는 무희를 왕가에서 반길 리 없다.

귀족과는 조금의 연도 없어 보이는 에바였으므로 그들의 신분 차이는 극명하기만 했다. 이제는 목적조차 희미해진 국법은 명확하게 왕족과 평민의 결혼을 금하고 있으니까. 그러나 평민을 귀족으로 만드는 것은 기강 없이 어지러운 나라에서 그리 어려운 일도 아닌지라. 해서 클로드의 꿈은 이루어질 듯 보였다.

에바는 클로드의 도움으로 대귀족이 되었다. 아르델 백작이 자신의 고귀한 혈통을 클로드에게 판 덕이다. 그가 왕위계승권과 겨우 쥐고 있던 광산 하나, 군함 네 척과 궁 세 개를 모두 포기해 얻어낸 귀한 신분이다.

클로드는 더 이상 월레탄 왕가의 위엄 있는 독수리를 자신의 상징으로 쓸 수 없었고, 왕궁에도 왕의 윤허를 받아야만 출입할 수 있었다. 반푼이 왕족이 되었으나 클로드는 후회하지 않았다. 그는 그녀만으로 만족했다. 그건 에바도 마찬가지였기에 그녀는 아르델이라는 고귀한 성보다 그와 영원히 함께할 수 있다는 사실에 더 기뻐했다.

"이제 당신을 레이디 아르델이라고 불러야 하나?"

"놀리지 마시어요."

에바는 살포시 웃었다. 그녀는 이 행복이 영원하리라 믿었다. 그녀의 웃는 얼굴을 보면 영영 가슴이 설레던 클로드도 마찬가지였다. 마주 잡은 손이 너무도 따뜻해 그들은 자신들을 야금야금 삼키려는 어둠을 발견하지 못했다.

불행은 예고도 없이 찾아와 그들의 발목을 잡았다.

"제노에바 아르델!"

새까만 눈을 반짝이는 불행은 그녀가 새로 받은 이름과 함께 찾아왔다. 쏟아질 것처럼 수많은 별들이 하늘을 가득 메운 밤이다.

내일 있을 결혼식이 설레 잠을 설치는 신부 에바의 집에 마이라몬테 공작가의 기사들이 허락도 받지 않고 찾아들었다. 순식간에 거실을 가득 메운 시꺼먼 기사들이 무서워 그녀는 겁먹고 움츠러들었지만, 기사들은 에바를 배려해주지 않았다. 그녀는 납치당하듯 왕도의 공작성에 끌려갔다.

그곳에서 그녀는 생전 처음으로 자신의 부모에 대해 듣게 되었다. 까맣게 보일 정도로 어두운 푸른 머리칼이 인상적인 젊은 공작은 에바가 윌레탄의 마지막 '푸른 독수리'라고 했다. 전쟁 중에 죽어버린 그녀의 부모가 겨우 살린 아이였건만, 어지러운 아르델에 흘러들어가 여태 찾지 못했다고 한다.

철없는 왕자가 평민과 결혼하겠다 설친 덕에 겨우 드러난 마지막 독수리가 에바였다. 배움이 모자란 에바는 푸른 독수리가 무엇인지도 몰랐다. 무구한 그녀를 내려다보며 욕심 많은 공작은 눈을 빛냈다.

이 나라에서 무너져가는 것은 비단 왕조만이 아니다. 윌레탄의 건국부터 왕실을 지탱하던 가장 위대한 기둥, 마이라몬테 공작가도 함께 무너지고 있었다. 위세를 떨치며 웬만한 국가보다도 더한 위용을 자랑하던 공작가는 제국으로 부상한 벨네르니에 밀려 조금씩 조금씩, 발밑부터 부서져갔다. 이제 공작가라는 이름은 허울뿐이라.

왕국을 지키는 검으로 세워진 마이라몬테는 윌레탄을 지키지 못하게 되자 멸망의 길을 걷게 되었다. 몇백 년 동안 지켜온 자리를 자신의 차례에 빼앗길 수 있다는 생각에 젊은 공작은 몹시 초조했다. 그리고 초조한 사람은 비열해진다.

고위귀족 특유의 오만함과 이기심으로 공작은 에바를 찾아냈다. 왕가를 지키던 푸른 독수리는 실상 공작가의 비밀병기였다. 아주 예전에

는 그저 마이라몬테를 수행하던 무력집단이었지만, 그 정도로는 벨네르니의 검은 손에 대항하기에 부족했다

마음이 없는 병기, 두려움을 모르는 크루나루카의 은밀함에 맞서기 위해 선대 마이라몬테는 푸른 독수리를 개조했다. 오랜 세월 연구한 끝에 그는 사람을 조종하는 고대마법을 손에 넣었다. 벨네르니는 어리석은 왕의 실수로 크루나루카를 잃었으니 반격하기에 아주 적절한 때였다. 공작은 푸른 독수리의 힘으로 벨네르니 왕실에 복수하고자 했다.

그리고 그가 든 서슬 퍼런 칼날에 맺힌 핏방울이 에바였다. 핏줄에서 핏줄로 이어지는 고대의 마법. 예상하지 못한 전쟁에 차출된 그녀의 부모가 쓸모없는 주검이 되어 돌아왔을 때 얼마나 허망했던가.

아, 공작은 멍청한 왕자에게 감사했다. 마이라몬테가 수대를 걸쳐 키워낸 괴물을 세상에 드러내주었으니. 그러나 막상 마주하게 된 에바는 병기로는 영 쓸 도리가 없어 보였다. 무용수이긴 했지만 타고난 근력과 체력이 대단치 못한 데다 감정적이다. 감정적인 인간은 무감한 인간보다 다루기가 힘들었다.

'하지만 이 미모는 써먹을 수도 있겠군.'

공작은 스스로 자랑스러워 마다않는 기지를 발휘하여 그녀를 벨네르니 황제의 첩으로 보내기를 추진했다. 클로드의 희생으로 귀족의 신분까지 얻은 터라 겉보기엔 손색이 없었다. 존재조차 미미했던 왕자가 평민 무용수에게 빠져 왕가의 이름을 더럽히는 것을 탐탁지 않아 하던 왕은 클로드가 반발하기도 전에 공작의 청을 허했다.

손도 써보지 못하고 약혼녀를 잃은 왕자가 백작과 공작, 왕에게 항의했으나 그들은 어깨를 으쓱할 뿐이었다. 세 명의 권력자는 절망하는 왕자에게 차례대로 일렀다.

"에바와의 결혼을 허락해주지 않으셨습니까!"

"짐은 허락했다. 실제로 막지 않았잖느냐? 왜 더 일찍 결혼하지 않았느냐?"

"에바를 딸로 삼아준다 했지 않은가!"
"딸로 삼지 않았습니까? 아르델의 이름이 있으니 한낱 무희 따위가 황제의 첩이라도 될 수 있는 것이지요."

"제발, 에바를 돌려보내주십시오, 공작. 그녀의 부모가 전장에서 목숨을 잃었지 않습니까, 부디 그녀를 가엾게 여겨서……."
"전하, 그러니 그녀가 더더욱 벨네르니에 가야지요. 부모의 복수를 위해서."

왕자의 우는소리에 공작은 웃지 않을 수가 없었다. 말뿐인 첩이었다. 첩이 아닌 첩자로 가는 것이다.

한 글자 더 붙었을 뿐인데 잔인한 칼날이 따라붙는 그 길을 에바는 영문도 모르고 걷게 되었다. 공작을 만난 후로 제대로 된 사고가 불가능했다. 멍해진 머릿속에 지독하게 남겨진 단어는 클로드, 단 세 글자였다.

클로드, 클로드.

누군지 기억조차 나지 않는 이름을 불러보지만 왕자는 나타나지 않는다. 자신이 위험에 처해 있다는 생각이 들자 에바는 다급해졌다. 그러나 그것도 잠시, 멍한 머릿속에는 황제를 유혹해야 한다는 의무감만이 들어찼다. 진실을 모르는 배는 고국을 떠나 그녀를 먼 북쪽 땅에 데려다 놓았다.

그녀를 맞은 사람은 황량한 북쪽 땅의 지배자가 아닌, 그의 동생이었다. 그는 에바와 함께 끌려온 수십 명의 여자들을 보고 이를 드러내며 웃었다. 맹수보다도 더 위험해 보이는 미소였다.

잔인하게 번들거리는 그의 눈에 반사적으로 눈살을 찌푸렸다. 그제야 희미하게 떠오르는 것이 있었기 때문이다.

클로드.

극과 극으로 대비되는 눈빛에 자연스레 그 이름 석 자가 떠올랐다. 미소, 아침 햇볕보다도 밝던. 때로는 사춘기 소년처럼 부끄럽게 웃던 왕자.

제대로 된 정황을 파악하기도 전에 에바의 앞에 짐승이 섰다. 그녀는 눈을 감고 빌고 빌었다. 그러나 그녀의 손은 공작이 안내하는 대로 제 앞의 사내에게 뻗어지고 있었다.

"이름은?"

"제노에바 아르델이옵니다."

"지금 내 얼굴을 발정 난 것처럼 만지는 손이 네 것인가?"

"예."

"나를 가장 기피하는 것 같은 눈도 네 것이지."

"……."

그는 에바를 취했다. 이 일로 결국은 제 형과 반목해 역모까지 일으킨 그가 왜 뒷배조차 없는 에바를 황후로 삼았는지 이유를 아는 이는 아무도 없었다. 황제 본인조차 아주 뒤늦게 깨달았기 때문이다.

공작의 지배 아래 에바는 사내를 유혹했고, 혼자 남겨지면 발작하며 그를 혐오했다. 정신이 모조리 씹어 삼켜져 모든 것이 엉망진창이었다.

에바가 유일하게 뚜렷이 느낄 수 있는 감정은 사내를 향한 원망이었지만, 그 감정조차 공작이 불어넣은 것인지, 클로드에 대한 미안함이 변질된 것인지 구분이 불가능했다. 그녀는 벨네르니의 멸망을 생각할 때만 온전한 정신을 유지했다.

어떻게 망가뜨릴 수 있을까? 어찌하면 망가질까?

황제에게 잡힌 발목이 뒤틀리는 순간에도 에바는 고뇌했다. 짐승처럼 헐떡이는 더운 숨이 새하얀 어깨에 내려앉을 때에도 그녀는 황제의 마지막만 상상했다. 그렇게 시작된 복수가 루페르트, 그녀의 단 하나뿐인 자식이다.

외국인 황후에게서 나온 벨네르니의 황자는 아주 어릴 적부터 우는 법이 없었다. 아이를 가장 먼저 안아 든 에바가 아기 울음소리를 끔찍하게 싫어했기 때문이다. 그는 라페르트라는 선조의 이름을 받았지만, 정식 황족으로 입적하지도 못해 별궁의 구석에서 아주 조용히 성장했다.

에바가 그를 제 자식이라 인정한 것은, 아이가 황제의 핏줄이 아니라는 사실을 깨달은 날이었다. 모순되기 그지없던 순간이다. 황제가 아이를 만들 수 없는 몸이라는 황실의 가장 은밀한 비밀을 손에 쥔 밤, 에바는 아이를 이용한 복수를 다짐했다.

이 아이가 황제가 될 것이다. 황제의 피가 조금도 섞이지 않은 제 가련한 아이가, 황금 관을 거머쥐고 벨네르니를 파국으로 몰아가리라.

에바는 핏줄의 힘을 알았다. 자신이 천출이라 클로드와 맺어지지 못했고, 그녀의 부모가 공작의 수하였기에 그녀조차 공작의 뜻에 따라야 했다. 그러니 그 핏줄을 이용하는 복수는 얼마나 대단하겠는가.

황제의 강압적인 욕망조차 사랑이라면, 사랑하는 여인이 간통을 저질러 낳은 아이를 제 아이로 믿고 키워 황위까지 올린 황제의 기분이 얼마나 처참할까? 결국 자신의 황좌를 가져간 아이의 손에 최후를 맞는다면 그만큼 비극적인 죽음도 없을 것이다.

최악의 결말을 다짐하고 나서야 에바는 아이를 처음으로 웃으며 안아줄 수 있었다. 제 어미가 자신을 처음으로 다정히 안아주었을 때 아이는 놀라 딸꾹질을 했다. 에바는 숨 쉬기가 버거워 헐떡이는 아이를 놓아주려 했지만, 아이는 그녀를 다시 잡았다.

제 손목을 다급하게 붙잡은 작고 애잔한 손가락을 에바는, 조금 동정했다. 황제의 역겨운 피가 섞이지 않았다 해도 그녀는 아이를 사랑할 수 없었다. 아이의 동그란 얼굴을 마주할 때마다, 저 아이의 아버지가 될 수도 있었던 이가 생각나 서러움을 참을 수가 없었기에.

에바는 매일 밤, 세월이 흘러도 덜어지지 않는 고통으로 괴로워했다. 운이 좋아 황제가 찾아오지 않은 어두운 밤에는 클로드가 생각나 절망했고, 운이 좋지 못해 그가 찾아온 밤에는 그 더운 숨결이 끔찍해 원망했다. 그런 서러운 나날 속에서 아이를 위한 배려와 애정이 생길 리 만무했다.

그러나 마치 저주처럼 벨네르니의 멸망을 말하는 어머니를 아이는 어떻게든 사랑하게 되었다. 애정을 받아본 적이 있었더라면 제 어미가 자신을 조금도 사랑하지 않는다는 것을 금세 알았을 영민함이었지만, 아이는 상냥함을 겪어본 적이 없어 에바의 컴컴한 증오를 아주 뒤늦게야 깨달았다.

아이는 어두컴컴한 별궁의 골방에서 불려나와 따뜻한 햇볕이 내리쬐는 정원을 산책하는 것이 좋았고, 다른 사람들이 있을 때뿐이지만 그래도 제게 보여주는 에바의 해사한 미소가 좋았다. 그저 그녀와 관련된 모든 것이 좋았다.

아이 주변에는 그녀 외엔 아무도 없었기 때문에, 아이는 제 가진 전부를 에바에게 쏟을 수밖에 없었다. 그녀가 원하는 모든 공부를 했고, 그녀가 시키는 모든 일을 수행했다. 다행히 타고난 머리가 좋아 아이는 모든 일을 수월하게 해냈다. 어려운 일이더라도 아주 빠르게, 어떻게든. 그것이 제 어미를 웃게 하는 유일한 방법이었기에.

아이는 정원에서 뛰어노는 대신 황제의 비위를 맞추는 법을 습득했고, 나들이를 나가는 대신 황궁에서 살아남는 법을 배웠다. 독에 대비한다며 제 입에 독을 쏟는 어미를 무슨 정신으로 사랑했는지는 스스로도 이해할 수 없었지만, 어찌 됐든 아이는 아주 미련할 정도로 에바를 따랐다.

아이와 에바는 서로를 동정한 것인지도 모르겠다. 에바는 아무것도 몰라 무지한 머리로 자신을 사랑하는 아이를 동정했고, 아이는 황제에게 발목이 잡혀 끌려가는 그녀의 연약함을 동정했다.

데려가지 말라, 그녀를 끌고 가지 말라 우는 아이가 성난 발에 걷어차인 것이 십수 번이다. 아이와 에바의 반항에 질린 그가 제 허리도 오지 않는 아이를 앞에 두고 그녀를 범한 날은 그보다도 많았다.

역사에서 삭제된 그들의 모든 날은 거의 비슷비슷하게 우울했고 불행했으며, 또 처참했다. 그러나 궁의 모든 이들은 이 불행한 모자에 대해서라면 안 들리는 양, 안 보이는 양 굴었다. 세상 모든 사람들이 약속이라도 한 것처럼 그들의 고통에 등 돌렸다.

에바와 아이가 함께한 세월은 이처럼 아주 지독했다. 그러나 결국은 흘러갔다. 에바는 증오처럼 지독하고 끈적한 감정을 담아 아이를 키워냈고, 아이는 사랑을 먹고 자란다는 옛말이 거짓이라는 듯 그녀의 무정함 아래에서도 쑥쑥 자라주었다.

그녀가 죽은 것은 아이가 자신과 그녀의 비정상적인 관계를 깨달았을 즈음이었다. 아이는, 제 어미가 자신을 사랑하지 않는다는 것을 깨달은 순간 원망할 이를 잃었다. 아이에게 남은 것은 제 어미를 강간하던 배덕한 이름뿐인 아버지, 제 목을 시시탐탐 노리는 사람들과 진득하게 달라붙은 어머니의 증오였다.

아이는 당연한 수순으로, 에바의 뜻을 이뤄주고자 했다. 그것이 아주 불행한 길일지라도, 그 누구도 말려주지 않았기 때문에.

그런 아이가 있었다. 에바라는 여자의 아이.

루페르트는 황제가 에바를 붙잡고 있는 사이 다시 라리에트에게 집
중했다. 무슨 말로 그를 설득했는지, 백작은 주절주절 그에 대해 털어
놓고 있었다. 아쉽게도 쓸 만한 정보는 아니다. 이미 루페르트가 모두
알고 있는 사실들이다. 현 황제는 선천적으로 아이를 만들지 못한다는
것. 황후가 사실 윌레탄의 첩자였다는 것.

아주 오래전에 알게 되어 이미 진부하기까지 한 비밀들. 그러나 라리
에트는 아니었나 보다. 그녀가 충격에 몸을 비틀거렸는지 시야가 뒤집
혔다. 루페르트는 혀를 쯧쯧 차며 라리에트를 안아 든 백작의 표정을
확인했다. 안타까움에 가득 찬 눈. 어쩔 줄 모르는 죄스러움과 연민, 애
정이 그득한 눈에 그는 발작적으로 그녀의 시야를 제게서 차단했다.

루페르트는 피로하지 않았던 적이 도대체 언제였는지 기억조차 나지
않는 삶을 살아왔다. 그러나 오늘은 그런 그가 견뎌온 고된 날들 중에
서도 손꼽히게 피곤했다. 관자놀이가 지끈거려 칼이라도 들어 도려내
고 싶을 정도다.

"젠장."

그는 벌겋게 물든 제 손을 내려다보다 하늘거리는 드레스 자락에 닦
아냈다. 값이 제법 나갈 공단 드레스는 공연히 검붉게 물들었지만, 손
에 얼룩진 피는 깨끗이 지워지지 않는다. 루페르트는 순간 이 피가 영
원히 지워지지 않을 얼룩이 될까 무서워졌다. 그러다 스스로가 우스워
진다. 피가 꺼림칙한 제 자신이 비웃음도 나오지 않을 정도로 한심했
다.

너는 아직도 이까짓 게 무섭나. 재 한 줌의 가치도 없는, 이제는 살아
있다 말할 수도 없는 인간의 피인데.

눈앞의 인형이 어떤 모습이든 에바는 아니다. 미쳐버린 황제는 기억하지 못했지만, 루페르트는 그녀의 죽음을 잊을 수 없었다. 실제로 에바는 지금처럼 저렇게 가는 숨을 내쉬며 조용히 눈을 감았다. 아주 편안하게. 그보다는 만족할 수 없다는 얼굴로 웃기까지 했다.

"고쳐! 어서!"

에바가 더는 반응하지 않는다 발광하는 황제를 무정한 눈으로 지켜보던 루페르트는 결국 그의 바람대로 그녀의 잘려나간 팔 따위를 주섬주섬 주웠다. 조심스러운 손길로 이마에 달라붙은 머리칼을 정리해주고, 뒤집혀 흰자밖에 보이지 않는 눈을 감겨준 뒤 제 외투를 벗어 몸에 둘러준다. 정작 살아 있을 때에는 이리 가까이 다가가는 일조차 드물었는데.

제 앞에서 절명하는 꼴을 두 눈으로 똑똑히 보았는데, 아직도 온기가 느껴지는 뺨에 기분이 묘해진다. 영혼 같은 건 믿지 않지만, 그래도 가끔 궁금해졌다. 에바는 자신의 죽음 뒤를 알고 싶었을까?

제 어미가 이미 오래전에 죽어 시체밖에 남지 않았다는 것을 루페르트는 아주 잘 알고 있었다. 에바의 죽음을 아는 사람은 황제와 그뿐이지만, 죽음의 원인인 파렴치한이 현실을 외면하고 있으니 기실 그밖에 없다. 혼자 알았다. 그녀를 알고 있는 수많은 사람들 중 홀로.

그녀가 어떤 사람이었는지, 어떤 심정으로 황제에게 안겼는시 혼자 아는 것만으로도 벅찼는데 죽음까지 고독한 비밀이 되어버렸다. 다시금 생각해도 참 잔인한 사람이다. 루페르트에게 있어 황제보다도 잔악한 인간이 에바였다.

자식에게 이런 짓을 시키는 어미가 또 있을까 싶기도 했다. 자신을 버려두고 간 것만으로도 정신이 나갈 지경인데. 백지장처럼 식은 얼굴이 아직도 너무 생생해 매번 악몽을 헤매는데.

그러나 망자를 원망할 도리가 없었다. 결국 에바의 뜻을 따르기로 결정한 것은 그 자신이다. 루페르트는 썩어가는 그녀를 모아 억지로 억지로 움직이게 했다.

아주 옛날, 연금술이 흔했던 시대에서조차 시체를 이용한 연성은 금기였다. 그러나 에바는 이미 시체가 되었더라도 황제를 조종할 유일한 수단이었다.

에바의 소원을 이뤄주는 것이라 변명했지만, 결국 다 저 살자고 하는 짓 아니겠는가. 씁쓸한 자조가 입에 걸렸다. 그럼에도 이리 험하게 다루는 꼴을 매번 지켜보려니 다 갈려 없어진 가슴 한구석이 따끔따끔 아팠다.

이리 사는 것에 의미가 있을까 싶다. 하루하루가 점점 더 힘들어지기만 하는데, 지금 다 그만두는 게 차라리 낫지 않겠나.

"조심하십시오. 이리 막 다루시면 고칠 수 없게 될지도 모릅니……."

황제는 그가 에바를 고칠 수 없다는 말을 하는 것을 싫어했다. 에바의 목 주변에 연성진을 그리던 루페르트는 말을 채 끝맺지도 못하고 발길질을 당했다. 거죽만 남은 마른 배가 욱신거린다. 뼈라도 부러진 듯 아팠지만 그는 신음 한번 흘리지 않고 몸을 일으켰다.

"황위 가져갈 날이 얼마 남지 않았다고 건방 떨지 마라."

황제의 차가운 말에 루페르트는 비스듬히 웃었다. 웃는 그를 앞에 두고 황제는 쓸모없는 질문을 던졌다.

"황제가 그리도 되고 싶으냐?"

"……."

"네 어미를 팔아서라도?"

아, 그랬다. 그런 날이 얼마 남지 않은 것은 사실이다. 당신은 내가 그날을 얼마나 기다리는지 모르겠지.

손가락을 깨물어 피를 낸 그는 연성진을 완성시켜 에바를 '고쳐냈다'. 그가 신이 아닌 이상, 죽은 사람을 살려낼 방법은 없다. 에바는 3년도 더 전에 죽었으니 이리 형태를 갖추고 있는 것만으로도 놀라운 일이다.

그녀는 루페르트가 평생 걸어갈 길을 만들었고, 그가 도저히 반항할 의지조차 없이 완벽히 그녀를 따르게 되자 스스로 생을 마감했다. 제 어미가 자신을 사랑하지 않는다는 것을 깨닫는 무수한 방법 중에서도 가장 끔찍하고 잔인했다. 그 다정한 미소가 사실 죄 거짓임을 알게 됐다.

그래서 루페르트는 에바를 원망했다. 그럼에도 불구하고 그녀를 벗어날 수 없는 스스로가 더 싫었지만.

"으, 우으, 루우."

연성진의 빛이 사라지자 에바는 움직이기 시작했다. 몸이 기억하는 단어가 그의 이름 하나뿐인지 그녀가 반복하는 단어는 루페르트의 이름 반절뿐이다. 그만큼 듣기 싫은 소리도 없었기에 그는 인상을 찌푸리며 일어났다.

"그만 가보겠습니다."

루페르트가 공손히 머리 숙여 인사했지만, 눈이 벌게진 황제는 더 이상 그를 인식하지 못했다.

미친 광경이었다. 시체에 발정하는 이 나라 최고의 권력자. 황제가 정상이 아니라는 사실을 아는 이가 소수도 아니었건만, 비겁한 세상은 눈만 돌릴 뿐이다. 자신도 결국엔 입을 다물고 있는 꼴이었으니 다른 이를 탓할 수도 없다.

그러나 황제가 이만큼 미쳤다는 사실을 아는 이는 또 루페르트뿐이다. 세상에는 사람 수만큼의 비밀이 있을 텐데, 왜 자신에게 떠넘겨진 것들은 이토록 역겨운 것들뿐인지. 토리에게조차 보여주지 못하는 괴기함을 지켜보던 그는 문득 제 관자놀이가 왜 이토록 아픈지 깨닫게 되었다. 젠장, 혀를 깨문다.

"보지 마."

지금 이 고통은 라리에트가 제 시야를 공유하고 있다는 의미였다. 육체적 피곤함에 정신적 피로가 겹쳐 제대로 컨트롤이 되지 않았던 것이다. 평소라면 신경조차 쓰지 않아도 될 간단한 술법이었기 때문에 잊고 있었다. 순간적으로 올라오는 짜증에 루페르트는 손에 얼굴을 묻었다.

"빌어먹을."

중얼거린 그는 서둘러 방을 나섰다. 깨끗하게 닦인 본궁의 유리창은 창백한 얼굴을 비추고 있다. 루페르트는 얼빠진 제 얼굴을 노려보다 성큼 앞에 다가섰다.

"봤나?"

윽박지르듯 물었지만, 돌아오는 대답은 없었다. 인상을 찌푸리며 집중해도 그는 라리에트를 볼 수 없었다. 제 정신이 도대체 얼마나 처참하게 흩어졌기에 그녀조차 제대로 감시하지 못하나. 그는 자신이 아직도 이만큼이나 에바에게 영향을 받는 데 분노했다.

어디부터 어디까지 본 것일까? 아니, 봐도 상관없지 않을까? 라리에트가 황실의 비밀을 알게 된다고 해도 달라지는 것은 없었다. 그녀는 이미 백작에게 일련의 사실을 들었으니까.

그럼에도 이런 광경은 보여주고 싶지 않았다. 라리에트만 얽히면 속이 비틀리는 것처럼 사고도 비틀렸다. 이야기만 들어도 구역질이 나올 만큼 역겨운 제 속을 다 뜯어다 그 눈앞에 들이밀고 겁을 주고 싶었다. 그러면 달아나겠지. 사람이란 본디 그의 예상에서 크게 벗어나는 법이 없으니까. 그런데 또 한편으로는, 도망가지 않았으면 싶기도 했다.

그녀는 제 곁에 남아 있으면 좋은 일이라도 생길 것처럼 굴었지만 순진한 착각일 뿐이다. 그의 옆에 머물러서 망가지는 것은 넘치도록 많았지만, 나아지는 것은 지금껏 단 하나도 존재하지 않았다.

자신에게 돌아오는 것이 오답인 것은 뻔히, 처음부터 알고 있었다.

그럼에도 함정을 판 사냥꾼처럼 그녀가 그물에 걸리기를 기다리게 되는 것은 왜일까?

에바를 고칠 수 없을지도 모른다는 말은 협박이나 으름장 따위가 아니었다. 이미 한계에 다다른 그녀의 시체는 온 신경이 말라가는 중이다. 그녀가 어떤 방법으로도 움직이지 못하게 되는 날, 황제는 죽을 것이다.

권력이 뒤집히는 것은 정말 시간문제였다. 루페르트는 아르눌프나 벤티볼트 대공 같은 욕심 많은 멍청이들에게 제 평생을 바친 황좌를 뺏길 만큼 무능력하지 않다.

그는 가쁜 숨을 가다듬으며 걸음을 옮겼다. 그래, 괜찮다. 모든 게 곧 끝날 것이다. 하루에도 몇 번이고 되뇌는 말을 생각했다. 그에게 하루는 정말 지겹도록 길었다.

환각 같은 기이한 광경이 보였다. 아니, 환각이라 믿고 싶은 현실이었다. 아버지의 충격적인 이야기도 이야기지만, 그의 말을 듣는 내내 자꾸 눈앞에 아른거리는 황제의 모습에 더 신경 쓰였다.

살면서 듣지도 보지도 못했던 끔찍한 풍경. 기괴하게 비틀린 여자의 팔이 내 바로 눈앞에서 흔들리는 순간 나는 아버지의 이야기를 끝까지 듣지도 못한 채 집무실을 빠져나와 속을 게워내야 했다.

뭐지? 내가 지금 보고 있는 게 도대체 무엇일까?

주저앉아 머리를 감싸다, 지금 내 시야를 잠식한 이 괴상한 장면이 루페르트가 보고 있는 광경이리라 짐작했다. 관자놀이가 욱신거리는 통증은 익숙한 것이었으니까.

"라리에트!"

아버지는 선대 황제, 아니, 지금 황좌를 차지하고 있는 인간이 군대를 밀고 들어와 황궁을 박살내버리기 전까지 벨네르니를 통치하던 아칸 1세의 직속부관이셨다고 했다. 그러니 그가 알고 있는 진상은 세상 사람들이 아는 것보다는 진실에 가까웠지만, 완전하진 못했다.

아버지가 말씀하신 대로 에바라는 여자는 아르델의 무희였고, 황제를 사랑하지 않았으며, 윌레탄의 첩자였을 것이다. 아르눌프, 나이젤, 루페르트 모두 황제의 씨가 아니다. 지금의 황제가 아이를 만들지 못한다는 사실은 아칸 1세의 가장 충성스러운 부하였던 태의(太醫)만 알고 있던 케케묵은 비밀이었다.

하지만 이건…….

"라리에트, 괜찮으냐?"

내가 그 이야기에 충격을 받아서 이런다 생각했는지, 그는 대단히 걱정하는 얼굴로 바닥에 엎어진 나를 들어올렸다. 황후의 이야기가 충격적이기는 했지만, 이렇게 속이 미식거릴 정도는 아니었다. 아버지도 황제가 그녀에게 비정상적인 집착을 보인다는 것 정도는 알고 계셨지만, 이런 건…… 결국 아버지가 알고 있는 사실이란 일면에 불과했다.

"으, 우욱."

제대로 된 말 한마디조차 만들 줄 모르는 금치산자에게 달려드는 남자는 분명히 내가 기억하고 있는 황제였다. 그 과정에서 잡아 뜯긴 팔을, '내가' 주웠다. 루페르트가 주운 것이다. 여자의 목은 이미 반쯤 벌어져서 피조차 나지 않았는데, 떨어진 팔을 붙여놓고 그가 손을 움직이자 여자는 다시 움직였다.

"아, 아버지. 저 궁에 돌아가봐야 할 것 같아요."

"아니, 내가 너에게 이런 이야길 해주는 건 그 문제를 해결하기 위해서다. 이제 황궁에서 나오도록 해."

"아버지!"

"네가 궁에서 지내는 것을 눈감아준 이유는 모든 것이 끝났다고 생각해서야! 아칸 1세는 죽었고, 황제는 미쳤지. 나는 벨네르니를 다시 일으킬 그 어떤 방법도 없다고 생각했다. 하지만."

하지만?

다음 말을 기다렸지만, 아버지는 내게 말해주실 생각이 없으신지 입을 꾹 다물어버리셨다. 나는 그를 기다리지 않고 몸을 돌렸다.

"다음에 들을게요. 지금은 아니에요."

"라리!"

"아버지, 저를 믿지 않으시나요?"

"무슨 소릴 하는 거냐."

"말씀드렸잖아요. 저, 죽었었어요. 벨루아가 멸문했어요. 저는 아버지의 끝을 보고 왔다고요."

"라리에트, 너를 믿지 않는 게 아니다……. 내가 어찌 너를 믿지 않겠니. 하지만 네가 본 미래와 같은 일이 또 벌어질지는……."

나는 가슴이 답답해 결국 언성을 높였다. 목을 갑갑하게 조이던 리본을 풀고 발을 구른다. 이렇게 그에게 반항하듯 언성을 높이는 것은 생전 처음이다.

"미래를 본 게 아니에요! 본 것 따위가 아니라고요. 저도 아버지한테 모든 것을 말씀드린 게 아니니까 믿지 않으시는 것도 이해해요. 하지만 아버지, 진실을 모른다고 그게 진실이 아니게 되나요? 눈을 감고 모른 척 귀를 막으면, 존재했던 무언가가 사라지나요? 아니잖아요!"

"……."

"제가! 왜! 미쳤다고! 벨루아를 떠나 궁에 들어갔겠어요? 아버지, 저를 그렇게 모르세요? 저는 죽기 직전까지 아버지가 하라는 대로만 살던 순종적인 딸이었어요! 모험은 질색이고, 고생도 싫어요! 강단 같은 건 쥐뿔도 없는 나약한 계집애였단 말이에요!"

자기비하 같지만 사실이었다. 내가 조금만 더 주도적인 삶을 살았더라면 아버지와 루페르트의 대립을 눈치챘을지도 모른다. 그랬다면 적어도 이유도 모른 채 목이 떨어지진 않았겠지.

"다 커서도 그 모양이었는데 지금이라고 다를까요? 제가 아버지한테 단 한 번이라도 거짓말까지 하면서 순응하지 않은 적 있었느냐고요!"

아버지는 내가 숨까지 씩씩거리며 하는 말을 조금 멍한 얼굴로 듣고 계셨다. 내가 큰소리를 내는 상황이 믿기지 않는다는 듯.

그런 그를 다독여 내 말을 듣게 할 의지도, 시간도 없었던 나는 그대로 수도저택을 벗어났다. 지금 내게 중요한 것은 에바라는 여자의 과거도, 아버지와 선대 황제의 관계도 아니다.

루페르트.

아버지가 알고 계셨다고 했다. 황제가 미쳤다는 것까지 모두. 평생 내가 아는 사람들 중 가장 도덕적인 분이라 믿어왔던 상대였기에, 배신감이 밀려들었다. 황제에게 반기를 드는 일이 무서우셨을 수도 있다. 그러나 왜 루페르트에게는 순종하지 않으셨나.

"우욱."

마차 손잡이를 붙잡은 팔이 덜덜 떨렸다. 그 위로 루페르트의 마른 손이 겹쳐 보인다. 여자의 팔을 붙드는 손이 미세하게 떨리고 있었다. 그게 정말 그의 어머니라면…… 사람이 사람에게 이만큼이나 잔인해질 수 있나.

나는 그의 굴종하는 모습이 섬뜩했다. 도저히 자식이 아버지를 존경하는 모습이라고는 생각되지 않았다. 바닥까지 처박힌 종복의 비참함. 끔찍하게 난폭한 주인을 섬기는 늙은 노예가 절망하듯.

루페르트의 이마에 닿은 찬 대리석의 기운이 내게도 느껴졌다. 황제가 그의 뒤통수를 큰 손으로 누르고 있었다. 집무실의 바닥에 짓이겨진 머리는 내가 그가 밟혔다는 것을 인지하기도 전에 걷어차였다.

루페르트는 그 난폭한 힘에 날아가 벽에 부딪힌 후 땅에 떨어졌다. 나는 그의 아픔을 느낄 수 없었지만, 모멸감에 부르르 떨었다. 나는 간접적으로도 이런 경험을 해본 적이 없었다. 어두컴컴한 방에 구부정하게 서 있는 황제는 제정신이 아닌 것처럼 히죽거렸다.

– 보라.

황제의 음울한 목소리에 루페르트가 고개를 들었다. 머리를 다쳤는지 붉어진 시야에 나는 도움이 되지 않을 것을 알면서도 내 눈을 깜빡였다.

– 예, 폐하.

루페르트는 담담하게 대답했다. 공포에 질린 것 같지도 않은 여상스러움에 나는 혀를 내둘렀다. 인간은 적응하는 동물이라지만 이런 폭력에 적응하는 동물을 인간이라 부를 수 있나.

황제는 송장처럼 누워 있는 황후의 치마폭을 들었다. 새하얀 다리는 괴이하게 구부러져 있었다. 상처 하나 없이 매끈했지만 제 기능을 상실했음은 뚜렷했다.

나는 인형같이 고아한 얼굴로 황제 옆에 앉아 있던 그녀를 기억했다. 그러고 보니 선 모습을 본 적이 없다. 황제나 루페르트와 춤 한번 춘 적이 없이 고요히 앉아 있곤 했다. 루페르트의 즉위 후에는 모습을 드러낸 적도 없었다.

황후는 눈을 뜨고 있었지만 초점이 없어 시체만 같았다. 이미 반쯤 시체가 맞을 것이다. 그녀의 얼버무린 입에서 비명이 새어나왔다. 정신없는 와중에 자신을 더듬거리는 손길을 끔찍해하는 듯해 나는 토악질이라도 하고 싶어졌다.

황제는 그대로, 반항할 생각도 없는 약자를 찍어눌렀다. 황제와 황후, 어찌 보면 그 사이에 당연한 행위였건만 강제성이 남달라 역겨웠다. 나는 루페르트가 제발 눈을 감아주기를 바랐으나 그는 눈도 깜빡이지 않고 모든 처참함을 지켜보았다. 정신을 옭아맨 겁간은 길지 않았다. 황후는 기절한 듯 눈을 감았고 황제는 벌게진 얼굴로 루페르트를 돌아봤다.

– 황제가 되고 싶으냐?

루페르트는 이불 밖으로 튀어나온 제 어미의 하얀 발을 잠시 응시했다. 나는 루페르트의 시야를 공유했지만 그의 마음을 읽을 수는 없었다. 찰나의 침묵을 참지 못하고 황제가 걸어나온다. 내게 닿을 수 없는 손이었건만 두려워 몸이 떨렸다.

– 네 어미를 팔아서라도?

황제가 묻는다. 그리고 웃었다. 명백한 비웃음이었다. 루페르트는 대답하지 않았다. 황제는 그의 침묵을 긍정으로 받아들였는지 폭소했다.

– 그래, 주마. 내 핏줄은 어디에도 없으니 그 누구에게 주어도 의미 없다.

루페르트가 침묵 속에 응시하던 황후의 발끝이 덜덜 떨리고 있었다. 죽은 듯 약한 진동, 역겨운 열기와 권력자의 광소. 말 못 할 비참함 속에서 그는 태자가 되었다.

나는 창 너머 나를 노려보는 루페르트와 눈을 마주하지 못하고 고개를 돌렸다. 방관은 죄니까. 나는 내가 그토록 무서워하던 사실을 깨닫고 말았다. 루페르트가 결국 완전한 가해자가 아니라는 것.

힘 위에 더 큰 힘이 존재해 그를 눌렀고, 나의 아버지는 이를 방관하는 죄를 저지르셨다. 원망과 한이 마음에 한가득 남아 있는데 그 대상이 사라져버린다. 진득한 미움은 결국 방향을 돌려 모두 내게 왔다. 루페르트를 향한 감정이 넘쳐서, 도무지 무엇을 느껴야 하는지 감도 잡히지 않았다.

"전하."

나는 당신을 어쩌고 싶은 걸까?

도대체 무슨 정신으로 황궁까지 돌아왔는지 모르겠다. 성급한 운전에 고장이라도 났는지 길 한복판에서 삐거덕거리기 시작한 마차를 버리고서, 체면도 잊고 달렸다.

가쁜 숨을 내쉬며 겨우 도착한 별궁은 쥐 죽은 듯 조용했다. 루페르트가 사용인을 모두 몰아낸 탓에 사람은 그림자도 보이지 않는다. 익숙한 호젓함이었음에도 궁은 오늘따라 유난히 외로워 보였다.

루페르트를 봐야겠다는 생각에 정신없이 달려오긴 했는데, 막상 도착하니 그의 얼굴을 마주할 자신이 없어진다. 나는 그를 위로할 자격도, 심지어 그럴 의지조차 없는 사람이기에. 내가 뭐라고 그의 고통에 공감할 수 있을까.

아버지의 방관으로 이제 와 루페르트를 가여워하거나 그에게 죄책감을 느끼게 된 것은 아니었다. 나는 아버지의 죄를 대신 짊어질 만큼 착한 인간은 아니었으니까.

그저, 참담해서. 사람이 사람에게 이토록 잔인해질 수 있다는 현실이 참담해 목이 멨다. 이런 일들을 겪으며 루페르트는 무슨 생각을 했을까? 정신이 아찔할 만큼 끔찍한 폭력을 도대체 어떤 마음으로 견뎌냈나.

무기운 발을 억지로 옮기며 토리를 찾았다. 토리라도 그의 곁에 있었으면 했다. 발랄한 그녀가 고개를 갸우뚱거리며 너구리와 놀고 있으면 루페르트는 멀리서 그들을 지켜보다 종종 미소 지었다. 그녀는 존재만으로도 루페르트에게 위로가 되는 것처럼 보였다. 그러니 지금의 그에게는 토리가 필요했다.

그러나 내 눈에 가장 먼저 들어온 것은 루페르트였고, 그는 혼자였다. 침실 구석에 몸을 웅크리고 있던 그는 내가 문을 여는 소리에 천천히 고개를 들었다. 겉보기엔 평소와 다름없다. 잘 만든 도자기인형처럼 흠 없는 얼굴은 언제나처럼 차가워 보였다. 그는 흥분해 숨을 씨근거리지도 않았으며, 울분에 차 눈물을 흘리지도 않았다. 그저 고요했다. 소리 없이 꺼져가는 불씨처럼.

이 어두컴컴한 황궁 구석에서 루페르트는 아주 조용히 죽어가고 있었다. 과거의 그는 언젠가 이렇게 죽었을 것이다. 아무도 모르는 곳에서 혼자, 마음부터 소리 없이. 그런 죽음을 상상하니 입안이 썼다.

내가 침실에 들어서는 것을 확인했음에도 그는 나를 보지 못한 양 눈을 감았다. 루페르트는 내게 먼저 말을 건네지 않았고, 나 역시 할 말을 찾지 못했기에 침묵은 제법 길어졌다.

나는 루페르트의 피곤한 얼굴을 지켜보다 천천히 거리를 좁혔다. 가까이서 보니 그는 피 묻은 옷을 갈아입지도 않은 상태였다. 여기저기 난폭한 발자국이 고스란히 남은 더러운 옷을 그대로 걸치고 있다. 나는 한숨처럼 말문을 열었다.

"전하."

"왜."

"옷, 갈아입으셔야죠……. 더럽잖아요."

"나중에."

그는 제 소매를 붙잡는 나를 귀찮다는 듯 쳐내며 한 손으로 얼굴을 가렸다. 소매가 밀려나며 툭 불거진 마른 손목을 덮고 있는 시퍼런 멍이 드러난다. 피가 죽어 거무튀튀한 빛을 띠는 피부에 나는 입안을 꽉 깨물었다.

아무리 밉다지만 제 이복누이에게 사정없는 손찌검을 하다니. 그때 알아봤어야 했다. 결국엔 황제를 따라 한 것 아니겠나. 아버지가 제 누이를 짐승처럼 다루니, 눈에 보이는 것이 없어 그 난장을 친 것이다.

루페르트는 계승권에서 밀려난 황녀 정도가 아니었다. 황제의 노예나 다름없었다.

인간의 탈을 쓰고 어찌 이럴 수가 있나. 도덕도, 수치도 모르는 금수만도 못한 놈. 황제는 제 어미를 겁간하는 것을 두 눈으로 지켜보게 하는 것도 모자라 마른 장작 같은 몸을 수차례 때렸다. 내가 루페르트의 시야를 온종일 공유한 것도 아니었으니, 그간의 학대는 이보다 더했을 터다.

공포에 몸이 떨리고 눈에 순식간에 열이 올랐다. 내 상식을 초월하는 황제의 역겨움에 목구멍이 조여오는 것처럼 아팠다.

"전하."

말없이 눈만 감고 있던 루페르트가 내 부름에 고개를 비스듬히 틀었다. 나는 그의 아무렇지 않은 얼굴을 보기 힘들어 눈을 내리깔았다.

"뭐."

"전하."

"말을 해."

나는 그의 옆에 털썩 주저앉았다. 허락도 받지 않고 황족 옆에 앉는 것은 예법에 대단히 어긋나는 무례였지만, 루페르트는 눈썹만 찌푸릴 뿐이다.

"앉을게요."

"아주 막간다, 너."

"잊지 말라는 말씀 없으셨잖아요."

내 뻔뻔함에 그가 기가 막히다는 듯 헛웃음을 친다. 나는 배시시 웃으며 주머니를 뒤져 연고를 꺼냈다.

"손목 주세요."

"꺼져."

"안 아프세요?"

나는 손을 뻗어 루페르트의 손목을 잡으려 했지만, 그는 팔을 숨겼다.

"안 아파."

"거짓말."

"진짜."

"어디서 들었는데, 자꾸 거짓말하면 엉덩이에 뿔이 난대요. 조심하세요."

"……너나 거짓말하지 마."

고집은.

나는 그의 손목을 잡아 기어코 내 앞으로 끌고 왔다. 대놓고 싫은 티를 내는 루페르트의 퉁퉁 부은 손목에 연고를 치덕치덕 발라댔지만, 그는 예상외로 나를 뿌리치지 않았다.

"이거 후진 거잖아. 내가 준 거 어딨어?"

"이것도 나름 비싸요."

"싸구려 연고로 생색낼 생각 마라."

"아휴, 전하나 연고 하나 주신 걸로 생색 좀 그만 내세요."

"……넌 진짜 머저리야."

그가 대뜸 하는 욕에 나는 억울함을 토로하듯 고개를 번쩍 치켜들었다. 바로 코앞까지 다가온 루페르트는 무표정으로 나를 내려다보고 있었다.

"왜 왔는데?"

"왜 오긴요? 제가 시녀직을 아예 그만두고 나간 것도 아니고 단순한 외출이었는데 당연히 돌아와야죠."

루페르트는 이해가 가지 않는다는 듯 고개를 갸우뚱한다.

"……못 본 건가."

그가 작게 중얼거린 말을 나는 모른 체했다. 왠지 모르게 안심하는 그의 표정에 가슴 한구석이 따끔거린다. 이 순간 가장 원망스러운 이는 아버지도 루페르트도 아닌 나 자신이다. 그를 마주한 순간 나는 어쩔 수 없이 깨닫고 말았으니까. 그가 살아낸 생이 얼마나 끔찍한지, 내 아버지가 그에게 어떤 잘못을 저질렀는지 모두 알았음에도 나는 여전히 그가…….

"전하."

미웠다.

정당방위라고 할 수 있는 그의 폭력이 하필 내 가족에게 닿은 데는 끝끝내 분노하고 마는 것이다.

"죄송해요."

나는 당신을 용서하지 못할 거예요.

"네가 왜?"

"……늦게 와서요."

루페르트처럼 참혹한 학대에 방치된 아이를 미워하는 나는 정말로 못된 어른이다. 이기적이고, 내 고통만 생각하는.

"앞으로는 멀리 안 나갈게요."

녹색 눈을 동그랗게 뜨고 나를 물끄러미 쳐다보는 루페르트의 시선을 피하며 나는 일어났다. 상처는 손목 말고도 많을 테지만, 옷에 가려진 부분까지 치료하려 들면 의심을 살 수 있다.

"씻으셔야죠. 토리 불러올게요."

"내 꼴이 왜 이런지 안 물어보나?"

"물어보면 알려주실 건가요?"

내 되물음에 루페르트는 입을 꾹 다물었다. 그의 얼빠진 얼굴이 우스워서 비식 웃으며 몸을 돌리는데, 그가 내 손목을 잡아챘다.

"왜요?"

"……."

"할 말 있으면 하세요."

"너, 늦게 안 왔어."

어두운 침실에서 루페르트의 녹안은 유난히 빛났다. 성한 구석 없이 얼굴마저 엉망진창이었지만, 그는 여전히 그림처럼 아름다웠다.

"……딱 맞게 왔어."

"……."

루페르트의 나지막한 목소리에 나는 말을 잃었다. 객관적인 사실은 세상을 가득 메우고도 남을 만큼 넘쳐난다. 그러나 사실이 항상 실상을 대변해주는 것은 아닌가 보다.

루페르트는 보이는 대로 아주 아름답고 영민했고, 황태자로 책봉되어 황위에 오를 것이다. 그가 제국의 최고 권력자가 되는 것은 변치 않을 미래였으며 내가 기억하는 황제 라스페리히 1세의 잔인한 숙청 역시 역사에 기록될 현실이었다. 그러나 작고 메마른 아이가 신음 한번 내지 못하고 견뎌낸 이 끔찍한 나날 또한 현실이었다.

내가 너무 오만했다. 황제의 단면만 보고 그를 안다고 생각했던 것은 정말 끔찍한 오만이었다. 아버지가 평생 올곧게 살아오셨으리라 미련하게 믿었다. 스스로 나아갈 생각은 못 한 채 다른 이가 이끄는 대로만 살아온 것이 내 인생 최악의 실수다. 동전을 손에 꼭 쥐고서 뒷면은 볼 생각조차 하지 못했으니까.

나는 아직 물기가 남은 루페르트의 젖은 머리를 수건으로 꾹꾹 누르며 가라앉은 목을 가다듬었다.

"큼, 토리는 어디 갔어요?"

루페르트가 씻는 동안 토리를 찾으려 정원까지 나가봤지만, 너구리만 부르르 털을 털며 따라올 뿐 찾을 수가 없었다. 내 물음에 손가락으로 제 눈가를 꾹꾹 누르던 루페르트가 고개를 꺾고 나를 올려다본다.

"심부름."

"언제 와요?"

"왜 찾는데?"

"전하 심심하실까 봐요."

그는 어이가 없다는 듯 눈썹을 비스듬히 세웠지만, 핀잔주기도 귀찮은지 입을 다물어버렸다. 나는 수건을 내려놓고 거의 다 말라가는 루페르트의 결 좋은 금발을 빗어주었다.

"오늘 뭐 좀 드셨어요?"

"아니."

"배 안 고프세요?"

"별로."

허리까지 내려오는 치렁치렁한 직모를 높게 묶자 그의 부러질 듯 가는 목이 눈에 드러났다. 문득 그의 나이였을 무렵의 르한이 떠올랐다. 나는 르한을 보며 가늘다는 느낌을 받아본 적이 단 한 번도 없다.

그는 항상 나보다 배는 많이 먹었고, 루페르트처럼 부쩍부쩍 자라긴 했지만 뼈가 굵어 튼튼해 보이는 '남자아이'였다. 과거의 황제는 연약함과 도무지 어울리지 않는 사람이었으니 지금 루페르트는 원래대로라면 르한과 비슷한 체구여야 할 것이다.

"어제도 한 끼밖에 안 드셨잖아요."

그러고 보니 루페르트는 하루에 한 끼 이상 먹는 일이 드물었다. 나는 그제야 그가 일부러 끼니를 서른나는 생각이 들었다.

"혹시 키 더 크실까 봐 그런 거예요? 식사 잘 안 하시는 거."

루페르트는 들은 척도 하지 않고 손을 뻗어 정리해둔 서류를 읽어내렸다. 황실 집무에는 손도 못 댈 위치의 황녀가 무슨 일이 저리 많은지 모르겠다. 나는 나를 무시하는 그의 머리를 대강 매만진 후 앞으로 걸어나왔다.

"지금 주방장도 나간 거예요? 아무도 없어요?"

"너도 나갈 거 아니면 시끄럽게 굴지 마."

"……뭐, 묻지도 못해요?"

"나가."

루페르트의 무정한 목소리에 나는 우물우물 불만을 삼켰다. 태자로 책봉되어 남자라는 것이 밝혀져야 제대로 먹을 심산인가 보다. 아무리 몸이 빨리 자랄까 염려스럽다지만, 돌도 씹어 먹는다는 성장기의 소년인데 너무 조금 먹었다. 그러니 말랐지.

키는 나보다 한 뼘이 큰 루페르트의 손목은 빼빼 마른 토리와 비슷할 정도로 가늘다. 나는 그의 몸 구석구석을 불편한 눈길로 살피다 걸음을 옮기기 시작했다. 자꾸 나가라며 나를 타박하던 루페르트는 그제야 건방지게 턱을 쳐들며 내게 시선을 주었다.

"어디 가?"

"주방이요."

"뭘 또 처먹어. 굴러다니려고 작정했나."

"저 먹을 거 아니거든요?"

말 참 예쁘게 한다. 젖살─이미 젖살이라고 우길 나이는 지난 것 같지만─이 채 빠지지 않아 통통한 볼이 조금씩 신경 쓰이던 나는 주먹을 꽉 쥐며 반박했다.

"전하 드실 것 만들러 가는 거예요!"

"뭐?"

내 말이 의외였는지 그는 한쪽 눈썹을 치켜세우며 들고 있던 펜까지 놓았다.

"내가 네가 만든 걸 어떻게 먹어?"

"왜 못 드세요? 독이라도 탈까 봐요?"

내 앙칼진 반문에 루페르트는 허, 바람 빠지는 소리를 내며 웃었다.

"너 요리 배운 적 있어?"

없다.

예전에는 귀족여성들도 교양 삼아 요리를 배웠지만, 노동자 계급이 급격히 늘어나면서 요리는 천하단 개념이 생기며 주방에 드나드는 건 천박하단 인식이 늘어났기 때문이다.

그래도 나는 음식에 관심이 많은 편이라 이것저것 주워들은 것이 많았기에 제법 자신이 있었다. 내가 의기양양하게 고개를 끄덕이자 루페르트가 고개를 내젓는다.

"지랄하지 말고 이리 와. 네가 만든 거 안 먹어."

"싫거든요? 전하, 후회하지 마세요. 엄청 맛있는 거 갖고 올 테니까."

나는 손가락을 까딱이는 그를 보지 못한 척 재빨리 방을 벗어났다. 잰걸음으로 달리듯 걸으니 궁 치고는 크기가 작은 편인 별궁 주방에 금세 도달한다. 하녀나 요리사가 보이지 않아 조금 횡한 주방 구석구석을 뒤지는데 눈에 익은 식재료들이 나왔다. 밀가루와 고기, 야채…… 무슨 야채인지는 모르겠지만.

주방에 들어서기 전까지는 자신감이 하늘을 찔렀는데, 막상 요리를 하려니 막막했다. 누가 뭐래도 궁중 요리사는 제국 제일의 실력자니까. 기미를 이유로 조금 맛본 요리들은 하나같이 모두 훌륭했다.

나는 루페르트가 가장 좋아하는 요리가 무엇이었는지 곰곰이 생각하다, 결국 내가 할 수 있을 만한 건 하나밖에 없다는 결론을 내리고 팔을 걷어붙였다.

만두.

루페르트는 딱히 음식을 가리지 않는 편이다. 그가 특별하게 관심 아닌 관심을 둔 음식은 만두뿐이다. 나는 노점 만두의 맛을 떠올리며 반죽을 치댔다.

고기와 야채를 볶고 반죽으로 묶어놓으니 제법 그럴듯해지긴 했지만, 문제는 조리법이다. 만두 상인은 항상 커다란 찜기를 끌고 다니며 만두를 쪄냈는데 주방에 그 비슷한 요리도구는 보이지 않았다.

"끓이면 될까?"

만두는 속이 보이지 않는 음식이니 구우면 익었는지 아닌지 확인하기 힘들 것 같아 나는 결국 끓는 물에 만든 만두를 모두 집어넣었고, 조금 후 후회했다. 몇 분 지나지 않아 꽁꽁 속을 잘 감싸고 있던 반죽이 흐물흐물 녹아내렸기 때문이다.

"어구⋯⋯."

이걸 어째.

속이 반쯤 허물어진, 만두처럼 보이지 않는 그것을 건져낸 후 접시에 예쁘게 담아보았지만, 도저히 망가진 모양을 감출 수가 없었다. 반죽에 문제가 있었나 고민하며 울상을 짓는데 뒤에서 툭, 한마디 건너왔다.

"망했네."

"안 망했거든!"

이미 망했다는 것쯤은 알고 있었지만, 처음 시도한 요리에 실패한 데 상심한 나는 괜스레 목소리를 높이며 돌아보았다.

"요⋯⋯."

주방 입구에 비딱하게 선 루페르트가 세상에서 내가 제일 한심하다는 눈으로 나를 바라보며 혀를 차고 있었다. 나는 경악하며 실패한 만두를 등 뒤로 숨겼다. 쟤는 서류나 보지, 왜 따라와서.

"비켜."

"아, 아, 안 돼요."

"왜?"

"너무 맛있어서 저 혼자 먹으려고요."

"까분다."

루페르트는 카운터에 바짝 붙은 내 얼굴을 죽 밀어내더니 만두접시를 잡았다. 사방팔방 반죽이 퍼진 괴이한 음식을 말없이 내려다본다.

"이게 뭔데?"

"만두요."

"……만들고 밟았나?"

"아니거든요? 원래 그런 거예요. 이게, 그러니까…… 벨루아 식 만두
는 이래요."

헛소리였다. 사실 만두는 북부지방 음식이라 벨루아에서는 잘 먹지
도 않는 데다 만두를 이렇게 빚는 지방은 세상 그 어디에도 없을 것이
다. 그런데 루페르트는 내 말을 믿는지, 찡그린 눈으로 나를 응시했다.

"벨루아가 가난해?"

"……드시기 싫으면 마세요."

빈정이 상한 나는 그에게서 접시를 뺏기 위해 손을 뻗었다. 그러나 루
페르트가 몸을 빼며 나를 피하는 것이 빨랐다. 접시를 번쩍 든 그는 조
금 퉁한 목소리로 반박했다.

"먹을 건데."

"정말요?"

반색하며 웃는 나를 무시한 그는 포크를 찾아 헤쳐진 만두를 그러모
았다. 다 찢어진 만두가 루페르트의 예쁜 입으로 순식간에 사라졌다.
나는 그가 내가 한 요리를 확인도 없이 먹었다는 게 믿기지 않아 입을
쩍 벌렸다.

"어, 어때요?"

"더럽게 맛없어."

만두 두 개를 순식간에 삼킨 루페르트는 입을 닦으며 미간을 찌푸렸
다. 만든 나조차도 호평은 하지 못할 것 같았기에 그의 반응이 기분 나
쁘지는 않았다. 그저 그가 내가 한 음식을 먹었다는 게 이상할 정도로
기분이 좋았다. 우물우물 움직이는 입이 뭐라고 흐뭇하기까지 하다.

"히히."

"웃지 마. 더 못생겨져."

"히히히. 그래도 다 드셨잖아요."

루페르트는 나를 구박하면서도 다 찢어진 만두 여섯 개를 모두 먹어 치웠다. 나는 빈 접시를 확인하고 뿌듯함을 감추지 못했다. 겉보기는 이상했어도 맛은 좋았나 봐. 회귀 전에도 몰랐던 재능을 발견했다.

내가 접시를 씻는 중에도 주방을 나가지 않는 그를 흘깃 본 나는 조심스레 말문을 열었다.

"전하, 앞으로도 이렇게 잘 드세요. 사람이 원래 배가 든든해야 힘이 나거든요."

루페르트의 황태자 책봉까진 몇 달 남지도 않았다. 그는 아직 정확한 시기를 모르니 조심하고 있는 것이겠지만. 그가 지금보다 더 빨리 자라난다 해도 별문제 없으리란 것을 알고 있으면서 침묵할 수가 없었다. 나는 더 비겁해지고 싶지 않았다.

"사람들이 알아볼까 봐 그러시는 거면, 칩거하시면 되죠! 전하 아프시다고 제가 사교계 나가서 열심히 거짓말할게요. 절 이럴 때 이용하지 언제 쓰시려고요."

벨루아의 고명딸이자 그의 직속시녀인 내 말을 의심하는 사람은 몇 없을 것이다. 황녀가 아프다고 거짓말을 할 합당한 이유도 없을 테니까.

루페르트는 잠시 나를 응시하다 아주 작게 고개를 끄덕였다.

아버지는 수많은 편지를 내게 보내셨지만, 나는 답장하지 않았다. 그를 원망하거나 비난하는 게 아니다. 그저 생각을 정리할 필요가 있었다. 내가 그에게 줄 수 있는 대답은 르한이라도 만나달라는 그의 마지막 편지에 그러마 한 것이 전부다.

아버지의 고백으로 바뀐 것은 아무것도 없었다. 나는 여전히 그를 사랑했고, 벨루아가 없어지는 꼴은 죽어도 보고 싶지 않았으며, 루페르트는 이대로 황제가 될 테니까. 그저 이 녹진한 죄책감만 더해질 뿐이다.

태어나 상처만 받으며 살아온 아이를 이용하기 위해 그 옆에 붙어 있는 나는 얼마나 비겁한가. 그의 불행에 내 아버지의 책임이 있음을 알면서도, 그를 완전히 용서할 수 없는 나는 또 얼마나 치졸한가. 가라앉았던 심장이 다시 무겁게 쿵쿵 뛰어댄다. 이유 모를 불안이 가슴을 잠식한다.

공기가 차가워지고 나뭇잎이 노랗게 물드는 동안 별궁은 소란 없이 조용했다. 그러나 폭풍전야 같은 묘한 긴장감에 잠을 설치는 밤이 늘어났다. 새까맣게 죽은 밤하늘을 바라보며 나는 내가 과거로 돌아오기 전, 이 시기에 무슨 일들이 있었나 회상했다.

아버지나 말 많은 하녀들을 통해 간간이 소식을 접한 황실에 대해 나는 큰 관심을 가져본 적이 없었다. 라페르트 황녀는 존재하지 않는 듯 숨죽이고 있었기에, 다른 사람들과 마찬가지로 나는 '루페르트' 황태자가 하늘에서 뚝 떨어진 양 받아들였다.

유모로부터 라페르트란 이름을 들었을 때 나는 그녀를 기억하지 못했지 않나. 루페르트는 모두에게 처음부터 태자였던 사람이다. 정통성이 떨어지는 황비에게서 난 게 아닌, 황후 소생의 적법한 태자.

월레탄 정복전쟁에 큰 기여를 한 바르바로사 대령이 사실 루페르트였다는 사실이 때마침 밝혀지면서 그는 사람들의 큰 환심을 살 수 있었다. 루페르트의 화려한 외모 또한 긍정적인 작용을 했으리라.

외척이 전무한 탓에 성별과 능력을 숨기고 살아온 가여운 황자가 본인의 능력과 기지로 욕심 많은 황비와 아르눌프 황자를 누르고 태자에 오른다는, 사람들이 좋아할 법한 낭만적인 이야기는 평민들에게도 널리 퍼졌다.

"하."

그런 동화 같은 이야기를 쉽사리 믿었던 내가 우스워졌다. 조금만 들춰봐도 수상한 점이 한두 군데가 아니었는데 말이다. 루페르트가 정말 적법한 태자였다면 황제가 진즉에 그를 앞에 세워 확실히 보호하지 않았겠나. 아무리 세력이 약하다 한들, 제국에서 가장 높은 데 있는 황후가 왜 자신의 아들을 숨겼을까?

자문은 곧 끝없는 자책이 되었다. 생각은 꼬리를 물고 이어지기만 해서, 나는 제대로 된 답을 내놓지 못하는 머리를 연신 쥐어박다 침대에서 일어났다. 어두컴컴한 복도는 으스스한 분위기를 풍긴다. 복도에 길게 늘어져 있는 등불 기름 가는 것을 깜박한 탓이다. 결국 나는 램프를 직접 들고 정원으로 나섰다.

"구리야."

작게 속삭이듯 부르자 내가 먹이라도 가져온 줄 알았는지 너구리가 빠르게 달려온다. 까만 손을 사부작거리며 내게 뻗는 꼴이 밥 달라는 모양이었지만, 나는 모르는 척 너구리를 안아 들었다. 짐승은 이제 나를 물지도 할퀴지도 않았다.

"안 자네? 내가 깨웠어?"

꾸으으.

내 빈손을 깨닫자 너구리는 태도를 바꿔 나를 노려보았다. 이제는 무섭지도 않다 뭐. 나는 나뭇가지에 등불을 걸어놓고 너구리의 등을 쓰다듬었다.

"주방까지 가기 귀찮아서 그냥 왔어. 미안."

꾸으으으으으.

"으응. 너 지금 욕했지? 내일은 밥 반만 줄 거야."

꾸으이.

너구리를 안고 나무 앞에 쪼그려 앉자 다리가 조금 저렸지만, 가라앉은 밤공기를 울리며 퍼지는 풀벌레 소리가 듣기 좋았다. 마음이 서서히 차분해진다. 생각해보면 내가 아버지를 탓하는 것도 이상했다. 나는 루페르트나 그의 어머니가 아니니까.

그의 외면으로 고통받은 사람이 내가 아니었으니 나는 그를 탓할 자격이 없다. 게다가 나는 아직 아버지가 왜 그들을 외면하고 도움을 청하는 손을 뿌리쳤는지 변명도 듣지 못한 상태였다. 게다가 아버지는…….

"우리 아버지니까."

꾸우?

"아무리 큰 잘못을 하셨다고 해도, 내 아버지니까. 나는 그를 사랑할 수밖에 없어. 이런 건 인력으로 되는 게 아니거든."

내 말을 전혀 알아듣지 못할 테지만 너구리는 내 어깨에 얼굴을 올리고 고롱고롱 숨을 쉬었다. 그 안정적인 박자가 묘하게 위로가 된다. 루페르트가 너구리를 아끼는 이유가 이런 건가 싶었다. 나는 잠이 든 짐승을 품에 안고 푸념을 늘어놓았다.

나는 모르는 것이 너무 많았다. 아버지와 가장 가까운 사람들 중 한 명일 내가 왜 그의 의중을 이토록 모르는지, 뚜렷한 인과가 드러났음에도 나는 왜 아직까지 루페르트가 미운지……. 그럼에도 불구하고 왜 그 아이를 보면 마음 한구석이 시큰힌지.

"네 주인은 왜 그렇게 말랐니? 사람이 성질이 더러우면 살이 안 붙는다더니, 그래서 그런가 봐."

루페르트는 내가 제 눈앞에서 죽어나가도 눈 하나 깜짝하지 않을 텐데, 나는 왜 그를 걱정하고 있는지 모를 일이다. 나는 여전히 루페르트가 벼락이라도 맞아 사라져버리길 바랐지만, 그래도 그의 앙상한 팔목은 보기 싫었다.

그의 죽음을 바라면서 그의 불행은 보고 싶지 않다니. 이런 모순도 없을 터다. 나는 내 짜증을 너구리를 세게 안는 것으로 풀며 자리에서 일어났다.

"히익."

그러나 허리를 반도 세우지 못한 채 주저앉아버렸다. 어두운 숲속에서도 반짝반짝 빛나는 금발의 소년이 나무에 비스듬히 기대 나를 바라보고 있는 것을 그제야 발견했기 때문이다. 내가 엉덩방아를 찧는 바람에 놓친 너구리는 그새 조르르 루페르트에게 달려갔다. 그는 자신에게 안기는 너구리를 덥석 안으며 혀를 찼다.

"넌 서는 데 다리 두 개로는 부족한가 보군."

"충분해요! 어, 언제부터 거기 계셨어요! 놀랐잖아요!"

내 원망 섞인 외침을 가볍게 무시한 루페르트는 앞으로 나와 내 팔뚝을 움켜잡았다. 우악스러운 힘에 휙 올려진 나는 치맛자락을 정리하며 그의 안색을 조심스레 살폈다. 하얗게 질린 낯이 또 악몽이라도 꾼 건가 싶다.

"왜 나와 계세요?"

"넌?"

"잠이 안 와서요."

"네가 잠이 안 올 이유가 뭐가 있는데?"

루페르트가 의아한 듯 고개를 기울인다. 마치 나라는 사람은 고민이라곤 전혀 없으리라 믿어 의심치 않는 듯한 그 얼굴에 기가 막혔다.

"생각할 게 많아서요."

"내일 먹을 거?"

"씨이. 그런 거 아니거든요? 앞으로 저는 어떻게 될까, 전하는 또 어떻게 되실까. 그런 걱정을 했어요!"

내가 발끈해 목소리까지 높이자 루페르트는 자신의 한쪽 귀를 재빠르게 감싸며 눈썹을 찌푸렸다.

"귀 아파. 소리 지르지 마."

"전하가 저 무시하시니까 그렇죠!"

"쓸데없는 걱정 말고 가서 잠이나 자."

"전하도 걱정돼서 못 주무시는 거잖아요?"

"내가 걱정하는 건 그딴 게 아니야, 멍청아."

그는 한심하다는 시선으로 나를 내려다보더니 내 손목을 잡고 질질 끌었다. 애초에 그리 멀리 나온 것이 아니라 금세 별궁의 현관에 도달한다. 그리 꽉 잡힌 것도 아니었지만, 왠지 모르게 뿌리칠 수가 없어서 나는 그대로 응접실에 밀려들어갔다.

"여, 여긴 왜요?"

"밖에서 덜덜 떨며 궁상 부리지 말고 안에서 해, 궁상 부리려면."

"……궁상 아니라니까요."

"내가 황제가 될 거라고 확신하던 건 너였다."

"지금도 확신해요."

나는 초조함이 말라붙은 루페르트의 얼굴에 괜한 소리를 했다 싶었다. 지금 불안한 사람은 그일 것이다.

"그럼 왜?"

"그 후에 말이에요, 전하. 저는 그 후가 무서워요."

"왜?"

당신이 내가 감당하지 못할 괴물이 될까 봐. 나를 삼키고, 벨루아를 무너뜨릴 악마가.

과거로 돌아와 같은 시간을 걷다 보니 내가 알지 못하는 미래가 무서워졌다. 모른다는 것은 정말로 두려운 일이다.

"그냥요. 앞으로 많은 것이 변할 테니까."

"……어떤 식으로 변하든."

그의 목소리가 낮아졌다. 루페르트가 나를 노려보다 마른세수를 하며 웅얼거린다.

"지금보다는 나아."

폭력의 피해자인 지금보다 가해자일 미래가 그에게 나은 것은 당연할까? 나로서는 알 길이 없지만, 나는 가만히 고개를 주억거렸다. 루페르트에게 지금보다 더한 불행이 찾아올 수 있다는 소리는, 정말 사람으로서 하고 싶지 않았다.

"맞아요, 전하. 전하는 행복해지실 거예요."

내가 빙그레 웃으며 말하자 루페르트의 하얀 낯에서 표정이 서서히 없어진다. 화가 난 것인가 싶었지만, 그의 목소리는 조금 놀란 것처럼 들렸다.

"뭐?"

"전하는 행복해지신다고요."

반복되는 말에 루페르트가 피식 웃는다. 평소와 같은 비웃음에 기분이 상한 나는 응접실을 벗어나기 위해 걸음을 옮겼다.

"넌 세상이 동화인 줄 아는군."

인사도 없이 나가려는 나를 두고 그가 혼잣말처럼 속삭인다. 나는 이제 와 밀려오는 졸음과 싸우듯 하품하며 빙그르 몸을 돌렸다.

"행복이 동화 속에만 있는 건 아니에요."

"네 세상은 그렇겠지."

"전하, 제 세상엔 당신도 계세요."

"……."

"전하는 행복해지실 거예요. 반드시."

그러지 못하면 너무 억울하니까.

르한은 내가 아버지에게 회신을 보낸 지 일주일도 채 지나지 않아 나를 찾아왔다. 방문해도 좋다는 말을 듣자마자 달려온 것이 분명했다.

불그스름하게 달아오른 볼이나 땀 맺힌 이마가 그의 긴장을 역력히 드러낸다.

아버지가 그에게 무슨 말을 했는지는 모르지만, 그가 이 정도로 긴장한다면 이유는 단 하나뿐이다. 르한도 내게 숨기는 것이 있으리라. 그발각을 두려워하는 게 아니고서야 나와 만나길 왜 무서워하겠나.

"르한."

르한은 방문증도 끊지 않고 다급하게 황궁에 들이닥친 무모함과 어울리지 않는 얌전한 자세로 응접실 소파에 앉아 나를 기다리고 있었다. 내가 부르자 무릎 위에 올린 그의 손이 주먹을 쥔다.

"오랜만이네."

황궁에 무기를 들고 들어올 수는 없었을 테니 르한의 제복에 달린 검집은 텅 비어 있다. 그래서인지 그는 조금 불안해 보였다. 암갈색 눈이 허공에 시선을 두었다가 바닥으로 떨어졌다. 주먹을 얼마나 세게 쥐었는지 불거진 핏줄이 내 눈에도 들어온다. 나는 한숨처럼 입을 열었다.

"차 마실래?"

"……."

시녀들을 위해 마련된 작은 응접실은 실제로 별궁에 머무는 시녀가 토리와 나뿐이라 사용되는 일이 드물었다. 그녀는 항상 루페르트 곁에 있고 싶어 했고, 나는 쉬고 싶을 때 정원을 찾았으니까.

해서 나는 르한에게 내줄 차를 찾기 위해 익숙하지 않은 찬장을 한참 뒤적거려야 했다. 등으로 다소 따가운 시선이 내리꽂힌다. 나는 내게 인사도 건네지 못하고 머뭇거리는 동생을 모른 체했다.

"홍차 괜찮지? 히렐…… 롬바에서 들어온 게 아직 남아 있을지 모르겠어."

르한은 다과를 즐기는 편은 아니지만, 호불호가 확실한 편이라 항상 마시는 종류가 아니면 손도 대지 않았다. 다행히 그가 곧잘 마시던 홍차 종류가 눈에 띄었다.

"찾았다!"

나는 작은 탄성을 내지르며 향이 진한 잎을 골라 담았다. 주전자와 함께 탁자에 내려놓으니 말없이 바닥만 내려다보던 르한이 그제야 고개를 든다. 정갈한 고동색 눈이 내 얼굴에 시선을 고정했다. 여전히 밤톨같이 짧은 머리의 그는 학교에서 바로 온 것인지 제복 차림이었다. 나는 웃으며 입을 열었다.

"미안. 과자는 없어."

"······괜찮습니다."

"잘 지냈어?"

"예."

"그렇게 가만히 있으려고 찾아온 거야?"

"아니요."

르한은 짧게 대답하며 고개를 내저었다. 나는 그의 맞은편에 자리를 잡고 뒷말을 기다렸다.

"······아버지께 어디까지 들으신 겁니까?"

"그런 말을 하는 것을 보니 넌 다 아는 모양이네."

"아닙니다."

"황후 폐하가 마이라몬테 공작가와 모종의 관계가 있는 아르델의 무희였다는 것, 그녀와 황제 폐하의 성혼에 그녀의 뜻이 없었다는 것, 지속적인 학대에 그녀가 아버지께 도움을 청했으나 거절하셨다는 것, 라페르트····· 황녀 전하가 황제 폐하의 핏줄이 아닐 수도 있다는 것."

내가 목소리를 낮추며 늘어놓는 말을 르한은 잠자코 들었다. 그가 눈을 질끈 감고 뜨는 동안 나는 다시 머릿속으로 상황을 정리했다. 아버지가 모든 것을 말해주신 게 아니다. 루페르트의 시야를 공유하다 정신까지 잃었으니 나는 그의 말을 반 정도는 놓친 것이나 다름없었다.

"그게 답니까?"

"더 있니?"

르한은 내 되묻는 말에 대답하지 않는다. 나는 답답한 마음에 몸을 기울였다.

"내가 모르는 게 도대체 뭐야? 아버지가 황실에서 손을 떼겠다는 결정을 뒤엎으신 이유가 도대체……."

"누님."

그를 추궁하는 목소리가 점점 더 높아지다 이내 울분에 가득 찼다. 가슴이 답답해서 터질 것만 같다. 르한도, 아버지도 내게는 모든 것이 비밀이었다. 루페르트조차 이만큼 비밀스럽게 굴지는 않는다.

"너도! 아버지도! 내게 말하지 않는 게 왜 이리 많은 거야? 내가 못 미더워서?"

"그런 게 아닙니다."

"우린 가족이잖아. 너만큼은 나를 믿어줘야 하잖아."

"가족의 정의가 뭡니까?"

나는 르한의 뜬구름 잡는 소리에 인상을 찌푸렸다. 나를 진정시키기 위해 헛소리를 던지나 싶었지만, 그는 무척이나 진지했기에 나는 목을 가다듬고 대답했다.

"영원히 내게 소중할 사람들, 불변할 관계로 묶인 인연이지 않겠니."

"불변입니까? 확신하실 수 있습니까?"

"르한, 내가 아버지와 네가 나에게 감추는 것을 알게 되면 너를 미워할까 겁내는 거야?"

"……."

"그럴 일은 없어. 아버지가 어떤 죄를 지으셨든 그는 영원히 내 아버지야. 너도 마찬가지로 영원히 내 동생일 거야."

르한은 내 말에 반박이라도 할 것처럼 입술을 달싹였다. 짧은 침묵 후 그의 입이 열린다.

"그런 걸 바라는 게 아닙니다."

"그럼 뭐야?"

"벨루아로 돌아오십시오."

"뭐?"

"여기는 너무 위험합니다. 아버지 뜻이기도 합니다."

"아니, 난 안 가."

내가 단호하게 고개를 젓자 그는 곤란하다는 듯 제 관자놀이를 문질렀다.

"르한, 나는 전하를 진심으로 모시고 싶어졌어."

"황녀에게 공감하시면 안 됩니다."

"아니, 종국엔 그녀가 우리를 구할 거야."

"제가 왜 사관학교에 들어갔는지 아십니까?"

르한은 식어버린 차를 단번에 삼키곤 찻잔을 거칠게 내려놓았다. 나는 그가 무엇에 기분이 상했는지 짐작할 수 없어 입을 다물어버렸다.

"황실을 경계하기 위해서입니다. 군부는 어쨌든 그들과 분리된……."

"그게 무슨 소리야?"

나는 화들짝 놀라며 고개를 저었다. 루페르트가 듣고 있을지도 모른다.

"누가 감히 황실을 경계해? 벨네르니는 너의 적이 될 수 없어, 르한."

"현 황실 말입니다."

"네가 반항기라는 건 알지만, 말조심하렴."

"……이게 반항 같으십니까?"

르한은 불쾌한 듯 인상을 찌푸리다 양손으로 얼굴을 덮었다.

"아버지는 누님이 아버지를 원망하고 미워할까 두려워하십니다."

"그런 걱정 마시라고 해."

"하지만 저는 차라리 누님이 아버지를 원망하셨으면 좋겠습니다."

나는 뒤따르는 그의 의미심장한 말에 눈을 가느다랗게 뜨며 집중했다. 설명을 기다렸지만, 그는 사족을 붙이지 않고 자리에서 일어난다.

"뜻이 확고하신 것 같으니 제가 더 할 말은 없습니다."

"설명은 해줘."

"말 그대로입니다."

"내가 아버지를 미워하길 바라는 게 네 마음이라는 걸 받아들이라는 거야?"

"예."

르한의 무뚝뚝한 대답에 언짢아진 나는 인사도 없이 나가는 르한을 붙잡지 않았다. 과거의 반복이다. 이유 없이 나를 꺼리는 동생.

나는 멀어지는 르한의 등을 노려보다 응접실을 나섰다. 엉킨 실타래는 풀릴 기미는 보이지 않고 점점 더 얽히고설키기만 했다. 결과적으로 내가 바꿀 수 있던 것은 나 자신 정도다. 루페르트는 여전히 과거의 절차를 밟으며 불행했고, 르한은 예전 그대로인 반항기를 맞았다. 과거와 조금이라도 달라진 사람은 나 혼자뿐이다.

언제나처럼 한산한 복도를 걷노라니 서늘한 가을바람이 뒷목을 스치고 지나간다. 버석한 낙엽이 열린 창가에 흩어져 있었다. 빨갛게 물든 잎이 제법 보기 좋아 나는 낙엽 두어 개를 집어 들었다. 루페르트랑 토리에게 하나씩 주면 되겠다. 나는 종종걸음으로 그의 집무실을 향했다.

"전하, 저 들어가요."

대답은 돌아오지 않았지만, 본시 그의 침묵은 긍정이기에 나는 망설임 없이 문을 열어젖혔다.

훼아 연기가 책상 근처에 자욱하다. 토리는 소파에 앉아 너구리의 털을 빗어주고 있었고, 루페르트는 책상에 턱을 괴고 앉아 있다. 내가 예상하지 못했던 건 루이제로, 그는 소파와 책상 사이를 배회하며 손가락에 걸린 소총을 돌리는 중이다.

이제 제법 익숙한 풍경이라 나는 대수롭지 않게 루페르트에게 다가갔다.

"선물 가져왔어요."

내 말에 루페르트는 대답 대신 눈썹을 비스듬히 올렸다. 일단 내놓아 보라는 태도라 나는 숨겼던 손을 쭈뼛쭈뼛 내밀었다.

"뭐가 선물인데?"

손바닥 위의 낙엽이 도저히 선물 같지 않았는지, 루페르트가 고개를 기울이며 묻는다. 나는 담담히 그의 책상에 놓여 있는 책 하나를 집어 낙엽을 끼워넣었다.

"낙엽이요. 올겨울까지만 이렇게 두시면 책갈피로 쓰실 수 있어요."

"……말라비틀어져 죽은 잎이 선물이라고?"

그가 기가 찬 듯 한숨을 쉰다. 딱히 그의 달가운 반응을 기대한 것은 아니라 나는 어깨를 으쓱했다.

"색깔 고운 낙엽이라고 해주시면 안 돼요? 예쁘잖아요."

"손 내밀어봐."

루페르트의 명령에 내민 내 손에다 그는 입에 물고 있던 훼아를 털었다.

"앗, 뜨거!"

"선물."

"이게 무슨 선물이에요!"

"이것도 말라 죽은 잎인데 왜?"

"으이씨."

내가 인상을 쓰자 그가 흡족하게 웃었다. 하여간 저 못된 성질머리. 나는 루페르트에게 더 대항하는 대신 남은 낙엽 하나를 토리에게 건네기 위해 몸을 돌렸다. 그러자 어느새 다가온 루이제가 대뜸 한마디 붙인다.

"전하는 낭만을 모르셔서 그럽니다. 이해하세요."

"맞아요, 전하는 낭만을 몰라요."

"낙엽을 말리면 얼마나 예쁜데요. 우리 전하는 그런 걸 몰라."

"흥, 그러니까 말이에요."

"전하는 싫다시니까 제가 가질게요, 라리에트."

당사자를 앞에 두고 소곤소곤 떠드는데, 서류에 집중하는 줄 알았던 루페르트가 휙 고개를 들었다. 눈빛이 어찌나 사나운지 루이제가 내 뒤로 숨을 정도였다. 나는 그의 흉흉한 시선을 어물어물 피하며 토리 쪽을 바라봤다.

"넌 젠장, 왜 여기 붙어 있어?"

"와, 또 저한테만……."

"시킨 일 다 했나?"

"전하, 진짜 치사하십니다. 이제 대놓고 차별이에요?"

"다 했느냐고 물었다."

루페르트의 구박이 일상인지 루이제는 겁도 없이 입을 댓 발 내밀며 그에게 다가갔다. 토리가 멀리서 눈을 굴리고 있다.

"다 했어요! 했어!"

"그럼 집에 가. 여기서 놀고먹지 말고."

"갈 겁니다. 낙엽은 그럼 제가 가져갈……."

"아니, 여기 하나 더 있……."

루이제는 내가 루페르트에게 건넨 낙엽을 회수하기 위해 책에 손을 뻗었지만, 책을 펼치지는 못했다. 루페르트가 먼저 책을 붙들었기 때문이다.

"어라? 왜요? 필요 없으시다면서?"

"손 떼."

"책 읽으시게요? 저 낙엽만 가져가고……."

"책에서 손을 떼든가, 네 몸뚱이에서 팔을 뽑든가."

"……."

루페르트의 험한 말에 루이제는 질색하며 책을 놓았다. 하도 구박받는 모습을 자주 보아서 그런지, 이제는 좀 불쌍할 지경이다. 토리도 나와 같은 생각을 하는 모양인지 어깨를 축 늘어뜨린 루이제에게 다가와 등을 두드려주었다.

"바보. 전하를 아직도 모르셔요?"

"뭐, 내가 뭘."

"아휴우, 바보오."

위로를 하는 건지 놀리는 건지 헷갈렸지만, 어쨌든 토리는 루이제 곁을 맴돌다 나를 흘깃 보았다. 나는 손에 들려 있는 낙엽을 그녀에게 주기 위해 다가갔다.

"이건 토리 거예요."

"어마. 고마워요, 라리에트."

그녀가 방싯 웃으며 내 손에서 낙엽을 낚아챈다. 고맙다며 발을 동동 구른 후 토리는 낙엽을 귀에 꽂았다. 마치 가을의 요정 같은 모습에 웃음이 나온다.

"애초에 제 건 없는 거네요."

루이제의 불퉁한 목소리는 듣지 못한 체했다.

6. 도깨비의 숲

　너구리는 루페르트의 소유였지만, 사실상 너구리와 가장 많은 시간을 보내는 건 토리였다. 나는 토리가 귀여운 구석이 조금도 없는 그 짐승을 항상 살뜰히 보살핀다 생각했다.

　그래서 그녀가 제 몸집만 한 너구리를 꼭 안아 연못 가까이 다가가는 것을 목격했을 때도 별생각이 없었다. 그저 겁 많은 짐승에게 연못을 보여주려는 것이려니 했다. 그녀가 버둥거리는 너구리의 목을 꾹 누르며 연못에 집어넣는 순간에도 나는 토리의 목적을 알아채지 못했다. 그녀가 루페르트의 너구리를 해하리라고는 상상도 해본 적 없으니까.

　루페르트가 루이제와 외출한 탓에 여유로운 오후였다. 오전에 별궁을 쓸고 닦아 피곤했던 나는 낮잠을 자기 위해 눈을 붙였지만, 이상하게도 잠이 오지 않아 숲으로 나왔다. 토리가 보이지 않았기에 나는 그녀가 너구리와 놀아주고 있으리라 짐작했다. 실제로 그녀는 너구리와 함께 있었다. 내가 예상했던 모습은 아니었지만.

　"……토리?"

　바람 한 점 불지 않아 잔잔한 연못은 살기 위해 팔다리를 마구 휘젓는 너구리에 의해 요동치고 있었다. 내가 머뭇거리며 그녀를 부르자 너구리를 붙잡고 있던 토리가 천천히 고개를 든다. 마주한 그녀의 얼굴이 소름 돋을 정도로 무표정해서 나는 나도 모르게 뒷걸음질 치고 말았다.

"토리, 지금, 뭐 하는 거예요?"

그녀는 대답하는 대신 축 늘어진 너구리를 놓았다. 나는 허겁지겁 연못으로 달려가 가라앉는 너구리를 건져냈다. 수심은 깊지 않았지만, 정신이 없어 발을 헛디딘 탓에 목 밑까지 젖어버렸다. 토리는 내가 숨을 헐떡이며 너구리를 뭍으로 꺼내는 것을 가만히 지켜보다 평소처럼 천진하게 웃는다.

"라리, 그러다 감기 걸리어요."

힘겹게 손가락을 꿈틀거리는 너구리는 쳐다보지도 않는 토리에게 순간 소름이 돋아 나는 너구리의 가슴팍에 귀를 가져갔다. 쿵, 쿵. 다행히 그저 기절한 것인지 너구리의 심장이 미약하게 뛰고 있다.

"살았어요?"

"방금 뭐였어요? 왜…… 왜 그런 거예요?"

"화났어요?"

"토리!"

내가 소리치자 그녀는 작게 한숨 쉬었다.

"라리는 이해 못 하여요."

"네, 못 하겠어요. 설명해주세요. 방금 너구리를 죽이려고 한 거예요?"

"……."

"전하 애완동물이잖아요. 왜요?"

"라리에트, 전하는 가진 게 많으면 안 돼요."

토리는 젖은 손을 치맛자락에 닦으며 웅얼거렸다. 나는 조금도 반성하지 않는 그녀의 태연함에 기가 막혀 헛웃음이 나왔다.

"예?"

"한 번에 잃는 것보다 하나씩 잃는 것이 덜 아프니까요."

"토리, 지금 무슨……."

토리 특유의 어린아이 같은 말투가 사라졌다. 그녀는 당황한 나를 스쳐 지나며 작게 웃었다. 그녀가 웃는 모습을 수없이 보았지만, 지금같은 비웃음은 처음이었다.

토리가 토리처럼 보이지 않을 정도의 괴리감에 나는 너구리를 안아 들고 그녀를 쫓았다. 손목을 잡고 멈춰 세웠지만 그녀는 나를 바라보지 않았다.

"무슨 말이에요? 전하가 뭘 잃어요?"

"전하가 종국에 가진 것은 저 하나여요. 그래야 끝나니까."

그녀는 다시 어눌하게 말하며 손가락으로 머리칼을 빙글빙글 꼬았다. 토리의 장난기 가득한 얼굴에 나는 순간 할 말을 잃었다.

"라리에트, 나는 당신을 2년 전 겨울에 처음 만났어요. 그때의 나를 기억하나요?"

기억했다. 과거로 돌아온 두 번째로 맞은 열두 번째 생일을 잊을 리 없으니까. 그녀는 대답을 기다리지 않고 말을 이었다.

"라리는 많이 변했어요. 키도 자랐고, 몸도 변했고, 이제 제법 숙녀처럼 보여요."

"……."

"하지만 저는요? 라리, 자라지 않는 제가 이상하지도 않나요?"

토리는 발랄하게 웃으며 다가왔다. 바짝 붙은 그녀는 정말로 조금도 달라지지 않았다. 그제야 시간이 멈춘 듯 변하지 않는 토리의 모습이 기이하게 느껴진다. 단지 그녀가 조금 느리게 자랄 뿐이라 생각했는데.

"라리도, 너구리도, 전하도 자라요. 저만 자라지 않아요. 제 시간만 멈췄어요. 그래서 전하는 저만 가지실 수 있어요. 저는 절대 변하지 않으니까."

"이상한 말이에요, 토리. 함께 변하면서 곁에 있을 수도 있잖아요."

토리는 까르르 웃음을 터뜨렸다. 그녀가 작은 손을 들어 내 뺨을 쓰다듬는다.

"아, 다정한 라리. 하지만 당신도 전하를 떠날 거랍니다."

"아니에요."

"라리, 변할 수 있는 모든 것은 전하 옆에 있지 못해요. 부서지거나, 도망치거나, 어쨌든 결과는 같아요. 그는 모든 것을 삼켜버릴 괴물이거든요."

토리는 그를 동정하듯 쓰게 웃었다. 나는 혼란스러움을 숨기지 못한 채 걸음을 옮기는 그녀를 따라갔다. 어느새 정신을 차린 너구리가 그녀가 두려운 듯 내게 매달린다.

"토리, 잠시 설명을······."

"전하! 다녀오셨어요?"

토리를 멈춰 세우려고 했지만, 그녀는 잡히지 않고 마차에서 내리는 루페르트에게 포르르 달려가 안겼다. 그가 아주 손쉽게 그녀를 안아 올린다. 그가 그녀만큼 작았던 것이 믿기지 않을 만큼 쉽게.

"넌 왜 그 꼴이야."

루페르트는 인상을 찌푸리며 물에 빠진 생쥐 꼴인 나를 내려다보았다. 나는 몸을 부르르 떠는 너구리를 꼭 껴안고 그와 토리를 번갈아 보았다.

"너구리가······."

"뭐?"

"연못에 빠져서 건지느라."

"걔 물 싫어하는데."

루페르트가 설명을 바라는 듯 눈짓했지만, 나는 아무 말도 하지 못했다. 그가 토리보다 나를 더 믿을 리 없으니까.

"왜 빠졌는지는 몰라요. 못 봤어요."

내 대답이 족하지 않았는지 그는 성큼성큼 걸어와 내 턱을 들었다. 선명한 녹안이 내 얼굴을 샅샅이 훑는다. 입궁해서 는 것이라곤 표정관리 정도이기에, 그는 아무 단서도 찾지 못하고 나를 놓아주었다.

"너……."

"라리, 들어가서 씻어요. 감기 들겠어요."

루페르트의 말을 끊은 토리는 그의 팔을 잡아 제 쪽으로 돌렸다.

"전하도 피곤해 보이시어요."

"그래. 너도 들어가."

루페르트의 허락에 나는 고개를 숙여 보인 후 자리를 떠났다. 토리인지 그의 것인지 알 수 없는 시선이 내 등에 따라붙었지만 차마 돌아볼 엄두가 나지 않는다.

그래, 무서웠다. 무섭다.

그제야 바짝 나를 따라잡은 과거의 사건들이 떠오르기 시작했다. 루페르트가 황태자가 되고, 또 황제가 되면…… 그는 토리를 황후로 맞을 것이다. 그리고 죽였다.

과거의 나는 단순히 그가 정상이 아니기에 그랬으리라 생각했다. 미치광이가 무엇인들 못 할까 싶어서. 너무도 사랑해 평민을 황후로 만들어놓고 하루도 지나지 않아 제 손으로 직접 죽여버리는 광기를, 나는 그저 루페르트가 원래 그런 자이려니 넘겨짚었다.

그러나 지금은? 나는 루페르트가 토리를 얼마나 아끼는지 알고 있다. 부정하고 부정해도 도저히 아니라고 말할 수 없을 만큼 그 애정이 뚜렷해서. 말라비틀어진 시체만도 못한 죽은 눈을 하는 주제에, 그래도 그 차갑다 못해 서늘한 시선이 토리를 향할 때는 얼마나 다정해지는지 내 눈으로 직접 보았으니까.

루페르트가 사람을 사랑할 줄 모르는 미치광이 괴물이라는 사실을 가장 부정하고 싶지 않은 사람은 나일 터다. 내가 벨루아의 안전 다음으로 바란 소망 아닌 소망이다.

하지만 그는 사람을 믿지 않고, 항상 날 선 경계를 풀지 않는 신경질적인 아이일 뿐, 폭력에 중독된 미치광이는 아니다. 아르눌프의 시녀나 시종들이 그를 믿고 루페르트를 알게 모르게 괄시해도 그는 그들에게 손 한번 올린 적 없었다. 하물며 토리는…….

"하."

천진해 보이던 모습도 결국 그녀의 일부분이었을 뿐이다. 루페르트의 비극을 짜 맞추는 가장 중요한 조각. 그녀가 무구할 것이라 너무 순진하게 생각했다. 이제야 겨우 겉돌기만 하던 미로에 발을 들인 기분이었다. 과거에는 있는 줄도 몰랐던, 지금에서야 겨우 존재만을 확인한. 사방이 캄캄했지만, 내게 도움을 줄 사람은 아무도 없었다.

그래도 나는 출구를 찾아야 했다. 왠지 그 끝에 루페르트가 있을 것만 같았으니까. 내가 너무 늦으면 울어버릴 것처럼 불안한 채로.

밤에는 꿈을 꿨다. 나는 미로처럼 길이 꼬인 숲을 달리고 있었다. 너무 달려서 다리가 터질 것처럼 당겼고 숨은 목까지 차올랐다. 그럼에도 멈추지 않고 계속 뛰었지만, 출구가 보이지 않아 불안하기만 했다. 거뭇하게 드리운 거목의 그림자들이 바람에 흔들리며 호젓함을 자아낸다. 달리면서도 계속 사방을 돌아보았지만 눈에 들어오는 거라곤 짙은 초목으로 덮인 담벼락뿐이다.

"전하!"

소리치고 나서야 나는 내가 찾고 있는 것이 출구가 아닌 루페르트라는 사실을 자각했다. 답은 돌아오지 않는다. 심장이 무섭도록 빠르게 쿵쿵 뛰었다.

"전하! 루페르트!"

내가 실제로 그를 이름으로 불렀다면 그는 당장 나를 질책했겠지만, 꿈속의 루페르트는 그러지 않았다. 그는 단지 흐느끼는 소리를 냈을 뿐이다. 죽어가는 작은 새처럼, 겨울을 이기지 못한 풀잎처럼, 소리조차 내지 못하고 죽어가는 수많은 연약한 것들처럼.

"끄……윽."

나는 소리가 나는 곳으로 당장 달려갔다. 미로에 갇힌 루페르트는 내 예상대로 울고 있었다. 그가 어찌나 처참하게 울고 있는지 나는 그가 '루페르트'라는 사실도 잊고 그에게 달려가고 말았다.

"울지 마, 아이야."

내가 작게 속삭이자 그는 간신히 고개를 끄덕였다.

"끅."

"괜찮아요, 전하. 울지 마세요."

우스운 일이다. 나는 루페르트가 우는 모습을 단 한 번도 본 적이 없는데 꿈속에서 그는 너무도 생생하게 울고 있었다. 내 손바닥을 적시는 눈물은 얼음장처럼 차갑다. 품에 안은 루페르트는 내가 그를 처음 만났을 때처럼 작고, 볼품없이 말라 있었다. 또 그는 눈물만이 아니라 온몸이 차가웠다. 마치 시체처럼. 나는 순간 섬뜩한 기분에 안고 있던 루페르트의 어깨를 잡아 세웠다.

"전하, 죽으시나요? 루페르트!"

"……네가 바라는 게 그건가?"

루페르트가 나직하게 묻는다. 책망하는 어조는 아니다. 그는 평소와 같이 무신경한 어투로 아무렇지 않게 물었을 뿐이다.

"전하?"

"네가, 내게 바라는 게 내 죽음이냐고."

"아니, 아니에요."

"넌 역시 거짓말을 못해."

그가 웃었다. 눈물이 채 마르지도 못한 젖은 뺨이 새하얗게 번졌다. 숲의 그림자가 루페르트를 발끝부터 삼키고 있었다. 변명하고 싶었지만, 이상하게도 입이 움직이지 않아 나를 벗어나는 루페르트를 잡지도 못했다.

"나는 그래도 상관 못 하지만."

그가 사라진다. 점점이 흩어지는 루페르트를 나는 멍청하게 바라만 보고 있었다.

"푸에취!"

아, 얼얼해.

코를 너무 풀었더니 콧등이 다 시큰거렸다. 나는 원래 튼튼한 체질도 아닌 데다 이 쌀쌀한 날씨에 연못에 뛰어들었으니 당연하게도 감기에 걸렸다. 토리가 나를 걱정해서 생강차며 닭고기 수프를 가져다주었지만, 입에 대는 척만 했다. 입안도 껄끄럽고, 무엇보다 미심쩍다.

그녀는 아무 일도 없었다는 듯 행동했지만, 그렇다고 나까지 아무렇지 않게 행동할 수 있는 건 아니었다. 나는 토리를 예전처럼 볼 수 없다. 나는 루페르트의 책상에 걸터앉아 뜨개질을 하는 그녀를 게슴츠레한 눈으로 바라보다 다시 콜록거렸다.

"콜록콜록."

"……."

"쿠에엥."

"시끄러워."

기침 몇 번까지는 참아주더니 코를 푸는 것까지는 도저히 못 봐주겠는지, 루페르트가 인상을 찌푸린다. 나를 성가셔하는 것이 너무도 분명한 얼굴이라 나는 조금 섭섭해졌다.

내가 누구 너구리 구해주려다 아픈 건데?

나는 괜히 그가 얄미워져서 내가 방해가 되는 것을 알았음에도 집무실을 떠나지 않기로 결심했다.

"제, 크웽, 가 아프고, 킁, 싶어서, 쿠웅, 아픈가요?"

"아프면 들어가 있지 왜 기어나오는데?"

"엣취! 전하 도와드리려, 킁, 고요!"

"도움 전혀 안 되고 있어, 너."

"쿠웅, 코 막혀서 안 들려요."

"……저게 진짜."

내가 새침하게 고개를 돌리자 루페르트의 눈썹이 하늘이라도 찌를 것처럼 올라간다. 사실 그는 말로만 이런다 저런다 하지, 내게 직접적인 위해를 가하는 법이 없어 별로 무섭지도 않다. ……고 생각했는데 어느새 자리에서 일어난 루페르트가 내게 저벅저벅 걸어왔다.

"왜, 왜요?"

그는 내 질문은 들은 척도 하지 않고 내 팔 밑에 손을 넣어 나를 들어 올렸다. 방구석에 얌체처럼 들러붙어 차만 홀짝거리는 꼴이 그 정도로 보기 싫었나.

"잘못했어요. 던지지 마세요."

"뭘 던져? 무거워서 끄는 것도 힘든데."

"쿠엥."

"더럽게 내 옆에서 코 풀지 마."

"크흥, 뭐라고요?"

코 푸는 척 루페르트의 말을 무시하는 건 제법 유용한 방법이다. 감기가 다 나으면 써먹을 수 없으리란 생각에 조금 아쉽기도 하다. 그는 나를 세차게 노려보다 소파에 던져버렸다.

"거기 자빠져 있어."

"푸엣취! 장부 정리해야죠."

"종이에 콧물 묻히지 말고 거기 있어라, 뒤지기 싫으면."

그의 협박이 조금씩 진심을 띠어가는 것 같아서 나는 고개를 끄덕이며 푹신한 소파에 몸을 묻었다. 벽난로가 가까워서 훈훈한 공기가 드러난 발목을 감싸준다. 내 몸 상태를 고려한 위치 선정인지는 모르겠지만, 나는 어쨌든 나를 쫓아내지 않는 루페르트를 향해 방긋 웃었다.

"따뜻해요. 쿵, 감사해요, 전하."

"너구리는 멀쩡한데 왜 네가 난리야?"

"짐승이랑 사람이랑 같나요?"

"그래, 걔가 낫지."

"전하 너구리 한 마리 구하려고, 엣치, 이렇게 된 건데, 크흥, 말 좀 예쁘게 해주시지."

제자리로 돌아가던 루페르트가 빙글 고개를 튼다. 그는 그제야 생각났다는 듯 다시 캐물었다.

"왜 구했어?"

너구리가 어떻게 연못에 빠졌느냐 하는 질문을 기대했는데, 그는 전혀 생뚱맞은 소릴 했다. 설마 내가 너구리를 해치려 했다고 생각해 유도신문을 하는 것인가 싶었지만, 나를 쳐다보는 루페르트의 얼굴은 여상했다. 평소와 같은 건조함. 그가 나를 물끄러미 바라보는 시선을 마주하며 나는 머뭇머뭇 입을 열었다.

"전하 너구리니까요."

"그러니까 내 걸 네가 왜 몸까지 해쳐가며 구하려고 했느냐고."

"없어지면 슬퍼하실 것 같아서요."

"내가?"

"소중하시잖아요. 애완동물도 정이 많이 들면 가족 같은 존재인데."

내 말에 루페르트의 얼굴이 일그러진다. 그는 찰나 무슨 표정을 지어야 할지 모르는 것처럼 보였다. 나는 그의 이해를 돕기 위해 사족을 덧붙였다.

"말했잖아요, 전하. 저는 가족이 제일 소중하다고요. 저는 만약 르한이나 아버지나 어머니가 다치거나 죽으면 너무너무 슬플 거예요."

사실 벨루아를 위한 사족이기도 했다. 루페르트가 만약 나의 안위에 신경 써주게 된다면, 그는 내 가족도 반드시 그 범주에 넣어야 했다.

"끔찍하게 슬플 거예요. 너무 마음이 아파서 세상이 무너지고 땅이 꺼지는 것처럼. 실제 세상이 얼마나 잘 굴러가든, 제 세상은 거기서 멈추고 말 거예요. 가슴이 찢어지는 것처럼 아플 것 같아요, 전하. 제 일상은 부서지고 모든 게 처참하게 침몰하겠죠."

그럴지도 모르는 게 아니라, 그랬다. 나는 사실 단두대로 끌려가며 안도하는 마음이 없지 않았다. 모든 게 끝이라는 생각이 들었으니까. 아버지와 어머니가 없는, 르한이 나보다 먼저 죽은 세상에서 더는 살아갈 자신이 없었다.

"……그런데. 나보고 뭘 어쩌라고."

"그러니까 전하도 너구리를 잃으시면 슬프실 거라고요."

내 대답을 듣지 못한 건지, 듣고 싶지 않았던 건지 책상 앞에 앉은 루페르트는 펜을 들었다. 사각사각. 종이에 깃펜 휘갈기는 소리가 한참 이어진다.

그게 루페르트가 나와 더는 대화하고 싶지 않다는 뜻 같아서 나는 소파에 누운 채로 장부를 펼쳐보았다. 일은 그리 어렵지 않다. 고르텐과 접점이 있는 귀족이나 상인들의 이름을 골라내는 일만 하면 되었으니.

"슬픈 게 무슨 기분인데?"

장부를 살피고 있는데 뒤늦게 루페르트의 목소리가 들려왔다. 나는 그가 슬픔이 무엇인지 모른다고 생각하지 않았기에 바로 대답하지 못했다. 짧은 침묵에 잠긴다. 루페르트는 나를 재촉하지 않고 여전히 펜을 놀리고 있었지만, 나는 어쩐지 그가 계속해서 내 대답을 기다리고 있는 것 같았다.

"마음이 막 가라앉는 것 같으면서 욱신거리고 그래요."

"그건 아픈 거 아닌가?"

"눈물도 막 나고요. 얼굴에 열도 오르고……. 말로 설명하니까 힘들어요. 전하도 슬퍼지면 아실 거예요."

"슬플 일이 없으면?"

"그럼 더 좋죠. 슬플 일 같은 건 없는 게 최고잖아요. 아니, 전하는 앞으로 그런 일 없으실 거예요. 행복하실 테니까."

"개소리."

나는 루페르트의 핀잔에 웃어버렸다. 개소리 맞다. 정말 내 말처럼 되었으면 좋겠는데, 그러지 못할까 봐 걱정이었으니. 때마침 토리가 뜨개질을 끝냈는지 목도리처럼 보이는 녹색 실뭉치를 들고 내게 달려왔다.

"라리! 이거 어때요?"

"토리가 뜬 거예요? 예쁘네요."

"이건 라리에트 선물이어요."

"어, 전 괜찮아요, 토리. 전하 드리세요."

"전하는 다른 색으로 만들고 있어요."

작게 중얼거리며 토리는 목도리를 직접 내 목에 둘러주었다. 목도리의 끝을 쥔 그녀의 손에 힘이 들어갈까 불안한 건 내가 과민하기 때문일까.

"아프지 말아요, 라리."

"……네, 고마워요. 따뜻하네요."

"따뜻하니까 이제 덜 아프죠?"

나는 떨떠름하게 고개를 끄덕이며 척 봐도 무척 엉성한 목도리를 매고 있었다. 토리가 활짝 웃으며 루페르트를 돌아본다.

"전하, 라리 이제 안 아프대요."

아니, 안 아프다고는 안 했는데.

"벤티볼트 대공이 숨긴 서류 있잖아요. 라리가 가져올 수 있지 않을까요?"

"예?"

"라리는 고귀한 귀족아가씨니까 말이어요. 대공도 그녀를 경계하진 않을 테니까요."

그렇죠, 라리?

토리가 나를 보며 다시 예쁘게 웃었다. 새하얀 이가 드러나며 볼우물이 함빡 들어가는 개구쟁이 같은 미소였다. 그녀는 그대로 몸을 숙여 내 이마에 자신의 이마를 맞대었다. 토리는 내 몸에는 손도 대지 않고 있었지만, 나는 어쩐지 그녀에게 사로잡힌 기분이 들어 숨을 참았다.

"전하께 당신을 바치겠다고 했잖아요, 라리에트."

그녀가 내게만 들리도록 속삭인다.

"전하께 꼭 필요한 서류예요. 라리밖에 가져올 수 있는 사람이 없어요. 못 하겠나요? 겁쟁이, 위선자, 말로만 전하를 섬기는 척힐 긴기요?"

나는 자꾸만 내게 얼굴을 붙이려는 토리를 밀어내고 몸을 일으켰다. 열 때문에 잠시 휘청했지만, 토리가 내게 저런 소리를 하도록 내버려둘 수는 없다. 그가 그런 말을 루페르트에게 속삭이도록 방치할 수 없으니까.

"갈게요."

"지금?"

내 말에 루페르트가 조금 당황한 얼굴로 반문한다. 나는 단호하게 고개를 끄덕였다.

"전하가 가지 말라고 해도 갈 거예요. 아멜리아 고모를 통해 방문하면 될 테니까요."

"아프다며."

"일하기 싫어서 뻥친 거예요."

"……."

"저 혼자 가도 괜찮다니까요?"

"가."

"그럼 그만 따라오셔야죠."

"내가 언제 따라왔는데?"

루페르트의 뻔뻔한 대답에 나는 기가 차 입을 벌렸다. 쥐 쫓는 고양이처럼 내가 그의 별궁에서 벗어난 이후로 나를 졸졸 따라오고 있는 주제에!

"그럼 지금 여기 왜 계신 건데요?"

"산책."

"……전하의 산책로가 별궁 밖으로 이어지는 줄은 몰랐네요."

"넌 네 갈 길이나 가."

그는 내 비꼬는 말에 대답할 필요도 없다는 듯 먼저 성큼성큼 걸어가 버렸다. 그새 키가 컸는지 발목이 드러나는 로브가 바람에 얄밉게 펄럭인다. 나는 일부러 그가 가는 반대쪽으로 몸을 틀었다.

벤티볼트 대공의 저택을 조금 에둘러 가게 됐지만, 처음으로 '나만' 할 수 있는 일을 수행하게 되었으니 루페르트의 도움 없이 혼자의 힘으로 멋지게 성공하고 싶었다. 그가 나를 못 미더워하는 것이 너무 분명해 기분이 상하기도 했고.

"야."

나를 따라오는 것이 아니라며 딴청까지 부렸으니 내가 돌아가면 자존심이 상해서라도 오지 않을 줄 알았는데, 그는 끈질기게 나를 뒤따라왔다. 나는 루페르트의 부름을 듣지 못한 척 서둘러 발을 옮겼다.

"야!"

정신은 멀쩡했지만, 열 때문에 시야가 흔들린다. 잠시 걸음을 멈추고 호흡을 고르는데 그 짧은 찰나에 거리를 좁힌 그가 내 팔뚝을 붙잡았다.

"왜 자꾸 따라오세요?"

"넌 길도 몰라? 왜 돌아가?"

"전하가 자꾸 따라오시니까요."

"젠장, 너 따라가는 거 아니라고 했지."

"방향도 바꿨는데 여기까지 오셔놓고선."

그 말에는 대답할 말이 없었는지 루페르트는 입을 꾹 다물어버렸다. 나는 무표정한 그의 얼굴을 마주하다 한숨을 내쉬었다.

"제가 그렇게 못 미더워요?"

"어."

루페르트가 그런 배려를 해줄 리 만무하지만, 적어도 한 번쯤은 그런 게 아니라 대답해주길 바랐는데. 그는 바로 고개를 끄덕였다. 나는 그 단호한 대답에 미간을 찡그리며 내 팔을 아직까지 붙잡고 있는 그를 쳐냈다.

"왜요? 저 여태 전하가 시키시는 일 실패한 적 없이 잘했잖아요."

"그건……."

"그건?"

루페르트의 대답을 기다렸지만, 그는 입술만 달싹일 뿐 말을 잇지는 않았다. 벤티볼트 대공의 서류를 빼오는 일은 상인들을 순진한 척 추궁하는 일과는 차원이 다르게 중요했고, 또 그만큼 어렵다는 것 정도는 나도 알고 있었다.

그래서 더 해내고 싶다. 토리의 말에 반박하고 싶기도 했고, 내 필요성을 그에게 증명해야 했으니까. 나는 말로만 루페르트를 위하는 척하고 싶은 게 아니다. 내가 그의 편이라고 그를 속이고 싶은 것 또한 아니다. 정말로 뼛속까지 루페르트의 편이 되어야 그도 나의 편이 되어줄 테니.

"저 잘할 수, 에취! 있어요. 돌아가주세요."

나름대로 늠름하고 의연한 모습을 보여주고 싶었는데, 재채기가 나오는 바람에 내가 의도한 만큼 믿음직스럽게 보이진 않았나 보다. 루페르트는 조금 언짢은 얼굴로 나를 내려다보더니 신경질적으로 뒷머리를 흐트러뜨렸다.

"킁."

"너, 이번 일 잘못되면 내 선에서 해결 못 해."

"알, 엣취! 아요."

"잡혀서 대공이 널 첩자로 몰아가도 안 도와줘."

"괜찮아요. 안 걸릴 거니까."

내가 그에게 신뢰를 주기 위해 씩 웃으며 대답하자 그는 인상을 푸는 대신 혀를 끌끌 차며 고개를 저었다.

"……머저리 같은 게."

"그런 제 손이라도 필요하시잖아요."

루페르트는 그제야 나를 붙잡고 있던 손을 놓았다. 나는 그가 나를 놓아주자마자 후다닥 물러나 거리를 벌렸다.

"다녀올게요."

다녀오라는 다정한 대답은 돌아오지 않았지만, 그는 대신 작게 고개를 끄덕였다. 나는 그 대답에 족해 웃고 말았다. 그래, 다녀오겠다는 말에 오지 말라고 안 하는 게 어디야.

루페르트와 실랑이를 벌이는 사이 머리에 올랐던 열도 조금 식었다. 그를 따돌리느라 길을 빙 돌았기 때문인지, 대공의 저택에 도착했을 무렵에는 제법 맑은 정신을 되찾을 수 있었다. 아멜리아 고모의 수도저택보다도 거대한 대공가의 위용 앞에 기가 조금 죽는다.

황족의 저택이었으니 당연하게도 그 화려함이 어마어마했다. 붉은 궁보다도 더 새빨간 벽돌로 높게 세운 첨탑을 흘깃 본 나는 토리가 준 저택 내부도를 펼쳐보았다. 루페르트가 심어둔 밀정이 가져온 정보에 의하면, 내가 가져와야 하는 서류는 저 첨탑에 보관되어 있다고 했다.

대공이 오만한 탓인지, 우습게도 그 중요한 서류를 보관하는 첨탑은 손님들에게 내주는 객용 건물이었다. 아멜리아 고모의 손님으로 초대되기만 할 수 있다면 첨탑에 접근하기란 어렵지 않으리라. 그녀에게 무슨 핑계를 댈 수 있을까 고민하던 나는 내 뺨을 세게 내리쳤다.

"아우, 아파."

손힘이 모자란 탓인지 한 번으로는 티도 나지 않을 것 같아 연신 내려치니 입안에서 비릿한 피 맛이 난다. 누가 보면 미친 사람이라고 혀라도 찰 만한 광경이었지만, 다행히 근처에는 개미 한 마리 보이지 않았다. 나는 뺨에 그치지 않고 팔다리를 주먹으로 내리쳤다. 피부가 약해 금방 달아오른다.

"후우."

담벼락에 몸까지 던져가며 옷을 뜯고 잘 묶어놓았던 머리까지 흐트러뜨리니 영락없이 어디서 흠씬 맞고 온 거지꼴이 완성되었다. 거울을 들고 오지 않아 얼굴은 확인할 수 없었지만, 내 모습이 만족스러워 나는 입가를 씰룩이며 저택의 종을 울렸다.

아, 표정관리! 제가 성심성의껏 모신 주인한테 맞고 왔는데 웃고 있으면 머리까지 다친 줄 알 테니까.

내 꼴이 영 아니긴 한가 보다. 문지기도 나를 거들떠보지 않는다. 시녀들이 쓰는 마차라도 타고 올 것을 그랬나. 그는 내가 종을 두 번 더 울리고 나서야 귀찮다는 듯 나를 돌아보았다.

"방문 이유."

"아멜리아 벨루아의 객이랍니다."

"신분증."

그의 무뚝뚝한 요구에 나는 품에서 얼룩덜룩한 드레스와 상반될 만큼 반질반질 윤이 나는 목걸이를 꺼내 보였다. 전나무를 확인한 문지기의 낯이 하얗게 질린다. 나는 서둘러 허리를 숙이는 그를 말리며 안으로 들어섰다. 다리를 내 생각보다 세게 때렸는지 루페르트의 별궁 정원보다도 널따란 저택의 정원이 원망스럽게 느껴진다.

"……라리?"

저택 현관까지는 언제 걸어가나 걱정하며 서 있는데 다행스럽게도 아멜리아 고모는 정원에 계셨다. 직접 정원을 돌보는지 그녀의 고운 손에는 큰 가위가 들려 있다. 첩에게 저택 정원을 맡길 정도라면, 대공의 애정이 대단하긴 한 모양이다. 나는 당황한 그녀에게 달려가 쓰러지듯 엎어졌다.

"저, 저 좀 도와주세요, 고모."

"무슨 일이니? 꼴은 또 왜 이래?"

"라페르트 전하는 제정신이 아니세요! 황제 폐하도 마찬가지예요. 그 사람들!"

"일단 들어가서 얘기해주렴. 듣는 귀가 많아."

고모는 마치 내가 찾아올 것을 예상이라도 했다는 양 고개를 끄덕이며 나를 부축했다. 그녀는 내게 미묘하게 차가웠지만, 내가 아버지의 딸인 이상 아예 냉대하지는 못할 것이다. 고모와 하녀의 손에 이끌려 응접실에 앉혀진 나는 굳은 그녀와 눈을 마주치며 입을 열었다.

"전하께 밉보이고 말았어요. 폐하, 폐하의 상태가…… 고모, 그는……."

"미쳤지. 알고 있단다."

고모가 에바, 황후의 이야기까지 모조리 알고 있으리란 내 짐작대로 그녀는 놀라지도 않고 내 말을 끊었다.

"그래서? 무슨 일이 있었는데?"

"보지 말아야 할 것을 보았어요. 라페르트 전하의 출신을 알게 되었다고요. 제가 절대로 말하지 않겠다 빌었는데 손속이 워낙 잔인하셔서……."

"알 만해. 그 천한 핏줄 본성이 어디 가겠니?"

고모는 코웃음을 치며 부채를 흔들어 하녀를 불렀다.

"내 조카야. 잘 씻기고 치료 잘해서 방 하나 내주렴. 대공께는 내가 말씀드릴 거니까."

"예, 레이디 벨루아."

"몸 나을 때까지 여기 있다가 벨루아로 돌아가든가, 아직도 미련이 남았으면 나나 도우렴. 말했잖아? 라페르트는 오래 살지 못할 거라고."

그녀의 냉정한 목소리에 나는 움찔하며 고개를 숙였다. 루페르트가 오래 살지 못하리란 고모의 확신은 어디에서 오는 것일까.

"그래도 입조심할 필요는 있을 거란다. 대공께서 아직 준비를 다 끝마치신 게 아니거든."

그녀가 눈을 찡긋하며 장난스레 덧붙였다. 대공이 반역을 준비하고 있다는 것쯤은 나도 알고 있었지만, 그녀의 태도는 그가 이미 황좌에 앉아 있는 양 당당하다.

그녀의 오만한 확신에 웃음을 터뜨릴 뻔했다. 나도 저리 누군가를 맹목적으로 믿었던 때가 있었으니까. 그녀가 대공이 자신을 지켜주리라 믿는 것처럼, 나도 아버지가 나를 지켜주시리라 믿었다.

"그런가요."

고모의 순진한 맹목을 비웃으면서도 나는 그녀의 말에 동의하는 양 고개를 끄덕였다. 나는 더는 누군가가 나를 지켜줄 것이라 기대하지 못하니까.

루페르트는 방을 나서는 라리에트를 말리지 않았다. 하얗게 질린 얼굴에서 그녀가 아프지 않다는 말이 거짓임을 알 수 있었지만, 아프니 가지 않아도 좋다는 말은 목에 가시처럼 걸려 나오지 않았다. 아주 기묘한 느낌이었다. 지금 그녀를 말리면, 아슬아슬하게 지켜오던 무언가를 잃을 것 같았다.

말릴 구실도 없다. 토리의 말대로 대공의 집에 그나마 들어갈 기회라도 있는 사람은 라리에트뿐이니까. 루페르트가 밀정을 아무리 심어보아도 대공이 서류를 숨기는 장소를 알아내는 것이 한계였다. 그는 능구렁이처럼 루페르트가 놓은 덫을 솜씨 좋게 빠져나갔고, 당연하게도 수확이 0에 수렴하는 상황이니 그녀를 보내는 것이 최선책이다. 떨떠름한 심정은 차치하더라도 말이다.

"왜 억지로 보내?"

그럴 의도는 아니었는데 말투가 조금 까칠하게 나왔다. 루페르트는 천천히 고개를 트는 토리를 바라보다 한숨을 내쉬었다. 그녀가 이런 식으로 의견을 내는 일은 처음이다. 그녀는 루페르트의 정치적인 활동에 개입하지 않았고, 개입해서도 안 된다.

답을 기다렸지만 토리는 그를 바라보며 말없이 서 있을 뿐이다. 그가 대답을 촉구하듯 인상을 찡그리자 그녀는 그제야 입술을 삐죽이더니 고개를 홱 돌렸다. 작은 어깨로 한숨 같은 부름이 내려앉는다.

"토리."

"제 이름 부르지 마시어요."

"도대체 뭐가 문제인데?"

"문제가 뭐긴요? 전하가 아둔하신 게 문제지요."

토리의 날카로운 말에 루페르트는 기가 차 웃었다. 그러나 화가 나지는 않는다. 그는 그녀에게 성을 낸 적이 없다.

"아둔해?"

"네."

"그래, 내가 잘못했어. 뭐 때문에 그러느냐고."

"이유 같은 거 없어요. 그냥 라리가 필요한 일인 것 같아서 말한 것뿐이에요."

"정말 그게 다야?"

순간 토리의 얼굴에서 표정이 사라졌다. 그녀는 질린 낯으로 비명이라도 지를 듯 입을 크게 벌렸다.

"저를 믿지 않으셔요?"

그녀는 화난 얼굴로 바닥을 발로 쿵쿵 찧으며 그에게 다가왔다. 루페르트의 손바닥으로도 가려질 작은 얼굴에는 그와 비슷한 색감의 눈이 또렷이 박혀 있다. 그는 아직 여물지 않은 꽃망울 같은 얼굴을 손으로 담았다.

"믿어."

루페르트가 다독이듯 하는 말에 토리는 서서히 진정했다.

빗자루처럼 거친 금발을 묶고 있는 주홍색 리본을 발견한 그는 잠시 말을 잃었다. 토리는 외양을 가꾸는 데 관심이 없었다. 가늘지만 부드러워 보이는 머리카락을 리본 따위로 단장하는 사람은 이 별궁에 라리에트뿐이다. 아, 심장을 쿡 찌르는 바늘 같은 깨달음에 절로 한숨이 나온다.

부러운가?

그들은 거울처럼 닮았던 때도 있었다. 손을 잡고 마주 보고 있노라면 누가 누구인지 구분이 가지 않을 정도로. 하지만 루페르트는 자라지 못하는 그녀를 버려둔 채 홀로 성장 중이다. 그래도 괜찮은 줄 알았는데 아니었나.

자신이 눈길 두지 않는 곳을 바라보는 라리에트가 신기하듯, 토리에게도 그녀가 다르게 보이나 보다. 괜히 들였나. 뒤늦게 후회가 찾아온다. 신기해서 내버려둔 것이 실수였다.

그는 조금 머뭇거리다 멋쩍게 눈썹을 올리며 입을 열었다.

"오지 못하게 해?"

"전하가 그러실 필요는 없어요."

토리의 대답은 생각보다 냉정했다. 그럴 필요가 없다. 루페르트도 알고 있다. 라리에트는 어리석고, 몸을 단련한 것도 아닌 평범한 계집이다. 그녀가 대공에게 들키지 않는다면 그건 하늘이 그녀를 한 번이 아니라 두세 번 정도 도왔을 경우이리라.

"걔가 미워?"

"네."

"왜?"

"제가 다르다는 걸 알게 해요, 라리는."

다르다. 남들과.

태생이, 그리고 살아남는 과정이 보통의 인간답지 않다. 루페르트와 토리는 그 점에서 동지였다. 그래서 그들은 달라도 다른 줄을 몰랐다. 서로의 세상에 둘밖에 없었으니까. 라리에트는 그런 그들에게 저 반대 세상의 조각을 가져다주었다.

사랑을 받고 자란 아이의 발그레한 뺨 같은 온기, 웃음, 들꽃을 보고도 예쁘다 하는 사사로운 여유를. 어딘가 이상해 보이던 그녀는, 결국 존재만으로도 토리의 마음을 아프게 했다. 비정상인 사람은 그녀가 아닌 토리였음을 깨닫게 했다.

루페르트는 그런 그녀의 감정을 이해했다. 그러나 라리에트가 밉지는 않다. 그 멍청한 웃음이 부럽지는 않아도 거슬리지 않는다. 그저 궁금했다. 과학자의 호승심으로, 알고 싶었다. 너는 어떤 원리로 작동하는지.

그가 알고 있는 인간을 움직이는 방법은 아주 간단했다. 욕망을 자극하면 된다. 눈앞에 대고 원하는 것을 흔들며 애태우면 그들은 그의 뜻대로 움직였다.

라리에트는 달랐다. 그는 그녀가 무엇을 원하는지 알 수 없었다. 아니, 원하는 이유를 알 수 없었다. 제 편이 되고자 하는 이유. 그래서 먹음직스러워도 그녀를 삼키지 못하는 것이다. 위험하니까. 어떤 독이 숨겨져 있을지 모른다. 그럼에도 다시, 궁금해졌다.

루페르트는 문득 연금술사들이 그토록 목을 매고 찾는 진리를 그녀를 이해한다면 가질 수 있을까 고민했다. 세상의 진리, 사물의 이치. 인간은 왜 같은 것을 보고도 같은 것을 느끼지 못하는 걸까?

라리에트가 보는 들꽃과 그가 바라보는 들꽃이 다른 꽃이 아닐 텐데, 왜 그 들꽃은 유독 라리에트에게만 아름다워 보이는 걸까. 그 이유가 궁금해져 그녀를 들여다보는 일이 습관이 되었다. 타성처럼 그녀의 시야를 탐하다 눈을 질끈 감았다.

알면 안 된다. 그녀를 전부 이해하게 되면, 모든 것이 끝날 것만 같다. 그러니 토리의 뜻대로 여기에서 멈추는 것이 맞을지도 모른다. 대공이 비밀리에 준비하는 것이 무엇인지만 알게 되면 내쳐야지. 루페르트는 혼자 고개를 주억거리다 웃었다.

그는 토리와도 달랐다. 토리는 라리에트처럼 되고 싶어 하지만, 그는 그녀를 가지고 싶었다. 손에 쥐고 들여다보며 이해하고 싶어졌다. 왜 그런 식으로 웃는지, 왜 제게 달려드는지. 황제가 그의 어머니에게 했듯 옭아매고 싶은 것이 아니라, 그저 먼 데서 바라만 봐도 괜찮을 성싶다. 그게 무척 위험한 일이란 것을 알면서도, 그는 라리에트가 삼킨 마지막 흑요석을 발동시켰다.

그녀는 황궁보다도 화려한 분홍색 방 안에서, 눈이 아플 정도로 눈부신 보석들이 촘촘히 박힌 소파를 바라보고 있었다. 눈꺼풀이 가볍게 감겼다 뜨인다. 그녀는 긴장 어린 몸짓으로 방 안을 서성이다 문이 열리자 바로 앉았다.

고모는 분명 손님을 잔뜩 들여 연회를 열기를 좋아하는 성품일 텐데도 안내된 첨탑은 조용했다. 이 넓은 저택에 객이 고작 나뿐인 것 같다. 덕분에 나는 다섯 개의 손님방 중에서 가장 넓고 화려한 곳을 배정받았다. 나이 지긋한 사용인이 방을 나가고 나서야 나는 참았던 숨을 내뱉었다.

긴장하지 마, 라리. 괜찮아.

작게 속삭여보지만 무용지물이다. 열에 들뜬 머리보다 쿵쾅거리는 가슴 쪽이 더 문제였다. 대공이 숨겨둔 문서는 도대체 어디에 있을까? 그가 나의 목적을 알아채면 어떡하나 하는 작은 불안은 두려움이 되었다.

첩자는 정말 아무나 하는 일이 아니구나.

그러나 나는 내가 이미 루페르트를 기만하는 첩자라는 사실에 비실 웃었다. 그는 내가 걱정이라도 되는 것처럼 문 앞까지 졸졸 따라왔었다. 정말로 걱정해주는 것일지도 모른다. 그런 생각이 들면 마음이 무거워진다.

나는 고개를 젓다가 푹신한 깃털로 가득 채운 베개에 얼굴을 묻었다.

꼼꼼하게 외운 저택의 내부설계도를 떠올린다. 첨탑에 방이 몇 개인지, 어디에 위치했는지는 정확히 알지만 '서류는 첨탑 어딘가에 보관되어 있다', 루페르트의 밀정이 가져다준 정보는 그게 다였다.

가장 안전한 꼭대기에 위치한 방에 숨겼을 확률이 높지만, 대공이 그런 뻔한 짓을 했을 리 없다는 생각도 들었다. 들킬 염려가 있는 종이 대신 머릿속에 경비병의 교대시간, 위치 따위를 그려넣던 나는 정갈하게 울리는 문소리에 고개를 틀었다.

"아가씨, 레이디 벨루아께서 저녁을 함께 들길 원하십니다."

"아, 내려갈게요. 고마워요."

대공도 있을까? 문득 그를 떠올려봤지만, 생각이 나지 않았다. 그는 내게 역사에 기록된 평면적인 인물일 뿐이었다. 그의 비참한 말로를 고모에 대한 생각과 함께 되짚어볼 뿐, 그가 어떤 인물이었는지는 전혀 몰랐다. 형제인 황제를 닮았다면 무척 거칠 것이다.

그는 마치 내 궁금증을 해결해주기로 마음먹은 것처럼 사용인의 안내를 받아 도착한 다이닝홀에서 아멜리아 고모와 함께 나를 기다리고 있었다. 기대했던 것보다 훨씬 유약한 인상의 남자였다. 골격이 드러나는 마른 몸에 가느다란 수염, 반역과는 거리가 멀어 보인다. 황제와 닮은 데 없는 딱딱한 얼굴의 그에게 뱀처럼 달라붙어 있던 고모가 환하게 웃으며 나를 맞았다.

"왔니? 인사하렴, 벤티볼트 대공이시란다."

교태로운 미소를 짓는 그녀는 마치 고급창부 같았다. 윗가슴이 훤히 드러나는 그녀의 차림이 민망해 눈을 내리깐 나는 드레스를 살짝 들며 인사를 건넸다.

"라리에트 이사벨 드 벨루아, 대공작님을 뵙습니다. 갑작스러운 방문을 허락해주셔서 감사합니다."

"……반갑소."

마른 몸에 어울리는, 가는 목소리였다. 나는 무례해 보이지 않기 위해 노력하며 그를 조심스레 관찰했다. 반역을 일으킨 자이니 욕망에 번들거리는 눈이라도 하고 있을 줄 알았는데, 외려 수도승이라고 해도 믿을 정도로 무심해 보였다.

대공은 말수가 없는 편인지 식사 내내 침묵으로 일관했고, 나는 행여 실수라도 할까 입을 다물고 있었기 때문에 아멜리아 고모 혼자 허공에 대고 떠드는 것처럼 보였다.

"벤, 이것 좀 먹어봐요. 내가 특별히 신경 써서 만들라고 지시한 요리랍니다."

저녁식사와 함께 나온 와인에 취기가 살짝 오른 듯 그녀는 소녀처럼 발그레한 뺨을 하고 대공의 볼에 입을 맞췄다. 손님인 나를 향한 무례라면 무례였지만, 그녀가 정말 사랑에 빠진 여인처럼 행복해 보여 기분이 상하지는 않았다. 역사의 뒷면을 또 하나 알았다. 아멜리아 벨루아는 벤티볼트 대공을 사랑했다. 그가 가진 권력만을 원해서가 아니라, 마음으로.

대공은 고모의 애정표현에 무심했지만, 그녀를 피하는 기색은 아니다. 그녀의 일방적인 애정일까 하던 나의 고민은 그가 담담하게 고모의 손등에 손을 얹는 순간에 끝나버렸다. 그들이 반역자가 아닌 평범한 연인처럼 보여 기분이 이상해진다. 나는 수줍게 빛나는 고모의 눈을 피해 고개를 내렸다.

고모가, 웃었다.

벨루아와 어울리지 않는다고 생각했던 화려한 그녀의 진짜 미소는 예상외로 수수하기만 했다. 그녀의 옷차림과 대비되는 순수한 웃음이 뚜렷하다. 그 미소는 저택 첨탑을 이 잡듯 뒤지는 내내 나를 괴롭혔다.

깊은 밤 안개 속을 걷는 기분이었다. 나는 아무것도 알지 못한 채, 또는 알고 싶지 않은 채로 대공저의 첨탑을 뒤지고 다녔다. 소득이 없는 것은 아니었다. 첨탑을 그다지 열심히 살펴보지도 않았던 불성실한 첩자행의 나흘날, 나는 대공의 금고를 발견했다.

대공의 금고는 꼭 보란 듯이 첨탑 꼭대기에 위치한 방에 자리를 잡고 있었다. 저 금고를 발견하지 못한다면 눈뜬장님이나 마찬가지이리라. 그 존재를 숨기지도 않는 당당한 모양새에 웃음이 나왔다. 대공은 나를 시험하는 걸까, 아니면 다른 누군가를 시험하는 걸까?

그리 튼튼해 보이지 않는 금고는 내가 들어가고도 남을 정도로 커다랬다. 소중하고 비밀스러운 무언가를 보관하기보다는 아무 잡동사니를 쑤셔넣을 법한 모양새다. 나는 장식 없이 매끈한 철로 된 금고의 윗면을 손으로 쓸어본 뒤 방을 빠져나왔다.

금고를 열 방법을 생각해야 한다. 그 커다란 금고 안에 대공이 보물처럼 여길 기밀서류들이 들어 있을지는 의문스러웠지만, 서류의 존재 유무는 내게는 그리 중요하지 않았다.

대공저에 들어와 첩자 아닌 첩자 노릇을 하는 것은 토리가 내준 일종의 시험이다. 문득, 그녀의 악의 깃든 눈빛이 생각났다. 평소의 순한 초식동물 같은 눈이 아닌, 아무런 감정을 담지 않은 냉한 눈.

그런 눈을 한 토리는 루페르트와 놀라울 정도로 닮아 있었다. 마음이 시릴 정도로 차갑다, 그 눈은. 내가 아무리 매달려도 별 소용이 없을 것처럼.

"전하, 저 버리지 마세요."

손님방으로 돌아온 나는 침대에 몸을 묻으며 조용히 중얼거렸다. 버리지 마세요. 웃음이 비실비실 나오는 말이다. 춥다. 르한이 보고 싶어졌다.

뜻 모를 아버지의 의중도 무서웠고, 다가올 미래도 무섭고, 고모도 대공도 루페르트도 다 무서웠다. 가장 무서운 건 나 자신이다. 나의 나약함. 시간을 거슬러 올라왔어도 도무지 성장할 기미가 보이지 않는 스스로에 대한 무력함.

버리지 말아달라니.

철천지원수에게 하는 말 치고는 너무도 부끄러운 거 아닌가. 하나 방법이 없어 나는 그 말만 작게 웅얼거렸다. 나를 버리지 않으면, 저도 전하를 버리지 않을게요. 루페르트가 듣지 못했을까 몇 번이고.

금고의 잠금장치는 흔한 열쇠 자물쇠가 아닌 비밀번호를 조합해 여는 방식이다. 금고 자체를 훔쳐 달아날 수 있을까? 장정 셋은 필요할 일이었다. 금고가 너무 커서 눈에 띌 테니까. 아, 총. 총으로 장치를 쏘아버리면 열릴지도 모른다. 루페르트의 엽총이라도 가지고 나올걸. 작은 후회가 들었지만 고모가 갑작스레 들이닥친 나의 짐을 뒤지지 않았을 리 없다.

어쩌지? 숨이 막혔지만 나는 애써 호흡을 가다듬었다. 숫자들이 촘촘히 박힌 동그란 원형 자물쇠는 숫자 세 개를 조합해 여는 방식이다. 암호를 썼을까? 루페르트가 즉위할 무렵 월레탄의 장교가 제국식 암호문을 발표했던 것 같기도 하다.

기억을 가다듬었다. 내가 듣고 잊어버린 무수한 미래의 기억들 중에 역모로 죽은 대공에 대한 정보가 있을 수도 있으니까. 그가 왜 역모로 몰렸었지? 증거……, 증거가 있었을 텐데.

그 시절 반역으로 몰려 죽은 귀족이 너무나 많아 헤아리기 어려웠다. 대공은 황위에 가까운 신분 덕에 더 쉬이 역모를 도모했다고 몰렸으리라. 하나 증거 없이 황족을 처분하기란 아무리 막가는 루페르트였더라도 어려웠을 것이다.

"하……."

나는 그날 뜬눈으로 밤을 지새웠다. 고모를 떠보면 무언가 나올지도 모른다는 생각에 동이 트자마자 몸을 일으켰다. 그녀에게 조금 더 친근하게 굴 필요가 있다. 저택에 머무르면서 그녀가 나에 대한 경계를 아주 조금 푼 것 같기는 했지만, 그 정도로는 모자라다.

아멜리아 고모는 생각보다 부지런한 사람이라 이른 시간에 일어나 정원을 산책했다. 그녀가 어머니에 대해 기본적인 호감은 있는 듯했기에 나는 일부러 어머니가 입었을 법한 스타일의 단아한 드레스 차림으로 정원으로 나섰다. 예상했던 것처럼 고모는 화려하게 치장한 채 장미에 코를 묻고 있었다. 그녀는 빨간 꽃과 매우 어울렸다.

"고모."

"일찍 일어났네?"

"잠이 잘 안 와서요. 일찍 일어나셨네요."

"장미는 새벽에 가장 향기가 진한 꽃이거든. 난 이 향기를 맡아야 하루를 이겨낼 힘이 나."

그녀의 말에 나는 새벽이슬을 잔뜩 머금은 장미에 코를 가까이했다. 슬그머니 피어나는 향기는 강했지만, 인공적이지 않아 머리가 아프지는 않았다. 외려 마음이 차분히 가라앉는다.

"그러네요. 향이 좋아요."

나는 옅게 웃으며 그녀가 장미덤불 옆에 내려놓은 장식용 지팡이를 집어 들었다.

"산책, 같이 해도 괜찮을까요?"

"……그럴래?"

고모는 조금 떨떠름한 얼굴이었으나 내 동행을 막지 않았다. 그녀는 침묵을 참지 못하는 성격인지, 내가 입을 다물고 있으면 어떻게든 말을 늘어놓았다. 영양가 없는 잡담 끝에 우리는 정원 중앙에 자리한 분수에 다다랐다. 본가에 있는 것과 비슷해 나는 의아해졌다.

"남부식인가요?"

"굳이 따지자면. 벨루아에 있는 저택에 있는 것과 똑같은 거야."

"그게 왜 대공저에 있나요?"

"대공이 날 사랑하시니까. 그리고 나는 벨루아를 사랑하지."

그녀의 목소리에는 확신이 가득했다. 아주 오래전에 벨루아를 뛰쳐나와 수도로 온 주제에 벨루아를 사랑한다니. 나는 입을 삐죽이고 싶었지만, 벨루아에서 도망치듯 빠져나온 것은 나도 마찬가지였다.

"벨루아가 좋으세요?"

"내 말을 안 믿니?"

"아니요, 그런 게 아니라……."

"오라버니와 나는 같은 것을 다른 방식으로 지키고자 할 뿐이야."

나는 작게 입술을 달싹였다. 아버지가 아는 모든 것을 고모도 아는 걸까? 그래서 루페르트는 희망이 없다 하는가?

"첨탑 꼭대기에 있는 금고, 본 적 있니?"

나는 그녀의 뜬금없는 질문에 답할 말을 찾기 위해 눈을 굴렸다. 저택 구경을 핑계 삼아 돌아다녔으니, 그 금고를 보지 않았다는 대답이 더 의심스러울 수도 있다.

"네. 너무 커서 금고 같지 않은 금고였어요."

"시험해보렴."

"……네?"

"열어보란 말이야."

"무슨 말씀이신지 잘 모르겠어요."

당황스러워 숨이 막힐 지경이다. 내 목적이 금고에 있다는 걸 알고 있던 걸까? 그녀는 내 굳은 얼굴에 더는 참지 못하겠다는 듯 깔깔 웃었다. 장미처럼 환한, 붉은, 정원에 번지듯 퍼져나가는 웃음이었다.

"너는 말이야, 뻐꾸기새끼 주제에 오라버니와 너무 닮았어."

"……."

"연기를 못하는구나, 너도."

뻐꾸기. 고모는 전에도 나를 두고 그런 말을 했었다.

"무슨…….."

"비밀번호는 암호야. 대공이 가장 소중히 여기는 이의 이름으로 된."

"고모인가요?"

"글쎄, 열어본 적은 없어서. 내겐 필요 없는 보물이니까. 네가 마냥 멍청하지만은 않는다는 걸 증명하면, 대공께서 나를 봐서라도 널 거둬 들일지도 모르지."

"저는 줄타기를 하고 싶은 게 아니에요."

"라리에트, 나는 이래 보여도 너를 꽤 연민한단다."

그녀는 나를 정말 측은해하는 것처럼 눈꼬리를 내리며 내 뺨에 양손을 올렸다. 암호를 풀면 대공이 나를 거두어줄 것이라고? 궤변이다. 대공이 무언가를 지키기 위해 만든 암호를 풀어버린다고 그가 나를 예뻐할 리 없다.

"풀지 못하면요?"

"쓸모가 없으니 버림받겠지. 네 주인에게도, 대공에게도."

나는 대공의 손길을 바라는 게 아니다. 루페르트가 이 대화를 듣고 있을까? 아직 너무 이른 시간이다. 자고 있을지도 모른다. 자신이 없어서 막막해진다. 그가 나를 버리고 싶어 할 것만 같았다.

대공저에 들어온 후로 루페르트와 나를 연결하는 흑요석이 제대로 작동하고 있는지 아닌지 알 방법이 없었다. 그가 내게 말을 거는 법도 없었고, 그가 보는 광경이 내게 흘러들어온 적도 없었으니까. 내가 한 말을 모조리 들었을까? 고모의 협박 비슷했던 대화는?

초조한 시간만 흘러 또다시 밤. 낮과 밤이 상관있는 문제겠냐마는, 뭐라도 빨리 해내야 할 것만 같은 마음이 되어버렸다. 첩자들은 왜 밤에만 움직여서 나를 초조하게 만드는 걸까?

붐비는 일이 없는 저택은 낮에도 조용했지만, 밤에는 정말 사람이 살지 않는 곳처럼 고요했다. 대공의 성정을 반영하는 것이리라. 루페르트가 사는 별궁이 죽은 성처럼 쓸쓸하듯이.

흉포한 황제의 동생은 속을 알 수 없이 고요한 호수 같기만 했다. 그들이 형제라는 사실이 믿기지 않았다. 대공은 황제의 광기를 알고 있을까? 윌레탄에서 본인의 의지라고는 손톱만큼도 없이 연행되듯 끌려온 황후에게 미쳐 있다는 사실을 알기에 반역을 꿈꾸는 것인가. 그에게 가장 소중한 사람이란 누굴까?

아멜리아.

나는 암호를 풀기 위해 고모의 이름을 종이에 적었다. 아멜리아, 벨루아. 적국의 장교가 잦은 전쟁의 기록을 연구해 풀어낸 제국식 암호는 철자를 숫자로 바꾸어 여섯 칸, 네 칸, 그리고 두 칸을 반복해서 건너뛰게 만드는 방식이었다.

윌레탄의 장교가 연구한 기록이 어느 전쟁, 내란인지가 기억나지 않는 게 문제였다. 사실 암호문이 발표된 시기가 루페르트의 난폭한 숙청 전인지 뒤인지도 잘 모르겠다. 대공이 쓰는 암호도 이 식이었을까.

어찌 됐든 내게는 달리 방도가 없다. 고모는 내 속을 들여다보는 양 눈치가 빨랐고, 루페르트와는 연락이 되지 않았으니까. 문득 그가 나를 이곳에 들여보낸 것 자체가 나를 버리려는 의도는 아니었을까 하는 두려움이 나를 잠식했다. 토리가 나를 버리고자 했었을 테니.

"바보 같아."

욕이 치밀어오른다. 속에 삭힌 불처럼. 도대체 무엇을 해야 하는지 알 수 없었다. 금고를 연 후 무사히 이곳을 빠져나갈 방도도 없지만, 그렇다고 열지 않는다면 토리는 나를 의심하리라.

너구리를 죽이려던 그녀가 생각났다. 내가 그녀에겐 너구리와 비슷한 존재인 모양이다. 나의 어떤 점이 그녀에게 위협적으로 다가왔을까?

"전하."

대답은 들리지 않는다. 나는 공연히 입을 삐죽이며 벽을 향해 소리쳤다.

"바보 멍청이."

죽을래, 하는 대답이 돌아오길 바랐지만 여전한 침묵에 기분이 나빠졌다. 내가 누구 때문에 이런 위험한 호랑이굴에 들어왔는데! 아니, 사실 가장 위험한 호랑이굴은 루페르트의 별궁이지만.

"뭉개진 만두처럼 생긴 전하, 못됐어."

나는 루페르트가 내 상황을 전혀 보고 있지 않다는 확신에 작게 한숨을 내쉬었다. 그래, 금고나 털자. 시도라도 해봐야 변명거리라도 생기지 않겠는가. 고모는 나를 연민한다 했으니 최악의 상황까지 가더라도 죽이지는 않겠지.

잘 짜인 함정처럼 꼭대기로 올라가는 길에는 개미새끼 한 마리도 보이지 않았다. 나는 너무도 순조롭게 금고 앞에 다다랐다. 달빛이 훤히 비추는 밤이라 램프도 필요하지 않았다.

A - M - E - L - I - A

1 - 14 - 5 - 12 - 9 - 1

1, 12, 1

12는 암호가 될 수 없으니 다른 숫자로 치환해야 한다. 고모의 이름이 아닌 걸까. 모든 숫자의 조합을 시도해볼 시간은 없었다. 경비가 삼엄하지는 않았지만, 자꾸 뒤를 돌아보게 된다. 바람 소리만 나도 심장이 덜컹 가라앉아 나는 문에서 바로 보이지 않는 구석을 찾아 쪼그려 앉았다.

대공에게 가장 소중한 이가 고모가 아니거나, 제국식 암호를 쓰지 않았을 수도 있다. 대공이 제국식 암호를 쓰지 않았다면 내가 저 금고를 열기란 불가능했다. 막막해 마른세수를 하고 벨루아를 숫자로 바꾸어 시도해보았다. 꿈쩍도 않는 자물쇠가 얄미워 노려보고 다시 한 번. 쇳소리를 내며 숫자들을 집어삼킨 자물쇠는 요지부동이다.

"하아."

무엇도 먹히지 않자 나는 될 대로 되라는 심보로 아무 숫자나 집어넣기 시작했다. 간간이 주먹으로 금고를 내려치기도 했지만, 내 손만 아플 뿐이다.

나는 혹시 고모를 지칭하는 다른 이름이 암호인가 싶어서 그녀의 아명이 무엇인지 떠올리기 위해 머리를 쥐어뜯었다. 대공이 그녀를 어떻게 불렀더라. 레이디 벨루아 역시 암호가 아니었다. 그녀는 역사에 어떤 이름으로 남았었나.

핑크레이디.

가장 먼저 떠오르는 것은 그녀의 오명이다. 분홍색 남부 여자, 대공의 정부, 창녀. 나는 정말 혹시나 싶어 슬럿(slut)을 치환해 자물쇠를 돌려보았다. 그러자 우습게도 자물쇠가 덜커덕 소리를 내며 너무 쉬이 열렸다. 허탈해 웃음이 새어나온다. 제 애인을 악의적으로 깎아내리는 별명을 암호로 만들다니 대공의 정신상태가 의심스럽다.

자물쇠를 뜯어내고 문을 연 금고는 어린아이 세 명 정도는 들어갈 수 있을 정도로 넓었다. 텅 비어 있는 바닥에는 갈색 서류봉투만 덩그러니 놓여 있을 뿐이다. 손을 뻗어 닿을 거리는 아니었고, 내가 직접 금고에 들어가야만 했다. 누런 봉투가 꼭 쥐덫 속 먹음직스러운 치즈처럼 보여 망설여진다. 그 어떤 보물도 없이 서류봉투 하나만 덩그러니, 그것도 이 넓은 금고 안에 말이다.

하지만 이것이 함정이든 아니든 내게는 별다른 선택지가 존재하지 않았다. 손을 뻗지 않는다면 토리가 나를 이곳으로 보낸 이유가 없어진다.

나는 한숨을 억누르고 발을 내디뎠다. 허리를 숙이면 머리가 살짝 닿는 높이라 몸을 수그려야 했지만, 들어가기 어렵지는 않았다. 두어 발짝 걸어 서류가 닿을 만한 거리에 도달했을 때 생각 없이 뒤를 돌아본 나는 그대로 주저앉아버렸다.

어스름한 어둠 속 달빛을 받아 은은하게 빛나는 형체는 여인의 것이었다. 실루엣조차 화려해 나는 단박에 그녀를 알아보았다.

아멜리아. 고모는 웃고 있었다.

"가여운 것."

그녀의 말을 이해하기도 전에 쾅 소리가 나며 금고 문이 닫히고 말았다. 순식간에 세상이 새까맣게 덮였다. 한 치 앞도 보이지 않는 어둠에 소름이 돋아 서류도 챙기지 못하고 앞으로 달려갔다.

쿵!

당연하게도 철문에 가로막힌다. 과연 내 목소리가 들릴까 싶었지만 나는 다급하게 고모를 불렀다. 내 목소리만 울릴 뿐이다. 침 삼키는 소리가 크게 들릴 정도의 적막에 나는 덜컥 겁을 집어먹었다. 서류를 가지고 나오면 내 죄를 묻기 위해 붙잡을 수도 있겠다는 예상은 했지만, 나를 그대로 금고에 가둬버릴 거라는 생각은 하지 않았는데. 내가 볼모로 쓸모나 있을까. 루페르트는 내 안위에 별 대단한 관심이 없다는 사실을 고모가 알 리 없다.

주먹으로 연신 문을 두드려보았지만, 공연히 손만 아플 뿐 소용없다. 금고 안은 무척 건조했고, 그래서 더 숨이 막혔다. 눈을 감아도 떠도 그대로인 시야에 나는 더듬거리며 내 얼굴을 찾아 감쌌다.

"……전하."

고모의 집에 머물면서 단 한 번도 대답한 적이 없는 루페르트가 지금이라고 대답해줄 리 없다. 막막함이 발끝부터 잘근잘근 씹으며 잠식한다. 주저앉아 무릎에 얼굴을 묻었지만, 살끼리 부딪치는 감촉만 느껴질 뿐 시야는 변하지 않았다.

눈이 적응할 수 없을 만큼 새카만 어둠이다. 단 한 줌의 빛도 없다. 어디로 피해도 내 몸을 붙잡고 있는 어둠에는 온기가 없어 등부터 소름이 돋았다.

나는 어둠이 무서웠다. 생의 마지막 며칠을 보낸 감옥을 떠올리게 한다. 빛도, 소리도, 희망도, 그 무엇도 없던 공허한 어둠.

나는 가장 마지막에 죽었다. 벨루아와 연이 닿은 이가 싸그리 목이 잘려나갈 때까지 살아 있었다는 말이다. 직계후손 중 유일한 여자라는 이유로. 사실 가장 먼저 죽는 것이 나았을 텐데.

"하하."

웃음이 터진다. 금고에 갇히고 나서야 내 처지를 실감했다. 누구에게 의탁했던들 똑같을 것이다. 아버지는 무능했고, 고모는 영악하고, 루페르트는 잔인했다. 차라리 지금 죽을까. 이대로 시간이 흐른다면 변하는 것이 없을 텐데. 아버지가 끌려가고 청년도 되지 못한 르한, 내 어린 동생의 목이 잘리는 꼴을 또다시 보게 된다면, 내가 그것을 견뎌낼 수 있을까.

무서웠다. 죽는 게 무서운 것이 아니다. 반복되는 고통이 무섭다. 이미 나는 죽었는데. 그럼에도 같은 일이 반복된다면? 가장 깊게 가라앉아 있던 본질적인 공포가 떠올랐다. 죽어서, 반복되면? 또 열두 살로 돌아가버리면 어쩌나.

아, 상상만으로도 두려워 미칠 것 같았다. 온몸이 덜덜 떨리더니 이내 기운다. 도대체 몇 번이나 더 가족의 죽음을 겪어야 끝이 나는 걸까. 더는 보고 싶지 않다. 죽고 싶지도 않았다. 제발.

"……루페르트."

제발.

"구해줘."

구해줘, 구해줘, 구해줘. 이 악몽에서 꺼내줘. 잔인하지 마. 내게, 더는.

"네 거라고 했잖아."

당신 것이라고 했어.

이 단순한 문장이 루페르트에게 유의미한 것이기를 바랐다. 손에 쥔 것이 도통 없는 그 아이는 제가 거두었다 판단한 것들을 제 목숨인 양 아꼈다. 그의 난폭한 훗날이 상상조차 되지 않도록 살뜰하고 다정하게. 그러나 결국 그가 온 삶을 통틀어 거둔 것은 토리뿐이었다.

스스로도 거두지 못했을 황량함. 죽어도 부정하겠지만, 그는 사람에 목말라 있다. 나는 그 틈을 깨달아 파고들려 노력했다. 내가 과거를 거슬러 겨우 찾은 루페르트의 약점이다. 나는 이다지도 한심한 치라 신이 내게 곱절의 시간을 다시 준다고 해도 다른 방도를 찾지 못할 것이다.

그가 과연 나를 받아들였을까?

그가 나를 그 팔 안에 들였다 해도 오롯이, 완벽하게 기뻐할 수는 없다. 나의 새털 같은 양심이 죄책감을 느꼈기에. 일상 자체가 너무 고단하여 밤에도 악몽을 헤매는 어린아이를 나는……. 그의 성마르고 오만한 겉껍질 속에 분명히 존재했다. 죽은 어미의 발에서 눈을 떼지 못하는 애달픔이.

아무 소리도 들리지 않아 고모가 아직 밖에 있는지도 알 수 없었다. 나는 그저 가만히 앉아 호흡을 가다듬었다. 아무리 가다듬어도 숨은 점점 더 가빠진다. 이 컴컴한 금고는 어쩔 수 없이 내게 감옥을 상기시켰다.

나는 고위귀족들만 보내지는 감옥 생 오를레가 아닌, 가장 험악한 죄수들이 보내진다는 악명 높은 교도소에서 생의 마지막을 보냈다. 그때는 이미 넋을 놓아 갇힌 장소 따위에 신경 쓸 겨를이 없었다.

목을 축인 적이 없었는데도 눈물은 마르지 않아 끊임없이 흘렀다. 성실한 양 울다, 이내 속이 텅텅 비어 아무것도 느끼지 못할 즈음 나는 단두대에 올랐다. 한 치 앞도 알 수 없는 어둠이 그 끔찍했던 날을 상기시키고, 내 죄책감마저 먹어버렸다.

나는 루페르트가 나를 반드시 구해줘야 한다며 대책 없이, 또 상대 없이 오기를 부려댔다. 보이지 않는 바짓가랑이라도 붙잡고 떼를 쓰면 꼭 그가 나를 구해줄 것만 같아서. 어쩔 수 없다는 듯 눈썹을 찌푸리다 손을 내밀어줄 것만 같았다.

내가 네 것이라고 했어, 너는 나를 구해야 해!

속에서 웅웅대던 말은 입 밖으로 나와 흐르기 시작했다. 말투는 점점 격해지고, 루페르트를 향한 부탁은 원망 섞인 질책이 되어 있었다. 네가 보냈으면 책임을 져야 하는 것이 아니냐, 황제가 될 자가 어찌 이리 비겁한가, 나는 거의 흐느끼며 금고 문을 두드렸다.

숨이 막히는 것은 무섭지 않았지만, 어둠 속에 홀로 있는 것은 등골이 서늘하도록 무서웠다. 내게 칼을 겨누어도 좋으니 대공이라도 옆에 있었으면 했다.

"루페르트!"

이 정도로 답이 없으면 정말 나와의 연결을 끊어버렸을 거란 생각에 미친 듯이 화가 솟구쳤다. 작정하고 나를 버리려고 한 것이 아닌가. 내 무용을 증명하고, 너는 아무 짝에도 쓸모가 없는 인간이라 비웃으면서.

"나쁜 새끼! 망나니…… 이대로 죽으면 망령이 돼서 따라다닐 거야, 너."

자포자기하고 주저앉는 순간, 문틈의 아주 얇은 틈으로 빛이 명멸했다. 어둠에 차츰 적응하고 있던 눈이 절로 깜박거린다. 환해진 시야를 채우는 빛은 밝았지만, 태양처럼 희망찬 것은 아니었다. 눅눅한 냄새가 날 것만 같은 적록색. 바닥을 지지듯 여기저기 스파크가 날뛴다. 거미줄처럼 가는 빛이 파스슥 소리를 내며 천장을 타고 오르다 바닥으로 고꾸라졌다.

달은 환하였고, 열린 창문에서 세찬 바람이 들이쳤다. 오래된 고목으로 만들었을 창틀에 아주 익숙한 인영이 기대 있었다. 달빛을 등진 그는 유령처럼 오묘한 색을 띠었다. 어깨에서 팔로 떨어지는 선이 내가 인식하고 있던 것보다 배는 굵어, 이제는 황녀 노릇하기는 글렀다는 생각이 가장 먼저 들었다.

그림자에 잠겨 얼굴의 반밖에 보이지 않았지만, 그의 입술만은 또렷이 보였다. 루페르트. 그가 비실 웃으며 입을 열었다.

"협박이면 무섭네."

어깨까지 살짝 올리며 너스레를 떤 루페르트는 발소리를 또렷이 내며 내게 걸어왔다. 나는 아직도 주저앉은 채였으므로 나와 얼굴을 마주하기 위해서 그는 상체를 수그려야만 했다. 아주 오랜 시간이 흐른 것도 아닌데 얼굴이 낯설다.

"멍청한 데다 입도 걸어. 너를 도대체 얻다 쓰냐."

한숨 섞인 말에 나는 인상을 찌푸리다가 몰아치는 감정에 덥석, 그의 손목을 잡아당겼다. 냉한 목소리가 반갑다. 스스로가 한심해질 정도의 안도감. 갑작스러운 접촉에 루페르트는 우습게도 당황한 것 같았다.

"붙잡지 마."

"……늦었잖아요."

"안 뒤졌잖아."

그는 짐승 만지듯 건성한 손으로 내 머리를 툭 치더니 뒷목을 잡아 일으켜 세웠다. 나는 엉거주춤 일어나자마자 그 와중에도 보물처럼 품고 있던 서류를 루페르트에게 건네었다. 그는 그토록 중요한 서류라면서도, 그 말이 죄 거짓이었다는 양 대충 바지 주머니에 쑤셔넣었다.

이제 보니 그는 황녀 차림이 아닌, 저잣거리 누비는 소년의 모양새를 하고 있었다. 나는 반쯤 나가 있던 정신을 애써 다잡으며 그를 살폈다.

머리길이는 비슷했고, 손은 조금 더 커진 것 같은데 이건 내가 평소에 신경을 안 써서 그런 것 같았고…… 그러나 눈.

그림자에 가려 보이지 않던 왼쪽 눈가가 번들거린다. 피처럼 번진 붉은 물감, 아니, 자세히 보니 뚝뚝 떨어지는 게 피인지라. 내가 기겁하며 달려들자 루페르트는 귀찮다는 듯 나를 밀어냈다.

쾅! 그가 나를 밀치기가 무섭게 천장에서 요란한 소리가 난다. 투둑 소리를 내며 기둥 끝자락이 조각나며 부서졌다. 나는 그제야 내가 금고에 들어서기 전까지만 해도 멀쩡했던 방 여기저기에서 부연 먼지가 이는 것을 발견했다.

"전하!"

"엎드려."

탕!

루페르트가 성의 없이 늘어뜨리고 있던 엽총이 발화했다. 탄환이 바닥에 꽂히자 초록색 스파크가 바닥을 지지며 연금진을 완성한다. 산란한 빛이 막을 이루며 우리를 감쌌지만, 연금술에 문외한인 나조차 불안할 정도로 보호막은 형편없었다.

손끝으로 쿡 찌르기만 해도 구멍이 날 것처럼 연약하게 일렁이던 그것은 내 예상대로 창밖에서 날아오는 화살무더기에 부서졌다. 옅은 신음을 한 그가 내 팔을 붙잡아 구석으로 달린다.

벽에 기대어 숨을 고르는 것도 잠시, 혼란스러운 나를 버려두고 루페르트는 주저앉았다. 작은 칼을 꺼내 손목에 기다란 십자를 죽 그린다. 몽글몽글 올라온 피가 바닥을 적셨다.

연금술사들이 가장 강력한, 또는 가장 위험한 술을 행할 때 매개가 되는 것이 피였다. 술법이 강할수록 술사에게 미치는 영향이 컸다. 연금진의 크기도 크기였고, 그것이 빨아들이는 피의 양이 예사롭지 않아 나는 루페르트의 팔을 붙잡았다.

"전하!"

"말 걸지 마, 멍청아."

"위험해 보여요. 그만두세요!"

"입 다물어. 두 번 말하게 하지 마."

그가 이를 갈며 내뱉는 협박에 나는 입을 냉큼 다물었다. 루페르트의 얼굴이 창백해짐과 동시에, 연금진은 새빨간 빛으로 번뜩이기 시작했다. 그의 모든 피가 다 그리로 흘러가는 것만 같아 무서워진다.

루페르트를 더는 말릴 수가 없어 나는 대신 그가 떨어뜨린 칼을 집어 손바닥을 찢었다. 피를 빨아들이는 압력에 피부가 다 벗겨질 것 같았지만, 내 피가 도움이 되었는지 그의 연금진은 곧 바닥을 가득 채우며 퍼져나갔다. 그제야 내 손바닥을 눈치챈 루페르트가 몸을 돌려 내 손을 붙잡는다.

"쓸데없는 짓 마."

"제 피라도 상관없을 것 같아서요. 죄송해요, 연금진이 잘못될까요?"

"피 쏟으라고 명령한 적 없다."

"하지만 이러다 전하가 기절하시면 어떡해요?"

그는 왼쪽 눈썹을 슬며시 올렸다. 곧 붉은 입술에서 생각지도 못한 문장이 흘러나온다.

"내 명령 없이 흠집 내지 마."

곧 환한 빛이 쏟아지며 우리는 그 공간에서 삭제되었다. 그가 한 말의 의미를 파악하느라 내가 정신을 차리지 못하는 동안 우리의 육체는 대공저의 정원에 도착했다. 눈을 깜박이고 뜨는 순간의 찰나에 일어난 일이다. 몸을 통째로 옮기는 연금술은 여태 들어보지도 못한 고급기술이라 탄성이 절로 나왔다.

상용화된 것은 아니었지만 증기로 움직이는 마차가 발명되었다는 소식을 접한 때가 루페르트가 황제가 되고 난 후였다. 마법이 아닌 연금술로 누구나 이런 식으로 공간을 뛰어넘을 수 있다면, 마차 따위가 왜 필요하겠는가. 나는 진심으로 감탄했다.

그러나 내 경이에 찬 얼굴이 마음에 들지 않았는지, 루페르트는 나를 흘기며 신경질적으로 바닥을 걷어찼다.

"피를 그 지경으로 쏟았는데 여기밖에 못 와."

"우와! 전하, 이거 어떻게 한 거예요?"

"엎드려. 아직 도망 못 쳤어."

그의 말이 끝나기가 무섭게 저택 쪽에서 여러 명의 발소리가 쿵쿵 울린다. 황녀로 자라나 곧 황태자가 될 고귀한 루페르트가 주저 없이 바짝 엎드리며 기어가기 시작해, 나는 벨벳 드레스에 진흙이 엉겨붙는 것에 감히 불만을 품지도 못하고 그를 따라 기었다. 되도록 물건을 아껴쓰자는 주의였지만, 아멜리아 고모가 빌려준 것이라 어차피 내 드레스도 아니다.

밤바람은 서늘하고 또 고요했다. 그와 나 둘 다 숨을 참고 있어 수풀이 바람에 스치는 소리만 무성할 뿐이다. 고모가 정원을 가꾸며 꼼꼼히 심어놓았을 억새풀이 내 몸짓에 따라 연약하게 흔들렸다. 대공저를 벗어나기만 하면 대공도 우리를 함부로 해치지 못하겠지.

시야 끝에 대공의 무심한 심성을 반영했을 회색 담벼락이 걸리자 루페르트는 조금 더 속력을 내기 시작했다.

"거기 서라!"

"수풀에서 나와!"

기사들 특유의 거친 저음이 정원을 울렸다. 억새숲을 거의 다 지나 안도할 무렵이었다. 한 명은 내 뒤, 다른 한 명은 내 오른쪽, 대공의 기사들이 사방을 둘러싸고 거리를 좁히고 있었다.

순간 털썩 소리를 내며 루페르트의 상체가 무너졌다. 검은 진흙에 검

붉은 액체가 고인다. 툭, 투둑. 손등으로 피가 떨어지는 소리에 가슴이 기묘할 정도로 내려앉았다.

"전하, 괜찮으세요?"

"윽……."

"전하, 정신 잃으시면 안 돼요."

"젠장, 누가. 헛소리하지 마."

이 와중에도 내가 저를 얕잡아 본다 생각했는지 그의 대답에 짜증이 얽혀 있다. 악착같은 자존심에 어이가 없어 웃음이 터졌지만, 위기에서 빠져나가는 것이 우선이다.

"전하, 일단 기대세요. 조금만 더 가면 돼요."

"고개 들어."

"예?"

"이대로는 도망 못 가. 철 냄새가 너무 나."

그야 전하가 피를 뚝뚝 흘리고 있으니 그렇지요, 하고 얄밉게 대꾸해 주고 싶었지만 왼쪽 눈을 거의 뜨지도 못하는 그가 안쓰러워 나는 입을 다물 수밖에 없었다.

루페르트는 인상을 찌푸리며 주머니를 더듬더니 곧 권총을 꺼냈다. 그가 자주 들고 다니던 것이라 매끈한 생김새가 낯익다.

"눈 똑바로 뜨고, 몇 명인지 세."

"아, 안 보이는데……."

내 멍청한 대답에 신음하던 그는 뚝뚝 떨어지는 피를 제 손가락에 묻혀 내 눈가를 꾹 눌렀다.

"아스피시오뢰."

누르는 힘이 우악스러운 탓도 있겠지만, 그가 주문 같은 단어를 내뱉자마자 머리가 타들어가는 양 아프기 시작했다. 나는 비명을 지르지 않기 위해 노력하며 억지로 눈을 떴다. 놀랍게도 나무기둥 뒤에, 혹은 장미덤불 사이에 엎드린 기사들이 하나둘 보인다. 그들의 실루엣을 따라 누런빛이 은은하게 흐른다.

"몇 명이야?"

"여…… 여섯 명이에요. 장미 뒤에, 버드나무 뒤에, 담벼락 바로 옆……. 그리고 대문 앞에도 있어요."

루페르트는 내 말에 고개를 끄덕이며 탄환을 장전했다. 그의 몸이 들 썩일 때마다 투둑 번지는 피 때문에 나는 그가 당장이라도 기절할까 가 슴을 졸였다. 그러나 그는 아까보다 멀쩡해진 얼굴로 길쭉한 손가락을 방아쇠에 걸었다.

"각도 바닥에 적어. 라디안으로."

보통의 귀족영애는 수학을 배우지 않는다. 애초에 군에 속한 사람이 나 연금술사를 제외하고는 그 누구도 배우지 않는 학문이다. 그는 내가 그 터무니없는 것을 안다는 게 너무나도 당연하단 듯 굴었지만, 다행히 나는 각도 정도의 개념은 알았다.

마담 크리시가 가르치는 예법이 너무도 지겨운 탓에 도서관에서 애 써 다른 책을 찾아 읽은 덕이다. 이걸 사용할 날이 올 줄이야. 오래 살고 볼 일이다.

내가 루페르트를 기준으로 기사들의 위치를 바닥에 적자마자 그는 망설임 없이 방아쇠를 당겼다. 실린더가 매끄럽게 돌아가며 총알이 발 사된다. 평범한 총이 아니었는지 총알은 소리도, 화약 특유의 냄새도 없었다. 그가 총구를 겨눈 곳조차 기사들이 아닌 내가 각도를 적어놓은 흙바닥이라, 기사들이 내지르는 비명을 듣곤 효과가 있었으려니 짐작 할 뿐이다.

정원이 조용해지자 루페르트는 내 팔을 잡고 달렸다. 담벼락에 다다 른 그가 다시 피를 묻히려는 듯 눈가에 손을 가져간다. 이제는 그가 정 말 죽을 수도 있을 것 같아 나는 피가 멎어가던 손바닥을 잡아 뜯었다.

"너, 내가……."

"지금 잔소리하실 때 아니에요. 시간 없어요."

루페르트는 내가 그의 말을 자른 것이 언짢은지 입을 꾹 다물고 내 손을 잡아챘다. 그는 돌벽 가장자리에 내 손으로 아주 작은 연금진을 그렸다. 들어가는 피의 양이 아까보다 현저히 적어 의아해진다.

"전하, 이걸로 괜찮을까요?"

"난 내 건 함부로 안 써."

한 번 더, 저택을 벗어날 때 들었던 것과 비슷한 문장이 그의 입에서 흘러나왔다. 비로소 확실해졌다. 내 것. 그의 것. 그가 지켜줄 사람과 아닌 사람.

"지금 저를 전하의 사람이라……."

망설이며 애써 꺼낸 내 물음은 담벼락이 무너지는 소리와 함께 뭉개졌다. 요란하게 무너진 벽 한쪽으로 그가 발을 내딛는다. 털썩 내딛는 발걸음마다 부연 먼지가 일어 시야를 가렸지만, 그는 망설임이 없었다.

생각해보면 그는 거의 모든 일에 망설임이 없는 사람이다. 한번 결정한 일은 바꾸지 않으며 목표도 마찬가지였다. 황후가 더는 살아 있지도 않은 지금, 그는 도망이라도 갈 수 있었으리라.

아무리 술사가 천대받는 시대라지만 루페르트 정도의 연금술사가 정신 나간 황제의 손아귀에서 벗어나지 못할 리 없다. 벨네르니를 버리고 도망가면, 어머니의 고향인 아르델에라도 돌아갔더라면, 후계권도 없는 계집으로 여겨지는 그를 아르눌프가 구태여 찾았을까?

토리와 함께 도망이라도 쳤다면 루페르트는 나름대로 행복할 수도 있었다. 그러나 그는 그러지 않았다. 황제가 되기 위해 살아남았고, 곧 황제가 될 것이다. 일말의 주저도 없는 그 발걸음으로 내가 아는 모든 사람에게 지옥 같을 길을 걷게 하겠지.

그의 아집으로 느껴질 정도의 고집은 나의 아버지를 떠올리게 했다.

그들은 도무지 포기를 모른다. 눈감고 모른 척하며, 혼자만 행복해도 짧은 삶인데.

터벅터벅 잘도 걷더니 이제는 한계인지, 루페르트가 억 소리를 내며 고꾸라졌다. 나는 서둘러 그를 받아냈다. 손끝이 차가운 게 그대로 두면 위험할 것 같아 주변을 살피는데, 그가 환자답지 않은 우악스러움으로 내 손목을 붙잡았다.

"도망가면 뒤진다."

"제가 미쳤어요? 전하를 길 한복판에 두고 어떻게 도망을 가요?"

내 대답이 만족스러웠는지 그는 아주 조금 웃었다. 얼굴은 창백하다 못해 백지장처럼 새하얗고, 여기저기 말라붙은 피로 그 잘난 이목구비마저 가려질 정도인데 웃는다. 그런 그가 너무 우스워서 나도 슬며시 웃어버렸다.

"웃지 마, 못생겼어."

대공저 주변을 막 벗어났을 뿐인데 벌써 날이 밝고 있다. 루페르트의 금발로 겨울 아침볕이 쏟아진다. 섞여드는 색감이 제법 따뜻해 마음이 놓였다. 그가 그 손톱만 한 햇볕만큼은 다정해 보였다.

아니, 사실 그는 방금 제 목숨을 내놓고 나를 구했다. 아마 이제 그는 토리를 챙기듯 나를 챙길 것이다. 그만한 자상함으로. 자신은 생전 겪어보지도 못했을 서툰 애정으로. 모자란 내가 그를 이용할 수 있을 만큼.

루페르트가 나를 제 사람이라고 했다. 그걸 깨닫자 나는 조금 울고 싶은 기분이 되었다.

궁으로 돌아오는 여정은 무척이나 고되어 마치 꿈속을 헤매는 양 혼미했다. 반걸음 정도를 무의식에 걸쳐놓고 터덜터덜. 우리를, 정확히는 루페르트를 찾으러 나온 루이제를 기적처럼 만날 때까지 혼절한 루페르트를 질질 끌고 걸었던 건 나이니 당연한 일이었다.

해서 그와 나눈 대화는 사막의 신기루처럼 희망찼지만, 색이 옅었다. 종국에는 현실이었는지까지 헷갈린다.

정신을 잃어가는 그를 겨우겨우 부축해 파스벤더와 연이 있는 가게를 찾고, 가게 주인이 우리 대신 루이제에게 전갈을 넣어줄 때쯤이었다. 곧 죽을 사람처럼 창백한 루페르트의 모습에 놀란 듯 허둥대는 늙은 상인을 뒤로한 채, 나는 납작 엎드려 그의 귓가에 속삭이듯 물었다. 도대체 나를 왜 구하였느냐고.

당신은 그럴 이유가 하등 없다. 당신이 좋아하는 논리와 맞지 않는다. 반쯤 기절한 사람을 상대로 한 비겁한 질문이었지만, 그는 정신이 없는 와중에도 담담히 대답해주었다. 내가 그의 것이라서. 이제는, 내가 루페르트의 사람이라서 구했노라고.

그 대답에 나는 스스로를 경멸하면서도 나의 가족 이야기를 꺼내었다. 그럴 수밖에 없었다. 나는 내가 시간을 거슬러온 이유가 가족을 지키는 것 외에는 없다 믿으니까.

"전하, 저는 벨루아예요."

"……알이."

"제가 쥔 것에는 벨루아가 있어요. 이제 벨루아가 전하의 것이라는 말씀이에요."

간신히 잡고 있던 의식을 놓아버린 것인지, 서서히 눈을 감는 그를 향해 나는 다시금 외쳤다.

"전하, 저는 정말 가족을 제외하고는 소중한 게 없는 사람이에요."

그것만 지켜주시면 돼요. 그러면 정말, 평생, 온 마음을 다해서 모실게요. 당신에게 애정이 있는 것처럼 굴 수도 있어요. 당신은 깨닫지 못했지만, 앞으로도 영영 모르겠지만 그럼에도 당신이 가장 원하고 있는 것, 그것을 드릴게요.

"제 가족을 저와 함께 받아주시면 저는 전하에게 드릴 수 있는 모든 것을 바칠게요."

사람의 애정과 온기. 따뜻한 손에서 가슴으로 잔잔히 스며드는 것들 전부. 나는 그 모든 것을 주겠다며 마녀처럼 그의 작은 귀를 향해 끊임 없이 세뇌를 흘려넣었다. 내 말을 들었는지 듣지 못했는지, 루페르트가 대답 없이 고개를 떨군다. 나는 힘없이 늘어진 그의 손을 잡고 얌전히 누웠다.

속절없이 찾아온 꿈의 배경은 또 벨루아였다. 내가 자주 찾던 벨루아 의 낮은 언덕에는 낯익은 남자가 이쪽을 등지고 서 있었다. 현실과 이 어지듯 나는 그 남자가 루페르트임을 알았다. 아니, 내가 아는 소년 루 페르트는 아니었다.

그는 황제. 이제는 황녀 행세를 할 적의 얼굴이 더 선명하여 기억도 잘 나지 않는 성장한 루페르트가 비스듬한 자세로 나무에 기대 있었다. 그는 아주 값비싼 벨벳으로 만든 옷을 몸에 걸친 채, 세상에서 제일 가 난한 사람의 얼굴을 했다.

섬세하게 빚어진 이목구비에 얹힌 굶주린 짐승의 눈. 그 눈을 마주하 니 황제의 얼굴이 다시금 선명하게 떠오르고, 곧 그가 어떤 사람이었는 지도 벼락처럼 깨닫게 되었다.

라스페리히 1세는 벨네르니의 길고 긴 1,000년의 역사에서도 가장 잔인한 황제로 기록될 이였다. 잔인한 황제를 마주한 나는 다급한 마음 이 되어 무릎을 꿇고 매달렸다. 그는 나를 보지 않는다.

"폐하, 저를 도와주세요."

"……."

"폐하, 저를 죽이지 마세요."

"……."

"폐하, 저를 죽이시더라도 벨루아만은 지켜주세요."

나와 눈을 마주치는 일이 없던 그는 그제야 내 쪽으로 고개를 틀어주었다. 한여름 녹음 같은 눈에 들어찬 것은 오직 공허였다. 외로움이 바닥이 보이지 않는 우물처럼 깊고 깊었다.

황제는 아무것도 가진 게 없어 빼앗으려 들 것이다. 나는 그런 황제의 다리를 붙잡고 눈물을 펑펑 쏟았다. 눈물로 호소하며, 해치지 말아달라 애원했다.

"폐하, 저는 벨루아가 좋아요."

순간 영영 무감할 것만 같던 황제의 얼굴이 일그러졌다. 그의 입술이 작은 호선을 그린다. 나무보다도 넓었던 그의 어깨가 줄어들고, 그는 점점 더 작아져 이내 소년이 되었다. 소년으로 돌아온 루페르트는 웃고 있었다.

그가 나를 제 사람으로 받아준 날, 나는 그런 꿈을 꾸었다.

루페르트는 한참을 앓았나. 나도 아프지 않았던 것은 이니지만, 그의 상태가 심각해 나만 의사에게 치료를 받는 것이 부끄러울 정도였다. 루페르트는 아직까지도 정체를 감추고 있었기 때문에, 태의에게 몸을 보이는 것은 불가능했다.

그는 황궁을 벗어나지 않겠다고 고집을 부렸지만, 시간이 지나도 회복될 기미가 보이지 않아 파스벤더 상회로 향하게 됐다. 머지않아 제국을 지배할 그는 달도 뜨지 않아 컴컴한 밤, 옷도 제대로 입지 못한 채 궁을 빠져나와야 했다. 새까만 후드로 찬란한 금발을 감춘 채였다.

어둠은 루페르트의 얼굴은 가려주었지만, 그의 아픈 기색은 채 감추질 못했다. 나는 색색거리며 가쁜 숨을 내뱉는 그의 팔을 내 어깨에 둘러 부축했다. 내가 과거로 돌아오지 않았다면 그가 이만큼 아플 일도 없었을 것이다.

순간 루페르트가 이러다 황제가 되지 못하고 잘못되면 어쩌나 걱정이 들다가도, 사실 그렇게 돼버리는 것이 내가 가장 바라는 결말임을 깨달아 메마른 웃음이 터졌다.

나는 나의 비겁함도 알았고, 나의 약한 마음도 알고 있었다. 나의 모순은 언젠가 기필코 커다란 문제가 되어 돌아오겠지만, 당장 닥친 일이 많아 나는 눈을 감아버렸다. 루페르트가 아파도 걱정, 아프지 않아도 걱정이라. 그러니 차라리 아프지 않으면 했다.

"봐."

"입 열지 마세요. 힘드시잖아요."

"봐……."

핏기 없는 얼굴로 겨우겨우 입을 떼는 그의 기운 빠진 명령은 심지어 무섭지도 않았다. 나는 그의 말을 살포시 무시하며 발걸음을 떼었다.

이제는 그가 나보다 훌쩍 컸는데도 무겁지가 않다. 무거울 수가 없었다. 루페르트는 제 성장을 늦추기 위해 말 그대로 목숨을 연명할 만큼만 먹었으니까. 그런데도 키가 이리 쑥쑥 크는 것이 놀라울 뿐이다.

"저한테 더 기대세요, 전하."

루이제까지 움직여버리면 눈에 띌까 봐, 나와 토리만이 그와 동행 중이다. 상태가 좋지 못한 그가 연금술을 쓸 수 있을 리 없고, 그의 연금술 없이 궁을 몰래 빠져나오기란 매우 어려웠으니까.

토리는 내내 말이 없었다. 덧붙이자면, 그녀는 나와 루페르트가 황궁에 도착한 순간부터 계속 입을 다물고 있었다.

「겁쟁이, 위선자.」

나는 내가 대공저로 나서기 전 그녀와 나눴던 대화를 기억했다. 그 눈 빛과 표정을 잊을 수 있을 리 없다. 나를 지독히도 원망하는 낯. 그녀가 날 원망하는 이유가 무엇인지 짐작이 가질 않았다. 아직 그럴 만한 상황이 없었으니까.

나는 루페르트를 아직 배신하지도 않았고, 내가 그에게 비굴하게 달라붙는 이유를 아는 사람도 없다. 그럼에도 나는 혹시나 그녀가 내 속의 검은 위선을 눈치챌까 싶어 겁이 났다.

나는 겁쟁이며 위선자가 맞다. 토리의 표현이 몹시 정확해서 반박할 마음도 들지 않았다. 손바닥보다도 작은 등불을 들고 종종걸음으로 우리를 앞서는 그녀의 뒷모습을 멍하니 바라보다 겨우 정신을 차린 나는 루페르트를 업다시피 해 그녀를 따랐다.

내 도움을 받는 것을 즐기는 이가 아니라 내려놓으라 채근이라도 할줄 알았는데, 그는 생각보다 조용했다. 의문이 들어 돌아다보니 이미 기절했나 보다. 나는 덜컥 겁이나 걸음을 서둘렀다.

"토리, 전하가 이상해요. 빨리 가야겠어요."

"……."

"지금 당장 찾아갈 수 있는 의사는 없니요? 루이제가 말한 곳은 너무 멀어서……."

"왜 전하를 걱정하는 것이어요?"

토리의 물음은 성마르고 때에 맞지 않다. 나는 그녀의 뾰족한 어투가 불쾌했지만, 애써 아무렇지 않은 척 대답했다.

"전하는 제가 모시는 분이에요. 걱정하지 않는 것이 더 이상하잖아요?"

"……거짓말. 라리에트는 거짓말쟁이여요!"

467

나는 토리의 앙칼진 외침에 깜짝 놀라 루페르트를 받치느라 숙였던 몸을 들었다. 나를 향한 원망이 가득한 새된 목소리와 달리, 그녀는 금방이라도 울음을 터트릴 것 같은 얼굴이다. 파르르 떨리는 금색의 속눈썹이 촉촉하게 내려앉아 있었다. 꾹 다문 입술이 울음을 간신히 삼키고 있는 듯 보여 나는 잠시 말을 잃었다.

이제 보니 그녀는 참 작았다. 루페르트는 조금씩 소년이 되어가는데, 그녀는 아직도 아이 같다. 토리가 바닥에 주저앉아 엉엉 울음이라도 터뜨릴까 나는 허겁지겁 부정했다.

"거짓말 아니에요. 나는 그를 진심으로 걱정해요, 토리."

"라리, 부탁이어요. 전하를 더 변하게 하지 말아요."

그녀는 기어코 눈물을 비쳤다. 커다란 초록색 눈에서 눈물이 뚝뚝 떨어지는 게 마음이 아파 나는 그녀를 이해하고 싶었다.

"무슨 소리예요?"

"……."

"토리, 말을 해줘야 안 하죠."

"나만 혼자여요……."

그녀가 도대체 무슨 말을 하고 있는 것인지 물었지만, 돌아오는 대답이 없다. 내가 루페르트를 어떻게 변하게 했다는 걸까? 그 변화가 왜 토리를 혼자로 만든다는 걸까?

그녀는 눈물을 멈추지는 못했지만, 루페르트가 걱정된다며 발걸음을 서둘렀다. 더 가까운 곳에 사는 의사를 안다며 우리를 안내한다. 문득 그녀가 루페르트의 너구리를 고의적으로 물에 빠뜨린 일이 생각났다. 토리는 루페르트에게 의미가 있는 것들이 늘어나는 일을 두려워한다.

왜? 이것이 훗날 그녀의 죽음의 이유가 될까? 도대체 그들의 인연은 어떤 식으로 맺어진 걸까? 묻고 싶지만 토리가 답해줄 것 같지는 않았다.

의사에게 가는 길 내내 또록또록 토리 뺨을 타고 눈물이 흘렀다. 그녀는 엉엉 아이처럼 울었다. 입을 막을 생각도 하지 않아 잠든 사람들이라도 깨울까 무서웠다. 등불의 빛이 반쯤 비춰주는 물기 많은 얼굴. 새빨개진 토리의 얼굴. 나는 그녀가 남긴 눈물 자국을 따라 걸었다.

꽤 먼 거리를 이동한 후 토리가 겨우 걸음을 멈춘 곳은 너무 낡아 바람만 불어도 쓰러질 것만 같은 저택이었다. 사실 저택이라고 부르기에는 부끄러울 정도로 작은 집이었다. 내가 그 집을 저택이라고 표현한 단 하나의 이유는 그저 저택의 주인이 의사이리라 짐작했기 때문이다. 대부분 의사는 귀족이니까.

작은 정원도 없어 우리는 바로 현관문 앞에 서야 했다. 집이 이렇게 낡고 초라한데 사용인이 있을 리 없다.

토리의 다급한 노크에 응답한 이는 키가 큰 노인이었다. 얼핏 보면 노인이라는 생각이 들지 않을 정도로 등이 꼿꼿했다. 그는 희끗한 머리를 한 손으로 쓸어올리며, 귀찮다는 얼굴로 입을 열었다.

"이 시간에 무슨 일이냐?"

"전하가 조금 많이 다치셨어요."

"전하는 개뿔. 황족도 아닌 것이."

노인은 차갑게 일갈하고는 혼자 킬킬거렸다. 나는 그의 거침없는 발언에 놀라 벙한 얼굴을 감출 길이 없어 고개를 수그렸다. 따갑게 느껴지는 시선이 뒤통수로 내려앉는다.

"넌 뭐야?"

"안녕하세요. 라리에트 이사벨 드 벨루아, 전하의 수행시녀입니다."

"별걸 다 달고 와, 귀찮게."

그는 무례하게 투덜대며 우리를 들였다. 정말 들이고 싶지 않은데 억지로 들인다는 티를 팍팍 내면서. 뼈마디가 불거질 정도로 마른 소년이 숨쉬기조차 버거워하는데 의사라는 자가 어찌 저리 냉정할까. 나는 이 토록 건방진 당신의 도움 따위 필요 없다는 말이 목 끝까지 치솟았지만 애써 삼켰다. 토리의 말에 따르자면 그는 지금 루페르트를 가장 빨리 도울 수 있는 사람이다.

"쯧쯔, 꼴을 보아하니 연금술을 무리하게 썼나 보네."

그는 자신의 닳아빠진, 침대라고 부르기도 뭐한 나무판에다 루페르트를 던지듯 눕혔다. 일부러 썩은 나무를 골라 만든 것만 같은 침대의 지지대가 삐거덕 소리를 낸다.

나는 그가 정말로 루페르트를 치료할 수 있을까 걱정하며 깊은 한숨을 내쉬었다.

메마른 나뭇가지를 병자 위에서 흔들어대며 춤을 추는 미신 따위가 아닌, 진짜 의술은 매우 고급기술이다. 돈과 시간, 그리고 명예욕이나 이타심을 가진 소수의 귀족만이 의술을 배웠다. 그리고 그런 사람들의 치료는 신성력을 가진 볼고르와드의 성수만큼이나 비싸, 그들은 대개 풍요로운 삶을 영위했다.

나는 가난한 의사를 맹세코 단 한 명도 알지 못한다. 내 의심스러운 눈초리를 보았는지, 노인이 짜증스럽다는 듯 고개를 내 쪽으로 삐딱하게 돌린다. 숱 많은 은색 눈썹이 날카롭게 치솟아 있다. 나는 그 표정이 언뜻 루페르트와 닮았다는 생각을 했다.

"뭘 계속 똥 마려운 강아지처럼 쳐다보고 있나? 너는 쥐뿔 도움도 안 되니까 나가 있어!"

"……싫, 싫어요."

기시감이 들 정도로 자연스러운 하대와 구박이다. 나는 그에 맞춰 아주 자연스럽게 반발했다.

"뭐?"

"당신이 전하를 치료하시는 모습을 지켜보고 싶어요."

"내가 이 녀석을 박살이라도 낼까 그런가?"

나는 그가 갑작스레 치켜든 손이 나를 후려칠까 봐 무서웠지만, 두려움을 꾹 참으며 두 손을 맞잡았다. 토리 또한 루페르트에게 해를 끼칠 수 있는 상황이다. 사실 그를 해칠 가능성이나 욕망이 가장 우세한 사람은 나였으나, 어찌 됐든 저 노인도 나 못지않게 수상쩍다.

"불쾌하시다면 죄송해요. 수행시녀로서 제 의무는 전하의 안전을 위해 최선을 다하는 것이랍니다."

"넌 왜 미친 애를 데려왔누?"

노인이 짧게 헛웃음을 터뜨리더니 토리에게 묻는다. 그녀는 내 고집이 당황스러웠는지 안절부절못하는 기색이지만, 내 편을 들어주었다.

"라리도 같이 있게 해주셔요, 파파 펠리페."

토리는 나처럼 두 손을 얌전히 맞잡고 무구한 눈으로 노인을 올려다보았다. 그녀의 공손한 부탁, 혹은 생쥐처럼 가련한 눈빛이 효과가 있었는지 노인은 어깨를 으쓱한 후 축객령을 거두어들였다.

"숨소리도 내지 말고 있거라, 너네 둘 다."

노인은 무엇이 그리 고통스러운지 숨을 헐떡이는 루페르트의 가슴을 오른손으로 짓눌렀다. 곧 생채기로 얼룩진 왼쪽 눈을 어루만진다.

"피를 너무 많이 흘렸어."

작게 중얼거린 노인은 곧 침대 위를 덮고 있던 리넨 천을 들어냈다. 그 덕에 루페르트가 거의 바닥에 처박힐 뻔했지만, 그는 다리 한 짝으로 루페르트를 지탱했다. 침대의 나무골조가 드러나자 그가 손가락 하나를 와작 깨문다. 뚝, 검붉은 피 한 방울이 프레임으로 떨어졌다. 침대는 순식간에 초록빛으로 휩싸였다.

점점이 번지던 빛은 노인이 루페르트의 몸에 손을 짚은 순간 그쪽으로 흘렀다. 나는 도저히 이해할 수 없는 복잡한 문양들이 그의 발목부터 목까지 휘감는다. 그 모습이 몹시 위험해 보여서 나는 나도 모르게 한 발자국 물러났다.

그 문양의 정체는 알 수는 없었지만, 몸에 해로우리란 것은 본능적으로 알 수 있었다. 뒤를 돌아보니 토리도 겁먹었는지 구석에 웅크리고 있었다. 나는 그녀에게 빠르게 다가갔다.

"저게 뭐 하는 거예요? 저 노인, 의사가 아니잖아요."

"……연금술이에요."

"연금술사였어요? 그런 사람이 어떻게 전하를 치료해요?"

내 말이 우습다는 듯 토리가 까르르 웃음을 터뜨렸다.

"라리, 연금술로 못 하는 것은 거의 없어요. 사람을 살릴 수도 있단 말이어요."

"말도 안 돼요."

"황후 폐하를 보셨잖아요?"

루페르트가 황제궁을 방문해 겪은 일을 내가 알고 있다는 걸 토리는 어찌 알았을까? 루페르트도 모르는데. 나는 다시금 그 끔찍했던 장면을 떠올렸다.

연금술이 사람을 살릴 수 있다는 그녀의 말은 거짓이다. 나는 황후가 살아 있다는 느낌을 전혀 받지 못했다. 루, 루. 뭉그러진 발음으로 루페르트를 부르던 그것은 황후인 척하는 인형이었다. 황후는 이 세상에 없는 망자였다. 그렇지 않았다면 루페르트가 저토록 깊은 절망에 빠져 있을 리 없다.

"토리, 그녀는 살아 있는 사람이 아니에요."

"……사람은, 아니죠."

토리는 쓸쓸하게 웃으며 제 무릎에 얼굴을 묻었다. 자세히 보니 그녀는 잘게 떨고 있었다. 루페르트를 휘감은 문양이나 침대에서 뻗어나오는 빛을 제대로 마주하면 큰일이라도 나는 것처럼 고개를 돌린다. 나는 놀라 그녀의 어깨에 손을 얹었다.

"토리, 왜 그래요? 아파요?"

"아니어요. 라리, 라리라도 전하의 손을 잡아주셔요. 많이 아프실 거여요."

나는 고개를 끄덕이며 자리에서 일어났다. 음험하게 번지는 녹색 연기에 가려져 잘 보이지 않았는데, 자세히 보니 정말 루페르트의 얼굴이 잔뜩 일그러져 있다. 내가 그에게 가까이 다가가는 것을 지켜보던 그녀가 나지막이 입을 열었다.

"라리, 라리 눈에는 황후 폐하가 죽은 사람이었나요?"

토리의 물음에 나는 약간 당황하여 머뭇거렸다. 황후는 완전히 죽었다고 말하기에도 모호한 상태였으니까.

"……제가 보기에 그녀는 황후 폐하조차 아니었어요."

"그럼 무엇이었나요?"

"미련."

황제의 집착과 루페르트의 미련. 그런 안타깝고 컴컴한 감정이 만들어낸 무언가.

내 대답에 만족했는지 그녀는 더는 나를 잡지 않았고, 나는 루페르트에게 집중했다. 노인은 내가 그에게 가까이 다가가 손을 잡는 것을 막지 않았다.

그는 자신이 할 일은 다 했다는 듯, 침대와 가까운 벽에 등을 기대며 파이프에 불을 붙였다. 루페르트가 종종 하던 묘기와 같이, 그저 파이프 끝을 손바닥으로 감싸기만 했는데도 불이 붙는다. 역시 연금술이었구나. 나는 납득하며 고개를 끄덕였다.

"전하, 많이 아프세요?"

내 물음에 그가 대답할 수 있을 리 없다. 나는 그의 반듯한 이마에 송골송골 맺힌 땀을 소매로 닦아냈다. 그 호랑이 소굴에 들어간 게 루페르트 때문이라고는 해도 나를 구하느라 다쳐 끙끙 앓는 것을 지켜보고 있노라니 마음이 좋지 않았다. 나는 말없이 연기만 뿜어대는 노인을 돌아보며 입을 열었다.

"이제 괜찮아지시나요?"

"모르지. 나는 의사나부랭이가 아니라 모른다."

그는 퉁명스레 대답하며 파이프를 루페르트 쪽으로 털어냈다. 파이프에 담겨 있던 재가 환자에게 흩뿌려지는 것에 놀란 나는 벌떡 일어나 루페르트의 얼굴을 손등으로 덮었다.

"무, 무슨 짓이세요!"

"내 집에서 훼아도 못 피우나? 종알종알 시끄러운 계집이로구먼."

"꺄악!"

노인이 신경질적으로 다가와 나를 밀어냈다. 밀리지 않으려고 발에 힘을 주었는데도 나자빠지고 말았다. 주름이 자글자글한 얼굴을 보면 그는 나이가 아주 많아 보였는데, 기이할 정도로 힘이 좋다.

"루, 일어나거라. 저 계집애 시끄러워 내 집에 두고 싶지가 않구나."

"……."

"당장 안 일어나면 저 계집의 입을 찢어버릴 테야."

그 험악한 기세에 기겁한 나는 앉은 채 주춤 물러났다. 입을 찢다니. 루페르트만큼이나 입이 걸다.

기절해 말이 없는 루페르트가 마음에 들지 않는지 혀를 쯧 찬 노인은 거침없는 손길로 루페르트의 윗옷을 벗겨냈다.

루페르트가 여자가 아니라는 사실을 이미 알고 있으니 토리가 우리를 이곳으로 데려온 것이겠지만, 아파서 창백한 얼굴 탓에 가녀린 아름다움이 더욱 빛을 발하는 루페르트가 위험에 빠질 것만 같아 나는 다급히 몸을 일으켰다.

"왜, 왜, 왜 전하 옷을 벗기세요!"

"얼씨구, 이젠 변태 취급을 하네."

노인은 기막히다는 양 허허 웃으며 나를 노려보았다. 입꼬리는 올라가 있는데 눈이 흡사 짐승의 것만 같다. 형형한 푸른 눈에서 발톱이라도 튀어나올까 겁이 났지만, 이 험한 세상, 치료비가 없으면 다른 방식으로라도 갚으라고 으름장을 놓으면 우리 중에서 가장 위험한 사람은 루페르트였다. 제일 예쁘니까.

나는 루페르트의 흐트러진 윗옷을 붙잡으며 노인을 앙칼지게 노려보았다. 이 변태 늙은이! 이런 사람에게는 루페르트처럼 예쁘장하면 소년이든 소녀든 상관없을지도 모른다. 나는 우리를 이곳에 데려온 사람이 루페르트가 가장 믿고 아끼는 토리라는 사실을 새까맣게 잊고서 루페르트를 보호하듯 앞에 나섰다.

"사내새끼 윗도리 좀 벗긴 걸 가지고 난리는. 비켜."

그는 나 따위는 신경도 안 쓴다는 양 몸을 수그려 루페르트의 드러난 가슴에 다시금 손을 댔다. 내가 말릴 새도 없이 그가 알 수 없는 말을 씨불였다. 팟, 소리를 내며 이제는 익숙한 연금술의 불꽃이 퍼진다. 불꽃이 잦아질 때쯤 루페르트가 천천히 상체를 일으켰다.

"뭐야. 꺼져."

반색하며 달려드는 나를 밀어내며 뱉는 냉한 거부까지 반갑다.

"일어났으면 나가라, 이놈아."

노인은 정신을 막 차리기는 했지만, 여전히 핏기라고는 찾아볼 수 없는 루페르트를 향해 축객령을 내렸다. 이에 루페르트가 무슨 말이라도 할 줄 알았는데, 그는 말없이 침대에서 일어났다. 아직 서는 것도 버거운 듯 작게 휘청한다. 나는 고꾸라지려는 그를 지탱하며 노인을 돌아보았다.

"아직 전하 상태가 좋지 못하신데요."

"그런데?"

"도와주려면 끝까지 도와주셔야죠."

"싫은데?"

노인은 혀까지 쏙 내밀었다. 벨네르니가 노인을 공경하는 나라가 아니었고, 내가 예의를 아는 귀족이 아니었다면 반드시 한 대 쳤을 것이다. 나는 부들부들 떨리는 주먹을 숨기며 애써 웃음 지었다.

"부탁드릴게요."

"부탁이어요, 파파 펠리페."

내 말을 토리가 이어받는다. 우리 둘이 노인을 설득하기 위해 힘쓰는 동안, 루페르트는 무관심한 얼굴로 관조했다. 자신이 아프든 말든, 궁으로 돌아가다 쓰러지든 말든 아무 상관도 없단 듯한 태도에 나는 어이가 없었다. 지금 우리가 이 불친절한 노인에게 매달리는 이유가 무엇인데.

"전하, 어지러우시죠?"

나는 침대 기둥을 잡고 몸을 지탱하고 있던 그를 살짝 밀어 넘어뜨렸다. 그가 윽 소리를 내며 침대로 떨어진다. 낡았지만 제법 푹신해 보이는 베개 쪽으로 겨냥해서 밀었건만, 내 세심한 배려를 모르는지 그는 나를 죽일 것처럼 노려보았다.

"죽을래?"

"전하, 입 열지 마세요. 기운 빠져요."

나는 루페르트에게 닥치라는 말을 예쁘게 돌려 하며 방긋 웃었다. 그는 진절머리가 난다는 양 눈을 감아버린다. 그 무언의 허락에 '절대 이 자리에서 한 발자국도 움직일 수 없다!'를 온몸으로 보여주겠다 결심했다.

내가 양팔을 쭉 벌리고 루페르트와 노인 사이를 가로막자, 노인의 얼굴이 크게 일그러진다. 그는 은색 콧수염을 거칠게 매만지며 입을 뗐다.

"원하는 게 뭐냐?"

"황궁으로 돌아갈 수 있는 체력만 회복하면 되어요. 저 상태로 이 밤에 돌아다니다 다시 쓰러지시면 어쩌나요?"

나는 얼마 없어 보이는 노인의 양심이라도 자극하기 위해 스리슬쩍 몸을 옮겨 끙끙 앓고 있는 루페르트를 보여주었다. 루페르트가 힘든 숨을 색색거릴 때마다 흰 이마로 땀에 젖은 화사한 금발이 떨어진다. 노인은 그 금발에서 눈을 떼지 못했다.

"……나는 이래서 애들이 싫어."

그는 포기한 듯 깊은 한숨을 내쉬더니 침대 곁에 뒹굴던 작은 의자를 바로 세워 앉았다. 등을 수그리자 그제야 진짜 노인처럼 보인다. 고난이 묻은 얼굴에 나는 머뭇거렸다.

"감사해요, 어, 음…… 연금술사님?"

"연금술사는 숨 쉬는 것도 버거워하는 저놈이지. 내가 아니다."

노인이 이죽이자, 루페르트가 신경질적으로 내게 베개를 던졌다. 아니, 왜 나한테 심술이야? 나는 어이가 없었지만, 아픈 사람에게 화를 낼수가 없어서 얌전히 나를 비껴간 베개를 집어 들었다.

"전하, 자꾸 움직이시면 회복이 더뎌져요."

"다 나았어."

"거짓말."

"……말대꾸 좀, 젠장, 하지 마."

루페르트가 간신히 눈을 떠 나를 노려본다. 한여름 녹음처럼 푸르른 눈에 고통이 방울방울 맺혀 있었다. 나는 한숨처럼 웃으며 그의 손을 붙잡았다.

"전하, 구해주셔서 정말 감사해요."

그는 내 손을 뿌리칠 힘도 없는지 대답 없이 다시 눈을 감았다. 잠에 빠져들 모양새라, 무슨 할 말이 있는지 입을 열었다 닫는 노인을 향해 쉿, 손짓했다.

'전하, 주무셔야 해요.'

다행히 그는 내 뜻을 알아들은 듯 천천히 자리에서 일어나 부엌 쪽으로 걸음을 옮겼다. 우리를 가만히 지켜보던 토리가 그를 종종걸음으로 따른다. 나는 루페르트 곁을 조금 더 지키고 싶어서 그들을 따라가지 않았다.

"전하."

대답은 돌아오지 않는다. 그러나 나는 그의 숱 많은 속눈썹이 움찔하는 데서 그가 의식이 있음을 확인했다.

"우리 모두 행복해질 수 있는 길이 반드시 있을 거예요."

옅지만 따뜻한 색감의 등불이 그의 얼굴에 드리웠다. 창백한 도깨비의 숲에서 드디어 길을 발견한 기분이었다. 여직 그 컴컴하고 축축한, 기댈 어른 하나 없는 숲 한가운데서 헤맸을 소년을 생각하니 마음이 쓰라렸다.

'아아.'

처음으로 그가 행복했으면 좋겠다는 바람이 들었다.

나는 그가 잠이 들 때까지 한참을 지켜보았다. 그만큼이나 믿을 사람이 없는 삶에서, 한 발짝이라도 잘못 내디디면 모든 게 끝날 것만 같은 상황에서 나를 받아들인 것이 어떤 의미인지 알았다. 그럼에도 끝도 없이 그를 미워하는 나 자신에게 환멸이 들어, 나는 곤히 자는 루페르트의 콧잔등을 괜히 툭 건드렸다.

어릴 때 병치레가 잦았던 내 곁을 어머니는 떠날 줄을 모르셨다. 하루를 아프든 일주일을 앓든, 그녀는 자나 깨나 내 옆에 머물렀다. 나는 어머니란 존재는 으레 다 그러는 줄로만 알았다. 땀이 나는 이마를 손수건으로 닦아내고, 악몽에서 헤매는 아이를 흔들어 깨우는.

루페르트의 악몽은 그의 어머니다. 황후는 내게 하얀 발로 기억되었다. 루페르트가 차마 눈을 떼지 못하던 그 발. 굳은살 하나 없이 새하얀 예쁜 발, 비단으로 만들어진 이불 밖으로 슥 삐져나와선 공포에 떨던.

그는 대체 어머니를 어떤 심정으로 지켜보았나. 참담함에 마음이 아파 나는 차마 울지도 못했다. 잡은 손이 떨린다.

"일어나면 배가 고프실 수도 있으니까, 죽이라도 만들어 올게요."

토리와 노인이 주방에서 돌아오지 않았다. 나는 그들의 행방을 궁금해하며 몸을 일으켰다. 커다란 침대에 파묻힌 그를 다시 돌아보았다. 열다섯. 그는 가을에 태자가 되었으니 시간이 얼마 남지 않았다. 기실 나는 아직도 지금의 루페르트가 그토록 잔인한 황제가 되리란 사실을 믿을 수 없었다.

그는, 까칠하긴 했지만 너무 평범했다. 평범하게 아파했다.

침실과 바로 이어지는 주방은 장정 두 명이 들어가면 가득 찰 정도로 좁았다. 의사가 아니라니 그의 가난은 이해하지 못할 것이 아니지만, 그렇다면 그와 루페르트는 무슨 관계인 걸까? 노인은 식탁에 걸터앉아 있었고, 토리는 화로 옆 조리대에 앉아 있었다.

그 모습이 너무도 자연스러워, 노인과 관계가 있는 건 루페르트가 아닌 토리인가 싶었다.

"선하는 좀 어떠셔요?"

"조금 괜찮아지신 것 같아요."

"다행이어요."

"괜찮긴, 내장이 다 망가졌는데."

노인이 불퉁하니 끼어든다. 그의 말에 피를 한 움큼씩 토하던 루페르트의 연금술이 떠오른다. 강력하지만, 그만큼 위험했다.

"연금술사가 아니시라면, 전하를 어떻게 치료하신 건가요?"

"그 침대에 있던 연금진을 그린 사람은 따로 있거든."

그가 더 말하고 싶어 하는 눈치가 아닌지라 나는 고개를 토리 쪽으로

돌렸다. 그녀는 아까 노인이 루페르트에게 연금술을 행할 때부터 바들
바들 떨었다. 나는 내가 걸치고 있던 케이프코트를 벗어 그녀에게 둘러
주었다.

"머, 먼지, 묻어요."

"이미 잔뜩 묻었어요. 전하 업고 온 게 나잖아요."

"미안해요, 라리……."

그녀는 정말 반성하는 낮으로 눈을 내리깔았다. 나는 무어라 말을 해
야 할지 몰라 입을 다물었다. 그녀에게 화가 난 것이 아니다. 그저, 몹시
혼란스러웠다. 루페르트와 그녀는 세상에 둘뿐인 양 단단한 유대로 애
틋했으니까.

내가 그를 변하게 하면 안 된다니. 나는 그가 달라졌단 것조차 잘 모
르겠지만, 그의 변화가 곧 미래를 바꾸는 열쇠라면 나는 그를 변화시키
기 위해 노력하지 않을 이유가 하등 없었다.

내가 대답이 없자 토리는 불안한 눈으로 연신 나를 살폈다. 나는 초조
하게 손가락을 물어뜯는 그녀를 말리려 손을 들었다.

"괜찮아요. 화 같은 거 안 났어요, 토리."

"역시 라리에트는 마음이 예쁜 사람이어요."

"놀고들 있네."

노인이 윌레탄 억양으로 또 이죽거린다. 자세히 살펴보니 그는 확실
히 윌레탄 사람이다. 그것도 남쪽의 아르델. 그의 거친 피부에서 바다
내음이 난다. 나는 나를 비웃는 말투에 약간 기분이 상해 입술을 내밀
었다.

참자. 그는 거칠고, 의사도 아니지만, 루페르트를 도와준 사람이다.

"돈이나 내놔. 치료비."

"아까는 치료한 것 아니라면서!"

"농담하시는 거여요, 라리."

내가 발끈하며 언성을 높이니 토리가 방싯 웃으며 나를 막았다. 토리의 순수한 믿음에 노인은 기가 막힌 얼굴로 혀를 찼다.

"농담 아닌데……."

"파파 펠리페, 돈 많으시잖아요."

"돈은 많으면 많을수록 좋아. 여자랑 같지."

우웩.

나는 그의 주름이 자글자글한 입술에서 나오는 말에 헛구역질을 삼켰다. 나이가 저리 들었는데도 여자를 찾다니. 대단하다 싶을 정도로 사소한 부분까지 마음에 들지 않는 자다. 나는 사실 아르델 사람을 좋아하지 않는다. 그들은 너무 사치스럽고, 쾌락만을 좇았다. 절제의 미덕을 고결하게 여기는 벨네르니와는 맞지 않는다.

"여자를 물건처럼 치부하시네요."

노인은 내 말투에서 느껴지는 불쾌함이 재미있는지, 씩 웃었다.

"여자를 물건처럼 취급하는 건 내가 아니야. 너희 황제지."

나는 그의 가벼운 말투를 인내할 수가 없었다. 토리가 우리를 그에게 인내했고, 루페르트 역시 정신을 차린 후의 상황에 놀라지 않았으니 그는 분명 모든 것을 알고 있으리라. 나는 그를 몰랐다. 시간을 거스르기 전의 나는, '파파 펠리페'라는 이름으로 불리는 아르델 사람을 알지 못했다.

그러나 내가 지금 아는 것은, 루페르트가 처한 상황이 농담거리로 치부될 수 있을 정도로 가볍지 않다는 현실이다. 그의 눈을 통해서 보았다. 그 비탄스러운 광경에 원수인 나마저도 그를 조금 동정하게 될 정도였다. 루페르트의 아버지인 척하는 현 황제는 내 신경을 긁기 위해 입에 담을 정도로 우스운 인물이 결코 아니었다.

"'너희 황제'라고 하시다니 역시 벨네르니 사람은 아니시네요."

"대답해줄 의무가 있나?"

"안 해주셔도 괜찮아요. 나중에 전하나 토리에게 물어보면 되니까 요."

"루가 나에 대해 말해줄 일은 절대 없을걸."

루.

친근한 호칭이다. 라페르트 황녀의 진짜 이름이 루페르트라는 사실을 알고 있는 외부인. 그는 나를 향해 커다란 입을 벌리며 다시 웃었다. 젊었을 적엔 꽤 미남 소리를 들었을 법한 인물이긴 했다. 웃을 때 시원하게 벌어지는 입매나 날카로운 콧대가 언뜻 루페르트를 닮았다.

그가 낮은 목소리로 속삭인다.

"내가 걔 아버지거든."

이 나라 황녀의 진짜 아버지.

"뭐, 뭐라고요?"

당황한 내 반응이 재밌다는 양 노인은 낄낄댔다. 괴팍한 성격 치고 웃음이 헤프다. 아르델 사람은 원래 잘 웃는다는 속설이 있기는 했지만, 실제로 보니 신기했다. 벨네르니에서는 목소리를 크게 내며 웃는 짓 따위는 경시했으니까.

"왜 그리 놀라? 애가 생기려면 아빠가 있어야지. 안 그래?"

그는 저급한 손짓까지 했다. 열네 살의 어린 소녀가 알기엔 어려운 제스처이지만, 안타깝게도 열여덟을 겪고도 두 해를 더 지난 나는 그 뜻하는 바를 알고 있다. 내가 얼굴을 붉히며 고개를 숙이자, 그의 웃음소리가 진해진다.

루페르트의 친부. 그래, 황후가 그의 생모였으나 황제가 그의 아버지가 아니었다면 필시 다른 인물이 존재해야 했다. 그러나 루페르트는 아무런 제동 없이 황태자가 되고 또 황제가 되었기에 나는 그의 존재를 무시해왔다. 안일했다.

노인은 역사에서 삭제된 사람이다. 아니, 명시조차 된 적 없는 인물이다. 나는 눈살을 찌푸리며 그 말의 진위를 가늠했다.

아무리 봐도 나이가 너무…….

"에바는 남자의 나이를 따지는 여자가 아니었지."

"……토리, 정말이에요? 이분이 전하의 아, 아버지…….

"가장 유력한 분이긴 하여요."

가장 유력한 사람이라니. 이건 또 무슨 헛소리인가 싶어 나는 숨을 삼켰다. 무슨 루페르트 아버지 대회라도 있는 것이 아닌 이상, 아버지에 무슨 후보가 있나. 누가 누가 아버지인가 시합이라도 벌이는가. 내가 기함하자, 노인은 능청을 떨며 카운터에 앉아 있는 토리를 들어올렸다.

"에바는 남자가 아주 많았거든."

청천벽력이다. 물론 그녀가 황제에게 정절을 지켰으리라고, 혹은 지켜야 한다고는 단 한 번도 생각한 적 없다. 납치에 비할 바가 안 되는, 범죄에 가까운 결혼이었다. 벨네르니의 국혼이라 이름 붙이기에도 부끄러워 제국민으로서 낯이 뜨거워졌다. 그녀가 자신의 결혼에 최선을 다하지 않는 것은 너무나 당연했다.

그러나…….

"표정 봐라, 표정 봐. 하여간 벨네르니 녀석들이란."

그는 결혼은 신성한 것이고, 남편과 아내 모두 서로에게 성실해야 함을 믿는 나를 고리타분한 늙은이처럼 취급했다. 나는 공연히 낯이 뜨거워져 고개를 돌렸다.

내가 왜 이상한 사람 취급을 받는가 하는 의문이 들었지만, 토리 또한 노인의 말에 별생각이 없는 양 아무렇지도 않은 얼굴이다. 황후에게 남자가 많았다는 추문을 입에 담는 것은 사실상 황실모독이며, 크나큰 중죄임에도.

그러나 노인의 무례한 태도보다 더 큰 의문이 있었다. 그가 정말로 스스로를 루페르트의 아버지라 믿고 있다는 말에 신빙성이 없었다.

"그렇다면 왜 루페르트를 데리고 도망치지 않으셨어요?"

아버지가, 아들을 그 상태로 내버려둘 리 없으니까.

노인은 눈을 동그랗게 떴다. 내 말의 의도를 이해하지 못한 것 같은, 어울리지 않게도 순진한 얼굴이다.

"내가 왜 루를 데리고 도망을 쳐?"

"왜라니요. 전하가 처한 상황을 잘 아시지 않나요?"

"끔찍하지. 근데 그게 뭐?"

그는 어린아이처럼 낄낄 웃었다. 그의 웃음이 손톱으로 바닥을 긁는 소리처럼 거슬리기 시작해 나는 눈살을 찌푸렸다. 왜라니? 영혼을 가진 인간이라면 당연한 선택이질 않은가.

심지어 루페르트가 제 아이가 아니었어도 동정할 법한 상황이다. 만약 노인이 그래주었다면 내가 겪은 모든 참상과 억울한 죽음들이 애초에 존재하지도 않았을 것이다. 정말 그 누구라도, 단 한 명의 제대로 된 어른이 늪에 빠진 어린 루페르트에게 손을 뻗어주었더라면.

"황위는 루가 원하는 거야. 내가 막을 이유는 없지."

"저는…… 전하가 정말 황위를 원해서 탐하는 것이 아니라 생각해요."

노인이 어깨를 으쓱하며 건네는 말에 나는 충동적으로 반발했다. 만약 루페르트가 들었다면 그는 분명 내가 자신에 대해 무엇을 알아 그리 까부느냐 비웃을 것이다.

그러나 확신할 수 있었다. 루페르트가 정말 원하고 가지고 싶어 애끓는 것은 황위나 권력 따위가 아니다. 그는 대륙의 지배자가 되고 싶은 게 아니었다. 누군가에게는 해마다 돌아오는 봄같이 자연스러운 것, 그러나 그에게는 평생토록 허락되지 않은 것. 그런 종류의 온기.

"네 말이 맞다고 치자. 그게 나랑 무슨 상관이지?"

그런 소릴 말이라고 씹어뱉는 노인은 지독히 이기적으로 보였다. 또

한편으로는 무구해 보인다. 그는 정말로 나의 비난 섞인 눈초리를 이해하지 못하는 것 같다. '당신이 그의 아버지라면서요?' 하는 말대꾸가 쏙 들어갈 정도다. 나는 외려 내가 공연히, 이유 없이 그를 힐난하는 것처럼 보이는 상황에 어이가 없어졌다.

노인이 순진한 척 입을 열었다.

"꼬마야, 나는 합리주의자다."

"합리주의자는 모두 당신처럼 영혼이 없나요?"

내 책망에 그는 어설프게 웃었다.

"나는 애초에 영혼 따위를 믿지도 않아. 그럼에도 변명하자면, 나는 에바를 원했지 루를 원한 적은 없다."

"그, 그래도 사랑하는 여자와의 사이에서 태어난 자식이잖아요."

"오, 착각이 심하네."

노인이 누런 이를 드러내며 쯧쯧 혀를 찬다.

"나는 에바를 사랑하지 않았어, 욕망했지. 사랑했다 해도 마찬가지다. 인간의 사랑이란 진화된 동물의 번식욕에 불과해. 나는 번식을 하고 싶단 이성적인 선택의 의지는 없었지만, 내 아랫도리는 그녀를 원했지. 그게 다야."

노인의 변명은 그의 무책임 수준만큼 당당했다. 내가 기가 차서 헛웃음을 치자 그가 큼큼거리며 덧붙인다.

"내 이성으로 택한 행동이 아닌, 단순한 욕정에 불가피하게 발생한 아이를 내가 왜 돌봐야 하지? 나는 애초에 에바에게 아이를 원하지 않는다 말했어. 그녀는 피임을 철저히 한다 했고. 내 잘못은 그녀를 순진하게 믿은 것밖에는 없다. 에바가 나를 이용한 거야."

그는 무척이나 자연스럽게 책임을 황후에게 전가했다. 이 인간, 글러먹었다. 상종하지 못할 정도로 이기적이다. 나는 그에게 루페르트를 사랑해야 한다 요구하는 게 아니었다. 모정이든 부정이든 갖고 싶다 하여 만들어지는 감정은 아닐 테니까.

　하지만…… 그래도 그 끔찍하게 가라앉는 조각배에서 꺼내줄 수는 있지 않았나. 돛이 죄 짓이겨졌는데. 황가에서든 민가에서든 숱하게 벌어지는 사산을 가장하여, 넉넉하지는 못해도 그저 평범하게 길러줄 수 있는 집에 보내줘도 괜찮지 않았나.

　"너는 루를 동정하는구나."

　"제가 어떻게 감히 전하를 동정하겠어요?"

　"위험하겠어, 넌. 동정은 양날의 검이지."

　노인은 뜻을 알 수 없는 소릴 중얼거리며 벽에 기대 졸고 있는 토리를 깨웠다. 깊이 잠들었었는지 그녀는 노인이 한참 몸을 흔들고 나서야 겨우 일어났다. 너무 곤히 졸고 있던 덕에 그녀가 곁에 있다는 사실조차 잠시 망각해버렸다.

　어디까지 들었나 싶었지만, 그녀의 귀에 들어가면 곤란할 만한 이야기는 없었으니 괜찮겠지 싶었다. 토리는 이미 내가 루페르트와 황제의 관계를 어느 정도 알고 있음을 짐작하고 있으니까.

　"토리, 우리 전하께 드릴 수프라도 만들어요."

　노인은 죽었다 깨어나도 도와줄 것 같지 않아 나는 그의 쪽은 쳐다보지도 않았다. 나는 요리를 몇 번 해본 적이 없어 수프 중에서도 가장 쉽다는 양파수프 레시피도 잘 알지 못했다. 토리도 나완 사정이 그리 다르지 않은지, 순박한 눈을 동그랗게 뜨며 고개를 갸웃했다.

　"라리, 전 수프 따위 만들 줄 몰라요."

　"어…… 음, 할 줄 아는 요리 있어요?"

　"없어요."

　당당하게 대답한 그녀가 뒷머리를 긁적이며 배시시 웃는다. 나도 할 줄 아는 요리가 손으로 꼽을 정도이기 때문에-만두밖에 없다-그녀를 탓할 수가 없었다.

그래. 만두로 가자, 만두.

만두만이 답이다. 나는 루페르트를 깨우지 않기 위해 조심조심 살금 살금 도둑처럼 만두를 만들기 시작했다. 노인의 부엌은 분명 텅 비어 있을 줄 알았는데 찾아보니 없는 게 거의 없었다. 내가 고기가 필요하 다며 저장고를 찾자, 그는 내 뒤쪽으로 나 있는 쪽문을 턱짓했다.

"정말 저장고가 있을 거라 생각하진 않았는데."

내 중얼거림에 그가 코웃음을 짓는다. 그는 내게 요리와 과학은 비슷 하다며, 자신은 요리를 즐겨 한다 했다. 그렇게 말하며 칼을 드는 폼이 썩 자연스럽다. 그는 내가 너무 작아 문 같지도 않은 문을 열고 가져온 돼지고기를 잘게 다져주었다.

"아파서 끙끙 앓는 애한테 만두는 웬 만두?"

"전하가 제일 좋아하는 음식이에요."

"개한테 좋아하는 음식 따위가 있어?"

그는 진심으로 놀랐다는 듯 눈을 크게 떴다. 나는 그가 그러는 이유를 이해했다. 루페르트는 얼핏 굉장히 까탈스러워 보이지만, 호불호를 표 하진 않는다. 음식, 장소, 그 어떤 것에도 의견을 내지 않는다. 그는 주 어진 장소에서 주어진 음식을 먹고, 어쩔 수 없는 상황을 감내했다.

내가 루페르트가 좋아한다 자신할 수 있는 것은 이 세상에 단 세 개뿐 이다. 만두, 총, 그리고 토리. 그 외의 것은 모두 공평하게 싫어했으나, 그것을 싫어한다고 표현할 수 있을까. 그마저도 토리는 좋아하지 않는 다 했다. 그저 그의 것이니 아낄 뿐이라고.

"전하도 사람이세요. 당연히 좋아하는 음식 정도는 있죠."

내가 작은 목소리로 항의하자 그는 습관처럼 어깨를 으쓱했다. 더 대 꾸하기 귀찮은 듯했다. 자꾸 루페르트를 영혼 없는 인형 취급하는 그의 태도가 마음에 들지 않았지만, 나도 더는 말다툼하고 싶지 않아 입을 다물었다.

"소금이랑 후추 좀 빌려주세요."

나는 그가 군말 없이 내어준 양념을 다진 고기에 뿌린 후 밀가루를 반죽했다. 이전의 과오가 있었으니 오늘은 조금 더 신중해야 한다. 나는 흐물흐물 다 무너져 만두처럼 보이지도 않았던 그 만두를 루페르트가 다 먹어준 때를 기억했다. 억지로 먹은 것이 맞겠지만, 그는 내가 만든 음식을 싫어하진 않았다. 요리를 배워야겠다.

대개 귀족은 요리사를 두기 때문에 직접 조리까지 하는 일은 드무나, 어머니는 음식에 들어가는 애정을 중요하게 여기는 분이다. 그래서 가끔 르한과 나에게 직접 구운 쿠키나 파이 등을 주곤 하셨다.

어머니가 직접 반죽해 구운 쿠키는 베르노나 마르셀이 계량해 만든 것이나 유명한 제과점의 쿠키보다는 맛이 떨어졌지만, 따사함이 있었다. 만든 사람의 정성과 애정이 들어간 갓 구운 노릇노릇한 쿠키는, 베어 물었을 때 퍼지는 온기나 향이 조금 더 잘 느껴진다.

나는 루페르트가 그런 온기를 조금 더 느꼈으면 했다. 직접 만든 요리를 갖다 바친다고 해서 그가 나를 기꺼워하거나 좋아해줄 거란 생각은 하지 않았다. 그저 안타까웠다. 그의 친부라 주장하는 사람을 마주하니 더더욱. 피는 물보다 진하다는 말도 있는데, 그는 남보다 더했다. 우리가 그냥 황궁으로 돌아가면 악착같이 치료비를 청구할지도 모른다.

나는 만두를 찜기에 올려놓고 익기를 기다리며 루페르트의 주변인들을 하나씩 떠올려보았다. 토리는 루페르트를 사랑하지만, 온전한 애정이라 보기엔 의심쩍은 구석이 있다. 내가 죽음에서 돌아오기 전 그가 그녀를 직접 죽였다는 사실도 생각해야 했다.

파스벤더는 말 그대로 장사꾼이다. 루페르트가 부리는 수하 그 이상, 그 이하도 아니다. 루이제 바덴은 내가 죽기 전까지 루페르트의 충실한 부하였지만, 그가 루페르트의 성장을 도와줄 어른다운 어른이란 생각은 들지 않았다.

나는 루페르트를 구제할 수 있었을 인물을 헤아려보다 곧 포기했다. 사실 해봤자였다. 정말 그래줄 수 있는 사람이 루페르트 옆에 있었더라면, 그가 폭군으로 성장할 리 없었다.

나는 평범하게 성장한 루페르트를 상상하기 위해 노력하다 이내 고개를 저어버렸다. 폭군 라스페리히 1세가 아닌 루페르트를 상상할 수 있을 리 없으니까.

내가 과거로 돌아오기 전과 지금, 루페르트의 주변인물 중 달라진 사람이 있다면 오직 나뿐이다. 그가 행복해지길 바란다면, 인간답게 살길 바란다면 도와줄 수 있는 사람이 나뿐이다. 그러나 나는 마음이 모자라다. 그러고 싶은 의지도 잘 생기지 않았다. 안쓰러움과 미움을 오가는 마음은 항상 미움 쪽으로 기울었다. 어쩔 수가 없다. 나는 원래 비겁하다.

나는 내 알량한 마음을 탓하며 모락모락 김이 나는 만두를 접시에 옮겨 담았다. 내가 그를 위해 할 수 있는 일은 고작 이 정도였다. 그의 마음이나 안위를 곧잘 헤아리는 척, 그를 바라보는 따뜻한 눈을 꾸며내는 것. 딱 그 정도.

루페르트처럼 눈치가 빠른 아이가 내 진심을 눈치채지 못할 리 없지만, 그는 넘어가주었다. 그만큼 온기가 절실하여. 진심으로 그를 위할 수 없는 내 온기마저 탐하는 아이라서.

"전하, 아직 주무세요?"

조심스러운 노크에 대답은 없었지만, 나는 바로 침실에 들어섰다. 이제야 안정된 듯 루페르트는 고른 숨을 내쉬며 누워 있었다. 피가 말라붙은 그의 얼굴 왼편을 물수건으로 닦아내자 기다란 생채기가 눈에 띄었다. 눈썹 언저리부터 광대뼈까지. 가늘지만 제법 길다. 흉이 남을 것 같아 내가 낸 상처와 마찬가지인 그것을 나는 손끝으로 쓸어내렸다.

"배고프실까 봐 만두 만들었는데."

내 말이 들리긴 하는지 그의 눈썹이 작게 꿈틀한다. 나는 작게 웃으며 만두 접시를 침대 옆에 내려놓았다.

"제가 아프면 어머니가 항상 과자를 구우셨어요. 평소에는 몸에 좋지 않다 자제하라 하시면서."

"……."

"사람이 아프면 원래 제일 좋아하는 음식이 먹고 싶잖아요. 입맛이 없으니까. 그래서 그러셨나 봐요."

그는 내 쓸데없는 말에 머리가 아프다는 듯 대놓고 눈살을 찌푸렸다.

"전하 편찮으실 때마다 만두 해드릴게요!"

"하지 마."

내가 자신 있다는 듯 허공에 주먹을 불끈 쥐며 다짐하는데 루페르트의 짜증 섞인 대답이 돌아온다. 나는 그가 몸을 일으키는 것을 도우며 툴툴댔다.

"해준대도 뭐라 하세요."

"네 만두 꼴을 봐. 심지어 맛도 없어, 이건."

"어, 이번에는 나름 잘되지 않았어요?"

나는 의아해하며 루페르트가 손가락으로 가리킨 만두를 살펴보았다. 반죽은 보들보들하니 아주 잘 익었는데. 급하게 찌느라 속이 좀 안 익었을 확률도 있지만…….

나는 루페르트의 강한 위장을 믿었다. 원래 성질이 고약하면 위장이 튼튼한 법이다. 그는 그런 성질머리를 가지고도 체한 적이 한 번도 없으니 필시 아주 튼튼한 위를 가지고 있으리라.

"저번보다는 낫네."

그는 작게 고개를 끄덕이며 한 손으로 만두를 집었다. 눈을 초롱초롱 뜨고 그를 지켜보는데도 평소처럼 나가라는 말도 없다. 나는 그가 우걱 우걱 만두를 먹는 모습을 지켜보다 웃음을 터뜨렸다. 헝클어진 머리는 땀 때문에 기름져 보였고, 눈가는 퀭한 데다 음식까지 손으로 먹으니 전혀 황녀처럼 보이지 않는다.

황족의 고귀함은커녕 길에서 동냥을 해도 될 법한 모습이다. 만약 비렁뱅이였다면 얼굴로 먹고살아도 될 만큼 예쁜 이목구비를 가지고 있긴 했지만.

내가 웃음을 삼키지 못하자 만두를 삼키느라 정신이 없어 보이던 그가 슬쩍 고개를 들었다. 나는 먹이를 문 산짐승처럼 볼록한 그의 뺨을 바라보며 입을 열었다.

"전하, 그런 식으로 음식을 드시면 황녀 전하라는 거 아무도 안 믿어 줘요."

"상관없어."

그는 순식간에 만두 세 개를 해치우고 손바닥을 탈탈 털었다. 팔을 등 뒤로 짚은 그는 고개를 크게 젖혔다. 더는 가리지 못할 정도로 목젖이 뚜렷하다.

"대공이 반역을 준비한다는 증거를 가져왔으니, 황제는 당장 내게 황위를 넘기려 들 거다."

"……어째서냐고 물어도 되나요?"

사실 그가 태자가 되어야 할 마땅한 이유가 없다. 나는 황제가 루페르트를 황녀로라도 데리고 있는 이유가, 황후처럼 생긴 인형을 제외하고는 짐작도 가지 않았다.

"황제는 나를 좋아하지 않지만, 대공을 끔찍하게 무서워하니까."

제 말년이 형과 같게 되는 것을 두려워하기 때문인가. 황위 찬탈은 1,000년의 역사에서 반복돼온 일이지만, 같은 세대에 두 번 일어나는 일은 확실히 드물었다. 군대와 함께 밀고 들어와 형에게서 가로챈 왕관이니, 제 아우가 얼마나 무서울까.

"아, 그렇구나."

루페르트는 내 건조한 반응이 이해가 가지 않는 얼굴이다. 그는 곧 팔을 뻗어 나를 제 쪽으로 끌어당겼다. 가까이 마주한 녹안은 여전히 한여름 숲처럼 짙다. 그의 입이 달싹인다. 그는 좀처럼 머뭇거리는 법이 없었기에 나는 얌전히 기다렸다.

"어디까지 알아?"

"뭘요?"

"어디까지 들었고, 어떤 것을 짐작했고, 얼마나 이해했나?"

간단한 질문이지만, 대답하기 곤란했다. 그러나 토리가 아는 것을 그는 예상하지 못하진 않을 듯해, 나는 진실을 말하기로 했다. 대부분을 들었고, 많은 것을 짐작했으며, 스스로가 미워질 정도로 당신의 사정을 이해했노라고.

"전하가······."

"어."

"황가의 사람이 아니라는 것쯤은 알아요."

이 한마디는 그의 질문에 대한 모든 대답을 함축하고 있었다. 황족이 아닌 자가 벨네르니의 황제가 되는 일을 묵과하는 것 또한 중죄다. 그는 말을 잇지 않고 나를 물끄러미 쳐다보았다. 다시금 그의 얼굴에 떠오르는 의아함. 둥둥 떠다니는 돛단배 같은 그것을 건져내자 싶었다.

"저는 전하의 사람이 될 것이라 결심했잖아요."

"말이 안 돼."

"어디 말이 되는 일들만 일어나는 세상이던가요."

"왜?"

"전하가 행복하셔야 제가 행복할 수 있을 것 같아서요."

나는 루페르트가 황제가 되면 행복해질 수 있으리라 생각하진 않았지만, 그렇게 대답했다. 겹겹이 쌓인 거짓 속 유일한 진심이라.

"인연이라 생각해요."

"난 그런 거 안 믿어."

나는 그의 까칠한 말에 빙긋 웃었다. 그래, 인연이란 개념은 그가 믿기에는 너무 낭만적이다. 나 또한 우리가 얽힌 이유가 신이 점지해준 무언가라고 생각하진 않았다. 하지만 인력이라는 게 있지 않은가. 목적이 무엇이든, 서로의 안위를 위해 노력할 수 있는 관계 정도는 만들 수 있지 않겠는가.

나는 루페르트와 나의 관계는 그 정도면 되었다. 그가 나를 진심으로 믿을 수 있을 리 없었고, 내가 그를 진실되게 위하기는 어려울 테니까.

루페르트는 대답이 없는 나를 재촉하지 않는 대신 다시금 생각에 골몰했다. 그가 아무리 수학에 능하다 해도 내 마음을 셈할 수는 없으리라. 내가 미래를 이미 겪었다는 사실을 추측할 수 없을 테니까. 그는 밋밋하기만 한 천장을 한참 올려다보았다. 매끈한 옆모습이 아픈 와중에도 퍽 아름다웠다. 유려한 콧날로 노란 빛이 한 움큼 떨어진다.

"넌 나를 무서워해."

그는 협탁에 있는 램프를 만지작거리며 말을 이었다.

"그러나 내가 황제가 될 거라 확신하고, 그래서 내 곁에 있으려 하지."

"맞아요."

"나는 네 그 빌어먹을 확신의 이유를 전혀 모른다. 짐작도 안 가."

"그냥 감이라고 말씀드렸잖아요."

"하여간 이건 입만 열면 공갈이야."

루페르트가 휙 날 바라보며 성질을 낸다. 거짓을 고한 것은 맞으니 나는 스리슬쩍 눈을 내리깔았다.

"그래도 상관없어."

그는 그런 나를 지켜보며 단정 지었다. 어느새 완전히 내 쪽으로 몸을 돌린 그는 한 손으로 턱을 괸 채 씨익 웃었다. 다정하지도, 흔흔하지도 않은 무의미한 미소였지만 그조차도 드문 사람인지라 순간 몸이 움찔한다. 그는 다 안다는 양, 혹은 몰라도 괜찮다는 양 무심한 태도를 고수했다.

"넌 내 거니까."

살아서도, 죽어서도, 영혼이 지옥으로 떨어지고 백골만 남더라도. 그런 사족이 붙은 듯했다.

- 2권에서 계속.